EXERCICE RÉSOLU

> Déterminer la couleur perçue

Cercle chromatique

ÉNONCÉ

À partir du spectre d'un sirop dilué fourni ci-dessous, identifier les deux pics d'absorption et en déduire la couleur de la solution de sirop.

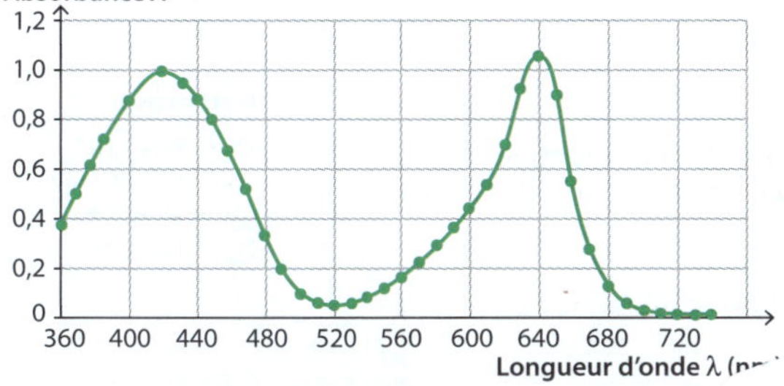

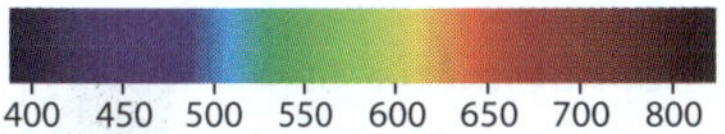

CORRIGÉ

Les longueurs d'onde des deux pics d'absorption sont : **λ_1 = 420 nm** et **λ_2 = 640 nm.**

En utilisant le spectre gradué en longueurs d'onde de la lumière blanche, on peut faire la correspondance entre couleur et longueur d'onde.

> **Méthode**
> Déterminez les couleurs absorbées et leur complémentaire en utilisant le cercle chromatique, puis faites-en la synthèse.

Les couleurs correspondant à chaque longueur d'onde sont le violet-bleu pour λ_1 et l'orange pour λ_2.

On voit, en utilisant le cercle chromatique, que les couleurs complémentaires du violet-bleu et du orange sont le cyan et le jaune. La synthèse de ces deux couleurs perçues donne du **vert** : il s'agit probablement d'un sirop de menthe verte.

Lexique

- **Couleurs complémentaires** : couleurs diamétralement opposées dans le cercle chromatique dont la synthèse additive crée du blanc.
- **Absorbance** : grandeur sans dimension et sans unité mesurant la capacité d'une substance à absorber un rayonnement lumineux.
- **Spectre UV-visible ou profil spectral** : courbe de l'absorbance d'une entité en fonction de la longueur d'onde du rayonnement auquel elle est soumise.

FICHE 4

Loi de Beer-Lambert et dosage de solutions colorées par étalonnage

1 Loi de Beer-Lambert

1. Loi de proportionnalité

L'absorbance dépend, entre autres, de la longueur d'onde de la radiation traversant la solution, de la concentration de cette dernière en espèces colorées, de la température et de la longueur de solution à traverser.

À retenir

La **loi de Beer-Lambert** indique que l'absorbance, à longueur d'onde donnée, est proportionnelle à la concentration de la solution en espèces colorées :

$A = kc$ avec $\begin{cases} c : \text{concentration (en mol·L}^{-1}\text{)}, \\ k : \text{coefficient de proportionnalité (en L·mol}^{-1}\text{)}. \end{cases}$

Remarque
Une solution d'absorbance nulle $A = 0$ est transparente.

2. Spectrophotomètre

- L'absorbance A se mesure à l'aide d'un **spectrophotomètre**. Sans unité, elle est directement proportionnelle à la concentration c en soluté coloré dans la solution avec un coefficient k qui dépend de la longueur de la cuve du spectrophotomètre.
- En plus de la donnée de la température et de la longueur d'onde de travail, un spectrophotomètre doit être préalablement étalonné avec une solution transparente. On dit alors que l'on fait le « blanc ».

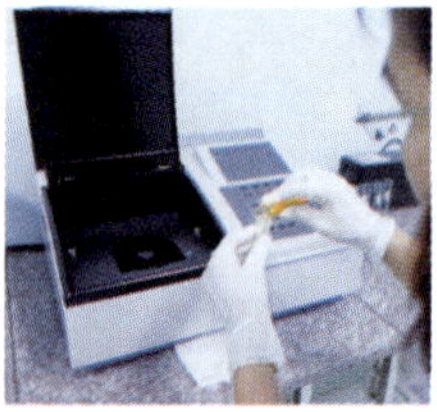
Spectrophotomètre

2 Dosage spectrophotométrique

- **Doser** une espèce chimique, c'est déterminer la quantité de matière de cette espèce dans une solution donnée.
- Dans le cas où les volumes des solutions ne varient pas, déterminer la quantité de matière d'une espèce revient à déterminer sa concentration molaire, voire sa concentration massique, connaissant sa masse molaire.

Vidéo
« Dosage colorimétrique et loi de Beer-Lambert, dosage spectrophotométrique »

- Le dosage consiste alors à tracer la **courbe d'étalonnage linéaire** de l'absorbance en fonction de la concentration en soluté coloré, soit $A = f(c)$, l'absorbance étant mesurée pour la longueur d'onde pour laquelle elle est maximale.
- Lorsqu'on connaît le volume de la solution, déterminer la concentration d'un soluté revient à déterminer sa quantité de matière.

EXERCICE RÉSOLU

> Utiliser une courbe d'étalonnage

ÉNONCÉ

On réalise plusieurs solutions de concentration en diiode (brun-jaune) différente.

Pour chaque solution, on mesure à l'aide d'un spectrophotomètre, après calibration, l'absorbance de la solution (voir la courbe d'étalonnage ci-dessous).

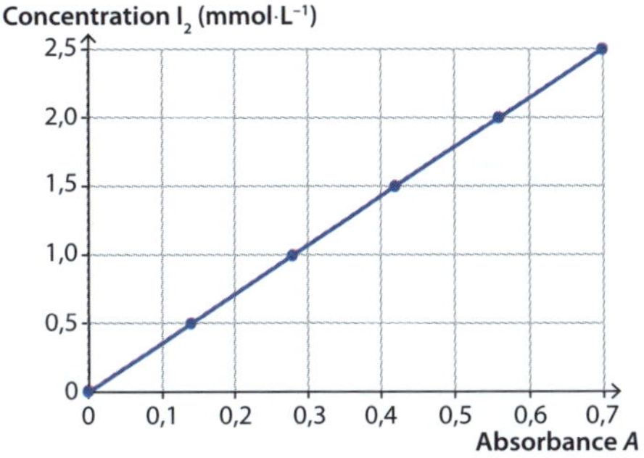

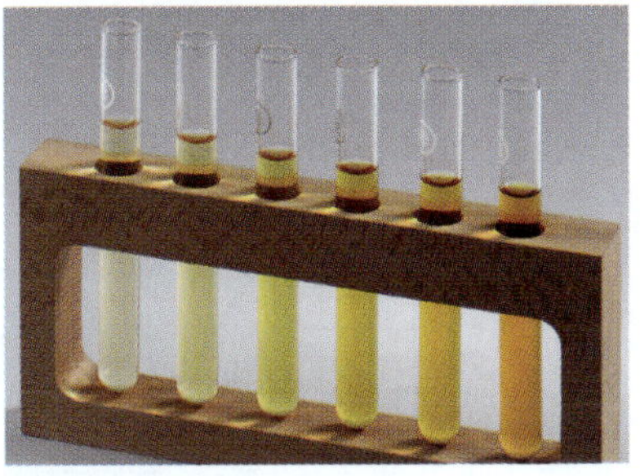

Échelle de teintes de diode

On mesure ensuite l'absorbance A = 0,40 d'une solution inconnue.

En déduire sa concentration c.

CORRIGÉ

En reportant la valeur de l'absorbance sur la courbe d'étalonnage, on obtient comme valeur de la concentration : **$c = [I_2] = 1{,}45$ mmol·L^{-1}**.

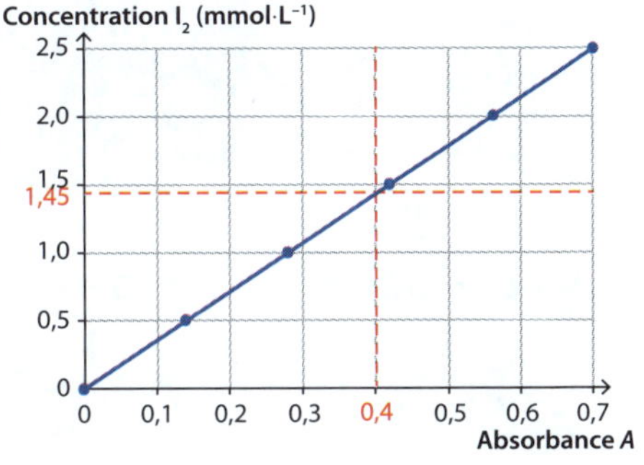

Rappel
L'absorbance de la solution inconnue doit être comprise dans la gamme étalon.

Lexique

- **Loi de Beer-Lambert** : loi de proportionnalité entre l'absorbance d'une entité et sa concentration. Elle est valable dans une gamme de faibles concentrations et pour une longueur d'onde donnée.
- **Doser** : déterminer la quantité de matière d'une entité. Dans le cas d'un soluté en solution, le volume de solution étant connu, doser revient à déterminer la concentration molaire du soluté.
- **Courbe d'étalonnage** : courbe établie à partir d'un ensemble de mesures et servant d'étalon ou de courbe de référence pour la détermination de la mesure d'une grandeur inconnue.

Révision Express

CARTE MENTALE

> Quantité de matière n

QUANTITÉ DE MATIÈRE n (en mol)

- Dosage spectrophotométrique
  - Absorbance A (sans unité)
    - Profil spectral $A = f(\lambda)$
      - Cercle chromatique
        - Couleurs complémentaires : absorbée et diffusée
    - LOI DE BEER-LAMBERT : $A = kc$
      - Courbe d'étalonnage $A = f(c)$
        - Échelle de teintes

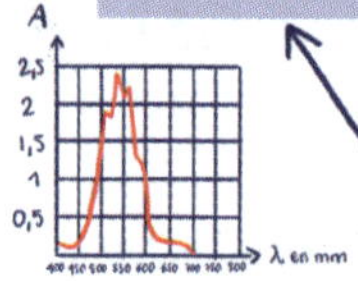

- SOLIDE & LIQUIDE
  - $n = \frac{m}{M}$
    - Masse molaire M (en g·mol⁻¹)
- GAZ
  - $n = \frac{V}{V_m}$
    - Volume molaire V_m (en L·mol⁻¹)
- SOLUTÉ EN SOLUTION
  - DILUTION
    - $n = C(\text{mère}) \cdot V(\text{mère})$
    - $n = C(\text{fille}) \cdot V(\text{fille})$
      - $F = \frac{C(\text{mère})}{C(\text{fille})} = \frac{V(\text{fille})}{V(\text{mère})}$
        - FACTEUR DE DILUTION F (sans unité)
  - $n = c \cdot V$
    - Concentration molaire c (en mol·L⁻¹)
      - $c_m = c \cdot M$
        - Concentration massique c_m (en g·L⁻¹)

N'hésite pas à construire ta propre carte mentale

Fiche test 1 Ce que je sais

QCM

15 min

- À revoir
- Acquis

Pour chaque question, déterminer la (ou les) bonne(s) réponse(s).
Chaque question peut rapporter : 1 point si la réponse ne comporte aucune erreur ; 0,5 point dans le cas d'une erreur ; 0 point dans le cas de deux erreurs ou plus.

1 La masse molaire :

- a. d'un ion monoatomique est égale à celle de l'atome qui lui correspond.
- b. d'une molécule s'obtient par addition des masses molaires des atomes qui la constituent.
- c. s'exprime en $mol \cdot L^{-1}$.

FICHE 1 p. 14

2 La quantité de matière d'un gaz occupant un volume V :

- a. dépend de la nature de ce gaz.
- b. est égale au rapport des volumes occupés par le gaz et par une mole d'un gaz quelconque.
- c. s'exprime en $L \cdot mol^{-1}$.

FICHE 1 p. 14

3 La concentration massique d'un soluté en solution :

- a. est proportionnelle à la concentration molaire de ce soluté.
- b. est la quantité de matière de soluté dissout par litre de solution.
- c. est la masse de soluté dissout par litre de solvant.

FICHE 2 p. 16

4 Dans le cas d'une dilution :

- a. le facteur de dilution est toujours supérieur à 1.
- b. la quantité de soluté en solution est conservée.
- c. la masse de soluté en solution est conservée.

FICHE 2 p. 16

5 En TP, un élève réalise une dilution d'une solution aqueuse colorée.

- a. La solution mère est toujours plus foncée que la solution fille.
- b. La solution mère est toujours plus concentrée que la solution fille.
- c. La solution mère a toujours un volume plus important que celui de la solution fille.

FICHE 2 p. 16

6 Le cercle chromatique :

- a. représente toutes les couleurs perçues dans la nature.
- b. permet de connaître la couleur complémentaire d'une couleur absorbée.
- c. permet de connaître la couleur complémentaire d'une couleur diffusée.

FICHE 3 p. 18

7 Le spectre UV-visible d'une substance colorée :

- a. est la courbe de l'absorbance en fonction de la concentration.
- b. est aussi appelé profil spectral de la substance.
- c. permet de connaître indirectement la couleur de la substance.

FICHE 3 p. 18

8 La loi de Beer-Lambert :

- a. traduit la proportionnalité entre l'absorbance et la longueur d'onde de la radiation absorbée.
- b. s'écrit $A = kc$ avec c la concentration molaire de l'espèce colorée.
- c. est établie pour une espèce colorée.

FICHE 4 p. 20

9 Un dosage spectrophotométrique :

- a. s'appuie sur la courbe $A = f(c)$.
- b. permet de connaître la concentration d'une espèce colorée connaissant son absorbance.
- c. est réalisé par mesure de l'absorbance au maximum de longueur d'onde.

FICHE 4 p. 20

10 Un spectrophotomètre :

- a. est un appareil de mesure de c.
- b. doit être étalonné par un « blanc ».
- c. mesure $A = 0$ pour une solution transparente.

FICHE 4 p. 20

SCORE : ___ / 10

1 Déterminer la couleur d'une solution à partir de son spectre visible

ÉNONCÉ

Le spectre visible d'une solution colorée est donné ci-dessous.
En déduire la couleur de cette solution.

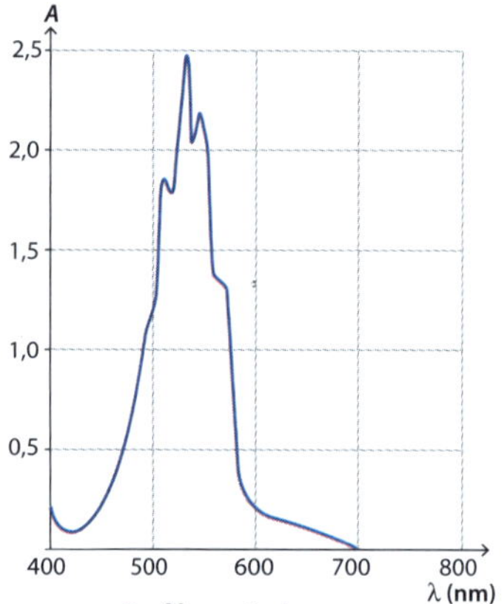

Profil spectral

Cercle chromatique

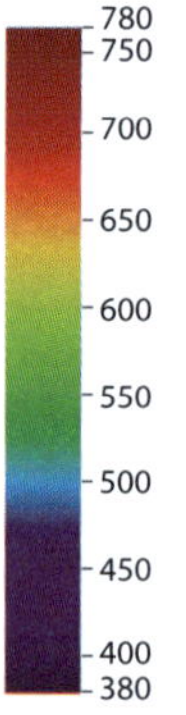

Spectre de la lumière blanche

PROCÉDURE

1. Repérer les longueurs d'onde correspondant aux maxima d'absorption.
2. En utilisant le spectre de la lumière blanche, en déduire les couleurs correspondant à chaque longueur d'onde repérée en 1.
3. À l'aide du cercle chromatique, en déduire les couleurs transmises correspondantes : ce sont les couleurs opposées dans le cercle.
   Dans le cas de plusieurs couleurs transmises, la couleur perçue est la somme (synthèse soustractive) des couleurs transmises.

CORRIGÉ

1 Dans le cas du spectre proposé, il existe sûrement plusieurs pics d'absorption que l'on peut considérer comme une bande d'absorption entre 500 et 550 nm.

2 Cette bande correspond à une absorption dans le vert-jaune.

3 La couleur complémentaire de la bande absorbée correspond au violet-rose. C'est la couleur de la solution perçue par l'œil.

Réflexe à avoir

Pensez que cette solution est sûrement une solution de permanganate de potassium !

Méthode

2 Déterminer la concentration d'une solution colorée par étalonnage

ÉNONCÉ

La couleur violette d'une solution aqueuse de permanganate de potassium est due à l'absorption de la lumière par les ions permanganate MnO_4^-.

À partir d'une solution mère notée S_1, on réalise par dilution 5 solutions filles notées S_2 à S_6.

Pour chaque solution, on mesure l'absorbance. Le tableau ci-après récapitule pour chaque solution sa concentration C_i molaire et l'absorbance A_i.

Solution S_i	S_1	S_2	S_3	S_4	S_5	S_6
C_i (mol·L⁻¹) × 10⁻³	1,0	$7{,}5 \times 10^{-1}$	$5{,}0 \times 10^{-1}$	$2{,}5 \times 10^{-1}$	$1{,}0 \times 10^{-1}$	$2{,}5 \times 10^{-2}$
A_i	1,85	1,41	0,94	0,52	0,21	0,05

Une solution aqueuse inconnue S_{inc} de permanganate de potassium a une absorbance $A_{inc} = 1{,}53$. En déduire sa concentration molaire en ions permanganate.

PROCÉDURE

1. Tracer la courbe de l'absorbance en fonction de la concentration et vérifier la loi de Beer-Lambert.
2. En utilisant la courbe, repérer l'abscisse C_{inc} du point d'ordonnée A_{inc}.

CORRIGÉ

1 À partir du tableau donné ci-avant, on obtient 6 points expérimentaux. La modélisation par une droite passant par l'origine permet de vérifier que l'absorbance A est proportionnelle à la concentration molaire c en ions permanganate (loi de Beer-Lambert).

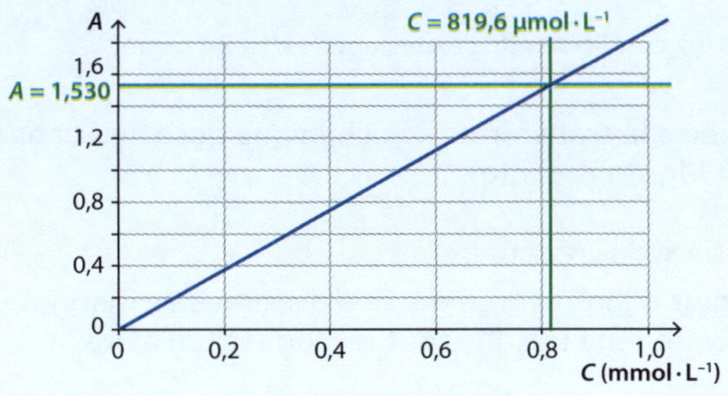

Piège à éviter

Le point d'absorbance A_{inc} et de concentration C_{inc} cherchée correspond à un point de la courbe de Beer-Lambert, c'est-à-dire la courbe obtenue après modélisation.

2 La solution inconnue a une absorbance $A_{inc} = 1{,}53$ que l'on reporte sur la courbe. Le point correspondant à cette absorbance a une abscisse de $C_{inc} = 8{,}2 \times 10^{-4}$ mol·L⁻¹.

EXERCICES D'APPLICATION

1 Attaque acide d'un ruban de magnésium

EXERCICE À CARACTÈRE EXPÉRIMENTAL

À l'aide d'une caméra reliée à un ordinateur, des élèves filment la transformation chimique entre l'acide chlorhydrique et le magnésium produisant du dihydrogène. Le schéma de l'expérience est reproduit ci-dessous.

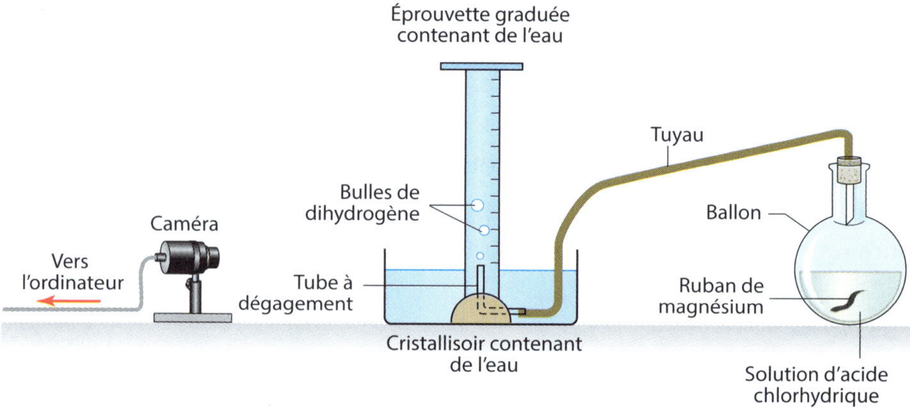

À l'instant de date $t = 0$ s, le ruban de magnésium est mis en contact avec la solution d'acide chlorhydrique.

Données

Solution d'acide chlorhydrique	Magnésium
Concentration en ions hydrogène : 0,50 mol·L^{-1} Volume de la solution : 40 mL	Masse du ruban : 0,12 g Masse molaire : 24 g·mol^{-1}
Volume molaire des gaz dans les conditions de l'expérience : V_m = 24 L·mol^{-1}	

L'équation de la réaction associée à la transformation chimique qui a lieu dans le ballon s'écrit : $Mg(s) + 2H^+(aq) = Mg^{2+}(aq) + H_2(g)$.

1. Calculer les quantités de matière des réactifs.
2. Sachant qu'il faut deux fois plus d'ions hydrogène que d'atomes de magnésium, justifier qu'il reste des ions hydrogène lorsque tout le magnésium a été consommé.
3. En se basant sur l'équation bilan, préciser la quantité de matière d'ions magnésium formés et de dihydrogène.
4. Quel est le volume de dihydrogène produit ?

2 Les couleurs d'un alcootest

EXERCICE À CARACTÈRE DOCUMENTAIRE

Alcootest

Un communiqué de la sécurité routière précise :

> La loi du 12 juin 2003 renforçant la lutte contre l'insécurité routière et le décret du 11 juillet 2003 pris pour son application sanctionnent plus sévèrement certains délits et infractions, notamment la conduite en état d'alcoolémie positive. En aggravant les sanctions, les pouvoirs publics entendent faire prendre conscience aux usagers de la dangerosité de certains comportements.
>
> Conduire après avoir consommé de l'alcool fait courir des risques extrêmes au conducteur, à ses passagers et également à l'ensemble des usagers de la route.
>
> Parce qu'il n'est plus supportable que des milliers de personnes soient victimes de l'alcool au volant, les pouvoirs publics ont durci les sanctions.
>
> Depuis le décret du 11 juillet 2003, un conducteur encourt désormais un retrait de 6 points de permis en cas de dépassement du taux maximal d'alcoolémie autorisé, de 0,5 g par litre de sang, soit 0,25 mg par litre d'air expiré.

L'alcootest est basé sur la réaction entre les ions dichromate $Cr_2O_7^{2-}$ (orangé) et l'éthanol C_2H_6O. L'équation de la réaction est :

$$3C_2H_6O(aq) + 2Cr_2O_7^{2-}(aq) + 16H^+(aq) \rightarrow 3C_2H_4O_2(aq) + 4Cr^{3+}(aq) + 11H_2O(\ell)$$

Un automobiliste est arrêté, il doit souffler à travers l'alcootest dans un ballon d'une capacité maximale d'un litre.

1. Sachant que l'ion chrome Cr^{3+} est vert, quelle quantité maximale d'ions dichromate un alcootest doit-il contenir pour virer à la limite légale, soit 0,25 mg par litre d'air expiré ?
2. De quelle couleur est l'alcootest si un individu a dépassé ce taux d'alcool ?
3. De quelle couleur est l'alcootest si la personne n'a pas bu d'alcool ?

Fiche test 2 Ce que je sais faire

QCM

10 min

◯ À revoir
◯ Acquis

**Pour chaque question, déterminer la (ou les) bonne(s) réponse(s).
Chaque question peut rapporter : 1 point si la réponse ne comporte aucune erreur ; 0,5 point dans le cas d'une erreur ; 0 point dans le cas de deux erreurs ou plus.**

1 Calculer la masse molaire moléculaire

La masse molaire M du permanganate de potassium $(K^+ + MnO_4^-)_{aq}$ en solution est :

◯ **a.** $M = M(K) + M(Mn) + M(O)$.
◯ **b.** $M = M(K) + M(Mn) + 4M(O)$.
◯ **c.** $M = M(K) + 4M(Mn) + 4M(O)$.

FICHE 1 p. 14

2 Calculer une quantité de matière

Une masse m de sel occupe un volume V à une température de 20 °C sous une pression de 1 bar. La quantité de matière de solide correspondante est :

◯ **a.** $n = \frac{V}{V_m}$ avec V_m le volume molaire du sel.
◯ **b.** $n = cV$ avec c la concentration des ions sodium Na^+ et chlorure Cl^- dans le volume V.
◯ **c.** $n = \frac{m}{V}$ avec $M = M(Na^+) + M(Cl^-)$.

FICHE 1 p. 14

3 Calculer la concentration molaire d'une solution fille

Une solution mère de concentration c est utilisée pour fabriquer une échelle de teintes. Une solution fille 100 fois moins concentrée est obtenue par dilution dans une fiole jaugée de 100,0 mL. La concentration de la solution fille est égale à :

◯ **a.** $\frac{c}{100}$.
◯ **b.** $\frac{c \times V(\text{mère})}{V(\text{fille})}$ avec $V(\text{mère}) = 1{,}0$ mL et $V(\text{fille}) = 100{,}0$ mL.
◯ **c.** $\frac{c \times V(\text{mère})}{V(\text{fille})}$ avec $V(\text{mère}) = 100{,}0$ mL et $V(\text{fille}) = 1{,}0$ mL.

FICHE 2 p. 16

4 Déterminer la couleur d'une solution colorée

Le profil spectral d'une solution colorée est donné ci-dessous.

◯ **a.** La solution est orange.
◯ **b.** La solution est de la couleur complémentaire du orange.
◯ **c.** La solution est bleue.

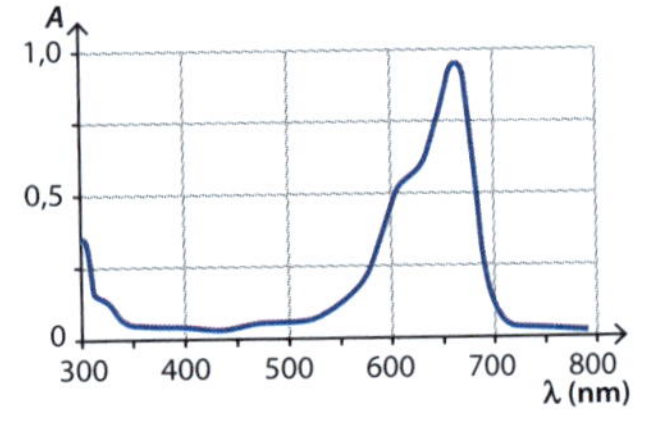

FICHE 3 p. 18

5 Utiliser une courbe d'étalonnage

Lors d'un TP, les élèves réalisent une échelle de teintes et tracent la courbe d'étalonnage ci-après. Ils déterminent ensuite l'absorbance A d'une solution inconnue diluée 20 fois par rapport à une solution commerciale : $A = 0{,}51$.

◯ **a.** La concentration de la solution commerciale est de 0,55 mmol·L⁻¹.
◯ **b.** La concentration de la solution diluée est de 550 mol·L⁻¹.
◯ **c.** La concentration de la solution commerciale est de 0,011 mol·L⁻¹.

FICHE 4 p. 20

SCORE : ____ / 5

VERS LE BAC

3 Sirop de menthe verte : tartrazine et bleu patenté

Sur l'étiquette d'une bouteille de sirop de menthe, on peut lire les indications suivantes : « sucre, eau, sirop de glucose-fructose, arôme naturel de menthe, colorants : E102 – E131 ».

Le colorant E102 correspond à la tartrazine, colorant alimentaire jaune, alors que le colorant E131 est le colorant bleu patenté V.

Pour déterminer la concentration en colorant jaune et en colorant bleu dans le sirop, on réalise les expériences suivantes à partir du sirop de menthe dilué dix fois, d'une solution de tartrazine à $2{,}00 \times 10^{-2}$ g·L^{-1} et d'une solution de bleu patenté V à $1{,}00 \times 10^{-2}$ g·L^{-1}.

À l'aide d'un spectrophotomètre, on obtient les courbes donnant l'absorbance A en fonction de la longueur d'onde λ pour les trois solutions.

Profil spectral du colorant jaune (tartrazine)

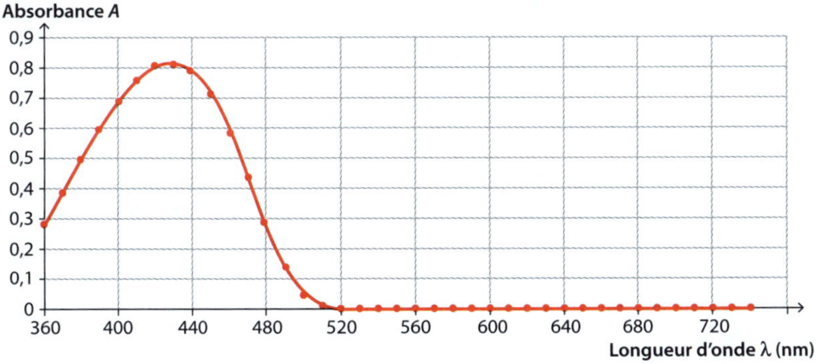

Profil spectral du colorant bleu (bleu patenté V)

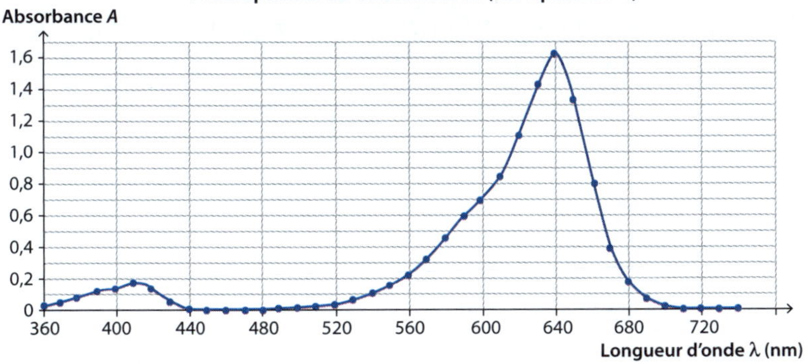

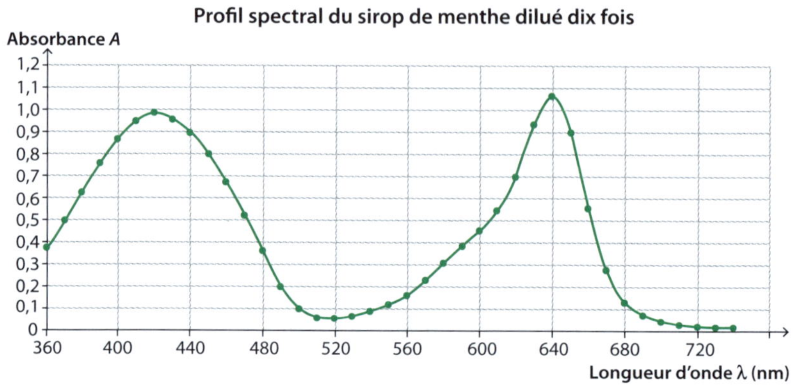

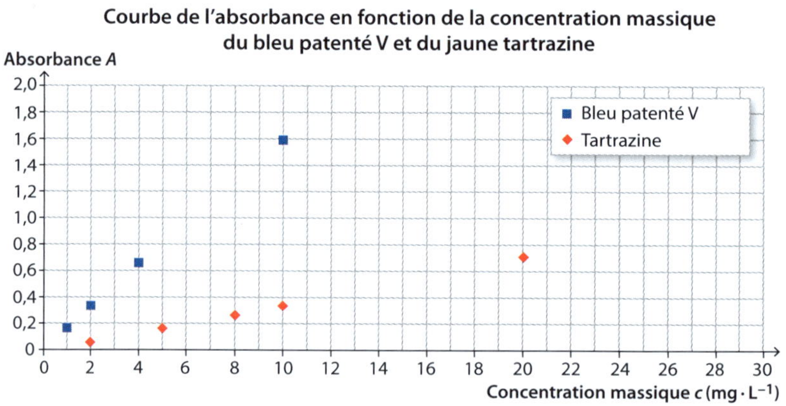

1 Pourquoi choisit-on de se placer à la longueur d'onde λ = 450 nm plutôt que 420 nm pour réaliser le dosage par étalonnage de la tartrazine dans le mélange ?

2 À partir des figures précédentes, déterminer graphiquement la concentration massique en colorants jaune et bleu dans le sirop dilué.

3 En déduire les concentrations massiques en colorant tartrazine c_{mT} et en colorant bleu patenté c_{mB} dans le sirop.

Vers le bac

4 L'eau de Dakin

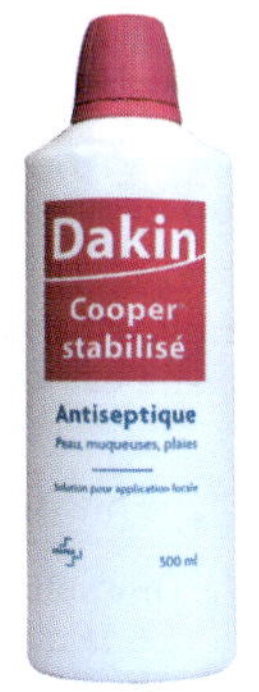

L'eau de Dakin est un antiseptique utilisé pour le lavage des plaies et des muqueuses. Elle a une couleur rose et une odeur chlorée.

L'étiquette du flacon mentionne les principes actifs pour un volume $V = 100$ mL : « Solution concentrée d'hypochlorite de sodium, quantité correspondant à 0,500 g de chlore actif – permanganate de potassium 0,0010 g – dihydrogénophosphate de sodium dihydraté – eau purifiée ».

Données :
$M_O = 16{,}0$ g·mol⁻¹ ; $M_{Na} = 23{,}0$ g·mol⁻¹ ; $M_{Cl} = 35{,}5$ g·mol⁻¹ ; $M_K = 39{,}0$ g·mol⁻¹ ; $M_{Mn} = 55{,}0$ g·mol⁻¹.

Afin de réaliser une échelle de teintes, on prépare un volume $V_0 = 500$ mL d'une solution mère S_0 de permanganate de potassium à la concentration molaire en soluté apporté $c_0 = 1{,}0 \times 10^{-2}$ mol·L⁻¹.

1 Calculer la masse de permanganate de potassium solide (de formule $KMnO_4$) à peser pour préparer cette solution par dissolution.

La solut ion S_0 permet de préparer une échelle de teintes constituée par cinq solutions dont on mesure l'absorbance *A* à la longueur d'onde 530 nm.

Solution S_i	S_1	S_2	S_3	S_4	S_5
Concentration *c* (mol·L⁻¹)	$1{,}0 \times 10^{-4}$	$8{,}0 \times 10^{-5}$	$6{,}0 \times 10^{-5}$	$4{,}0 \times 10^{-5}$	$2{,}0 \times 10^{-5}$
A	0,221	0,179	0,131	0,088	0,044

2 Tracer la courbe représentant $A = f(c)$ et déterminer la relation numérique entre *A* et *c*.

3 À partir du spectre d'absorption réalisé avec une solution de permanganate de potassium, expliquer comment on a choisi la longueur d'onde pour cette étude.

4 Ce spectre a-t-il été réalisé avec une solution de concentration molaire plus élevée ou plus faible que celles du tableau précédent ? Justifier sans calcul.

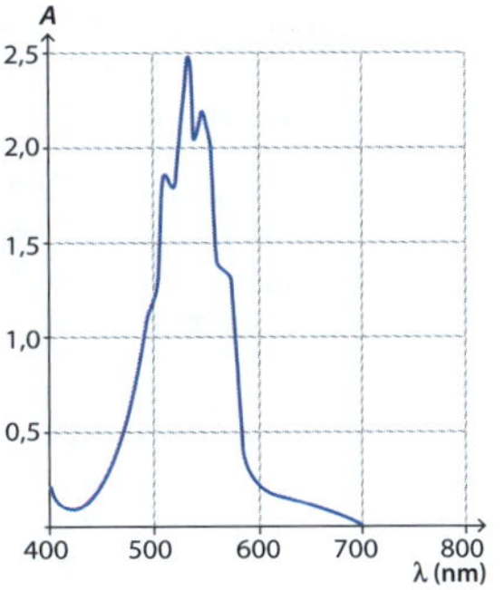

L'absorbance de l'eau de Dakin à la longueur d'onde λ = 530 nm est 0,14. À cette longueur d'onde, et pour les concentrations des espèces chimiques de l'eau de Dakin, on admettra que seul le permanganate de potassium intervient dans la mesure de l'absorbance.

5 En déduire la concentration molaire c_{exp} en permanganate de potassium apporté de l'eau de Dakin.

6 À partir des données de l'étiquette, calculer la concentration molaire *c* en permanganate de potassium apporté de l'eau de Dakin et comparer au résultat expérimental. Pour cela, on calculera si nécessaire l'écart relatif $\left|\frac{c - c_{exp}}{c}\right|$ et on l'exprimera en pourcentage.

Fiche test 3 Je fais le point

VRAI FAUX

15 min

○ À revoir
○ Acquis

Indiquer pour chaque proposition si elle est vraie ou fausse.

1. La masse molaire de l'eau est $M = M(\text{O}) + 2M(\text{H}) = 18{,}0\ \text{g}\cdot\text{L}^{-1}$.	○ Vrai	○ Faux
2. Une solution d'eau salée à $0{,}100\ \text{g}\cdot\text{L}^{-1}$ correspond à une quantité de matière de 0,85 mmol d'ions sodium par litre de solution.	○ Vrai	○ Faux
3. Le volume molaire V_m du dioxyde de carbone CO_2 à 20 °C et 1 bar est de $24\ \text{L}\cdot\text{mol}^{-1}$. Dans les mêmes conditions de pression mais pour une température inférieure à 20 °C, V_m sera plus faible.	○ Vrai	○ Faux
4. Le volume d'une mole de dihydrogène est inférieur à celui d'une mole de dioxyde de carbone dans les mêmes conditions de température et de pression, car la masse molaire moléculaire du dihydrogène est inférieure à celle du dioxyde de carbone.	○ Vrai	○ Faux
5. On considère une solution colorée dans une cuve de 1 cm d'épaisseur. Si l'on double l'épaisseur de la cuve, l'absorbance de la solution double.	○ Vrai	○ Faux
6. Le profil spectral d'une solution colorée permet de déterminer la couleur absorbée : elle correspond à la longueur d'onde du maximum d'absorbance. La couleur de la solution est alors celle qui lui est diamétralement opposée dans le cercle chromatique.	○ Vrai	○ Faux
7. Une solution de permanganate de potassium diluée apparaît magenta. L'absorbance maximale est alors dans le jaune.	○ Vrai	○ Faux
8. Une solution de concentration $c = 1{,}5 \times 10^{-5}\ \text{mol}\cdot\text{L}^{-1}$ a une absorbance de $A = 1{,}23$. Une solution diluée à $4{,}5\ \mu\text{mol}\cdot\text{L}^{-1}$ a une absorbance d'environ 0,37.	○ Vrai	○ Faux
9. La courbe d'étalonnage d'un dosage spectrophotométrique correspond à celle de $A = f(c)$. La modélisation est une droite passant par l'origine : lorsque la solution est transparente, l'absorbance est nulle.	○ Vrai	○ Faux
10. Un spectrophotomètre doit être étalonné. Avant toute utilisation, il est important d'étalonner l'absorbance avec une solution transparente, et de notifier la température et la longueur d'onde de travail en accord avec le spectre UV-visible de la substance colorée choisie.	○ Vrai	○ Faux

SCORE : ____ / 10

Corrigés

Fiche test 1 *Ce que je sais*

1. a) et **b)** L'ion étant un atome ayant perdu ou gagné un, deux, voire trois électrons de masse négligeable, la masse d'une mole d'ions est très peu différente de celle d'une mole d'atomes. La différence, négligeable, sera considérée comme nulle. La masse molaire est la masse d'une mole : elle s'exprime en grammes par mole, soit en $g \cdot mol^{-1}$ et non en $mol \cdot L^{-1}$ (unité de la concentration molaire). FICHE 1 p. 14

2. b) La quantité de matière $n = V/V_m$ ne dépend pas de la nature du gaz et s'exprime en mol et non en $L \cdot mol^{-1}$, unité du volume molaire V_m. FICHE 1 p. 14

3. a) La concentration massique c_m est la masse de soluté par litre de solution et $c_m = cM$, les deux concentrations étant proportionnelles. FICHE 2 p. 16

L'astuce du prof

Pensez à la relation entre les concentrations à l'aide du moyen mnémotechnique « CM = CM » pour $c_m = cM$.

4. a), **b)** et **c)** *Toutes les réponses sont correctes.* FICHE 2 p. 16

5. a) et **b)** La solution mère est toujours plus concentrée et donc plus colorée que la solution fille dont le volume est plus important. FICHE 2 p. 16

L'astuce du prof

Pour raisonner sur une dilution, pensez à un sirop de grenadine. Le sirop versé dans le verre (ou solution mère) est très coloré, très concentré et en faible volume. Après ajout d'eau, le sirop obtenu (ou solution fille) est moins coloré, moins concentré et de volume plus important.

6. b) et **c)** Le cercle chromatique représente les couleurs spectrales, celles issues de la décomposition de la lumière blanche. Le marron par exemple n'étant pas une couleur spectrale, il n'appartient pas au cercle chromatique. Ce dernier permet de mettre en évidence les couples de couleurs complémentaires absorbée/diffusée. FICHE 3 p. 18

7. b) et **c)** Le spectre UV-visible est aussi appelé profil spectral d'une substance. Il est la courbe de l'absorbance en fonction de la longueur d'onde du rayonnement auquel la substance est soumise. La lecture de ce spectre permet de déterminer la couleur ou la gamme de couleurs absorbées, et ainsi sa couleur complémentaire ou couleur de la substance. FICHE 3 p. 18

8. b) et **c)** La loi de Beer-Lambert explicite la proportionnalité entre l'absorbance d'une substance colorée et sa concentration. FICHE 4 p. 20

9. a) et **b)** Un dosage spectrophotométrique permet de déterminer la concentration d'une espèce colorée à partir d'une courbe d'étalonnage de l'absorbance en fonction de la concentration. Le dosage est réalisé à la longueur d'onde du maximum d'absorbance du profil spectral d'espèce colorée (et non au maximum de longueur d'onde). FICHE 4 p. 20

10. b) et **c)** Un spectrophotomètre mesure l'absorbance d'une solution. Son étalonnage ou « blanc » se fait avec une solution transparente à la longueur d'onde de travail pour laquelle $A = 0$. FICHE 4 p. 20

EXERCICES D'APPLICATION

① Attaque acide d'un ruban de magnésium

Vidéo
« Réaction en TP Magnésium Acide Chlorhydrique Stoechiométrie »

1. La quantité de matière n_1 d'ions hydrogène est telle que :
$n_1 = cV$ avec c la concentration en ions hydrogène de la solution d'acide chlorhydrique et V le volume de la solution.
$n_1 = 0,50 \times 40 \times 10^{-3} = \mathbf{2,0 \times 10^{-2}}$ **mol.**

La quantité de matière n_2 de magnésium est telle que : $n_2 = \frac{m}{M}$ avec m la masse du ruban de magnésium et M la masse molaire atomique du magnésium.
$n_2 = \frac{0,12}{24} = \mathbf{5,0 \times 10^{-3}}$ **mol.** FICHE 2 p. 16

2. Sachant qu'il faut deux fois plus d'ions hydrogène que d'atomes de magnésium, alors il faudrait $2n_2 = 2 \times 5,0 \times 10^{-3} = 1,0 \times 10^{-2}$ mol d'ions hydrogène pour réagir avec la totalité des atomes de magnésium.
Or $n_1 = 2,0 \times 10^{-2}$ mol > $2n_2 = 1,0 \times 10^{-2}$ mol : il reste donc des ions hydrogène dans la solution.

Gagnez des points
Par différence, on en déduit que $n_1 - 2n_2 = 1,0 \times 10^{-2}$ mol d'ions hydrogène n'ont pas réagi.

3. L'équation bilan de la réaction $Mg(s) + 2H^+(aq) = Mg^{2+}(aq) + H_2(g)$ montre qu'il y a autant d'ions magnésium Mg^{2+} et de dihydrogène H_2 produits que d'atomes de magnésium Mg consommés. En effet, le coefficient de chacune de ces entités est le même. On en déduit que : $n(Mg^{2+}) = n(H_2) = n(Mg) = n_2 = \mathbf{5,0 \times 10^{-3}}$ **mol.**

4. Le volume V de dihydrogène produit est tel que : $V = n(H_2) \times V_m$ avec $V_m = 24$ L·mol^{-1} dans les conditions de l'expérience. Soit $V = 5,0 \times 10^{-3} \times 24 = \mathbf{1,2 \times 10^{-1}}$ **L.** FICHE 1 p. 14

② Les couleurs d'un alcootest

Gagnez des points
Il faut connaître les valeurs des masses molaires de H, C, N et O.

1. La quantité maximale en ions dichromate correspond à la quantité limite. Cela signifie que l'on considère un mélange stœchiométrique d'ions dichromate et d'éthanol.

La quantité initiale d'alcool par litre d'air expiré est $n_1 = \frac{m_1}{M_1}$ avec m_1 la masse d'alcool et M_1 sa masse molaire moléculaire.
$M_1 = 2M_C + 6M_H + M_O = 2 \times 12,0 + 6 \times 1,0 \times 16,0$ soit $M_1 = 46$ g·mol^{-1}.

On en déduit $n_1 = \frac{m_1}{M_1} = \frac{0,25 \times 10^{-3}}{46}$ soit $n_1 = 5,4 \times 10^{-6}$ mol. FICHE 1 p. 14

Appelons n_2 la quantité d'ions dichromate nécessaire, les ions hydrogène et l'eau étant en large excès dans la solution aqueuse acide.
L'équation de la réaction est :

$$3C_2H_6O(aq) + 2Cr_2O_7^{2-}(aq) + 16H^+(aq) \rightarrow 3C_2H_4O_2(aq) + 4Cr^{3+}(aq) + 11H_2O(\ell)$$

On peut alors en déduire que 3 molécules d'alcool réagissent avec 2 ions dichromate.
À une échelle macroscopique, on en conclut ainsi que 3 moles d'alcool réagissent avec 2 moles d'ions dichromate, soit encore : $\frac{n_1}{3} = \frac{n_2}{2}$.

Piège à éviter

Vérifiez que la formule de proportionnalité s'écrit bien dans ce sens.

En effet, si $n_1 = 3$ mol, alors $n_2 = \frac{2n_1}{3} = 2$ mol.

La quantité n_2 d'ions dichromate est alors : $n_2 = \frac{2n_1}{3}$.

On en déduit une valeur pour la quantité d'ions dichromate :

$n_2 = 2 \times \frac{5,4 \times 10^{-6}}{3} = \mathbf{3,6 \times 10^{-6}}$ **mol** d'ions dichromate par litre d'air expiré.

2. Si l'individu a dépassé cette limite légale, alors il n'y a plus d'ions dichromate, et une quantité de $2n_2 = 7,2 \times 10^{-6}$ mol d'ions chrome s'est formée.
L'alcootest prend alors la couleur **verte** de ces derniers.

L'astuce du prof

L'équation de la réaction montre que les ions chrome Cr^{3+} sont produits en quantité double des ions dichromate $Cr_2O_7^{2-}$ consommés : les coefficients sont de 2 et de 4.

3. Un individu qui n'aurait pas bu aurait expiré une quantité nulle d'alcool. La réaction n'aurait pas eu lieu, et seuls les ions dichromate auraient coloré l'alcootest en **orange**.

Fiche test 2 *Ce que je sais faire*

1. b) La masse molaire moléculaire est la somme des masses molaires atomiques donc : $M(KMnO_4) = M(K) + M(Mn) + 4M(O)$. FICHE 1 p. 14

2. c) Le sel est un solide cristallin, sa quantité de matière est donc $n = \frac{m}{M}$ avec M la masse molaire du sel ou chlorure de sodium $Na^+ + Cl^-$.
Les réponses **a)** ou **b)** concernent des substances gazeuses ou des solutés en solution. FICHE 1 p. 14

3. a) et **b)** La solution fille est « 100 fois moins concentrée », donc le facteur de dilution est : $F = \frac{c(\text{mère})}{c(\text{fille})} = \frac{V(\text{fille})}{V(\text{mère})} = 100$. On a donc $c(\text{mère}) = 100 \times c(\text{fille})$, soit $c(\text{fille}) = \frac{c(\text{mère})}{100} = \frac{c}{100}$ mais aussi $c(\text{fille}) = \frac{c(\text{mère})\,V(\text{mère})}{V(\text{fille})} = \frac{c \times V(\text{mère})}{V(\text{fille})}$ sachant que $V(\text{mère}) < V(\text{fille})$. FICHE 2 p. 16

4. b) et **c)** La couleur absorbée a une longueur d'onde de l'ordre de 650 nm, soit dans l'orange. Sa couleur complémentaire est le bleu : la solution est donc bleue. FICHE 3 p. 18

5. c) La lecture graphique permet de déterminer que pour $A = 0,51$, sans toutefois une précision au centième, la concentration est de 550 $\mu mol \cdot L^{-1}$ soit 0,55 $mmol \cdot L^{-1}$ pour la solution diluée.
La solution commerciale est 20 fois plus concentrée, soit de concentration égale à $0,55 \times 10^{-3} \times 20 = 0,011$ $mol \cdot L^{-1}$. FICHE 4 p. 20

VERS LE BAC

③ Sirop de menthe verte : tartrazine et bleu patenté

1. On se place à 450 nm pour la tartrazine plutôt qu'au maximum d'absorption à 420 nm, car on observe aussi un petit pic d'absorption du bleu patenté. On décale donc la longueur d'onde de travail pour éviter l'absorption du bleu. FICHE 3 p. 18

2. L'absorbance du sirop de menthe en fonction de la longueur d'onde montre qu'à 450 nm, A = 0,96 pour le colorant jaune tartrazine. De même, on peut lire, à 640 nm, une absorbance A = 1,06 pour le bleu patenté V. FICHE 4 p. 20

Profil spectral du sirop de menthe dilué dix fois

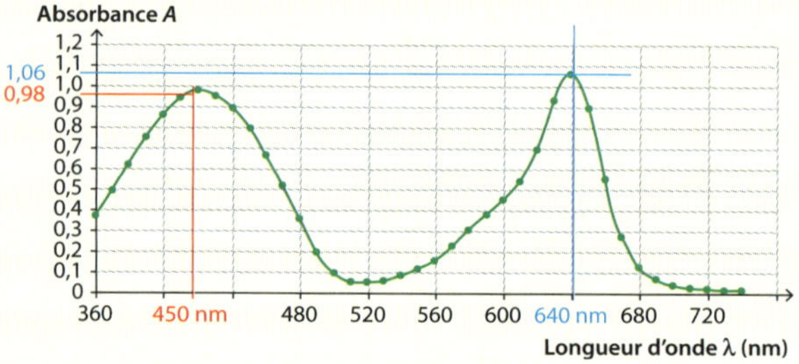

À partir de la courbe de l'absorbance en fonction de la concentration massique du bleu patenté et du jaune tartrazine, on trace les droites passant par les points expérimentaux. Elles doivent passer par l'origine, l'absorbance étant proportionnelle à la concentration en colorant. FICHE 4 p. 20

En reportant ces deux valeurs sur le graphe ci-dessous pour les courbes de la tartrazine et du bleu patenté, on obtient pour le jaune tartrazine une concentration massique c_{jaune} **= 26 mg·L⁻¹** et pour le bleu patenté c_{bleu} **= 6,5 mg·L⁻¹**.

Gagnez des points
La courbe de l'absorbance en fonction de la concentration molaire ou massique est modélisée par la loi de Beer-Lambert. C'est une droite passant par l'origine.

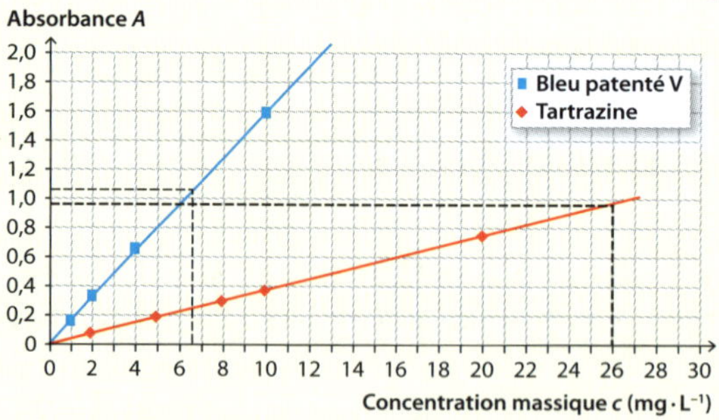

3. La solution de sirop utilisée étant diluée au 10ᵉ, cela signifie que la solution initiale est 10 fois plus concentrée. On a donc c_m **= 10** c.
En considérant les deux colorants du sirop de menthe :
– la concentration en jaune tartrazine est $c_{mT} = 10 \times 26 =$ **260 mg·L⁻¹** ;
– la concentration en bleu patenté V est $c_{mB} = 10 \times 6{,}5 =$ **65 mg·L⁻¹**. FICHE 2 p. 16

④ L'eau de Dakin

1. La masse de permanganate de potassium nécessaire est : $m_0 = n_0M_0$, soit $m_0 = c_0V_0M_0$ avec c_0 la concentration en permanganate de potassium, V_0 le volume de la solution et M_0 la masse molaire du solide.

$M_0 = M_K + M_{Mn} + 4M_O$

$M_0 = 39,0 + 55,0 + 4 \times 16,0 = 158,0\ g \cdot mol^{-1}$

d'où $m_0 = c_0V_0M_0$

$m_0 = 1,0 \times 10^{-2} \times 0,500 \times 158,0$ soit $\mathbf{m_0 = 0,79\ g}$. FICHE 1 p. 14

2. $A = 2\ 213c$ avec c en mol·L^{-1} ou $\mathbf{A = 2,2 \times 10^3 c}$.

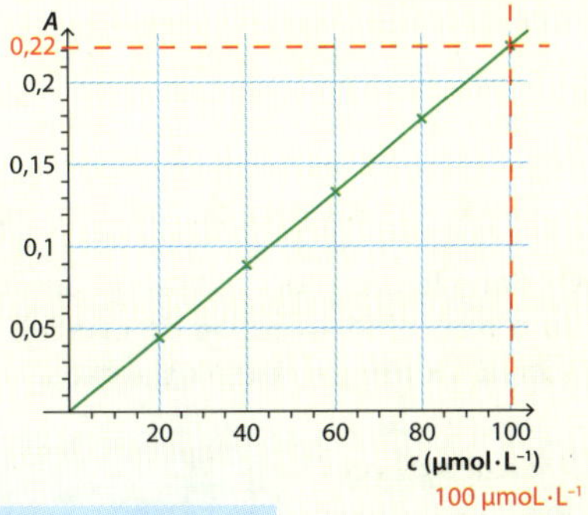

$A = kc$ avec k le coefficient directeur de la droite. En prenant le point (c = 100 µmol·L^{-1} ; A = 0,22) et l'origine (c = 0 ; A = 0), on obtient $k = \dfrac{0,22 - 0}{100 \times 10^{-6} - 0} = 2,2 \times 10^3\ L \cdot mol^{-1}$. On en déduit l'équation de la droite $A = 2,2 \times 10^3 \times c$ avec c en mol·L^{-1}. FICHE 4 p. 20

L'astuce du prof

Le coefficient directeur s'obtient en calculant la pente de la droite obtenue. Comme cette dernière passe par l'origine, cela revient à calculer le rapport de l'absorbance et de la concentration pour un point quelconque de la droite.

3. La longueur d'onde choisie correspond au **maximum d'absorption de la solution**, soit **λ = 530 nm**. FICHE 3 p. 18

4. Pour cette longueur d'onde et cette concentration, l'absorbance de la solution est de 2,5. On a donc une absorbance plus élevée que celles du tableau de valeurs. Or A est proportionnelle à c (loi de Beer-Lambert). On en déduit que cette solution est **plus concentrée** que celles utilisées précédemment. FICHE 4 p. 20

5. L'énoncé donne $A = 0,14$ que l'on reporte dans la courbe $A = f(c)$ ci-avant. On peut alors lire une concentration correspondante $\mathbf{c_{exp} = 64\ \mu mol \cdot L^{-1}}$.

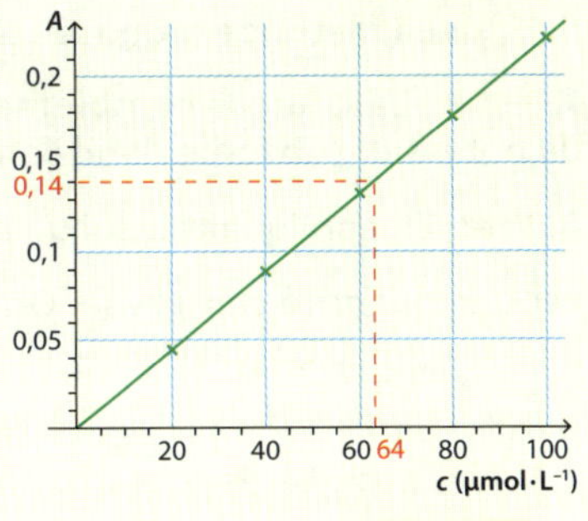

L'astuce du prof

Vérifiez le résultat avec la méthode numérique $A = 2,2 \times 10^3\ c$.

Par le calcul, on retrouve :

$c_{exp} = \dfrac{A}{2,2 \times 10^3} = \dfrac{0,14}{2,2 \times 10^3} = \mathbf{6,4 \times 10^{-5}\ mol \cdot L^{-1}}$.

FICHE 4 p. 20

6. L'étiquette propose m = 0,0010 g pour V = 100 mL, soit $c_m = \frac{m}{V} = \frac{0{,}0010}{0{,}100}$ ou c_m = 0,010 g·mol⁻¹.

D'où la concentration molaire $c = \frac{c_m}{M_0} = \frac{0{,}010}{158{,}0} = 6{,}3 \times 10^{-5}\ \text{mol}\cdot\text{L}^{-1}$.

L'écart relatif entre les deux valeurs est $\left|\frac{c - c_{exp}}{c}\right| = \left|\frac{6{,}4 - 6{,}3}{6{,}3}\right|$ = **1,6 %.**

On en conclut que le résultat expérimental est bien **conforme à l'étiquette**.

Fiche test 3 *Je fais le point*

1. **Faux.** La masse molaire de l'eau est de 18,0 g·mol^{-1}.

2. **Faux.** La quantité de matière de sel est : $n = \frac{m}{M(\text{NaCl})} = \frac{0{,}100}{23{,}0 + 35{,}5} = 1{,}71 \times 10^{-3}$ mol.

Or dans le cas d'un cristal de chlorure de sodium $Na^+ + Cl^-$, on a autant d'ions sodium ou d'ions chlorure que de cristal, d'où : $n(Na^+) = n = 1{,}71 \times 10^{-3}$ mol ou 1,71 mmol et non la moitié de cette quantité.

L'astuce du prof

Pensez que pour un NaCl, on n'obtient qu'un seul ion sodium Na^+, soit la même quantité que celle de sel.

3. **Vrai.** Plus la température est importante et plus un gaz se dilate : son volume molaire à 20 °C est plus grand que celui à une température inférieure à 20 °C.

4. **Faux.** Le volume molaire ne dépend pas de la nature du gaz : dans les mêmes conditions de température et de pression, le volume molaire est le même pour tous les gaz.

5. **Vrai.** La constante k de la loi de Beer-Lambert est proportionnelle à l'épaisseur de solution colorée traversée : si on double cette épaisseur de solution, on double l'absorbance.

6. **Vrai.** La méthode proposée est exacte.

7. **Faux.** La couleur complémentaire du magenta est le vert. Le permanganate de potassium absorbe donc dans le vert.

8. **Vrai.** En appliquant la loi de proportionnalité de Beer-Lambert, on obtient que $\frac{A}{c}$ est une quantité conservée. On vérifie bien ici que $\frac{A}{c} = \frac{1{,}23}{1{,}5 \times 10^{-5}} = 8{,}2 \times 10^{+4}\ \text{L}\cdot\text{mol}^{-1}$ est égal à $\frac{0{,}37}{4{,}5 \times 10^{-6}}$.

9. **Vrai.** La courbe de l'absorbance en fonction de la concentration est linéaire.

10. **Vrai.** Avant toute utilisation, un spectrophotomètre doit être étalonné par un « blanc » à la température et la longueur d'onde de travail.

Vidéo
« Spectrophotomètre : guide de démarrage rapide »

Chapitre 2

Suivi et modélisation de l'évolution d'un système chimique

Oxydation du fer

FICHE 1 Réactions d'oxydoréduction 40

FICHE 2 Suivi d'une transformation 42

FICHE 3 Principe d'un titrage 44

Révision Express 46

Méthodes 48

Exercices 50

VERS LE BAC 53

Corrigés 57

FICHE 1 Réactions d'oxydoréduction

1 Transfert d'électrons

Arbre de Diane

- On s'intéresse à l'expérience de l'arbre de Diane : on introduit un fil de cuivre dans une solution aqueuse de nitrate d'argent. La réaction des ions argent Ag^+ sur le fil de cuivre Cu produit des filaments d'argent Ag et des ions cuivre II Cu^{2+}.
- C'est une **réaction d'oxydoréduction**, aussi appelée réaction redox : chaque atome de cuivre a cédé deux électrons e^- pour se transformer en ion cuivre II, alors que chaque ion argent a accepté un électron e^- pour se transformer en argent métallique.

2 Demi-équations et équation bilan

1. Demi-équations

- La réaction précédente peut se décomposer en deux **demi-équations** : $Ag^+ + e^- = Ag$ et $Cu = Cu^{2+} + 2e^-$.
- Certaines demi-équations nécessitent d'être équilibrées **en milieu acide** en faisant intervenir autant de molécules d'eau H_2O et d'ions hydrogène H^+ que nécessaire.

Remarque
Les deux demi-équations symbolisent la perte et le gain d'électrons (elles ne comportent pas forcément le même nombre d'électrons).

2. Équation bilan

- Aucun électron n'est libre en solution, seule l'équation bilan de la réaction redox a réellement du sens. Elle est obtenue en faisant la somme « coefficientée » membre à membre des deux demi-équations (le nombre d'électrons échangés doit être identique).
- Dans le cas de l'arbre de Diane, la demi-équation $Ag^+ + e^- = Ag$ doit être multipliée par 2, et la somme ainsi coefficientée des demi-équations correspond à l'équation bilan :

$$2Ag^+ + Cu = 2Ag + Cu^{2+} \text{ (en simplifiant par } 2e^-\text{)}$$

3 Couple redox

À retenir
Un **oxydant** est une espèce chimique capable d'accepter un ou des électrons e^-.
Un **réducteur** est une espèce chimique capable de céder un ou des électrons e^-.

On définit alors un **couple redox** comme le couple formé des deux espèces chimiques intervenant dans une demi-équation. Il est noté sous la forme Ox/Red, Ox étant l'oxydant et Red le réducteur.

Remarque
Ag^+/Ag et Cu^{2+}/Cu sont les deux couples redox intervenant dans l'expérience de l'arbre de Diane.

EXERCICE RÉSOLU

> Reconnaître un couple redox

ÉNONCÉ

Soit la liste de couples suivante :

$Mg^{2+}(aq)/Mg(s)$, $PbO_2(s)/Pb^{2+}(aq)$, $C_2H_5COOH(aq)/C_2H_5COO^-(aq)$ et $I_2(aq)/I^-(aq)$.

Préciser les couples redox.

CORRIGÉ

Pour les couples proposés, les demi-équations sont :

- pour le couple $Mg^{2+}(aq)/Mg(s)$:
$Mg^{2+} + 2e^- = Mg$ **(1)** ;
- pour $PbO_2(s)/Pb^{2+}(aq)$, en milieu acide :
$PbO_2 + 4H^+ + 2e^- = Pb^{2+} + 2H_2O$ **(2)** ;
- pour le couple $C_2H_5COOH(aq)/C_2H_5COO^-(aq)$:
$C_2H_5COOH = C_2H_5COO^- + H^+$ **(3)** ;
- pour le couple $I_2(aq)/I^-(aq)$:
$I_2 + 2e^- = 2I^-$ **(4)**.

Pour trois des quatre couples proposés, les demi-équations symbolisent des transferts d'électrons, les couples correspondants sont donc des couples redox.

L'équation **(3)** est l'écriture symbolique d'un échange d'un ion H^+.

On en conclut que les couples **$Mg^{2+}(aq)/Mg(s)$, $PbO_2(s)/Pb^{2+}(aq)$** et **$I_2(aq)/I^-(aq)$** sont des couples redox.

Méthode
Écrivez les demi-équations correspondant à chaque couple et repérez les transferts d'électrons.

Gagnez des points
La demi-équation **(3)** correspond à une demi-équation acido-basique. Elle est associée à un transfert de proton ou ion hydrogène H^+.

Lexique

- **Réaction d'oxydoréduction :** modélisation d'une transformation chimique par transfert d'électrons entre deux réactifs.
- **Demi-équation :** équation montrant le mouvement des électrons entre un oxydant et son réducteur associé.
- **Oxydant :** espèce chimique captant un ou plusieurs électrons, subissant ainsi une réduction.
- **Réducteur :** espèce chimique cédant un ou plusieurs électrons, subissant ainsi une oxydation.
- **Couple redox :** écriture symbolique de la forme Ox/Red d'un oxydant Ox et de son réducteur associé Red, l'oxydant étant toujours placé devant le réducteur.

FICHE 2 Suivi d'une transformation

1 État d'un système

On appelle **état d'un système chimique** un ensemble d'informations permettant de le décrire à un instant donné : la nature, la quantité de matière et l'état physique de chacun de ses constituants, la température et la pression du système.

2 Équation bilan, réactifs et produits

- Tout système chimique passant d'un état à un autre subit une **transformation** qui peut être modélisée par une réaction chimique.
- Son écriture symbolique est l'**équation bilan** : $aA + bB \longrightarrow cC + dD$ par exemple. Les espèces A et B sont appelées les **réactifs** de la réaction et C et D les **produits**.

3 Suivi de la transformation

1. Avancement d'une réaction

Pour suivre l'évolution, non instantanée, de la transformation d'un système chimique, on utilise une grandeur exprimée en moles : l'avancement, noté x. À chaque instant, il est lié à la quantité de matière consommée par les réactifs et constituée par les produits.

Vidéo
« Faire un tableau d'avancement »

2. Tableau d'avancement

- Le tableau descriptif de l'évolution du système fait le bilan des quantités de matière qui restent à l'instant considéré. En général, on s'intéresse à : l'**état initial** (EI) du système avant que la transformation ne s'opère ($x = 0$ mol), l'**état en cours de transformation** (EC) et l'**état final** (EF) pour lequel les quantités de matière du système n'évoluent plus ($x = x_f$).

Équation		aA +	bB $\longrightarrow$	cC +	dD
État	Avancement (mol)	Quantité de matière (mol)			
EI	$x = 0$	n_A	n_B	0	0
EC	x	$n_A - ax$	$n_B - bx$	cx	dx
EF	$x = x_f$	$n_A - ax_f$	$n_B - bx_f$	cx_f	dx_f

Remarque
Les quantités de matière des réactifs diminuent en fonction de l'avancement de la réaction, alors que celles des produits augmentent.
Dans la plupart des cas, $n_C = n_D = 0$ mol à l'état initial.

À retenir
Un réactif entièrement consommé est appelé **réactif limitant** ou **réactif en défaut**, les autres réactifs sont des **réactifs en excès**.

- Dans le cas d'une réaction totale, l'avancement final x_f correspond à l'avancement maximal x_{max} calculé à partir du réactif limitant : $x_f = x_{max}$.
- Si tous les réactifs sont limitants, on parle de **mélange initial** stœchiométrique.

EXERCICE RÉSOLU

> Interpréter la couleur d'une solution à l'état final

ÉNONCÉ

Dans un tube à essai, on introduit 0,20 g de poudre de fer et 3,0 mL de solution bleu turquoise de sulfate de cuivre de concentration $1,0 \times 10^{-1}$ mol·L^{-1}. Après agitation et décantation, on observe une disparition totale de la couleur turquoise au profit d'une coloration verte. Interpréter.

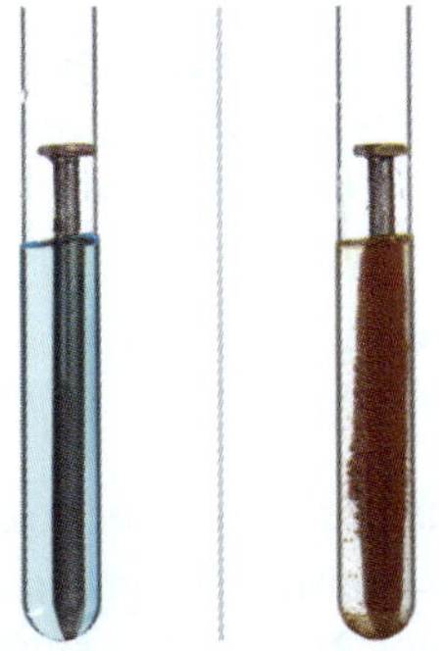

États initial et final de la réaction de la poudre de fer dans une solution de sulfate de cuivre

DONNÉES

- Masse molaire du fer : $M_{Fe} = 55,8$ g·mol^{-1}.
- Les ions Fe^{2+} sont de couleur verte. Équation bilan de la réaction : $Fe(s) + Cu^{2+}(aq) \longrightarrow Fe^{2+}(aq) + Cu$.

CORRIGÉ

Les quantités de matière des réactifs à l'état initial sont :

$n(Fe) = \frac{m}{M} = \frac{0,20}{55,8} = 3,6 \times 10^{-3}$ mol ; $n(Cu^{2+}) = cV = 1,0 \times 10^{-1} \times 3,0 \times 10^{-3} = 3,0 \times 10^{-4}$ mol.

	Équation	Fe(s) +	Cu^{2+}(aq) ⟶	Fe^{2+}(aq) +	Cu
État	Avancement (mol)	Quantité de matière (mol)			
EI	$x = 0$	$3,6 \times 10^{-3}$	$3,0 \times 10^{-4}$	0	0
EC	x	$3,6 \times 10^{-3} - x$	$3,0 \times 10^{-4} - x$	x	x
EF	$x = x_{max} = 3,0 \times 10^{-4}$	$3,3 \times 10^{-3}$	0	$3,0 \times 10^{-4}$	$3,0 \times 10^{-4}$

Le tableau d'évolution permet de conclure que le réactif limitant est les ions cuivre. À la fin de la réaction, il n'y en a donc plus, et la couleur bleu turquoise disparaît bien. On note aussi la formation de Fe^{2+}, responsable de la couleur verte.

Méthode
À l'aide du tableau d'évolution, calculez les quantités des espèces colorées à l'EI et à l'EF.

Lexique

- **Avancement :** grandeur homogène à une quantité de matière exprimée en moles et représentant l'avancée d'une transformation chimique.
- **Réaction totale :** réaction pour laquelle un ou plusieurs réactifs ont été entièrement consommés.
- **Stœchiométrique :** se dit d'un mélange initial lorsqu'il est constitué suivant les proportions de l'équation de la réaction.

FICHE 3 Principe d'un titrage

1 Titrage colorimétrique

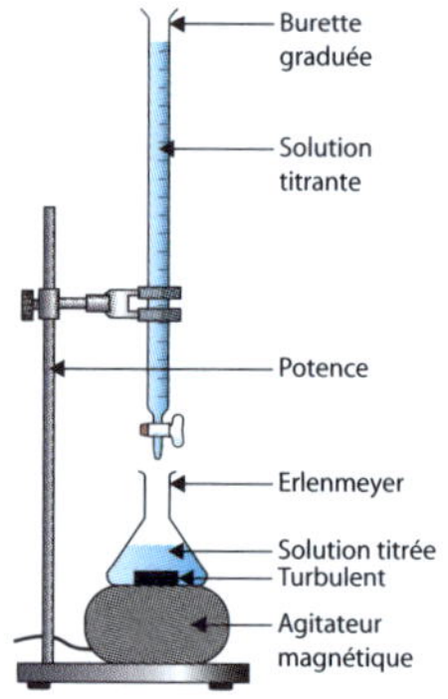

1. Réaction support de titrage

La méthode de **dosage** par **titrage** est destructive et s'appuie sur une réaction chimique entre l'espèce chimique à doser (réactif **titré**) et un autre réactif bien connu (réactif **titrant**).

À retenir

La réaction, pour être utilisée comme support de titrage, doit posséder trois caractéristiques : elle doit être **unique, totale** et **rapide**.

2. Dispositif expérimental

Le dispositif expérimental permet d'introduire la solution de concentration connue (ou solution titrante), à l'aide d'une burette graduée, dans la solution titrée se trouvant dans un erlenmeyer.

2 Équivalence d'un titrage

1. Relation à l'équivalence

- L'**équivalence** est l'état final d'un système chimique pour lequel les réactifs ont été introduits, à l'état initial, dans les proportions stœchiométriques.
- La **relation à l'équivalence** lie les quantités de matière des réactifs titrant et titré au moment de l'équivalence.

Remarque

On peut définir plus simplement l'équivalence comme l'état du système pour lequel on passe d'un réactif limitant (réactif titrant) à l'autre (réactif titré).

À retenir

Si $a\text{A} + b\text{B} \longrightarrow c\text{C} + d\text{D}$, la **relation à l'équivalence** est :

$$\frac{c_A V_A}{a} = \frac{c_B V_B}{b}$$ avec
- c_A et c_B : concentrations en réactif A et B (en mol·L^{-1}),
- V_A et V_B : volumes de A et B versés à l'équivalence (en L),
- a et b : coefficients stœchiométriques de l'équation support de titrage.

Vidéo

« Titrage – Réalisation expérimentale »

2. Repérage expérimental de l'équivalence

- Toute la difficulté expérimentale réside dans le repérage de l'équivalence.
- Un **indicateur coloré** permet de faire un **suivi colorimétrique**. On ajoute à la solution à titrer quelques gouttes d'un indicateur spécifique à la réaction support de titrage : au moment de l'équivalence, on observe un changement brutal de couleur.

Remarque

L'empois d'amidon est un indicateur redox pour le titrage du diiode : il est violet foncé en présence de diiode et incolore en son absence.

EXERCICE RÉSOLU

> Déterminer la concentration de la solution titrée

ÉNONCÉ

Un laboratoire départemental d'analyse détermine la concentration de dioxyde de soufre $SO_2(aq)$ dans un vin blanc par titrage colorimétrique à l'aide d'une solution aqueuse de diiode aqueux $I_2(aq)$. Pour cela, il introduit, dans un erlenmeyer, un volume V_1 = 20,00 mL de vin blanc, 4 mL d'acide sulfurique incolore et 1 mL d'empois d'amidon également incolore. La solution titrante, de concentration en diiode $C_2 = 1{,}00 \times 10^{-2}$ mol·L^{-1}, est ajoutée jusqu'à l'équivalence repérée après un volume versé V_E = 6,25 mL de solution de diiode.

L'équation du titrage est :

$$I_2(aq) + SO_2(aq) + 2H_2O(\ell) \longrightarrow 2I^-(aq) + SO_4^{2-}(aq) + 4H^+(aq)$$

Quel est le changement de couleur observé à l'équivalence et quelle est la concentration en dioxyde de soufre du vin ?

CORRIGÉ

Avant l'équivalence, tout ajout de solution titrante de diiode est totalement consommé : la solution est donc incolore.

Après l'équivalence, le diiode est alors le réactif en excès, et la solution est **violet foncé** en raison de la présence d'empois d'amidon et de diiode.

Remarque
En présence de diiode, l'empois d'amidon est violet foncé.

Un tableau d'avancement (non établi ici) permet d'établir la relation à l'équivalence $C_1V_1 = C_2V_E$, les coefficients stœchiométriques des espèces titrante et titrée sont égaux à 1.

On en déduit :

$$C_1 = \frac{C_2V_E}{V_1} = \frac{1{,}00 \times 10^{-2} \times 6{,}25 \times 10^{-3}}{20{,}00 \times 10^{-3}} = \mathbf{3{,}1 \times 10^{-3}\ mol \cdot L^{-1}}.$$

Lexique

- **Dosage :** détermination de la concentration d'une espèce chimique.
- **Titrage :** dosage par une méthode destructive, c'est-à-dire en faisant réagir l'espèce à titrer avec une espèce titrante dont on connaît la concentration.
- **Équivalence :** état d'un système chimique pour lequel tous les réactifs ont été consommés et pour lequel on passe ainsi d'un réactif limitant à l'autre.
- **Indicateur coloré :** espèce chimique permettant de repérer l'équivalence par rupture de couleur du mélange réactionnel.

Révision Express

CARTE MENTALE

> Suivi d'une transformation

SUIVI D'UNE TRANSFORMATION

DISPOSITIF DE TITRAGE

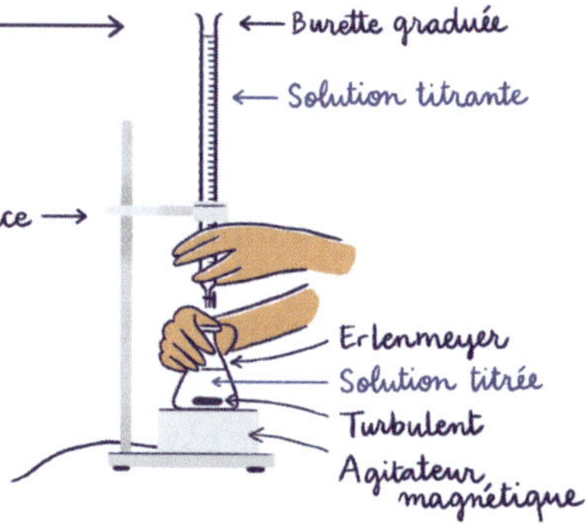

Couples redox Ox/Red → Demi-équations → **ÉQUATION BILAN**

ÉQUATION BILAN → Tableau d'avancement ; Réactifs

Produits → Réactifs

ÉQUATION		aA	$+\ bB$	$\rightarrow cC$	$+\ dD$
État	Avancement (mol)	Quantité de matière (mol)			
Ei	$x = 0$	n_A	n_B	0	0
EC	x	$n_A - ax$	$n_B - bx$	cx	dx
EF	$x = x_f$	$n_A - ax_f = 0$ à l'équivalence	$n_B - bx_f = 0$ à l'équivalence	cx_f	dx_f

RELATION À L'ÉQUIVALENCE

$$x_f = x_{éq} = \frac{n_A}{a} = \frac{n_B}{b}$$

← $n = cV$

Avancement x (en mol)

Quantité de matière n (en mol)

N'hésite pas à construire ta propre carte mentale

Fiche test 1 Ce que je sais

QCM

15 min

○ À revoir
○ Acquis

Pour chaque question, déterminer la (ou les) bonne(s) réponse(s).
Chaque question peut rapporter : 1 point si la réponse ne comporte aucune erreur ; 0,5 point dans le cas d'une erreur ; 0 point dans le cas de deux erreurs ou plus.

1 Une réaction d'oxydoréduction correspond à un échange d'électrons entre :
- ○ a. deux réactifs.
- ○ b. un oxydant et un réducteur.
- ○ c. deux ions.

FICHE 1 p. 40

2 Une demi-équation redox :
- ○ a. fait intervenir un oxydant et un réducteur.
- ○ b. fait intervenir les espèces chimiques d'un même couple.
- ○ c. n'est pas une représentation de ce qui se passe en solution.

FICHE 1 p. 40

3 Une équation bilan :
- ○ a. est la somme de deux demi-équations de réduction.
- ○ b. est la somme coefficientée d'une demi-équation de réduction et d'une demi-équation d'oxydation.
- ○ c. peut contenir des électrons.

FICHE 1 p. 40

4 Un oxydant :
- ○ a. cède un ou plusieurs électrons à un réducteur.
- ○ b. est toujours le cation du couple redox.
- ○ c. est réduit.

FICHE 1 p. 40

5 Pour équilibrer une demi-équation redox en milieu acide, on est autorisé à ajouter autant d'espèces chimiques que nécessaire si l'espèce est :
- ○ a. un proton.
- ○ b. une molécule d'eau.
- ○ c. un électron.

FICHE 1 p. 40

6 Une équation bilan est composée :
- ○ a. d'un ou de plusieurs produits.
- ○ b. d'un ou de plusieurs réactifs.
- ○ c. de coefficients stœchiométriques.

FICHE 2 p. 42

7 L'avancement d'une réaction :
- ○ a. s'exprime en mol.
- ○ b. vaut 0 à la fin de la réaction.
- ○ c. est égal à 0 lorsque le réactif est limitant.

FICHE 2 p. 42

8 Une réaction est totale si :
- ○ a. le mélange initial est stœchiométrique.
- ○ b. tous les réactifs sont consommés.
- ○ c. le ou les réactifs limitants sont entièrement consommés.

FICHE 2 p. 42

9 Dans le cas d'un titrage colorimétrique :
- ○ a. le réactif titré est consommé par le réactif titrant.
- ○ b. la réaction est totale, unique et rapide.
- ○ c. un indicateur coloré est indispensable.

FICHE 3 p. 44

10 La relation d'équivalence :
- ○ a. n'est valable qu'à l'état d'équivalence.
- ○ b. correspond à l'égalité des quantités de matière des réactifs titrant et titré.
- ○ c. dépend des coefficients stœchiométriques des réactifs et des produits de l'équation support de titrage.

FICHE 3 p. 46

SCORE : ___ / 10

1 Établir l'équation d'une réaction d'oxydoréduction

ÉNONCÉ

La pile à combustible ou pile à hydrogène est constituée de deux réservoirs : un réservoir contenant du dihydrogène et un autre contenant du dioxygène. La réaction d'oxydoréduction produit de l'eau liquide.

Établir l'équation bilan de la réaction au sein de cette pile.

PROCÉDURE

1. Identifier les couples d'oxydoréduction mis en jeu et souligner les espèces chimiques présentes en tant que réactifs.
2. Pour chaque couple, écrire les demi-équations redox :
   - en notant le réactif à gauche et son espèce conjuguée à droite du signe = ;
   - en équilibrant les éléments chimiques et les charges par l'introduction de coefficients stœchiométriques adaptés, d'ions hydrogène $H^+(aq)$ et de molécules d'eau $H_2O(\ell)$ en milieu acide.
3. Écrire les deux demi-équations l'une sous l'autre et multiplier chacune d'elles par un coefficient le plus petit possible, afin que le nombre d'électrons cédés par le réducteur d'un couple soit le même que le nombre d'électrons acceptés par l'oxydant de l'autre couple. Faire l'addition membre à membre.
4. Simplifier l'équation obtenue.

CORRIGÉ

Piège à éviter
Chaque membre d'une demi-équation n'est pas forcément neutre : la charge à droite de l'égalité doit être la même que celle à gauche du signe =.

1. Les couples d'oxydoréduction en jeu sont : $H^+(aq)/H_2(g)$ et $O_2(g)/H_2O(\ell)$.
2. Les demi-équations, équilibrées en milieu acide, sont : $H_2 = 2H^+ + 2e^-$ et $O_2 + 4H^+ + 4e^- = 2H_2O$.
3. Les deux demi-équations montrent que le plus petit multiple commun pour le transfert d'électrons est 4 : la première demi-équation est multipliée par 2, tandis que la seconde reste identique à elle-même.

$$H_2 = 2H^+ + 2e^- \quad (\times 2)$$
$$O_2(g) + 4H^+ + 4e^- = 2H_2O \quad (\times 1)$$
$$\overline{2H_2 + O_2 + 4H^+ + 4e^- \rightarrow 4H^+ + 4e^- + 2H_2O}$$

4. On obtient, en simplifiant par les électrons transférés et par les ions hydrogène de part et d'autre de la flèche :
$2H_2(g) + O_2(g) \rightarrow 2H_2O(\ell)$.

Méthode

② Remplir un tableau d'avancement

ÉNONCÉ

On fait réagir $V = 20{,}0$ mL d'une solution de thiosulfate de sodium de concentration apportée en ions thiosulfate $c = [S_2O_3^{2-}] = 5{,}0 \times 10^{-3}$ mol·L^{-1} avec $V' = 10{,}0$ mL de solution de diiode brun jaune de concentration $c' = 1{,}0 \times 10^{-2}$ mol·L^{-1}.

Établir le tableau d'avancement dont la réaction est : $2S_2O_3^{2-} + I_2 \rightarrow 2I^- + S_4O_6^{2-}$.

PROCÉDURE

1. Calculer les quantités de matière à l'état initial (EI) et commencer le tableau en remplissant la 1re ligne avec l'équation bilan et la 2e ligne avec les quantités de matière à l'EI, les produits n'étant pas encore formés (cases remplies avec « 0 »).
2. L'état en cours de transformation (EC) correspond à la quantité initiale diminuée pour les réactifs (augmentée pour les produits) de ζx, avec x l'avancement de la réaction et ζ le coefficient stœchiométrique du réactif ou du produit dans l'équation bilan. Recopier alors la 2e ligne dans la 3e, ajouter le signe « – » pour les réactifs et « + » pour les produits, et terminer par le nombre de x correspondant au nombre stœchiométrique de l'espèce dans l'équation bilan.
3. La dernière ligne s'obtient en recopiant la 3e ligne et en remplaçant x par x_{max}. Calculer l'avancement maximal x_{max}, puis calculer les quantités à l'état final en remplaçant x_{max} par sa valeur.

CORRIGÉ

Réflexe à avoir
L'avancement maximum correspond à la plus petite des valeurs possibles. Dans le cas d'une erreur de choix, une des quantités du tableau est négative, ce qui est rigoureusement impossible !

① Les quantités de matière des réactifs sont :
$n(S_2O_3^{2-}) = cV = 5{,}0 \times 10^{-3} \times 20{,}0 \times 10^{-3} = 1{,}0 \times 10^{-4}$ mol
$n(I_2) = c'V' = 1{,}0 \times 10^{-4}$ mol

②

Équation		$2S_2O_3^{2-}$ +	I_2	$\rightarrow 2I^-$	$+ S_4O_6^{2-}$
État	Avancement (mol)	Quantité de matière (mol)			
EI	$x = 0$	$1{,}0 \times 10^{-4}$	$1{,}0 \times 10^{-4}$	0	0
EC	x	$1{,}0 \times 10^{-4} - 2x$	$1{,}0 \times 10^{-4} - x$	$2x$	x
EF	$x = x_{max}$	$1{,}0 \times 10^{-4} - 2x_{max}$	$1{,}0 \times 10^{-4} - x_{max}$	$2x_{max}$	x_{max}

③ Après avoir recopié la ligne EC dans EF en remplaçant x par x_{max}, on calcule les deux valeurs possibles de l'avancement maximal :

soit $x_{max} = \dfrac{1{,}0 \times 10^{-4}}{2} = 5{,}0 \times 10^{-5}$ mol en annulant la quantité d'ions thiosulfate, soit $x_{max} = 1{,}0 \times 10^{-4}$ mol en annulant la quantité de diiode.

La réaction s'arrête à la première annulation, $x_{max} = 5{,}0 \times 10^{-5}$ mol, et on a :

EF	$x_{max} = 5{,}0 \times 10^{-5}$ mol	0	$5{,}0 \times 10^{-5}$	$1{,}0 \times 10^{-4}$	$5{,}0 \times 10^{-5}$

EXERCICES D'APPLICATION

1 Réaction de l'eau de Javel et titrage du diiode en excès

EXERCICE À CARACTÈRE DOCUMENTAIRE

Charles Guillaume Scheele, pharmacien suédois, découvrit le dichlore au XVIIIe siècle. Ce gaz intervient dans la fabrication de l'eau de Javel, du nom d'un ancien village qui est aujourd'hui un quartier de Paris.

C'est à Javel que Claude-Louis Berthollet, directeur à la manufacture des Gobelins, fabriqua ce produit décolorant et désinfectant et l'employa en 1785 au blanchiment des toiles textiles.

Claude-Louis Berthollet

L'eau de Javel est obtenue par action du dichlore $Cl_2(g)$ sur l'hydroxyde de sodium, ou soude, et contient des ions $Cl^-(aq)$, $ClO^-(aq)$, $Na^+(aq)$, ainsi que de l'eau $H_2O(\ell)$.

En milieu acide, l'eau de Javel réagit avec une solution d'iodure de potassium : les ions hypochlorite $ClO^-(aq)$ oxydent les ions iodure $I^-(aq)$.

1. Montrer que l'équation de la réaction modélisant la transformation est :
$$ClO^-(aq) + 2I^-(aq) + 2H^+(aq) \rightarrow H_2O(\ell) + I_2(aq) + Cl^-(aq)$$
On considérera cette dernière réaction comme totale. Les couples mis en jeu sont $I_2(aq)/I^-(aq)$ et $ClO^-(aq)/Cl^-(aq)$.

2. Le diiode formé est ensuite titré par les ions thiosulfate $S_2O_3^{2-}$ dont le couple redox est $S_4O_6^{2-}(aq)/S_2O_3^{2-}(aq)$. En déduire l'équation support de titrage, ainsi que la relation à l'équivalence.

3. Sachant que seul le diiode est une espèce colorée de teinte jaune, décrire la couleur de la solution titrée au fur et à mesure du processus de titrage par les ions thiosulfate.

4. Pourquoi a-t-on besoin d'un indicateur coloré ? Lequel peut-on utiliser ?

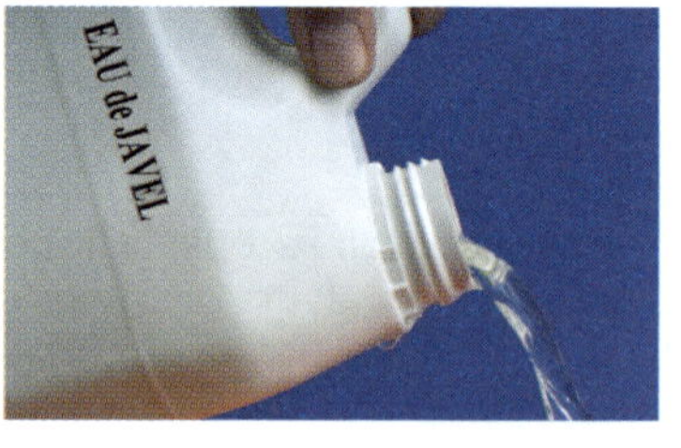

② Réaction entre les ions dichromate et l'éthanol d'un vin

EXERCICE À CARACTÈRE DOCUMENTAIRE

Le degré alcoolique d'un vin est le pourcentage volumique d'éthanol CH_3–CH_2OH mesuré à une température de 20 °C.

Pour déterminer le degré alcoolique d'un vin, il faut d'abord isoler l'alcool des autres composés du vin (acides, matières minérales, sucres, esters, etc.) en réalisant une distillation. Cette méthode de séparation ne permet pas d'obtenir de l'éthanol pur, mais un mélange eau-éthanol. La solution alcoolique est ensuite oxydée quantitativement en acide acétique (éthanoïque) CH_3–$COOH$ par du dichromate de potassium.

Dans un erlenmeyer, on mélange V_0 de solution alcoolique, V_1 d'une solution de dichromate de potassium $2K^+(aq) + Cr_2O_7^{2-}(aq)$ de concentration C_1 et quelques millilitres d'acide sulfurique concentré. On suppose que l'éthanol est le réactif limitant.

On bouche l'erlenmeyer et on laisse réagir pendant environ 30 minutes. On obtient alors une solution verdâtre.

L'équation de la réaction entre l'ion dichromate et l'éthanol est :

$$2Cr_2O_7^{2-} + 16H^+ + 3CH_3\text{–}CH_2OH \rightarrow 4Cr^{3+} + 11H_2O + 3CH_3\text{–}COOH$$

1. Sachant que les couples mis en jeu sont donnés ci-après, retrouver l'équation de la réaction entre les ions dichromate et l'éthanol. Justifier l'équilibre des demi-équations en milieu acide.
2. Justifier la couleur verdâtre de la solution obtenue.
3. Pourquoi doit-on boucher l'erlenmeyer ? Quelle autre précaution pourrait-on prendre ?
4. Montrer que la relation entre la quantité n_0 d'éthanol oxydé et la quantité $n_{restant}$ d'ions dichromate restant après cette oxydation est $n_{restant} = C_1V_1 - \frac{2}{3}n_0$.

Données

- Couple acide éthanoïque/éthanol incolores : CH_3–$COOH$/CH_3–CH_2OH.
- Couple ion dichromate/ion chrome : $Cr_2O_7^{2-}$(orange)/Cr^{3+} (vert).
- Pictogrammes de quelques espèces chimiques :

Espèce chimique	Pictogrammes de sécurité
Ion dichromate	
Éthanol	
Acide éthanoïque	

Fiche test 2 *Ce que je sais faire*

QCM

30 min

◯ À revoir
◯ Acquis

Pour chaque question, déterminer la (ou les) bonne(s) réponse(s).
Chaque question peut rapporter : 1 point si la réponse ne comporte aucune erreur ; 0,5 point dans le cas d'une erreur ; 0 point dans le cas de deux erreurs ou plus.

1 Établir la demi-équation

La demi-équation du couple MnO_4^-/Mn^{2+} en milieu acide est :

◯ **a.** $MnO_4^- + 5e^- = Mn^{2+} + 4O^{2-}$.

◯ **b.** $MnO_4^- + 8H^+ + 5e^- = Mn^{2+} + 4H_2O$.

◯ **c.** $MnO_4^- + 8H^+ = Mn^{2+} + 4H_2O - 5e^-$.

FICHE 1 p. 40

2 Établir l'équation bilan

Le diiode I_2 réagit avec les ions thiosulfate $S_2O_3^{2-}$. Les couples mis en jeu sont I_2/I^- et $S_4O_6^{2-}/S_2O_3^{2-}$. L'équation bilan de la réaction est :

◯ **a.** $I_2 + S_4O_6^{2-} \longrightarrow 2S_2O_3^{2-} + 2I^-$.

◯ **b.** $2I^- + 2S_2O_3^{2-} \longrightarrow S_4O_6^{2-} + I_2$.

◯ **c.** $I_2 + 2S_2O_3^{2-} \longrightarrow S_4O_6^{2-} + 2I^-$.

FICHE 1 p. 40

3 Déterminer les quantités de matière à l'état final

Dans l'expérience de l'arbre de Diane, un fil de 10 g de cuivre est totalement immergé dans 75 mL d'une solution aqueuse de nitrate d'argent de concentration $1{,}0\ mol \cdot L^{-1}$. À l'état final, la quantité :

◯ **a.** d'ions argent est nulle.

◯ **b.** d'argent produit est de 0,075 mol.

◯ **c.** de cuivre est de 0,16 mol.

Données : $M(Ag) = 107{,}9\ g \cdot mol^{-1}$ et $M(Cu) = 63{,}5\ g \cdot mol^{-1}$.

FICHE 2 p. 42

4 Établir la relation à l'équivalence

Le permanganate de potassium réagit avec les ions fer II. La réaction sert de support de titrage des ions fer dans une solution S anti-chlorose. Sachant que les couples en jeu sont MnO_4^-/Mn^{2+} et Fe^{3+}/Fe^{2+}, la relation à l'équivalence s'écrit :

◯ **a.** $[MnO_4^-] \times V_E = [Fe^{2+}] \times V_S$ avec V_S le volume de solution à titrer et V_E le volume de solution titrante à l'équivalence.

◯ **b.** $5[MnO_4^-] \times V_E = [Fe^{2+}] \times V_S$

◯ **c.** $n(MnO_4^-) = n(Fe^{3+})/5$ à l'équivalence avec $n(X)$ la quantité de matière de l'espèce X introduite à l'état initial.

FICHE 3 p. 44

5 Déterminer la concentration de la solution titrée

On réalise le titrage de $V_S = 10{,}0$ mL d'eau oxygénée H_2O_2 par les ions permanganate MnO_4^-. La solution titrante est de concentration $C = 0{,}02\ mol \cdot L^{-1}$. L'équivalence est obtenue pour un volume de solution titrante de $V_E = 20{,}2$ mL. Les couples en jeu sont MnO_4^-/Mn^{2+} et O_2/H_2O_2. La concentration de la solution d'eau oxygénée est :

◯ **a.** $[H_2O_2] = \frac{2}{5} \times \frac{[MnO_4^-] \times V_E}{V_S}$.

◯ **b.** $[H_2O_2] = 0{,}101\ mol \cdot L^{-1}$.

◯ **c.** $[H_2O_2] = 0{,}016\ mol \cdot L^{-1}$.

FICHE 3 p. 44

SCORE : ___ / 5

VERS LE BAC

3 Produit anti-chlorose

La chlorose des végétaux est une décoloration plus ou moins prononcée des feuilles, due à un manque de chlorophylle. La chlorophylle permet la photosynthèse et donne aux feuilles leur couleur verte. Le manque de chlorophylle peut provenir d'une insuffisance en magnésium, en fer, en azote, en manganèse ou en zinc, autant d'éléments chimiques indispensables à la synthèse de la chlorophylle. Dans le commerce, on trouve des solutions dites « anti-chlorose » riches en ions fer (II) qu'il convient de pulvériser directement sur les plantes et les sols.

Le tableau ci-après rassemble les caractéristiques de quelques produits « anti-chlorose ».

Nom du produit commercial	Teneur en fer ($g \cdot L^{-1}$)	Utilisation référencée
Fer A 400 LiquidoFer 400	40	Dépôt sur les sols
Fer Cler	25	Dépôt sur les sols
Fer Soni H39F	20	Dépôt sur les sols et pulvérisation sur les feuilles
FerroTonus	40	Dépôt sur les sols
PlantoFer 30	30	Dépôt sur les sols
FerMi H31	10	Dépôt sur les sols et pulvérisation sur les feuilles

On se propose de doser les ions fer (II) d'une solution *S* « anti-chlorose » inconnue.

Pour cela, au laboratoire, on dilue 30 fois la solution « anti-chlorose » *S* contenant les ions Fe^{2+} de concentration molaire volumique *C* à déterminer. La solution ainsi obtenue est appelée *S'*. Dans un erlenmeyer, on introduit un volume $V_1 = 20{,}0$ mL de solution *S'* et de l'acide sulfurique en excès. La solution *S'* est alors titrée à l'aide d'une solution titrante de permanganate de potassium de concentration $C_2 = 5{,}0 \times 10^{-3}$ $mol \cdot L^{-1}$ en ions permanganate MnO_4^-.

L'équation de la réaction support du titrage s'écrit :

$$MnO_4^-(aq) + 5Fe^{2+}(aq) + 8H^+(aq) \rightarrow Mn^{2+}(aq) + 5Fe^{3+}(aq) + 4H_2O(\ell)$$

On admet que toutes les espèces chimiques mises en jeu au cours de ce titrage sont incolores ou peu colorées, à l'exception des ions permanganate MnO_4^- qui donnent au liquide une couleur violette.

1. Lors du titrage réalisé, l'équivalence est obtenue pour un volume versé V_E = 9,5 mL de la solution de permanganate de potassium. Comment cette équivalence est-elle repérée ?

2. À partir de ce titrage, on détermine le nom du produit commercial mis à disposition. Expliquer la démarche, détailler les calculs et donner le nom du produit commercial.

3. Pour estimer l'incertitude sur la valeur de la concentration obtenue par cette méthode de titrage, l'expérimentateur est amené à reproduire un grand nombre de fois la même manipulation dans les mêmes conditions.

   Un des titrages réalisés donne une valeur de concentration très élevée en ions Fe^{2+} par rapport aux autres. Il est possible d'identifier deux erreurs de manipulation :
   - la solution titrante de permanganate de potassium a été diluée par mégarde ;
   - le volume de solution à doser a été prélevé en trop faible quantité.

   Indiquer dans quel sens chacune de ces deux erreurs de manipulation modifie la valeur expérimentale du volume V_E de solution titrante versée à l'équivalence. Justifier la réponse.

4. Si l'on admet qu'une seule erreur de manipulation est la cause de la valeur très élevée de la concentration en ions Fe^{2+}, laquelle a été commise ? Justifier la réponse.

Donnée : Masse molaire atomique du fer $M(\text{Fe}) = 56\ \text{g·mol}^{-1}$.

4 Un engrais azoté

Une plante puise dans le sol des éléments chimiques nécessaires à sa croissance. Parmi ces éléments, l'azote, dont le symbole chimique est N, est l'un des plus importants pour la vie de la plante.

Dans le sol, l'azote est présent sous forme d'ions nitrate NO_3^- (aussi appelé azote nitrique) ou d'ions ammonium NH_4^+ (azote ammoniacal).

Aujourd'hui, les engrais azotés permettent l'apport de ces ions en fonction des besoins de la plante. L'utilisation de ces engrais doit être contrôlée. En effet, les ions nitrate sont peu retenus par le sol et sont entraînés dans les eaux superficielles (lacs, rivières…) et dans les eaux souterraines (nappes phréatiques). Une trop forte concentration en ions nitrate dans l'eau peut avoir des conséquences graves sur la santé des consommateurs.

Engrais azoté liquide

Dans cet exercice, on se propose de déterminer le pourcentage massique en azote nitrique d'un engrais azoté et de comparer la valeur trouvée à l'extrait d'étiquette donné ci-contre.

La détermination de ce pourcentage est obtenue par titrage des ions nitrate de cet engrais.

Engrais azoté liquide

24 % d'azote (N) total dont :
- 11 % d'azote uréique
- 6 % d'azote nitrique
- 7 % d'azote ammoniacal

Une masse m = 2,5 g d'engrais liquide est placée dans une fiole jaugée de 250 mL. On complète la fiole jusqu'au trait de jauge par de l'eau distillée : on obtient une solution notée (S).

Dans un erlenmeyer, on introduit un volume V_0 = 25,0 mL de la solution d'engrais précédente (S), puis un volume V_1 = 20,0 mL d'une solution contenant des ions fer II de concentration : $C_1 = [Fe^{2+}] = 0{,}20\ mol \cdot L^{-1}$. Un ajout de 5 mL d'acide sulfurique permet d'acidifier le mélange. L'ensemble est porté à une douce ébullition car la réaction est lente.

Les ions nitrate de l'engrais réagissent de façon totale avec les ions fer II de la solution selon la réaction d'équation :

$$NO_3^-(aq) + 3Fe^{2+}(aq) + 4H^+ = NO(g) + 3Fe^{3+}(aq) + 2H_2O(\ell) \qquad \textbf{Réaction 1}$$

Après refroidissement, les ions fer II en excès (ceux qui n'ont pas réagi avec les ions nitrate) sont titrés par une solution de dichromate de potassium ($2K^+ + Cr_2O_7^{2-}$) de concentration $C_2 = 1{,}7 \times 10^{-2}\ mol \cdot L^{-1}$ en ions dichromate. L'équivalence de ce titrage est repérée grâce un indicateur coloré d'oxydoréduction : l'ortho-phénanthroline ferreuse.

L'équation de la réaction de titrage des ions fer II en excès par les ions dichromate s'écrit :

$$Cr_2O_7^{2-}(aq) + 6Fe^{2+}(aq) + 14H^+ = 2Cr^{3+}(aq) + 6Fe^{3+}(aq) + 7H_2O(\ell) \qquad \textbf{Réaction 2}$$

L'équivalence est obtenue pour un volume V_E = 10,0 mL de solution de dichromate de potassium versé dans l'erlenmeyer.

1. Considérant la **réaction 2**, établir la relation à l'équivalence et en déduire la quantité d'ions fer II titrés.
2. Considérant la **réaction 1**, construire le tableau d'avancement de la réaction en prenant en compte la quantité de matière d'ions fer II restants obtenue à la question précédente. En déduire l'avancement final x_f de la **réaction 1**.
3. Exprimer la quantité d'ions nitrate dans la solution (S), puis dans les 2,5 g d'engrais.
4. Calculer le pourcentage massique en élément azote N de l'engrais issu des ions nitrate et le comparer au pourcentage massique en azote nitrique de l'étiquette.

Fiche test 3 *Je fais le point*

VRAI FAUX

15 min

◯ À revoir
◯ Acquis

Indiquer pour chaque proposition si elle est vraie ou fausse.

1. Les ions permanganate MnO_4^- réagissent avec les ions fer II. Les couples en jeu sont MnO_4^-/Mn^{2+} et Fe^{2+}/Fe.	◯ Vrai	◯ Faux
2. On réalise le titrage des ions fer II d'un produit phytosanitaire du commerce par les ions permanganate. La solution du produit phytosanitaire est la solution titrée et le permanganate de potassium est la solution titrante.	◯ Vrai	◯ Faux
3. Un oxydant capte un ou plusieurs électrons. Dans le cas d'une espèce métallique, il est le cation du couple qu'il constitue avec son métal associé.	◯ Vrai	◯ Faux
4. La réaction d'oxydoréduction entre l'acide oxalique et les ions dichromate est $Cr_2O_7^{2-} + 8H^+ + 3H_2C_2O_4 \longrightarrow 2Cr^{3+} + 7H_2O + 6CO_2$ en supposant que les couples en jeu sont $Cr_2O_7^{2-}/Cr^{3+}$ et $CO_2/H_2C_2O_4$.	◯ Vrai	◯ Faux
5. Dans le cas d'un titrage de l'acide oxalique par les ions permanganate, la relation à l'équivalence est $\frac{C_O V_O}{2} = \frac{C_R V_R}{5}$ avec C_O et C_R les concentrations des espèces oxydante et réductrice et V_O et V_R leur volume à l'équivalence.	◯ Vrai	◯ Faux
6. On place de la paille de fer dans une solution de sulfate de cuivre de couleur bleu turquoise. On observe au bout de quelques instants un dépôt de couleur orangée sur la paille, une décoloration de la solution qui se colore à nouveau en vert.	◯ Vrai	◯ Faux
7. On fait réagir des ions iodate IO_3^- avec des ions iodure I^-. Il se forme du diiode I_2. Les couples redox en jeu sont I_2/I^- et I_2/IO_3^-.	◯ Vrai	◯ Faux
8. La réaction des ions iodate IO_3^- et iodure I^- s'écrit en milieu acide : $IO_3^- + 5I^- + 6H^+ = 3I_2 + 3H_2O$. Un mélange de 1,3 g d'iodate de potassium KIO_3 et de 6,1 mmol d'ions iodure est stœchiométrique. Les masses molaires sont : $M(K) = 39{,}1\ g \cdot mol^{-1}$, $M(I) = 126{,}9\ g \cdot mol^{-1}$ et $M(O) = 16{,}0\ g \cdot mol^{-1}$.	◯ Vrai	◯ Faux
9. Lors du titrage d'une solution incolore par des ions permanganate, le mélange réactionnel est violet jusqu'à l'équivalence, du fait de l'introduction de MnO_4^- de couleur violette.	◯ Vrai	◯ Faux
10. Le dispositif de titrage est tel que l'espèce qui subit l'oxydation est dans l'erlenmeyer.	◯ Vrai	◯ Faux

SCORE : ___ / 10

Corrigés

Fiche test 1 *Ce que je sais*

1. a) et **b)** Une réaction d'oxydoréduction correspond à un échange d'électrons entre deux réactifs, dont l'un est un oxydant et l'autre un réducteur. Il n'est pas nécessaire que les réactifs soient ioniques. FICHE 1 p. 40

2. a), **b)** et **c)** Une demi-équation fait intervenir l'oxydant et le réducteur d'un même couple en montrant les électrons acceptés et cédés. Ces derniers ne sont cependant pas libres dans la solution. FICHE 1 p. 40

3. b) L'équation bilan d'oxydoréduction est la somme coefficientée de deux demi-équations, dont l'une correspond à une réduction et l'autre à une oxydation. FICHE 1 p. 40

L'astuce du prof

Si la somme coefficientée est correcte, les électrons des demi-équations se simplifient naturellement dans l'équation bilan.

4. c) Un oxydant est une espèce chimique qui accepte des électrons d'un réducteur. Il subit donc une réduction. Un oxydant peut être un cation, mais ce n'est pas toujours le cas. FICHE 1 p. 40

5. a), **b)** et **c)** Une demi-équation en milieu acide peut être équilibrée avec autant de H_2O, H^+ et e^- que nécessaire. FICHE 1 p. 40

Remarque

L'atome d'hydrogène est constitué d'un proton et d'un électron. En perdant son électron, l'ion H^+ est ainsi l'équivalent d'un proton.

6. a), **b)** et **c)** Les réactifs et produits de la réaction sont précédés par des coefficients stœchiométriques afin d'assurer l'équilibre des éléments chimiques et des charges. FICHE 2 p. 42

7. a) L'avancement x s'exprime en mol. Il vaut 0 à l'état initial et x_f à l'état final lorsque la quantité de réactif limitant devient nulle. FICHE 2 p. 42

8. c) Une réaction est totale si un ou plusieurs réactifs sont entièrement consommés. Ces réactifs sont dits limitants. Le mélange stœchiométrique ne garantit pas une réaction totale. FICHE 2 p. 42

9. a) et **b)** Un titrage est un dosage particulier : il y a réaction entre le réactif titrant et le réactif titré. La réaction support de titrage doit être totale, unique et rapide. Un indicateur coloré n'est nécessaire que si les réactifs et les produits sont incolores. FICHE 3 p. 44

10. a) La relation d'équivalence n'est valable qu'à l'équivalence. Elle ne dépend que des coefficients stœchiométriques des réactifs et correspond à une somme membre à membre coefficientée. FICHE 3 p. 44

EXERCICES D'APPLICATION

1 Réaction de l'eau de Javel et titrage du diiode en excès

1. La réaction d'oxydoréduction ayant lieu entre les couples I_2/I^- et ClO^-/Cl^-, il faut commencer par écrire leur demi-équation :

- $2I^-(aq) = I_2(aq) + 2e^-$ **(réaction 1)** pour le couple I_2/I^- avec les ions iodure comme réactifs ;
- $ClO^- + 2H^+ + 2e^- = Cl^- + H_2O$ **(réaction 2)** pour le couple ClO^-/Cl^-, les ions hypochlorite étant les réactifs.

Gagnez des points

Le nombre d'électrons dans l'équation obtenue doit être le même. On peut ainsi simplifier l'équation bilan.

Le nombre d'électrons produits ou consommés dans chaque demi-équation étant le même, on peut procéder à une simple addition membre à membre de **(1)** et **(2)** :

$$2I^-(aq) = I_2(aq) + 2e^- \quad \textbf{(1)}$$

$$ClO^- + 2H^+ + 2e^- = Cl^- + H_2O \quad \textbf{(2)}$$

$$2I^-(aq) + ClO^-(aq) + 2H^+(aq) + 2e^- \rightarrow I_2(aq) + 2e^- + Cl^-(aq) + H_2O(\ell)$$

On obtient donc, après simplification, l'équation modélisant la transformation proposée dans l'énoncé : $\mathbf{2I^-(aq) + ClO^-(aq) + 2H^+(aq) \rightarrow I_2(aq) + Cl^-(aq) + H_2O(\ell)}$.

FICHE 1 p. 40

2. Le diiode formé est ensuite titré par les ions thiosulfate $S_2O_3^{2-}(aq)$ du couple redox $S_4O_6^{2-}(aq)/S_2O_3^{2-}(aq)$. Les demi-équations sont alors pour cette transformation : $2S_2O_3^{2-} = S_4O_6^{2-} + 2e^-$ **(réaction 3)** pour le couple redox $S_4O_6^{2-}(aq)/S_2O_3^{2-}(aq)$ et $I_2 + 2e^- = 2I^-$ **(réaction 1)** pour le couple redox $I_2(aq)/I^-(aq)$.

Les demi-équations produisent ou consomment le même nombre d'électrons. On peut réaliser directement l'addition membre à membre de **(1)** et **(3)**, afin d'obtenir, après simplification et en précisant les états physiques :

$\mathbf{2S_2O_3^{2-}(aq) + I_2(aq) \rightarrow S_4O_6^{2-}(aq) + 2I^-(aq)}$ FICHE 1 p. 40

Dans cette transformation, $I_2(aq)$ du couple oxydant/réducteur $I_2(aq)/I^-(aq)$ est l'oxydant et $S_2O_3^{2-}(aq)$ du couple $S_4O_6^{2-}(aq)/S_2O_3^{2-}(aq)$ est le réducteur. On note C_O [respectivement C_R] la concentration en diiode [respectivement en ions thiosulfate] et V_O [respectivement V_R] son volume. Le tableau d'évolution de la transformation est : FICHE 3 p. 44

Équation		$2S_2O_3^{2-}$ +	I_2 →	$S_4O_6^{2-}$ +	$2I^-$
État	**Avancement (mol)**	**Quantité de matière (mol)**			
EI	$x = 0$	C_OV_O	C_RV_R	0	0
EC	x	$C_OV_O - 2x$	$C_RV_R - x$	x	$2x$
Équivalence	$x = x_E$	$C_OV_O - 2x_E$	$C_RV_R - x_E$	x_E	$2x_E$

L'équivalence correspond à l'état final pour lequel les réactifs étaient initialement en proportions stœchiométriques. On a donc $C_OV_O - 2x_E = 0$ et $C_RV_R - x_E = 0$.

Soit alors $x_E = C_RV_R = \frac{C_OV_O}{2}$. La relation à l'équivalence est donc : $\mathbf{C_RV_R = \frac{C_OV_O}{2}}$.

3. Le mélange initial contient du diiode de couleur **jaune brun**. À chaque ajout d'ions thiosulfate dans la solution titrée, I_2 est consommé et la solution reste **jaune**. Cette couleur diminue cependant en intensité du fait de la diminution de la quantité de diiode dans le mélange réactionnel jusqu'à l'équivalence. Après l'équivalence, les ions thiosulfate introduits dans l'erlenmeyer ne réagissent plus, faute de diiode en solution titrée. La solution devient **incolore**. FICHE 3 p. 44

Gagnez des points

Raisonnez toujours en deux temps : avant et après l'équivalence.

4. La couleur du mélange réactionnel s'éclaircit jusqu'à l'équivalence avant qu'il devienne transparent. La rupture de couleur n'est donc pas observable, et l'équivalence difficile à déterminer. On a alors besoin d'introduire, près de l'équivalence, un indicateur coloré qui crée une rupture de couleur. L'**empois d'amidon** est un bon indicateur redox lors des titrages faisant intervenir du diiode. Violet noir en présence d'empois d'amidon et de diiode avant l'équivalence, le mélange réactionnel devient brutalement transparent après l'équivalence. FICHE 3 p. 44

2 Réaction entre les ions dichromate et l'éthanol d'un vin

1. Les demi-équations sont :

– $Cr_2O_7^{2-} + 14H^+ + 6e^- = 2Cr^{3+} + 7H_2O$ pour le couple $Cr_2O_7^{2-}/Cr^{3+}$;

– $CH_3{-}CH_2OH + H_2O = CH_3{-}COOH + 4H^+ + 4e^-$ pour le couple $CH_3{-}COOH/CH_3{-}CH_2OH$.

Le nombre d'électrons échangés étant de 12 (plus petit multiple commun), on multiplie par 2 la première demi-équation et par 3 la seconde. Par addition coefficientée membre à membre, on obtient ainsi :

$$Cr_2O_7^{2-} + 14H^+ + 6e^- = 2Cr^{3+} + 7H_2O \quad (\times 2)$$

$$CH_3{-}CH_2OH + H_2O = CH_3{-}COOH + 4H^+ + 4e^- \quad (\times 3)$$

$$2Cr_2O_7^{2-} + 28H^+ + 3CH_3{-}CH_2OH + 3H_2O \rightarrow 4Cr^{3+} + 14H_2O + 3CH_3{-}COOH + 12H^+$$

et en simplifiant les ions hydrogène et les molécules d'eau, on retrouve l'équation :

$$\mathbf{2Cr_2O_7^{2-} + 16H^+ + 3CH_3{-}CH_2OH \rightarrow 4Cr^{3+} + 11H_2O + 3CH_3{-}COOH}$$

L'énoncé précise que l'on introduit « quelques millilitres d'acide sulfurique concentré », justifiant le caractère acide du milieu réactionnel permettant d'équilibrer les demi-réactions avec des ions hydrogène H^+. FICHE 1 p. 40

2. On suppose que la réaction est totale et qu'elle est terminée au bout de 30 minutes. En supposant aussi que l'éthanol est le réactif limitant, on peut établir le tableau d'évolution de la réaction :

Équation		$2Cr_2O_7^{2-}$	$+ 16H^+$	$+ 3CH_3{-}CH_2OH$	$\rightarrow 4Cr^{3+}$	$+ 11H_2O$	$+ 3CH_3{-}COOH$
État	**Avancement**	**Quantité de matière (mol)**					
EI	$x = 0$	C_1V_1	/	C_0V_0	0	/	0
EC	x	$C_1V_1 - 2x$	/	$C_0V_0 - 3x$	$4x$	/	$3x$
EF	$x = x_{max}$	$C_1V_1 - 2x_{max}$	/	$C_0V_0 - 3x_{max}$	$4x_{max}$	/	$3x_{max}$

L'astuce du prof

Toutes les colonnes du tableau d'avancement ne sont pas forcément à remplir, en particulier celles des ions hydrogène, oxonium ou de l'eau, des espèces souvent majoritaires.

À l'état final EF, l'éthanol étant limitant, $C_0V_0 - 3x_{max} = 0$. Les autres quantités de matière sont non nulles. Des ions chrome (vert) ont été produits, alors qu'il reste des ions dichromate (orange) qui colorent tous deux la solution. Les autres espèces présentes en solution sont incolores. On en déduit que la couleur de la solution est un mélange d'orange et de vert : il en résulte une **couleur verdâtre.** FICHE 2 p. 42

3. L'erlenmeyer doit être bouché pour les raisons suivantes :
– l'alcool est volatile et inflammable : si l'erlenmeyer n'est pas bouché, les vapeurs d'alcool peuvent se répandre dans le laboratoire et s'enflammer ;
– l'ion dichromate est cancérigène : il faut donc éviter tout contact avec la solution ;
– l'acide éthanoïque est une substance irritante : il faut donc éviter de le respirer.
On peut aussi se placer **sous la hotte aspirante**, ce qui permet de ne pas être en contact avec les vapeurs du mélange ou le mélange lui-même.

4. Si les ions dichromate sont en défaut, alors on a la relation $C_0V_0 - 3x_{max} = 0$.
On en déduit l'avancement maximal de la réaction : $x_{max} = \frac{C_0V_0}{3}$.
En remplaçant l'avancement maximal par son expression, on obtient que la quantité d'ions dichromate restant ou la quantité d'ions dichromate à l'état final est :
$n(Cr_2O_7^{2-})$ restant $= n_{restant} = C_1V_1 - 2x_{max} = C_1V_1 - 2\frac{C_0V_0}{3}$.
Or C_0V_0 représente la quantité n_0 d'éthanol oxydé ou quantité de matière d'éthanol à l'état initial : $n_0 = C_0V_0$. Finalement, on a bien $\boldsymbol{n_{restant} = C_1V_1 - 2\frac{n_0}{3}}$ comme proposé dans l'énoncé.

Fiche test 2 *Ce que je sais faire*

1. b) Dans une demi-équation équilibrée en milieu acide, on ne peut ajouter aux oxydant et réducteur que des ions hydrogène H^+, des molécules d'eau H_2O et des électrons e^-. FICHE 1 p. 40

2. c) La réponse est obtenue en établissant les deux demi-équations écrites à partir des deux réactifs en solution (l'oxydant I_2 et le réducteur $S_2O_3^{2-}$) : $I_2 + 2e^- = 2I^-$ et $2S_2O_3^{2-} = S_4O_6^{2-} + 2e^-$. L'échange correspond à 2 électrons cédés par l'ion thiosulfate et acceptés par le diiode. L'addition membre à membre donne l'équation c). FICHE 1 p. 40

3. a) et b) Le calcul des quantités de matière des réactifs à l'état initial (EI) donne :
$n(Ag^+) = cV = 1{,}0 \times 75 \times 10^{-3} = 7{,}5 \times 10^{-2} = 0{,}075$ mol
$n(Cu) = \frac{m}{M(Cu)} = \frac{10}{63{,}5} = 1{,}6 \times 10^{-1} = 0{,}16$ mol

Le tableau d'avancement simplifié de la réaction est alors :

Équation	$2Ag^+$ +	Cu →	2Ag +	Cu^{2+}
EI	0,075	0,16	0	0
EC	0,075 – 2x	0,16 – x	2x	x
EF	0	0,12	0,075	0,038

avec $x_{max} = \frac{0,075}{2} = 0,0375$ soit 0,038 mol avec 2 chiffres significatifs. On peut alors lire dans le tableau que la quantité d'ions argent est nulle, que celle d'argent produit est de 0,075 mol et que celle de cuivre restant est de 0,12 mol avec une précision de 2 chiffres significatifs. FICHE 2 p. 42

4. b) La relation à l'équivalence est $\frac{n(\text{Ox})}{\zeta(\text{Ox})} = \frac{n(\text{Red})}{\zeta(\text{Red})}$ avec $\zeta(\text{X})$ le coefficient stœchiométrique de l'oxydant ou du réducteur, réactifs de la transformation. Dans le cas d'espèces en solution aqueuse, la quantité de matière $n(\text{X})$ vaut $[\text{X}] \times V$ avec [X] la concentration molaire de l'espèce X à l'état initial.

Piège à éviter

Aucun produit ne figure dans la relation à l'équivalence.

La réaction support de titrage est : $MnO_4^- + 8H^+ + 5Fe^{2+} \rightarrow Mn^{2+} + 4H_2O + 5Fe^{3+}$.

La relation à l'équivalence s'écrit donc $\frac{n(MnO_4^-)}{1} = \frac{n(Fe^{2+})}{5}$, soit finalement :

$[MnO_4^-] \times V_E = [Fe^{2+}] \times \frac{V_S}{5}$ ou $5[MnO_4^-] \times V_E = [Fe^{2+}] \times V_S$. FICHE 3 p. 44

5. c) L'équation de la réaction support de titrage est :

$2MnO_4^- + 6H^+ + 5H_2O_2 \rightarrow 2Mn^{2+} + 8H_2O + 5O_2$. La relation à l'équivalence s'écrit alors :

$[MnO_4^-] \times \frac{V_E}{2} = [H_2O_2] \times \frac{V_S}{5}$, soit $[H_2O_2] = \frac{5}{2} \times \frac{[MnO_4^-] \times V_E}{V_S} = \frac{5}{2} \times \frac{0,02 \times 20,2}{10,0}$.

On en déduit que $[H_2O_2] = 0,101 \text{ mol} \cdot \text{L}^{-1}$. FICHE 3 p. 44

L'astuce du prof

La relation à l'équivalence s'établit rapidement à l'aide de la stœchiométrie de la réaction support de titrage si rien n'est explicitement demandé dans l'exercice.
Dans le cas contraire, un tableau d'avancement est nécessaire.

VERS LE BAC

3 Produit anti-chlorose

1. L'équivalence est repérée par un changement brutal de couleur. Avant l'équivalence, tous les ions permanganate violets sont entièrement consommés : en supposant que les ions fer II et fer III soient très peu colorés, on en déduit que la solution est presque transparente.

En revanche, après l'équivalence, les ions permanganate restent en solution : on est passé d'un réactif limitant (ion permanganate) à l'autre (ion fer II). La solution se colore donc en violet.

L'équivalence est ainsi repérée par l'**apparition brutale de la couleur violette** des ions permanganate.

2. Le tableau d'avancement de la réaction permet d'établir la relation à l'équivalence :

	Équation	MnO_4^- +	$5\ Fe^{2+}$ +	$8\ H^+ \rightarrow$	Mn^{2+} +	$5\ Fe^{3+}$ +	$4\ H_2O$
État	**Avancement**	**Quantité de matière (mol)**					
EI	$x = 0$	C_2V_2	CV_1	/	0	0	/
EC	x	$C_2V_2 - x$	$CV_1 - 5x$	/	x	$5x$	/
Équivalence	$x = x_E$	$C_2V_E - x_E$	$CV_1 - 5x_E$	/	x_E	$5x_E$	/

À l'équivalence, les ions permanganate $MnO_4^-(aq)$ et les ions fer II $Fe^{2+}(aq)$ ont été introduits en proportions stœchiométriques. Ils sont donc tous les deux limitants.
$C_2V_E - x_E = CV_1 - 5x_E = 0$.

On en déduit la relation à l'équivalence $x_E = C_2V_E$ et $x_E = \frac{CV_1}{5}$, soit finalement :
$CV_1 = 5\ C_2V_E$.

La concentration en fer II de la solution S′ titrée est : $C = \frac{5C_2V_E}{V_1}$.

$V_1 = 20,0$ mL, $C_2 = 5,0 \times 10^{-3}$ mol·L^{-1} et $V_E = 9,5$ mL d'où $\mathbf{C_1 = 1,2 \times 10^{-2}}$ **mol·L^{-1}** en ne conservant que 2 chiffres significatifs.

La concentration de la solution S diluée 30 fois est alors $C = 30 \times C_1 = \mathbf{3,6 \times 10^{-1}}$ **mol·L^{-1}**.

Finalement, la teneur en fer ou concentration massique est : $C_m = C \times M(\text{Fe})$.

$C = 3,6 \times 10^{-1}$ mol·L^{-1} et $M(\text{Fe}) = 56$ g·mol^{-1} d'où $\mathbf{C_m = 20}$ **g·L^{-1}**, ce qui, d'après le tableau des produits « anti-chlorose », nous permet de conclure que la solution inconnue est une solution de **Fer Soni H39F**. FICHE 3 p. 44

3. Si la solution titrante a été diluée, alors il faudra un **volume à l'équivalence plus important** de solution d'ions permanganate.

En effet, la relation à l'équivalence $CV_1 = 5\ C_2V_E$ montre que si C_2 diminue par dilution, alors V_E doit augmenter afin de garder la quantité de matière CV_1 de fer constante.

Si le volume V_1 de solution titrée est trop faible, alors $CV_1 = 5\ C_2V_E$ sera de valeur plus faible, car la concentration C reste inchangée. On en déduit que pour C_2 constante, le volume à l'équivalence $\mathbf{V_E}$ **sera plus faible** que dans le cas de l'énoncé.

L'astuce du prof

Appuyez-vous sur la relation à l'équivalence pour répondre à la question posée.

4. La relation à l'équivalence $CV_1 = 5\ C_2V_E$ permet d'écrire que $C = \frac{5C_2V_E}{V_1}$.

Si la concentration en ions fer II a été surestimée, alors C est trop importante, et à C_2 et V_1 fixés, on en déduit aussi que le volume à l'équivalence V_E a été surestimé.

Cette situation correspond à la première situation pour laquelle la **solution titrante de permanganate de potassium a été diluée par mégarde**.

④ Engrais azoté

1. Soit n la quantité de matière d'ions fer II titrée. Le tableau d'avancement de la réaction 2 est :

	Équation	$Cr_2O_7^{2-}(aq)$ +	$6Fe^{2+}(aq)$ +	$14H^+$ =	$2Cr^{3+}(aq)$ +	$6Fe^{3+}(aq)$ +	$7H_2O(\ell)$
État	**Avancement**	**Quantité de matière (mol)**					
EI	$x = 0$	C_2V_2	n	/	0	0	/
EC	x	$C_2V_2 - x$	$n - 6x$	/	$2x$	$6x$	/
Équivalence	$x = x_E$	$C_2V_E - x_E$	$n - 6x_E$	/	$2x_E$	$6x_E$	/

À l'équivalence, les réactifs sont limitants : $C_2V_E - x_E = n - 6x_E = 0$.
On obtient donc la relation à l'équivalence suivante : $n = 6\ C_2V_E$.
$C_2 = 1{,}7 \times 10^{-2}$ mol·L^{-1} et $V_E = 10{,}0$ mL d'où $\boldsymbol{n = 1{,}0 \times 10^{-3}}$ **mol** en ne conservant que 2 chiffres significatifs. FICHE 3 p. 44

2. Soit n_0 la quantité d'ions nitrate dans la solution (S). Le tableau d'avancement de la **réaction 1** est alors :

	Équation	$NO_3^-(aq)$ +	$3Fe^{2+}(aq)$ +	$4H^+$ =	$NO(g)$ +	$3Fe^{3+}(aq)$ +	$2H_2O(\ell)$
État	**Avancement**	**Quantité de matière (mol)**					
EI	$x = 0$	n_0	C_1V_1	/	0	0	/
EC	x	$n_0 - x$	$C_1V_1 - 3x$	/	x	$3x$	/
EF	$x = x_f$	$n_0 - x_f$	$C_1V_1 - 3x_f$	/	x_f	$3x_f$	/

À l'état final, il reste $C_1V_1 - 3x_f$ mol d'ions fer II, titrés par la suite par les ions dichromate (**réaction 2**). Par identification, on peut donc écrire : $n = C_1V_1 - 3x_f$.

Cela permet d'obtenir une valeur de x_f : $\boldsymbol{x_f = \dfrac{C_1V_1 - n}{3}}$. FICHE 2 p. 42

3. Les ions nitrate ont totalement réagi avec les ions fer II, leur quantité de matière est donc nulle à l'état final :

$n_0 - x_f = 0$, soit $\boldsymbol{n_0 = x_f = \dfrac{C_1V_1 - n}{3}}$.

On a titré un volume $V_0 = 25{,}0$ mL de la solution (S) de volume total 250 mL. La quantité de matière contenue dans la fiole jaugée est donc 10 fois plus élevée.
Dans l'engrais liquide de masse $m = 2{,}5$ g, on a ainsi une quantité n_S d'ions nitrate :

$\boldsymbol{n_S = 10 \times \dfrac{C_1V_1 - n}{3}}$.

4. La masse d'azote provenant des ions nitrate m(N) contenue dans les 2,5 g d'engrais liquide est :

$\boldsymbol{m(\mathrm{N})} = n_S \times M(\mathrm{N}) = \boldsymbol{10 \times \dfrac{C_1V_1 - n}{3} \times M(\mathrm{N})}$.

$M(\mathrm{N}) = 14{,}0$ g·mol^{-1}, $C_1 = [Fe^{2+}] = 0{,}20$ mol·L^{-1}, $V_1 = 20{,}0$ mL et $n = 1{,}0 \times 10^{-3}$ mol, d'où **m(N) = 0,14 g** en ne conservant que 2 chiffres significatifs.

> **Gagnez des points**
> Apprenez par cœur les valeurs des masses molaires atomiques de l'hydrogène, du carbone, de l'azote et de l'oxygène.

Le pourcentage massique est alors défini comme le rapport entre la masse d'ions nitrate et la masse totale de l'échantillon, soit $\frac{0,14}{2,5} = 0,056$ ou 5,6 % en ne conservant que 2 chiffres significatifs. L'étiquette indique «6 % d'azote nitrique» avec une valeur d'un chiffre significatif.

À précision égale (5,6 % ≈ 6 % avec un chiffre significatif), ce pourcentage est bien **en accord** avec la valeur donnée par l'étiquette de l'engrais.

Fiche test 3 *Je fais le point*

Remarque
Le couple des ions fer II est Fe^{3+}/Fe^{2+} avec Fe^{2+} réducteur.

1. Faux. Les ions permanganate et les ions fer sont deux oxydants dans les couples proposés.

2. Vrai. La solution titrante est dans la burette graduée.

3. Vrai. Les couples métalliques sont de la forme M^{n+}/M avec n valant 1 ou 2 (rarement 3 comme pour Al^{3+}/Al). La demi-équation est $M^{n+} + ne^- = M$, montrant bien que l'ion métallique oxydant capte n électrons.

4. Vrai. Les demi-équations sont : $Cr_2O_7^{2-} + 14H^+ + 6e^- = 3Cr^{3+} + 7H_2O$ et $H_2C_2O_4 = 2CO_2 + 2H^+ + 2e^-$ (à multiplier par 3). Par addition coefficientée, on retrouve l'équation bilan proposée.

5. Faux. Les demi-équations sont : $MnO_4^- + 8H^+ + 5e^- = Mn^{2+} + 4H_2O$ et $H_2C_2O_4 = 2CO_2 + 2H^+ + 2e^-$. En multipliant la première demi-équation par 2 et la seconde par 5, on obtient un début d'équation bilan de la forme : $2MnO_4^- + 5H_2C_2O_4 + \ldots$

Cela permet d'établir la relation à l'équivalence : $\frac{C_O V_O}{2} = \frac{C_R V_R}{5}$, les ions permanganate étant l'oxydant et l'acide oxalique le réducteur.

6. Vrai. L'équation de la réaction est $Cu^{2+} + Fe \rightarrow Cu + Fe^{2+}$. Les ions cuivre II bleu turquoise sont consommés, et les ions fer II verts sont produits, ainsi que les atomes de cuivre se déposant sur la paille de fer.

7. Faux. La réaction doit avoir lieu entre un réducteur et un oxydant. Il s'agit ici des couples I_2/I^- et IO_3^-/I_2.

8. Faux. Les quantités de matière sont $n(IO_3^-) = n(KIO_3) = \frac{m}{M}$ avec m la masse et M la masse molaire de KIO_3, soit $n(IO_3^-) = \frac{1,3}{39,1 + 126,9 + 3 \times 16,0} = 6,1 \times 10^{-3}$ mol. Or l'équation bilan montre qu'il faut 5 fois plus d'ions iodure pour que le mélange soit stœchiométrique, soit 30,5 mmol.

9. Faux. Les ions permanganate sont entièrement consommés avant l'équivalence. Le mélange réactionnel reste incolore.

10. Faux. L'erlenmeyer contient la solution titrée, subissant l'oxydation ou la réduction.

Chapitre 3 De la structure des entités aux propriétés physiques de la matière

Améthyste

FICHE 1 Schéma de Lewis 66
FICHE 2 Géométrie d'une molécule 68
FICHE 3 Électronégativité des atomes et polarisation 70
FICHE 4 Cohésion d'un solide ionique 72
FICHE 5 Cohésion d'un solide moléculaire 74
FICHE 6 Dissolution des solides ioniques 76
FICHE 7 Solubilité, extraction et miscibilité 78
FICHE 8 Propriétés des savons 80
Révision Express 82
Méthodes 84
Exercices 86
VERS LE BAC 88
Corrigés 90

FICHE 1 Schéma de Lewis

1 Schéma de Lewis des atomes

Le **modèle ou schéma de Lewis** est une représentation simplifiée d'un atome, d'un ion mono ou polyatomique ou d'une molécule.

1. Atomes dont l'élément appartient à la 2e ligne du tableau périodique

- Le schéma de Lewis d'un atome est une **représentation de sa couche de valence** ou couche périphérique.
- Les électrons périphériques sont représentés par des points ou des tirets autour du symbole de l'atome : chaque tiret est appelé **doublet non liant** d'électrons et équivaut à 2 **électrons célibataires** que l'on représente par des points.

À retenir

Les modèles de Lewis des atomes correspondant aux éléments de la 2e ligne du tableau périodique sont :

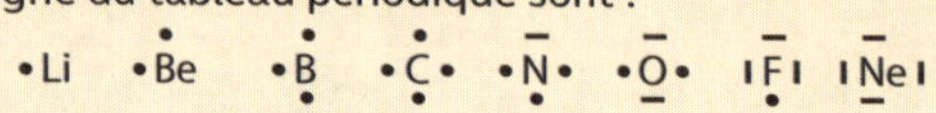

Exemple

L'atome de bore possède 3 électrons de valence. Une « place » du modèle est sans électron, l'atome possède ainsi une lacune :

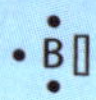

- Dans le cas où le nombre d'électrons de valence est inférieur à 4, une ou plusieurs lacunes électroniques peuvent être représentées par un rectangle vide.

2. Autres atomes et ions monoatomiques

À retenir

Les modèles de Lewis des atomes des éléments d'une même colonne du tableau périodique sont identiques, au symbole de l'élément près.

Exemple

L'ion oxygène O^{2-} a gagné 2 électrons par rapport au cortège électronique de l'atome correspondant : il a donc 8 électrons de valence, et sa couche périphérique est saturée. Son modèle de Lewis est celui du néon.

Le modèle de Lewis d'un ion monoatomique se construit de la même façon que celui de l'atome, tout en considérant le nombre d'électrons de valence de l'ion. Il correspond au modèle électronique du **gaz rare le plus proche** dans le tableau périodique.

2 Schéma de Lewis des molécules

- Le modèle de Lewis d'un édifice polyatomique se construit à partir des modèles de Lewis des atomes ou ions monoatomiques qui le constituent, en appareillant les électrons célibataires deux par deux, afin de créer un **doublet liant** encore appelé **liaison covalente**.
- La molécule de dioxygène correspond à 2 atomes d'oxygène liés entre eux par une liaison covalente double  ou, lorsque l'on réarrange les doublets : 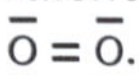.

Vidéo
« Schéma de Lewis – Méthodologie »

EXERCICE RÉSOLU

> Déterminer le schéma de Lewis de la molécule d'eau

ÉNONCÉ

Déterminer le schéma de Lewis de la molécule d'eau H_2O et identifier les doublets liants et non liants.

CORRIGÉ

L'atome d'hydrogène H dont le nombre atomique est $Z = 1$ a une répartition électronique simple ($1s^1$) et possède 1 électron de valence.

Son schéma de Lewis n'est constitué que d'un point : H•

L'atome d'oxygène O a un nombre atomique $Z = 8$. Sa répartition électronique est alors $1s^2\ 2s^2\ 2p^4$, et O possède ainsi 2 + 4 = 6 électrons de valence.

Son schéma de Lewis n'est constitué que de deux tirets (doublets non liants en rouge) et de deux points : •Ȯ|

> **Remarque**
> La couche de valence de l'oxygène est la deuxième couche 2s, 2p.

La molécule d'eau correspond à l'ensemble de 2 atomes d'hydrogène et de 1 atome d'oxygène appareillés par des liaisons prenant en compte les électrons célibataires (en jaune) H••O| (avec H•• au-dessus de O) soit, en formant les doublets liants (en bleu) :

```
    H
    |
H — O|
```

La molécule d'eau possède ainsi deux doublets non liants (en rouge) sur l'atome d'oxygène et deux doublets liants (en bleu) entre chaque atome d'hydrogène H et l'atome d'oxygène O de la molécule.

Lexique

- **Modèle ou schéma de Lewis :** modèle permettant de mettre en évidence les électrons de la couche périphérique d'un atome, d'un ion ou d'une molécule.
- **Doublet non liant :** paire d'électrons de la couche périphérique d'un édifice chimique qui n'entre en jeu dans aucune liaison chimique avec un autre édifice.
- **Gaz rare :** espèce chimique appartenant à un élément de la dernière colonne du tableau périodique.
- **Doublet liant :** paire d'électrons permettant d'établir une liaison entre un atome et un autre.
- **Liaison covalente :** liaison constituée de paires d'électrons issus de la mise en commun d'électrons d'un atome et d'électrons d'un autre atome. La liaison étant équilibrée, chaque atome apporte autant d'électrons que son « voisin ».

FICHE 2 Géométrie d'une molécule

1 Géométries élémentaires

1. Structure tétraédrique

La représentation spatiale des molécules est basée sur la théorie de la répulsion minimale des doublets. Leur géométrie se déduit du modèle de Lewis.

À retenir

Une molécule simple, composée d'un seul atome central, s'inscrit dans une **structure tétraédrique** dont les atomes liés à l'atome central ou les doublets non liants sont les sommets.

Vidéo
« Géométrie des molécules »

2. Exemples de référence

- Le tableau ci-dessous rassemble quelques géométries simples, (E) représentant un doublet non liant :

Formule	Modèle de Lewis	Atome central	Géométrie
CH_4 méthane	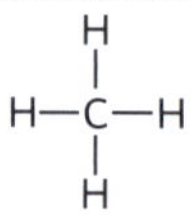	C	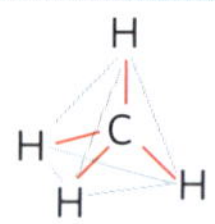 Molécule tétraédrique
NH_3 ammoniac	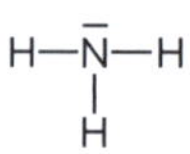	N	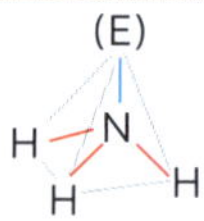 Molécule pyramidale
H_2O eau	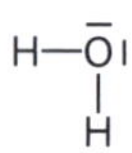	O	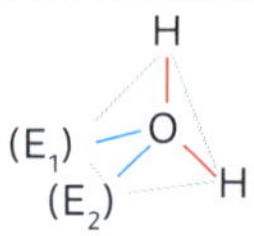 Molécule coudée

- Les angles entre l'atome central et les autres atomes dépendent de la présence de doublets non liants (E) et de la nature des atomes liés.

Remarque
Il n'est pas obligatoire de noter les (E), mais une place vide ou lacune doit leur être attribuée.

2 Géométrie d'une molécule à deux centres

La géométrie d'une molécule à deux centres comme l'éthane $CH_3—CH_3$ est obtenue en combinant deux tétraèdres, chaque centre de tétraèdre devenant le sommet du tétraèdre voisin.

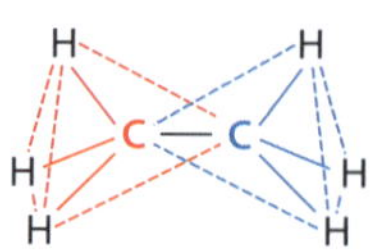

EXERCICE RÉSOLU

> Représenter la géométrie du dichlorométhane

ÉNONCÉ

Le dichlorométhane est un composé organique de formule $CH_2C\ell_2$.

1. En s'appuyant sur les modèles simples de géométrie à un centre, déterminer la structure dans laquelle s'inscrit le dichlorométhane.

2. En déduire l'influence sur la géométrie des atomes de chlore, plus volumineux que les atomes d'hydrogène.

CORRIGÉ

1. Le dichlorométhane de formule $CH_2C\ell_2$ s'inscrit dans une **structure tétraédrique** dont l'atome central est l'atome de carbone C. Les sommets sont occupés par deux atomes d'hydrogène H et deux atomes de chlore $C\ell$.

La structure simple équivalente est **celle du méthane CH_4** dans laquelle on remplace deux atomes d'hydrogène par deux atomes de chlore.

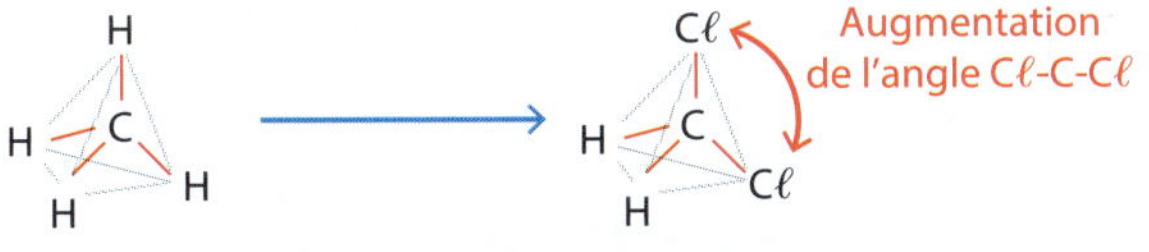

Modèle tétraèdre régulier — Modèle tétraèdre irrégulier

> **Méthode**
> Identifiez la structure simple qui fait modèle pour la molécule proposée : le choix se fait entre CH_4, NH_3 et H_2O, en fonction du nombre d'atomes rattachés à l'atome central, soit respectivement 4, 3 ou 2.

2. Les atomes de chlore étant plus volumineux que les atomes d'hydrogène dont ils prennent la place dans le modèle du méthane, on en déduit que l'angle $C\ell$-C-$C\ell$ sera supérieur aux 109° prévus dans le modèle tétraédrique régulier.

La structure est ainsi irrégulière et déformée par l'écartement géométrique des atomes de chlore.

Lexique

- **Structure tétraédrique :** figure géométrique en 3D composée de 4 triangles. Un tétraèdre régulier est formé de 4 triangles équilatéraux.
- **Lacune :** espace vide.

FICHE 3 Électronégativité des atomes et polarisation

1 Électronégativité de Pauling

À retenir

L'**électronégativité** χ d'un atome A (sans unité) est sa capacité à attirer à lui les électrons lors de la formation d'une liaison chimique avec un atome B.

• Il existe plusieurs échelles d'électronégativité : les valeurs de l'**échelle des électronégativités de Pauling** sont comprises entre 0,7 et 4,0.

Remarque

Une liaison covalente est telle que la différence d'électronégativité est faible, alors qu'une liaison ionique est telle que cette différence est très importante.

• L'électronégativité présente une **double périodicité** par rapport à la place de l'élément correspondant dans le tableau périodique :

Électronégativité croissante (→)

Électronégativité croissante (↑)

1 H 2,1																	2 He -
3 Li 1,0	4 Be 1,5											5 B 1,9	6 C 2,5	7 N 3,0	8 O 3,5	9 F 4,0	10 Ne -
11 Na 0,9	12 Mg 1,2											13 Al 1,5	14 Si 1,8	16 P 2,1	16 S 2,5	17 Cl 3	18 Ar -
19 K 0,8	20 Ca 1,0	21 Sc 1,3	22 Ti 1,5	23 V 1,6	24 Cr 1,6	25 Mn 1,5	26 Mn 1,8	27 Co 1,8	28 Ni 1,8	29 Cu 1,9	30 Zn 1,5	31 Ga 1,6	32 Ge 1,8	33 As 2,0	34 Se 2,4	35 Br 2,8	36 Kr -
37 Rb 0,8	38 Sr 1,0	39 Y 1,2	40 Zr 1,4	41 Nb 1,6	42 Mo 1,8	43 Tc 1,9	44 Ru 2,2	45 Rh 2,2	46 Pd 2,2	47 Ag 1,7	48 Cd 1,4	49 In 1,7	50 Sn 1,8	51 So 1,9	52 Te 2,1	53 I 2,5	54 Xe -
55 Cs 0,7	56 Ba 0,9	57-71 1,1-1,2	72 Hf 1,3	73 Ta 1,5	74 W 1,7	75 Re 1,9	76 Os 2,2	77 Ir 2,2	78 Pt 2,2	79 Au 2,4	80 Hg 1,9	81 Tl 1,8	82 Po 1,8	83 Bi 1,8	84 Po 2,0	85 At 2,2	86 Rn -
87 Fr 0,7	88 Ra 0,9	89 Ac 1,1	90 Th 1,3	91 Pa 1,5	92 U 1,7	93-103 Np-Lr 1,3											

2 Caractère polaire

1. Liaison polarisée

À retenir

Une liaison est **polarisée** si le barycentre des charges positives ne correspond pas au barycentre des charges négatives.

Remarque

Si l'atome B est plus électronégatif que l'atome A, alors la liaison formée est notée :

$A^{\delta+} - B^{\delta-}$

La différence d'électronégativité $\Delta\chi_{AB}$ entre χ_A et χ_B détermine la nature de la liaison A—B : la liaison est dite **non polaire ou apolaire** si $\Delta\chi < 0{,}4$; **polaire** si $0{,}4 < \Delta\chi < 1{,}7$ et **ionique ou dative** si $\Delta\chi > 1{,}7$.

2. Polarité d'une molécule

• Le caractère polaire ou apolaire d'une entité dépend à la fois de sa géométrie et de la polarité de ses liaisons.

• On traduit la polarité par une **flèche** dont le sens est celui du barycentre des charges négatives vers celui des charges positives.

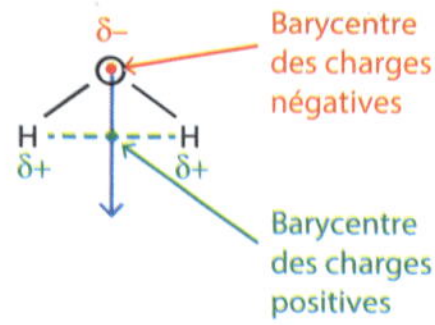

Polarité d'une molécule d'eau

EXERCICE RÉSOLU

> Déterminer la polarité de la molécule d'eau

ÉNONCÉ

La molécule d'eau H_2O est une molécule coudée. Sachant que les électronégativités de Pauling de l'hydrogène et de l'oxygène sont $\chi_H = 2,1$ et $\chi_O = 3,5$, en déduire le caractère polaire ou apolaire de la molécule.

CORRIGÉ

La différence d'électronégativité est $\Delta\chi = \chi_O - \chi_H = 3,5 - 2,1 = 1,4$. Cette différence permet de conclure au caractère polaire de la liaison O–H, avec O plus électronégatif que H.

On peut donc représenter la liaison H—O avec des charges partielles : $H^{\delta+} - O^{\delta-}$.

La molécule a une géométrie plane et coudée. Le barycentre des charges négatives se situe du côté de l'atome d'oxygène et le barycentre des charges positives entre les deux atomes d'hydrogène.

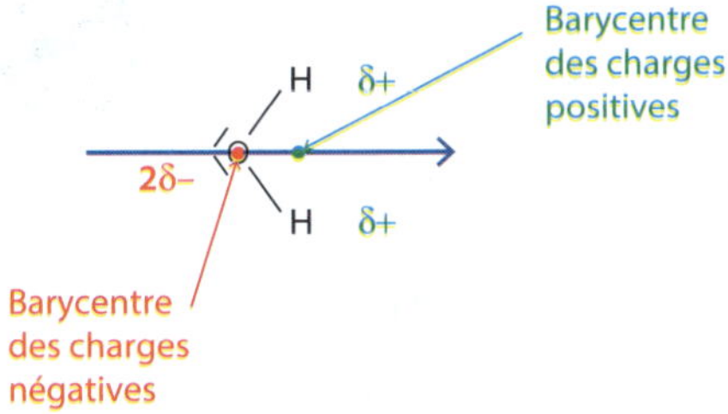

Conseil
Identifiez le caractère polaire ou apolaire des liaisons d'une molécule, puis prenez en compte sa géométrie pour définir la polarité globale de l'édifice moléculaire.

La molécule d'eau est donc **polaire**, avec un pôle positif au niveau des atomes d'hydrogène et un pôle négatif au niveau de l'atome d'oxygène.

Lexique

- **Électronégativité :** grandeur sans unité caractéristique d'une entité chimique permettant d'évaluer sa capacité à attirer à elle les électrons.
- **Apolaire :** se dit d'une liaison entre deux atomes dont la différence d'électronégativité est nulle ou très faible. On dit aussi que la liaison est équilibrée.
- **Polaire :** se dit d'une liaison entre deux atomes dont la différence d'électronégativité est moyenne.
- **Ionique ou dative :** se dit d'une liaison dans laquelle un des deux atomes engagés a donné son électron de valence à l'autre. La différence d'électronégativité de cette liaison est relativement élevée.

FICHE 4 Cohésion d'un solide ionique

1 Solide ionique

À retenir

Un solide ionique est un solide composé d'ions : des **cations** positifs et des **anions** négatifs. En général, ces ions sont relativement bien ordonnés dans une structure appelée **réseau cristallin**.

Remarque
Dans un cristal ionique, un ion est en interaction électrostatique avec l'ensemble des ions de son entourage, cette interaction étant d'autant plus importante que les autres ions sont proches.

2 Interaction électrostatique et loi de Coulomb

La cohésion du solide est assurée par l'**interaction électromagnétique**. Dans le cas de structures cristallines statiques, on parle d'**interaction électrostatique**.

1. Loi de Coulomb

- La **loi de Coulomb** donne la force qu'exerce un ion A sur un ion B ou, de manière plus générale :

À retenir

Un corps chargé A de charge q_A exerce sur un corps chargé B de charge q_B une **force électrostatique** dont la norme est :

$$F_{A/B} = k\frac{|q_A q_B|}{d_{AB}^2}$$ avec
- q_A et q_B : charges des corps A et B (en C),
- d_{AB} : distance séparant A et B (en m),
- k : constante électrique ($k = 9{,}0 \times 10^9\ N{\cdot}m^2{\cdot}C^{-2}$).

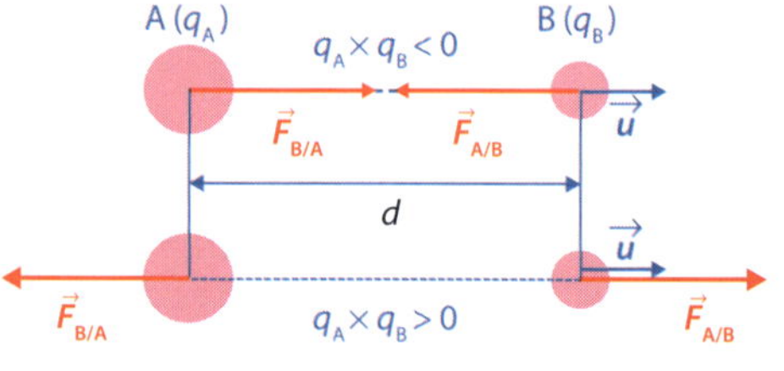

- $|q_A q_B|$ est la valeur absolue du produit des charges des ions en interaction.

2. Force électrostatique

- La **force électrostatique** peut être **attractive** ($q_A q_B < 0$) ou **répulsive** ($q_A q_B > 0$). Elle est d'autant plus importante que A est proche de B (force en $1/d^2$).
- La force électrostatique est telle que $\vec{F}_{A/B} + \vec{F}_{B/A} = \vec{0}$ ou encore $\vec{F}_{A/B} = -\vec{F}_{B/A}$. Les forces exercées par A sur B et B sur A sont des **forces opposées**.

Remarque
La force électrostatique de Coulomb n'est nulle qu'à l'infini.

EXERCICE RÉSOLU

> Donner l'expression de la force électrostatique entre deux ions

ÉNONCÉ

Le chlorure de sodium est composé d'ions sodium Na^+ placés au milieu des arêtes et au centre du cube et d'ions chlorure $C\ell^-$ inscrits dans une structure cubique à faces centrées (c.f.c.).

1. Représenter une structure cubique d'arête a.
2. Si l'on considère l'ion central, combien a-t-il de plus proches voisins ? Donner l'expression de la force électrostatique exercée par un seul de ces ions sur l'ion central en fonction de a et de e, la charge élémentaire.

CORRIGÉ

1.

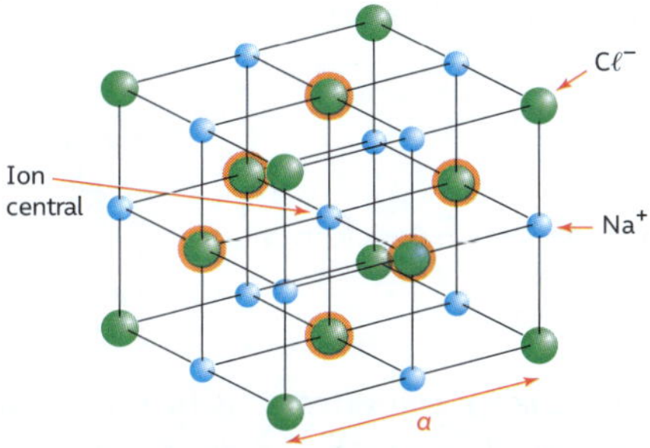

Méthode

Avant d'établir l'expression de la loi de Coulomb, déterminez la charge de chaque ion et la distance qui les sépare.

2. L'ion central est un ion sodium : il est entouré de **6 anions chlorure** (les plus proches, marqués d'un cercle orange) distants de $a/2$. L'interaction est alors attractive entre un ion sodium et un ion chlorure.

Les charges des ions sont de +e pour l'ion sodium et −e pour l'ion chlorure.

La force électrostatique entre ces deux ions est $F_{C\ell^-/Na^+} = k\dfrac{e^2}{\left(\dfrac{a}{2}\right)^2} = k\left(\dfrac{2e}{a}\right)^2$.

Lexique

- **Cation/anion :** ion de charge positive/négative.
- **Réseau cristallin :** structure géométrique 3D dans laquelle s'inscrivent des édifices chimiques comme des anions ou des cations.
- **Forces opposées :** forces dont la somme est nulle. Ces forces ont une même direction, un sens opposé et une même norme.

FICHE 5 Cohésion d'un solide moléculaire

1 Solide moléculaire

À retenir

Un **solide moléculaire** est un cristal dont les nœuds du réseau cristallin sont occupés par des molécules, souvent simples et de faible atomicité.

- Les **interactions** qui assurent la cohésion des solides moléculaires sont **plus faibles** que celles qui assurent la cohésion des solides ioniques.
- Il en résulte que les températures de changement d'état des solides moléculaires sont plus faibles que celles des solides ioniques.
- Deux types d'interactions assurent principalement cette cohésion : les **interactions de Van der Waals** et les **liaisons hydrogène**.

2 Interaction de Van der Waals

- La cohésion du cristal est assurée par des forces intermoléculaires de type électrostatique : les forces de **Van der Waals**. Les énergies mises en jeu dans ce cas sont très inférieures à celles des liaisons chimiques.

À retenir

Les forces de Van der Waals sont dues à la **faible attraction des électrons d'une molécule par les noyaux des molécules voisines.** Leur intensité augmente avec le nombre d'électrons de la molécule étudiée.

Remarque

Les forces de Van der Waals sont une forme de la force électrostatique de Coulomb.

- Sans rentrer dans les détails, on peut mettre en évidence trois formes d'interactions de Van der Waals. Toutes correspondent à des forces attractives intermoléculaires en $1/d^7$, avec d la distance moyenne entre deux molécules.

3 Liaison hydrogène

- Outre les forces de Van der Waals, il existe d'autres forces intermoléculaires attractives appelées **liaisons hydrogène**. Les énergies mises en jeu sont supérieures à celles des forces de Van der Waals, bien qu'inférieures aux énergies de liaison chimiques.

À retenir

La **liaison hydrogène** est une liaison homogène de nature électrostatique qui s'établit entre un atome d'hydrogène $H^{\delta+}$ et un autre atome X extérieur à la molécule possédant un doublet non liant.
On la note par des pointillés :

$$X| \text{-------} H^{\delta+} - A^{\delta-}$$

Remarque

La liaison hydrogène est une interaction de courte portée.

- Dans une liaison hydrogène, les atomes X, H et A sont alignés, et la distance entre X et H est relativement faible.

EXERCICE RÉSOLU

> Représenter les liaisons hydrogène

ÉNONCÉ

Représenter les liaisons hydrogène de l'eau.

CORRIGÉ

La liaison O—H d'une molécule d'eau est polarisée, car O est plus électronégatif que H.

L'atome d'oxygène d'une molécule d'eau possède 2 doublets non liants (en rouge), qui peuvent former des liaisons H avec les atomes d'hydrogène de molécules d'eau voisines :

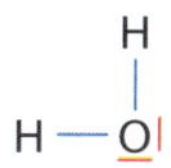

Les liaisons H se représentent par des traits en pointillé entre les atomes d'hydrogène et le doublet non liant concerné.

Entre deux molécules d'eau, la liaison hydrogène peut ainsi être représentée par :

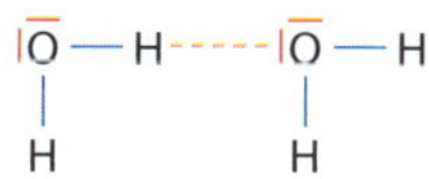

Dans de l'eau à l'état liquide ou solide, les liaisons hydrogène concernent l'ensemble des molécules.

Exemple de liaisons hydrogène pouvant se former :

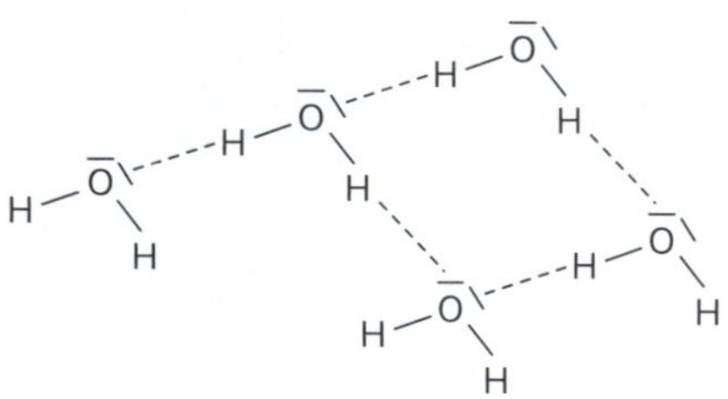

L'astuce du prof
Pensez bien à représenter la liaison hydrogène telle que les atomes H—O|---H soient alignés.

Lexique

- **Interaction de Van Der Waals :** interaction électrostatique de plus faible intensité que l'interaction coulombienne. Elle est due à l'interaction entre un noyau d'atome et des électrons voisins.
- **Liaison hydrogène :** interaction électrostatique entre un atome d'hydrogène et un doublet non liant voisin. Elle est représentée par un trait en pointillé.

FICHE 6 Dissolution des solides ioniques

1 Dissolution : mécanisme et influence du solvant

- Lorsqu'un cristal ionique est dans l'eau, les molécules d'eau polaires interagissent avec les ions du cristal et affaiblissent les liaisons électrostatiques. Le cristal finit par se désagréger. Par la suite, chaque ion s'entoure de molécules de solvant et est dispersé dans toute la solution.

À retenir

La **solubilité** d'un cristal dans une solution déterminée dépend du caractère polaire ou apolaire (non polaire) du solvant.

- Une dissolution nécessite une verrerie adaptée et un protocole particulier à respecter.

Remarque

Un solide polaire se dissout facilement dans un solvant polaire, alors qu'un solide apolaire se dissout dans un solvant apolaire et très peu dans un solvant polaire.

Vidéo

« Protocole de dissolution »

2 Équation de dissolution

- L'**équation de dissolution** rend compte de la dissolution d'un cristal ionique ou moléculaire sans faire directement intervenir le solvant.
- En général, une équation de dissolution a comme réactif le solide ionique et comme produits les différents ions qui le constituent.
- Par exemple, le nitrate de calcium se dissout en solution pour former des ions calcium et des ions nitrate. L'équation de la réaction de dissolution est ainsi : $Ca(NO_3)_2(s) \rightarrow Ca^{2+}(aq) + 2NO_3^-(aq)$.

Méthode

Pour équilibrer une équation de dissolution, respectez la conservation des éléments chimiques et de la charge totale.

3 Concentration des ions en solution

- L'équation de dissolution permet d'établir un tableau d'évolution ou d'avancement d'une dissolution considérée comme totale. Sa lecture donne la relation entre les quantités de matière de solide dissous et de soluté en solution.
- Dans le cas du nitrate de calcium :

Équation		$Ca(NO_3)_2(s)$ $\rightarrow$	$Ca^{2+}(aq)$ +	$2NO_3^-(aq)$
État	Avancement (mol)	Quantité de matière (mol)		
EI	$x = 0$	n	0	0
EC	x	$n - x$	x	$2x$
EF	$x = x_{max} = n$	0	n	$2n$

La lecture du tableau permet d'écrire : $n = n_{EI}(Ca(NO_3)_2) = n_{EF}(Ca^{2+}) = \dfrac{n_{EF}(NO_3^-)}{2}$.

Le volume total V de la solution étant constant, on a $c = \dfrac{n}{V} = [Ca^{2+}] = \dfrac{[NO_3^-]}{2}$.

Remarque

Le volume de la solution étant supposé constant lors d'une dissolution, on déduit, de la relation des quantités de matière, une relation entre les concentrations des ions en solution.

EXERCICE RÉSOLU

> Écrire les équations de dissolution de solides ioniques dans l'eau

ÉNONCÉ

Donner les équations de dissolution, dans l'eau, des composés ioniques suivants :
- cristal ionique de chlorure de baryum ;
- cristal ionique de sulfate de cuivre.

CORRIGÉ

On écrit dans un premier temps la formule du cristal : le chlorure de baryum a pour formule $BaC\ell_2$ et le sulfate de cuivre II, plus courant, $CuSO_4$.

Le cristal prend la place du réactif dans l'équation de dissolution.

Remarque
La formule d'un composé ionique commence par les atomes provenant de l'espèce cationique, alors que son nom commence par l'espèce anionique.

Dans un deuxième temps, on écrit les ions formés : ion baryum Ba^{2+}, ion chlorure $C\ell^-$, ion cuivre II Cu^{2+} et ion sulfate SO_4^{2-}.

Finalement, en ajoutant les coefficients appropriés pour que les charges positives des cations compensent celles, négatives, des anions, ainsi que les états physiques, les deux équations de dissolution sont :

– **$BaC\ell_2(s) \rightarrow Ba^{2+}(aq) + 2C\ell^-(aq)$** : les 2 charges élémentaires excédentaires +2e de l'ion baryum sont compensées par 2 charges –e, chacune venant d'un ion chlorure ;

– **$CuSO_4(s) \rightarrow Cu^{2+}(aq) + SO_4^{2-}(aq)$** : chaque charge 2e de l'ion cuivre II est compensée par celle égale à –2e de l'ion sulfate.

L'astuce du prof
N'oubliez pas de noter les états physiques et de vérifier l'électroneutralité de la solution obtenue par dissolution.

Lexique

• **Solubilité :** capacité d'un solide à se dissoudre dans un solvant et, plus quantitativement, masse maximale de soluté dissous par litre de solution.

• **Équation de dissolution :** équation bilan modélisant la dissolution d'un solide dans un solvant. Les produits formés sont les ions contenus dans le cristal ionique solide, le solvant n'intervenant généralement pas dans l'équation.

FICHE 7 Solubilité, extraction et miscibilité

1 Solubilité d'une espèce dans un solvant

À retenir

La **solubilité d'une espèce dans un solvant** peut être définie comme la capacité de cette espèce à se dissoudre dans le solvant (définition qualitative) ou comme la masse maximale de cette espèce dissoute dans un litre de solvant (définition quantitative).

Remarque
Plus les interactions entre soluté et solvant sont importantes, et plus le soluté est soluble dans le solvant considéré.

- La solubilité se note *s* et s'exprime en $g \cdot L^{-1}$. Elle correspond à la concentration massique à **saturation** de soluté dans la solution.
- La solubilité d'une espèce en solution dépend de la **nature** du soluté et du solvant, de leurs **interactions**, de la **température** de la solution, de la **présence d'autres espèces dissoutes**, etc.

2 Extraction liquide-liquide

1. Définition

Une **extraction liquide-liquide** est une opération permettant d'extraire un composant d'une phase liquide (appelée solvant) par **transfert** de ce composant dans une seconde phase liquide (appelée solvant extracteur ou diluant), ces deux phases étant très peu ou non miscibles entre elles.

Remarque
Le solvant extracteur doit aussi être le moins cher possible, peu toxique, facilement recyclable, etc.

2. Propriétés du solvant et du diluant

- La migration du composant ou soluté à extraire du solvant vers le diluant est d'autant plus efficace que les **interactions composant-solvant sont faibles** (soluté très peu soluble dans le solvant) et que les **interactions composant-diluant sont importantes** (soluté très soluble dans le diluant).
- Le solvant extracteur ou diluant doit être de **densité très différente** de celle du solvant, et très **peu ou non miscible** au solvant. De plus, le soluté doit présenter une **grande solubilité** dans ce diluant.

3. L'extraction en laboratoire

- En pratique, une extraction liquide-liquide correspond à un processus en plusieurs étapes successives que l'on réalise souvent dans une **ampoule à décanter** : mise en contact des deux phases liquides que sont le solvant et le diluant, agitation pour effectuer le transfert de phase du soluté, dégazage, décantation, puis séparation des phases.
- Un séchage peut être éventuellement effectué.

Vidéo
« Extraction liquide-liquide »

Cours

EXERCICE RÉSOLU

> Interpréter un protocole d'extraction liquide-liquide

ÉNONCÉ

La composition de la gousse de vanille est très riche en arômes, dont le principal est la vanilline. On extrait la vanilline à partir de vanille liquide : à 1,0 mL d'échantillon de vanille liquide, on ajoute 10 mL d'eau distillée dans une ampoule à décanter, puis 20 mL de dichlorométhane.

Proposer un schéma légendé de l'ampoule à décanter en accord avec le protocole.

DONNÉES

- Dichlorométhane $CH_2C\ell_2$: densité $d = 1,33$; non miscible à l'eau.
- Vanilline $C_8H_8O_3$: soluble dans la plupart des solvants organiques, très peu soluble dans l'eau.

CORRIGÉ

Lors du transfert de phase, la vanilline, présente initialement dans la solution aqueuse, migre dans le dichlorométhane qui constitue la phase organique.

De plus, les deux phases liquides sont non miscibles et présentent des densités très différentes : $d_{\text{dichlorométhane}} = 1,33$ et $d_{\text{eau}} = 1$. La phase liquide de densité plus faible (phase surnageante) est la phase aqueuse.

On en déduit le schéma légendé de l'ampoule à décanter ci-contre, juste après décantation et avant séparation des phases.

Remarque
La vanilline est très peu soluble dans l'eau, mais soluble dans le dichlorométhane.

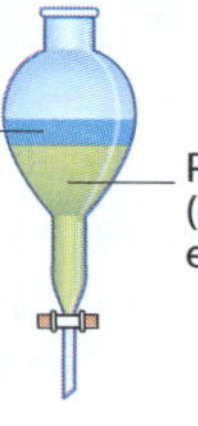

Lexique

- **Saturation :** état d'un système chimique pour lequel aucune quantité supplémentaire de soluté ne peut être dissoute en solution dans les conditions expérimentales données.
- **Extraction liquide-liquide :** processus permettant d'extraire un soluté en solution à l'aide d'un deuxième solvant (extraction ayant des propriétés bien spécifiques).
- **Ampoule à décanter :** verrerie avec robinet pouvant accueillir quelques centaines de millilitres de solution, spécifique à l'extraction liquide-liquide.

FICHE 8 Propriétés des savons

1 Caractère amphiphile

- Un savon est un mélange de carboxylates de sodium ou de potassium. Les ions carboxylate sont des molécules ioniques correspondant à des chaînes carbonées de plus de dix atomes de carbone non ramifiées, notées $R\text{-}COO^-$. Un ion carboxylate comporte ainsi deux parties : un groupe carboxylate COO^- et un groupe alkyle R.
- Le groupement carboxylate, chargé négativement, interagit fortement avec les molécules d'eau polaire d'un solvant aqueux. On dit que ce groupement est **hydrophile**. En revanche, il ne présente aucune affinité pour les solvants non polaires composés en particulier de longues chaînes carbonées comme celles des corps gras. On dit que ce groupement est **lipophobe**.
- Un savon est composé de molécules possédant donc une **tête hydrophile** et une **queue lipophile** : c'est une espèce **amphiphile**.

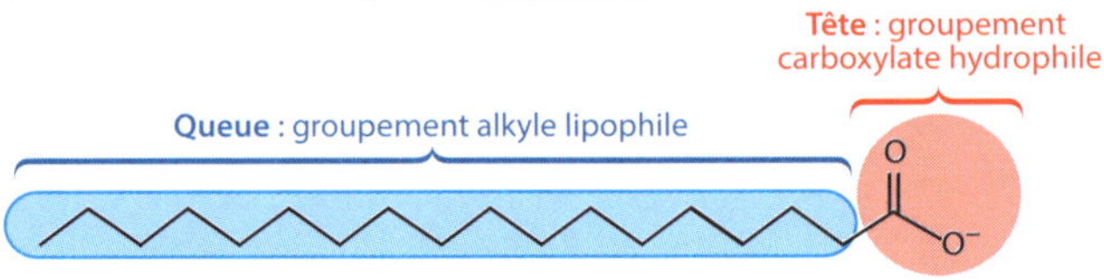

Caractère amphiphile de l'ion carboxylate

2 Applications des tensioactifs

- Un **tensioactif** peut donc être utilisé comme émulsifiant ou agent de solubilisation entre deux phases non miscibles, détergent, agent mouillant pour faciliter l'étalement d'un liquide sur une surface, agent moussant, agent dispersant pour permettre le mélange de molécules hydrophiles et hydrophobes, etc.
- Utilisé en détergent, l'ion carboxylate des savons interagit avec la salissure, soit par sa tête hydrophile, soit par sa queue hydrophile s'il s'agit d'une graisse à éliminer par exemple. En fonction de la nature de la substance à éliminer, le savon forme une monocouche ou une bicouche :

> **Remarque**
> Les bulles de savon sont un cas particulier d'une double couche de savon.

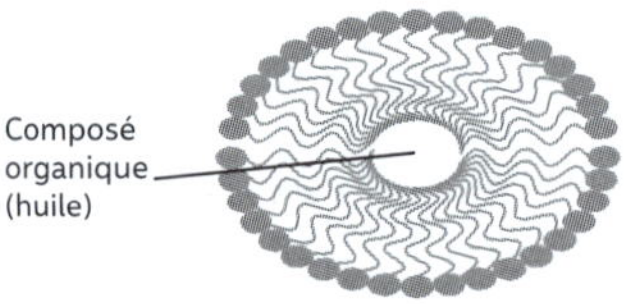

Bicouche de savon

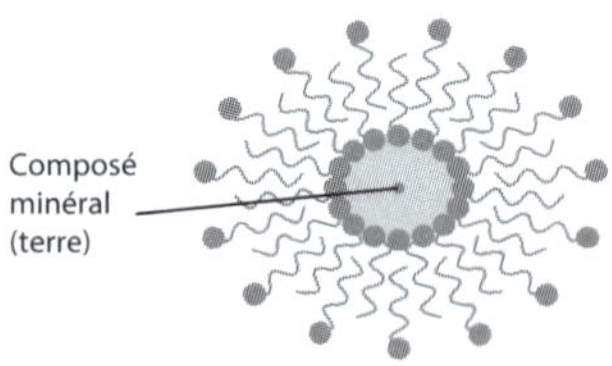

Monocouche de savon

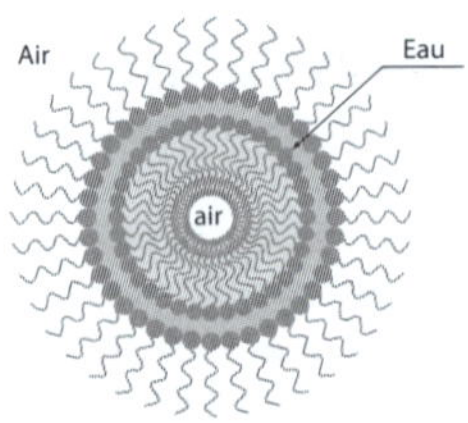

Cas particulier d'une bulle de savon

EXERCICE RÉSOLU

> Interpréter l'expérience de la tache d'huile de Franklin

ÉNONCÉ

En 1762, Benjamin Franklin se promène au bord de l'étang de Clapham en Angleterre et a l'idée de déposer une petite quantité d'huile à sa surface. Il observe alors que l'huile s'étale jusqu'à recouvrir un quart de la superficie de l'étang.

Interpréter ce phénomène.

CORRIGÉ

Les molécules d'huile forment à la surface de l'étang une monocouche de molécules avec la tête hydrophile dans l'eau et la queue hydrophobe au contact de l'air.

Vidéo
« Expérience de Franklin »

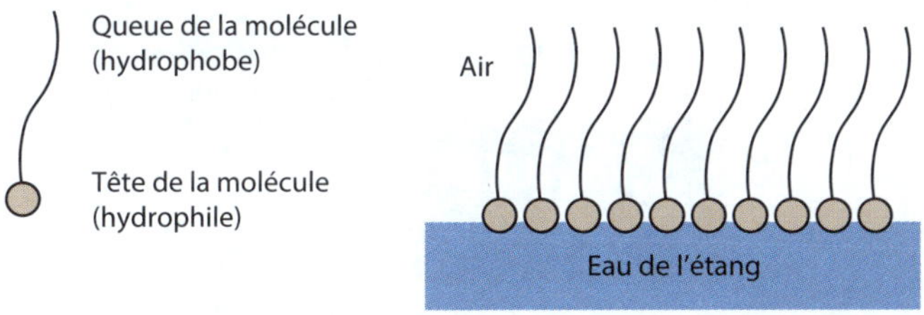

Remarques
Franklin n'a malheureusement pas exploité totalement son expérience, et il faudra attendre 1890 pour que Rayleigh en déduise un ordre de grandeur de l'épaisseur de la monocouche.
En laboratoire, cette expérience peut être réalisée pour déterminer l'épaisseur d'une monocouche d'huile.

Lexique

- **Hydrophile :** littéralement, qui aime (« phile ») l'eau (« hydro »). Se dit d'une substance en interaction forte avec une phase aqueuse.
- **Lipophobe :** littéralement, qui a peur (« phobe ») des substances grasses, huileuses ou organiques (« lipo »). Se dit d'une substance en interaction forte avec une phase organique.
- **Amphiphile :** se dit d'une substance ayant une partie hydrophile/lipophobe et une partie hydrophobe/lipophile.
- **Tensioactif (ou agent de surface) :** substance permettant de modifier les propriétés de surface d'un liquide.

Révision Express

CARTE MENTALE

> Structure et cohésion

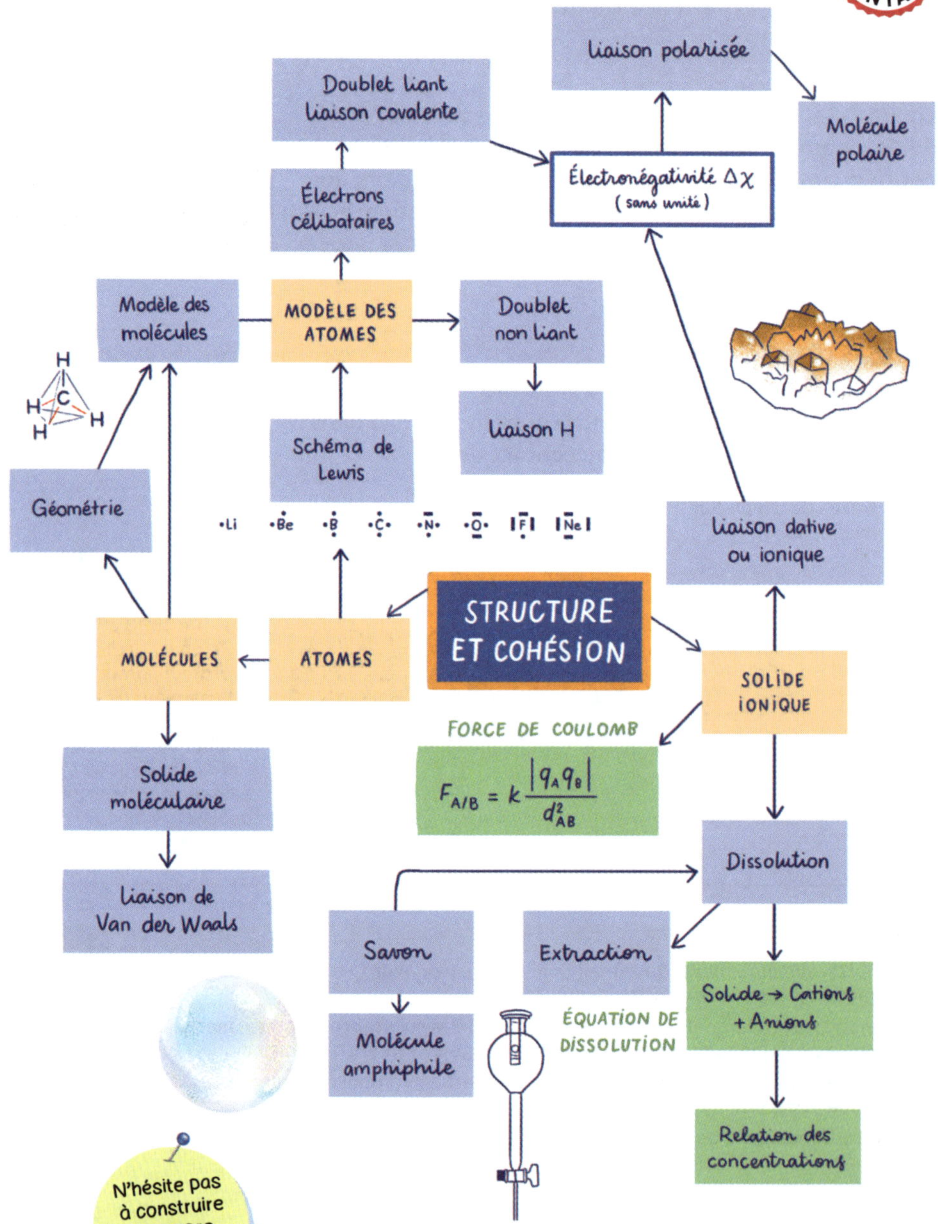

N'hésite pas à construire ta propre carte mentale

Fiche test 1 *Ce que je sais*

QCM 15 min

◯ À revoir
◯ Acquis

Pour chaque question, déterminer la (ou les) bonne(s) réponse(s).
Chaque question peut rapporter : 1 point si la réponse ne comporte aucune erreur ; 0,5 point dans le cas d'une erreur ; 0 point dans le cas de deux erreurs ou plus.

1 Dans le modèle de Lewis des atomes, les tirets :

◯ **a.** sont des doublets non liants.
◯ **b.** sont des doublets liants.
◯ **c.** équivalent à deux électrons chacun.

FICHE 1 p. 66

2 Dans le modèle de Lewis des molécules, les tirets :

◯ **a.** sont des doublets non liants.
◯ **b.** sont des doublets liants.
◯ **c.** équivalent à deux électrons chacun.

FICHE 1 p. 66

3 Une structure tétraédrique régulière :

◯ **a.** est constituée de trois triangles équilatéraux.
◯ **b.** comprend un atome central et quatre autres atomes identiques.
◯ **c.** possède quatre sommets.

FICHE 2 p. 68

4 L'électronégativité de Pauling :

◯ **a.** est sans unité.
◯ **b.** dépend de la nature de l'atome.
◯ **c.** est nulle pour les gaz rares.

FICHE 3 p. 70

5 Une liaison entre deux atomes A et B est :

◯ **a.** ionique si leur différence d'électronégativité est faible.
◯ **b.** apolaire si A et B appartiennent au même élément chimique.
◯ **c.** toujours covalente par définition.

FICHE 3 p. 70

6 La force de Coulomb entre deux ions dépend de :

◯ **a.** la distance entre eux.
◯ **b.** la masse de chaque ion.
◯ **c.** leur différence d'électronégativité.

FICHE 4 p. 72

7 Une liaison hydrogène :

◯ **a.** est plus forte qu'une liaison de Van Der Waals.
◯ **b.** est assez rare dans la nature.
◯ **c.** lie forcément un H à un autre atome.

FICHE 5 p. 74

8 Lors d'une dissolution d'un solide ionique dans l'eau :

◯ **a.** il se forme autant de cations que d'anions.
◯ **b.** il se forme des ions dans les proportions stœchiométriques de l'équation de dissolution.
◯ **c.** il peut se former uniquement des cations.

FICHE 6 p. 76

9 Un bon diluant est tel que :

◯ **a.** le soluté à extraire a une grande affinité avec lui.
◯ **b.** sa densité est très différente de celle du solvant.
◯ **c.** le diluant et le solvant sont peu ou pas miscibles entre eux.

FICHE 7 p. 78

10 Une molécule amphiphile a une partie :

◯ **a.** lipophile.
◯ **b.** lipophobe.
◯ **c.** hydrophobe.

FICHE 8 p. 80

SCORE : ____ / 10

1 Établir l'équation de dissolution d'un solide en solution

ÉNONCÉ

On prépare une solution teintée de nitrate de cobalt de concentration molaire *c*.

Écrire l'équation de dissolution.

Nitrate de cobalt

PROCÉDURE

1. Déterminer d'abord la formule des ions présents en s'aidant du nom de la solution. La plupart des formules des ions monoatomiques se retrouvent grâce à leur place dans le tableau périodique des éléments. Les autres sont évidemment à connaître.
2. Déterminer ensuite la formule du cristal qui s'est dissocié. On le note : $(cation)_{\xi_{cation}}\ (anion)_{\xi_{anion}}$ avec *cation* ou *anion*, la formule chimique du cation ou de l'anion sans noter sa charge et ξ_{cation} ou ξ_{anion}, le coefficient du cation ou de l'anion respectant l'électroneutralité de la solution.
Si l'anion ou le cation est monoatomique, on ne notera pas les parenthèses.
Si le coefficient vaut 1, on ne notera ni ce dernier, ni les parenthèses.
3. Déduire l'équation de dissolution sachant que :
– elle ne prend pas en compte le solvant ;
– elle vérifie la conservation de la charge et des éléments chimiques ;
– avant la flèche, on ne note que le solide avec son état physique ;
– après la flèche, on note les ions obtenus.
Ne pas oublier les états physiques.

CORRIGÉ

1 Il s'agit d'une solution de nitrate de cobalt.
Elle contient donc des **ions nitrate NO_3^-** et des **ions cobalt Co^{2+}**.

2 Au vu des charges des ions, il faudra 2 ions nitrate NO_3^- pour compenser les deux charges élémentaires d'un ion cobalt Co^{2+}. Le cristal de nitrate de cobalt est alors $(Co)_1(NO_3)_2$ ou **de manière simplifiée $Co(NO_3)_2$**.

3 On en déduit alors l'équation de dissolution :
$Co(NO_3)_2(s) \rightarrow Co^{2+}(aq) + 2NO_3^-(aq)$.
On vérifie bien la conservation de la matière et celle de la charge totale nulle pour chaque membre de l'équation de dissolution.

Piège à éviter

Ne vous contentez pas de vérifier uniquement la conservation de la matière. Même si, la plupart du temps, la conservation de la matière entraîne la conservation de la charge, ce n'est pas toujours le cas, et cela permet de faire deux vérifications !

Méthode

② Établir la relation entre les concentrations des ions en solution

ÉNONCÉ

On prépare une solution teintée de nitrate de cobalt de concentration molaire *c*.
Exprimer les concentrations des ions en solution en fonction de *c*.

PROCÉDURE

1. À partir de l'équation de dissolution, établir le tableau d'évolution ou tableau d'avancement littéral de la dissolution en fonction des quantités de matière *n* de solide.
2. Déduire la relation entre les quantités de matière du composé dissous à l'état initial (EI) et celles des solutés en solution à l'état final (EF).
3. Lors de la dissolution, le volume de la solution étant considéré comme constant, la relation des concentrations se calque sur celle des quantités de matière : diviser la relation établie en **2.** par *V* et identifier $c = \frac{n}{V}$ et les concentrations ioniques des différents ions produits.

CORRIGÉ

❶

Équation		$Co(NO_3)_2(s)$ $\rightarrow$	$Co^{2+}(aq)$ +	$2NO_3^-(aq)$
État	Avancement (mol)	Quantité de matière (mol)		
EI	$x = 0$	n	0	0
EC	x	$n - x$	x	$2x$
EF	$x = x_{max} = n$	0	n	$2n$

❷ La lecture du tableau d'évolution permet de conclure que :

$n_{EI}(Co(NO_3)_2) = n = n_{EF}(Co^{2+}) = \frac{n_{EF}(NO_3^-)}{2}$ (relation des quantités de matière)

❸ Le volume *V* de la solution étant constant pendant la dissolution, on a :

$$\frac{n}{V} = \frac{n_{EI}(Co(NO_3)_2)}{V} = \frac{n_{EF}(Co^{2+})}{V} = \frac{n_{EF}(NO_3^-)}{2V}$$

En identifiant les différentes concentrations de nitrate de cobalt solide à l'état initial $c = \frac{n}{V}$, d'ions cobalt à l'état final $[Co^{2+}] = \frac{n_{EF}(Co^{2+})}{V}$ et d'ions nitrate à l'état final $[NO_3^-] = \frac{n_{EF}(NO_3^-)}{V}$, on en déduit : $c = [Co^{2+}] = \frac{[NO_3^-]}{2}$.

L'astuce du prof
La relation des concentrations est la même que celle des quantités de matière si l'on remplace simplement les quantités de matière par les concentrations molaires.

EXERCICES D'APPLICATION

1 Ampoule à décanter

EXERCICE À CARACTÈRE EXPÉRIMENTAL

En travaux pratiques, les élèves ont à séparer les deux colorants présents dans une solution aqueuse mauve, résultat d'un mélange de rouge de méthyle et de sulfate de cuivre.

	Rouge de méthyle	Sulfate de cuivre
Cyclohexane *d* = 0,78	Très soluble (jaune)	Insoluble (–)
Eau	Peu soluble (rouge)	Très soluble (bleu)

Représenter l'ampoule à décanter en justifiant son contenu et la position relative des différentes phases.

2 Liaison hydrogène dans l'eau

EXERCICE À CARACTÈRE DOCUMENTAIRE

Les molécules d'eau sont formées par des liaisons de covalence dans lesquelles deux atomes distincts mettent chacun en commun un électron de leur couche externe. Un atome d'oxygène O, qui a six électrons périphériques, peut établir deux liaisons covalentes O—H avec deux hydrogène H, mais pas plus. Cependant [...] ces liaisons O—H ne sont pas symétriques, car l'oxygène attire plus à lui les électrons que l'hydrogène. Par conséquent, les atomes H de H_2O sont un peu appauvris en électrons, tandis que l'oxygène est un peu enrichi en électrons [...]. Par ailleurs, il reste autour de l'oxygène quatre électrons périphériques non engagés dans une liaison covalente. Ils sont organisés en deux paires distinctes [ou] **doublets électroniques libres**.

Que se passe-t-il si une autre molécule d'eau s'approche ? Un des atomes H de la première molécule, qui est un peu appauvri en électrons et donc légèrement chargé positivement, est attiré par un des doublets électroniques libres de l'atome O de la seconde molécule. La force d'attraction entre les deux molécules, qui est de nature purement électrostatique, est suffisante pour aboutir à une liaison stable, que l'on note O—H---O. C'est la liaison hydrogène.

[...] Les molécules dites **hydrophobes**, ayant uniquement des groupements CH et donc incapables d'accepter ou d'établir des liaisons hydrogène avec l'eau, seront rejetées hors de celle-ci et resteront groupées ensemble.

Extraits de la revue *La Recherche* n° 209.

1. Donner la représentation de Lewis de la molécule d'eau, ainsi que sa géométrie. Montrer l'établissement d'une liaison hydrogène entre deux molécules d'eau.
2. La molécule d'eau est dite polaire. Pourquoi ?
3. Définir une molécule hydrophobe et une molécule hydrophile. Expliquer alors pourquoi le méthoxyméthane CH_3—O—CH_3 n'est pas soluble dans l'eau, alors que l'éthanol CH_3—CH_2—OH y est très soluble.

Fiche test 2 Ce que je sais faire

QCM

20 min

◯ À revoir
◯ Acquis

Pour chaque question, déterminer la (ou les) bonne(s) réponse(s).
Chaque question peut rapporter : 1 point si la réponse ne comporte aucune erreur ; 0,5 point dans le cas d'une erreur ; 0 point dans le cas de deux erreurs ou plus.

1 Déterminer le modèle de Lewis

Le modèle de Lewis de la molécule de formule C_2H_6O peut être :

◯ **a.** 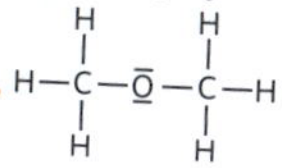

◯ **b.** 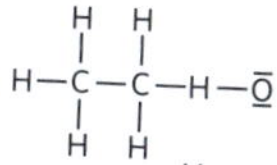

◯ **c.** 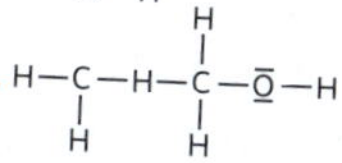

FICHE 1 p. 66

2 Déterminer la géométrie d'une molécule

Le sulfure d'hydrogène H_2S est un gaz inflammable incolore à odeur nauséabonde dont on fait les « boules puantes » (odeur d'œuf pourri).

La géométrie de sa molécule est :

◯ **a.** celle de H_2O.
◯ **b.** linéaire H—S—H.
◯ **c.** coudée.

FICHE 2 p. 68

3 Déterminer la nature de la liaison

On s'intéresse à la liaison entre deux atomes, elle est :

◯ **a.** ionique dans le cas du cristal de sel NaCl(s).
◯ **b.** covalente ou apolaire dans le cas du dihydrogène.
◯ **c.** polaire pour le chlorure d'hydrogène.

Données : électronégativités de Pauling $\chi(\text{Na}) = 0,9$; $\chi(\text{C}\ell) = 3,0$ et $\chi(\text{H}) = 2,1$.

FICHE 3 p. 70

4 Évaluer la force de Coulomb entre deux ions

L'argent est rarement présent dans les sous-sols à l'état natif. On le trouve dans les minerais, associé à d'autres éléments chimiques comme le chlore ou le soufre.

Un exemple est l'acanthite, cristal de formule Ag_2S. On considère une arête de ce cristal (en rouge) et une distance a entre les ions de l'ordre de $a = 0,25$ nm.

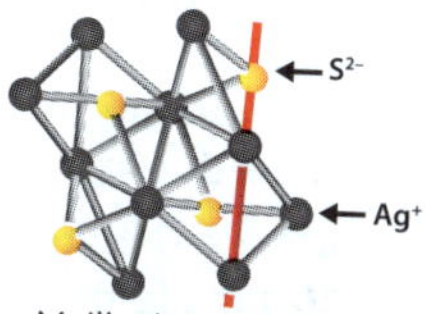

Maille d'acanthite

La force exercée par :

◯ **a.** un ion soufre sur l'ion argent voisin est $F = 1,8 \times 10^{-18}$ N.
◯ **b.** un ion argent sur l'ion argent voisin est $F = 3,7 \times 10^{-9}$ N.
◯ **c.** un ion soufre sur l'ion argent voisin est le double de celle exercée par un ion argent sur l'ion argent voisin.

Données : $e = 1,6 \times 10^{-19}$ C et $k = 9,0 \times 10^{9}$ N·m²·C⁻².

FICHE 4 p. 72

5 Établir l'équation de dissolution et la relation des concentrations

Le nitrate d'argent est un des réactifs de l'arbre de Diane lorsqu'il est en solution. On l'utilise aussi en photographie argentique ou dans le domaine médical, en particulier comme antiseptique ou comme verrulyse. Son équation de dissolution et la relation des concentrations associée est :

◯ **a.** $AgNO_3(s) \rightarrow Ag^+(aq) + 3NO^-(aq)$ et $[Ag^+] = 3 \times [NO^-]$.
◯ **b.** $Ag^+(aq) + NO_3^-(aq) \rightarrow AgNO_3(s)$ et $[Ag^+] = [NO_3^-]$
◯ **c.** $AgNO_3(s) \rightarrow Ag^+(aq) + NO_3^-(aq)$ et $[Ag^+] = [NO_3^-]$.

FICHE 6 p. 76

SCORE : ____ / 5

VERS LE BAC

3 Électrisation

En séance de travaux pratiques, deux élèves réalisent devant leur groupe des expériences d'électrisation.

À l'aide d'une peau de chat, ils frottent un bâton d'ébonite et l'approchent d'un très mince filet d'eau. Ils peuvent alors observer que le filet d'eau du robinet est attiré par le bâton.

1. Sachant que lors du frottement, des électrons ont été arrachés à la peau de chat, en déduire la nature de la charge de la baguette d'ébonite.
2. À l'approche de la baguette chargée, les molécules d'eau se placent et s'orientent dans le filet d'eau. Faire un schéma explicite de la situation.
3. En déduire une explication au phénomène observé. De quelle nature est l'interaction mise en jeu ?

4 Chlorure de césium

Le chlorure de césium est un cristal ionique constitué d'ions chlorure $C\ell^-$ et d'ions césium Cs^+ disposés régulièrement selon un empilement appelé «cubique centré» (c.c.). Chaque cube de côté a est constitué d'un ion Cs^+ au centre et de 8 ions $C\ell^-$ placés aux différents sommets.

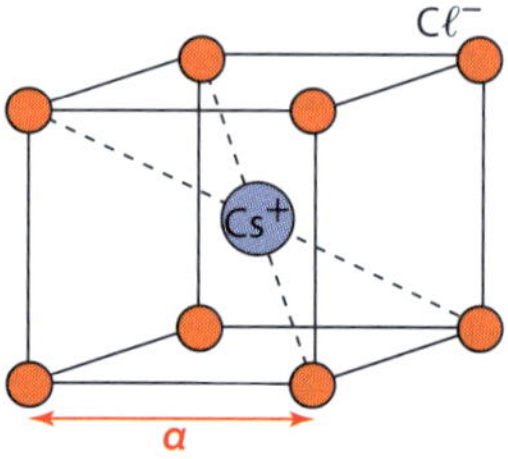

1. Montrer que la distance entre les ions césium et les ions chlorure est $\frac{a\sqrt{3}}{2}$.
2. Donner l'expression de la force électrique exercée par un ion $C\ell^-$ sur l'ion césium situé au centre du cube. Est-elle répulsive ou attractive ?
3. En déduire la force électrique exercée par les deux ions $C\ell^-$ situés sur la même diagonale du cube sur l'ion césium. Conclure sur la force électrique exercée par l'ensemble des ions chlorure plus proches voisins sur l'ion césium.

Fiche test 3 *Je fais le point*

VRAI / FAUX

15 min

◯ À revoir
◯ Acquis

Indiquer pour chaque proposition si elle est vraie ou fausse.

1. Le modèle de Lewis de l'acétone ou propanone de formule C_3H_6O est constitué de 10 doublets liants et 2 doublets non liants.	◯ Vrai	◯ Faux
2. La molécule de CO_2 est coudée comme la molécule d'eau H_2O.	◯ Vrai	◯ Faux
3. Le cristal de chlorure de calcium est un solide ionique.	◯ Vrai	◯ Faux
4. La molécule d'éthane C_2H_6 est polaire.	◯ Vrai	◯ Faux
5. Dans le cas d'un solide ionique, la force de Coulomb est deux fois plus importante entre deux ions de même charge qu'entre deux ions dont l'un est deux fois plus chargé que l'autre.	◯ Vrai	◯ Faux
6. Les liaisons hydrogène et les forces de Van Der Waals sont toujours attractives. Ce n'est pas forcément le cas d'une interaction coulombienne.	◯ Vrai	◯ Faux
7. On peut augmenter la solubilité d'un solide en changeant le solvant dans lequel il est dissous.	◯ Vrai	◯ Faux
8. La dissolution du chlorure de calcium génère autant d'ions chlorure que d'ions calcium.	◯ Vrai	◯ Faux
9. On considère un mélange d'une solution aqueuse et de cyclohexane (densité inférieure à 1) dont on veut extraire la phase organique. Pour cela, on utilise une ampoule à décanter dont on extrait la phase inférieure.	◯ Vrai	◯ Faux
10. Lors d'un lavage en machine d'un vêtement ayant une tache de graisse, le comportement des molécules de tensio-actif de la lessive est le suivant : les têtes plongent dans l'eau de lessive, alors que les corps hydrophobes des molécules pénètrent dans la graisse.	◯ Vrai	◯ Faux

SCORE : ____ / 10

Fiche test 1 *Ce que je sais*

1. b) et **c)** Dans le modèle de Lewis d'un atome, on n'a que des points et des tirets : les points sont des électrons célibataires pouvant créer des doublets liants avec d'autres atomes ; les tirets, équivalents de deux électrons, sont des doublets non liants. FICHE 1 p. 66

2. a), **b)** et **c)** *Toutes les réponses sont correctes.* L'explication est la même qu'à la réponse précédente avec, en plus, les liaisons ou doublets liants entre atomes. FICHE 1 p. 66

L'astuce du prof

Un doublet uniquement sur un atome est non liant, alors que celui qui joint deux atomes différents est liant.

3. b) et **c)** Une structure tétraédrique régulière est composée de 4 triangles équilatéraux et a 4 sommets. Elle est régulière si les sommets sont peuplés de manière équivalente par le même atome. FICHE 2 p. 68

4. a), **b)** et **c)** *Toutes les réponses sont correctes.* L'électronégativité est nulle pour un gaz rare (dernière colonne du tableau périodique), sans unité, et varie selon le type d'élément chimique. FICHE 3 p. 70

5. b) Une liaison est ionique si la différence d'électronégativité est forte, apolaire si la différence est nulle ou faible, et covalente sinon. Dans le cas d'une liaison A—A, la différence est nulle. FICHE 3 p. 70

Gagnez des points

Gardez toujours à l'esprit le type de liaison en fonction de la valeur de la différence d'électronégativité entre les deux atomes d'une liaison.

6. a) La force de Coulomb dépend de la distance entre les ions et de leur charge. FICHE 4 p. 72

7. a) et **c)** Une liaison hydrogène est plus forte qu'une liaison de Van Der Waals et moins forte qu'une liaison coulombienne. Elle lie un atome d'hydrogène à un autre atome, et l'abondance des atomes d'hydrogène et des doublets non liants est responsable de très nombreuses liaisons hydrogène dans la nature, en particulier dans l'eau. FICHE 5 p. 74

8. b) Les produits ioniques, cations et anions, de dissolution d'un solide sont obtenus dans les proportions stœchiométriques de l'équation de dissolution. On peut avoir autant de cations que d'anions dans le cas d'une stœchiométrie 1-1. FICHE 6 p. 76

9. a), **b)** et **c)** *Toutes les réponses sont correctes.* Un bon diluant doit posséder trois propriétés importantes qui sont celles énoncées dans cette question. FICHE 7 p. 78

10. a), **b)** et **c)** *Toutes les réponses sont correctes.* Une molécule amphiphile possède une tête hydrophile/lipophobe et une queue lipophile/hydrophobe. FICHE 8 p. 80

EXERCICES D'APPLICATION

1 Ampoule à décanter

La phase surnageante sera la phase organique contenant le cyclohexane de densité inférieure à celle de la phase aqueuse contenant l'eau ($d_{cyclohexane} = 0,78 < 1 = d_{eau}$).

La phase organique contient le rouge de méthyle (jaune dans le solvant extracteur), car le colorant est peu soluble dans l'eau, mais très soluble dans le cyclohexane. Par le même raisonnement, on en déduit que le colorant bleu est en phase organique.

FICHE 7 p. 78

Rappel
La densité référence de l'eau est $d = 1$.

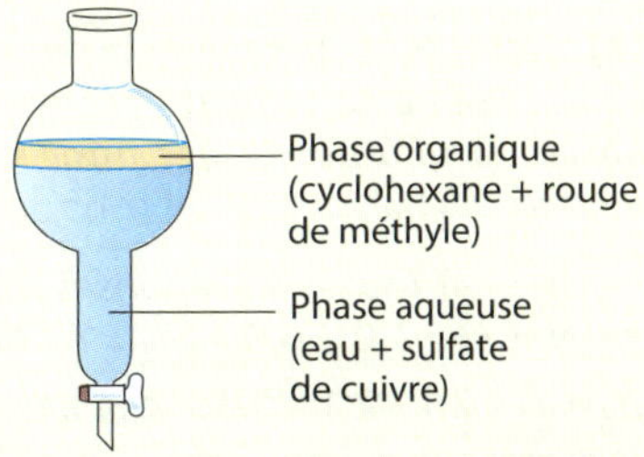

2 Liaisons hydrogène dans l'eau

1. La représentation de Lewis de la molécule d'eau est **$H-\overline{O}-H$**. En tenant compte de sa géométrie coudée, on peut représenter cette molécule comme ci-contre.

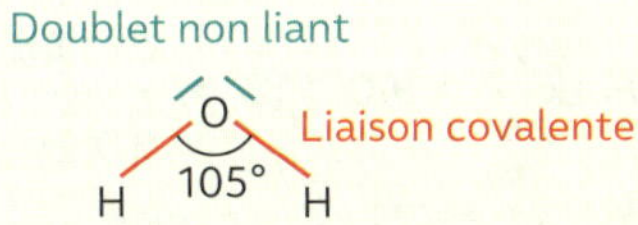

La liaison hydrogène est une interaction électrostatique entre l'atome d'oxygène O d'une molécule d'eau et un atome d'hydrogène H d'une autre molécule d'eau :

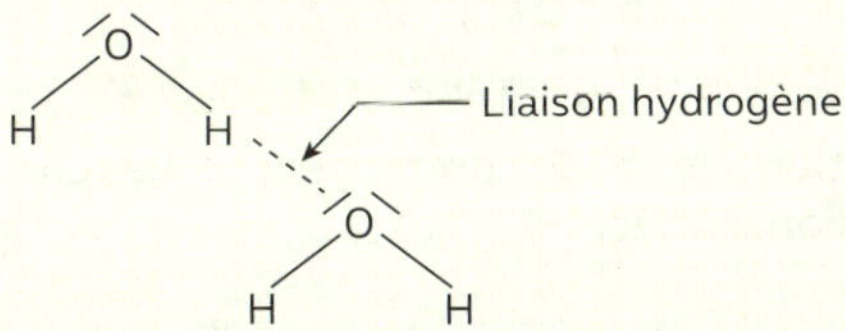

FICHES 1 p. 66 et 5 p. 74

2. Les deux liaisons O—H n'étant pas symétriques et faisant un angle de 105°, le côté «hydrogène» est plutôt chargé positivement, alors que le côté «oxygène» est chargé négativement. La molécule d'eau est donc constituée **d'un pôle positif** et **d'un pôle négatif : on parle de molécule *polaire*.** FICHE 3 p. 70

3. Hydrophobe se décompose en *hydro* signifiant «eau» et *phobe* signifiant «qui a peur de». On en déduit qu'une molécule **hydrophobe** est une **molécule insoluble dans l'eau**, qui n'a aucune affinité avec l'eau.

Hydrophile se décompose en *hydro* et *phile* signifiant «qui aime». On en déduit qu'une molécule **hydrophile** est une molécule **soluble dans l'eau**.

Contrairement à la molécule de méthoxyméthane, la molécule d'alcool possède un groupement hydrophile —OH très accessible en bout de chaîne. Elle va pouvoir **créer des liaisons hydrogène** avec les molécules d'eau. FICHE 8 p. 80

Fiche test 2 — Ce que je sais faire

1. a) Seul ce modèle est compatible avec les modèles de Lewis des atomes d'hydrogène (avec 1 électron célibataire ne pouvant donc faire qu'une seule liaison) et d'oxygène (avec 2 électrons célibataires, donc obligatoirement 2 liaisons). FICHE 1 p. 66

Gagnez des points
À l'exception de H, qui ne doit faire qu'une seule liaison, les autres atomes des molécules doivent être entourés de 4 doublets, qu'ils soient liants ou non liants.

2. a) et **c)** H_2S est la molécule sœur de H_2O, l'élément S étant dans la même colonne du tableau périodique des éléments que O. La géométrie est donc celle de l'eau, c'est-à-dire coudée : les liaisons S—H font un angle inférieur à 180°. FICHE 2 p. 68

3. a), b) et **c)** *Toutes les réponses sont correctes*. Les différences d'électronégativité sont
- $\Delta\chi(NaC\ell) = 3,0 - 0,9 = 2,1 > 1,7$ donc la liaison est ionique ;
- $\Delta\chi(H_2) = 2,1 - 2,1 = 0$ donc la liaison est apolaire ;
- $\Delta\chi(HC\ell) = 3,0 - 2,1 = 0,9$ et $0,4 < 0,9 < 1,7$ donc la liaison est polaire. FICHE 3 p. 70

4. b) et **c)** La force de Coulomb est :

$$F = k\frac{2e^2}{a^2} = 9,0 \times 10^9 \times \frac{2 \times \left(1,6 \times 10^{-19}\right)^2}{\left(0,25 \times 10^{-9}\right)^2} = 7,37 \times 10^{-9}\ \text{N}$$ pour deux ions Ag^+ et S^{2-} voisins.

Elle vaut $F = k\frac{e^2}{a^2} = 9,0 \times 10^9 \times \frac{\left(1,6 \times 10^{-19}\right)^2}{\left(0,25 \times 10^{-9}\right)^2} = 3,69 \times 10^{-9}$ N,

soit deux fois moins, pour deux ions Ag^+ voisins. FICHE 4 p. 72

Piège à éviter
Pensez que la charge de l'ion Ag^+ est de +e et que celle de l'ion soufre S^{2-} est −2e.

5. c) L'équation de dissolution a le solide comme réactif. Les concentrations sont dans les proportions de l'équation, soit ici 1-1. FICHE 6 p. 76

VERS LE BAC

3 Électrisation

1. Des électrons ont été arrachés à la peau de chat qui est devenue positive par manque d'électrons, on en déduit que la baguette a été chargée **négativement**.

2.

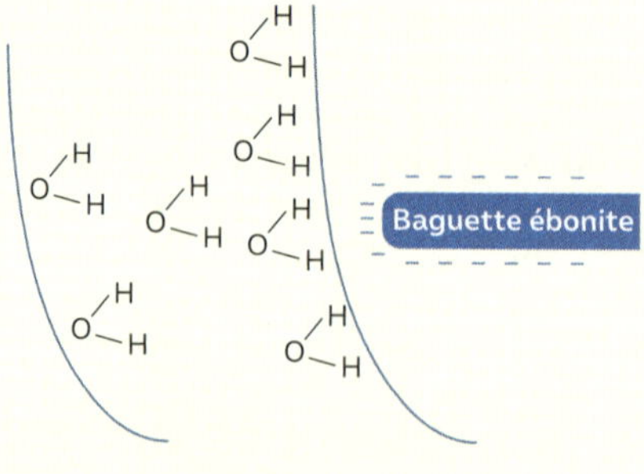

3. Lorsque la baguette négative s'approche du filet, **les molécules d'eau vont s'orienter** : la partie positive (côté H) étant attirée par la baguette, la partie négative (côté O) est repoussée.
Le côté $\delta+$ des hydrogène est donc attiré par la baguette. Il en résulte un mouvement d'ensemble du filet vers la baguette négative. L'interaction est de nature **électrostatique** entre charges négatives et charges partielles $\delta+$.

Rappel
Pensez à orienter les molécules d'eau du filet lorsque l'on approche la baguette.

4 Chlorure de césium

1. La diagonale d'un carré d'arête a étant égale à $a\sqrt{2} = BC$, on en déduit, d'après le théorème de Pythagore, que la distance AB est telle que $AB^2 = BC^2 + AC^2$ (triangle rectangle en C). Soit $AB^2 = (a\sqrt{2})^2 + a^2 = 3a^2 \Rightarrow AB = a\sqrt{3}$.
La distance entre un ion Cs^+ et un ion $C\ell^-$ est : $\frac{AB}{2} = \frac{a\sqrt{3}}{2}$.

Rappel
Utilisez le théorème de Pythagore dans le triangle ABC.

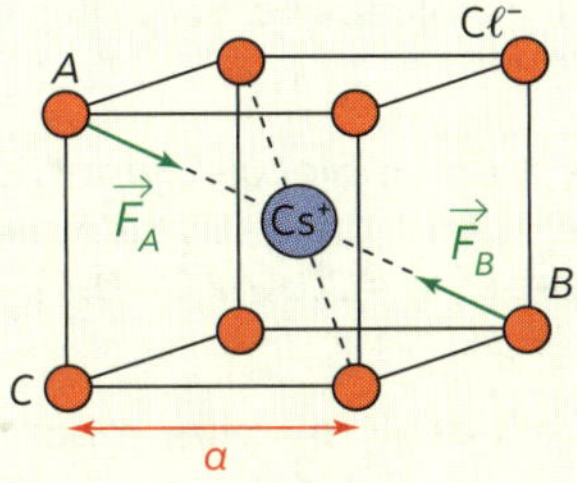

2. Considérons la force électrique exercée par l'ion chlorure placé au sommet A du cube. Il exerce une force $\vec{F}_A$ de norme :

$$F_A = k\frac{e^2}{\left(\frac{a\sqrt{3}}{2}\right)^2} = k\left(\frac{2e}{a\sqrt{3}}\right)^2 = \frac{4ke^2}{3a^2}$$

Les deux ions ont des charges de signes opposés, la force d'interaction est **attractive**.
3. On considère maintenant l'ion chlorure placé en B. Il exerce une force $\vec{F}_B$ de même direction et de même norme que la précédente, mais de sens contraire. On peut écrire $\vec{F}_A + \vec{F}_B = \vec{0}$, la force résultante est donc nulle.
En raisonnant de même pour les trois autres paires d'ions $C\ell^-$, on en conclut que l'ion césium est soumis à un **ensemble de forces électriques** exercées par les ions chlorure **qui se compensent**. Cette conclusion est bien en accord avec le fait que **l'ion césium est en équilibre dans le cristal** (principe d'inertie).

Rappel
Raisonnez par paire d'ions diamétralement opposés.

FICHE 4 p. 72

Fiche test 3 *Je fais le point*

1. Vrai. Le modèle de Lewis de l'acétone est le suivant :

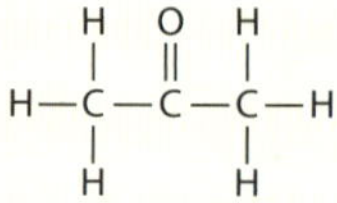

On compte bien 10 doublets liants et 2 doublets non liants sur l'atome d'oxygène.

2. Faux. La molécule de CO_2 comporte deux liaisons doubles. Son modèle de Lewis est $\overline{O}=C=\overline{O}$. Il n'est donc pas identique à celui de la molécule d'eau coudée.

> **Remarque**
> En raison des deux liaisons doubles, la molécule de dioxyde de carbone est linéaire.

3. Vrai. La différence d'électronégativité de Pauling entre le calcium et le chlore est $\Delta\chi = 3,0 - 1,0 = 2,0 > 1,7$: la liaison est donc de type ionique.

> **Remarque**
> La connaissance de la formule des ions chlorure $C\ell^-$ et calcium Ca^{2+} n'est pas nécessaire pour répondre à la question.

4. Faux. La molécule d'éthane est une molécule symétrique dont les liaisons C—C ont une différence d'électronégativité nulle et dont les liaisons C—H sont très peu polaires ($\Delta\chi = 2,5 - 2,1 = 0,4$). La molécule n'a donc aucun caractère polaire.

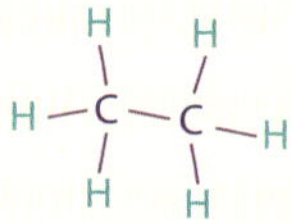

5. Faux. C'est l'inverse : la force est deux fois plus importante dans le cas où l'un des ions a une charge double. En effet, $F_{q/q} = k\dfrac{q \times q}{d^2}$ n'est pas le double, mais bien la moitié de $F_{q/2q} = k\dfrac{q \times 2q}{d^2} = 2F_{q/q}$.

6. Vrai. Les liaisons de type hydrogène ou Van Der Waals sont toujours attractives.

7. Vrai. Pour augmenter la solubilité d'un solide, on peut changer le solvant pour un solvant d'une affinité plus grande avec le soluté (par exemple, un solvant polaire pour un soluté polaire).

8. Faux. L'équation de dissociation est :
$CaC\ell_2(s) \rightarrow Ca^{2+}(aq) + 2C\ell^-(aq)$.
On a donc deux fois plus d'ions chlorure que d'ions calcium.

> **Remarque**
> Certains ions sont à connaître : Na^+, K^+, Ca^{2+}, Mg^{2+}, $C\ell^-$, O^{2-}, etc.

9. Faux. Le cyclohexane (phase organique) a une densité inférieure à celle de l'eau et sera donc la phase surnageante à extraire de l'ampoule à décanter.

10. Vrai. Les têtes sont hydrophiles, alors que les queues sont lipophiles.

Chapitre 4

Propriétés physico-chimiques, synthèses et combustions d'espèces chimiques organiques

Feux d'artifice

FICHE 1 Structure des entités organiques 96

FICHE 2 Spectroscopie infrarouge (IR) 98

FICHE 3 Synthèse d'espèces chimiques organiques 100

FICHE 4 Conversion de l'énergie stockée dans la matière organique 102

Révision Express 104

Méthodes 106

Exercices 108

VERS LE BAC 111

Corrigés 113

FICHE 1 Structure des entités organiques

1 Formules d'une molécule

1. Formule brute

- La **formule brute** est une écriture symbolique compactée d'une molécule. Elle indique la nature et le nombre d'atomes constituant la molécule. Généralement, l'ordre des atomes est : C, H, O, N.
- Dans le cas de petites molécules, l'ordre C, H, O, N n'est pas forcément respecté : la formule de la molécule d'ammoniac est ainsi NH_3, et non H_3N. Dans le cas de molécules avec d'autres atomes que C, H, O et N, ces atomes sont explicités en fin de formule : la molécule de dichlorométhane a pour formule $CH_2C\ell_2$.

Flamme de gaz : combustion du méthane, propane ou butane

2. Formules développée et semi-développée

- La **formule développée** correspond au modèle de Lewis de la molécule, dans lequel on ne représente pas les doublets non liants.
- La **formule semi-développée** est une formule compactée de la formule développée : les liaisons —H ne sont pas apparentes, et les atomes d'hydrogène sont compactés autour de leur atome de rattachement.

Exemple

Le propane a pour :
- formule brute C_3H_8 ;
- formule semi-développée : $CH_3—CH_2—CH_3$
- formule développée :

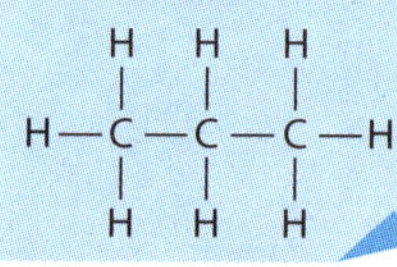

2 Groupes caractéristiques et familles de composés

1. Alcanes

Un **alcane** est une molécule dont la chaîne carbonée est constituée d'atomes de carbone et d'hydrogène, et de liaisons simples. Sa formule brute est $\mathbf{C_nH_{2n+2}}$, avec n un entier non nul.

2. Familles chimiques et groupes caractéristiques

- Un composé **monofonctionnel** possède un squelette carboné saturé (absence de liaison multiple) et un groupement d'atomes appelé **groupe caractéristique** qui lui confère des propriétés chimiques spécifiques : alcools, aldéhydes, cétones et acides carboxyliques.
- Le tableau en annexe p. 325 rassemble quelques familles de composés chimiques. Au programme de la spécialité de la classe de Première, on a les fonctions oxygénées : hydroxyde, carbonyle et carboxyle.

Vidéo
« Groupes caractéristiques et familles de composés organiques »

- **Nomenclature** : la chaîne principale doit contenir le groupe caractéristique et être numérotée de façon à lui attribuer le **plus petit numéro possible**.

EXERCICE RÉSOLU

> Nommer un composé organique

ÉNONCÉ

Nommer tous les composés de la famille des alcools de formule brute C_3H_8O.

Vidéo
« Nomenclature des composés organiques »

CORRIGÉ

Afin de trouver toutes les formules semi-développées des molécules en C_3H_8O, on peut enchaîner les trois atomes de carbone et celui d'oxygène, puis compléter par les atomes d'hydrogène.

Deux molécules avec un groupement -OH correspondant à la famille des alcools sont en C_3H_8O :

$CH_3—CH_2—CH_2—OH$

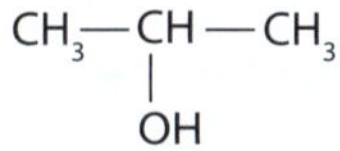

Chaque molécule a une chaîne principale à trois atomes de carbone : il s'agit donc d'un propanol.

La première molécule a un groupement —OH terminal qui doit prendre le plus petit numéro dans la chaîne carbonée, soit le n° 1. Il s'agit donc du propan-1-ol.

La seconde molécule a un groupement —OH sur le carbone central ou carbone n° 2 (quel que soit le sens de numérotation) : il s'agit du propan-2-ol.

Méthode
À partir de la formule brute et de la connaissance du groupe caractéristique des alcools, déterminez les formules semi-développées possibles.
À l'aide de la nomenclature, nommez chaque molécule.

Lexique

- **Formule brute :** écriture représentative d'une molécule qui ne tient compte que de la nature et du nombre d'atomes qu'elle contient.
- **Formule développée :** représentation d'une molécule qui fait apparaître les atomes et les liaisons entre eux.
- **Formule semi-développée :** représentation d'une molécule qui fait apparaître les atomes et les liaisons, à l'exception des liaisons vers les atomes d'hydrogène H.
- **Alcane :** molécule constituée uniquement d'atomes de carbone et d'hydrogène liés entre eux par des liaisons simples.
- **Groupe caractéristique :** partie d'une molécule constituée d'atomes autres que du carbone et de l'hydrogène.

FICHE 2 Spectroscopie infrarouge (IR)

1 Transmittance T et nombre d'onde σ

À retenir

• La **transmittance** T, généralement exprimée en pourcentage, est une grandeur sans dimension qui mesure la capacité d'un milieu à transmettre la lumière.

$$T = \frac{I_t}{I_0} \text{ avec } \begin{cases} I_t : \text{intensité transmise,} \\ I_0 : \text{intensité du rayonnement incident.} \end{cases}$$

• Le **nombre d'onde** σ (en cm^{-1}) est le nombre de longueurs d'onde par unité de longueur :

$$\sigma = \frac{1}{\lambda} \text{ avec } \lambda \text{ la longueur d'onde (en cm)}$$

Remarques
D'après la définition de l'absorbance A, on note que $A = -\log T$.
En général, dans les spectres infrarouges, les longueurs d'onde sont exprimées en µm, soit $1\ \mu m = 10^{-6}$ m $= 10^{-4}$ cm.

2 Identification des groupes caractéristiques par spectroscopie IR

• Les **spectres infrarouges** des molécules en phase liquide ou gazeuse peuvent représenter l'absorbance A en fonction de la longueur d'onde du rayonnement. Cependant, la plupart du temps, un spectre infrarouge est la **courbe de la transmittance T en fonction du nombre d'onde σ.**

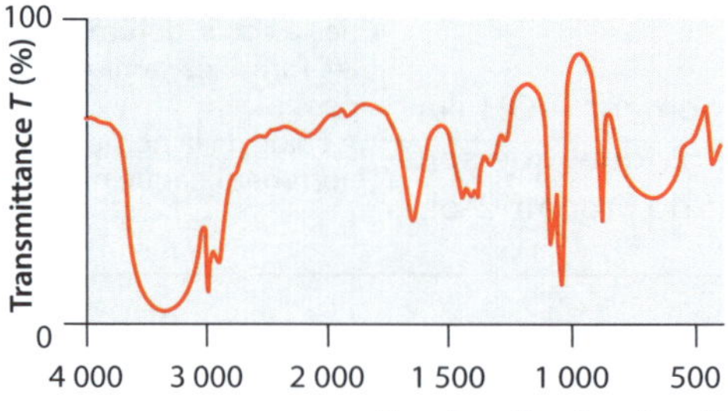

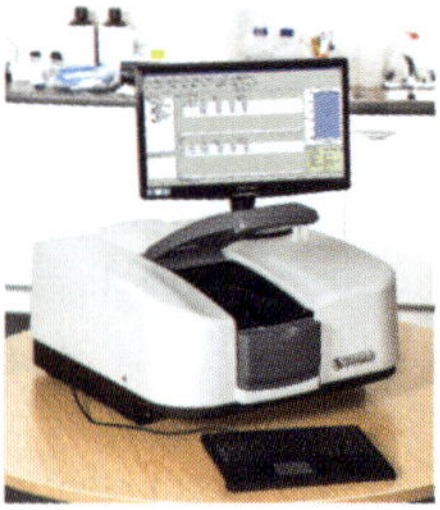

Spectroscope IR

Vidéo
« Introduction à la spectroscopie IR »

• La **spectroscopie infrarouge** est une spectroscopie d'absorption des rayonnements par les molécules dans une gamme d'énergie correspondant à la rotation et à la vibration des liaisons interatomiques.

• Le spectre IR permet surtout de mettre en évidence les **fonctions de la molécule**. Cette interprétation du spectre est basée sur l'étude des élongations des liaisons : la lecture et le dépouillement du spectre infrarouge utilisent des tables de données ou des logiciels adaptés.

Remarque
En général, l'énergie de vibration correspond à l'élongation de la liaison ou à sa déformation (la longueur de la liaison est inchangée, mais les angles entre les liaisons sont modifiés).

EXERCICE RÉSOLU

> Mettre en évidence les fonctions organiques et déterminer la molécule

ÉNONCÉ

En étudiant le spectre infrarouge de la page ci-contre, déterminer la formule semi-développée et le nom de la molécule en phase liquide, sachant qu'elle n'est constituée que de 2 atomes de carbone.

Vidéo
« Exemples de spectres IR »

DONNÉES

- Un groupement —OH caractéristique des alcools donne une absorption large vers 3 300-3 600 cm^{-1}, confirmée par une seconde absorption de la liaison C—O vers 1 000-1 300 cm^{-1}.
- L'absorption vers 3 000 cm^{-1} est caractéristique de liaisons C—H.

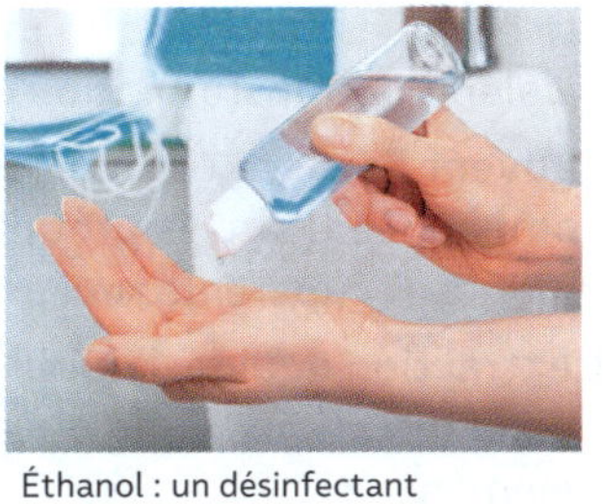

Éthanol : un désinfectant

CORRIGÉ

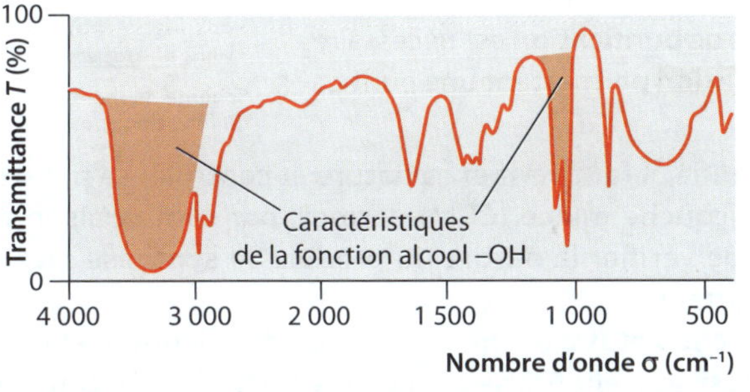

La molécule présente les deux absorptions d'un groupement alcool, des liaisons C—H et 2 atomes de carbone : il s'agit donc de l'**éthanol**, de formule **CH_3—CH_2—OH**.

Méthode
Recherchez les absorptions caractéristiques des fonctions de la molécule.

Lexique

- **Transmittance :** grandeur sans unité exprimant la capacité d'une substance à transmettre un rayonnement lumineux.
- **Nombre d'onde :** inverse de la longueur d'onde s'exprimant généralement en cm^{-1}.
- **Spectre infrarouge :** courbe de la transmittance en fonction du nombre d'onde, permettant de mettre en évidence les fonctions d'une molécule organique.

FICHE 3 Synthèse d'espèces chimiques organiques

1 Étapes d'un protocole

- Une **synthèse organique** se déroule en 4 étapes : la **transformation** chimique des réactifs, l'**isolement** appelé aussi traitement, la **purification,** et l'**analyse** ou identification.
- La **transformation** correspond à la réaction d'espèces chimiques (les réactifs) donnant naissance à d'autres espèces chimiques (les produits). Le matériel utilisé pour cette étape est souvent un **montage à reflux** permettant d'accélérer la transformation et d'éviter les pertes.
- Souvent l'espèce que l'on cible lors d'une synthèse est accompagnée d'autres produits de synthèse. L'**isolement** permet de récupérer le seul produit souhaité.
- L'**extraction liquide-liquide** dans une ampoule à décanter ou la **filtration** simple ou sous vide sont des méthodes d'isolement.
- L'isolement n'est pas suffisant pour récupérer l'espèce cible pure : le produit souhaité est souvent soluble dans une phase liquide par exemple. Une étape de **purification** est nécessaire : la **distillation** et la **recristallisation** permettent une purification du produit.

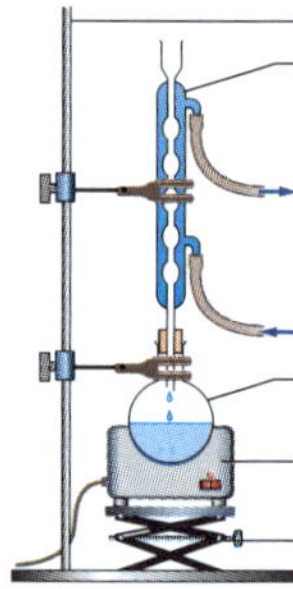

Schéma du montage à reflux

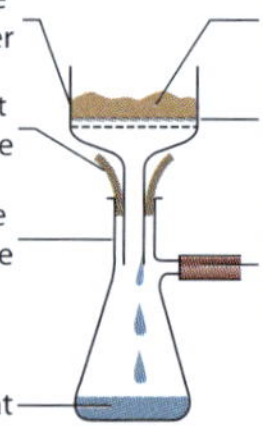

Schéma du montage de filtration sous vide

- Une fois le produit cible purifié, il faut vérifier sa nature et contrôler sa pureté :
  - une **chromatographie sur couche mince** (CCM) permet, par comparaison avec un produit cible de référence, de vérifier la nature du produit de synthèse : les dépôts doivent migrer à la même hauteur ;
  - la **température de changement d'état** d'un produit permet de l'identifier et de contrôler sa pureté : un banc Köfler est souvent utilisé pour connaître la température de fusion d'un composé solide, et la température d'ébullition permet de vérifier la nature d'un composé liquide.

2 Rendement

À retenir

Le **rendement r d'une synthèse** est le rapport entre la quantité de matière de l'espèce cible obtenue expérimentalement et celle calculée théoriquement :

$$r = \frac{\text{Quantité de matière obtenue}}{\text{Quantité de matière théorique}}$$

Remarque

r est une valeur sans unité comprise entre 0 et 1.
Il peut être donné en pourcentage en multipliant le résultat numérique par 100.
$r = 1 = 100\ \%$ correspond ainsi au rendement maximal.

EXERCICE RÉSOLU

> Analyser un chromatogramme

ÉNONCÉ

Les huiles essentielles sont des mélanges de composés organiques qui confèrent aux fleurs et aux fruits leur odeur. Nombreux sont les agrumes dont la peau contient du limonène (L) et du citral (C).

Au laboratoire, on extrait l'huile essentielle (H) contenue dans une écorce d'orange. On réalise la CCM dont le résultat, avec migration dans un solvant choisi, est donné ci-contre.

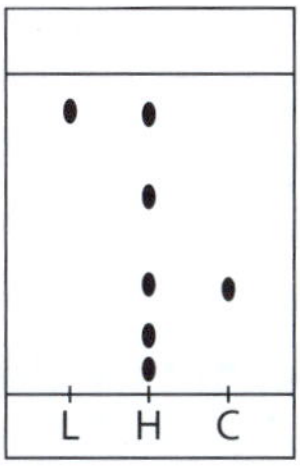

Que peut-on en conclure ?

CORRIGÉ

Une lecture horizontale montre que les taches du limonène (L) et du citral (C) se retrouvent à la même hauteur dans les traces laissées par le dépôt d'huile essentielle (H).

On en conclut que l'huile de l'écorce d'orange contient du citral et du limonène.

Méthode

Procédez par ordre :
- une lecture verticale pour déterminer s'il s'agit d'un mélange ou d'un corps pur ;
- une lecture horizontale pour déterminer la nature des constituants.

En revanche, cette huile contient bien d'autres substances : la lecture verticale du dépôt H montre en effet de nombreuses taches autres que celles de C ou L.

En conclusion, l'huile contenue dans l'écorce d'orange est un **mélange constitué en partie par du limonène et du citral**.

Lexique

- **Synthèse organique :** processus constitué d'une ou de plusieurs étapes réactionnelles permettant de transformer progressivement un ensemble d'espèces chimiques en une espèce chimique « cible ».
- **Distillation :** technique fondée sur les différences de température de changement d'état des différents constituants d'un mélange. Les composés subissent des vaporisations « séparées » et sont récupérés les uns après les autres sous forme liquide (distillat) après refroidissement.
- **Recristallisation :** technique fondée sur les différences de solubilité du produit cible et des impuretés à éliminer dans un solvant bien choisi. Le mélange obtenu après isolement est dissous à chaud dans le solvant qui, en refroidissant, permet la recristallisation du produit cible avant celle des impuretés.

FICHE 4 Conversion de l'énergie stockée dans la matière organique

1 Réaction de combustion

À retenir

Une combustion est une réaction d'**oxydoréduction** dont les deux réactifs sont appelés **comburant** et **combustible**. Cette réaction libère de l'énergie notée $\Delta U_{\text{combustion}}$. La réaction de combustion est donc une réaction **exothermique**.

La combustion d'un composé organique (comburant) dans le dioxygène (combustible) produit du dioxyde de carbone et de l'eau.

Vidéo
« Énergie de combustion »

Remarque
Équation de combustion du propane :
$CH_3—CH_2—CH_3(g) + 5\,O_2(g) \longrightarrow 3\,CO_2(g) + 4\,H_2O(g)$.

2 Énergie de liaison $D_{\text{A-B}}$

À retenir

On appelle **énergie de liaison** $D_{\text{A-B}}$ d'une liaison A–B l'énergie qu'il faut fournir à une mole de molécules AB à l'état gazeux pour la dissocier en ses atomes A et B à l'état gazeux.

Combustion du charbon

- L'énergie de liaison s'exprime en $J \cdot mol^{-1}$ (ou en $kJ \cdot mol^{-1}$) et représente donc **l'énergie à fournir lors de la transformation** : $AB(g) \longrightarrow A(g) + B(g)$.
- Les énergies de liaison sont répertoriées dans des tables, souvent pour une température de 25 °C. Leur valeur dépend de A, de B et du type de liaison (simple, double ou triple) entre A et B.
- Pour les réactions de combustion des alcanes ou des alcools, on donne : $D_{C—H} = 410\ kJ \cdot mol^{-1}$; $D_{C—C} = 348\ kJ \cdot mol^{-1}$; $D_{C=O} = 795\ kJ \cdot mol^{-1}$ dans le dioxyde de carbone ; $D_{O=O} = 494\ kJ \cdot mol^{-1}$; $D_{O—H} = 460\ kJ \cdot mol^{-1}$ et $D_{C—O} = 356\ kJ \cdot mol^{-1}$.

3 Énergie de réaction

À retenir

Lorsque les réactifs et les produits sont à l'état gazeux, on peut définir une **énergie molaire de réaction** :

$$\Delta U_{\text{réaction}} = \Sigma D_{\text{A-B rompues}} - \Sigma D_{\text{A-B créées}}$$

avec $\Sigma D_{\text{A-B rompues}}$ la somme des énergies de liaison des liaisons rompues lors de la réaction et $\Sigma D_{\text{A-B créées}}$ celle des liaisons formées.

Remarque
Il faut prendre en compte toutes les liaisons rompues ou formées, soit par exemple pour la combustion du propane :
2 C—C, 8 C—H et 5 O=O rompues et 6 C=O et 8 O—H formées.

On définit le **pouvoir calorifique** d'une substance, noté P_C, comme l'énergie de combustion libérée par kilogramme de substance. Il s'exprime en $J \cdot kg^{-1}$.

EXERCICE RÉSOLU

> Calculer l'énergie molaire de combustion de l'éthanol

Lampe à alcool

ÉNONCÉ

Il y a quelques dizaines d'années, on utilisait en travaux pratiques une lampe à alcool. On considère la combustion d'une mole d'éthanol dans le dioxygène de l'air.

1. Écrire l'équation de combustion.
2. À l'aide des formules développées, en déduire le nombre et le type de liaisons rompues et créées.
3. En déduire l'énergie molaire de combustion de l'éthanol en utilisant les valeurs proposées ci-avant. Conclure.

CORRIGÉ

1. L'équation de combustion est :

$$CH_3—CH_2—OH(g) + 3O_2(g) \longrightarrow 2CO_2(g) + 3H_2O(g).$$

2. La formule développée de l'éthanol montre qu'il faut rompre 1 liaison C—C, 5 liaisons C—H, 1 liaison C—O et 1 liaison O—H par molécule d'alcool. Il faut aussi rompre 3 × 1 liaison = 3 liaisons O=O pour les 3 molécules de dioxygène, créer 2 × 2 liaisons = 4 liaisons C=O pour les 2 molécules de dioxyde de carbone et créer 3 × 2 liaisons = 6 liaisons O—H pour les 3 molécules d'eau.

3. Si l'on ramène tout à une mole d'alcool, on en déduit :

$$\Delta U_{\text{combustion}} = D_{C-C} + 5D_{C-H} + D_{C-O} + D_{O-H} + 3D_{O=O} - 4D_{C=O} - 6D_{O-H}$$

$$\Delta U_{\text{combustion}} = 348 + 5 \times 410 + 356 + 3 \times 494 - 4 \times 795 - 5 \times 460 = \mathbf{-1\,244\ kJ{\cdot}mol^{-1}}.$$

L'énergie obtenue est négative donc, par convention, cette dernière est fournie par le système chimique au milieu extérieur. La réaction de combustion est une **réaction exothermique**.

Méthode
Une combustion est une réaction exothermique : elle cède de l'énergie au milieu extérieur.

Lexique

- **Exothermique :** se dit d'une transformation qui libère de l'énergie contrairement à une transformation endothermique qui en nécessite. Une transformation qui n'est ni endothermique ni exothermique est dite athermique.
- **Pouvoir calorifique :** énergie libérée par kilogramme de matière lors de la combustion de celle-ci.

CARTE MENTALE

> Molécules organiques

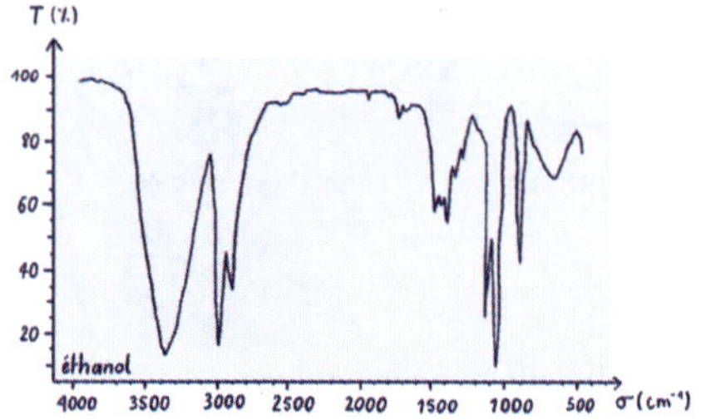

MOLÉCULES ORGANIQUES

REPRÉSENTATION

- **NOMENCLATURE** → Fonctions organiques

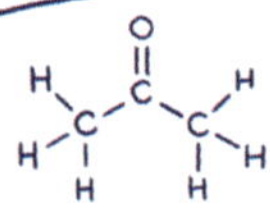

Squelette carboné → Fonctions organiques → Spectroscopie infrarouge → Courbe $T = f(\sigma)$

- Transmittance T (en %)
- SPECTRE IR → Nombre d'onde σ (en cm^{-1})
- $\sigma = \frac{1}{\lambda}$
- Longueur d'onde λ (en cm)

SYNTHÈSE

- $r = \frac{n_{réel}}{n_{théorique}}$
- Rendement r (sans unité)
- Extraction → Contrôle identification

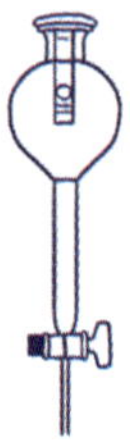

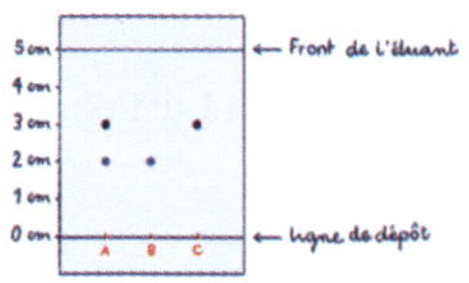

COMBUSTION

- ÉQUATION DE COMBUSTION : Combustible + O_2 → CO_2 + H_2O
- Énergie de liaison D_{A-B} (en $J \cdot mol^{-1}$)
- ÉNERGIE MOLAIRE DE RÉACTION : $\Delta U = \Sigma D_{A-B\ rompues} - \Sigma D_{A-B\ créées}$
- Pouvoir calorifique P_c (en $J \cdot kg^{-1}$)

N'hésite pas à construire ta propre carte mentale

15 min

À revoir

Acquis

Fiche test 1 — Ce que je sais

QCM

Pour chaque question, déterminer la (ou les) bonne(s) réponse(s).
Chaque question peut rapporter : 1 point si la réponse ne comporte aucune erreur ; 0,5 point dans le cas d'une erreur ; 0 point dans le cas de deux erreurs ou plus.

1 La formule semi-développée d'une molécule est constituée :

- a. des doublets non liants de ses atomes.
- b. de tous les doublets liants ou liaisons.
- c. des atomes qui entrent dans la composition de la molécule.

FICHE 1 p. 96

2 Un alcane est un composé organique constitué :

- a. d'atomes de carbone.
- b. d'atomes d'hydrogène.
- c. de liaisons simples, doubles ou triples.

FICHE 1 p. 96

3 Le groupe caractéristique C=O :

- a. est le groupe carbonyle.
- b. est le groupe carboxyle.
- c. correspond à celui des cétones.

FICHE 1 p. 96

4 Un aldéhyde :

- a. a toujours son groupe caractéristique sur le premier atome de carbone de la chaîne principale.
- b. a le même groupe caractéristique qu'une cétone.
- c. possède un groupe caractéristique de type carbonyle.

FICHE 1 p. 96

5 Le spectre IR d'une molécule permet de déterminer :

- a. son nombre d'atomes de carbone.
- b. ses fonctions oxygénées.
- c. le nombre de groupes fonctionnels réellement présents dans cette molécule.

FICHE 2 p. 98

6 Dans une synthèse organique, un montage à reflux permet :

- a. d'accélérer la réaction.
- b. d'éviter les pertes de matière.
- c. d'augmenter le rendement de la synthèse.

FICHE 3 p. 100

7 La lecture d'une chromatographie sur couche mince (CCM) d'un produit de synthèse complexe permet :

- a. de savoir si le produit de synthèse est pur.
- b. d'identifier un des composés si le dépôt de ce composé est fait sur la CCM.
- c. de contrôler le rendement de la synthèse de ce produit.

FICHE 3 p. 100

8 Le rendement d'une synthèse :

- a. est un nombre sans unité entre 0 et 1.
- b. peut être négatif.
- c. peut s'exprimer en pourcentage.

FICHE 3 p. 100

9 La réaction de combustion d'un composé organique :

- a. génère de l'eau et du dioxyde de carbone.
- b. est exothermique.
- c. nécessite du dioxygène comme combustible.

FICHE 4 p. 102

10 L'énergie de combustion dépend :

- a. du nombre de liaisons rompues.
- b. du nombre de liaisons créées.
- c. de la nature des liaisons.

FICHE 4 p. 102

SCORE : ___ / 10

1 Nommer les alcools, aldéhydes, cétones et acides carboxyliques

ÉNONCÉ

Nommer la molécule suivante :

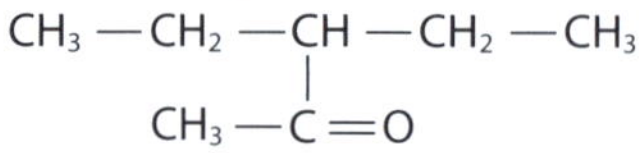

À retenir

Si plusieurs ramifications identiques [resp. 2, 3, 4...] s'enchaînent, regroupez-les en faisant précéder le nom de la ramification par un préfixe [resp. di, tri, tétra...]. Rassemblez les numéros des atomes de carbone de rattachement en les notant entre virgules. Il est possible qu'un numéro soit écrit plusieurs fois.

PROCÉDURE

1. Repérer la chaîne principale contenant le plus grand nombre d'atomes de carbone et comprenant **obligatoirement** le groupement fonctionnel. Numéroter les atomes de carbone de la chaîne principale dans le sens qui impose le plus petit numéro pour l'atome de carbone de rattachement du groupement fonctionnel.
2. Repérer les ramifications et les nommer en utilisant un préfixe adapté suivi de « yl ». Le préfixe tient compte du nombre d'atomes de carbone de la ramification, soit de 1 à 10 : méth, éth, prop, but, pent, hex, hept, oct, non et déc.
3. Nommer ensuite la chaîne principale comme pour un alcane, en remplaçant la terminaison « ane » par « al » pour un aldéhyde, par « an-n°-one » pour une cétone, par « an-n°-ol » pour un alcool et par « anoïque » pour un acide carboxylique, avec « n° » correspondant au numéro de l'atome de carbone de rattachement de la fonction organique.
4. Enchaîner les ramifications par ordre alphabétique, en faisant précéder chaque nom par le numéro de l'atome de carbone de rattachement de la ramification, puis écrire le nom de la chaîne principale (entre une lettre et un chiffre, mettre un tiret ; coller deux lettres entre elles). Dans le cas d'un acide carboxylique, il faut ajouter devant le nom complet le mot « acide ».

CORRIGÉ

1. La chaîne la plus longue contenant le groupe fonctionnel C=O de la famille des cétones comprend 5 atomes de carbone.

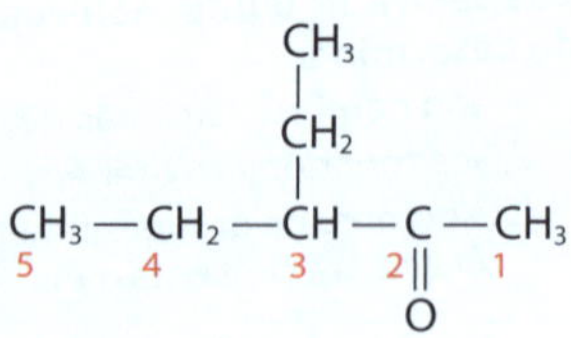

2. Pour la cétone, on a une ramification sur le carbone n° 3 en $—CH_2—CH_3$. Cette ramification à 2 atomes de carbone est un éthyl.
3. La chaîne principale de la cétone contient 5 atomes de carbone. On la nomme donc pentan-2-one, car la fonction cétone est portée par le carbone en position n° 2.
4. On obtient la 3-éthylpentan-2-one.

Méthode

② Déterminer le pouvoir calorifique

ÉNONCÉ

L'essence sans plomb 95 E10 contient 10 % d'éthanol. Déterminer le pouvoir calorifique de l'éthanol.

Essence sans plomb

PROCÉDURE

1. À l'aide de la nomenclature, donner la formule semi-développée puis brute de l'éthanol.
2. Établir l'équation (équilibrée) de combustion de l'éthanol.
3. Pour chaque réactif et produit, déterminer sa formule développée.
4. Identifier le type de liaisons rompues correspondant aux liaisons internes aux réactifs, puis faire de même pour les liaisons créées correspondant à celles des produits.
5. Sans oublier les coefficients stœchiométriques de l'équation de combustion, déterminer l'énergie molaire de combustion $\Delta U = \Sigma D_{\text{A-B rompues}} - \Sigma D_{\text{A-B créées}}$.
6. Le pouvoir calorifique de l'éthanol est obtenu en divisant ΔU par M, la masse molaire de l'éthanol : $P_c = \frac{\Delta U}{M}$.

CORRIGÉ

❶ L'éthanol possède 2 atomes de carbone et un groupement —OH, il s'agit donc de CH_3—CH_2—OH. Sa formule brute est C_2H_6O.

❷, ❸, ❹ et ❺

Équation	C_2H_6O +	$3O_2$ →	$2CO_2$ +	$3H_2O$
Formule développée	H H │ │ H—C—C—O—H │ │ H H	3 O=O	2 O=C=O	3 H—O—H
Liaisons	5 C—H, 1 C—C,1 C—O et 1 O—H rompues	3 × (1 O=O) rompues	2 × (2 C=O) créées	3 × (2 O—H) créées
ΔU	$5D_{C-H} + D_{C-C} + D_{C-O} + D_{O-H}$	$+ 3D_{O=O}$	$- 4D_{C=O}$	$- 6D_{O-H}$

On en déduit que $\Delta U_{\text{combustion}} = 5D_{C-H} + D_{C-C} + D_{C-O} + D_{O-H} + 3D_{O=O} - 4D_{C=O} - 6D_{O-H} = 5 \times 410 + 348 + 356 + 3 \times 494 - 4 \times 795 - 5 \times 460 = -1\,244$ kJ·mol^{-1} soit 1 244 kJ libérées par mole d'éthanol.

❻ La masse molaire de l'éthanol est $M = 2M_C + 6M_H + M_O = 2 \times 12{,}0 + 6 \times 1{,}0 + 16{,}0 = 46{,}0$ g·mol^{-1} ou $46{,}0 \times 10^{-3}$ kg·mol^{-1}.

Le pouvoir calorifique est alors $P_c = \frac{\Delta U}{M} = \frac{1\,244}{46{,}0 \times 10^{-3}} = 27\,043$ kJ/kg.

Rappel

Certaines masses molaires sont à connaître :
$M_H = 1{,}0$ g·mol^{-1} ;
$M_C = 12{,}0$ g·mol^{-1} ;
$M_N = 14{,}0$ g·mol^{-1}
et $M_O = 16{,}0$ g·mol^{-1}.

EXERCICES D'APPLICATION

1 Spectre IR d'une molécule inconnue

Une substance pure en phase liquide a le spectre infrarouge ci-après :

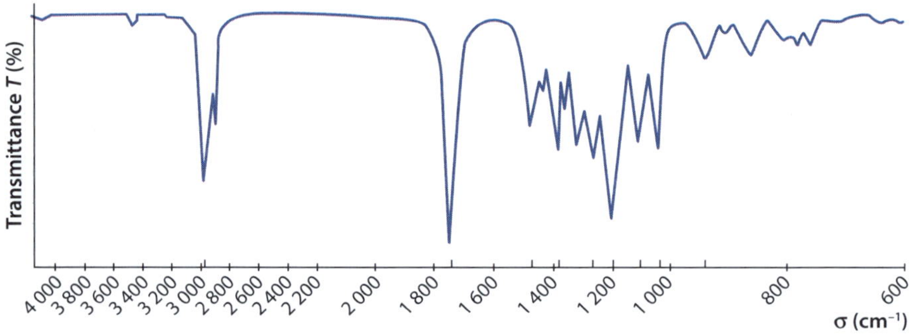

D'après les tables infrarouges fournies ci-dessous, en déduire la nature de la molécule.

Liaison	Nombre d'onde	Bande
C—O	1 190-1 075	Forte
O—H	3 550-3 000	Intense et large
C=O	1 800-1 740	Forte
C—H dans —CH_3	2 960	Forte
C—H dans —$(CH_2)_n$—	750-720	Faible

2 Synthèse d'un conservateur

EXERCICE À CARACTÈRE EXPÉRIMENTAL

L'acide benzoïque est un conservateur présent dans de nombreuses boissons sans alcool. Son code européen est E210. Il peut être préparé par synthèse en laboratoire.

Boissons sans alcool

Principe de cette synthèse : l'oxydation, en milieu basique et à chaud de l'alcool benzylique $C_6H_5CH_2OH$ par les ions permanganate MnO_4^- en excès, conduit à la formation d'ions benzoate $C_6H_5O_2^-$ et de dioxyde de manganèse MnO_2 (solide brun).

Après réduction, par l'éthanol, des ions permanganate MnO_4^- excédentaires et élimination du dioxyde de manganèse MnO_2, on obtient une solution incolore contenant les ions benzoate. L'addition d'acide chlorhydrique à cette solution permet la cristallisation de l'acide benzoïque $C_6H_5CO_2H$ (solide blanc), que l'on recueille après filtration, lavage et séchage.

❶ Donner, sans justifier, le nom des parties manquantes (verrerie, nom de montage...) notées de ❶ à ❸ dans le texte de l'encadré ci-dessous décrivant le protocole expérimental.

I. Formation de l'acide benzoïque

Après avoir versé dans un ballon bicol posé sur un valet et sous la hotte un volume $V_1 = 2{,}0$ mL d'alcool benzylique puis bouché l'ensemble, on ajoute <u>environ</u> 20 mL de soude de concentration 2 $mol \cdot L^{-1}$ à l'aide d'.......... ❶

On introduit ensuite quelques grains de pierre ponce dans le ballon pour réguler l'ébullition lors du chauffage.

On réalise alors .... ❷, permettant de chauffer le mélange sans perte de matière ni surpression. Après avoir versé lentement une solution aqueuse de permanganate de potassium dans le ballon, on porte le mélange à ébullition douce pendant 10 minutes environ.

On ajoute quelques millilitres d'éthanol afin d'éliminer le réactif en excès, puis on refroidit le ballon et son mélange.

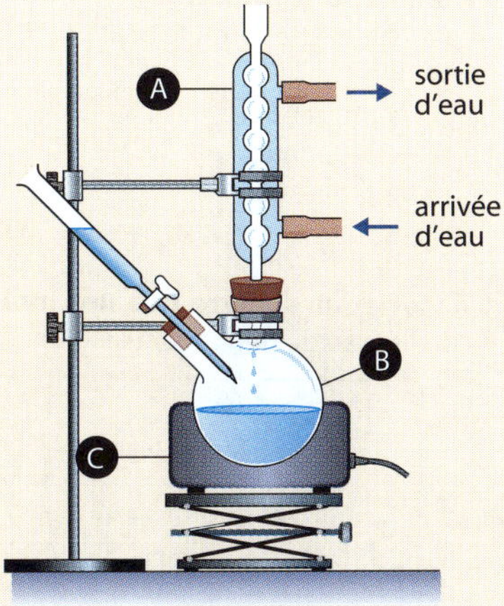

II. Cristallisation de l'acide benzoïque

On filtre le mélange obtenu, <u>rapidement</u>, en utilisant .... ❸ et on recueille un filtrat limpide et incolore. Le filtrat est ensuite versé dans un bécher et refroidi dans la glace.

On ajoute prudemment 8,0 mL d'acide chlorhydrique concentré goutte à goutte et on observe la formation du précipité blanc d'acide benzoïque. On filtre et on rince avec un peu d'eau bien froide.

❷ Nommer les éléments du montage repérés par les lettres A, B et C.

Afin de caractériser le produit formé, on réalise une chromatographie sur couche mince. Dans trois tubes à essai, on verse 1 mL d'éluant E. Dans le tube 1, on ajoute une goutte d'alcool benzylique ; dans le tube 2, une pointe de spatule du solide obtenu ; dans le tube 3, une pointe de spatule d'acide benzoïque pur.

On réalise une chromatographie sur couche mince à partir du contenu des trois tubes et de l'éluant E, puis on révèle le chromatogramme sous rayonnement UV ci-contre.

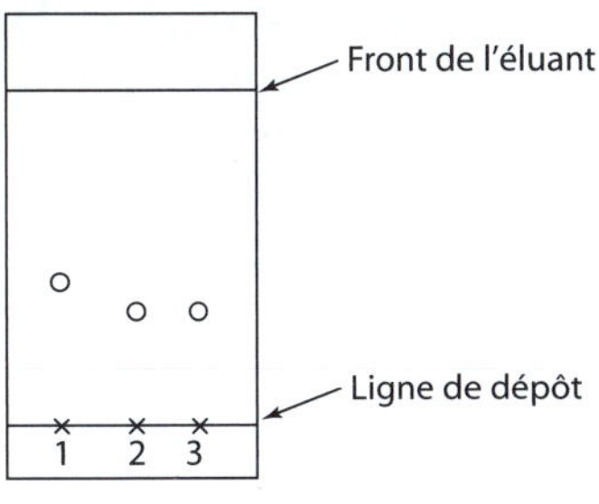

❸ Interpréter ce chromatogramme réalisé lors de la synthèse et conclure quant à la nature du solide obtenu.

Fiche test 2 Ce que je sais faire

QCM

20 min

À revoir

Acquis

Pour chaque question, déterminer la (ou les) bonne(s) réponse(s).
Chaque question peut rapporter : 1 point si la réponse ne comporte aucune erreur ; 0,5 point dans le cas d'une erreur ; 0 point dans le cas de deux erreurs ou plus.

1 Nommer une molécule

La molécule de formule brute C_3H_6O s'appelle :

- **a.** la propanone.
- **b.** le propanal.
- **c.** le propanol.

FICHE 1 p. 96

2 Associer un spectre IR à une molécule

On dispose de deux spectres IR :

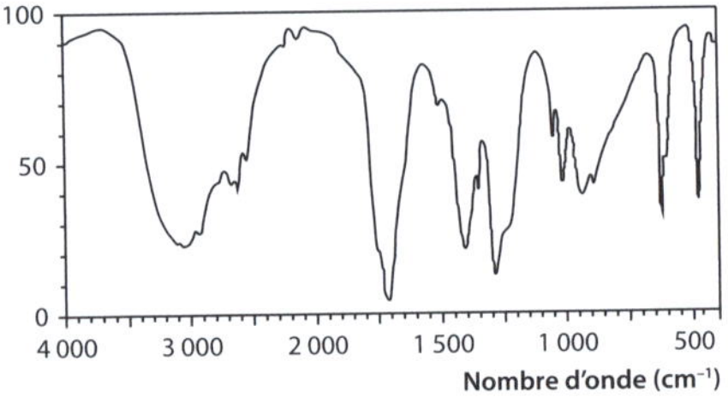

Spectre IR1

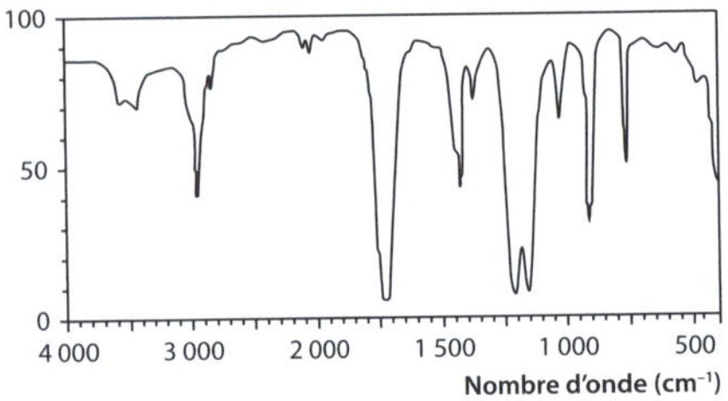

Spectre IR2

- **a.** IR1 peut être le spectre de l'acide éthanoïque.
- **b.** IR2 peut être le spectre du butan-1-ol.
- **c.** IR2 n'est pas le spectre de l'acide butanoïque.

FICHE 2 p. 98

3 Analyser une CCM

On réalise la synthèse d'un produit P, ainsi qu'une CCM des cristaux obtenus avant purification. On obtient le chromatogramme ci-après.

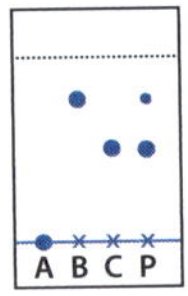

A : dépôt de chlorure de thiamine
B : dépôt de benzaldéhyde (commercial)
C : dépôt de benzoïne (commercial)
P : produit obtenu

- **a.** P est un corps pur.
- **b.** P est constitué de benzoïne.
- **c.** Après purification, la CCM restera la même.

FICHE 3 p. 100

4 Établir l'équation de combustion

La bougie stéarique remplace dès le début du XIXᵉ siècle la chandelle de suif. L'acide stéarique $C_{57}H_{110}O_6$ en est le principal combustible. La réaction de combustion est :

- **a.** $C_{57}H_{110}O_6 + 109O_2 \longrightarrow 57CO_2 + 110H_2O$
- **b.** $C_{57}H_{110}O_6 + \frac{163}{2}O_2 \longrightarrow 57CO_2 + 55H_2O$
- **c.** $2C_{57}H_{110}O_6 + 163O_2 \longrightarrow 114CO_2 + 110H_2O$

FICHE 4 p. 102

5 Déterminer l'énergie de combustion ou le pouvoir calorifique

On considère la combustion du charbon que l'on assimile à du carbone pur.

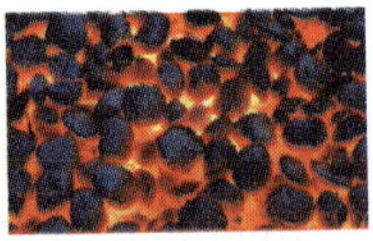

- **a.** L'énergie molaire de combustion vaut $\Delta U = -301\ \text{kJ·mol}^{-1}$.
- **b.** L'énergie molaire de combustion vaut $\Delta U = -1\,096\ \text{kJ·mol}^{-1}$.
- **c.** Le pouvoir calorifique du charbon vaut $P_C = 91{,}3 \times 10^3\ \text{kJ·kg}^{-1}$.

FICHE 4 p. 102

SCORE : ___ / 5

VERS LE BAC

3 Rendement d'une synthèse

On réalise la synthèse de l'acide benzoïque par oxydation de V_1 = 2,0 mL d'alcool benzylique par une solution de permanganate de potassium en excès. On ajoute environ 20 mL de soude de concentration 2 mol·L^{-1} pour que le milieu réactionnel soit basique. On récupère les cristaux sur une coupelle préalablement pesée dont la masse est m = 140,4 g. On les sèche dans une étuve, puis on pèse l'ensemble et on trouve une masse m' = 141,8 g.

1. Déterminer l'équation de la réaction redox qui se produit en milieu basique entre l'alcool benzylique et les ions permanganate. Les couples en jeu sont :
$$C_6H_5CO_2^-(aq)/C_6H_5CH_2OH(\ell) \text{ et } MnO_4^-(aq)/MnO_2(s).$$
2. Calculer la quantité d'alcool benzylique contenue dans la prise d'essai de 2,0 mL.
3. La quantité d'ions permanganate apportée vaut $n_2 = 3{,}0 \times 10^{-2}$ mol. Vérifier que l'oxydant est bien en excès.
4. Quelle masse maximale d'acide benzoïque peut-on théoriquement produire ?
5. Définir et calculer le rendement de cette synthèse.

Donnée : Masse volumique de l'alcool benzylique : ρ_1 = 1,0 g·mL^{-1}.

4 Mélange de gaz pour réchaud

Les élèves d'un lycée partent en sortie géologique et emportent avec eux un réchaud. Le gaz des cartouches adaptées à leur réchaud de randonnée est constitué d'un mélange de butane et de propane. À l'heure du déjeuner, quelques élèves désirent faire chauffer de l'eau afin de l'ajouter à leurs aliments déshydratés.

1. Écrire l'équation de combustion du propane et du butane.
2. Donner la formule développée de chaque réactif ou produit des deux combustions et en déduire les liaisons rompues et les liaisons créées.
3. Calculer l'énergie molaire de combustion du propane, puis celle du butane.
4. En déduire l'énergie molaire moyenne sachant qu'il est indiqué sur le réchaud « mélange propane/butane (70/30) » en volume.

On souhaite chauffer 1 L d'eau et porter sa température de 5 °C à 80 °C à la pression atmosphérique de P = 1 bar. Seulement 15 % de l'énergie de combustion est disponible pour l'élévation de température de l'eau.

5. Sachant que le pouvoir calorifique de l'eau est C_{eau} = 4,18 kJ·kg^{-1}·°C^{-1}, calculer la quantité de mélange propane/butane à utiliser pour le déjeuner.

Rappel
La capacité calorifique d'un fluide est l'énergie à apporter à 1 kg de ce fluide pour élever sa température de 1 K ou 1 °C.

Fiche test 3 — Je fais le point

15 min

◯ À revoir
◯ Acquis

VRAI / FAUX

Indiquer pour chaque proposition si elle est vraie ou fausse.

1. Le 2-méthylpropane a une formule brute en C_4H_{10}.	◯ Vrai	◯ Faux
2. 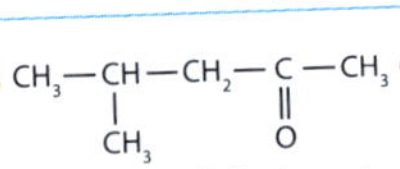 est la formule semi-développée de la 2-méthylpentan-4-one.	◯ Vrai	◯ Faux
3. Un alcool a une formule brute en $C_nH_{2n+2}O$, alors qu'un aldéhyde ou une cétone a une formule brute en $C_nH_{2n}O$, avec n un entier non nul.	◯ Vrai	◯ Faux
4. L'acide éthanoïque a une fonction carboxyle. Dans le spectre IR, cela se traduit par une bande caractéristique du groupement —COOH.	◯ Vrai	◯ Faux
5. Dans un montage à reflux, le réfrigérant à boules permet de liquéfier les vapeurs de produits formés afin de n'avoir aucune perte de matière, ce qui augmente le rendement de la synthèse.	◯ Vrai	◯ Faux
6. La pureté d'un produit de synthèse peut être identifiée par CCM sans autre dépôt que celui du produit lui-même.	◯ Vrai	◯ Faux
7. On synthétise 5,1 g d'un produit, alors qu'on en attendait théoriquement 5,3 g. Le rendement est le rapport des masses et vaut 96 %.	◯ Vrai	◯ Faux
8. Une énergie molaire de réaction vaut $\Delta U = -387$ kJ/mol. La réaction est exothermique.	◯ Vrai	◯ Faux
9. Les énergies de liaison $D_{\text{A-B}}$ sont de l'ordre de quelques centaines de $J \cdot mol^{-1}$.	◯ Vrai	◯ Faux
10. Pour calculer l'énergie molaire d'une réaction ΔU, il faut établir l'équation bilan de cette réaction et, à partir des formules développées des réactifs et des produits, en déduire le type de liaisons rompues et créées. L'énergie vaut alors : $\Delta U_{\text{réaction}} = \Sigma D_{\text{A-B créées}} - \Sigma D_{\text{A-B rompues}}$.	◯ Vrai	◯ Faux

SCORE : ____ / 10

Corrigés

Fiche test 1 *Ce que je sais*

1. c) La formule semi-développée d'une molécule est constituée des atomes de la molécule, sans toutefois les représenter tous un à un. Les liaisons sont représentées, à l'exception des liaisons vers les atomes d'hydrogène, et les doublets non liants sont absents. FICHE 1 p. 96

2. a) et **b)** Un alcane est de la forme C_nH_{2n+2}. Il n'est constitué que de liaisons simples. FICHE 1 p. 96

Remarque

En présence d'une liaison double, on a affaire à un alcène ; en présence d'une liaison triple, il s'agit d'un alcyne.

3. a) et **c)** Le groupe C=O est un groupe de type carbonyle de la famille des cétones et des aldéhydes. FICHE 1 p. 96

4. a), **b)** et **c)** *Toutes les réponses sont correctes.* FICHE 1 p. 96

5. b) Un spectre IR permet de mettre en évidence les types de liaison d'une molécule, mais ne donne en revanche aucune indication sur le nombre de fois où cette liaison est présente dans la molécule. FICHE 2 p. 98

6. a) et **b)** Un montage à reflux permet d'accélérer la réaction et d'éviter les pertes de matière en liquéfiant toutes les vapeurs produites qui retombent dans le ballon. Ce montage ne modifie pas le rendement de la synthèse. FICHE 3 p. 100

7. a) et **b)** La lecture d'une CCM permet de déterminer si un dépôt correspond à un mélange (plusieurs taches verticales) ou à un corps pur (une seule tache) et d'identifier un composé dont on a fait un dépôt au préalable (taches à la même hauteur). La CCM ne donne aucune autre indication. FICHE 3 p. 100

L'astuce du prof

Pensez aux lectures verticale et horizontale d'une CCM.

8. a) et **c)** Le rendement *r* est un nombre sans dimension, sans unité, compris entre 0 et 1 (donc positif ou nul), que l'on peut aussi écrire comme un pourcentage. FICHE 3 p. 100

9. a), **b)** et **c)** *Toutes les réponses sont correctes.* La réaction de combustion est une réaction exothermique entre un composé (comburant) et du dioxygène (combustible), produisant de l'eau et du dioxyde de carbone. FICHE 4 p. 102

10. a), **b)** et **c)** *Toutes les réponses sont correctes.* Par définition mathématique, ΔU dépend du nombre et du type de liaisons. FICHE 3 p. 100

EXERCICES D'APPLICATION

① Spectre infrarouge d'une molécule inconnue

En comparant le spectre infrarouge et les bandes proposées dans l'extrait de table, on peut constater :

- l'existence des deux bandes de la liaison C—O vers 1 200 cm^{-1} ;
- l'absence de bande large caractéristique de la liaison O—H vers 3 000 cm^{-1} ;
- la présence d'un pic d'absorption vers 1 740 cm^{-1} caractérisant une liaison C=O ;
- l'existence de pics caractéristiques d'un squelette carboné saturé (groupements $—CH_3$ et enchaînements de $—CH_2—$).

Remarque

Une analyse plus détaillée montre que ce spectre correspond à la molécule indiquée sur le spectre de la famille des esters.

La molécule contient donc un squelette carboné sans insaturation, un groupement C—O et un groupement C=O. FICHE 2 p. 98

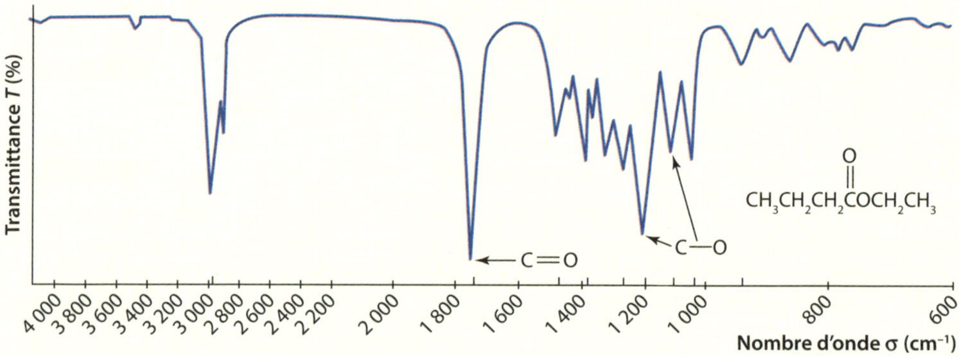

② Synthèse d'un conservateur

L'astuce du prof

Une verrerie jaugée sert à mesurer précisément le volume de la solution, alors qu'une verrerie graduée est un peu moins précise.

1. ❶ est une **éprouvette graduée** qui permet de mesurer le volume d'une solution, mais sans une très grande précision (environ 20 mL).

❷ est un **chauffage à reflux** : il permet de chauffer le mélange sans perte de matière ni surpression, car il est ouvert vers le haut et donc à pression atmosphérique.

❸ est une **filtration sur Büchner ou filtration sous vide**, car ce procédé utilise un système de pompe permettant une filtration rapide.

2. A est un **réfrigérant à boules**.
B est un **ballon bicol**.
C un **chauffe-ballon**.

3. La CCM montre que les taches correspondant aux dépôts 2 et 3 sont à la même hauteur et ont donc le même rapport frontal. Les deux composés sont identiques, et le produit synthétisé correspond donc à de l'**acide benzoïque**. FICHE 3 p. 100

Fiche test 2 — Ce que je sais faire

1. a) et **b)** La molécule de C_3H_6O a deux formules développées correspondant à deux molécules différentes : la propanone

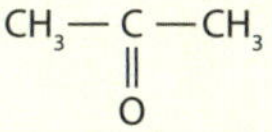

et le propanal

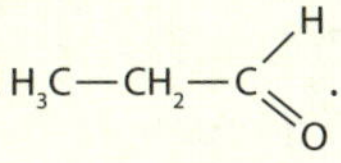

. FICHE 1 p. 96

> **Gagnez des points**
> Il n'est pas nécessaire de préciser le numéro lorsqu'il n'y a qu'une seule possibilité, comme ici la propan-2-one.

2. a) et **c)** On ne retrouve pas la bande caractéristique —OH des alcools dans le spectre IR2, ni ceux —OH et C=O de la fonction —COOH carboxyle présente dans un acide carboxylique. En revanche, on les retrouve dans le spectre IR1 qui représente en toute vraisemblance l'acide éthanoïque (bande —OH entre 2 500 et 3 200 cm^{-1} et bande —C=O entre 1 740 et 1 800 cm^{-1}). FICHE 2 p. 98

3. b) L'analyse verticale de P montre qu'il s'agit d'un mélange (2 taches) qui pourrait être purifié avec une recristallisation (cela modifierait le résultat de la CCM). L'analyse horizontale montre la présence de benzoïne dans P (taches de B au même niveau que celle de P). FICHE 3 p. 100

4. b) et **c)** La première équation ne respecte pas la conservation des éléments chimiques, ce qui est le cas pour les deux autres équations de combustion. FICHE 4 p. 102

5. b) et **c)** La réaction de combustion est simplement $C + O_2 \longrightarrow CO_2$.

$\Delta U = D_{O=O} - 2D_{C=O} = 494 - 2 \times 795 = -1\,096\ kJ \cdot mol^{-1}$

$P_C = \dfrac{\Delta U}{M_C} = \dfrac{1\,096}{12 \times 10^{-3}} = 91{,}3 \times 10^3\ kJ \cdot kg^{-1}$ FICHE 1 p. 96

VERS LE BAC

③ Rendement d'une synthèse

1. Les demi-équations, en milieu basique, sont :

– pour le couple $C_6H_5CO_2^-(aq)/C_6H_5CH_2OH(\ell)$:

$C_6H_5CH_2OH(\ell) + 5\ HO^-(aq) = C_6H_5CO_2^-(aq) + 4H_2O(\ell) + 4e^-$;

– pour le couple $MnO_4^-(aq)/MnO_2(s)$:

$MnO_4^-(aq) + 2H_2O(\ell) + 3e^- = MnO_2(s) + 4HO^-(aq)$.

> **Méthode**
> Équilibrez tout d'abord les demi-équations en milieu acide, puis additionnez de part et d'autre autant d'ions HO^- que d'ions H^+ à éliminer avec : $OH^- + H^+ = H_2O$.

Le nombre minimal d'électrons échangés est 12, soit :

$$C_6H_5CH_2OH(\ell) + 5HO^-(aq) = C_6H_5CO_2^-(aq) + 4H_2O(\ell) + 4e^- \qquad (\times 3)$$

$$MnO_4^-(aq) + 2H_2O(\ell) + 3e^- = MnO_2(s) + 4HO^-(aq) \qquad (\times 4)$$

$$3C_6H_5CH_2OH + 15HO^- + 4MnO_4^- + 8H_2O \longrightarrow 3C_6H_5CO_2^- + 12H_2O + 4MnO_2 + 16HO^-$$

après élimination des électrons échangés.

En simplifiant ensuite, on obtient :

$$\mathbf{3C_6H_5CH_2OH(\ell) + 4MnO_4^-(aq) \longrightarrow 3C_6H_5CO_2^-(aq) + 4H_2O(\ell) + 4MnO_2(s) + HO^-(aq)}$$

2. La quantité n_1 d'alcool benzylique est $n_1 = \frac{m_1}{M_1} = \frac{\rho_1 V_1}{M_1}$ avec M_1 la masse molaire, ρ_1 la masse volumique et $V_1 = 2{,}0$ mL le volume de la prise d'essai.

L'astuce du prof
Les masses molaires de H, C, N et O sont à retenir.

$n_1 = \frac{1{,}0 \times 2{,}0}{108}$ avec $M_1 = M(C_6H_5CH_2OH) = 7M_C + 8M_H + M_O = 108\ g \cdot mol^{-1}$ avec $M_C = 12{,}0\ g \cdot mol^{-1}$, $M_H = 1{,}0\ g \cdot mol^{-1}$ et $M_O = 16{,}0\ g \cdot mol^{-1}$.
On obtient finalement $\boldsymbol{n_1 = 1{,}9 \times 10^{-2}}$ **mol.**

3. On établit le tableau d'évolution de la réaction :

Équation		$3C_6H_5CH_2OH(\ell)$ +	$4MnO_4^-(aq)$ →	… +	$3C_6H_5CO_2^-(aq)$
État	**Avancement (mol)**	**Quantité de matière (mol)**			
EI	$x = 0$	$1{,}9 \times 10^{-2}$	$3{,}0 \times 10^{-2}$		0
EC	x	$1{,}9 \times 10^{-2} - 3x$	$3{,}0 \times 10^{-2} - 4x$		$3x$
EF	$x = x_{max}$	0	$3{,}0 \times 10^{-2} - 4x_{max}$		$3x_{max}$

On vérifie bien que l'avancement maximal x_{max} est tel que $1{,}9 \times 10^{-2} - 3x_{max} = 0$, l'alcool benzylique étant le réactif limitant.

On a $x_{max} = \frac{1{,}9 \times 10^{-2}}{3} = 6{,}2 \times 10^{-3}$ mol si l'on ne fait pas d'approximation sur la valeur numérique de n_1.
La quantité de permanganate de potassium restant est :
$3{,}0 \times 10^{-2} - 4x_{max} = 3{,}0 \times 10^{-2} - 4 \times 6{,}2 \times 10^{-3} = \mathbf{5{,}2 \times 10^{-3}}$ **mol.**

4. La quantité maximale d'ions benzoate obtenue est égale à la quantité maximale d'acide benzoïque obtenue après acidification, soit d'après le tableau d'évolution à l'état final, $n_2 = 3x_{max}$.

On en déduit que la masse maximale est $m_2 = n_2M_2$ avec M_2 la masse molaire de l'acide benzoïque : $M_2 = M(C_6H_5CO_2H) = 7M_C + 6M_H + 2M_O = 122\ g \cdot mol^{-1}$.
$m_2 = 3x_{max}M_2 = 3 \times 6{,}2 \times 10^{-3} \times 122$ ou $\boldsymbol{m_2 = 2{,}3}$ **g.**

5. On appelle rendement de la synthèse le rapport entre la masse réellement obtenue et la masse maximale : $\boldsymbol{r = \frac{m' - m}{m_2}}$, car la masse recueillie est la différence entre la verrerie contenant l'acide benzoïque et la verrerie seule.

Gagnez des points
Vérifiez bien que le rendement d'une synthèse est inférieur à 100 %.

$r = \frac{141{,}8 - 140{,}4}{2{,}3}$ soit $\boldsymbol{r = 0{,}61 = 61\%}$. FICHE 3 p. 100

4 Mélange de gaz pour réchaud

1. Le propane est un alcane linéaire à 3 atomes de carbone (préfixe prop-). Soit C_3H_8 sa formule brute. La combustion complète d'un hydrocarbure forme du dioxyde de carbone et de l'eau. FICHE 1 p. 96

En revanche, une combustion incomplète peut former du carbone ou du monoxyde de carbone CO.

L'équation de la réaction de combustion est :

$$C_3H_8(g) + 5O_2(g) \rightarrow 3CO_2(g) + 4H_2O(g)$$

Le butane est un alcane linéaire à 4 atomes de carbone de formule brute C_4H_{10} et l'équation de combustion est alors :

$$C_4H_{10}(g) + \frac{13}{2}O_2(g) \rightarrow 4CO_2(g) + 5H_2O(g)$$

FICHE 4 p. 102

L'astuce du prof

Les coefficients stœchiométriques peuvent être fractionnaires s'il s'agit d'un corps pur gazeux à 20 °C et 1 bar.

2. Pour la combustion du propane, on a :

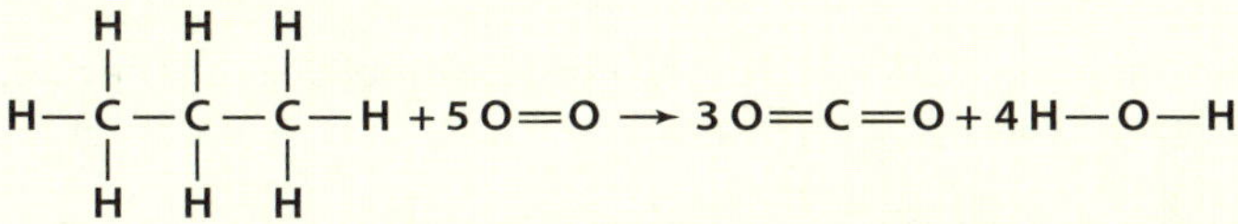

On en déduit donc que la combustion détruit pour le propane 2 liaisons C—C et 8 liaisons C—H et pour le dioxygène 5 liaisons O=O.

On forme cependant $3 \times 2 = 6$ liaisons C=O et $4 \times 2 = 8$ liaisons O—H.

La formule développée du butane est :

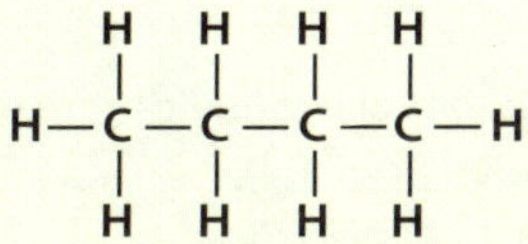

On en déduit de la même manière que pour la combustion précédente, qu'il s'est rompu 3 liaisons C—C, 10 liaisons C—H et 6,5 liaisons O=O et qu'il s'est formé $4 \times 2 = 8$ liaisons C=O et $5 \times 2 = 10$ liaisons O—H par molécule de butane réagissant.

FICHES 1 p. 96 et 4 p. 102

3. Pour la combustion d'une mole de propane, on peut écrire :

$\Delta U_{combustion}$(propane) $= 2D_{C-C} + 8D_{C-H} + 5D_{O=O} - 6D_{C=O} - 8D_{O-H}$.

$\boldsymbol{\Delta U_{combustion}}$**(propane)** $= 2 \times 348 + 8 \times 410 + 5 \times 494 - 6 \times 795 - 8 \times 460$

$= \mathbf{-2\,004\ kJ \cdot mol^{-1}}$.

Pour la combustion d'une mole de butane, on peut écrire :

$\Delta U_{combustion}$(butane) $= 3D_{C-C} + 10D_{C-H} + 6{,}5D_{O=O} - 8D_{C=O} - 10D_{O-H}$

$\boldsymbol{\Delta U_{combustion}}$**(butane)** $= 3 \times 348 + 10 \times 410 + 6{,}5 \times 494 - 8 \times 795 - 10 \times 460$

$= \mathbf{-2\,605\ kJ \cdot mol^{-1}}$.

FICHE 4 p. 102

Gagnez des points

On peut raisonner sur la combustion de 2 moles de butane et diviser ensuite l'énergie de réaction par 2.

4. À température et pression données, le volume d'une mole d'un gaz est le même quelle que soit sa nature. On en déduit que le pourcentage volumique noté sur la cartouche est aussi le pourcentage molaire.

Une mole de mélange correspond donc à 0,7 mol de propane et 0,3 mol de butane. On en déduit l'énergie molaire moyenne :

$\Delta U_{combustion}$(mélange) $= 0{,}7\Delta U_{combustion}$(propane) $+ 0{,}3\Delta U_{combustion}$(butane)

$\boldsymbol{\Delta U_{combustion}}$**(mélange)** $= 0{,}7 \times (-2\,004) + 0{,}3 \times (-2\,605) = \mathbf{-2\,184{,}3\ kJ \cdot mol^{-1}}$.

5. La masse d'eau présente dans un volume $V = 1$ L est : $m = \rho V$ avec $\rho = 1{,}0\ \text{kg}\cdot\text{L}^{-1}$.
On en déduit alors l'énergie nécessaire à cette augmentation de température :

$$\Delta U' = Cm\Delta T = C\rho V\Delta T$$

soit $\Delta U' = 4{,}18 \times 1 \times (80 - 5) = 313{,}5$ kJ.

On a aussi :

$$\Delta U' = 0{,}15 \times n|\Delta U_{\text{combustion}}(\text{mélange})|$$

avec n la quantité de mélange gazeux.

On en déduit : $n = \dfrac{\Delta U'}{(0{,}15 \times |\Delta U_{\text{combustion}}(\text{mélange})|)} = \dfrac{3\,13{,}5}{0{,}15 \times 2\,184{,}3} = 0{,}96.$

Finalement, on obtient n = **0,96 mol** de mélange (0,67 mol de propane et 0,29 mol de butane suivant le pourcentage de mélange).

Fiche test 3 Je fais le point

1. Vrai. La formule semi-développée du 2-méthylpropane est $CH_3—CH(CH_3)—CH_3$. Sa formule brute est bien C_4H_{10}.

L'astuce du prof
Tous les alcanes, linéaires ou ramifiés, ont une formule brute en C_nH_{2n+2}, avec n entier non nul.

2. Faux. La numérotation doit se faire dans l'autre sens que celui utilisé : il s'agit du 4-méthylpentan-2-one.

3. Vrai. La proposition est vraie. Pour en être persuadé, il faut par exemple reprendre les molécules de ce chapitre et vérifier les formules brutes proposées.

4. Faux. La fonction carboxyle est identifiée dans un spectre IR par la présence simultanée du groupement —OH et du groupement —C=O.

5. Faux. Un chauffage à reflux n'augmente pas le rendement d'une synthèse.

6. Vrai. La pureté d'un produit se voit sur une CCM, car le dépôt correspond à une seule tache, une fois l'éluant monté. Aucune autre référence n'est nécessaire.

7. Vrai. La masse s'écrit $m = nM$, avec M la masse molaire du produit formé. Le rapport des quantités de matière correspond donc au rapport des masses, et $r = \dfrac{5{,}1}{5{,}3} = 0{,}96$ ou 96 %.

8. Vrai. Si ΔU est négative, alors la réaction est exothermique. Le signe « — » signifie que l'énergie sort du système chimique pour aller dans l'environnement.

9. Faux. Les énergies de liaison sont de l'ordre de quelques centaines de kJ/mol.

10. Faux. Tout est correct, à l'exception de la formule finale dont le signe est opposé à la formule de ΔU en fonction des énergies de liaison.

Partie 2

Mouvements et interactions

Chapitre 5

Interactions fondamentales et mouvement d'un système

Mouvement d'un véhicule

FICHE 1 Notion de champ 122

FICHE 2 Champ électrostatique 124

FICHE 3 Champ gravitationnel 126

FICHE 4 Vecteur position et vecteur vitesse d'un système mécanique 128

FICHE 5 Résultante des forces et loi de Newton 130

Révision Express 132

Méthodes 134

Exercices 136

VERS LE BAC 138

Corrigés 140

FICHE 1 Notion de champ

1 Champ et lignes de champ

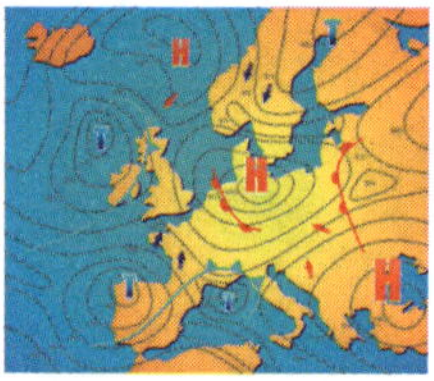
Champ des pressions

À retenir
Lorsqu'on associe en chaque point $M(x, y, z, t)$ de l'espace une grandeur scalaire [resp. vectorielle], on définit un **champ scalaire** [resp. **vectoriel**] de cette grandeur.

- Si la grandeur mesurée (scalaire ou vectorielle) prend la même valeur en tout point de l'espace $M(x, y, z)$, alors le champ est **uniforme**. Si la grandeur mesurée est indépendante du temps t, alors le champ est **stationnaire ou permanent**.

Exemple
Un champ de température est un champ scalaire, alors que le champ de vitesse du vent, le champ électrique, le champ magnétique et le champ gravitationnel sont des champs vectoriels.

À retenir
On appelle **ligne de champ vectoriel** la courbe orientée à laquelle le vecteur champ, à un instant donné, est tangent.

- L'ensemble des lignes de champ constitue un **spectre**.

2 Interaction électrostatique

1. Charge électrique et loi de Coulomb

La **charge électrique**, notée q ou Q et s'exprimant en coulombs (C), est une propriété intrinsèque de la matière. Positive ou négative, elle est à l'origine des interactions, de type électrostatique par exemple.

À retenir
Loi de Coulomb : Un corps chargé A de charge q_A exerce sur un corps chargé B de charge q_B une force électrostatique $\vec{F}_{A/B}$ de norme (en newtons N) :

$$F_{A/B} = k\frac{|q_A q_B|}{d_{AB}^2} \quad \text{avec} \quad \begin{cases} q_A \text{ et } q_B : \text{charges du corps } A \text{ et du corps } B \text{ (en C)}, \\ d_{AB} : \text{distance séparant } A \text{ et } B \text{ (en m)}, \\ k : \text{constante électrique } (k = 9{,}0 \times 10^9 \text{ N}\cdot\text{m}^2\cdot\text{C}^{-2}). \end{cases}$$

Vidéo
« Champs en physique »

2. Influence électrostatique

- On peut observer une attraction de type électrostatique lorsque l'on se peigne les cheveux, lorsqu'on approche une baguette électrisée d'un mince filet d'eau, etc. Pourtant, tous les objets dont on influence le comportement ne sont pas forcément chargés : ils sont toujours électriquement neutres.
- Il existe deux types d'**électrisation** : lors d'une **électrisation par contact**, un transfert d'électrons s'opère entre l'objet électrisé et l'objet neutre qui entre en contact avec ce dernier ; lors d'une **électrisation par influence**, aucun transfert d'électrons n'a lieu, mais l'objet influencé redistribue les charges qu'il porte.

EXERCICE RÉSOLU

> Expliquer le fonctionnement d'un électroscope et calculer la force d'interaction entre les feuilles

ÉNONCÉ

Un électroscope est constitué d'un plateau relié à deux feuilles conductrices très légères. Lorsqu'on approche une baguette chargée de l'électroscope, ses feuilles s'écartent l'une de l'autre. On admet que le système {plateau + feuilles} est toujours électriquement neutre.

Électroscope

1. Expliquer le fonctionnement d'un électroscope.

2. En supposant que la baguette a une charge $Q > 0$ et que les charges sont équitablement réparties entre les feuilles, en déduire la charge de chaque feuille de l'électroscope.

CORRIGÉ

1. Lorsqu'on approche une baguette chargée positivement du plateau, les charges de l'électroscope se réarrangent afin que le plateau se charge négativement (excès d'électrons). Le système étant neutre, cela signifie que les feuilles sont chargées positivement : de même charge l'une et l'autre, elles se repoussent et s'écartent.

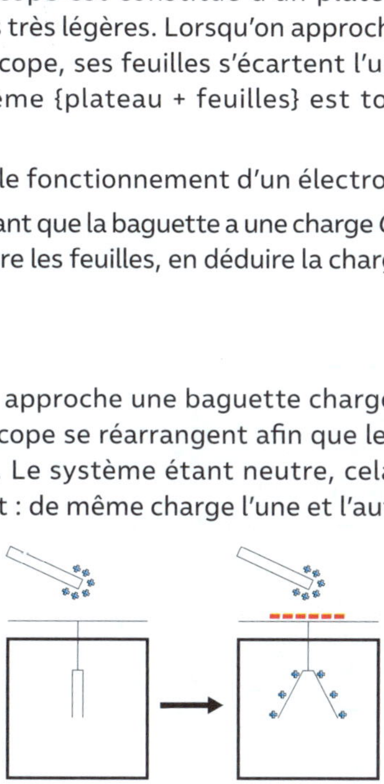

Remarque
L'explication est la même avec une baguette chargée négativement.

2. En approchant la baguette du plateau de l'électroscope, le plateau se charge avec une charge $-Q$. L'électroscope étant neutre, la charge $+Q$ doit se répartir entre les deux feuilles, chaque feuille étant ainsi chargée positivement de $+Q/2$.

Lexique

- **Champ :** objet mathématique, scalaire ou vectoriel, défini dans un espace et représenté par une grandeur mesurable en tout point de l'espace.
- **Ligne de champ :** ligne orientée tangente au champ en chaque point de l'espace.
- **Spectre :** ensemble des lignes de champ.
- **Électrisation :** phénomène dû à un déplacement de charges.

FICHE 2 Champ électrostatique

1 Relation entre champ électrostatique et force de Coulomb

• Une charge Q exerce une force sur toute autre charge q placée en un point M quelconque de l'espace. Cette force électrostatique $\vec{F}$ est proportionnelle, d'après la loi de Coulomb, à la charge q.

À retenir

On appelle **champ électrostatique**, noté $\vec{E}$, l'ensemble des forces d'interaction électrostatique créées par une charge Q en tout point M de l'espace où se situerait une charge test $q = 1$ C.

De manière générale, le champ se définit comme $\vec{E} = \frac{\vec{F}}{q}$.

Vidéo
« Champ électrostatique et champ de gravitation »

• La norme du champ électrostatique s'exprime en **volts par mètre** ($V \cdot m^{-1}$, unité homogène à $N \cdot C^{-1}$).

2 Expression du champ électrostatique

• En utilisant la loi de Coulomb, on a :

À retenir

$\vec{E}(M) = \frac{\vec{F}}{q} = k\frac{Q}{d^2}\vec{u}$ avec
- Q : charge qui crée le champ (en C),
- d : distance entre la charge et le point M (en m),
- k : constante électrique ($k = 9{,}0 \times 10^9$ $N \cdot m^2 \cdot C^{-2}$),
- $\vec{u}$: vecteur unitaire de la charge Q vers M.

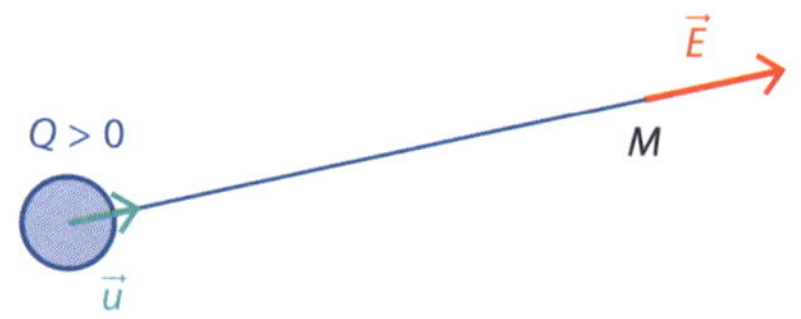

• Les lignes de champ électrostatique sont **radiales** : elles divergent si la charge ponctuelle Q est positive et convergent en Q si elle est négative.

Remarque
Le champ électrostatique n'est pas défini au niveau de la charge ponctuelle.

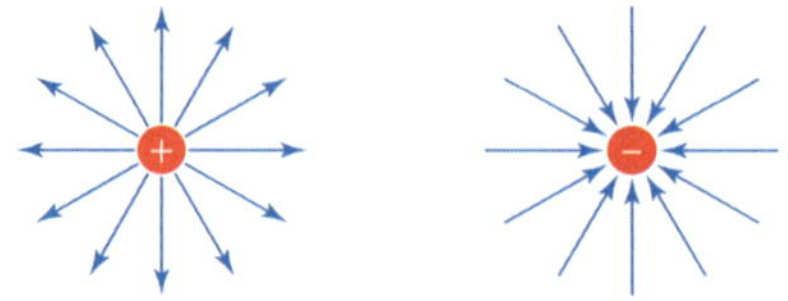

Charge $Q > 0$ Charge $Q < 0$

EXERCICE RÉSOLU

> Déterminer et représenter un champ électrostatique

ÉNONCÉ

Un électron est une particule chargée négativement : $q_e = -e$.

1. Déterminer puis calculer la norme du champ électrostatique qu'un électron crée en un point M placé à une distance de 1,0 µm.

2. Quel est le lieu de l'espace pour lequel le champ électrostatique a la valeur calculée en 1. ?

3. Représenter ce champ en un point de l'espace.

DONNÉE

Charge élémentaire : $e = 1{,}6 \times 10^{-19}$ C.

CORRIGÉ

1. La norme du champ électrostatique créé par un électron supposé ponctuel et immobile est $E = k\,\frac{|q_e|}{d^2} = \mathbf{k\,\frac{e}{d^2}}$, avec d la distance entre M et l'électron.

$E = 9{,}0 \times 10^9 \times \frac{1{,}6 \times 10^{-19}}{(1{,}0 \times 10^{-6})^2} = \mathbf{1{,}4 \times 10^3\ N \cdot C^{-1}}$ en ne retenant que deux chiffres significatifs.

Remarque
1 µm = 1×10^{-6} m.

2. Le lieu des points M distants de l'électron de la distance d est un **cercle de centre l'électron et de rayon $R = d$.**

3. La représentation du champ en M est alors :

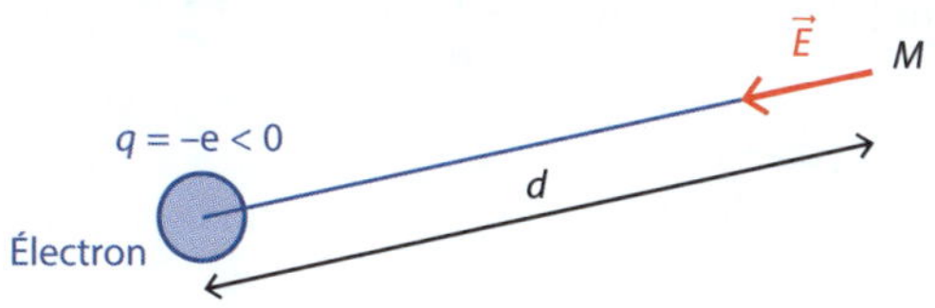

Piège à éviter
La charge de l'électron étant négative, le champ est entrant.

Lexique
Champ électrostatique : champ des forces électrostatiques par unité de charge.

FICHE 3 Champ gravitationnel

1 Force gravitationnelle

À retenir

Un corps A de masse m_A exerce sur un corps B de masse m_B une **action attractive** modélisée par une force $\vec{F}_{A/B}$ de norme (en newtons N) :

$$F_{A/B} = G\frac{m_A m_B}{d_{AB}^2} \text{ avec } \begin{cases} m_A \text{ et } m_B : \text{masses des corps } A \text{ et } B \text{ (en kg)}, \\ d_{AB} : \text{distance séparant les centres de } A \text{ et de } B \text{ (en m)}, \\ G : \text{constante de gravitation } (G = 6{,}67 \times 10^{-11}\ \text{N·m}^2\text{·kg}^{-2}). \end{cases}$$

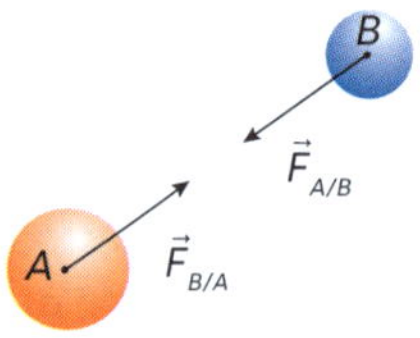

- La force gravitationnelle qu'exerce A sur B, notée $\vec{F}_{A/B}$, est portée par une droite joignant les centres de A et de B, et est dirigée de B vers A.
- La force gravitationnelle qu'exerce B sur A est telle que :

$$\vec{F}_{A/B} = -\vec{F}_{B/A}$$

- La masse étant toujours positive – il n'existe pas de masse négative, contrairement à la charge –, l'interaction gravitationnelle est **toujours attractive**.

2 Champ gravitationnel

À retenir

On appelle **champ de gravitation**, noté $\vec{\mathcal{G}}$, l'ensemble des forces d'interaction gravitationnelle créées par une masse M en tout point de l'espace, distant de d, où se situerait une masse test de m = 1 kg.

De manière générale, le champ se définit comme $\vec{\mathcal{G}} = \frac{\vec{F}}{m}$ de norme :

$$\mathcal{G} = G\frac{M}{d^2}$$

Remarque

Il existe une analogie de forme dans la définition mathématique du champ électrostatique et du champ gravitationnel : $k \leftrightarrow G$ et $q \leftrightarrow m$.

- La norme du champ gravitationnel s'exprime en N·kg^{-1}.

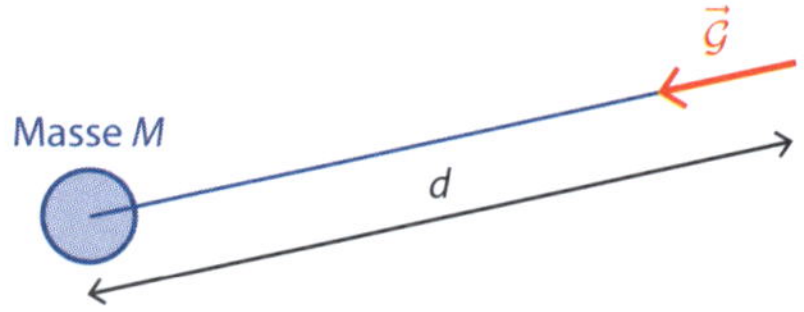

- On note $\vec{\mathcal{G}}_0$ le champ gravitationnel à la surface de la Terre. Ce champ gravitationnel est souvent assimilé à l'intensité du champ de pesanteur $\vec{g}$ de norme g = 9,8 N·kg^{-1}.
- L'interaction gravitationnelle étant toujours attractive, la force gravitationnelle est toujours dirigée vers la masse M créant le champ gravitationnel. Ce dernier est alors toujours rentrant.

EXERCICE RÉSOLU

> Déterminer l'expression du champ gravitationnel créé par la Terre

ÉNONCÉ

1. Déterminer le champ gravitationnel $\vec{\mathcal{G}}_0$ créé par la Terre sur la croûte terrestre.
2. Calculer la valeur de ce champ gravitationnel et la comparer à celle de l'intensité du champ de pesanteur g.

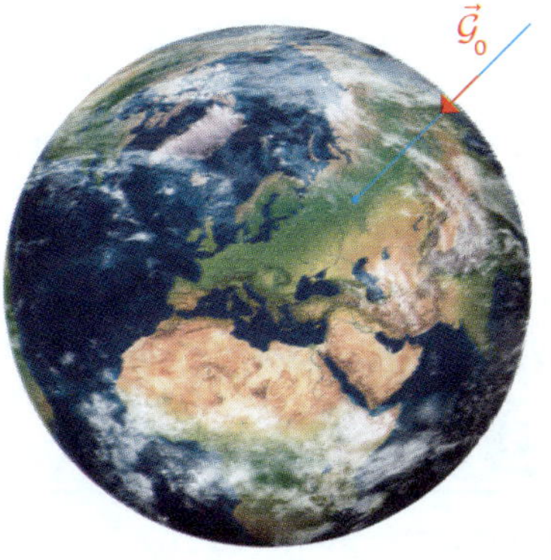

DONNÉES

- Masse de la Terre : $M_T = 5{,}97 \times 10^{24}$ kg.
- Rayon terrestre : $R_T = 6{,}38 \times 10^3$ km.
- Norme de l'intensité de pesanteur : $g = 9{,}8\ \text{N}\cdot\text{kg}^{-1}$.

CORRIGÉ

1. $\vec{\mathcal{G}}_0$ est un vecteur de norme $\mathcal{G}_0 = \text{G}\dfrac{M_T}{R_T^2}$.

Sa direction est celle de la **droite joignant le point d'observation sur la croûte terrestre et le centre de la Terre.**
Son sens est **vers le centre de la Terre**. Le vecteur $\vec{\mathcal{G}}_0$ est centripète.

> **Remarque**
> Les lignes de champ gravitationnel sont radiales et centripètes.

2. $\mathcal{G}_0 = 6{,}67 \times 10^{-11} \times \dfrac{5{,}97 \times 10^{24}}{(6{,}38 \times 10^6)^2} =$ **$9{,}78\ \text{N}\cdot\text{kg}^{-1}$** avec 3 chiffres significatifs.

Pour comparer à l'intensité du champ de pesanteur, on exprime les deux valeurs avec la même précision, soit $g = 9{,}8\ \text{N}\cdot\text{kg}^{-1}$ et $g_0 = 9{,}8\ \text{N}\cdot\text{kg}^{-1}$ en ne gardant que deux chiffres significatifs.

Les deux valeurs sont alors identiques : **$g = g_0 = 9{,}8\ \text{N}\cdot\text{kg}^{-1}$**.

Lexique
Champ gravitationnel : champ créé par une masse en tout point de l'espace correspondant au champ de forces gravitationnelles par unité de masse.

FICHE 4 Vecteur position et vecteur vitesse d'un système mécanique

1 Système et référentiel

- On appelle **système** un objet ou un ensemble d'objets dont on étudie le mouvement.
- Le **centre de masse** d'un système est le point remarquable auquel on attribue toute la masse du système pour une étude simplifiée.

Remarque
Pour les objets de densité uniforme, le centre de masse est le centre géométrique.

- Le **référentiel** est l'observateur par rapport auquel on étudie le mouvement d'un système. On lui attache généralement un **repère** d'espace (O, i, j, k).

2 Vecteur position et vecteur vitesse

1. Vecteur position

Si on définit un repère d'espace (O, $\vec{i}$, $\vec{j}$, $\vec{k}$) dans le référentiel d'étude et une origine des temps, tout point M de l'espace est alors repéré par le vecteur position $\overrightarrow{OM}(t)$:

$$\overrightarrow{OM}(t) = x(t)\vec{i} + y(t)\vec{j} + z(t)\vec{k}$$

de norme $\|\overrightarrow{OM}(t)\| = OM(t) = \sqrt{x^2 + y^2 + z^2}$.

2. Vecteur position

- Dans le référentiel d'étude muni du repère (O, $\vec{i}$, $\vec{j}$, $\vec{k}$), on définit le vecteur vitesse en $M(t)$, noté $\vec{v}_M(t)$, dont le **point d'application** est le point $M(t)$, la **direction** est la tangente à la trajectoire et le **sens** est celui du mouvement.

Vidéo
« Vecteur vitesse et vitesse instantanée »

- Dans le cas d'une **chronophotographie** du mouvement, la **norme du vecteur vitesse** du point M à l'instant t est :

$$\|\vec{v}_M(t)\| = v_M(t) = \frac{M_1M_2}{\Delta t}$$

avec Δt la durée nécessaire pour parcourir la distance entre M_1 et M_2, respectivement définis comme les points de la chronophotographie précédant et suivant $M(t)$.

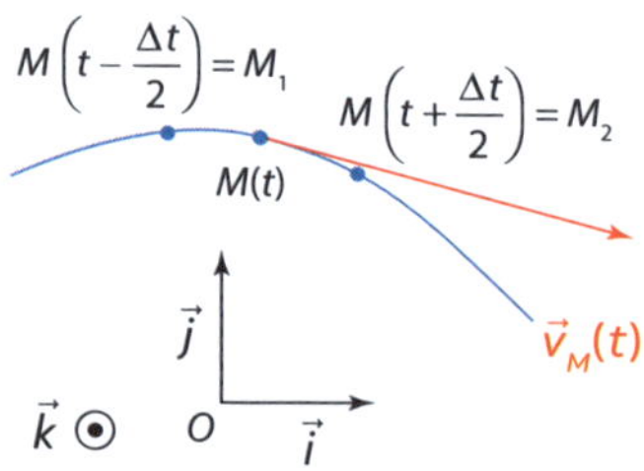

À retenir
Le **vecteur vitesse** peut aussi s'écrire :

$$\vec{v}_M(t) = \frac{\overrightarrow{M_1M_2}}{\Delta t} = \frac{\Delta\overrightarrow{OM}(t)}{\Delta t}$$

Remarque
La vitesse apparaît comme le taux de variation de la position par rapport au temps.

EXERCICE RÉSOLU

> Déterminer le vecteur vitesse à partir d'une chronophotographie

ÉNONCÉ

On réalise la chronophotographie d'un lancer de balle à l'aide d'un logiciel de pointage sur un enregistrement vidéo.

En supposant que le film a été réalisé avec 25 images par seconde et que la distance M_1M_2 est de 5,4 cm dans la réalité, en déduire la valeur de la vitesse en M et représenter le vecteur vitesse.

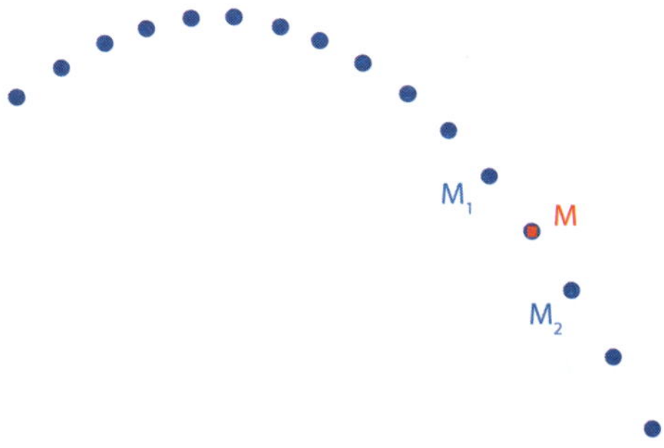

CORRIGÉ

Si le film compte 25 images par seconde, alors la durée entre deux images est de 1/25e de seconde, soit Δt = 40 ms.

La norme du vecteur vitesse est :

$v = \frac{M_1M_2}{2\Delta t}$ avec M_1M_2 la distance entre les points précédant et suivant le point M dans l'enregistrement, et $2\Delta t$ la durée de parcours entre M_1 et M_2.

$v = \frac{5{,}4 \times 10^{-2}}{2 \times 40 \times 10^{-3}}$ = **0,675 m·s⁻¹** que l'on peut représenter sans souci d'échelle sur la chronophotographie.

Méthode
Construire la tangente à la trajectoire passant par M comme droite support du vecteur vitesse.

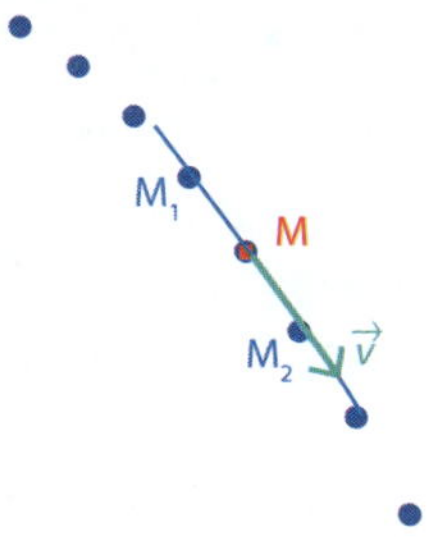

Lexique

- **Système :** objet matériel, immatériel ou ponctuel dont on étudie le mouvement.
- **Référentiel :** repère d'espace muni d'une horloge permettant une mesure de la position d'un système au cours du temps. Il joue le rôle de l'observateur du mouvement du système.
- **Chronophotographie :** ensemble des positions d'un point d'un système en mouvement dans un référentiel en fonction du temps.

FICHE 5 Résultante des forces et loi de Newton

1 Résultante des forces et vecteur accélération

1. Résultante des forces

On appelle **résultante des forces** extérieures appliquées à un système, notée $\sum \vec{F}_{ext}$, la **somme vectorielle** de ces forces.

Piège à éviter
On peut représenter la résultante des forces par le vecteur $\vec{R}$, mais attention à ne pas la confondre avec la réaction du support !

2. Vecteur accélération

À retenir

De la même manière que précédemment (Fiche 4), on peut définir le vecteur **accélération** $\vec{a}_M(t)$ au point $M(t)$ comme la variation du vecteur vitesse :

$$\vec{a}_M(t) = \frac{\Delta\vec{v}(t)}{\Delta t}$$

Le vecteur vitesse apparaît alors comme une **variation dans le temps du vecteur vitesse**.

2 Loi de Newton

À retenir

Dans le référentiel d'étude, la résultante des forces appliquées à un solide réduit à un point $M(t)$ ou centre de masse, de masse m constante, est **proportionnelle** à la variation de vecteur vitesse.

$$m\vec{a}_M(t) = m\frac{\Delta\vec{v}(t)}{\Delta t} = \sum \vec{F}_{ext}$$

Vidéo
« Relation approchée de la 2e loi de Newton »

- La constante de proportionnalité est la masse m (en kg) du système.
- La loi de Newton peut être interprétée comme une loi de type cause-conséquence : lorsqu'on agit sur un système avec des actions modélisées par un ensemble de forces (*cause*), alors le système modifie sa vitesse, ce qui engendre de l'accélération (*conséquence*).

3 Rôle de la masse

- La relation entre la résultante des forces extérieures appliquées à un système $\sum \vec{F}_{ext}$ et la variation temporelle de son vecteur vitesse permet de conclure que pour une même résultante des forces, la **variation du vecteur vitesse est d'autant plus faible que le système est massif**.

- Les effets d'une action mécanique modélisée par un vecteur force se font davantage ressentir sur l'accélération d'un système lorsque celui-ci a une faible masse.

EXERCICE RÉSOLU

> Construire le vecteur accélération

ÉNONCÉ

À partir de la chronophotographie d'un lancer de balle et des vecteurs vitesse, construire le vecteur accélération au point $M(t)$ sans souci d'échelle.

En déduire la direction de la résultante des forces appliquées à la balle.

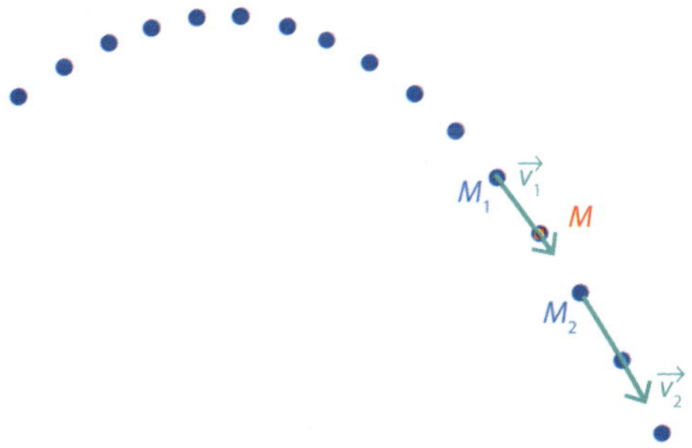

CORRIGÉ

Le vecteur accélération est défini comme $\vec{a}_M(t) = \dfrac{\Delta\vec{v}(t)}{\Delta t}$. Il est donc dans la même direction et le même sens que $\vec{v}(t) = \vec{v}_2 - \vec{v}_1$.

Le vecteur accélération est donc vertical vers le bas. La loi de Newton permet d'affirmer que si la masse de la balle est constante, alors l'accélération est un vecteur colinéaire à la résultante des forces. Cette dernière est ainsi **verticale vers le bas**.

Méthode
Faites la soustraction vectorielle des vecteurs vitesses.

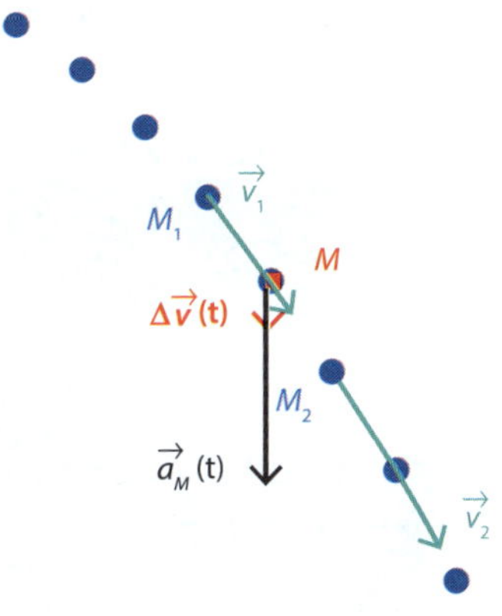

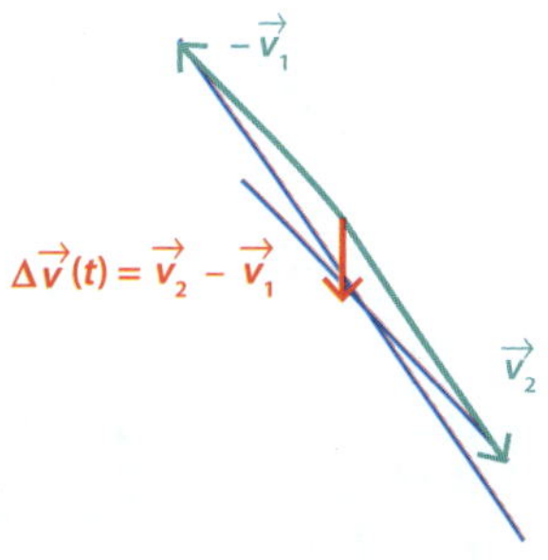

Règle du parallélogramme

Lexique

- **Résultante des forces :** somme vectorielle des forces extérieures agissant sur un système mécanique ; elle correspond à la force totale appliquée au système.
- **Somme vectorielle :** addition de plusieurs vecteurs que l'on peut en pratique réaliser avec la règle du parallélogramme ou la règle de Chasles.

Révision Express

CARTE MENTALE

> Champs, forces et mouvements

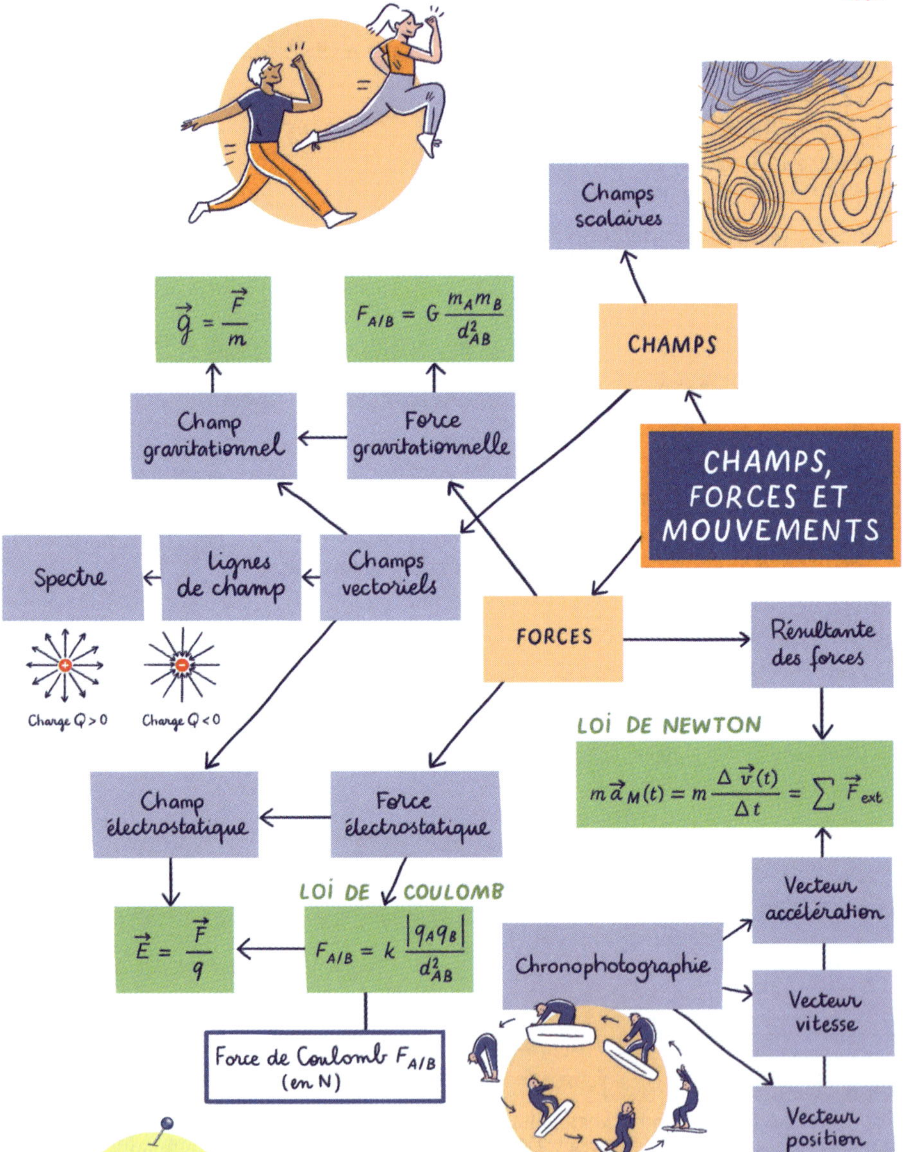

N'hésite pas à construire ta propre carte mentale

Fiche test 1 Ce que je sais

QCM

15 min

- À revoir
- Acquis

**Pour chaque question, déterminer la (ou les) bonne(s) réponse(s).
Chaque question peut rapporter : 1 point si la réponse ne comporte aucune erreur ; 0,5 point dans le cas d'une erreur ; 0 point dans le cas de deux erreurs ou plus.**

1 Un champ nécessite :
- a. un espace physique.
- b. une grandeur mesurable.
- c. un ensemble de données de mesure.

FICHE 1 p. 122

2 Une ligne de champ :
- a. existe dans le cas d'un champ scalaire.
- b. est toujours tangente au vecteur champ.
- c. est une ligne orientée.

FICHE 1 p. 122

3 La force de Coulomb entre deux points matériels *A* et *B* chargés est proportionnelle à :
- a. chacune des charges en *A* et *B*.
- b. la distance entre les charges.
- c. la masse de *A* et de *B*.

FICHE 1 p. 122

4 Le champ électrostatique :
- a. s'exprime en newtons.
- b. est un champ vectoriel.
- c. correspond à une force par unité de charge.

FICHE 2 p. 124

5 Le champ électrostatique et le champ gravitationnel ont des similitudes. Dans la formule mathématique définissant chaque champ en un point *M* :

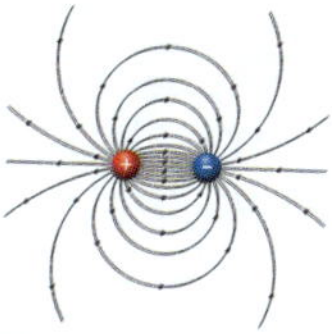

- a. k et G sont des constantes.
- b. la masse *m* et la charge *q* sont analogues.
- c. la dépendance en *d*, distance entre la source du champ, et *M* est la même.

FICHES 2 p. 124 et 3 p. 126

6 Le champ électrostatique créé par une charge positive :
- a. est positif.
- b. a des lignes de champ entrantes ou centripètes.
- c. a des lignes de champ radiales.

FICHE 2 p. 124

7 Le champ gravitationnel :

- a. est toujours attractif.
- b. dépend de la masse de la source.
- c. a une norme inversement proportionnelle à la distance à la source.

FICHE 3 p. 126

8 Un système mécanique :
- a. est toujours un objet en mouvement dans son référentiel.
- b. est un point, un objet ou un ensemble d'objets dont on étudie le mouvement.
- c. peut être ramené à son centre de masse pour une étude plus simple de son mouvement.

FICHE 4 p. 128

9 Une chronophotographie :

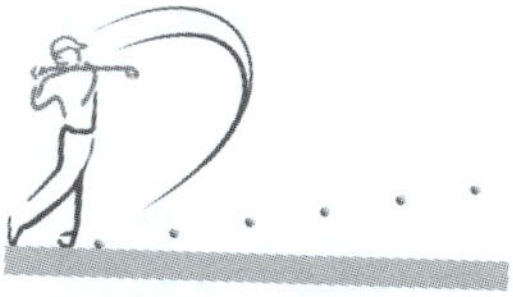

- a. est l'ensemble des positions d'un système en mouvement dans un référentiel.
- b. enregistre le mouvement dans le temps.
- c. permet de construire les vecteurs vitesse, sauf pour les positions extrêmes de l'enregistrement.

FICHE 4 p. 128

10 La loi de Newton :
- a. est une loi vectorielle.
- b. établit la proportionnalité entre vitesse et résultante des forces.
- c. explicite la relation entre l'accélération d'un système et les forces auxquelles il est soumis.

FICHE 5 p. 130

SCORE : ____ / 10

① Déterminer le champ résultant : méthode graphique

ÉNONCÉ

Une charge ponctuelle $q > 0$, située au point M, est dans le champ électrostatique de deux autres charges ponctuelles $Q_1 > 0$ et $Q_2 < 0$.

Le champ créé par Q_1 au point M a une intensité de $300\ V \cdot m^{-1}$ et celui créé par Q_2 a une intensité de $150\ V \cdot m^{-1}$.

Calculer l'intensité du champ électrostatique résultant en M.

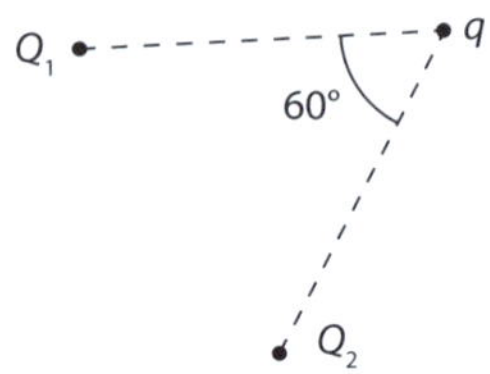

PROCÉDURE

1. Choisir une échelle de représentation des vecteurs champ électrostatique et les représenter au point M.
2. Faire l'addition vectorielle et en déduire la valeur du champ résultant.

CORRIGÉ

① On choisit une échelle de représentation des vecteurs champ électrostatique pour que chaque vecteur mesure quelques centimètres de long.
Ici le champ $\vec{E}_1$ doit avoir une norme deux fois plus importante que celle de $\vec{E}_2$.
Chaque vecteur $\vec{E}$ a son point d'application en q, sa direction est celle portée par la droite entre Q et q, son sens dépend du signe de la charge Q créant le champ. $Q_1 > 0$ et $Q_2 < 0$ donc le champ $\vec{E}_1$ est dirigé de Q_1 vers q et le champ $\vec{E}_2$ est dirigé de q vers Q_2.

② La construction du parallélogramme issu des vecteurs champ permet d'obtenir le vecteur champ électrostatique résultant.
Par mesure directe sur le schéma à l'échelle, on obtient un champ de $260\ V \cdot m^{-1}$.

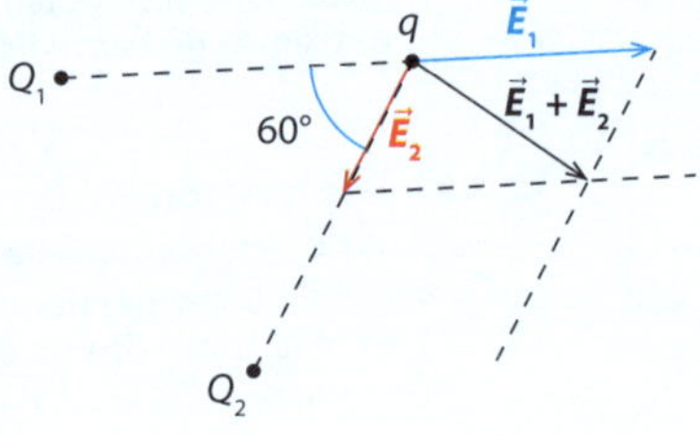

Méthode

La méthode du parallélogramme permet d'obtenir la somme de deux vecteurs. Le vecteur résultant correspond à la diagonale du parallélogramme.

2 Déterminer le champ résultant : méthode analytique

ÉNONCÉ

Une charge ponctuelle $q > 0$, située au point M, est dans le champ électrostatique de deux autres charges ponctuelles $Q_1 > 0$ et $Q_2 < 0$.

Le champ créé par Q_1 au point M a une intensité de 300 V·m^{-1} et celui créé par Q_2 a une intensité de 150 V·m^{-1}.

Calculer l'intensité du champ électrostatique résultant en M.

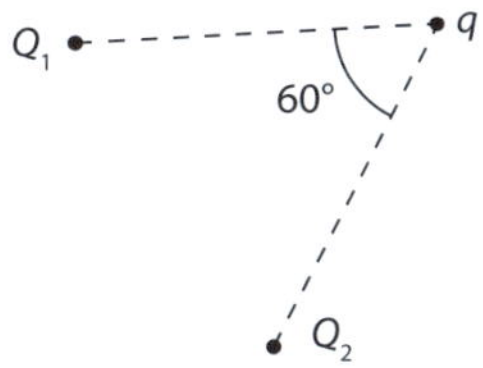

PROCÉDURE

1. Représenter les vecteurs champ électrostatique au point M sans souci d'échelle.
2. Choisir un repère orthonormé et expliciter les coordonnées des vecteurs champ électrostatique au point M.
3. En déduire la valeur du champ résultant à partir de ses coordonnées, somme des coordonnées des vecteurs à additionner.

CORRIGÉ

1

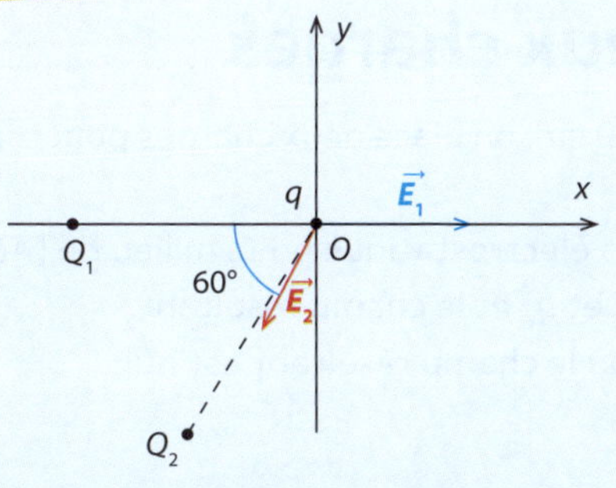

Conseil
Choisissez le repère le plus pertinent possible, c'est-à-dire celui dont les axes sont supportés par un maximum de vecteurs champ.

2 Dans le repère (O, x, y) centré sur la charge q, les coordonnées des champs sont :
$\vec{E}_1(E_1, 0)$ et $\vec{E}_2(-E_2\cos60°, -E_2\sin60°)$.

3 Le champ résultant a pour coordonnées la somme des coordonnées de $\vec{E}_1$ et $\vec{E}_2$:
$\vec{E}_1 + \vec{E}_2 = \vec{E}(E_1 - E_2\cos60°, -E_2\sin60°)$.
On a donc :
$\vec{E}(300 - 150 \times \cos60°, -150 \times \sin60°)$ soit $\vec{E}(225, -130)$.
La norme du vecteur est $E = \sqrt{E_x^2 + E_y^2} = \sqrt{225^2 + (-130)^2}$, soit $E = 260$ V·m^{-1}.

Réflexe à avoir
Pensez à obtenir les coordonnées de la résultante par addition des coordonnées de $\vec{E}_1$ et $\vec{E}_2$, puis à calculer la norme du vecteur.

EXERCICES D'APPLICATION

1 Condensateur plan

EXERCICE À CARACTÈRE EXPÉRIMENTAL

En travaux pratiques, un groupe d'élèves réalise deux expériences.
Expérience 1 – Le dispositif expérimental vu de dessus est le suivant :

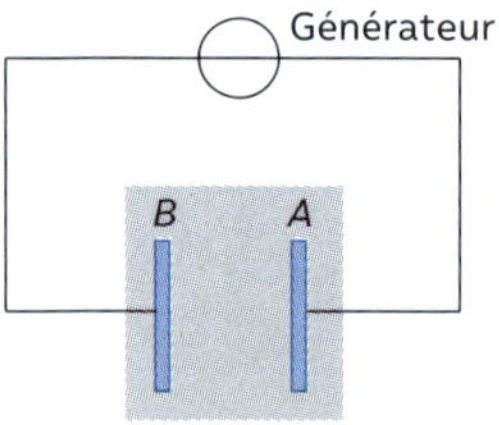

A et B sont deux plaques métalliques verticales. Les bases de A et B baignent dans de l'huile de ricin. Les élèves saupoudrent ensuite des graines de gazon entre A et B.
Ils observent que les graines se répartissent à la surface de l'huile en matérialisant des lignes ayant l'allure ci-contre.
Le champ électrostatique est en tout point tangent à ces lignes.

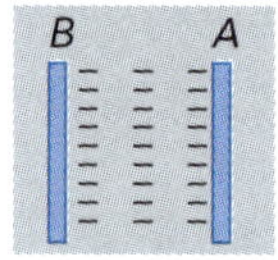

1. Que représentent les lignes de graines de gazon ?
2. Quelle caractéristique du champ électrostatique est mise en évidence ?

Expérience 2 – Les plaques A et B sont toujours verticales, et un élève place entre celles-ci une petite bille ponctuelle de masse m, chargée positivement, suspendue à un fil. Il constate que la bille est attirée par la plaque B.

3. Que peut-on en conclure sur le sens du champ électrostatique ?

2 Champ créé par deux charges

En deux points A et B distants de $d_{AB} = 2a = 20$ cm, on place deux charges ponctuelles $q_A = -12$ nC et $q_B = +3$ nC.

1. Déterminer les caractéristiques du champ électrostatique en C, milieu de $[AB]$.
2. Représenter les champs créés en C par q_A et q_B et le champ résultant.
3. Déterminer le point D, point de l'espace où le champ résultant est nul.

3 Variation de vitesse

Une particule α est un noyau d'hélium composé de 2 protons et de 2 neutrons.
Cette particule est placée dans un champ électrique $\vec{E}$.

1. Exprimer la force de Coulomb agissant sur la particule.
2. En supposant que cette force est la seule force exercée sur la particule et que son mouvement est rectiligne, en déduire la variation de vitesse de la particule pendant un laps de temps de 1 ns.

Données : $m = 6{,}6 \times 10^{-27}$ kg, $E = 1{,}0 \times 10^{4}$ V·m^{-1}, charge élémentaire $e = 1{,}6 \times 10^{-19}$ C.

Fiche test 2 — Ce que je sais faire

QCM

30 min

- À revoir
- Acquis

Pour chaque question, déterminer la (ou les) bonne(s) réponse(s).
Chaque question peut rapporter : 1 point si la réponse ne comporte aucune erreur ; 0,5 point dans le cas d'une erreur ; 0 point dans le cas de deux erreurs ou plus.

1 Déterminer le champ électrostatique

Soient deux électrons distants de d = 10 nm.

- **a.** La valeur du champ créé par un électron et subi par l'autre est $k\frac{|q_e q_e|}{d^2}$ avec q_e la charge d'un électron.
- **b.** La valeur du champ créé par un électron à une distance d vaut $1{,}4 \times 10^{7}$ N·C^{-1}.
- **c.** Le champ au point M, milieu entre les deux électrons, est nul.

Données : charge élémentaire e = $1{,}6 \times 10^{-19}$ C et k = $9{,}0 \times 10^{9}$ N·m^{2}·C^{-2}.

FICHE 2 p. 124

2 Déterminer les champs électrostatique et gravitationnel

On considère une sphère, supposée ponctuelle, de masse m = 100,0 g et de charge q = 2,0 µC. Soit le point M à une distance d = 5,0 cm de la sphère.

- **a.** La valeur du champ électrostatique en M vaut $E = 7{,}2 \times 10^{6}$ N·C^{-1}.
- **b.** La valeur du champ gravitationnel en M vaut $\vec{\mathcal{G}} = 2{,}7 \times 10^{9}$ N·kg^{-1}.
- **c.** Il est pertinent de comparer les valeurs des champs : on observe que le champ gravitationnel est plus important que le champ électrostatique en M.

Données : k = $9{,}0 \times 10^{9}$ N·m^{2}·C^{-2} et G = $6{,}67 \times 10^{-11}$ N·m^{2}·kg^{-2}.

FICHES 2 p. 124 et 3 p. 126

3 Exploiter une chronophotographie

On considère la chronophotographie d'une balle en chute libre ci-contre.

- **a.** Le vecteur vitesse est vertical descendant.
- **b.** La norme du vecteur vitesse augmente avec le temps.
- **c.** Le vecteur vitesse est nul à t = 0, c'est-à-dire au niveau de la première position du système sur la chronophotographie.

FICHE 4 p. 128

4 Utiliser la loi de Newton

Chute libre

On laisse tomber deux objets A et B de masses très différentes. On néglige les frottements de l'air et toute réaction de l'environnement.

- **a.** Cela revient à étudier le mouvement de A et de B dans le vide.
- **b.** La seule force extérieure agissant sur A et sur B est leur poids $\vec{P} = m\vec{g}$.
- **c.** Les deux objets ont le même mouvement et arrivent au sol en même temps.

FICHE 5 p. 130

5 Déterminer la résultante des forces extérieures

Un skieur équipé glisse sur une piste horizontale, ses bâtons ne l'aidant pas à avancer. On néglige les frottements de l'air et de la piste.

- **a.** Le skieur est uniquement soumis à son poids.
- **b.** La résultante des forces extérieures est horizontale, car l'accélération du skieur n'est pas nulle.
- **c.** La résultante des forces extérieures est nulle, car le poids et la résistance du sol se compensent.

FICHE 5 p. 130

SCORE : ____ / 5

VERS LE BAC

4 Sphère de Roche

La planète Saturne est entourée de nombreux satellites et d'anneaux.

Il existe une distance Ro, appelée rayon de la sphère de Roche, qui marque la limite entre une zone où des satellites peuvent se former par assemblage de poussières, cailloux, etc., formés en même temps que l'astre, et une zone où cet assemblage est rendu impossible par l'action de l'astre.

Il s'agit dans cet exercice de déterminer les raisons de l'existence de cette limite qui explique en partie l'existence des anneaux de Saturne.

On considère deux sphères homogènes identiques en contact, de masse m et de rayon ρ telles que la distance entre leurs centres A et B soit $AB = 2\rho$. Le centre de gravité P de l'ensemble des deux sphères, milieu de $[AB]$, tourne à une distance r du centre S de Saturne. Les points S, A, P et B sont alignés.

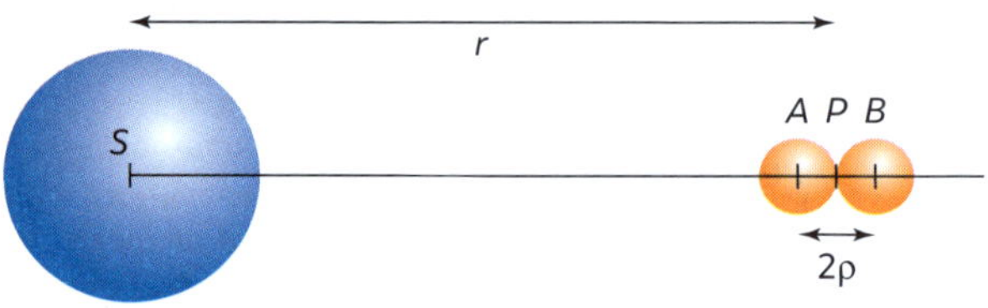

1 Exprimer, en fonction des paramètres utiles choisis parmi m, M_S la masse de Saturne, G, ρ, R_S le rayon de Saturne et r, la valeur de la force d'attraction F_{AB} qui s'exerce entre les deux sphères de centres respectifs A et B.

Saturne attire les deux sphères par deux forces $\vec{F}_{S/A}$ et $\vec{F}_{S/B}$. On montre que la valeur de la différence de ces forces vaut :

$$F_{S/A} - F_{S/B} = 4\,\frac{GM_S m\rho}{r^3}$$

et que cette différence d'attraction a tendance à séparer ces deux sphères.

2 Pourquoi les deux sphères ne sont-elles pas attirées de la même façon par Saturne ?

Ro, le rayon de la sphère de Roche, est tel que pour $r = \text{Ro}$, $F_{AB} = F_{S/A} - F_{S/B}$.

3 Exprimer Ro en fonction du rapport des masses et de ρ.

4 L'espace où les deux éléments A et B peuvent se regrouper pour donner naissance à un élément plus gros est-il défini par $r < \text{Ro}$ ou $r > \text{Ro}$? Justifier la réponse.

Fiche test 3 *Je fais le point*

VRAI ● FAUX

15 min

◯ À revoir
◯ Acquis

Indiquer pour chaque proposition si elle est vraie ou fausse.

1. Les champs des pressions et des températures sont des champs scalaires.	◯ Vrai	◯ Faux
2. Le champ électrostatique créé par une charge ponctuelle à une distance *d* est 4 fois plus important que celui créé par la même charge à une distance diminuée de moitié *d*/2.	◯ Vrai	◯ Faux
3. La force électrostatique est très largement négligeable devant la force gravitationnelle créée par un électron et subie par un proton du noyau d'un atome.	◯ Vrai	◯ Faux
4. Le champ électrostatique dépend de la charge de l'objet qui subit le champ.	◯ Vrai	◯ Faux
5. Les lignes de champ électrostatiques sont radiales.	◯ Vrai	◯ Faux
6. La force gravitationnelle créée par la Terre sur la Lune est de même valeur que celle créée par la Lune sur la Terre, les deux planètes étant ramenées à leur centre de masse.	◯ Vrai	◯ Faux
7. Le champ gravitationnel terrestre peut être assimilé au champ de pesanteur terrestre si l'on se place sur la croûte terrestre. Sa valeur est alors $\mathcal{G} = g = 9{,}8\ \text{N}\cdot\text{kg}^{-1}$.	◯ Vrai	◯ Faux
8. On observe une analogie de forme dans l'expression des champs électrostatique et gravitationnel : k et G sont interchangeables, $\|q\|$ et *m* le sont aussi, et la dépendance à la distance d'observation *d* est la même.	◯ Vrai	◯ Faux
9. Le vecteur vitesse et le vecteur accélération sont définis en n'importe quel point d'une chronophotographie du mouvement d'un système mécanique. Ce sont des vecteurs tangents à la trajectoire.	◯ Vrai	◯ Faux
10. La résultante des forces extérieures agissant sur un système mécanique est dans la même direction et le même sens que l'accélération de ce système dans le référentiel d'étude de son mouvement.	◯ Vrai	◯ Faux

SCORE : ____ / 10

Fiche test 1 Ce que je sais

1. a), b) et c) *Toutes les réponses sont correctes.* FICHE 1 p. 122

2. b) et c) Les lignes de champ sont propres aux champs vectoriels. Ce sont des lignes orientées, tangentes aux vecteurs champ. FICHE 1 p. 122

3. a) La force de Coulomb est proportionnelle à chacune des charges, inversement proportionnelle au carré de la distance d, et ne dépend pas de la masse des systèmes chargés. FICHE 1 p. 122

4. b) et c) Le champ vectoriel électrostatique ou champ de force par unité de charge a une norme qui s'exprime en $N \cdot C^{-1}$. FICHE 2 p. 124

5. a), b) et c) *Toutes les réponses sont correctes.* Les deux formes mathématiques présentent des similitudes : $k \leftrightarrow G$, $q \leftrightarrow m$, et la dépendance en $1/d^2$ est la même. FICHES 2 p. 124 et 3 p. 126

Remarque

Un champ électrostatique est un vecteur. Cela n'a aucun sens de parler de son unité ou de son signe. En revanche, on peut parler de sa norme.

6. c) Le champ électrostatique créé par une charge positive a des lignes de champ sortantes ou encore centrifuges. Elles sont donc radiales. FICHE 2 p. 124

7. a) et b) Le champ gravitationnel, toujours attractif, dépend de la masse créant le champ. Seule sa norme est en $1/d^2$, avec d la distance à la source. FICHE 3 p. 126

8. b) et c) Un système est un point, un objet dont on étudie le mouvement qui peut se réduire à l'immobilité. Dans le cas d'objets, ramener le système à son centre de masse permet une étude simplifiée de son mouvement. FICHE 4 p. 128

9. a), b) et c) *Toutes les réponses sont correctes.* FICHE 4 p. 128

10. a) et c) La loi de Newton est vectorielle. L'accélération d'un système de masse constante est proportionnelle à la somme des forces auxquelles il est soumis. FICHE 5 p. 130

EXERCICES D'APPLICATION

1 Condensateur plan

1. Les lignes de graines de gazon matérialisent **certaines lignes de champ électrostatique**.

2. Les lignes de champ sont parallèles entre elles et perpendiculaires aux plaques. On en déduit ainsi la direction du champ électrostatique, tangent à ces lignes : $\vec{E}$ est donc **perpendiculaire aux armatures** (son sens n'étant pas défini par cette expérience).

3. La bille, chargée positivement, est attirée par l'armature B négative du condensateur : le champ électrostatique est donc de ***A* vers *B***. FICHES 1 p. 122 et 2 p. 124

② Champ créé par deux charges

1. Soit $\vec{u}$ le vecteur unitaire porté par la droite (AB) en direction de B. Le champ créé par la charge $q_A < 0$ au point C est $\vec{E}_A(C) = k\dfrac{q_A}{AC^2}\vec{u}$. On en déduit que ce champ est dirigé suivant $-\vec{u}$.

De la même manière, soit $\vec{u}'$ le vecteur unitaire porté par la droite (BA) en direction de A. Le champ créé par la charge $q_B > 0$ au point C est $\vec{E}_B(C) = k\dfrac{q_B}{BC^2}\vec{u}'$. On en déduit que ce champ est dirigé suivant $\vec{u}'$.

> **Piège à éviter**
> Pensez que les charges q_A et q_B sont algébriques !

La résultante du champ $\vec{E}$ est la somme vectorielle des deux champs précédents :

$$\vec{E}(C) = \vec{E}_A(C) + \vec{E}_B(C) = k\frac{q_A}{AC^2}\vec{u} + k\frac{q_B}{CB^2}\vec{u}' = k\frac{q_A}{\left(\frac{a}{2}\right)^2}\vec{u} - k\frac{q_B}{\left(\frac{a}{2}\right)^2}\vec{u}$$

avec $\vec{u}' = -\vec{u}$ et les distances $AC = BC = \dfrac{a}{2}$.

On obtient finalement $\vec{E}(C) = k\dfrac{q_A - q_B}{\left(\frac{a}{2}\right)^2}\vec{u}$.

Le vecteur champ est **porté par la droite (AB), dans un sens opposé à $\vec{u}$**, car $q_A - q_B < 0$, et de norme :

$$k\frac{|q_A - q_B|}{\left(\frac{a}{2}\right)^2} = k\frac{q_B - q_A}{\left(\frac{a}{2}\right)^2} = 9 \times 10^9 \times \frac{3 \times 10^{-9} + 12 \times 10^{-9}}{(10 \times 10^{-2})^2}$$

soit $\boldsymbol{E = 1{,}35 \times 10^4\ \mathrm{V \cdot m^{-1}}}$.

> **Gagnez des points**
> Pour des distances identiques, la charge $|q_A|$ vaut $4q_B$. Les valeurs des champs seront aussi dans ces proportions : $E_A = 4E_B$.

2.

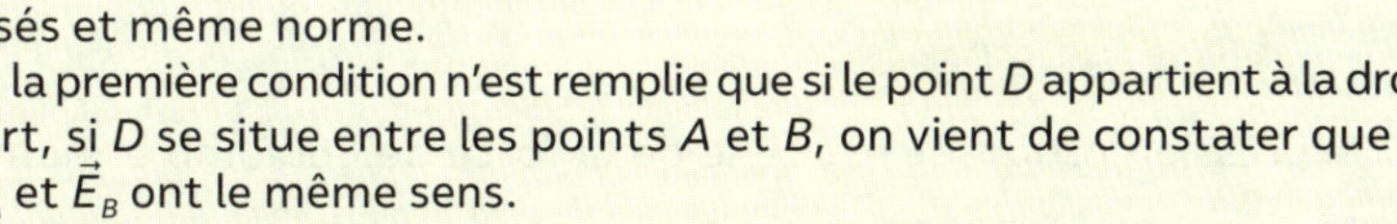

FICHE 2 p. 124

3. Le champ résultant est nul si les deux champs qui le composent ont même direction, sens opposés et même norme.

D'une part, la première condition n'est remplie que si le point D appartient à la droite (AB).

D'autre part, si D se situe entre les points A et B, on vient de constater que les deux champs $\vec{E}_A$ et $\vec{E}_B$ ont le même sens.

Enfin, au vu de la valeur des charges et sachant que plus l'on s'éloigne de la source, plus le champ perd en intensité, on peut raisonnablement penser que D se situe à droite de B afin que la valeur du champ créé par A de charge 4 fois plus importante soit égale à celle du champ créé par B, plus proche.

Dans ce cas, $\vec{E}(D) = \vec{E}_A(D) + \vec{E}_B(D) = k\dfrac{q_A}{AD^2}\vec{u} + k\dfrac{q_B}{BD^2}\vec{u} = \vec{0}$ si $\dfrac{q_A}{AD^2} + \dfrac{q_B}{BD^2} = 0$.

En posant $AD = AB + BD = 2a + BD$, on a :

$$\frac{q_A}{(2a + BD)^2} + \frac{q_B}{BD^2} = 0 \Rightarrow \frac{|q_A|}{(2a + BD)^2} = \frac{q_B}{BD^2} \Rightarrow BD^2|q_A| = q_B(2a + BD)^2.$$

Toutes les quantités sont positives et l'on peut écrire :

$\sqrt{|q_A|}\,BD = \sqrt{q_B}\,(2a + BD)$.

En distribuant et en réarrangeant, on obtient : $\mathbf{BD = 2a \dfrac{\sqrt{q_B}}{\sqrt{|q_A|} - \sqrt{q_B}}}$.

$BD = 20 \times 10^{-2} \times \dfrac{\sqrt{3 \times 10^{-9}}}{\sqrt{12 \times 10^{-9}} - \sqrt{3 \times 10^{-9}}}$ soit **BD = 0,2 m = 20 cm.**

③ Variation de vitesse

Gagnez des points

Les protons sont les seules particules chargées du noyau : q(proton) = e et q(neutron) = 0.

1. La force de Coulomb agissant sur la particule, est $\vec{F} = q\vec{E}$ avec q la charge de la particule α. Une particule α est un noyau d'hélium composé de 2 protons et de 2 neutrons. Sa charge est donc $q = 2e$. On en déduit que l'intensité de la force de Coulomb exercée sur la particule α est :

$F = 2eE = 2 \times 1{,}6 \times 10^{-19} \times 1{,}0 \times 10^{4} = \mathbf{3{,}2 \times 10^{-15}\ N}$. FICHE 2 p. 124

2. En supposant que cette force est la seule force exercée sur la particule, on en déduit que $\vec{F} = m\dfrac{\Delta\vec{v}}{\Delta t}$.

Dans le cas d'un mouvement rectiligne, les directions des vecteurs vitesse sont identiques : les vecteurs vitesse sont colinéaires. On en déduit alors une relation scalaire : $F = m\dfrac{\Delta v}{\Delta t}$.

Soit $\Delta v = \dfrac{F\Delta t}{m} = \dfrac{3{,}2 \times 10^{-15} \times 1{,}0 \times 10^{-9}}{6{,}6 \times 10^{-27}} = \mathbf{4{,}8 \times 10^{2}\ m{\cdot}s^{-1}}$. FICHE 4 p. 128

Fiche test 2 — Ce que je sais faire

1. b) et **c)** L'expression proposée est celle de la force de Coulomb et non celle du champ, soit :

$E = k\dfrac{|q_e|}{d^2} = 9{,}0 \times 10^{9} \times \dfrac{1{,}6 \times 10^{-19}}{(10 \times 10^{-9})^2} = 1{,}44 \times 10^{7}\ N{\cdot}C^{-1}$, ou encore $1{,}4 \times 10^{7}\ N{\cdot}C^{-1}$ avec deux chiffres significatifs.

Au point M entre les charges, la valeur de chaque champ est la même et vaut :

$E(M) = k\dfrac{|q_e|}{(d/2)^2} = 4E = 9{,}0 \times 10^{9} \times \dfrac{1{,}6 \times 10^{-19}}{(5 \times 10^{-9})^2} = 5{,}76 \times 10^{7}\ N{\cdot}C^{-1}$.

La somme vectorielle est cependant nulle.

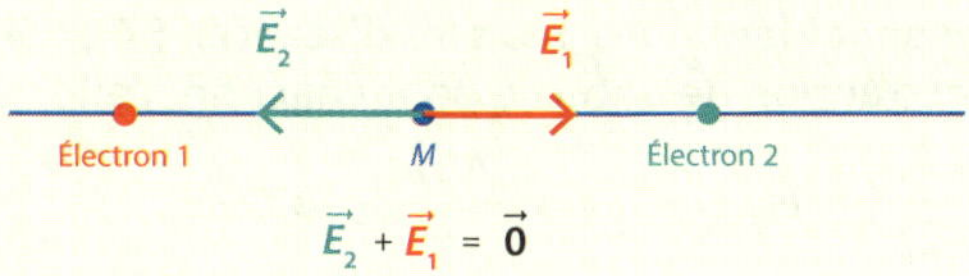

FICHE 2 p. 124

2. a) Le champ électrostatique a pour valeur :

$E = k\dfrac{|q|}{d^2} = 9{,}0 \times 10^9 \times \dfrac{2{,}0 \times 10^{-6}}{(5{,}0 \times 10^{-2})^2} = 7{,}2 \times 10^6\ \text{N}\cdot\text{C}^{-1}$.

En revanche, la valeur du champ gravitationnel est :

$\mathcal{G} = \text{G}\dfrac{m}{d^2} = 6{,}67 \times 10^{-11} \times \dfrac{0{,}1000}{(5{,}0 \times 10^{-2})^2} = 2{,}7 \times 10^{-9}\ \text{N}\cdot\text{kg}^{-1}$.

Les champs ne peuvent être comparés que s'ils sont de même nature, ce qui n'est pas le cas ici. Cependant, on aurait pu comparer la force de Coulomb et la force gravitationnelle, pour constater que la force gravitationnelle est négligeable devant la force électrostatique. FICHES 2 p. 124 et 3 p. 126

3. a) et **b)** Le vecteur vitesse est tangent à la trajectoire (vertical) et dans le sens du mouvement (descendant). Sa norme correspond à la variation de la position par unité de temps : la distance entre les positions augmente au cours du temps, le vecteur vitesse a une valeur qui augmente. En revanche, le premier point de la chronophotographie n'a pas d'antécédent, sa détermination n'est pas possible par cette méthode. FICHE 4 p. 128

4. a), **b)** et **c)** *Toutes les réponses sont correctes.* Si l'on néglige les actions de l'environnement, cela revient à résoudre le problème dans le vide. Seule la force agissante est le poids, et la loi de Newton s'écrit : $\vec{P} = m\vec{g} = m\vec{a}$. La masse n'étant pas nulle, on peut simplifier : $\vec{g} = \vec{a}$. L'accélération de chute libre ne dépend pas de la masse du système, et les deux objets se comportent de la même manière. FICHE 5 p. 130

5. c) Le skieur avec son équipement est soumis à son poids (vertical descendant) et à la réaction de la piste (verticale ascendante), de mêmes normes. Ces forces se compensent, et leur somme vectorielle est nulle. La résultante nulle engendre une accélération nulle. FICHE 5 p. 130

VERS LE BAC

4 Sphère de Roche

1. La force qu'exerce A sur B est de même norme que celle exercée par B sur A. Soit F_{AB} cette valeur. On a $F_{AB} = \text{G}\dfrac{m \times m}{AB^2}$ ou, en utilisant les données littérales de l'énoncé :

$F_{AB} = \text{G}\left(\dfrac{m}{2\rho}\right)^2$. FICHE 4 p. 128

2. La force gravitationnelle est proportionnelle à la masse et inversement proportionnelle au carré de la distance entre A, ou B, et le centre de Saturne.

Les masses des sphères sont identiques, mais les **distances *SA* et *SB* inégales** induisent une différence dans l'attraction de Saturne pour chacune d'elles.

3. Pour r = Ro, $F_{AB} = G\left(\frac{m}{2\rho}\right)^2 = F_{S/A} - F_{S/B} = 4\frac{GM_S m\rho}{r^3}$ soit $\frac{m}{4\rho^2} = 4\frac{M_S\rho}{r^3}$

et finalement $\boldsymbol{r = Ro} = \sqrt[3]{\frac{16M_S}{m}}\rho$.

4. L'énoncé stipule : « $F_{S/A} - F_{S/B} = 4\frac{GM_S m\rho}{r^3}$ et que cette différence d'attraction a tendance à séparer ces deux sphères. »

On en déduit que si la distance r à Saturne est faible, la différence d'attraction sera importante et les corps auront tendance à se séparer. L'espace où les deux éléments A et B pourront se regrouper correspond donc à $\boldsymbol{r > \text{Ro}}$.

Fiche test 3 *Je fais le point*

1. Vrai. La pression et la température sont des scalaires, leur champ l'est aussi.

2. Vrai. Si $E = k\frac{|q|}{d^2}$, alors pour une distance moitié $d' = \frac{d}{2}$,

on a : $E' = k\frac{|q|}{(d/2)^2} = 4\,k\frac{|q|}{d^2} = 4E$.

> **Remarque**
> Pensez que la distance est au carré !

3. Faux. C'est le contraire : à l'échelle de l'infiniment petit, les interactions électrostatiques sont largement prépondérantes devant les interactions gravitationnelles.

> **Gagnez des points**
> Pour vous en persuader, faites au brouillon une application numérique sur un exemple simple que vous choisissez.

4. Faux. Le champ ne dépend que de la charge qui crée le champ et non de celle qui le subit. Ce n'est pas le cas de la force de Coulomb.

5. Faux. Les lignes de champ sont une carte d'identité du champ. Elles sont radiales pour une charge ponctuelle, mais parallèles entre elles et perpendiculaires aux plaques dans le cas d'un condensateur par exemple.

6. Vrai. La proposition est exacte : $F = G\frac{M_T M_L}{d^2}$.

7. Vrai. Sur la croûte terrestre, on peut assimiler $\vec{\mathcal{G}}$ à $\vec{g}$ dont la valeur est $g = 9{,}8\ \text{N}\cdot\text{kg}^{-1}$.

8. Vrai. Les deux expressions sont comparables, en particulier au niveau de leur norme : $E = k\frac{|q|}{d^2}$ et $\mathcal{G} = G\frac{m}{d^2}$.

9. Faux. Le vecteur vitesse n'est pas défini aux points extrêmes de la chronophotographie. Il en est de même pour le vecteur accélération, dont l'expression découle de celle de la vitesse. Seul le vecteur vitesse est toujours tangent à la trajectoire.

10. Vrai. La loi de Newton $\sum \vec{F}_{ext} = m\vec{a}$ montre la colinéarité des deux vecteurs résultante et accélération. La masse étant une grandeur positive, la direction et le sens des deux vecteurs sont identiques.

Chapitre 6

Description d'un fluide au repos

Plongée sous-marine

FICHE 1 Grandeurs macroscopiques et comportement microscopique 146

FICHE 2 Action exercée par un fluide sur une paroi, force pressante 148

FICHE 3 Modélisation d'un fluide : loi de Mariotte et loi de la statique des fluides 150

Révision Express 152

Méthodes 154

Exercices 156

VERS LE BAC 158

Corrigés 161

FICHE 1

Grandeurs macroscopiques et comportement microscopique

1 Échelles de description

Fluides

- Un **fluide** est un **milieu continu** : il est formé d'un grand nombre de molécules libres les unes par rapport aux autres et de très faible taille devant la dimension du fluide observé. Un fluide est ainsi un **milieu déformable** et sans rigidité.

- Le comportement d'un fluide pourrait être décrit à trois échelles différentes :
– à **l'échelle microscopique** (échelle du nanomètre) en déterminant le mouvement de chaque particule qui compose le fluide. Il s'agit d'une **modélisation discrète** de la matière qui semble impossible au vu des quantités de données générées ;
– à **l'échelle macroscopique** (échelle globale) pour laquelle le fluide est décrit comme une entité globale grâce à des grandeurs telles que sa vitesse globale, sa masse volumique, sa pression, etc. Il s'agit d'une **modélisation continue** de la matière ;
– à **l'échelle mésoscopique** (échelle intermédiaire entre les échelles micro et macroscopique) afin de garder une **modélisation continue** de la matière, mais en prenant en compte les **variations locales des grandeurs caractéristiques** du fluide. Ces grandeurs ne sont pas forcément uniformes, c'est-à-dire de même valeur partout dans le fluide.

- La description la plus pertinente pour le comportement d'un fluide est l'échelle mésoscopique.

Remarque
Parmi les fluides, on distingue souvent les liquides des gaz par leur compressibilité. Un liquide est un fluide considéré comme incompressible, c'est-à-dire à masse volumique constante.

2 Grandeurs macroscopiques et comportement microscopique

- Les grandeurs caractéristiques d'un fluide au repos sont les grandeurs macroscopiques suivantes : sa masse volumique ρ, sa pression *P*, sa **température** *T*.

Vidéo
« Les fluides compressibles et incompressibles »

À retenir
La **masse volumique** (en $kg \cdot L^{-1}$ ou $kg \cdot m^{-3}$) est une grandeur moyenne définie par :

$$\rho = \frac{m}{V} \text{ avec } \begin{cases} m : \text{somme des masses des molécules considérées (en kg),} \\ V : \text{volume occupé par celles-ci (en L ou } m^3\text{).} \end{cases}$$

- La **pression** est liée au **nombre de chocs** entre les molécules, alors que la température est l'image macroscopique de l'**agitation** des molécules et donc de leur vitesse.

EXERCICE RÉSOLU

> Déterminer l'influence de la température sur la masse volumique d'un gaz

ÉNONCÉ

1. La masse volumique de l'air à 20 °C est de 1,2 kg·m^{-3}. En déduire la masse d'un demi-litre d'air.

2. La masse volumique d'un gaz dépend de sa température.
Le tableau ci-dessous récapitule les valeurs des masses volumiques de l'air pour différentes températures. Tracer le graphe de ρ = *f*(*T*) et conclure sur son évolution.

ρ (kg·m^{-3})	1,29	1,25	1,20	1,16	1,13	1,09	1,06	1,03	1,0
T (°C)	0	10	20	30	40	50	60	70	80

CORRIGÉ

1. La masse vérifie la relation :
$m = \rho V = 1{,}2 \times 0{,}50 \times 10^{-3} = 6{,}0 \times 10^{-4}$ kg = **0,60 g** pour un demi-litre d'air.

2. La masse volumique décroît en fonction de la température.

Graphe ρ = *f*(*T*)

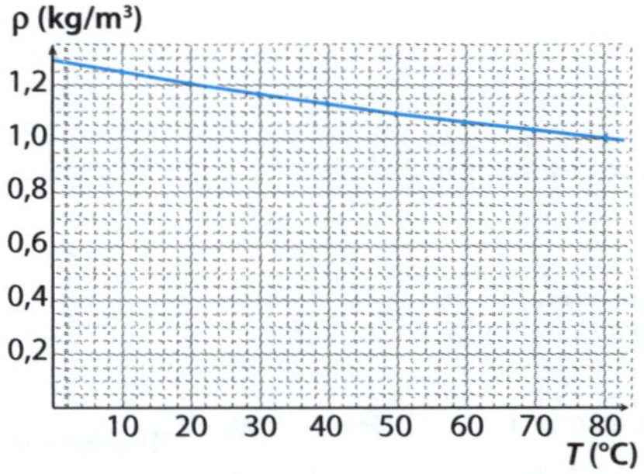

Gagnez des points
La modélisation graphique montre que la courbe n'est pas tout à fait linéaire. Il ne s'agit donc pas d'un rapport de proportionnalité.

Lexique

- **Fluide :** milieu continu et déformable tel qu'un liquide ou un gaz.
- **Température :** grandeur physique macroscopique correspondant à l'agitation des molécules de fluide au niveau microscopique.
- **Pression :** grandeur physique macroscopique correspondant aux chocs des molécules de fluide entre elles et sur les parois du contenant à l'échelle microscopique.

FICHE 2 Action exercée par un fluide sur une paroi, force pressante

1 Force pressante

- Un fluide exerce sur une surface S des actions appelées **forces pressantes**. Pour chaque surface considérée, la résultante $\vec{F}$ des forces pressantes est un vecteur perpendiculaire à la surface et ne dépend pas de l'orientation de cette dernière.

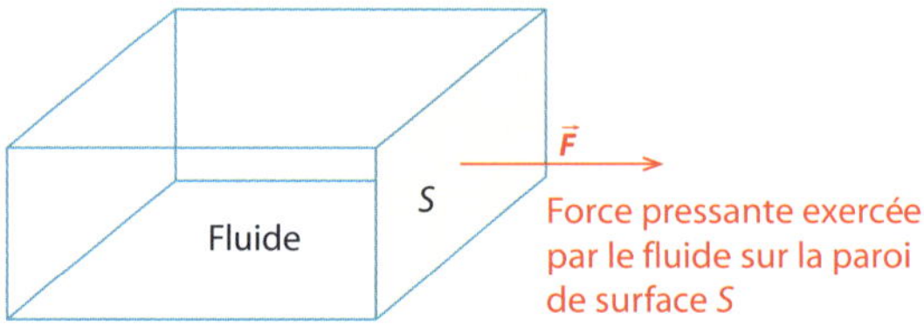

Vidéo
« Force pressante et pression »

- La force pressante exercée par un fluide sur une paroi de surface S a les caractéristiques suivantes :
- point d'application : le centre de la paroi considérée ;
- direction : la droite perpendiculaire à la paroi ;
- sens : celui du fluide vers la paroi (de l'intérieur vers l'extérieur du fluide) ;
- norme : comme pour toute force, la norme de la force pressante notée F ou $\|\vec{F}\|$ s'exprime en newtons (N).

2 Pression d'un fluide

À retenir

La **pression P d'un fluide** est une grandeur macroscopique définie par la relation :

$$P = \frac{F}{S} \text{ avec } \begin{cases} P : \text{pression (en Pa),} \\ F : \text{valeur de la force pressante (en N),} \\ S : \text{surface sur laquelle s'exerce la force pressante (en m}^2\text{).} \end{cases}$$

- L'unité internationale pour la pression est le **pascal (Pa)**. Une pression de 1 Pa correspond à une force pressante de 1 N qui s'exercerait sur une surface de 1 m².

- Il existe de nombreuses autres unités de mesure de la pression comme le bar, l'atmosphère (atm), le millimètre de mercure (mmHg) en médecine, le torr, le centimètre d'eau, etc.

Unité	1 bar	1 atm	1 mmHg
Correspondance en Pa	1×10^5	$1{,}013 \times 10^5$	133

Remarque
Les pressions atmosphériques sont souvent données en hectopascals (hPa).
1 hPa = 100 Pa
= 1 mbar

- La **pression atmosphérique** normale est de l'ordre de **1 bar = 1×10^5 Pa**.

EXERCICE RÉSOLU

> Exploiter la relation $F = P \times S$ pour déterminer une force pressante

ÉNONCÉ

Un ballon de baudruche assimilé à une sphère peu gonflée a un diamètre de 15 cm. Calculer l'ordre de grandeur de la force pressante exercée par le gaz emprisonné dans le ballon sur une surface plane équivalente à celle de la paroi interne.

CORRIGÉ

Si le ballon est à l'équilibre, cela signifie que la force pressante exercée par l'air à l'extérieur du ballon est de même valeur que celle exercée par le gaz interne au ballon en tout point de la paroi. La surface extérieure étant très peu différente de la surface interne, on peut en déduire que la pression extérieure est égale à la pression intérieure au ballon.

On peut supposer que la pression extérieure est la pression atmosphérique normale, soit $P = 1$ bar ou $P = 1{,}0 \times 10^5$ Pa.

On suppose que le ballon de baudruche est une sphère de rayon R. Soit $R = \frac{D}{2} = \frac{15 \text{ cm}}{2} = 7{,}5$ cm.

La surface du ballon de baudruche est :

$S = 4\pi R^2 = 4\pi \times (7{,}5 \times 10^{-2})^2 = 7{,}1 \times 10^{-2}$ m^2.

La résultante des forces pressantes exercées par le gaz à l'intérieur du ballon sur la paroi est alors $\mathbf{F} = P \times S = 1{,}0 \times 10^5 \times 7{,}1 \times 10^{-2} = \mathbf{7{,}1 \times 10^3}$ **N**.

La force pressante est donc **de l'ordre de 10 kN**.

> **Gagnez des points**
> La surface d'une sphère $S = 4\pi R^2$ est quasi constante entre les parois extérieure et intérieure sur lesquelles s'exercent des forces pressantes de même valeur et des pressions identiques.

Lexique

Force pressante : ensemble de forces réduites à leur force totale exercée sur une surface S modélisant les chocs des molécules de fluide sur S.

FICHE 3

Modélisation d'un fluide : loi de (Boyle-)Mariotte et loi de la statique des fluides

1 Loi de (Boyle-)Mariotte

À retenir

Loi de (Boyle-)Mariotte :

À température et à quantité de matière constantes, la pression d'un fluide est inversement proportionnelle au volume qu'il occupe :

$$PV = \text{constante avec } \begin{cases} P : \text{pression (en Pa)}, \\ V : \text{volume (en m}^3\text{)}. \end{cases}$$

Vidéo
« Loi de Boyle Mariotte »

Pression de dioxygène en montagne

- À température et quantité de fluide constantes, si V_1 est le volume qu'occupe le fluide à pression P_1 et V_2 le volume occupé à pression P_2, on a la relation suivante : $\boldsymbol{P_1V_1 = P_2V_2}$.
- La loi de (Boyle-)Mariotte signifie qu'à température et quantité de matière constantes de fluide, **la pression et le volume ne sont pas des variables indépendantes**. Une augmentation de l'une des variables entraîne une diminution de l'autre.

2 Loi fondamentale de la statique des fluides

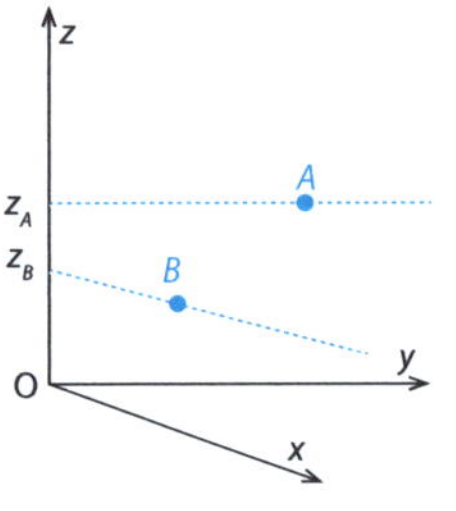

- Soit un repère d'espace (O, x, y, z) avec z l'altitude d'un point d'un fluide homogène, incompressible, au repos dans un champ de pesanteur.

À retenir

Loi fondamentale de la statique des fluides :

La variation de pression entre deux points A et B d'un fluide s'écrit :

$$P_B - P_A = \rho g(z_A - z_B) \text{ avec } \begin{cases} P_A \text{ et } P_B : \text{respectivement les pressions du fluide en } A \text{ et } B \text{ (en Pa)} \\ \rho : \text{masse volumique du fluide (en kg·m}^{-3}\text{)}, \\ g : \text{intensité du champ de pesanteur (en N·kg}^{-1}\text{)}, \\ z_A \text{ et } z_B : \text{respectivement les altitudes de } A \text{ et } B \text{ (en m)}. \end{cases}$$

Remarque

On suppose constantes les valeurs de g et ρ pour tous les points A et B du fluide.

Vidéo
« Loi de la statique des fluides »

- La loi fondamentale de la statique des fluides signifie que la pression du fluide au repos dans un champ de pesanteur diminue quand l'altitude augmente.
- Dans le cas où A et B sont à la même altitude, $z_A = z_B$ et $P_B - P_A = 0$: la pression d'un fluide est **la même en tout point d'un plan horizontal**.

EXERCICE RÉSOLU

> Déterminer la pression d'un fluide

ÉNONCÉ

1. « La pression, en plongée, augmente de 1 bar tous les 10 m de profondeur ».

Vérifier cette affirmation.

2. En déduire la pression à 30 m sous le niveau de la mer. On supposera que la masse volumique de l'eau est de $1{,}0 \times 10^3$ kg·m^{-3}.

Exemple
Dans la vie courante, on peut faire l'expérience de l'augmentation de la pression de l'eau lorsqu'on plonge en profondeur et de la diminution de la pression atmosphérique lorsqu'on monte en altitude.

CORRIGÉ

1. Soit A un point de la surface de l'eau d'altitude nulle ($z_A = 0$) et B un point à 10 m de profondeur ($z_B = -10$ m).

La loi fondamentale de la statique des fluides permet d'écrire entre deux points A et B :

$P_B - P_A = \rho g\,(z_A - z_B)$

$P_B - P_A = 1{,}0 \times 10^3 \times 10 \times (0 + 10)$

$= 1{,}0 \times 10^5$ Pa

en prenant 10 N·kg^{-1} pour la valeur de l'intensité de pesanteur.

Gagnez des points !
L'affirmation propose des ordres de grandeur : prenez une valeur approchée de l'intensité de pesanteur pour simplifier les calculs.

On vérifie bien qu'entre A et B, l'augmentation de pression est de 1 bar = 1×10^5 Pa.

De manière générale, entre deux points A et B tels que $z_A - z_B = +10$ m, on obtient une surpression de 1 bar.

2. La pression au niveau de la mer est de 1 bar. À 30 m de profondeur, on a une surpression de 3 bar, soit une pression totale de $P = 1 + 3 = 4$ bar ou 4×10^5 Pa.

Remarque
La pression atmosphérique est de 1×10^5 Pa = 1 bar.

Lexique

- **Loi de (Boyle-)Mariotte :** relation entre la pression et le volume d'un fluide, dans le cas où la température est constante et la quantité de matière de fluide conservée.
- **Loi fondamentale de la statique des fluides :** relation entre la variation de pression d'un fluide et la variation d'altitude.

CARTE MENTALE

> Fluide

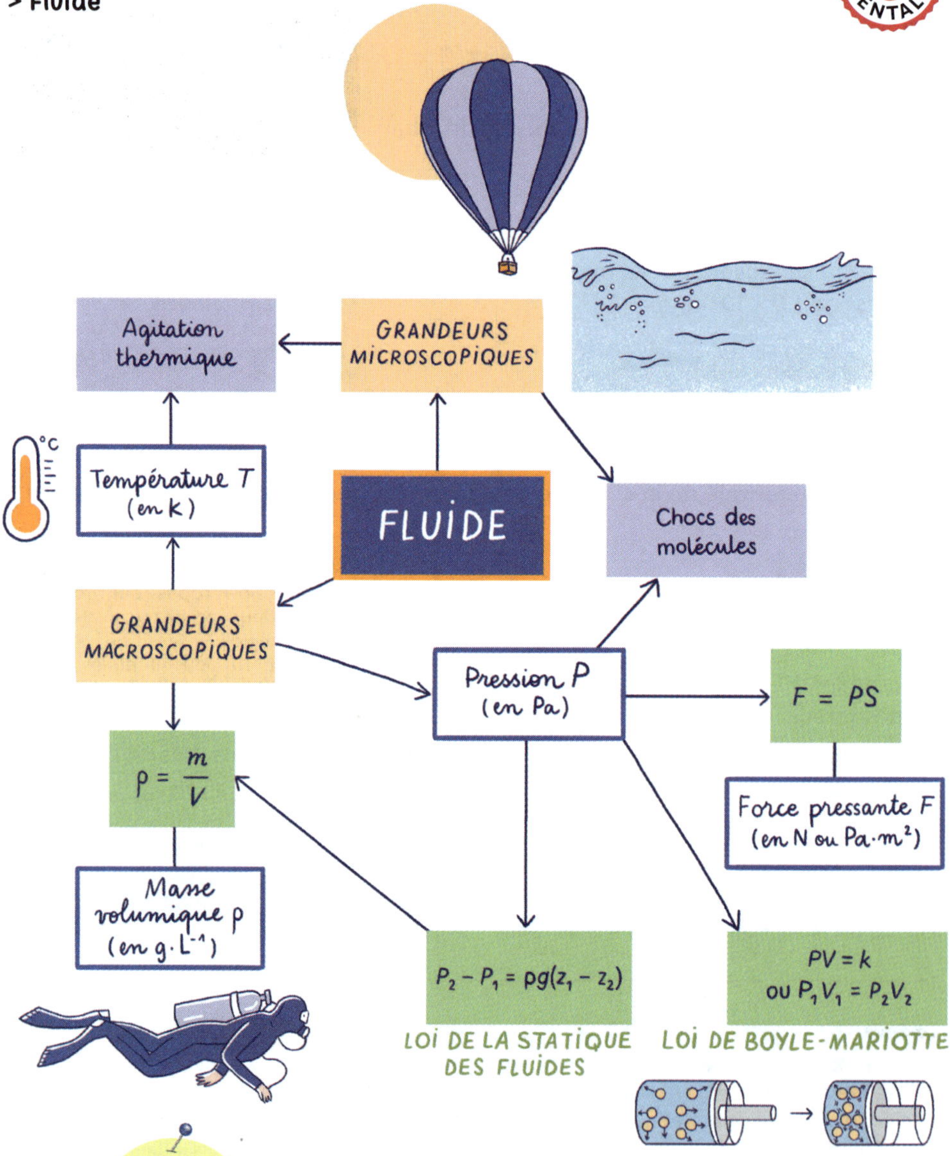

N'hésite pas à construire ta propre carte mentale

Fiche test 1 — Ce que je sais

QCM

15 min

- À revoir
- Acquis

Pour chaque question, déterminer la (ou les) bonne(s) réponse(s).
Chaque question peut rapporter : 1 point si la réponse ne comporte aucune erreur ; 0,5 point dans le cas d'une erreur ; 0 point dans le cas de deux erreurs ou plus.

1 Dans le modèle d'un fluide :

- **a.** il existe un grand nombre de molécules.
- **b.** les molécules sont sans interaction les unes par rapport aux autres.
- **c.** les molécules sont de petites dimensions.

FICHE 1 p. 146

2 Un fluide peut être modélisé par un ensemble de molécules à l'échelle :

- **a.** macroscopique.
- **b.** mésoscopique.
- **c.** microscopique.

FICHE 1 p. 146

3 Parmi les grandeurs macroscopiques se trouvent :

- **a.** la température et la pression du fluide.
- **b.** la masse volumique du fluide.
- **c.** le volume du fluide.

FICHE 1 p. 146

4 La force pressante exercée sur une surface *S* :

- **a.** a une valeur qui s'exprime en newtons.
- **b.** ne dépend pas de l'aire de la surface *S*.
- **c.** est un vecteur perpendiculaire à la surface *S*.

FICHE 2 p. 148

5 La pression d'un fluide en équilibre enfermé dans une enceinte de volume *V* :

- **a.** correspond aux chocs des molécules entre elles à l'intérieur de l'enceinte.
- **b.** correspond aux chocs des molécules sur la paroi de l'enceinte.
- **c.** diffère d'un endroit à un autre.

FICHE 2 p. 148

6 La loi de Boyle-Mariotte :

- **a.** signifie que la pression et le volume du fluide sont proportionnels.
- **b.** est telle que *k* est sans unité.
- **c.** n'est valable qu'à température et quantité de matière de fluide constantes.

FICHE 3 p. 150

7 On considère un fluide de pression *P* et la force pressante $\vec{F}$ qu'il exerce sur une paroi d'aire *S*.

- **a.** Si l'on double la valeur de la force pressante, la pression *P* double pour une surface constante.
- **b.** Une pression de 1 bar correspond à une force de norme 1 N sur une surface d'aire 1 m^2.
- **c.** La pression est proportionnelle à l'aire de la surface.

FICHE 2 p. 148

8 La loi de Boyle-Mariotte peut s'écrire $P_1V_1 = P_2V_2$.

- **a.** Les indices 1 et 2 signifient qu'il s'agit de deux situations différentes.
- **b.** Si l'on connaît P_1, V_1 et V_2, on peut calculer la pression P_2.
- **c.** Le produit *PV* a toujours la même valeur.

FICHE 3 p. 150

9 Pour un fluide donné dont on mesure la pression à deux altitudes différentes, la loi de la statique des fluides est une loi de proportionnalité entre :

- **a.** la variation de pression et l'intensité de pesanteur.
- **b.** la variation de pression et la variation d'altitude.
- **c.** la variation d'altitude et la masse volumique.

FICHE 3 p. 150

10 On considère la pression sous-marine à deux altitudes différentes.

- **a.** La pression suit la loi de la statique des fluides tant que le fluide est incompressible.
- **b.** Si l'altitude augmente, la pression augmente.
- **c.** L'altitude sous-marine est une grandeur négative.

FICHE 3 p. 150

SCORE : ___ / 10

1 Déterminer la force pressante exercée par un fluide sur une surface plane S soumise à la pression P

ÉNONCÉ

Les parois d'un parallélépipède de faibles dimensions $L \times \ell \times h$ sont soumises à une pression P exercée par un fluide au repos.

Déterminer la valeur de la force pressante sur chacune des parois du parallélépipède et la représenter.

On supposera la hauteur du parallélépipède suffisamment petite pour considérer la pression identique en tout point du fluide.

PROCÉDURE

1. Pour chaque paroi, exprimer la surface en fonction des dimensions du parallélépipède.
2. En utilisant la relation entre la pression P, la valeur de la force pressante F et la surface S, en déduire F pour chaque paroi.
3. La force pressante étant une force, elle est représentée par un vecteur sortant perpendiculaire à chaque paroi.

CORRIGÉ

1 Les parois ont des surfaces différentes : S_1 est la surface $\ell \times h$, S_2 est la surface $L \times \ell$ et S_3 (non représentée sur le schéma) la surface $L \times h$.

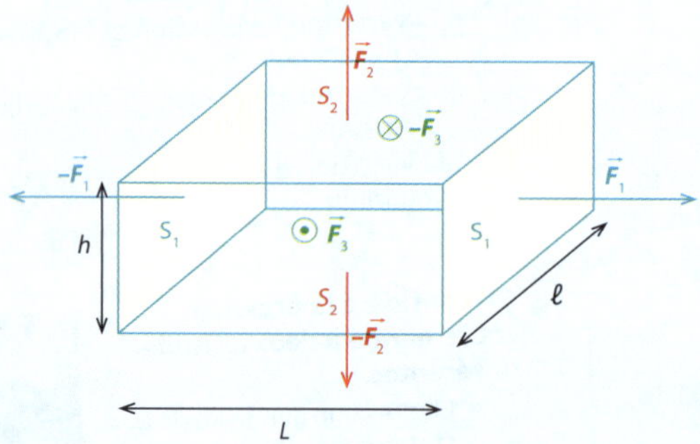

Gagnez des points

La convention pour représenter un vecteur venant vers vous est un point dans un cercle (voir $\vec{F}_3$), alors que la représentation d'un vecteur qui s'éloigne de vous est une croix dans un cercle (voir $-\vec{F}_3$).

2 En supposant la pression constante, les trois valeurs de force pressante exercée sur S_1, S_2 et S_3 sont respectivement : $F_1 = PS_1 = P \times \ell \times h$, $F_2 = PS_2 = P \times L \times \ell$ et $F_3 = PS_3 = P \times L \times h$.

3 Sans souci d'échelle, les vecteurs forces pressantes sont opposés deux à deux. Chaque vecteur est un vecteur sortant (dirigé du fluide vers l'extérieur) perpendiculaire à chaque paroi.

Méthode

② Déterminer la courbe de la pression d'un fluide en fonction de l'altitude

ÉNONCÉ

Un plongeur est équipé d'une montre pouvant supporter une pression maximale de 5 bar. Il désire connaître la pression dans l'eau en fonction de la profondeur pour savoir s'il peut plonger en eaux profondes.

Jusqu'à quelle profondeur le plongeur peut-il nager sans risquer de détériorer sa montre ?

On prendra comme origine l'altitude au niveau de la mer, $\rho = 1{,}025 \times 10^3\ \text{kg}\cdot\text{m}^{-3}$ la masse volumique de l'eau et $P_0 = 1{,}015 \times 10^5$ Pa.

PROCÉDURE

1. Appliquer la loi fondamentale de la statique des fluides en supposant le fluide incompressible au repos dans un champ de pesanteur uniforme.
2. En déduire l'expression de l'altitude z en fonction de la pression.
3. Calculer l'altitude correspondant à la pression maximale supportée par la montre.
4. En déduire la profondeur maximale.

CORRIGÉ

① Au niveau de la mer, $z = 0$ et l'eau est en équilibre avec l'atmosphère d'où $P = P_0$.

En utilisant la loi fondamentale de la statique des fluides, on a :

$$P - P_0 = \rho g(z_0 - z)$$

② On en déduit $P - P_0 = -\rho g z$ (fonction affine) avec $z < 0$,

soit $z = \dfrac{P_0 - P}{\rho g}$.

③ $\rho = 1{,}025 \times 10^3\ \text{kg}\cdot\text{m}^{-3}$, $g = 9{,}8\ \text{N}\cdot\text{kg}^{-1}$,
$P_0 = 1{,}015 \times 10^5$ Pa, $P = 5 \times 10^5$ Pa d'où :

$$z = \frac{1{,}015 \times 10^5 - 5 \times 10^5}{1{,}025 \times 10^3 \times 9{,}8} = -39{,}67\ \text{m}$$

soit $z = -4 \times 10^1$ m en ne gardant qu'un chiffre significatif.

④ La profondeur maximale que peut supporter la montre est donc d'environ une quarantaine de mètres.

Piège à éviter
L'altitude au-dessous du niveau de la mer est négative, alors que la profondeur, valeur absolue de l'altitude, est positive.

Gagnez des points
Proposez un résultat numérique en accord avec la précision donnée par le constructeur de la montre.

EXERCICES D'APPLICATION

1 Une bouteille d'air comprimé

Les bouteilles de plongée les plus couramment utilisées contiennent entre 4 et 20 L d'air comprimé. Une de ces bouteille, appelée « bloc » dans le langage des plongeurs, a un volume V = 12 L.

La bouteille peut être assimilée à un cylindre dont le fond est un disque plat de 20 cm de rayon et contient de l'air comprimé sous une pression P = 150 bar. On prendra la pression atmosphérique égale à P_0 = 1,0 bar.

1. Quelle est la valeur de la force pressante interne exercée par l'air comprimé sur le fond de la bouteille ?
2. Quelle est la valeur de la force pressante externe exercée par l'air ambiant sur le fond de la bouteille ? Conclure.
3. Quel serait le volume V_0 occupé par la même quantité de gaz contenu dans la bouteille, à la même température, si la pression était égale à P_0 au niveau de la mer ?
4. Quel serait le volume V' occupé par le gaz à 30 m de profondeur en supposant que la température n'a pas varié ?

Données :
- Masse volumique de l'eau de mer : ρ = 1,025 kg·L^{-1}.
- Intensité de pesanteur : g = 9,8 N·kg^{-1}.

2 Pression en fonction de la profondeur

EXERCICE À CARACTÈRE EXPÉRIMENTAL

Lors d'une séance d'activité expérimentale, des élèves mesurent, à l'aide d'un pressiomètre, la pression à l'intérieur d'une éprouvette graduée remplie d'eau (voir ci-contre). Ils réalisent un certain nombre de mesures de la pression à différentes profondeurs par rapport à la surface libre. La profondeur étant définie comme la distance positive à la surface libre, le tableau ci-après récapitule leurs résultats :

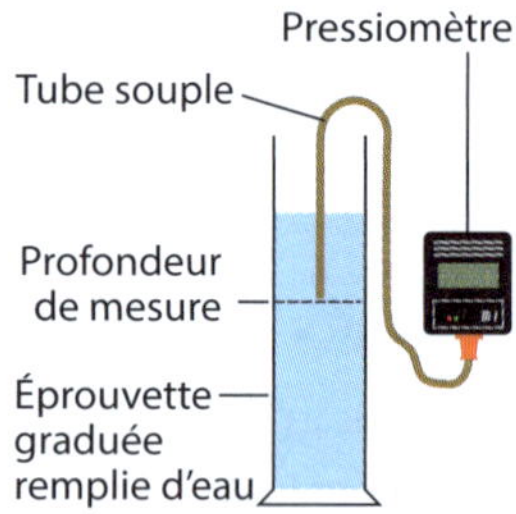

Profondeur h (cm)	0	20	35	50	70	100	150
Pression P (hPa)	1 013	1 032	1 048	1 055	1 084	1 112	1 166

1. Tracer la courbe de la pression en fonction de la profondeur et la modéliser.
2. En déduire les valeurs caractéristiques de cette fonction.
3. Retrouver la loi fondamentale de la statique des fluides.

Fiche test 2 *Ce que je sais faire*

QCM

30 min

- À revoir
- Acquis

Pour chaque question, déterminer la (ou les) bonne(s) réponse(s).
Chaque question peut rapporter : 1 point si la réponse ne comporte aucune erreur ; 0,5 point dans le cas d'une erreur ; 0 point dans le cas de deux erreurs ou plus.

1 Déterminer une masse volumique

On prélève un échantillon de $V = 200{,}0$ mL d'eau salée que l'on pèse lors d'une séance de travaux pratiques de chimie : $m = 206{,}1$ g.
Sa masse volumique est :

- **a.** proche de celle de l'eau pure, soit environ 1,0 kg·L^{-1}.
- **b.** égale à 1,031 g·mL^{-1}.
- **c.** égale à 1 031 kg·m^{-3}.

FICHE 1 p. 146

2 Déterminer une force pressante

On assimile un ballon de baudruche gonflé à une sphère de 20,0 cm de diamètre.
La pression atmosphérique est de 998 hPa.

- **a.** La force pressante a une norme de $9{,}98 \times 10^3$ N sur une surface de 1 cm^2.
- **b.** La surface de la sphère est de 0,126 m^2.
- **c.** La force pressante exercée sur une surface équivalente à la totalité de la surface du ballon a une norme de $1{,}26 \times 10^5$ N.

Donnée : surface d'une sphère de rayon R
$S = 4\pi R^2$.

FICHE 2 p. 148

3 Déterminer un volume

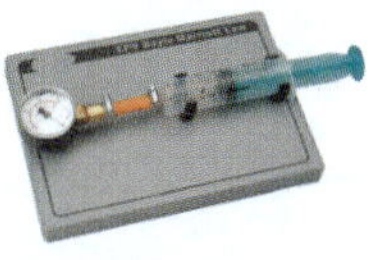

En séance de travaux pratiques, on utilise une seringue que l'on remplit avec un volume $V_1 = 30{,}0$ mL d'air.
Le fluide n'est pas comprimé. La seringue est reliée à un pressiomètre qui indique $P_1 = 1\,003$ hPa. On agit sur le piston de la seringue pour modifier la pression.
Soit P_2 cette nouvelle pression.

- **a.** P_1 correspond à la pression atmosphérique au moment de l'expérience.
- **b.** Si $P_2 = 1\,020$ hPa, alors le fluide est comprimé dans un volume que l'on peut calculer par un produit en croix, soit $V_2 = 30{,}5$ mL.
- **c.** Si $P_2 = 900$ hPa, alors $V_2 = 33{,}4$ mL.

FICHE 3 p. 150

4 Déterminer une pression

On s'intéresse à une bouteille d'air comprimé de 15 L à $1{,}5 \times 10^7$ Pa.
Si l'on faisait sortir tout l'air qu'elle contient à l'air libre :

- **a.** l'air échappé serait à la pression atmosphérique d'environ 10^5 Pa.
- **b.** l'air occuperait un volume proportionnel à la variation de pression.
- **c.** le volume d'air que l'on pourrait récupérer serait de plus de 2 000 L.

FICHE 3 p. 150

5 Déterminer une pression en fonction de l'altitude de mesure

Une bouteille souple de 1,0 L remplie d'air est solidement attachée à 3,0 m de profondeur au fond d'une piscine.

- **a.** La pression à laquelle elle est initialement remplie est la pression atmosphérique.
- **b.** La pression dans la bouteille au fond de la piscine est d'environ 1,3 bar.
- **c.** La pression dans la bouteille au fond de la piscine est très peu différente de sa pression initiale, car la masse volumique de l'air est faible.

Données : masse volumique de l'air $\rho_{air} = 1{,}3$ g·L^{-1} ; masse volumique de l'eau $\rho_{eau} = 1{,}0$ kg·L^{-1} ; intensité de pesanteur $g = 9{,}8$ N·kg^{-1}.

FICHE 3 p. 150

SCORE : ____ / 5

VERS LE BAC

3 Baromètre de Torricelli

Le baromètre de Torricelli est le premier baromètre au mercure conçu en 1643.

Ce baromètre utilisait un tube de 1 mètre de long initialement rempli de mercure et retourné dans une cuve contenant le même fluide. Ce dernier est supposé incompressible et indilatable.

En contact avec l'air atmosphérique à la surface libre de la cuve, la colonne de mercure s'abaissait dans le tube, pour atteindre une hauteur h.

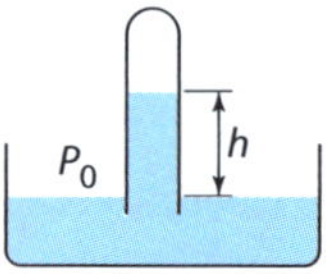

1 Calculer la hauteur h dans le tube si la pression atmosphérique est de 1,0 atm.

On trouve dans la littérature l'indication suivante : « pression atmosphérique $P = 760$ mmHg ».

2 La réponse à la question précédente est-elle en accord avec cette affirmation ?

3 Pourquoi ne pouvait-on pas utiliser d'eau pour ce type de baromètre ?

Données :
- Conversion d'une atmosphère en pascals : 1,0 atm = $1{,}013 \times 10^5$ Pa.
- Masse volumique du mercure : $\rho = 13{,}6$ kg·L^{-1}.
- Intensité de pesanteur : $g = 9{,}8$ N·kg^{-1}.

4 Masse volumique de l'huile

On se propose de mesurer la masse volumique de l'huile utilisée dans le groupe hydraulique d'une voiture.

On mesure la pression p dans l'huile pour différentes valeurs de la profondeur z. Les valeurs et le graphique sont consignés ci-après :

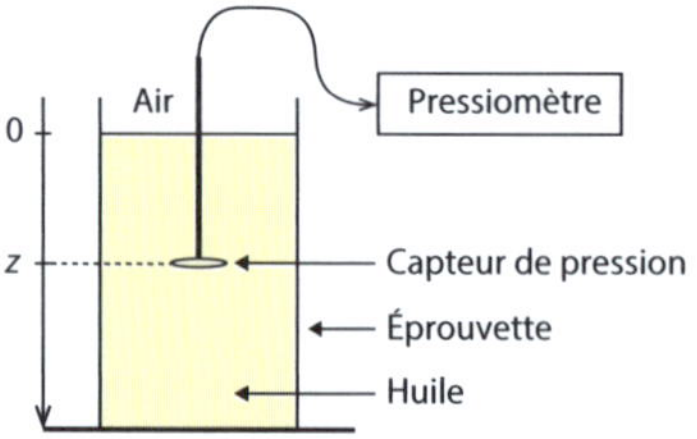

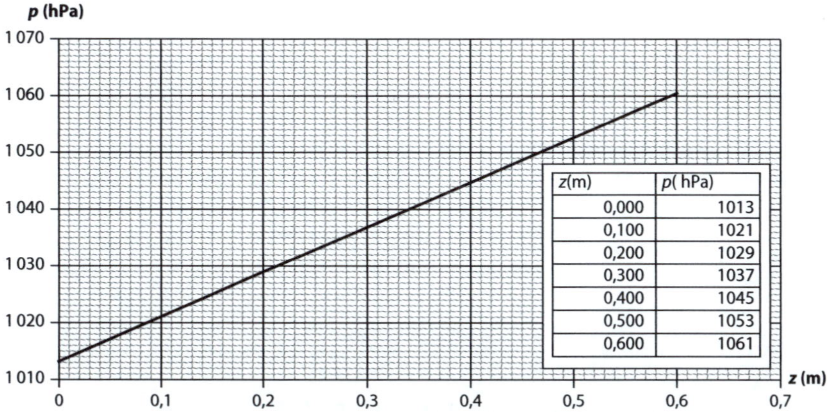

z(m)	p(hPa)
0,000	1013
0,100	1021
0,200	1029
0,300	1037
0,400	1045
0,500	1053
0,600	1061

Pression p dans l'huile en fonction de la profondeur z

1 À quelle profondeur z_1 correspond une pression p_1 = 1 040 hPa ?

La pression p peut se mettre sous la forme : $p = \rho \times g \times z + p_0$.
ρ est la masse volumique de l'huile (en $kg \cdot m^{-3}$), g est l'intensité de la pesanteur (g = 9,81 $N \cdot kg^{-1}$) et p_0 une pression de valeur constante (en Pa).

2 À l'aide du graphique précédent, déterminer la valeur de la pression p_0. Que représente cette pression ?

3 Déterminer la masse volumique ρ de l'huile.

On se propose d'écrire le résultat d'une mesure de pression p sous la forme : $p = m \pm \Delta p$ où m est le résultat d'une mesure et Δp l'incertitude sur p.

4 Estimer l'incertitude maximale de lecture a, sur la mesure de la pression 1 013 hPa effectuée avec un pressiomètre de la société Jeulin® compte tenu des données ci-après.

<u>**Caractéristiques du pressiomètre INITIO® de la société Jeulin**</u>

– Précision : 2 % de la mesure ± 4 hPa	(dépendance vis-à-vis de la valeur mesurée)
– Résolution : 1 hPa	(dépendance vis-à-vis de l'électronique de l'appareil)

5 Calculer l'incertitude Δp pour un niveau de confiance de 95 % telle que : $\Delta p = \frac{2a}{\sqrt{3}}$. En déduire le résultat final de la pression p sous la forme $p = m \pm \Delta p$.

Le calcul d'incertitude est également conduit avec la profondeur z et l'intensité de la pesanteur g. On obtient alors, après calcul, l'incertitude sur la mesure de la masse volumique ρ. On trouve $\Delta\rho$ = 33 $kg \cdot m^{-3}$.

6 Évaluer la précision relative de la mesure de ρ dans ces conditions.

7 Le résultat trouvé pour ρ est-il compatible avec celui annoncé par la société Bosch®, à savoir ρ = 812 $kg \cdot m^{-3}$ compte tenu de l'incertitude commise sur ρ ?

Fiche test 3 — *Je fais le point*

VRAI / FAUX

15 min

- À revoir
- Acquis

Indiquer pour chaque proposition si elle est vraie ou fausse.

1. Un gaz est modélisé par un ensemble de molécules à l'échelle microscopique et par un fluide continu à l'état macroscopique.	○ Vrai	○ Faux
2. La masse volumique de l'air est 1,3 $g \cdot L^{-1}$, soit 1,3 $kg \cdot m^{-3}$.	○ Vrai	○ Faux
3. La force pressante est une grandeur qui s'exprime en $Pa \cdot m^{-2}$.	○ Vrai	○ Faux
4. La pression d'un fluide en équilibre avec son milieu extérieur est homogène et égale à celle du milieu extérieur.	○ Vrai	○ Faux
5. La loi de Boyle-Mariotte est une loi de proportionnalité.	○ Vrai	○ Faux
6. La loi de Boyle-Mariotte permet de calculer le volume occupé par un gaz qui a été comprimé, dans la mesure où la température et la quantité de matière restent inchangées, et que l'on connaît le couple (P, V) d'une situation initiale, ainsi que la pression à laquelle le gaz est comprimé.	○ Vrai	○ Faux
7. Dans un fluide, la pression et le volume sont indépendants l'un de l'autre.	○ Vrai	○ Faux
8. Dans la loi de Boyle-Mariotte $PV = k$, k est une constante et s'exprime en $Pa \cdot m^3$.	○ Vrai	○ Faux
9. La loi de la statique des fluides permet de déterminer la variation de pression que nous subissons lorsque nous allons à la montagne.	○ Vrai	○ Faux
10. En plongée sous-marine, pour chaque variation de profondeur de 10 m, la pression varie de 1 bar, la pression augmentant au fur et à mesure que l'on s'éloigne de la surface de l'océan.	○ Vrai	○ Faux

SCORE : ____ / 10

Corrigés

Fiche test 1 Ce que je sais

1. a), b) et c) *Toutes les réponses sont correctes.* Un fluide est constitué d'un grand nombre de molécules de petite taille, indépendantes les unes des autres. FICHE 1 p. 146

2. c) La modélisation discrète est une modélisation à l'échelle microscopique. FICHE 1 p. 146

Remarque

La modélisation continue est celle des échelles méso et macroscopique.

3. a), b) et c) *Toutes les réponses sont correctes.* La pression, la température, le volume et la masse volumique sont des grandeurs mesurables à notre échelle. FICHE 1 p. 146

4. a) et c) La force pressante est une force, donc sa norme s'exprime en newtons. Le vecteur est perpendiculaire à la surface considérée et dépend de l'aire de cette dernière. Plus la surface est importante, plus la force pressante est grande. FICHE 2 p. 148

5. a) et b) La pression est l'image macroscopique des chocs entre molécules de fluide ou entre les molécules de fluide et celles de la paroi.
Le fluide étant en équilibre, la pression est la même dans tout le volume de fluide.
FICHE 2 p. 148

6. a) $F = PS$: pour une aire S fixée, la pression P et la norme F de force pressante sont proportionnelles. Si l'on double l'une, on double l'autre. Si $F = 1$ N et $S = 1$ m², alors $P = 1$ Pa. FICHE 3 p. 150

L'astuce du prof

Toutes les formules mathématiques proposées ont leur application numérique dans les unités du système international.

7. c) La loi de Boyle-Mariotte nécessite un fluide à température fixée et une quantité de matière donnée.
La constante k est homogène à une pression multipliée par un volume, elle s'exprime en $\text{Pa}\cdot\text{m}^3$. Cela signifie aussi que la pression et le volume sont inversement proportionnels l'un à l'autre. FICHE 2 p. 148

Gagnez des points

Deux grandeurs A et B sont proportionnelles si on peut écrire $A = kB$, avec k constante pendant toute la durée de l'expérience.

8. a), b) et c) *Toutes les réponses sont correctes.* FICHE 2 p. 148

9. b) La loi de la statique des fluides est une loi de proportionnalité entre la variation de pression et la variation d'altitude qui la produit. FICHE 3 p. 150

10. a) et c) Lorsqu'il y a différence d'altitude dans un fluide incompressible, sa variation de pression est régie par la loi de la statique des fluides.
Dans le cas de l'altitude sous-marine, elle est comptée négativement à partir du niveau de la mer. FICHE 3 p. 150

EXERCICES D'APPLICATION

① Une bouteille d'air comprimé

1. La bouteille d'air comprimé a un fond en forme de disque plat de surface $S = \pi R^2$.

La force pressante interne a donc pour valeur :

$F_{int} = P_{int}S$.

$F_{int} = 150 \times 10^5 \times \pi \times (20 \times 10^{-2})^2$

$F_{int} =$ **$1{,}9 \times 10^6$ N** en ne gardant que 2 chiffres significatifs. FICHE 2 p. 148

2. La force pressante externe a donc pour valeur :

$F_{ext} = P_{ext} \times S$ avec P_{ext} la pression atmosphérique de l'air ambiant.

En supposant $P_{ext} = P_0 = 1{,}0$ bar $= 1{,}0 \times 10^5$ Pa, alors :

$F_{ext} = 1{,}0 \times 10^5 \times \pi \times (20 \times 10^{-2})^2$.

$F_{ext} = 1{,}3 \times 10^4$ N en ne gardant que 2 chiffres significatifs.

Remarque
La force pressante interne est 150 fois plus importante que la force pressante externe.

Les **valeurs des forces pressantes interne et externe ne sont pas identiques** : la paroi de la bouteille n'est donc pas soumise à des forces pressantes qui se compensent.

Il est donc nécessaire de fabriquer des bouteilles de plongée en **acier indéformable** sous l'effet d'une différence de forces de pression et donc de pression. FICHE 2 p. 148

3. En considérant que la quantité de matière et la température sont constantes, on peut appliquer la loi de Mariotte : $PV = P_0V_0$.

On en déduit le volume occupé par tout le gaz contenu dans la bouteille à une pression atmosphérique de 1,0 bar :

$$V_0 = \frac{PV}{P_0}$$

Gagnez des points
Si les pressions sont toutes exprimées en bar et le volume en L, on obtient un résultat en L.

$V_0 = \dfrac{150 \times 12}{1{,}0} = 1\,800$ L ou **$V_0 = 1{,}8$ m³** en ne gardant que 2 chiffres significatifs. FICHE 3 p. 150

4. À 30 m de profondeur, la nouvelle pression P' est donnée par la loi fondamentale de la statique des fluides :

$P' - P_0 = \rho g(z_0 - z')$ avec z' l'altitude négative à 30 m de profondeur.

À retenir
Pour chaque profondeur supplémentaire de 10 m, la surpression est de l'ordre de 1 bar ou 10^5 Pa.

On a donc :

$P' = \rho g(z_0 - z') + P_0 = -\rho g z' + P_0 = -1{,}025 \times 10^3 \times 9{,}8 \times (-30) + 1{,}0 \times 10^5$

$P' = 4{,}0 \times 10^5$ Pa.

Si on libérait la totalité du gaz contenu dans la bouteille à 30 m de profondeur, en supposant la température inchangée, le volume V' serait tel que :

$P'V' = PV = P_0V_0$

Soit $V' = \dfrac{PV}{P'} = \dfrac{150 \times 12}{4{,}0} = 450$ L.

$V' = 4{,}5 \times 10^2$ L avec 2 chiffres significatifs. FICHE 3 p. 150

À retenir
En appliquant la loi de Boyle-Mariotte entre le niveau de la mer et un point à 30 m de profondeur.

② Pression en fonction de la profondeur

1. En utilisant un tableur grapheur, on obtient la courbe ci-après à partir des mesures effectuées par les élèves :

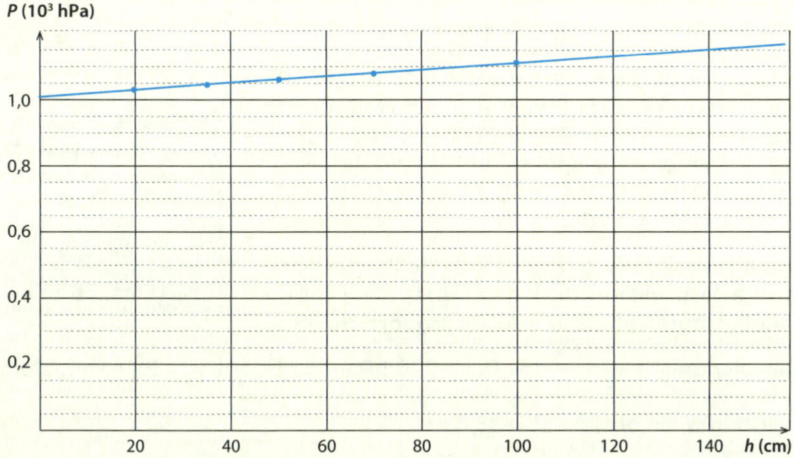

2. La modélisation permet d'obtenir une équation numérique pour $P = f(h)$ de la forme :
$P = \alpha h + b$ avec $\alpha = 1{,}02 \text{ hPa·cm}^{-1} = 10{,}2 \times 10^3 \text{ Pa·m}^{-1}$ et $b = 1{,}01 \times 10^3 \text{ hPa} = 1{,}01 \times 10^5 \text{ Pa}$.
L'équation numérique dans les unités du système international (P en Pa et h en m) est donc :
$\boldsymbol{P = 10{,}2 \times 10^3 \times h + 1{,}01 \times 10^5}$.

Remarque
Un tableur grapheur indiquerait une valeur de α en $\text{kg·m}^{-2}\text{·s}^{-2}$ qui correspond à des Pa·m^{-1}.

3. La loi fondamentale de la statique des fluides s'écrit dans le cas de cette expérience :
$P - P_0 = \rho g(z_0 - z)$ avec z l'altitude négative par rapport à la surface libre.
On a donc $z_0 = 0$ et $z = -h$, soit alors $P - P_0 = \rho g h$.
Finalement, on obtient bien une relation du type $P = \rho g h + P_0$ avec :
- $P_0 = 1{,}0 \times 10^5$ Pa
- $\rho g = 1{,}0 \times 10^3 \times 9{,}8 = 9{,}8 \times 10^3 \text{ Pa·m}^{-1}$ en considérant une masse volumique de l'eau $\rho = 1{,}0 \times 10^3 \text{ kg·m}^{-3}$ et $g = 9{,}8 \text{ N·kg}^{-1}$.

Par identification avec la modélisation, on retrouve $P_0 = b$ en ne considérant qu'une précision à 2 chiffres significatifs et $\rho g = 9{,}8 \times 10^3 \text{ Pa·m}^{-1}$ peu différent de la valeur de $\alpha = 10{,}2 \times 10^3 \text{ Pa·m}^{-1}$, la différence étant en partie due aux incertitudes de mesures réalisées par les élèves. FICHE 3 p. 150
L'écart relatif entre les deux valeurs de ρg et de α est :

$$\frac{|\rho g - \alpha|}{\rho g} = \frac{|1{,}0 \times 10^3 \times 9{,}8 - 10{,}2 \times 10^3|}{1{,}0 \times 10^3 \times 9{,}8} = 4{,}1\ \% < 5\ \%.$$

C'est une valeur acceptable dans les conditions de cette expérience.

Gagnez des points
Pour comparer deux valeurs, il faut calculer l'écart relatif, soit ici entre les valeurs de ρg et de α : $\frac{|\rho g - \alpha|}{\rho g}$.

Fiche test 2 — Ce que je sais faire

1. a), b) et c) *Toutes les réponses sont correctes.* La masse volumique de l'eau salée est proche de celle de l'eau pure et vaut $\rho = \frac{m}{V} = \frac{206,1}{200,0}$ soit $\rho = 1,031\ g{\cdot}mL^{-1} = 1,031\ kg{\cdot}L^{-1} = 1\ 031\ kg{\cdot}m^{-3}$. FICHE 1 p. 146

> **Remarque**
> $1\ m^3 = 10^3\ L$.

2. b) et c) La norme de la force pressante est $F = PS$ d'où $F = 9,98 \times 10^5 \times 1 \times 10^{-4} = 9,98 \times 10^1 = 99,8$ N pour une surface de $1\ cm^2 = 1 \times 10^{-4}\ m^2$. Dans le cas où l'on considère toute la surface de la sphère de 10,0 cm de rayon, soit $S = 4\pi R^2 = 4\pi(10 \times 10^{-2})^2 = 0,126\ m^2$, on obtient bien : $F = 9,98 \times 10^5 \times 0,126 = 1,26 \times 10^5$ N. FICHE 2 p. 148

> **Remarque**
> Vous pouvez utiliser la loi de Boyle-Mariotte avec des unités qui ne sont pas celles du système international, dans la mesure où elles restent cohérentes entre elles.

3. a) et c) La pression du gaz au début de l'expérience correspond à la pression de l'air ambiant. La loi de Boyle-Mariotte, qui n'est pas une loi de proportionnalité, permet de calculer V_2 : $V_2 = \frac{P_1V_1}{P_2}$. Si $P_2 = 1020$ hPa, on obtient $V_2 = 29,5$ mL, alors que pour $P_2 = 900$ hPa, on obtient $V_2 = 33,4$ mL. FICHE 3 p. 150

4. a) et c) L'air échappé a une pression qui correspond à celle du lieu, soit la pression atmosphérique. La loi de Boyle-Mariotte permet de calculer le volume et n'est pas une loi de proportionnalité. On obtient alors $P_2 = \frac{P_1V_1}{V_2} = \frac{1,5 \times 10^7 \times 15}{1 \times 10^5} = 2\ 250$ L.
FICHE 3 p. 150

5. a) et b) La pression initiale est la pression atmosphérique du lieu et celle au fond de la piscine est celle à $z = -3$ m de profondeur. La pression interne de la bouteille s'équilibre avec la pression externe de l'eau, car il s'agit d'une bouteille souple. On obtient $\Delta P = \rho g \Delta z = 1\ 000 \times 9,8 \times 3 = 0,294 \times 10^5$ Pa ou 0,294 bar, soit une pression totale de $1 + 0,294 = 1,294$ bar ou 1,3 bar avec deux chiffres significatifs. FICHE 3 p. 150

> **À retenir**
> La pression sous l'eau augmente de 1 bar tous les 10 m.

VERS LE BAC

③ Baromètre de Torricelli

> **Gagnez des points**
> Pensez à mettre toutes les valeurs dans les unités du système international, en particulier : $1\ kg{\cdot}L^{-1} = 1 \times 10^3\ kg/m^3$.

1. Initialement, le tube est rempli de mercure puis le niveau du mercure descend, créant un vide d'air : la pression à la surface libre du mercure dans le tube est donc nulle.

En supposant le mercure incompressible, on peut écrire la loi fondamentale de la statique des fluides entre les deux surfaces libres de mercure, l'une à la pression atmosphérique P_0 et l'autre à la pression nulle $P = 0$:

$P_0 - P = P_0 = \rho g(z - z_0) = \rho gh$ soit finalement $P_0 = \rho gh$.

On en déduit $h = \frac{P_0}{\rho g} = \frac{1,013 \times 10^5}{13,6 \times 10^3 \times 9,8}$ soit $\boldsymbol{h = 0,76}$ **m**. FICHE 3 p. 150

2. On retrouve bien qu'une pression de 1 atm correspond à une hauteur de mercure de **0,76 m ou 760 mm** si l'on considère 3 chiffres signicatifs au résultat précédent.

3. Dans le cas d'une colonne d'eau, le calcul effectué à la question **1** devient :

$h = \frac{P_0}{\rho g} = \frac{1,013 \times 10^5}{1,0 \times 10^3 \times 9,8}$ soit $\boldsymbol{h}$ **= 10 m** en considérant une précision à 2 chiffres, soit $h < 1$ m : cette hauteur serait donc trop importante au regard des dimensions du tube de l'expérience. FICHE 3 p. 150

④ Masse volumique de l'huile

1. La lecture graphique permet de conclure que pour une pression p_1 = 1 040 hPa, la profondeur est $\boldsymbol{z_1}$ **= 0,34 m**.

2. Si $p = \rho gz + p_0$, alors $p = p_0$ pour $z = 0$. Le tableau des données montre que pour $z = 0$, $\boldsymbol{p = p_0}$ **= 1 013 hPa**. Cette pression correspond à la pression à la surface libre, interface huile-air : c'est donc la **pression atmosphérique** au moment de l'expérience. FICHE 3 p. 150

3. Le graphique est une fonction affine d'équation $p = \rho gz + p_0$, de coefficient directeur $k = \rho g$. On peut évaluer ce coefficient k en utilisant les deux points (0,1 ; 013) et (0,34 ; 1 040).

On en déduit $k = \frac{1\,040 - 1\,013}{0,34 - 0} = 79$ hPa·m^{-1} en ne prenant que 2 chiffres significatifs.

Or $k = \rho g$ donc $\rho = \frac{k}{g} = \frac{79 \times 10^2}{9,8} = \mathbf{8,1 \times 10^2}$ **kg·m⁻³**. FICHE 3 p. 150

4. On peut lire « Précision : 2 % de la mesure ± 4 hPa » et « Résolution : 1 hPa » donc l'incertitude a correspond à la somme de la précision maximale et de la résolution :

$a = \frac{2}{100} \times 1013 + 4 + 1 = \mathbf{25}$ **hPa**.

> **Remarque**
> L'incertitude maximale cumule la précision maximale et la résolution.

5. $\Delta p = \frac{2a}{\sqrt{3}} = \frac{2 \times 25}{\sqrt{3}} = \mathbf{29}$ **hPa**. On en déduit $\boldsymbol{p}$ **(hPa) = 1 013 ± 29**.

> **Remarque**
> L'incertitude relative sur x est égale à $\Delta x/x$.

6. L'incertitude relative de la mesure de ρ est :

$\frac{\Delta\rho}{\rho} = \frac{33}{8,1 \times 10^2} = 4,1 \times 10^{-2} = \mathbf{4,1\ \%}$.

7. On peut écrire la masse volumique de l'huile sous la forme $\rho = 8,1 \times 10^2 \pm 33$, soit en utilisant la même précision :

$$\mathbf{7,8 \times 10^2\ kg \cdot m^{-3} < \rho < 8,4 \times 10^2\ kg \cdot m^{-3}}$$

Or la valeur proposée par la société Bosch® appartient à cet intervalle. Le résultat trouvé est donc compatible avec la valeur constructeur.

Fiche test 3 *Je fais le point*

1. Vrai. À l'échelle microscopique, la modélisation est discrète, alors qu'elle est continue à l'échelle macroscopique.

2. Vrai. La masse volumique de l'air est de 1,3 $g \cdot L^{-1}$, et 1 $g \cdot L^{-1}$ équivaut à 1 $kg \cdot m^{-3}$.

3. Faux. La force pressante est un vecteur, seule sa norme est une grandeur dimensionnée.

Remarque

$F = PS$: la norme de la force pressante a une unité homogène à des $Pa \cdot m^2$.

4. Vrai. Quand deux milieux sont en équilibre thermostatique, leurs pressions sont identiques.

5. Faux. La loi de Boyle-Mariotte n'est pas une loi de proportionnalité : P est inversement proportionnelle à V. Un produit en croix entre ces deux grandeurs est à bannir !

Piège à éviter

La loi de Boyle-Mariotte n'est pas une loi de proportionnalité entre pressions et volumes d'un fluide !

6. Vrai. Les hypothèses de la loi sont : T et n constantes. La loi permet d'écrire : $V_2 = \frac{P_1 V_1}{P_2}$, que l'on calcule en connaissant (P_1, V_1) et P_2.

7. Faux. La loi de Boyle-Mariotte donne la dépendance entre P et V.

8. Vrai. La constante k est homogène à PV : elle s'exprime en $Pa \cdot m^3$.

9. Vrai. En montagne, l'altitude est plus importante, et la variation ΔP de pression peut être calculée par la loi de la statique des fluides : $\Delta P = \rho g(z_{montagne} - z_0)$ avec ρ la masse volumique de l'air et z_0 l'altitude de départ.

10. Vrai. La loi de la statique des fluides dans les fonds marins s'écrit :
$\Delta P = (P - P_0) = \rho g(z_0 - z) = -\rho g \Delta z$ avec l'indice 0 pour la surface de l'eau et ρ la masse volumique de l'eau.
$|\Delta P| = 1,0 \times 10^3 \times 10 \times 10 = 1,0 \times 10^5$ Pa, soit 1 bar en ayant pris $\Delta z = 10$ m de profondeur et $g = 10$ $N \cdot kg^{-1}$ environ. Le signe «–» montre que la pression augmente lorsqu'on descend en profondeur.

À retenir

En plongée, retenir qu'une variation de 10 m de profondeur entraîne une variation de pression de 1 bar.

Partie 3

L'énergie : conversions et transferts

Chapitre 7 Aspects énergétiques des phénomènes électriques

Ligne de tramway

FICHE 1 Courant électrique 170

FICHE 2 Modèle d'une source idéale de tension et loi d'Ohm 172

FICHE 3 Modèle d'une source réelle de tension 174

FICHE 4 Énergie et puissance électriques 176

FICHE 5 Transferts d'énergie 178

FICHE 6 Bilan énergétique dans un circuit 180

Révision Express 182

Méthodes 184

Exercices 186

VERS LE BAC 188

Corrigés 190

FICHE 1 Courant électrique

1 Porteurs de charge électrique

1. Dans un circuit électrique

- Dans un solide, les porteurs de charge circulant sont les **électrons**. Leur charge est l'opposé de la **charge élémentaire**.
- Dans un circuit électrique, la circulation des électrons est assurée par un générateur électrique ou une pile chimique. Ces derniers jouent le rôle de pompe à électrons.

Remarque
La charge élémentaire se note e et vaut $1{,}6 \times 10^{-19}$ C.

2. Dans une solution électrolytique

- Dans une solution ou un électrolyte, les porteurs de charge sont les ions : les cations sont porteurs de charges positives et les anions de charges négatives. Leur charge est toujours un multiple algébrique de la charge élémentaire.
- Une solution électrolytique est électriquement neutre : il y a autant de charges négatives portées par les anions que de charges positives portées par les cations.
- En solution, la circulation des cations et celle des anions se font en sens inverse l'une de l'autre.

Exemple
La charge portée par un ion baryum Ba^{2+} est $2e = 3{,}2 \times 10^{-19}$ C et celle portée par un ion chorure Cl^- est $-e = -1{,}6 \times 10^{-19}$ C.

2 Débit électronique et intensité du courant

1. Débit d'électrons

- Un débit est défini comme une **quantité de matière par unité de temps**.
- Le débit de charges électriques dans un conducteur correspond à la **quantité d'électrons traversant une section de conducteur pendant une seconde**.

Remarque
1 A correspond à un débit de charges de 1 $C \cdot s^{-1}$, soit $6{,}25 \times 10^{18}$ électrons traversant une section de conducteur par seconde.

2. Intensité du courant électrique

- L'intensité du courant électrique se note I et s'exprime en **ampères de symbole A**.

À retenir
L'intensité d'un courant électrique continu est égale au **débit de charges électriques** en un point d'un circuit.

Lignes électriques

- L'intensité du courant en un point d'un circuit électrique se mesure à l'aide d'un **ampèremètre**. Cet appareil de mesure est toujours placé en série dans le circuit.
- Le symbole normalisé d'un ampèremètre est : —(A)—

Vidéo
« Courant électrique »

EXERCICE RÉSOLU

> Déterminer l'intensité du courant en différents points d'un circuit

ÉNONCÉ

Un circuit électrique est constitué d'un générateur, d'une lampe et de deux conducteurs ohmiques identiques. Un ampèremètre placé au point *A* mesure une intensité du courant continu de 80 mA.

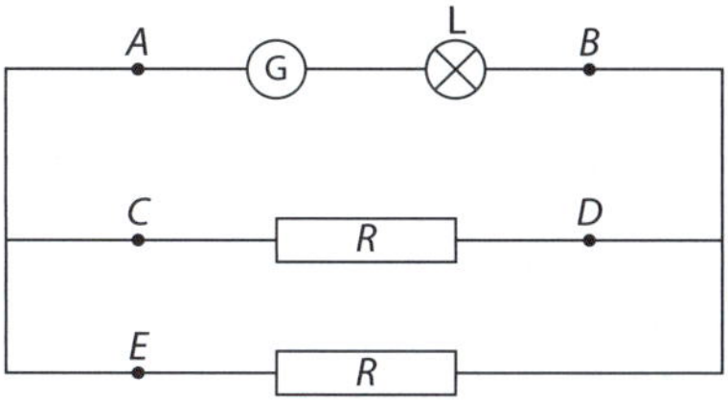

1. Comment doit être placé l'ampèremètre pour faire cette mesure ?

2. Quelle est l'intensité mesurée aux points *B*, *C*, *D* et *E* ? En déduire ce que cela signifie en termes de débit électronique.

CORRIGÉ

1. L'ampèremètre doit être placé au point *A*, en série avec les éléments de cette branche.

2. L'intensité du courant au point *B* est la même qu'au point *A* : [*AB*] correspond à la même branche. $\boldsymbol{I_A = I_B}$ **= 80 mA.**

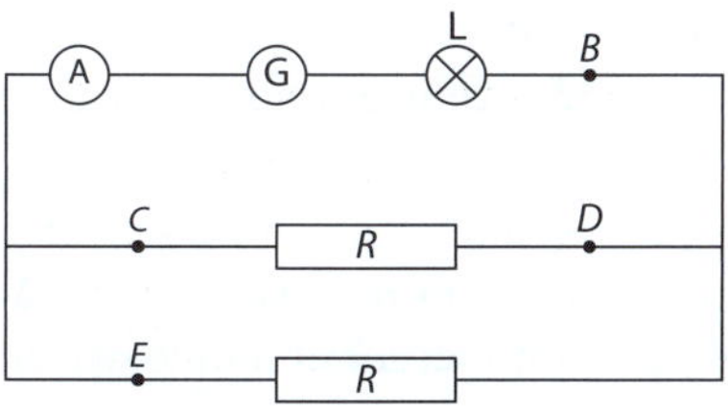

L'intensité en *C* et *D* a la même valeur pour les mêmes raisons que précédemment. Or si les deux conducteurs ohmiques sont identiques, l'intensité du courant délivré par le générateur se répartit également dans les deux branches contenant ces conducteurs.

On en déduit que $\boldsymbol{I_C = I_D = \frac{I_A}{2}}$ **= 40 mA** et $\boldsymbol{I_E = \frac{I_A}{2}}$ **= 40 mA.**

Si l'on se place du point de vue microscopique, le nombre d'électrons produits par le générateur en une seconde est le même que celui qui circule dans la lampe et est divisé par deux dans chaque conducteur ohmique.

Remarque
L'ampèremètre est placé au point *A* comme si on avait ouvert le circuit en ce point et « obligé » les électrons à traverser l'appareil de mesure pour les « compter » pendant une seconde.

Lexique

Charge élémentaire : charge la plus petite sans considérer la sous-structure des protons et neutrons. Elle correspond à la valeur absolue de la charge de l'électron ou à celle du proton.

FICHE 2 Modèle d'une source idéale de tension et loi d'Ohm

1 Source idéale de tension continue

À retenir

Une source idéale de tension continue fournit une **tension E constante** entre ses bornes, quel que soit le courant I débité.

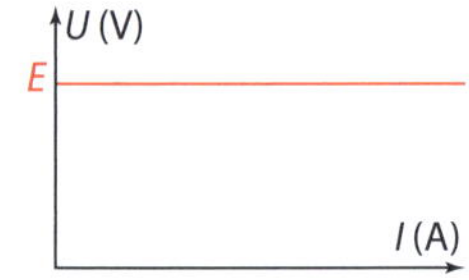

- Sa caractéristique, ou courbe de la tension U à ses bornes en fonction de l'intensité I du courant débité, est une **droite d'équation $U = E$**.
- Le symbole d'un générateur de tension continue idéal est :

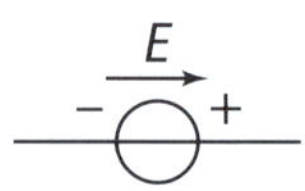

2 Résistance et loi d'Ohm

1. Conducteur ohmique

- Un **conducteur ohmique** est un dipôle dont la tension à ses bornes est **proportionnelle** à l'intensité du courant qui le traverse.
- Sa caractéristique est une **droite passant par l'origine**. Lorsqu'aucun courant ne traverse le dipôle, la tension à ses bornes est nulle : le conducteur ohmique est un **conducteur passif**.

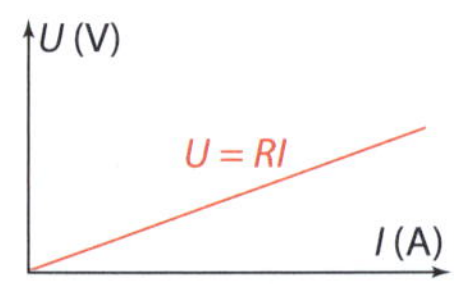

Remarque
Par abus de langage, on parle aussi bien de « conducteur ohmique » que de « résistance ».

2. Loi d'Ohm

À retenir

La **loi d'Ohm** est la relation liant la tension U aux bornes du conducteur ohmique à l'intensité I du courant qui le traverse :

$U = RI$ avec R le coefficient de proportionnalité appelé **résistance** du conducteur ohmique qui s'exprime en ohms (Ω).

- Cette loi est valable lorsque la tension mesurée aux bornes du conducteur est dans le sens opposé à celui du courant électrique. On parle de **convention récepteur**.

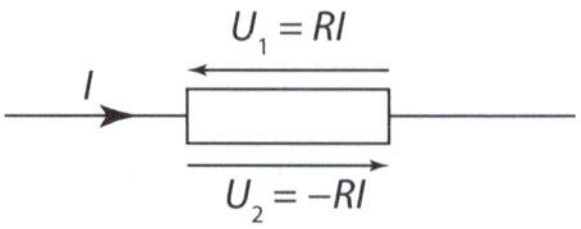

Conducteurs ohmiques dans un circuit électrique

EXERCICE RÉSOLU

> Déterminer la résistance d'un conducteur ohmique

ÉNONCÉ

En séance de travaux pratiques, des élèves réalisent le circuit ci-contre afin de tracer la caractéristique du conducteur ohmique.

À partir des mesures des élèves, tracer la caractéristique du conducteur ohmique et en déduire la valeur de sa résistance *R*.

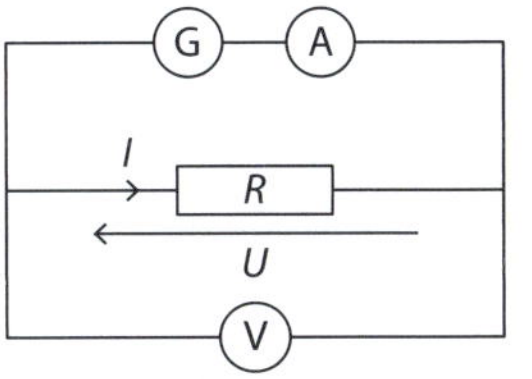

***I* (mA)**	0	14	31	47	63	81
***U* (V)**	0	0,5	1,0	1,5	2,0	2,5

CORRIGÉ

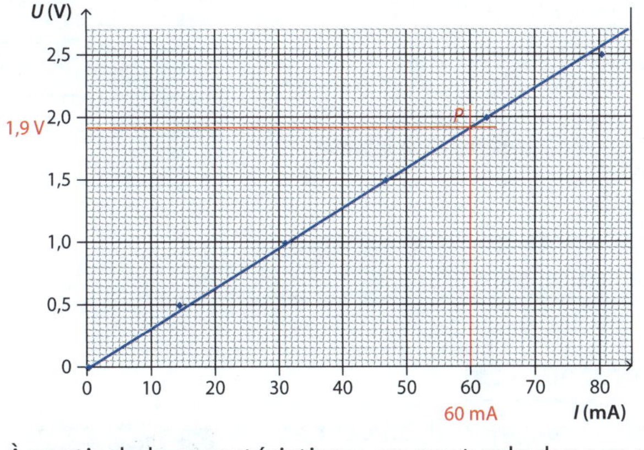

Remarque
La résistance d'un conducteur ohmique est le coefficient directeur de sa caractéristique ou courbe $U = f(I)$.

À partir de la caractéristique, on peut calculer son coefficient directeur en utilisant un point *P* de la droite. $R = \dfrac{y_P - y_O}{x_P - x_O} = \dfrac{1{,}9 - 0}{0{,}060 - 0} = \mathbf{32\ \Omega}$.

Lexique

- **Tension :** différence de potentiel électrique entre deux points d'un circuit électrique.
- **Conducteur ohmique :** dipôle dont la tension à ses bornes est proportionnelle à l'intensité du courant qui le traverse. Par abus de langage, on appelle souvent le conducteur ohmique, résistance.
- **Résistance :** coefficient de proportionnalité entre la tension aux bornes d'un dipôle et l'intensité du courant qui le traverse. La résistance est caractéristique du dipôle.
- **Convention récepteur :** par opposition à la convention générateur, représentation dans laquelle l'intensité du courant traversant un dipôle est de sens opposé à celui de la tension à ses bornes.

FICHE 3

Modèle d'une source réelle de tension

1 Source réelle de tension

1. Caractéristique

De manière générale, tout générateur réel de tension continue délivre une tension relativement stable, qui diminue en fonction de l'intensité du courant débité.

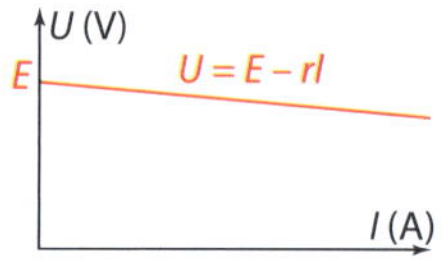

2. Loi de fonctionnement

À retenir

La relation entre la tension aux bornes du générateur et l'intensité du courant débité est de la forme :

$$U = E - rI$$

avec :

– E la tension à vide, c'est-à-dire aux bornes du générateur lorsqu'il ne débite aucun courant. Cette tension à vide se nomme **force électromotrice**, souvent abrégée en fém, elle s'exprime en volts (V) ;

– r qui est homogène à une tension divisée par une intensité, c'est-à-dire à une résistance (loi d'Ohm). C'est la **résistance interne** du générateur, elle s'exprime en ohms (Ω).

Remarque

La présence d'une résistance est responsable de la diminution de la tension délivrée par le générateur lorsque le débit électrique augmente.

Dans la plupart des cas, la résistance interne r d'un générateur non idéal de tension est de l'ordre de quelques ohms.

2 Modélisation d'un générateur réel

- Un générateur de tension continue réel (non idéal) peut être modélisé par un **générateur de tension continue idéal en série avec un conducteur ohmique.**

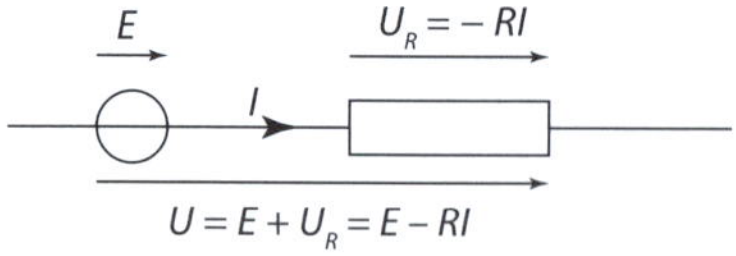

Vidéo « Sources idéale et réelle de tension »

- La tension totale U aux bornes d'un générateur de tension continue réel est la somme de la tension aux bornes du générateur idéal E et de celle aux bornes de la résistance interne R en convention récepteur. On vérifie ainsi que $U = E + (-RI) = E - RI$.

Ensemble de piles

EXERCICE RÉSOLU

> Déterminer la fém et la résistance interne

ÉNONCÉ

À partir de la caractéristique d'une pile ci-dessous, en déduire sa force électromotrice *E* et sa résistance interne *r*.

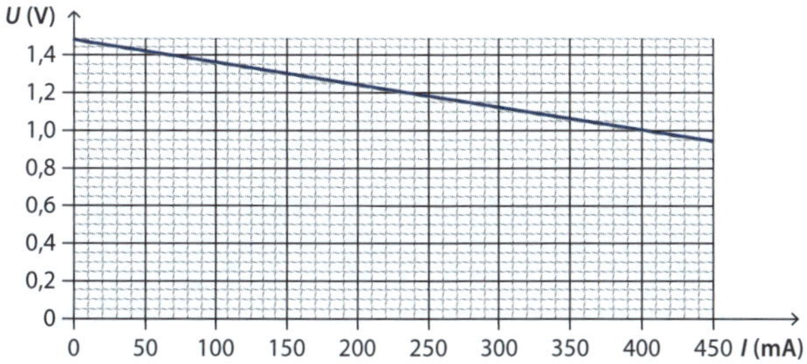

Piles AA et AAA

CORRIGÉ

La loi de fonctionnement d'une pile est $U = E - rI$, avec *E* l'ordonnée à l'origine de la caractéristique $U = f(I)$, et *r* la valeur absolue du coefficient directeur de la droite.

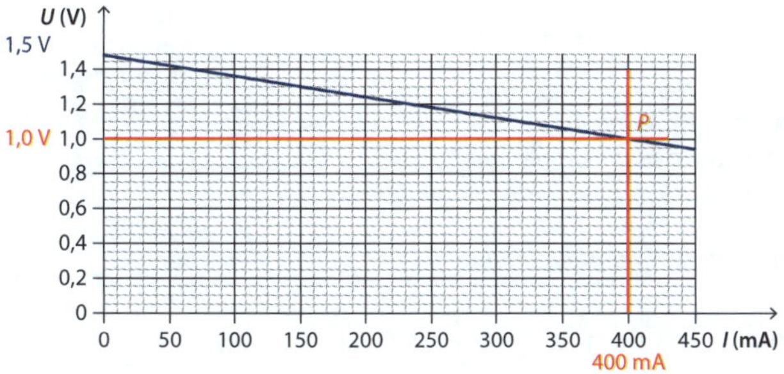

L'astuce du prof
Choisissez un point *P* sur la droite dont les coordonnées sont « faciles » à repérer.

***E* = 1,5 V** par lecture graphique à $I = 0$ mA et le coefficient directeur est :

$$-r = \frac{y_P - y_O}{x_P - x_O} = \frac{1{,}0 - 1{,}5}{0{,}400 - 0} = -1{,}25\ \Omega.$$ La résistance interne *r* est donc de **1,25 Ω**.

Lexique

- **Force électromotrice :** tension aux bornes d'un générateur lorsque l'intensité qu'il débite est nulle.
- **Résistance interne :** coefficient homogène à une résistance de conducteur ohmique modélisant la perte de tension délivrée par un générateur réel lorsque l'intensité du courant qu'il débite augmente.

FICHE 4

Énergie et puissance électriques

1 Énergie électrique

À retenir

En courant continu, l'**énergie** électrique reçue par un récepteur ou fournie par un générateur au circuit pendant une durée Δt est :

$W = UI\Delta t$ avec
- W : énergie électrique (en J),
- U : tension aux bornes du dipôle (en V),
- I : intensité du courant parcourant le dipôle (en A),
- Δt : durée de fonctionnement (en s).

Vidéo
« Énergie, puissance et rendement »

- Dans le cas d'un récepteur AB, on écrira l'énergie reçue par le dipôle :

$$W_{AB} = U_{AB}I\Delta t$$

- Dans le cas d'un générateur, on notera l'énergie fournie par le générateur à l'ensemble du circuit électrique :

$$W_e = U_{PN}I\Delta t$$

2 Puissance électrique

À retenir

On définit la **puissance** comme l'énergie par unité de temps :

$P = \dfrac{W}{\Delta t} = UI$ avec
- P : puissance (en W),
- W : énergie électrique (en J),
- U : tension aux bornes du dipôle (en V),
- I : intensité du courant parcourant le dipôle (en A),
- Δt : durée de fonctionnement (en s).

Remarque
Dans le cas de tensions et courants variables, les formules du chapitre restent valables et concernent les valeurs efficaces.

- La puissance P_{AB} d'un récepteur est celle qu'il consomme.
- La puissance P_e d'un générateur est celle qu'il délivre à l'ensemble du circuit.
- Dans un circuit électrique, pour une même énergie, la puissance délivrée par le générateur au récepteur est d'autant plus grande que Δt est faible. La **puissance électrique** permet d'évaluer la rapidité du transfert énergétique.

Lampe de faible puissance

- L'unité de la puissance est le watt, homogène à des joules par seconde, et celle de l'énergie est le joule. Cependant, la facture énergétique d'un particulier mentionne généralement une consommation en énergie exprimée en watts-heures (W·h) ou en kilowatts-heures (kW·h).

EXERCICE RÉSOLU

> Calculer des énergies et des puissances dans un circuit

ÉNONCÉ

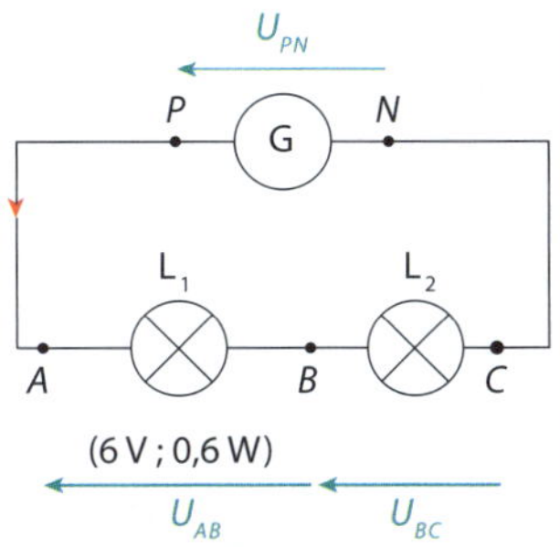

Le générateur délivre une tension de 9,0 V. Un voltmètre mesure la tension aux bornes de la lampe L_1 (U_{AB} = 5,9 V) et un ampèremètre mesure l'intensité du courant (I = 0,10 A).

1. Calculer la tension U_{BC}.
2. Calculer la puissance délivrée par le générateur et celle reçue par chaque lampe. Conclure.
3. En déduire les énergies consommées par les deux récepteurs pendant 1 min.

CORRIGÉ

1. La tension délivrée par le générateur est U_{PN} = 9,0 V, selon la convention générateur.

$U_{BC} = U_{BA} + U_{AP} + U_{PN} + U_{NC}$

$U_{BC} = U_{BA} + U_{PN}$ car $U_{AP} = U_{NC} = 0$ V (tension aux bornes d'un fil conducteur)

donc $U_{BC} = U_{BA} + U_{PN} = U_{PN} - U_{AB}$.

$U_{BC} = 9{,}0 - 5{,}9 =$ **3,1 V**.

2. Puissance fournie par le générateur :

$\boldsymbol{P_e} = U_{PN}I = 9{,}0 \times 0{,}10 =$ **0,90 W**.

Puissance reçue par L_1 :

$\boldsymbol{P_1} = U_{AB}I = 5{,}9 \times 0{,}10 =$ **0,59 W**.

Puissance reçue par L_2 :

$\boldsymbol{P_2} = U_{BC}I = 3{,}1 \times 0{,}10 =$ **0,31 W**.

P_1 est très proche de la puissance nominale de **L_1** : elle **brille normalement**.

3. Les énergies consommées par les deux récepteurs pendant 1 min sont :

$\boldsymbol{W_1} = P_1\Delta t = 0{,}59 \times 60 =$ **35 J** et $\boldsymbol{W_2} = P_2\Delta t = 0{,}31 \times 60 =$ **19 J**.

Remarque
La puissance délivrée par le générateur se distribue dans le circuit : $P_e = P_1 + P_2$.

Rappel
Pensez à convertir Δt en secondes.

Lexique

- **Énergie :** grandeur physique homogène à une puissance par unité de temps. Elle s'exprime en joules (J).
- **Puissance électrique :** grandeur physique homogène au produit d'une tension et d'une intensité de courant électrique. Elle s'exprime en watts (W).

FICHE 5 Transferts d'énergie

1 Bilan énergétique et schématisation

Dipôle	Récepteur passif	Récepteur actif	Générateur
Exemples	Conducteur ohmique	Moteur	Générateur, pile, dynamo
Caractéristique	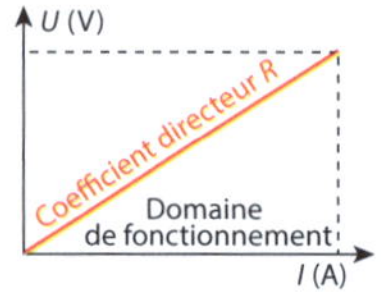	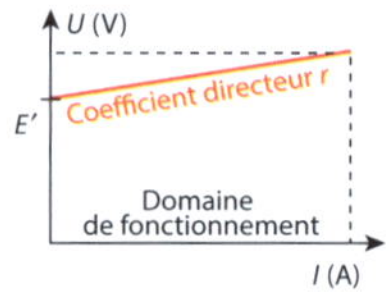	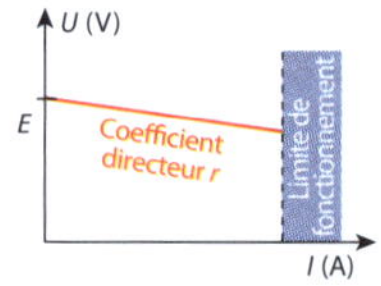
Loi	$U_{AB} = RI$	$U_{AB} = E' + rI$	$U_{PN} = E - rI$
Bilan énergétique	$P = U_{AB}I = RI^2 = \frac{U^2_{AB}}{R}$ $W = RI^2\Delta t$	$P = U_{AB}I = E'I + rI^2$ $W = E'I\Delta t + rI^2\Delta t$	$P = U_{PN}I = EI - rI^2$ $W_e = EI\Delta t - rI^2\Delta t$
Bilan de puissances	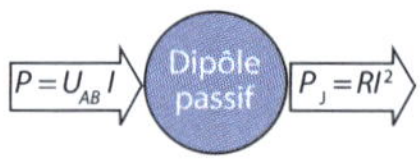	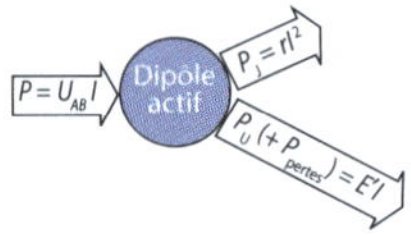	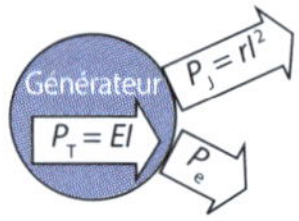

2 Effet Joule, puissance et rendement

- Le terme RI^2 ou rI^2 est appelé **effet Joule**. Il traduit la transformation de l'énergie reçue par un récepteur en chaleur ou la perte de chaleur d'un générateur. La puissance Joule est notée P_J.

- Le terme EI est la **puissance disponible** au niveau du récepteur actif pouvant être convertie en puissance mécanique P_m (cas du moteur) ou en puissance chimique P_{ch} (cas de l'électrolyseur). On appelle alors **puissance utile**, notée P_u, la puissance disponible à laquelle on soustrait les pertes autres que les pertes Joule.

- Le terme EI est la **puissance totale** du générateur, qui est la somme d'une puissance Joule et de la puissance électrique P_e délivrée par le générateur au circuit.

> **Remarque**
> Un conducteur ohmique transforme toute l'énergie qu'il reçoit en énergie de type Joule. On la note Q.

À retenir

On définit le **rendement**, noté η, comme le rapport :

$$\eta = \frac{P_u}{P} = \frac{W_u}{W}$$

avec P_u et W_u : respectivement la puissance et l'énergie utiles, P et W : respectivement la puissance et l'énergie reçues par le récepteur.

> **Remarque**
> Le rendement est sans unité ou exprimé en pourcentage.

EXERCICE RÉSOLU

> Évaluer l'effet Joule

ÉNONCÉ

Un thermoplongeur (220 V, 40 W) peut faire bouillir 1 L d'eau à température ambiante en 4 min.

1. Calculer l'énergie transférée à l'eau par effet Joule.
2. En déduire la résistance R du thermoplongeur assimilé à un conducteur ohmique.
3. Calculer l'intensité de fonctionnement lorsque le thermoplongeur est alimenté par le secteur.

Bouilloire électrique

CORRIGÉ

1. L'énergie transférée à l'eau par effet Joule est : $W_J = Q = W_e = P_e \Delta t$.

$P_e = 40$ W (donnée constructeur) donc $Q = 40 \times 4 \times 60 = \mathbf{1 \times 10^4\ J}$ en ne gardant qu'un chiffre significatif.

2. $Q = \dfrac{U^2}{R}\Delta t$, on en déduit que $R = \dfrac{U^2}{Q}\Delta t = \dfrac{U^2}{P_e}$.

On a alors une résistance $R = \dfrac{220^2}{40} = 1{,}2 \times 10^3\ \Omega$ ou **1,2 kΩ**.

3. Lorsque le thermoplongeur est alimenté par le secteur, $U = 220$ V. On peut alors en déduire l'intensité du courant qui le traverse, en assimilant le dipôle à un conducteur ohmique et en utilisant la loi d'Ohm $U = RI$.

$I = \dfrac{U}{R} = \dfrac{220}{1{,}2 \times 10^3} = \mathbf{0{,}18\ A}$.

Remarque
Pour tout appareil branché sur secteur, les grandeurs électriques sont des grandeurs efficaces.

Lexique

- **Effet Joule :** phénomène physique par lequel un appareil électrique perd de l'énergie sous forme de chaleur cédée à son environnement.
- **Puissance utile :** puissance consommée par un récepteur électrique ou générée par un générateur pour lequel il est conçu.
- **Rendement :** rapport d'énergie ou de puissance permettant d'estimer la part énergétique utile au regard de l'énergie totale.

FICHE 6 Bilan énergétique dans un circuit

1 Principe de conservation de l'énergie

À retenir

Dans un circuit électrique, l'énergie fournie par le générateur à l'ensemble des éléments du circuit est égale à la somme des énergies reçues par ces éléments :

$$W_e = \Sigma W_{\text{reçues}}$$

Cela peut aussi se traduire par la conservation de la puissance électrique :

$$P_e = \Sigma P_{\text{reçues}}$$

Vidéo
« Lois des nœuds et des mailles, méthodologie »

2 Loi des mailles

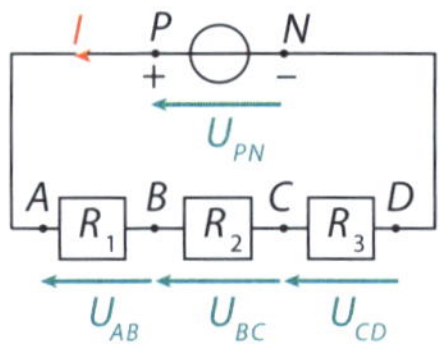

1. Étude d'un cas simple

La conservation de l'énergie impose $W_e = W_1 + W_2 + W_3$ soit :

$$U_{PN}I\Delta t = U_{AB}I\Delta t + U_{BC}I\Delta t + U_{CD}I\Delta t$$

et si $I \neq 0$ et $\Delta t \neq 0$, alors $U_{PN} = U_{AB} + U_{BC} + U_{CD}$.

2. Généralisation : loi d'additivité des tensions dans un circuit série

À retenir

Loi des mailles : Dans un circuit série, la tension aux bornes du générateur est égale à la somme des tensions aux bornes des récepteurs :

$$U_{PN} = \Sigma U_{\text{récepteurs}} \textbf{ (série)}$$

Guirlande électrique

3 Loi des nœuds

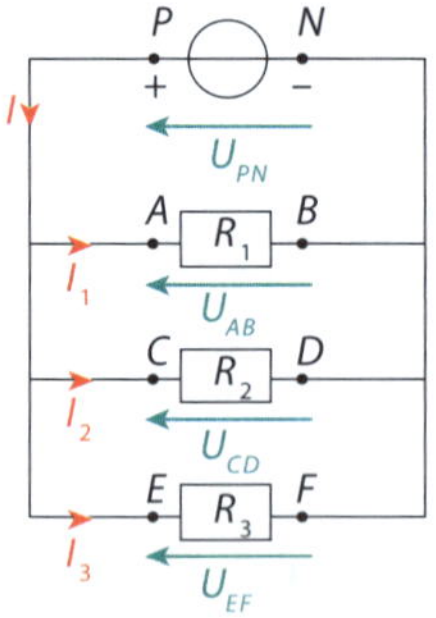

1. Étude d'un cas simple

En utilisant la même méthode que précédemment, on obtient $U_{PN}I\Delta t = U_{AB}I_1\Delta t + U_{BC}I_2\Delta t + U_{CD}I_3\Delta t$ avec $U_{AB} = U_{CD} = U_{EF} = U_{PN}$ qui s'écrit :

$$I = I_1 + I_2 + I_3$$

2. Généralisation : loi d'additivité des intensités dans un circuit en dérivation

À retenir

Loi des nœuds : Dans un circuit en dérivation, l'intensité du courant délivré par le générateur est égale à la somme des intensités des courants dans les branches secondaires : $I = \Sigma I_n$ **(dérivation)**, avec n allant de 1 à N (nombre total de branches secondaires).

Cette loi s'appelle la **loi des nœuds**, car elle peut s'énoncer aussi : à un nœud, la somme des intensités des courants entrants est égale à la somme des intensités des courants sortants.

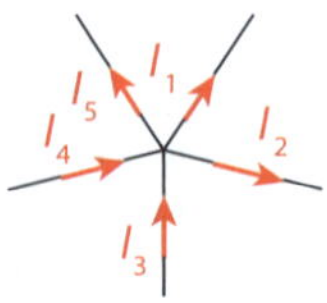

$I_3 + I_4 = I_5 + I_1 + I_2$

EXERCICE RÉSOLU

> Appliquer les lois de l'électrocinétique

ÉNONCÉ

Soit le circuit suivant comportant trois conducteurs ohmiques identiques de résistance $R = 10\ \Omega$ alimentés par un générateur de fém $E = 6{,}0$ V et de résistance interne négligeable. Calculer l'intensité du courant dans chaque branche.

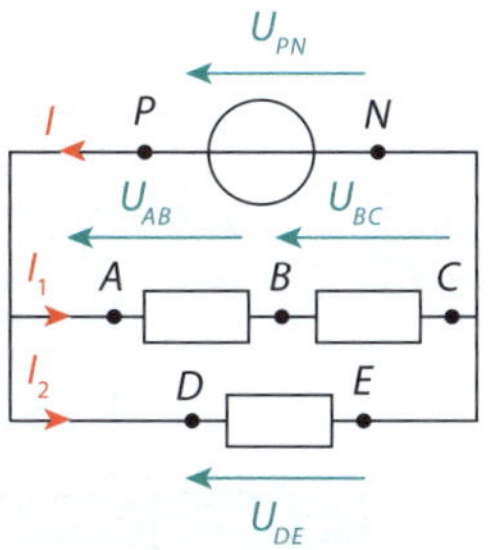

CORRIGÉ

$U_{PN} = E - rI = E = 6{,}0$ V.

La loi des mailles impose que :

$U_{PN} = U_{AC} = U_{DE}$ et $U_{AC} = U_{AB} + U_{BC}$.

Pour le dipôle DE, la loi d'Ohm s'écrit :

$U_{DE} = U_{PN} = E = RI_2$, d'où $\boldsymbol{I_2 = \frac{E}{R}}$.

Pour les dipôles AB et BC, on a :

$U_{AC} = U_{PN} = E = RI_1 + RI_1 = 2RI_1$, d'où $\boldsymbol{I_1 = \frac{E}{2R}}$.

La loi des nœuds impose finalement :

$I = I_1 + I_2 = \frac{E}{R} + \frac{E}{2R}$ d'où $\boldsymbol{I = \frac{3E}{2R}}$.

$I_1 = \frac{6{,}0}{10} = 0{,}60$ A et $I_2 = \frac{6{,}0}{2 \times 10} =$ **0,30 A** d'où $I = 0{,}60 + 0{,}30 =$ **0,90 A**.

Conseil

Appliquez la loi des nœuds pour la relation des intensités et la loi des mailles pour les tensions dans la branche AC.

Lexique

- **Loi des mailles :** loi d'additivité des tensions dans une maille.
- **Loi des nœuds :** loi d'additivité des intensités des courants arrivant et sortant d'un nœud.

Révision Express

CARTE MENTALE

> Phénomènes électriques

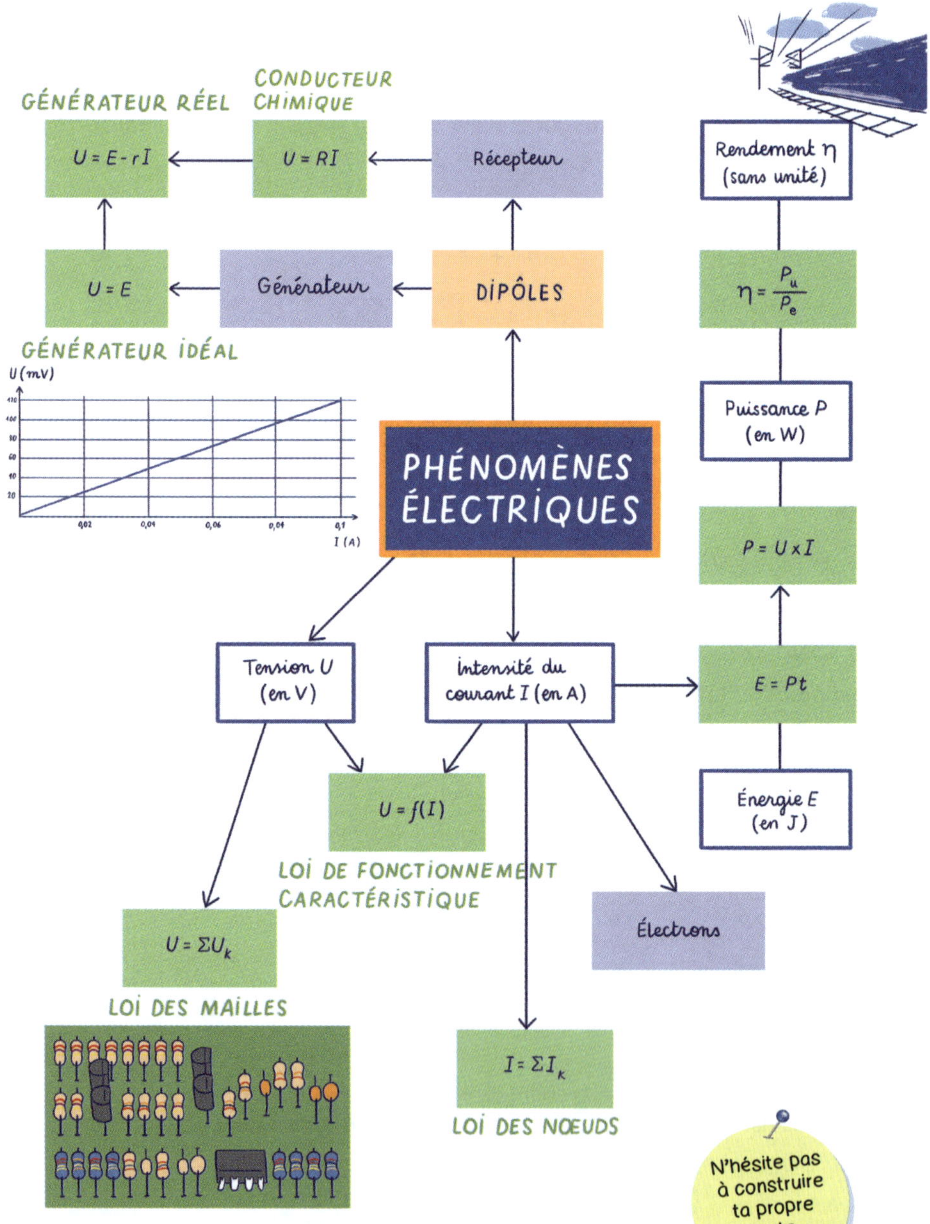

N'hésite pas à construire ta propre carte mentale

Fiche test 1 *Ce que je sais*

QCM

15 min

◯ À revoir
◯ Acquis

Pour chaque question, déterminer la (ou les) bonne(s) réponse(s).
Chaque question peut rapporter : 1 point si la réponse ne comporte aucune erreur ; 0,5 point dans le cas d'une erreur ; 0 point dans le cas de deux erreurs ou plus.

1 Dans un circuit électrique, les porteurs de charge sont des :

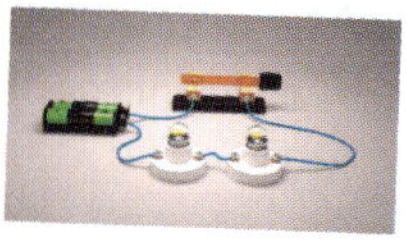

◯ **a.** électrons.
◯ **b.** protons.
◯ **c.** ions comme dans les solutions.

FICHE 1 p. 170

2 L'intensité du courant électrique :
◯ **a.** dépend de la tension des dipôles qu'il traverse.
◯ **b.** se mesure en millivolts.
◯ **c.** se mesure à l'aide d'un ampèremètre en dérivation aux bornes du dipôle.

FICHE 1 p. 170

3 Un conducteur ohmique a une :
◯ **a.** caractéristique linéaire.
◯ **b.** loi de fonctionnement de type loi d'Ohm.
◯ **c.** tension à ses bornes proportionnelle à l'intensité du courant qui le traverse.

FICHE 2 p. 172

4 Une source réelle de tension :
◯ **a.** délivre une tension constante indépendante du dipôle.
◯ **b.** a une caractéristique qui décroît en fonction de l'intensité I du courant qu'elle débite.
◯ **c.** a une force électromotrice constante.

FICHE 3 p. 174

5 Une puissance électrique :
◯ **a.** est une énergie par unité de temps.
◯ **b.** s'exprime en joules.
◯ **c.** dépend du temps.

FICHE 4 p. 176

6 Un moteur :
◯ **a.** a sa tension proportionnelle à l'intensité du courant qui le traverse.
◯ **b.** est un récepteur actif, car il possède une tension à vide non nulle.

◯ **c.** a une tension qui diminue lorsque l'intensité du courant qui le traverse augmente.

FICHE 5 p. 178

7 L'effet Joule :
◯ **a.** est une énergie de type chaleur.
◯ **b.** ne concerne que les récepteurs électriques.
◯ **c.** apparaît dès que les résistances des dipôles d'un circuit sont non nulles.

FICHE 5 p. 178

8 Le rendement électrique d'un moteur :
◯ **a.** s'exprime en joules.
◯ **b.** n'a pas d'unité, même si on peut l'exprimer en pourcentage.
◯ **c.** est souvent supérieur à 1.

FICHE 5 p. 178

9 La loi des mailles :
◯ **a.** s'applique dans tous les circuits électriques.
◯ **b.** est une loi d'additivité des tensions.
◯ **c.** est une loi d'unicité de l'intensité dans le cas d'un circuit simple à une seule branche.

FICHE 6 p. 180

10 La loi des nœuds :
◯ **a.** prend en compte le sens du courant à un nœud.
◯ **b.** est une loi d'additivité des tensions.
◯ **c.** est une loi d'unicité de la tension.

FICHE 6 p. 180

SCORE : ____ / 10

① Établir le bilan énergétique d'un récepteur

ÉNONCÉ

Un circuit électrique alimenté par un générateur idéal de tension continue 20 V comprend un conducteur ohmique de résistance $R = 10\ \Omega$ et un moteur en série de force contre-électromotrice $E' = 7{,}5$ V et de résistance interne $r = 20\ \Omega$.

Établir le bilan énergétique du moteur en fonctionnement.

PROCÉDURE

1. Appliquer la loi des mailles et en déduire l'intensité du courant dans le circuit.
2. Calculer la puissance reçue par le récepteur.
3. Considérant la résistance interne du récepteur, calculer les pertes Joule.
4. En fonction du récepteur considéré, calculer la puissance développée. Si la durée d'utilisation Δt est donnée, on peut aussi traduire le bilan de puissances en bilan d'énergies en multipliant toutes les quantités par Δt.

CORRIGÉ

① Le générateur est parfait, donc de résistance interne nulle. On a alors : $E = U_{PN} = 20$ V.

La loi des mailles s'écrit alors : $E = Ri + (E' + ri) = E' + (R + r)i$.

On en déduit l'intensité i du courant dans le circuit :

$$i = \frac{E - E'}{R + r} = \frac{20 - 7{,}5}{10 + 20} = 0{,}42 \text{ A}.$$

② Le moteur reçoit du générateur une puissance électrique :

$P_e = (U_{PN} - U_R)i = U_{PN}i - Ri^2$.

$P_e = 20 \times 0{,}42 - 10 \times 0{,}42^2 = 6{,}6$ W.

③ Les pertes Joule au niveau du moteur sont : $P_J = ri^2 = 20 \times 0{,}42^2 = 3{,}5$ W.

④ Par différence, on en déduit la puissance restante pour le moteur. Elle correspond pour ce récepteur à la somme de la puissance utile (ou puissance mécanique) et de la puissance perdue autrement que par échauffement.

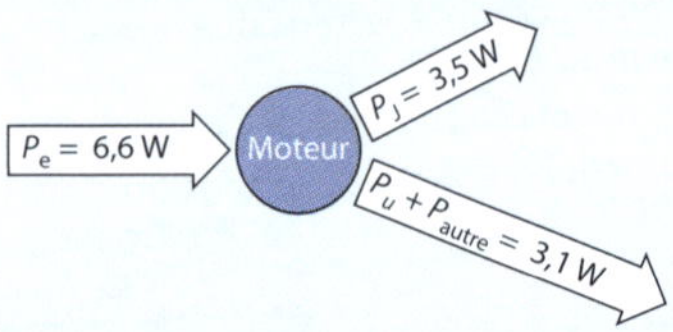

$P_{moteur} = P_e - P_J$
$= 6{,}6 - 3{,}5 = 3{,}1$ W.

On obtient finalement le schéma ci-contre.

Réflexe à avoir

Vérifiez vos calculs : $P_{moteur} = E'i = 7{,}5 \times 0{,}42 = 3{,}1$ W.

② Établir la chaîne énergétique d'un circuit électrique

ÉNONCÉ

Un circuit électrique alimenté par un générateur idéal de tension continue 20 V comprend un conducteur ohmique de résistance R = 10 Ω et un moteur en série de force contre-électromotrice E' = 7,5 V et de résistance interne r = 20 Ω.

Établir la chaîne énergétique de ce circuit électrique.

Moteur électrique

PROCÉDURE

1. Identifier le générateur et les récepteurs.
2. Appliquer la méthode de la page précédente pour chaque récepteur.
3. Établir le bilan énergétique du générateur.
4. Enchaîner les bilans schématisés en commençant par le générateur.

CORRIGÉ

① Le générateur est parfait, de résistance interne nulle, et les deux récepteurs sont le moteur et le conducteur ohmique.

② La page précédente établit le bilan énergétique du moteur.

Le conducteur ohmique (c.o.) reçoit du générateur une puissance qu'il convertit entièrement en puissance Joule :

P_e(c.o.) = P_J(c.o.) = Ri^2 = 10 × 0,42² = 1,8 W.

③ Le générateur est idéal, donc toute la puissance qu'il génère $P = U_{PN}i = P_e$ est égale à la puissance électrique fournie au circuit :

P_e = P_e(moteur) + P_e(c.o.) = 6,6 + 1,8 = 8,4 W.

④ On obtient finalement, de manière schématique :

Réflexe à avoir
Vérifiez vos calculs :
$P_e = Ei$ = 20 × 0,42
= 8,4 W.

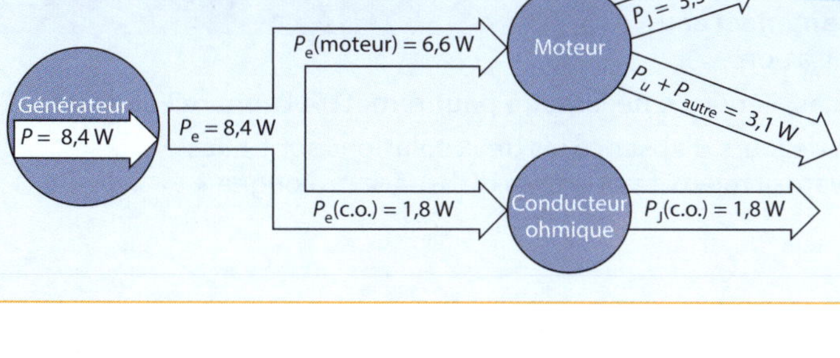

EXERCICES D'APPLICATION

1 Lampe de poche

Une ampoule de lampe de poche est alimentée par une pile. Un voltmètre aux bornes de la lampe mesure U = 4,3 V, et l'intensité du courant dans le circuit est I = 92 mA.

1 Faire le schéma normalisé du circuit en faisant apparaître les grandeurs U et I ainsi que les appareils ayant servi à leur mesure.

2 Quelle est la puissance fournie par la pile à l'ampoule ? En déduire l'énergie consommée pendant 5,0 min de fonctionnement.

Lorsque le circuit est ouvert, le voltmètre mesure une tension de 4,5 V.

3 Quelle est alors la résistance interne de la pile ?

2 Économie d'énergie : chauffe-eau électrique

Lorsqu'un chauffe-eau d'une puissance nominale de 1 650 W est laissé branché sans être utilisé, la consommation d'entretien est de 1,52 kWh par 24 heures.

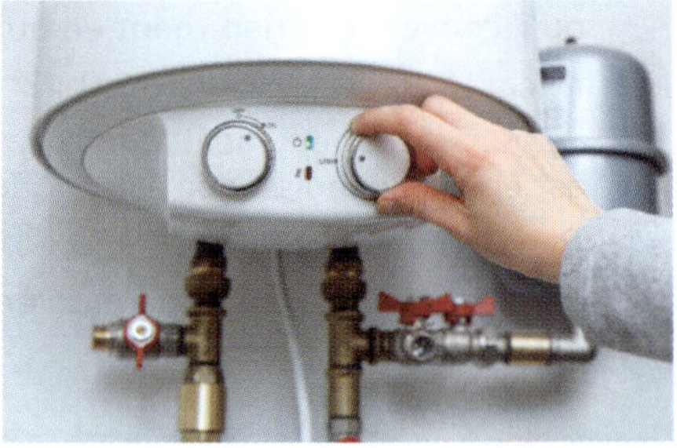

1 Calculer l'énergie consommée par cet appareil en cas d'absence de N jours.

En revanche, si l'on éteint le chauffe-eau, alors 6 heures et 30 minutes de chauffage sont nécessaires pour amener l'eau à la température d'utilisation.

2 Quelle est, dans ce cas, l'énergie nécessaire pour remettre l'appareil en service ?

3 Au bout de combien de jours d'absence les deux solutions sont-elles équivalentes ? Que vaut-il mieux faire en cas d'absence prolongée ?

Fiche test 2 Ce que je sais

QCM

30 min

◯ À revoir
◯ Acquis

Pour chaque question, déterminer la (ou les) bonne(s) réponse(s).
Chaque question peut rapporter : 1 point si la réponse ne comporte aucune erreur ; 0,5 point dans le cas d'une erreur ; 0 point dans le cas de deux erreurs ou plus.

1 Déterminer l'intensité du courant

Soit le circuit suivant :

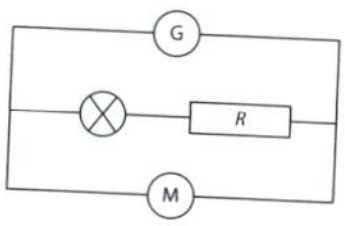

L'intensité du courant :

◯ **a.** traversant la lampe est la même que celle traversant le conducteur ohmique.
◯ **b.** débité par le générateur est la somme des intensités des courants traversant la lampe et le moteur.
◯ **c.** débité par le générateur est la somme des intensités des courants traversant la lampe et le conducteur ohmique.

FICHES 1 p. 170 et 5 p. 178

2 Analyser une caractéristique

La caractéristique d'un dipôle est la suivante.

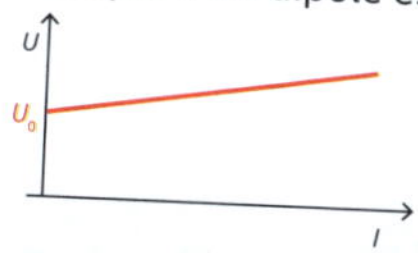

◯ **a.** U_0 est la fém.
◯ **b.** Il s'agit de la caractéristique d'un récepteur actif.
◯ **c.** La loi de fonctionnement correspondante est $U = E - rI$, avec r le coefficient directeur de la caractéristique.

FICHE 5 p. 178

3 Déterminer les différentes tensions et intensités

On considère un circuit alimenté par un générateur de fém E = 6,0 V et de résistance interne négligeable.
Les trois lampes sont identiques et assimilées à des conducteurs ohmiques avec R = 50 Ω.

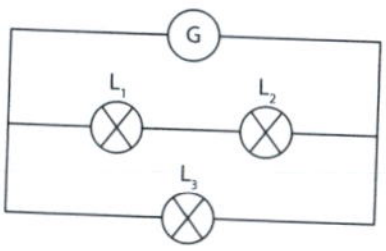

◯ **a.** $U_1 = U_2 = U_3$ = 6,0 V avec U_k la tension aux bornes de la lampe L_k.
◯ **b.** L'intensité du courant dans chaque lampe est de 120 mA.
◯ **c.** L'intensité du courant délivré par le générateur est de 180 mA.

FICHES 2 p. 172 et 6 p. 180

4 Déterminer les puissances

On considère un circuit avec une pile alimentant un moteur de jouet.
La résistance interne de la pile est r_1 = 2,0 Ω et sa fém E = 1,5 V. Le moteur a une fcém de E' = 1,0 V et une résistance interne r_2 = 1,4 Ω. R = 10Ω.

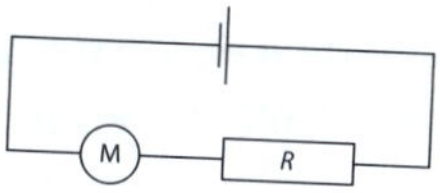

◯ **a.** La puissance reçue par le moteur est d'environ 40 mW.
◯ **b.** La puissance Joule totale dissipée par le circuit est de l'ordre de 20 mW.
◯ **c.** La chaleur dissipée par le conducteur ohmique est de 75 % de l'effet Joule total.

FICHES 4 p. 176, 5 p. 178 et 6 p. 180

5 Analyser un bilan énergétique

Soit le bilan énergétique suivant :

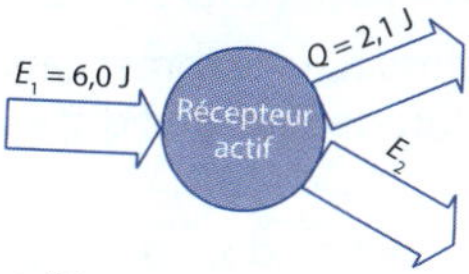

◯ **a.** E_2 est l'énergie utile et vaut 3,9 J.
◯ **b.** Q est l'effet Joule.
◯ **c.** Le rendement est de 0,35.

FICHE 5 p. 178

SCORE : ___ / 5

VERS LE BAC

3 Jouet pour enfant

On considère une grue miniature. Le moteur électrique de ce jouet est relié à une poulie entraînant une petite corde.

Un enfant désire utiliser la grue pour hisser d'une hauteur $h = 1{,}0$ m une petite nacelle en plastique de masse $m = 130$ g. Le transport de la nacelle s'effectue pendant une durée $\Delta t = 9{,}5$ s.

Le moteur est alimenté par une pile de fém $E = 9{,}0$ V et de résistance interne négligeable. L'intensité du courant qui le traverse est $I = 120$ mA, et sa résistance interne est $r = 1{,}5\ \Omega$.

1. Établir le bilan énergétique du moteur (aucune application numérique n'est demandée ici).
2. Calculer l'énergie utile, c'est-à-dire l'énergie transférée sous forme d'énergie mécanique.
3. Calculer l'énergie fournie par le générateur au moteur.
4. Calculer les pertes par effet Joule.
5. En déduire qu'il existe des pertes autres que par effet Joule. Calculer leur valeur.
6. Définir et calculer le rendement de ce moteur.

4 Pont de Wheatstone

Soit le montage suivant, comportant deux résistances R identiques, une résistance variable R' et une résistance inconnue fixe R_x. Le générateur utilisé est un générateur idéal dont la résistance interne est $r = 0\ \Omega$.

1. Exprimer les intensités des courants I_1 et I_2 en fonction de la fém E du générateur et des différentes résistances du circuit.
2. Donner alors deux expressions de la tension U_{CD} en fonction de E et des différentes résistances du circuit.
3. Quelle condition doit-on imposer à R' pour que la tension U_{CD} soit nulle?
4. En déduire un protocole de mesure de la résistance inconnue R_x.

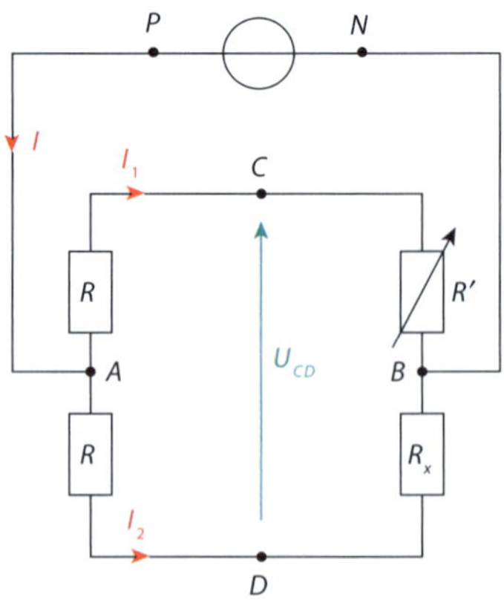

Fiche test 3 *Je fais le point*

VRAI FAUX

15 min

À revoir
Acquis

Indiquer pour chaque proposition si elle est vraie ou fausse.

1. La mesure d'une tension aux bornes d'un dipôle s'effectue grâce à un voltmètre en dérivation.	Vrai	Faux
2. La mesure de l'intensité du courant dans un circuit s'effectue grâce à un ampèremètre en série dans le circuit électrique.	Vrai	Faux
3. Dans un circuit électrique, si l'intensité du courant est doublée, les pertes par effet Joule le sont aussi.	Vrai	Faux
4. L'énergie électrique fournie par le générateur au circuit est la puissance reçue par le circuit par seconde.	Vrai	Faux
5. Le rendement d'un récepteur tient compte des pertes énergétiques.	Vrai	Faux
6. La puissance électrique d'un générateur idéal de tension est proportionnelle à sa fém. Il ne dissipe aucune chaleur par effet Joule.	Vrai	Faux
7. Le bilan énergétique quantitatif d'un récepteur permet de calculer son rendement.	Vrai	Faux
8. La caractéristique d'un récepteur est linéaire. Son coefficient directeur est la résistance interne du récepteur.	Vrai	Faux
9. La loi des mailles permet de déterminer une relation entre les tensions dans une boucle du circuit électrique.	Vrai	Faux
10. L'effet Joule dissipé par un dipôle se calcule en faisant le produit de la résistance du dipôle et de l'intensité du courant délivré par le générateur au circuit électrique.	Vrai	Faux

SCORE : ____ / 10

Fiche test 1 Ce que je sais

1. a) Dans un circuit, seuls les électrons sont les constituants du courant électrique. FICHE 1 p. 170

Remarque
Dans les solutions, les porteurs de charge sont les ions (cations et anions).

2. a) L'intensité I du courant se mesure en ampères avec un ampèremètre placé en série dans la branche alimentant le dipôle. L'intensité dépend de la tension U aux bornes du dipôle, U et I ne sont pas indépendants. FICHE 1 p. 170

3. a), b) et c) *Toutes les réponses sont correctes.* FICHE 2 p. 172

4. b) et c) Une source réelle de tension a une fém constante, mais décroît lorsque l'intensité du courant à délivrer augmente. FICHE 3 p. 174

5. a) La puissance électrique s'écrit $P = \frac{E}{\Delta t}$: la puissance est donc une énergie par unité de temps et ainsi, indépendante du temps. Elle s'exprime en watts. FICHE 4 p. 176

À retenir
La puissance s'exprime en watts et l'énergie en joules : 1 J = 1 W·s.

6. b) Un moteur est un récepteur actif, car lorsque $I = 0$, la tension U à ses bornes est non nulle : $U = E'$ (fcém). Sa loi de fonctionnement est $U = E' + rI$, qui est représentée par une droite affine et non linéaire. La tension U augmente lorsque I augmente. FICHE 5 p. 178

7. a) et c) L'effet Joule est une énergie de type chaleur concernant récepteurs et générateurs dont la résistance ne peut être négligée. FICHE 5 p. 178

8. b) Le rendement est une grandeur sans dimension ni unité, mais que l'on peut exprimer en pourcentage. Un rendement est forcément inférieur ou égal à 1. FICHE 5 p. 178

Exemple
Un rendement de 0,75 correspond à 75 %.

9. a), b) et c) *Toutes les réponses sont correctes.* FICHE 6 p. 180

10. a) La loi des nœuds s'applique en tenant compte des courants entrant et sortant d'un nœud. FICHE 6 p. 180

EXERCICES D'APPLICATION

1 Lampe de poche

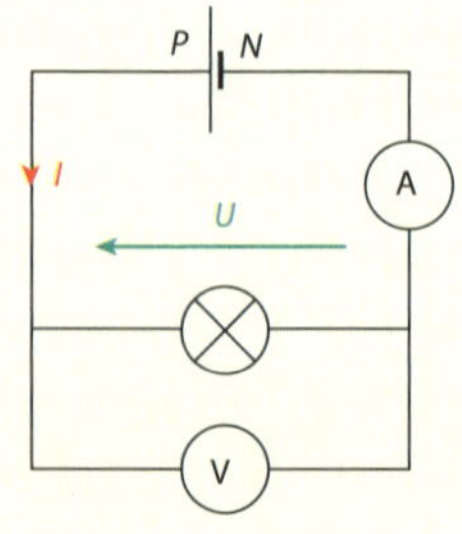

1. Le circuit d'une lampe de poche est un circuit série avec une pile et une ampoule. La tension U se mesure à l'aide d'un voltmètre en dérivation aux bornes de la lampe. L'intensité I du courant dans le circuit est mesurée par un ampèremètre en série avec la pile et la lampe. FICHE 1 p. 170

2. En supposant que toute la puissance électrique est transférée à la lampe, la puissance fournie par la pile est :
$P_e = U_{PN}I = UI = 4{,}3 \times 92 \times 10^{-3} = \mathbf{0{,}40\ W}$.

On en déduit l'énergie consommée par la lampe en 5,0 min :
$W_e = P_e\Delta t = W = 0{,}40 \times 5{,}0 \times 60 = \mathbf{1{,}2 \times 10^2\ J}$. FICHE 4 p. 176

3. Lorsque le circuit est ouvert, la tension mesurée par le voltmètre est :
$U_{PN}(I = 0) = E - rI = E = 4{,}5$ V.
On en déduit alors que $U_{PN} = E - rI$, soit : $r = \dfrac{E - U_{PN}}{I} = \dfrac{4{,}5 - 4{,}3}{92 \times 10^{-3}} = \mathbf{2{,}2\ \Omega}$.
FICHES 3 p. 174 et 5 p. 178

② Économie d'énergie : chauffe-eau électrique

1. En cas d'absence, l'énergie consommée par jour est :
$W_{Abs} = 1{,}52$ kWh $= 1{,}52 \times 3\,600 = 5\,472$ kWs $= 5\,472$ kJ.
Donc pour N jours d'absence, elle est de $\mathbf{W_{NAbs} = NW_{Abs} = 5\,472\ N\ kJ}$. FICHE 4 p. 176

2. L'énergie de remise en service du chauffe-eau est :
$W_{Serv} = P_{nom}\Delta t = 1\,650 \times 6{,}5 \times 3\,600$, soit $\mathbf{W_{Serv} = 38\,610\ kJ}$.

Piège à éviter
La durée de remise en service doit être exprimée en secondes.

3. Les deux solutions sont équivalentes si $W_{NAbs} = NW_{Abs} = W_{Serv}$
d'où :
$N = \dfrac{W_{Serv}}{W_{Abs}} = \dfrac{38\,610}{5\,472}$ soit $N = 7{,}06$ jours ou **7 jours, 1 heure et 20 minutes.**

Au-delà de ce temps, il vaut mieux choisir la solution de **l'arrêt du chauffe-eau puis de sa remise en service** pour faire des économies d'énergie.

Fiche test 2 — Ce que je sais faire

1. a) et **b)** L'intensité est la même dans une même branche. À l'un ou l'autre des nœuds du circuit, l'intensité du courant délivré par le générateur est égale à la somme de celle du courant traversant la branche de la lampe et de celle du courant traversant le moteur. FICHES 1 p. 170 et 5 p. 178

Gagnez des points
La fém concerne les générateurs et la fcém concerne les récepteurs actifs.

2. b) U_0 est la fcém, car il s'agit de la caractéristique d'un récepteur actif : $U = E' + rI$ avec r le coefficient directeur de la droite (croissante). FICHE 5 p. 178

3. c) Dans la branche contenant les lampes L_1 et L_2, on a $U_1 + U_2 = 6{,}0$ V. Or les lampes sont identiques, donc $U_1 = U_2 = \dfrac{6{,}0}{2} = 3{,}0$ V. L'intensité dans cette branche est $i_1 = \dfrac{U}{R + R} = \dfrac{U}{2R} = \dfrac{6{,}0}{100} = 0{,}060$ A ou 60 mA. Dans la seconde branche, $U = Ri_2$ et $i_2 = \dfrac{U}{R} = \dfrac{6{,}0}{50} = 120$ mA. L'intensité délivrée par le générateur (loi des nœuds) est telle que $I = i_1 + i_2 = 60 + 120 = 180$ mA.
FICHES 2 p. 172 et 6 p. 180

L'astuce du prof
Le rendement en énergie est égal au rendement en puissance.

4. a), b) et **c)** *Toutes les réponses sont correctes.* La loi des mailles se traduit par $U_G = U_M + U_R$, soit $E - r_1I = RI + E' + r_2I$. En réarrangeant, on obtient $I = \dfrac{E - E'}{R + r_1 + r_2} = \dfrac{1{,}5 - 1{,}0}{10 + 2{,}0 + 1{,}4} = 0{,}037$ A.

Concernant le moteur, on a $P_M = (E' + r_2I) \times I = (1{,}0 + 1{,}4 \times 0{,}037) \times 0{,}037 = 0{,}039$ W et la puissance Joule s'écrit $P_J = (R + r_1 + r_2) \times I^2 = (10 + 2{,}0 + 1{,}4) \times (0{,}037)^2 = 0{,}018$ W.

La chaleur dissipée par le conducteur correspond au $\left(\dfrac{10}{13{,}4}\right)^e$ de la puissance joule totale, soit 0,75 ou 75 %. FICHES 4 p. 176, 5 p. 178 et 6 p. 180

5. a) et **b)** L'énergie produite, qui n'est pas de la dissipation d'énergie sous forme de chaleur Q ou effet Joule, est l'énergie utile. La conservation de l'énergie se traduit par $E_1 = Q + E_2$ et $E_2 = E_1 - Q = 6{,}0 - 2{,}1 = 3{,}9$ J. Le rendement étant le rapport de l'énergie utile sur l'énergie consommée, il vaut $\dfrac{3{,}9}{6{,}0} = 0{,}65$ ou 65 %. FICHE 5 p. 178

VERS LE BAC

③ Jouet pour enfant

1. Le moteur reçoit une énergie électrique W_e de la pile. Une partie de cette énergie se transforme en chaleur Q (pertes par effet Joule). L'énergie restant à disposition pour le moteur est la somme de l'énergie mécanique ΔE_m, ou énergie utile W_u, et de pertes autres que les pertes Joule W'.
Le bilan pour le moteur est : $\boldsymbol{W_e = Q + W_u + W'}$. FICHE 5 p. 178

Gagnez des points

Le bilan énergétique d'un moteur présente des pertes électriques par effet Joule et des pertes mécaniques (frottements par exemple).

2. L'énergie utile est l'énergie servant à faire remonter la nacelle d'une hauteur h, soit :

$$W_u = \Delta E_m = \Delta E_{pp} + \Delta E_c$$

Les vitesses initiale et finale de la nacelle étant nulles,
$W_u = \Delta E_{pp} = \boldsymbol{mgh} = 130 \times 10^{-3} \times 9{,}8 \times 1{,}0 = \mathbf{1{,}3\ J}$.

Piège à éviter

La masse doit être exprimée en kilogrammes dans l'application numérique.

3. L'énergie fournie par le générateur au moteur est l'énergie électrique : $\boldsymbol{W_e = U_{PN}I\Delta t} = 9{,}0 \times 120 \times 10^{-3} \times 9{,}5 = \mathbf{10{,}3\ J}$. FICHE 4 p. 176

4. Les pertes par effet Joule sont :
$\boldsymbol{Q = rI^2\Delta t} = 1{,}5 \times (120 \times 10^{-3})^2 \times 9{,}5 = \mathbf{0{,}21\ J}$. FICHE 4 p. 176

5. Comparons l'énergie entrant dans le système {moteur} et la somme des énergies qui en sortent.

Énergie entrante : $W_e = 10{,}3$ J.

Énergies sortantes : $W_u + Q = 1{,}3 + 0{,}21 = 1{,}51$ J.

On en déduit qu'il existe d'autres pertes que les pertes par effet Joule (frottements mécaniques par exemple) : $\boldsymbol{W' = W_e - (W_u + Q)} = 10{,}3 - 1{,}51 = \mathbf{8{,}79\ J}$. FICHE 5 p. 178

6. Le rendement du moteur est le rapport entre l'énergie utile et l'énergie électrique fournie par la pile : $\eta = \frac{W_u}{W_e} = \frac{1,3}{10,3} = $ **12,6%.** FICHE 5 p. 178

4 Pont de Wheatstone

1. Le générateur est idéal donc : $U_{PN} = E - rI = E$.

Or $U_{AP} = 0$ V et $U_{BN} = 0$ V, tension nulle aux bornes d'un fil, donc :

$$E = U_{PN} = U_{AB} = (R + R')I_1$$

en appliquant la loi d'Ohm à l'association série de la branche secondaire supérieure. En raisonnant de même pour la branche secondaire inférieure, on a :

$$E = U_{PN} = U_{AB} = (R + R_x)I_2$$

Finalement, on en déduit les expressions des courants secondaires I_1 et I_2 :

$$I_1 = \frac{E}{R + R'} \qquad I_2 = \frac{E}{R + R_x}$$

FICHES 3 p. 174 et 6 p. 180

Rappel

La tension aux bornes d'un générateur idéal est sa force électromotrice E.

2. En prenant bien en compte les conventions générateur ou récepteur pour chacun des conducteurs ohmiques considérés et en appliquant la loi d'Ohm, on a :

$$U_{CD} = U_{CA} + U_{AD} = -RI_1 + RI_2$$

et en remplaçant I_1 et I_2 par leur expression :

$$U_{CD} = E\left(\frac{R}{R + R_x} - \frac{R}{R + R'}\right)$$

Par le même raisonnement, on obtient $U_{CD} = U_{CB} + U_{BD} = R'I_1 - RI_2$ et, en remplaçant I_1 et I_2 par leur expression : $U_{CD} = E\left(\frac{R'}{R + R'} - \frac{R_x}{R + R_x}\right)$.

Piège à éviter

Attention aux conventions utilisées pour l'application de la loi d'Ohm !

3. En utilisant l'une ou l'autre des expressions de U_{CD}, on obtient que, la tension U_{CD} est nulle si : $R' = R_x$.

4. Pour mesurer la valeur d'une résistance inconnue R_x, il suffit de faire varier la résistance R' jusqu'à ce qu'un voltmètre placé entre les points C et D du pont de Wheatstone indique que la tension U_{CD} est nulle. Dans ces conditions, la valeur de R_x est celle prise par la résistance R'.

Fiche test 3 — Je fais le point

1. Vrai. La tension aux bornes d'un dipôle se mesure à l'aide d'un voltmètre branché entre les deux bornes du dipôle. L'appareil de mesure n'est pas inclus dans le circuit.

2. Vrai. L'intensité du courant traversant une branche d'un circuit se mesure à l'aide d'un ampèremètre branché en série avec les dipôles situés dans la branche. Il est inclus dans le circuit.

Remarque

Les pertes Joule d'un dipôle sont proportionnelles au carré de l'intensité du courant le traversant.

3. Faux. Si l'intensité du courant est doublée, les pertes par effet Joule sont multipliées par 4.

4. Faux. On a $E = Pt$, et non l'inverse.

5. Vrai. Le rendement η est le rapport entre la puissance utile P_u et la puissance P reçue par un dipôle, avec $P = P_u + P_J$ par exemple, P_J étant les pertes de puissance par effet Joule. On en déduit alors : $\eta = \frac{P_u}{P} = \frac{P - P_J}{P} = 1 - \frac{P_J}{P}$.

6. Vrai. Un générateur idéal a une résistance interne nulle, il ne dissipe pas de chaleur par effet Joule. Sa puissance se réduit donc à $P = UI = EI$, proportionnelle à E, sa fém.

7. Vrai. Le bilan énergétique explicite les types et valeurs des puissances/énergies reçues et produites. Le rendement est donc calculable.

8. Faux. La caractéristique d'un récepteur n'est linéaire que dans le cas d'un conducteur ohmique, ce qui est loin d'être le cas général.

9. Vrai. La loi des mailles donne une relation entre les tensions dans une boucle du circuit.

10. Faux. L'effet Joule peut se calculer en déterminant l'énergie Joule qui est le triple produit de la tension aux bornes du dipôle, de l'intensité du courant qui le traverse (et non de celui délivré par le générateur) et de la durée de fonctionnement.

Chapitre 8 Aspects énergétiques des phénomènes mécaniques

Chute

FICHE 1 Travail d'une force et théorème de l'énergie cinétique 196

FICHE 2 Forces (non) conservatives et variation de l'énergie mécanique 198

Révision Express 200

Méthode 202

Exercices 204

VERS LE BAC 207

Corrigés 210

FICHE 1 Travail d'une force et théorème de l'énergie cinétique

1 Travail d'une force constante

• Lorsqu'un système est soumis à une force, celle-ci peut le déformer, le mettre en mouvement, modifier sa trajectoire, etc. On dit alors que la force travaille, c'est-à-dire qu'elle **fournit un travail**.

• On considère un système modélisé par un point matériel en déplacement d'un point A vers un point B et soumis à une force constante $\vec{F}$. Mathématiquement, le travail $W_{AB}(\vec{F})$ de cette force lors du déplacement AB est égal au **produit scalaire** de la force $\vec{F}$ par le vecteur déplacement $\overrightarrow{AB}$. Il s'exprime en joules (en J).

Remarque

Si $W_{AB}(\vec{F}) > 0$, alors le travail de la force est moteur.
Si $W_{AB}(\vec{F}) < 0$, alors le travail de la force est résistant.

À retenir

$W_{AB}(\vec{F}) = \vec{F} \cdot \overrightarrow{AB} = F \times AB \times \cos \alpha$ avec
- F : norme de la force $\vec{F}$ (en N),
- AB : norme du vecteur déplacement $\overrightarrow{AB}$ ou distance AB (en m),
- $\alpha = (\vec{F}, \overrightarrow{AB})$: angle entre le vecteur force et le vecteur déplacement (en rad).

Travail des forces agissant sur les enfants et leur luge

• Le travail est un produit scalaire entre deux vecteurs : c'est un scalaire. Dans le cas d'une force constante, il est **indépendant du chemin suivi** entre A et B.

• Dans le cas d'une force perpendiculaire au déplacement, le travail est nul.

2 Énergie cinétique et théorème de l'énergie cinétique

À retenir

L'énergie cinétique d'un solide modélisé par un point matériel de masse m animé d'un mouvement à une vitesse $\vec{v}$ est :

$$E_c = \frac{1}{2} m v^2 \text{ avec } \begin{cases} m : \text{masse (en kg)}, \\ v : \text{norme du vecteur vitesse (en m·s}^{-1}). \end{cases}$$

Vidéo
« Théorème de l'énergie cinétique »

• Comme toute énergie, l'énergie cinétique s'exprime en joules (J).

• On considère un système réduit à un point mobile M dans un référentiel galiléen.

À retenir

Théorème de l'énergie cinétique : La variation de l'énergie cinétique d'un système entre deux points M_1 et M_2 de sa trajectoire est égale au travail de la **résultante des forces extérieures** appliquées au système entre M_1 et M_2.

$$E_c(M_2) - E_c(M_1) = \Delta E_c = W_{M_1M_2}(\Sigma \vec{F}_{ext})$$

EXERCICE RÉSOLU

> Déterminer une vitesse en appliquant le théorème de l'énergie cinétique

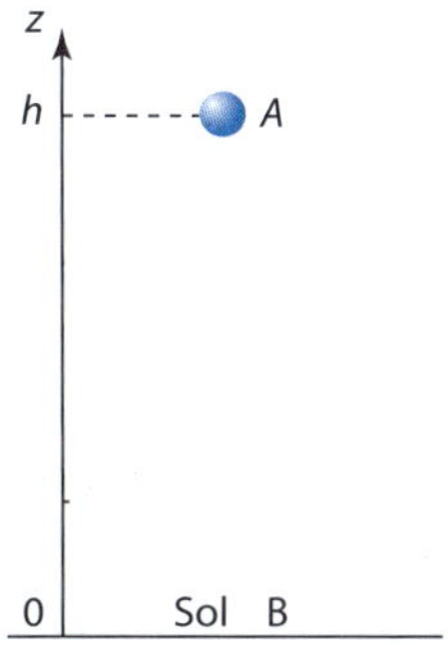

ÉNONCÉ

Un objet tombe sans vitesse initiale d'une hauteur h par rapport au sol.

Exprimer la variation d'énergie cinétique et en déduire sa vitesse au sol.

On négligera les frottements de l'air pendant toute la durée de la chute libre.

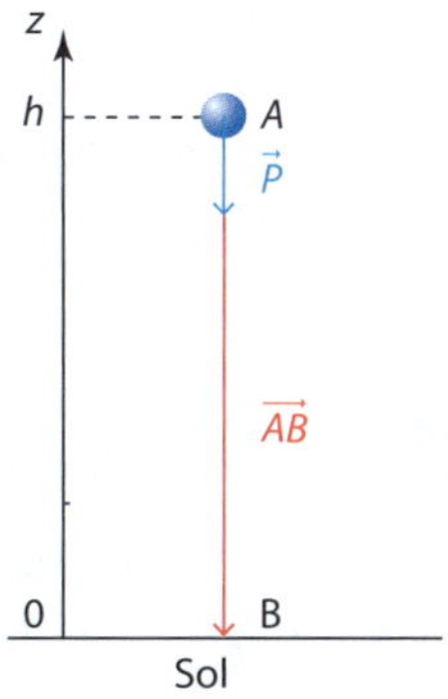

CORRIGÉ

Le système étudié est l'objet dans le référentiel terrestre. Il n'est soumis qu'à son poids si l'on néglige les frottements. Le travail des forces extérieures entre le point de départ de la chute à l'altitude $z_A = h$ et le sol d'altitude $z_B = 0$ se réduit au travail du poids entre ces deux points, soit : $W(\vec{P}) = \vec{P} \cdot \overrightarrow{AB} = P \times AB \times \cos(\vec{P}, \overrightarrow{AB})$.

Or l'angle entre les vecteurs poids et déplacement est nul, donc : $\cos(\vec{P}, \overrightarrow{AB}) = 1$ et $W(\vec{P}) = P \times AB = mg \times AB = mgh$.

En appliquant le théorème de l'énergie cinétique entre les points A et B, sachant que la vitesse initiale v_A est nulle, on a :

$$\Delta E_c = E_c(B) - E_c(A) = \frac{1}{2}mv_B^2 - \frac{1}{2}mv_A^2 = \frac{1}{2}mv_B^2 = mgh$$

En simplifiant par la masse non nulle, on obtient :

$$\frac{1}{2}v_B^2 = gh$$

On en déduit que la vitesse au sol est : $\boldsymbol{v_B = \sqrt{2gh}}$.

Gagnez des points
Le travail est positif, car le poids est moteur dans une chute libre.

Lexique

- **Travail d'une force :** énergie apportée par une force au système lorsqu'elle agit sur lui, modifiant ou provoquant son déplacement.
- **Produit scalaire :** produit de deux vecteurs correspondant au produit de la norme de l'un et de la norme de la projection de l'autre sur le premier.
- **Résultante des forces extérieures :** somme vectorielle des forces extérieures à un système et agissant sur lui.

FICHE 2

Forces (non) conservatives et variation de l'énergie mécanique

1 Force conservative, énergie potentielle

- Une force $\vec{F}$ est dite **conservative** si l'on peut définir une fonction énergie potentielle notée $E_p(M)$. On dit que la force dérive d'une énergie potentielle.

Vidéo « Force conservative »

À retenir

Pour une **force conservative** $\vec{F}$ lors d'un déplacement de A vers B, **le travail**, qui **ne dépend pas du chemin suivi**, s'écrit :

$$W_{AB}(\vec{F}) = E_p(A) - E_p(B) = -\Delta E_p$$

- Pour un **déplacement** fini entre un point O (origine) et un point courant M, on montre que dans le cas d'une force constante, on a :

$$E_p(M) = -\vec{F}\cdot\overrightarrow{OM} + \text{cte}$$

- Pour une **force de pesanteur** ou **poids**, $\vec{F} = \vec{P} = m\vec{g}$ et $E_p(M) = -\vec{P}\cdot\overrightarrow{OM} + \text{cte}$, soit, avec un axe (Oz) ascendant $\overrightarrow{OM} = z\vec{k}$ et $\vec{P} = -mg\vec{k}$:

$$E_p(M) = mgz + \text{cte}$$

Remarque

La constante « cte » est définie arbitrairement en convenant d'une valeur pour l'énergie potentielle pour l'altitude $z = 0$, le niveau du sol ou à l'infini.

2 Force dissipative ou non conservative

On appelle **force dissipative ou force non conservative** une force $\vec{F}$ qui ne dérive pas d'une énergie potentielle.

Utilisation d'un rabot – Forces dissipatives de frottement

3 Bilan énergétique, énergie mécanique

À retenir

Par définition, l'énergie **mécanique** E_m est la somme de l'énergie cinétique E_c et de l'énergie potentielle E_p :

$$E_m = E_c + E_p$$

- L'énergie mécanique représente l'énergie totale macroscopique du système.

À retenir

La variation d'énergie mécanique au cours d'un mouvement de A vers B d'un point matériel M est égale au travail des forces dissipatives exercées sur M lors du déplacement AB :

$$\Delta E_m = E_m(B) - E_m(A) = W_{AB}$$

Remarque

Les forces de frottement (opposées au mouvement) dont le travail est résistant sont des forces dissipatives.

- Si les forces sont uniquement conservatives, $\Delta E_m = 0$: **l'énergie mécanique est conservée.** Sa valeur est constante sur la totalité du déplacement du système.

EXERCICE RÉSOLU

> Exprimer la variation d'énergie mécanique

ÉNONCÉ

On considère la chute libre sans vitesse initiale d'une bille dans l'air.

1. En négligeant la résistance de l'air, établir le bilan des forces exercées sur la bille.

2. Exprimer la variation de l'énergie mécanique de la bille entre deux points A et B de sa chute.

3. En déduire la vitesse de la bille à une altitude z_B quelconque.

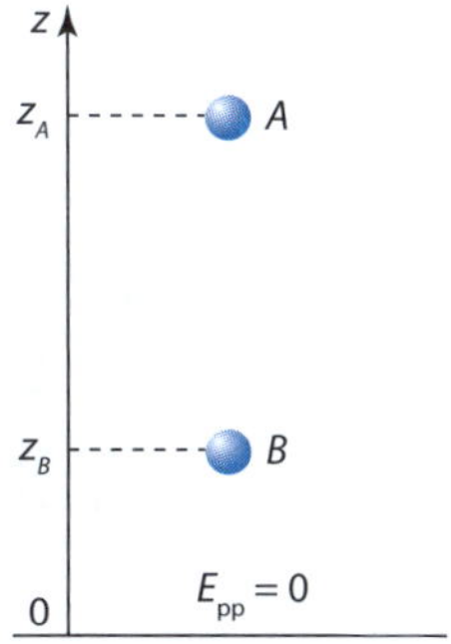

CORRIGÉ

1. En considérant que les frottements sont négligeables, les forces s'exerçant sur la bille sont réduites à son **poids $\vec{P}$**.

2. Cette force dérive d'une énergie potentielle de pesanteur $E_{pp} = mgz$, avec z l'altitude de la bille, et en posant $E_{pp} = 0$ pour $z = 0$, référence des énergies potentielles.

L'énergie mécanique de la bille est la somme de son énergie cinétique $E_c = \frac{1}{2}mv^2$ et de son énergie potentielle. On a alors aux points A (départ de la chute) et B quelconque :

$E_m(A) = E_c(A) + E_{pp}(A) = \frac{1}{2}mv_A^2 + mgz_A = mgz_A$, la vitesse initiale v_A étant nulle,

et $E_m(B) = E_c(B) + E_{pp}(B) = \frac{1}{2}mv_B^2 + mgz_B$.

On en déduit l'expression de la variation de l'énergie mécanique entre A et B :

$\Delta E_m = E_m(B) - E_m(A) = -mgz_A + \frac{1}{2}mv_B^2 + mgz_B$ d'où $\boldsymbol{\Delta E_m = \frac{1}{2}mv_B^2 + mg(z_B - z_A)}$.

3. Le poids est une force conservative, donc $\Delta E_m = 0$

et $\frac{1}{2}mv_B^2 + mg(z_B - z_A) = 0$.

On en déduit finalement, en simplifiant par m non nulle, que $\boldsymbol{v_B = \sqrt{2g(z_B - z_A)}}$.

Rappel
Lors d'une chute libre, l'énergie mécanique du système se conserve.

Lexique
- **Force conservative :** force dont le travail ne dépend pas du chemin suivi.
- **Force dissipative :** force dont le travail se dissipe en chaleur.

Révision Express

CARTE MENTALE

> Phénomènes mécaniques

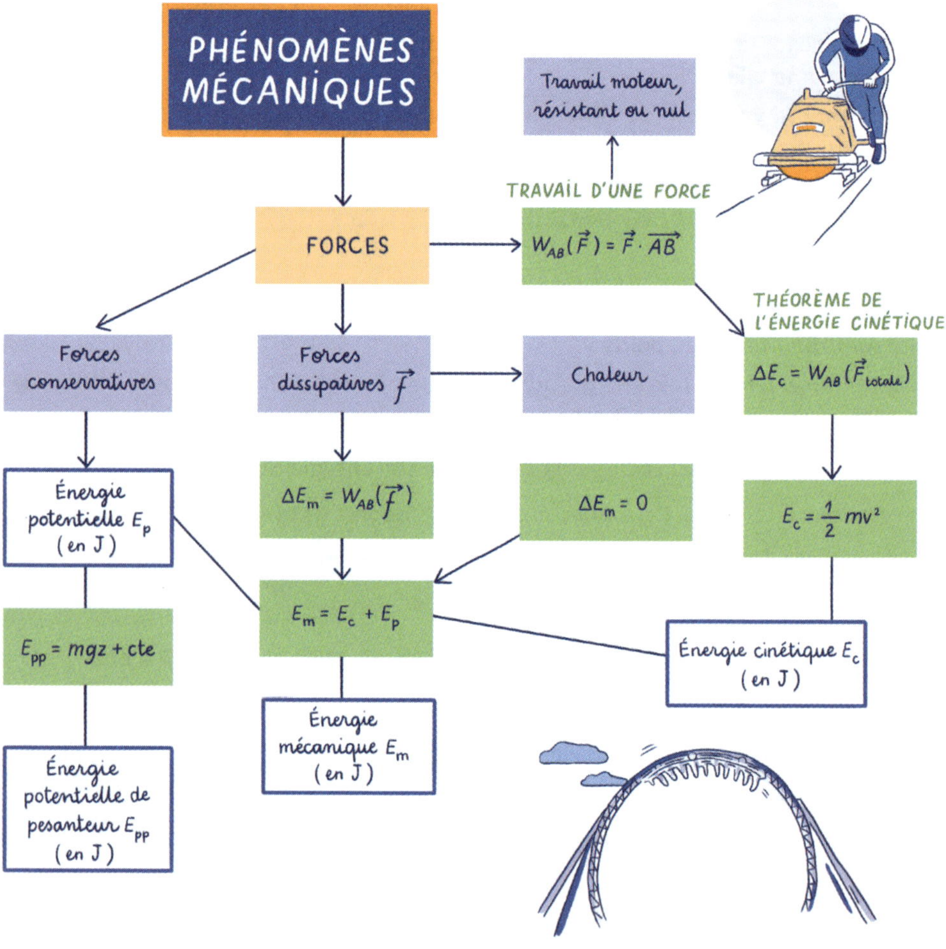

N'hésite pas à construire ta propre carte mentale

Fiche test 1 — Ce que je sais

QCM — 15 min

À revoir
Acquis

Pour chaque question, déterminer la (ou les) bonne(s) réponse(s).
Chaque question peut rapporter : 1 point si la réponse ne comporte aucune erreur ; 0,5 point dans le cas d'une erreur ; 0 point dans le cas de deux erreurs ou plus.

1 Le travail d'une force :

- a. est une énergie.
- b. s'exprime en watts.
- c. est un vecteur.

FICHE 1 p. 196

2 Un produit scalaire entre deux vecteurs $\vec{u}$ et $\vec{v}$ dépend de :

- a. la norme de $\vec{u}$.
- b. la norme de $\vec{v}$.
- c. l'angle entre les deux vecteurs.

FICHE 1 p. 196

3 Le produit scalaire d'un vecteur force $\vec{F}$ par un vecteur déplacement $\overrightarrow{AB}$:

- a. est un vecteur dépendant de $\vec{F}$ et de $\overrightarrow{AB}$.
- b. est égal à $\overrightarrow{AB} \cdot \vec{F}$.
- c. est égal à $F \times AB$ dans le cas où les vecteurs sont de même direction et de même sens.

FICHE 1 p. 196

4 Le vecteur déplacement $\overrightarrow{AB}$ entre deux points A et B :

- a. est indépendant du chemin réellement suivi entre les points A et B.
- b. correspond à une courbe si la trajectoire est curviligne entre A et B.
- c. a une norme qui correspond à la distance entre A et B.

FICHE 1 p. 196

5 L'énergie cinétique d'un objet en mouvement :

- a. double si la vitesse de l'objet double.
- b. est diminuée de moitié si l'objet est deux fois plus léger.
- c. dépend du sens du vecteur vitesse.

FICHE 1 p. 196

6 Le théorème de l'énergie cinétique :

- a. fait le lien entre les énergies cinétique, potentielle et mécanique.
- b. explicite la variation de l'énergie cinétique entre deux points d'un déplacement.
- c. lie la variation de l'énergie cinétique au travail de la force totale exercée sur le système.

FICHE 1 p. 196

7 L'énergie mécanique :

- a. s'exprime en joules comme le travail d'une force.
- b. double si l'énergie cinétique double.
- c. n'est jamais nulle.

FICHE 2 p. 198

8 Une force dissipative :

- a. a un travail souvent résistant.
- b. transforme son travail en chaleur.
- c. est une source de non-conservation de l'énergie mécanique.

FICHE 2 p. 198

9 Une force est conservative si :

- a. elle est une force de frottement.
- b. elle est liée à une énergie potentielle.
- c. son travail est égal à la variation de l'énergie mécanique.

FICHE 2 p. 198

10 L'énergie potentielle de pesanteur dépend de :

- a. la masse du système.
- b. la norme du poids du système.
- c. l'altitude du système.

FICHE 2 p. 198

SCORE : ____ / 10

Établir l'évolution des énergies d'un système dans le cas d'une chute d'un corps

ÉNONCÉ

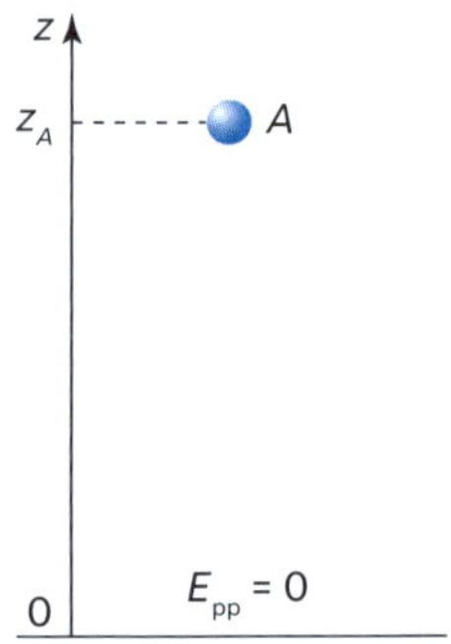

On considère un solide de masse m, modélisé par un point matériel M en chute avec frottements. Ce solide est lâché en A sans vitesse initiale d'une altitude z_A par rapport au sol.

Les frottements ne sont pas négligeables, et dans le cas d'une vitesse faible du système, la force de frottement est proportionnelle à la vitesse (frottements linéaires) : $\vec{f} = -k\vec{v}$.

Exprimer les énergies cinétique, potentielle et mécanique du système. En déduire leur évolution au cours de la chute.

La référence des énergies potentielles de pesanteur est prise nulle au niveau du sol en $z = 0$.

PROCÉDURE

1. Identifier le système, le référentiel d'étude et établir le bilan des forces appliquées au système en précisant les forces conservatives et les forces dissipatives. Commencer par identifier le poids qui existe dans toute les situations proposées en 1re spécialité. Identifier ensuite la présence ou non de force magnétique ou électrique. Puis déterminer les forces de contact (une force pour chaque contact) comme une réaction de support, une tension de fil, une force de rapport d'un ressort, etc. Enfin penser à la présence négligeable ou non d'une force de frottements.
2. Exprimer l'énergie potentielle des forces conservatives.
3. Exprimer l'énergie cinétique du système comme $E_c = \frac{1}{2}mv^2$ et en déduire l'expression de l'énergie mécanique E_m.
4. À partir des situations initiale et finale, évaluer les différentes énergies et donner leur évolution graphique en fonction du temps.

CORRIGÉ

1 Le système étudié est le solide modélisé par un point matériel M dans le référentiel terrestre supposé galiléen.
Le bilan des forces est réduit à deux forces : le poids du solide (conservative) $\vec{P} = m\vec{g}$ et la force de frottement (dissipative) $\vec{f} = -k\vec{v}$.

2 Le poids étant une force conservative, il dérive d'une énergie potentielle $E_{pp}(z) = mgz + \text{cte}$. Or $E_{pp}(z = 0) = 0$ donc la valeur de « cte » est nulle, et on a finalement $E_{pp}(z) = mgz$.

CORRIGÉ

3 L'énergie cinétique du système est :

$$E_c = \frac{1}{2}mv^2$$

et son énergie mécanique est :

$$E_m = E_c + E_{pp} = \frac{1}{2}mv^2 + mgz$$

4 Au point A, la vitesse étant nulle, $E_c(A) = 0$ et $E_m(A) = E_{pp}(A) = mgz_A$.

Au sol, $E_{pp}(z = 0) = 0$ et $E_m(z = 0) = E_c(z = 0) = \frac{1}{2}mv^2$.

Or la force de frottements est dissipative, la variation d'énergie mécanique est donc égale au travail (négatif) de cette force. L'énergie mécanique n'est pas conservée et E_m diminue au cours de la chute.

On en déduit les courbes de l'énergie cinétique, de l'énergie potentielle et de l'énergie mécanique au cours du temps : $t = 0$ correspond à la situation où le solide est au point A sans vitesse initiale, et donc sans énergie cinétique, et $t = t_f$ correspond à la situation où le solide est en contact avec le sol.

Réflexe à avoir
Lorsque le bilan des forces fait apparaître au moins une force dissipative qui travaille, c'est-à-dire non perpendiculaire au déplacement, l'énergie mécanique n'est pas conservée.

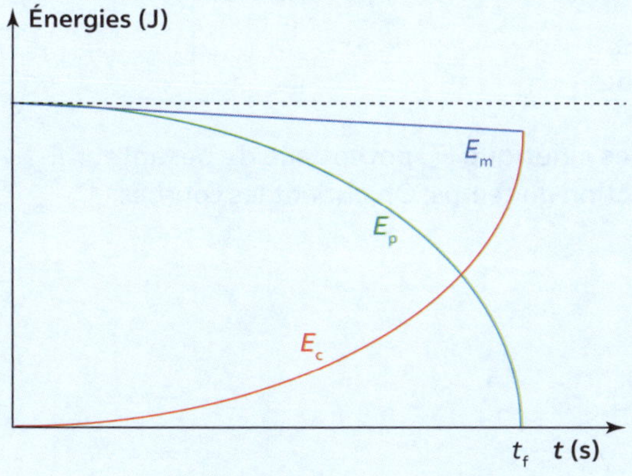

Gagnez des points
La droite en pointillé correspond à la valeur constante de l'énergie mécanique dans le cas d'une chute libre sans frottements.

Lors de la chute, l'altitude du système diminue, donc son énergie potentielle E_p diminue aussi jusqu'à une valeur nulle.

En revanche, le système prend de la vitesse, donc son énergie cinétique E_c augmente au cours du temps.

L'énergie mécanique E_m est la somme des deux courbes, tout en sachant qu'elle n'est pas constante, mais diminue au cours du temps.

EXERCICES D'APPLICATION

1 Snowboard

On s'intéresse au mouvement d'un surfeur, de masse $m = 60$ kg, sur une piste enneigée *ABCDE*.

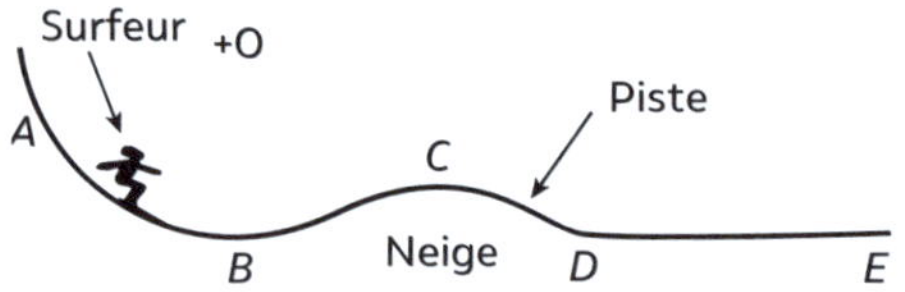

Snowboard

Un film vidéo du mouvement permet de représenter toutes les 0,16 s les positions successives du centre d'inertie *G* du surfeur glissant sur la partie *ABC* de la piste.

La trajectoire de *G* est alors un arc de cercle de centre *O*. À la date $t = 0$, le point *G* se trouve à la position G_0, la vitesse initiale est nulle, et le surfeur se laisse ensuite glisser (il est en G_1 à la date t_1, en G_2 à la date t_2, etc.).

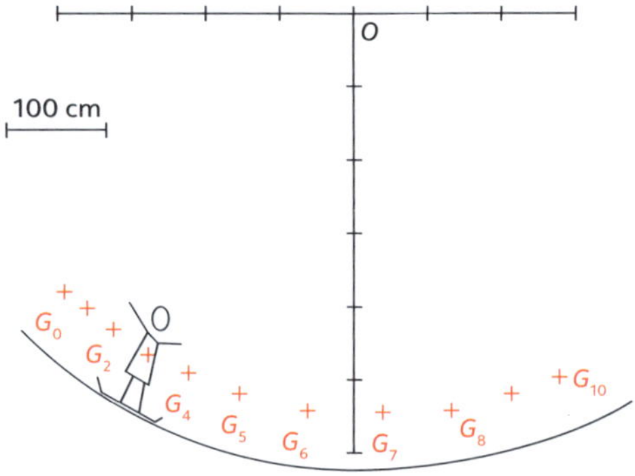

1 Déterminer la valeur v_6 du vecteur vitesse du centre d'inertie du surfeur à la date t_6.

L'enregistrement vidéo complet (de *A* à *E*) et le traitement informatique des données permettent de tracer les courbes d'évolution des énergies cinétique E_c, potentielle de pesanteur E_{pp} et mécanique E_m du surfeur en fonction du temps. On obtient les courbes ①, ② et ③ suivantes :

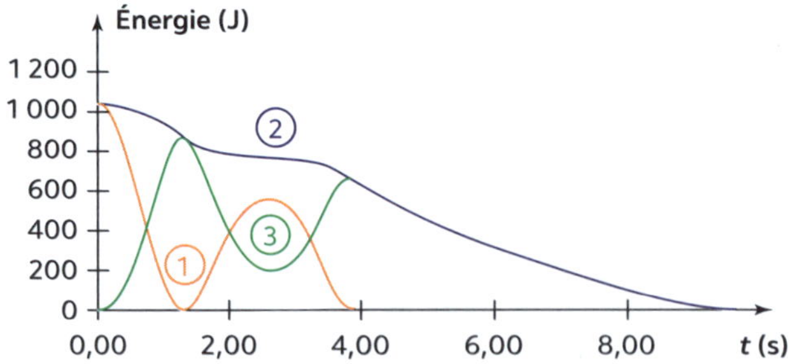

2 Identifier chacune de ces trois courbes en justifiant la réponse.

3 La valeur de la vitesse à la date t_6 est-elle cohérente avec la courbe de l'énergie cinétique E_c choisie ?

4 Le système considéré est-il conservatif ?

2 Étude énergétique d'un pendule simple

Un pendule de masse m, de longueur ℓ est écarté de sa position d'équilibre d'un angle θ non nul et abandonné sans vitesse initiale. On reproduit ci-après les enregistrements des deux formes d'énergie mises en jeu au cours des oscillations.

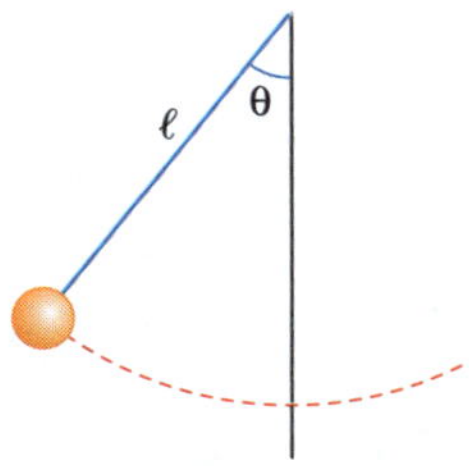

Pendule

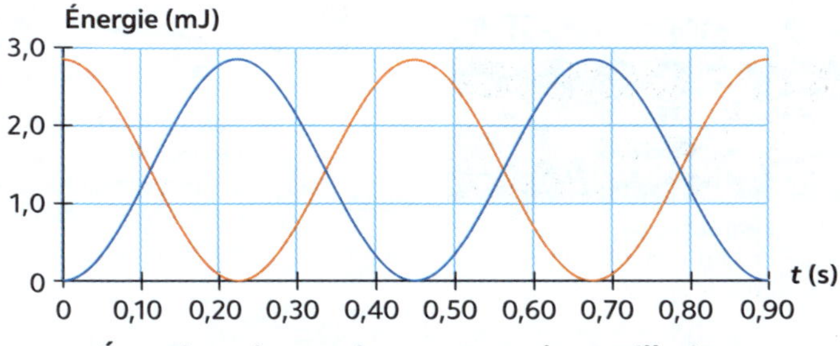

Énergies mises en jeu au cours des oscillations

1. Quelles sont ces deux formes d'énergie mises en jeu par ce pendule ?

Les enregistrements ont débuté un quart de période après le lâcher du pendule.

2. Identifier les courbes correspondant à chacune de ces formes d'énergie. Justifier la réponse.
3. Rappeler l'expression de l'énergie mécanique E_m du pendule et tracer sur le document la courbe $E_m = f(t)$. Que peut-on en conclure ?

Fiche test 2 *Ce que je sais faire*

QCM

30 min

◯ À revoir
◯ Acquis

Pour chaque question, déterminer la (ou les) bonne(s) réponse(s).
Chaque question peut rapporter : 1 point si la réponse ne comporte aucune erreur ; 0,5 point dans le cas d'une erreur ; 0 point dans le cas de deux erreurs ou plus.
On prendra g = 9,8 N·kg^{-1}.

1 Déterminer le travail d'une force

Un skieur dévale une portion AB = 100 m d'une piste faisant un angle α = 5° avec l'horizontale. La masse du skieur et de son équipement est de 70,0 kg.

◯ **a.** Le travail du poids est moteur et vaut 69 kJ.

◯ **b.** Le travail des forces de frottement est résistant.

◯ **c.** Le travail de la réaction $\vec{R}$ de la piste vaut $W_{AB}(\vec{R}) = -6{,}0$ kJ.

FICHE 1 p. 196

2 Déterminer les énergies en un point

On considère une boule de pétanque de masse m = 700 g, que l'on lance avec une vitesse initiale non nulle.

La trajectoire est parabolique, et les frottements sont négligeables. Au sommet de la trajectoire, à l'altitude z_{max} = 1,30 m :

◯ **a.** l'énergie cinétique vaut 8,9 kJ.

◯ **b.** l'énergie potentielle de pesanteur est nulle.

◯ **c.** l'énergie mécanique vaut 8,9 J.

FICHE 1 p. 196

3 Appliquer le théorème de l'énergie cinétique

On considère un système de masse m = 100 g en chute libre sans frottement. Il parcourt AB = 5,0 m avant d'arriver au sol.

◯ **a.** Le travail des forces extérieures appliquées au système vaut 4,9 J.

◯ **b.** La variation de l'énergie cinétique est de −500 J.

◯ **c.** L'énergie cinétique au sol est nulle.

FICHE 1 p. 196

4 Exploiter la conservation de l'énergie mécanique

Un cycliste est à l'arrêt au point A en haut d'une côte.
Il laisse son vélo prendre la pente sans pédaler et arrive en bas au point B, référence des énergies potentielles de pesanteur. Soit m la masse du cycliste et de son vélo. On néglige tout type de frottements entre A et B.

◯ **a.** L'énergie potentielle de pesanteur est nulle en B.

◯ **b.** L'énergie mécanique en A est mgz_A, avec z_A l'altitude du point A.

◯ **c.** La vitesse à l'arrivée en B est $v_B = \sqrt{2gz_A}$.

FICHE 2 p. 198

5 Exploiter la non-conservation de l'énergie mécanique

Une bille de masse m = 50 g roule sur une surface rugueuse horizontale. Les frottements sont assimilés à une force unique de norme f = 0,2 N, et la vitesse initiale est v_0 = 1,0 m·s^{-1}.

◯ **a.** La variation de l'énergie potentielle de pesanteur est nulle.

◯ **b.** La variation de l'énergie mécanique est égale à 25 mJ.

◯ **c.** La bille parcourt 12,5 cm.

FICHE 2 p. 198

SCORE : ____ / 5

VERS LE BAC

3 Une bille sur un plan incliné

On suppose dans l'ensemble de l'exercice que :
- le référentiel terrestre est galiléen le temps de l'expérience ;
- la bille est assimilée à un point matériel ;
- les frottements solides et fluides sont négligeables.

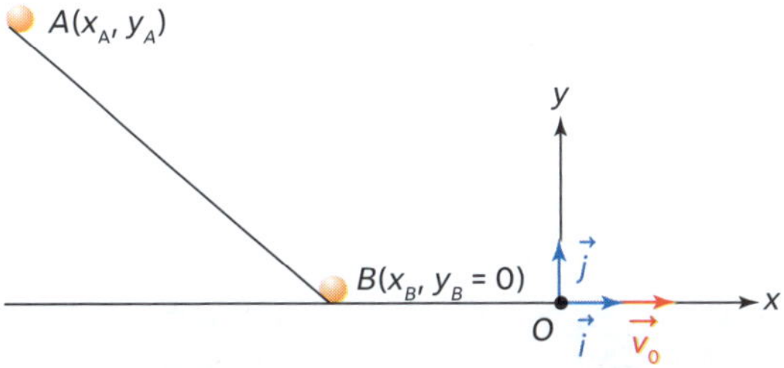

Une bille est lâchée sans vitesse initiale d'un point A (de coordonnées x_A et y_A) situé en haut d'un plan incliné réglable très lisse sur lequel la bille glisse sans frottement. Ensuite, la bille roule entre les points B et O. Sur cette portion, on considérera que la valeur de la vitesse du centre d'inertie de la bille reste constante ; ainsi, on aura $v_B = v_0$.

Sur la portion AB, on peut considérer que la bille est soumise à deux forces constantes : le poids $\vec{P}$ et la réaction du plan incliné $\vec{R}$.

1. Représenter, sans souci d'échelle, les forces exercées sur la bille en un point quelconque de la trajectoire AB.
2. Déterminer le travail de la réaction du support.
3. Déterminer la valeur de la variation de l'énergie mécanique du système sur la portion AB. Justifier.

L'origine des énergies potentielles de pesanteur est prise au point O d'altitude $y_0 = 0$. On a donc $E_{pp}(O) = 0$.

4. Établir l'expression de l'énergie mécanique $E_m(A)$ de la bille en A en fonction de y_A.
5. Établir l'expression de l'énergie mécanique $E_m(B)$ de la bille en B en fonction de v_B.
6. En déduire l'expression de y_A en fonction de $v_0 = v_B$.
7. Calculer y_A pour que v_0 ait la valeur de $2{,}0\ \text{m}\cdot\text{s}^{-1}$.

Donnée : $g = 9{,}8\ \text{m}\cdot\text{s}^{-2}$.

4 Travail d'une force de frottement

On s'intéresse à un point matériel M de masse m susceptible de glisser le long d'un axe Ox. M part de O avec une vitesse initiale $\vec{V}_0 = V_0\vec{i}$ et rebondit en B pour repartir dans l'autre sens.

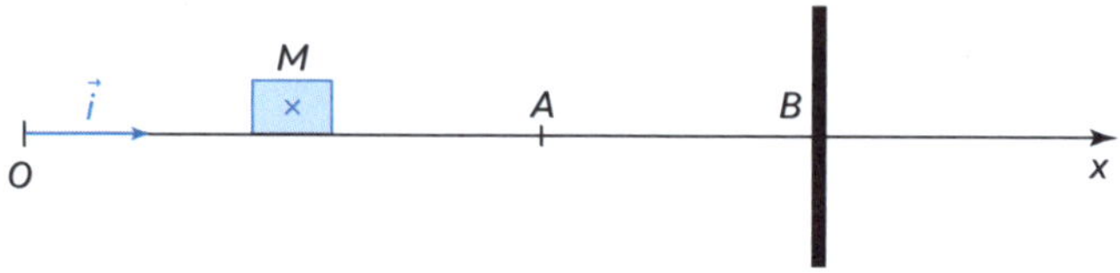

La loi de Coulomb du frottement postule que la composante tangentielle de la réaction du support est proportionnelle à sa composante normale.

1. Soit f le coefficient de proportionnalité. En déduire la relation mathématique traduisant cette loi. Que représente la composante tangentielle ?
2. Établir un bilan des forces agissant sur M. En déduire la valeur des composantes tangentielle et normale de la réaction du support.
3. Exprimer le travail de la force dissipative entre O et A sur l'aller seulement.
4. Exprimer le travail de la force dissipative sur le trajet aller-retour OA en passant par B. Conclure.

Fiche test 3 *Je fais le point*

VRAI FAUX

15 min

○ À revoir
○ Acquis

Indiquer pour chaque proposition si elle est vraie ou fausse.

1. L'énergie potentielle de pesanteur est une quantité toujours positive.	○ Vrai	○ Faux
2. Pour un système conservatif, l'énergie mécanique est toujours constante.	○ Vrai	○ Faux
3. Si $\Delta E_m = 0$, alors le système transfère son énergie cinétique en énergie potentielle, et inversement, au cours du mouvement.	○ Vrai	○ Faux
4. Il n'existe qu'une seule forme d'énergie potentielle, celle de pesanteur.	○ Vrai	○ Faux
5. Le travail d'une force perpendiculaire au mouvement est nul.	○ Vrai	○ Faux
6. Un mouvement sur un plan horizontal se fait à énergie potentielle de pesanteur constante, et ce, que l'on néglige ou non les frottements.	○ Vrai	○ Faux
7. Dans le cas d'une chute libre sans vitesse initiale, la vitesse de chute est proportionnelle à la hauteur de chute.	○ Vrai	○ Faux
8. Au sommet d'un mouvement parabolique, l'énergie potentielle de pesanteur est maximale, alors que l'énergie cinétique est nulle.	○ Vrai	○ Faux
9. On considère un mouvement pour lequel les frottements ne sont pas négligeables. La variation de l'énergie mécanique est alors négative, et le travail des forces dissipatives est résistant.	○ Vrai	○ Faux
10. Le travail du poids est un travail moteur.	○ Vrai	○ Faux

SCORE : ____ / 10

Fiche test 1 Ce que je sais

1. a) Le travail d'une force est une énergie donc un scalaire. FICHE 1 p. 196

2. a), b) et **c)** *Toutes les réponses sont correctes.* FICHE 1 p. 196

3. b) et **c)** Le produit scalaire est un scalaire et non un vecteur, et $W_{AB}(\vec{F}) = \vec{F} \cdot \overrightarrow{AB} = \overrightarrow{AB} \cdot \vec{F} = F \times AB \times \cos(\vec{F}, \overrightarrow{AB})$. Si les vecteurs sont de même direction et même sens, alors l'angle entre les vecteurs est nul, et le cosinus vaut 1. On obtient alors $W_{AB}(\vec{F}) = F \times AB$. FICHE 1 p. 196

> **Remarque**
> Le produit scalaire est commutatif.

4. a) et **c)** Le vecteur $\overrightarrow{AB}$ est indépendant de ce qu'il se passe entre les deux points et sa norme correspond à la distance entre les deux points. FICHE 1 p. 196

5. b) L'énergie cinétique E_c s'écrit $E_c = \frac{1}{2}mv^2$ avec m la masse et v la vitesse : si la vitesse double, E_c est multipliée par 4, et si la masse diminue de moitié, E_c fait de même. FICHE 1 p. 196

6. b) et **c)** Le théorème de l'énergie cinétique fait le lien entre la variation de l'énergie cinétique et le travail de la force totale appliquée au système. FICHE 1 p. 196

7. a) L'énergie mécanique s'exprime en joules, n'est pas proportionnelle à l'énergie cinétique et peut être nulle. FICHE 2 p. 198

8. a), b) et **c)** *Toutes les réponses sont correctes.* Une force dissipative, par exemple les frottements, a souvent un travail résistant, car la force est opposée au mouvement. Elle permet de dissiper l'énergie mécanique en chaleur. FICHE 2 p. 198

9. b) Une force conservative dérive d'une énergie potentielle. L'énergie n'est pas conservée en cas de frottements (forces dissipatives). FICHE 2 p. 198

10. a), b) et **c)** *Toutes les réponses sont correctes.* $E_{pp} = mgz$ est proportionnelle à la masse m, à l'altitude z et au poids $P = mg$. FICHE 2 p. 198

EXERCICES D'APPLICATION

1 Snowboard

1. La vitesse v_6 est définie à partir des positions G_5 et G_7 :

$$v_6 = \frac{G_5G_7}{2\Delta t}$$

En utilisant l'échelle de l'enregistrement, on a $G_5G_7 = 1{,}5$ m.

$v_6 = \frac{1{,}5}{2 \times 0{,}16} = \mathbf{4{,}7\ m \cdot s^{-1}}$.

> **Remarque**
> 0,95 cm équivaut à 100 cm dans la réalité, donc la mesure de G_5G_7 correspond à 150 cm.

2. À $t = 0$, la vitesse initiale est nulle, donc l'énergie cinétique du surfeur est nulle : $E_c(t = 0) = \frac{1}{2}mv^2 = 0$. Or seule la courbe ③ présente une valeur nulle à l'origine.

La courbe ② représente la somme des courbes ① et ③, donc cette courbe est celle de l'énergie mécanique ($E_m = E_c + E_{pp}$). Par différence, on en déduit que la courbe de l'énergie potentielle de pesanteur du surfeur est la courbe ①.

① = $\boldsymbol{E_{pp}}$, ② = $\boldsymbol{E_m}$, ③ = $\boldsymbol{E_c}$. FICHE 1 p. 196

3. À la date $t_6 = 6\Delta t = 6 \times 0{,}16 = 0{,}96$ s, le surfeur a une énergie cinétique $E_c(t_6) = \frac{1}{2}mv^2$ soit $E_c(t_6) = \frac{1}{2} \times 60 \times (4{,}7)^2 = 663$ J. Cette énergie est bien **en accord** avec la courbe ②.

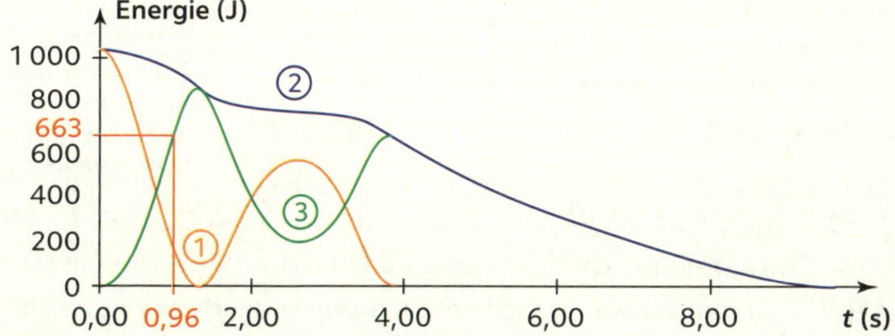

4. Le système a une énergie mécanique qui décroît au cours du temps. Elle n'est donc pas constante : **le système n'est pas conservatif.**

② Étude énergétique d'un pendule simple

1. Les deux formes d'énergie mises en jeu sont l'**énergie cinétique E_c** et l'**énergie potentielle de pesanteur** du pendule $\boldsymbol{E_{pp}}$.

2. Le pendule fait un aller-retour pendant une période, donc en un quart de période, il parcourt la moitié d'un aller par exemple. Il se retrouve alors en position verticale.

> **L'astuce du prof**
> La vitesse d'un pendule est maximale en position verticale et nulle aux extrémités du mouvement.

Son altitude est alors minimale et sa vitesse maximale : l'énergie cinétique du début de l'enregistrement est maximale et l'énergie potentielle de pesanteur minimale.

On identifie donc la **courbe rouge comme étant celle de l'énergie cinétique et la courbe bleue comme celle de l'énergie potentielle de pesanteur**. Cette dernière étant nulle à $t = 0$, on en déduit que la référence des énergies potentielles a été prise à l'altitude minimale du pendule.

3. L'énergie mécanique E_m est la somme des énergies cinétique et potentielle de pesanteur : $\boldsymbol{E_m = E_c + E_{pp}}$. On en déduit la courbe $E_m = f(t)$ par addition, à t donné, des courbes rouge et bleue. On constate que **l'énergie mécanique se conserve** pendant le mouvement de balancier du pendule.

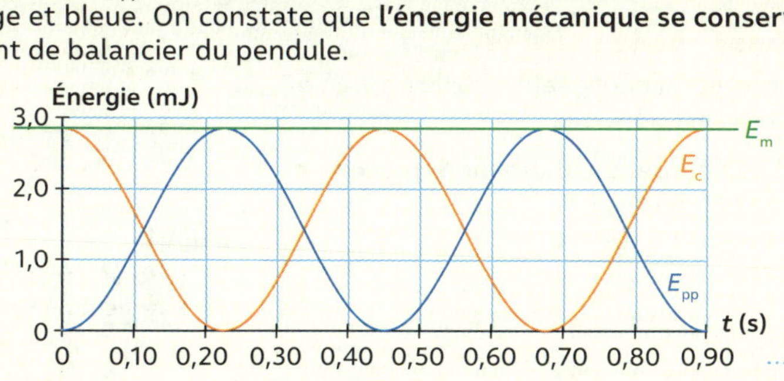

FICHE 1 p. 196

Fiche test 2 — Ce que je sais faire

1. b) Le travail du poids est $W_{AB}(\vec{P}) = mg \times AB \times \cos(\vec{P}, \overrightarrow{AB})$, soit :
$W_{AB}(\vec{P}) = 70{,}0 \times 9{,}8 \times 100 \times \cos(90° - 5°) = 6{,}0 \times 10^3 \text{ J} = 6{,}0 \text{ kJ} > 0$.
Le travail des forces de frottement est négatif, donc ce travail est résistant. Concernant la réaction de la piste, cette force est perpendiculaire à la piste, donc son travail est nul. FICHE 1 p. 196

2. c) Au sommet de la trajectoire, la vitesse est nulle, donc $E_c = 0$. L'énergie potentielle de pesanteur est :
$E_{pp} = mgz_{max} = 0{,}700 \times 9{,}8 \times 1{,}30 = 8{,}9$ J.
L'énergie mécanique est $E_m = E_c + E_{pp} = 8{,}9$ J. FICHE 1 p. 196

Remarque
Dans le cas d'une chute libre sans frottement, les forces extérieures se résument au poids.

3. a) Les forces extérieures sont le poids, et le travail du poids est $W_{AB}(\vec{P}) = mgh$, soit $W_{AB}(\vec{P}) = 0{,}100 \times 9{,}8 \times 5{,}0 = 4{,}9 \text{ J} > 0$. Le théorème de l'énergie cinétique permet de dire que la variation d'énergie cinétique vaut $\Delta E_c = W_{AB}(\vec{P}) = 4{,}9$ J. Arrivé au sol, le système n'a pas une vitesse nulle mais maximale, son énergie cinétique n'est donc pas nulle. FICHE 1 p. 196

4. a), b) et **c)** *Toutes les réponses sont correctes*. La vitesse en *A* est nulle, et l'altitude en *B* est nulle, donc $E_c(A) = 0$ et $E_{pp}(B) = 0$. Les frottements sont négligeables, donc on en déduit $\Delta E_m = 0$, soit $E_m(A) = E_c(A) + E_{pp}(A) = E_{pp}(A) = E_m(B) = E_c(B) + E_{pp}(B) = E_c(B)$.
Finalement, $E_{pp}(A) = E_c(B)$ ou $mgz_A = \frac{1}{2}mv_B^2$, et enfin $v_B = \sqrt{2gz_A}$. FICHE 2 p. 198

5. a) et **c)** Le mouvement est horizontal, donc l'altitude ne varie pas et l'énergie potentielle est constante, sa variation est donc nulle. On a alors :

$$\Delta E_m = \Delta E_c + \Delta E_{pp} = \Delta E_c = 0 - \frac{1}{2}mv_0^2 = -0{,}5 \times 50 \times 10^{-3} \times 1{,}0^2 = -0{,}025 \text{ J ou } -25 \text{ mJ}.$$

L'énergie mécanique n'est pas conservée, et on a donc :

$\Delta E_m = W_{AB}(\vec{f}) = f \times AB \times \cos(180°) = -f \times AB$ avec *AB* la distance parcourue.

On en déduit que $AB = \frac{\Delta E_m}{f} = \frac{0{,}025}{0{,}2} = 0{,}125 \text{ m} = 12{,}5 \text{ cm}$. FICHE 2 p. 198

VERS LE BAC

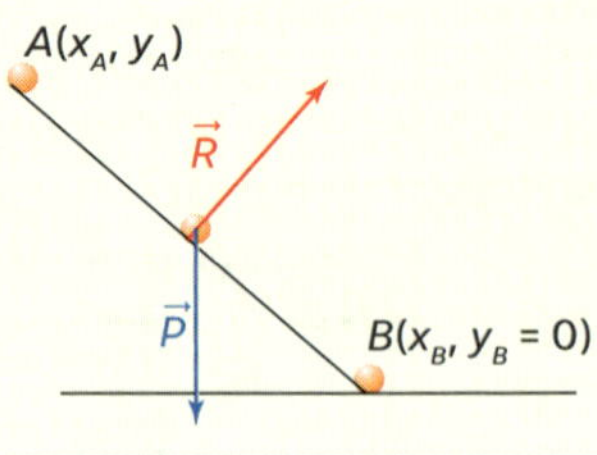

③ Une bille sur un plan incliné

1. Les frottements étant négligeables sur la portion *AB*, la réaction du plan est normale.

2. La réaction est perpendiculaire au déplacement, donc son travail est nul :

$$W_{AB}(\vec{R}) = 0$$

Rappel
Toute force perpendiculaire au déplacement ne travaille pas.

3. Les forces de frottements sont négligeables. On en déduit que $\boldsymbol{\Delta E_m = 0}$, soit encore E_m = constante. Le système évolue donc de A à B **en conservant son énergie mécanique**.

4. En A, $E_m(A) = E_c(A) + E_{pp}(A) = E_{pp}(A)$, car la bille est lâchée en A sans vitesse initiale et donc sans énergie cinétique. On en déduit alors : $\boldsymbol{E_m(A) = E_{pp}(A) = mgy_A}$, l'origine des énergies potentielles de pesanteur étant prise en $y = 0$. FICHE 2 p. 198

5. En B, $E_m(B) = E_c(B) + E_{pp}(B) = E_c(B)$, car l'origine des énergies potentielles de pesanteur est prise en $y_B = 0$. On en déduit que : $\boldsymbol{E_m(B) = E_c(B) = \frac{1}{2}mv_B^2}$.

6. L'énergie mécanique étant conservée sur le trajet AB, on a $E_m(A) = E_m(B)$, soit :
$mgy_A = \frac{1}{2}mv_B^2 = \frac{1}{2}mv_0^2$. Finalement, on obtient $\boldsymbol{y_A = \frac{v_0^2}{2g}}$.

7. $y_A = \frac{2{,}0^2}{2 \times 9{,}8} = 0{,}20$ m, soit $\boldsymbol{y_A = 20}$ **cm**.

④ Travail d'une force de frottement

Gagnez des points

La force de frottement est toujours tangentielle et opposée au mouvement.

1. La loi de Coulomb se traduit par $\|\vec{R}_T\| = f\|\vec{R}_N\|$, avec $\vec{R}_T$ [resp. $\vec{R}_N$] la composante tangentielle [resp. normale] de la réaction du support. La composante tangentielle, le long du support, opposée au mouvement, est appelée **force de frottement**. Cette dernière est une force **dissipative**.

2. Les forces agissant sur M sont son **poids** $\vec{P}$ et la **réaction du support** $\vec{R} = \vec{R}_T + \vec{R}_N$.

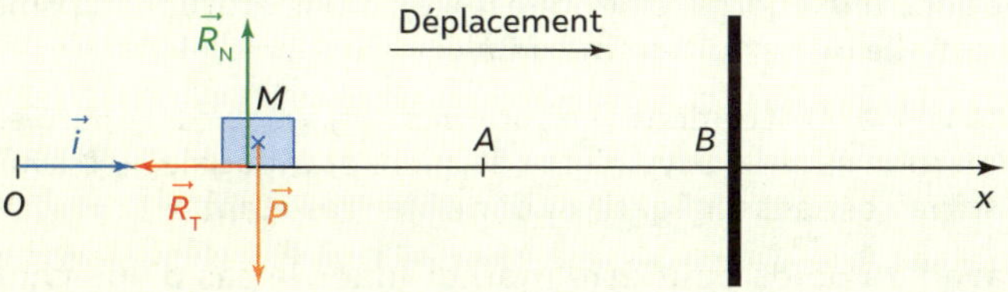

Le système n'ayant pas de mouvement suivant l'axe perpendiculaire à Ox, on peut conclure, d'après le principe d'inertie, que $\vec{P} + \vec{R}_N = \vec{0}$, soit au niveau des normes :

$$\|\vec{P}\| = \|\vec{R}_N\| = mg$$

On en déduit alors : $\|\vec{R}_T\| = f\|\vec{R}_N\| = fmg$.

3. Sur l'aller, on a : $W_{OA}(\vec{R}_T) = \vec{R}_T \cdot \overrightarrow{OA}$ soit $\boldsymbol{W_{OA}(\vec{R}_T) = -fmg \cdot OA < 0}$. FICHE 2 p. 198

4. $W'_{OA}(\vec{R}_T) = \vec{R}_T \cdot \overrightarrow{OB} + \vec{R}'_T \cdot \overrightarrow{BA}$ avec $\vec{R}'_T = -\vec{R}_T$ opposée au mouvement de retour.
$W'_{OA}(R_T) = -fmg \times OB - fmg \times AB = -fmg(OB + AB) = -fmg(2AB + OA)$
soit finalement : $\boldsymbol{W'_{OA}(\vec{R}_T) = W_{OA}(\vec{R}_T) - 2fmg \cdot AB}$.

On en conclut que $W'_{OA}(\vec{R}_T) \neq W_{OA}(\vec{R}_T)$: **le travail d'une force dissipative n'est pas indépendant du chemin suivi.** FICHE 2 p. 198

Fiche test 3 *Je fais le point*

1. Faux. L'énergie potentielle de pesanteur, contrairement à l'énergie cinétique, est une quantité algébrique. Sa valeur dépend de la référence d'énergie potentielle de pesanteur $E_{pp} = 0$.

2. Vrai. Un système conservatif a une énergie totale constante.

3. Vrai. Si l'énergie mécanique est conservée, les énergies cinétique et potentielle ne le sont pas, seule leur somme est constante. La diminution de l'une entraîne alors l'augmentation de l'autre. Le seul cas particulier est le cas d'un système au repos : $E_m = E_c = E_p = 0$.

4. Faux. Il existe plusieurs formes d'énergie potentielle. L'autre exemple courant est l'énergie potentielle élastique emmagasinée dans un ressort.

5. Vrai. Si la force est perpendiculaire au déplacement, le produit scalaire définissant le travail de cette force le long du déplacement est nul.

6. Vrai. Dans le cas d'un mouvement sur un plan horizontal, l'altitude ne change pas, et l'énergie potentielle de pesanteur est constante.

7. Faux. La vitesse de chute libre est proportionnelle à la racine carrée de la hauteur de chute.

Rappel

Dans le cas d'une chute libre sans vitesse initiale, on peut établir que $v = \sqrt{2gh}$ avec h la hauteur de chute.

8. Vrai. Si le mouvement est parabolique, le système a une vitesse nulle au sommet de la trajectoire (et donc une énergie cinétique nulle) et une altitude maximale (et donc une énergie potentielle de pesanteur maximale).

9. Vrai. Dans le cas où les frottements ne sont pas négligeables, l'énergie mécanique diminue, et sa variation est négative. Cette dernière étant égale au travail des forces dissipatives, ce travail est aussi négatif et donc bien résistant.

10. Faux. Le travail du poids peut être moteur (dans le cas d'une chute libre par exemple), résistant (dans le cas d'un mouvement ascendant par exemple) ou nul (dans le cas d'un mouvement horizontal par exemple).

Partie 4

Ondes et signaux

Chapitre

9 Ondes mécaniques

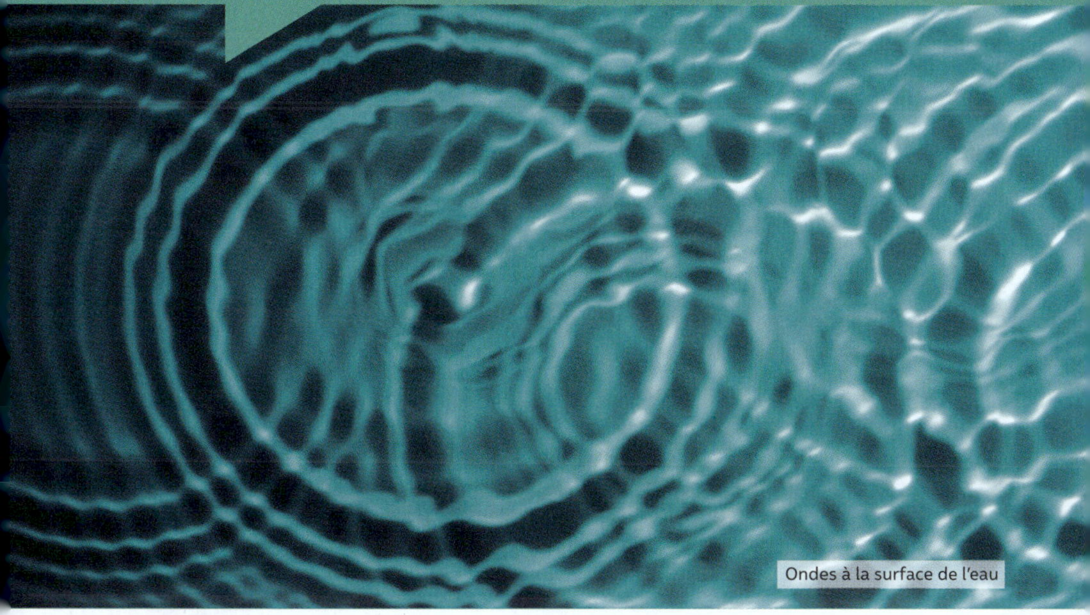
Ondes à la surface de l'eau

FICHE 1 Onde mécanique progressive et grandeurs physiques associées 218

FICHE 2 Célérité d'une onde, retard 220

FICHE 3 Ondes mécaniques périodiques 222

Révision Express 224

Méthodes 226

Exercices 228

VERS LE BAC 231

Corrigés 235

FICHE 1

Onde mécanique progressive et grandeurs physiques associées

1 Onde mécanique progressive

1. Généralités

À retenir

Une **onde mécanique** est la propagation d'une perturbation ou déformation d'un milieu matériel élastique avec transport d'énergie, mais sans transport de matière.

Vidéo « Les ondes »

- Une onde mécanique progressive est une onde telle que la perturbation progresse dans un milieu matériel en s'éloignant de sa source sans transport de matière.
- Les ondes sismiques, une onde à la surface de l'eau, le phénomène de houle, une onde acoustique sont des ondes mécaniques.

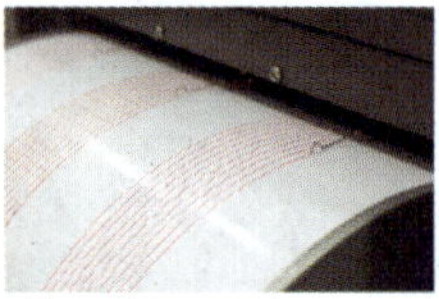
Enregistrement d'ondes sismiques

2. Exemple des ondes sismiques

- Parmi les ondes sismiques, on distingue les ondes de volume et les ondes de surface.
- Les ondes de volume se propagent dans le globe terrestre avec une vitesse de propagation dépendant du milieu. On distingue les ondes P ou primaires, ondes de compression/dilatation enregistrées en premier dans un séisme (schéma 1 p. 219) et les ondes S ou secondaires, ondes dites de cisaillement qui arrivent plus tard et qui ne se propagent pas dans les liquides (schéma 2 p. 219).
- Les ondes de surface sont des ondes mécaniques guidées par la surface de la Terre. Elles sont moins rapides que les ondes de volume.

Remarque
Les différences de temps d'arrivée au sismographe entre les ondes P et S renseignent sur l'épicentre du séisme.

2 Caractéristiques et propriétés

Les caractéristiques et propriétés des ondes mécaniques progressives sont multiples.

- **Nature** : une onde est transversale [resp. longitudinale] si la perturbation est perpendiculaire [resp. parallèle] à la direction de propagation.

Vidéo « Ondes longitudinales et transversales »

- **Propagation** : elle s'effectue sans transport de matière. C'est uniquement l'énergie qui se propage. Pour les milieux homogènes et isotropes, la célérité des ondes mécaniques progressives est supposée constante.
- **Superposition** : lorsque deux ondes se rencontrent, elles se superposent, c'est-à-dire que les perturbations s'additionnent de manière algébrique.

EXERCICE RÉSOLU

> Donner la nature des ondes P et S

ÉNONCÉ

Les ondes P sont des ondes de compression/dilatation du milieu.

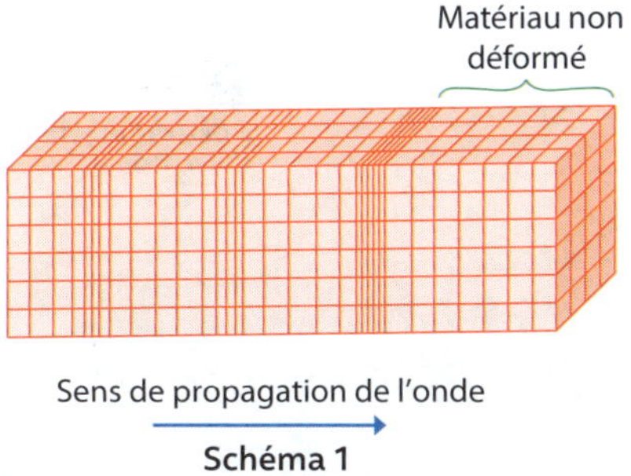

Schéma 1

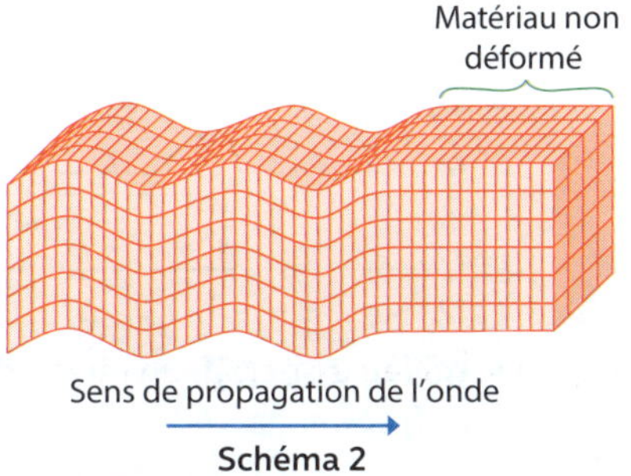

Schéma 2

1. Quel schéma correspond aux ondes P ?
2. Les ondes P sont-elles transversales ou longitudinales ?
3. Sachant que les ondes S de cisaillement sont de nature différente, en déduire la direction de déformation du milieu élastique.

CORRIGÉ

1. Les ondes P correspondent à la propagation de zones de compression et de dilatation du milieu, donc au **schéma 1** dans lequel le milieu matériel se comprime ou se dilate.

2. La déformation est parallèle à la direction de propagation, les ondes P sont donc des ondes **longitudinales**.

3. En revanche, les ondes S sont transversales : la déformation est donc **perpendiculaire à leur direction de propagation**.

Rappel
La propagation en compression/dilatation est celle d'une onde mécanique le long d'un ressort qui joint ou disjoint ses spires.

Lexique

- **Onde mécanique :** perturbation se propageant uniquement dans un milieu matériel avec transport d'énergie, mais sans transport de matière.
- **Onde transversale :** onde dont la direction de propagation est perpendiculaire à la direction de déformation du milieu.
- **Onde longitudinale :** onde dont la direction de propagation est parallèle à la direction de déformation du milieu.

FICHE 2 Célérité d'une onde, retard

1 Célérité d'une onde, durée et distance parcourue

• Considérons une perturbation se propageant le long d'une corde. Observons la corde à des instants différents.

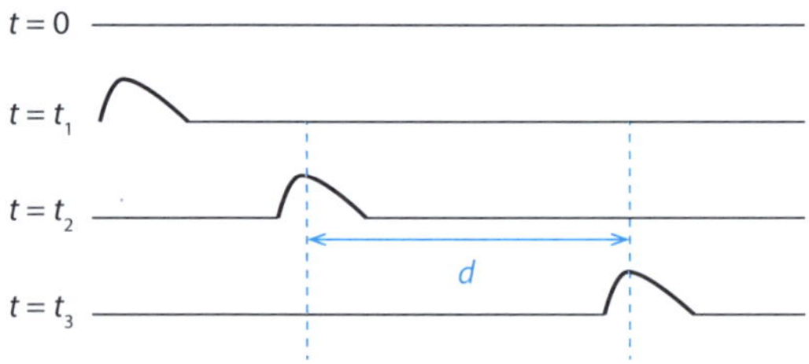

Vidéo
« Célérité et retard d'une onde »

• On appelle **milieu dispersif**, un milieu de propagation dans lequel la célérité des ondes dépend de leur fréquence.

• L'onde parcourt une distance d entre deux instants (par exemple t_2 et t_3) séparés d'une durée de Δt (ici $\Delta t = t_3 - t_2$).

À retenir

Dans un milieu non dispersif, la **distance *d* (en m) parcourue par l'onde** est telle que :

$$\boldsymbol{d = v \times \Delta t} \text{ avec } \begin{cases} \Delta t : \text{durée (en s),} \\ v : \text{célérité ou vitesse de l'onde (en m·s}^{-1}\text{).} \end{cases}$$

Remarque
Le terme célérité (du latin *celer* : rapide) est préféré au terme vitesse, car la propagation d'une onde mécanique se fait sans transport de matière.

• La mesure du temps de **retard** connaissant la célérité d'une onde permet alors de **localiser la source du signal**.

2 Influence du milieu

• La célérité d'une onde est une **caractéristique** du milieu de propagation. Elle dépend de l'inertie du milieu (capacité à résister au déplacement) et de sa rigidité (capacité à résister à une déformation).

• La célérité d'une onde **augmente avec la rigidité** du milieu et **diminue avec son inertie.**

Propagation d'une vibration le long d'une corde

• Le tableau ci-dessous rassemble quelques valeurs de la célérité du son pour différents milieux de propagation.

Milieu	Air	Eau	Bois	Acier	Verre
Célérité (m·s⁻¹)	340	1 500	5 000	5 000	5 500

EXERCICE RÉSOLU

> Utiliser la relation entre le retard temporel et la distance parcourue

ÉNONCÉ

Un « radar de recul » est composé de quatre capteurs ultrasonores identiques.

Chacun de ces capteurs a une portée minimale d_{min} = 0,30 m (un obstacle situé à une distance du capteur inférieure à d_{min} ne sera pas détecté) et une portée maximale d_{max} = 2,0 m. En fonctionnement, le capteur génère des salves ultrasonores de durée Δt_1 = 1,7 ms avec une périodicité Δt_2 = 12 ms.

1. Vérifier que pour la distance d_{min} entre le capteur et l'obstacle, la durée entre l'émission et la réception est égale à Δt_1.

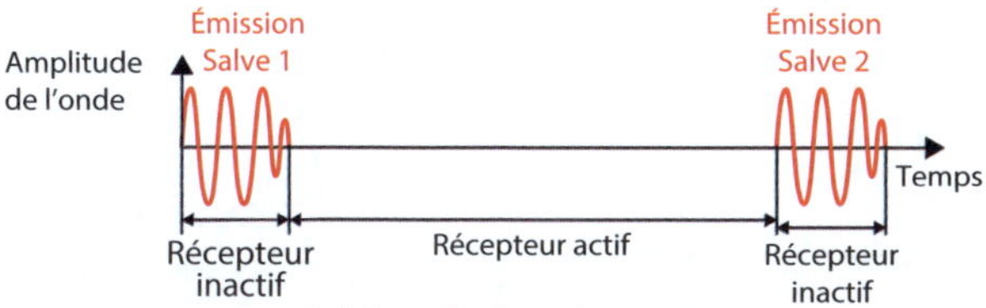

Schéma de fonctionnement

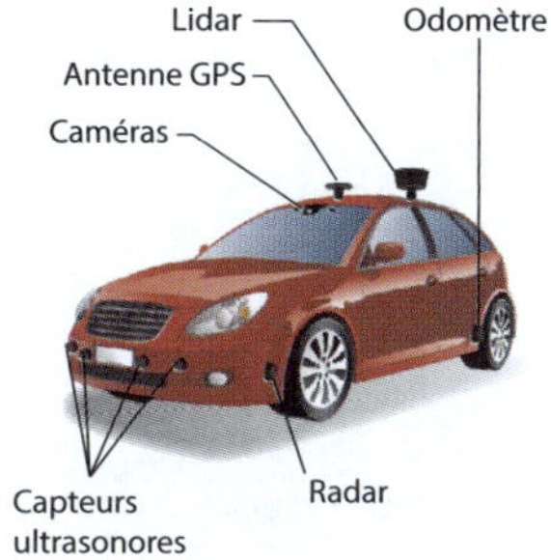

La voiture du futur

2. Montrer que la valeur de la portée maximale de ce capteur est liée essentiellement à une des caractéristiques du signal émis.

On prendra la célérité des ondes ultrasonores dans l'air égale à v = 343 m·s^{-1}.

CORRIGÉ

1. Entre l'émission d'une salve et sa réception, l'onde ultrasonore parcourt une distance aller-retour $d = 2d_{min}$ pendant Δt tel que $\Delta t_{min} = \frac{2d_{min}}{v} = \frac{2 \times 0,30}{343} = 1,7$ ms.
On en déduit bien que $\boldsymbol{\Delta t_{min} = \Delta t_1}$.

2. En utilisant la relation entre la célérité de l'onde et la portée maximale d_{max} et en considérant toujours que l'onde parcourt un aller-retour entre le capteur et l'obstacle, on a : $\Delta t_{max} = \frac{2d_{max}}{v} = \frac{2 \times 2,0}{343} = 12$ ms.
On en déduit bien que $\boldsymbol{\Delta t_{max} = \Delta t_2} = T$, période du signal.

Gagnez des points
Pensez que l'onde ultrasonore parcourt un aller-retour entre le capteur et l'obstacle.

Lexique
- **Milieu dispersif :** milieu dans lequel la vitesse de propagation d'une onde dépend de sa fréquence.
- **Retard :** durée nécessaire à une onde partant d'un point A pour atteindre un point B différent de A.

FICHE 3 Ondes mécaniques périodiques

1 Période temporelle, période spatiale

- Lorsque le phénomène vibratoire est périodique, on parle **d'onde progressive périodique**. Une **onde sinusoïdale** est un cas particulier d'une onde périodique.
- Une onde progressive périodique possède une double périodicité :
– une périodicité spatiale caractérisée par la **longueur d'onde** λ ;
– une périodicité temporelle caractérisée par la **période** T.

Onde de surface périodique

- Dans le cas d'une onde de surface par exemple, la longueur d'onde correspond à la longueur d'un motif de l'onde.

Vues du dessus

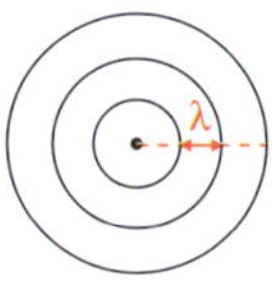

Onde circulaire

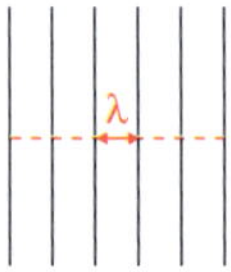

Onde plane

Vue de profil

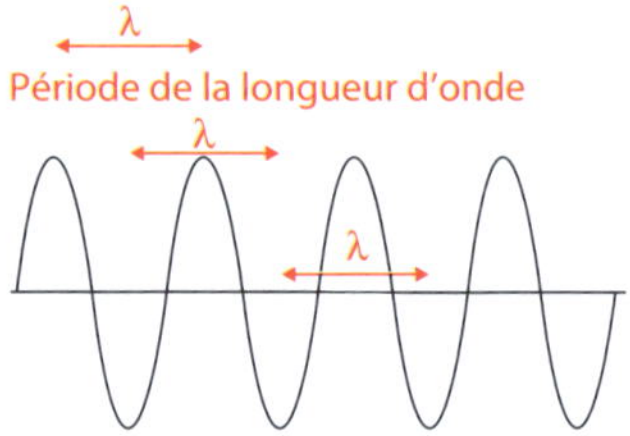

- La période T correspond à la durée d'un motif :

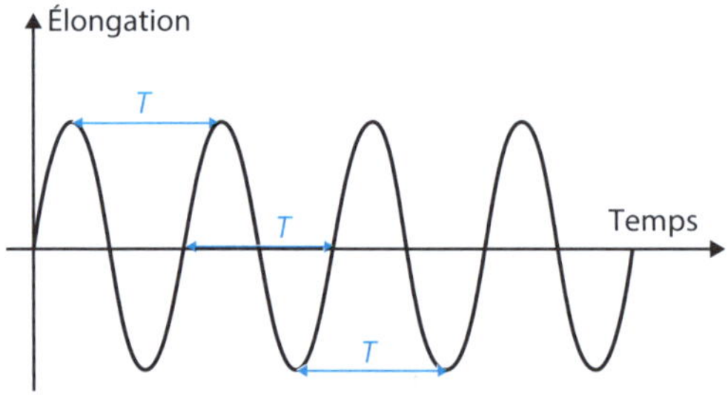

Vidéo
« Les ondes périodiques »

2 Relation entre période, longueur d'onde et célérité

À retenir

La relation entre les périodes spatiale λ (en m) et temporelle T (en s) d'une onde périodique est :

$$\lambda = vT = \frac{v}{f} \quad \text{avec} \quad \begin{cases} v : \text{célérité de l'onde (en m·s}^{-1}\text{)}, \\ f : \text{fréquence (en Hz)}. \end{cases}$$

Remarque

La fréquence f de l'onde se définit comme l'inverse de la période et s'exprime en hertz (Hz) : $f = \frac{1}{T}$.

EXERCICE RÉSOLU

> Définir une onde et calculer sa période temporelle

ÉNONCÉ

Un petit caillou est jeté dans l'eau. Il crée à la surface de l'eau une onde circulaire progressive périodique.

1. Quelle est la nature de cette onde ?

2. Pourquoi un petit objet flottant à la surface de l'eau n'est-il pas emporté au loin par la perturbation ?

3. Sachant que la célérité de l'onde est $v = 0{,}50\ \text{m}\cdot\text{s}^{-1}$, exprimer et calculer la période temporelle T de cette onde de période spatiale 3,5 cm.

CORRIGÉ

1. Une onde de surface se propage à la surface de l'eau (les vagues se déplacent donc horizontalement), alors que la déformation de la surface est perpendiculaire à celle-ci (la perturbation est verticale). On en déduit que l'onde est **transversale**.

Méthode
Recherchez la direction de propagation de l'onde et celle de la perturbation (direction de déformation).

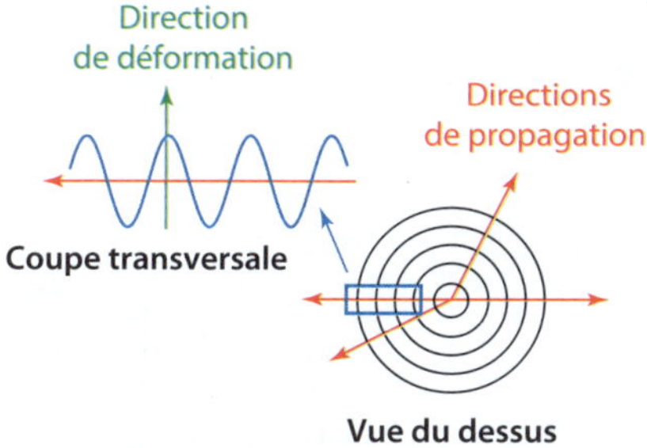

2. Une onde mécanique ne transporte pas de matière : le petit objet subit la déformation verticale, mais reste toujours au même endroit vis-à-vis de la source. **Il n'y a jamais de transport de matière.**

3. La période spatiale λ est telle que $\lambda = vT$, soit pour la période T : $T = \dfrac{\lambda}{v}$.

$T = \dfrac{3{,}5 \times 10^{-2}}{0{,}50} = 7{,}0 \times 10^{-2}$ s soit $\boldsymbol{T = 70}$ **ms**.

Lexique

- **Longueur d'onde :** longueur correspondant à la période spatiale d'une onde progressive périodique.
- **Période :** durée correspondant à la période temporelle d'une onde progressive périodique.

CARTE MENTALE

> **Ondes mécaniques**

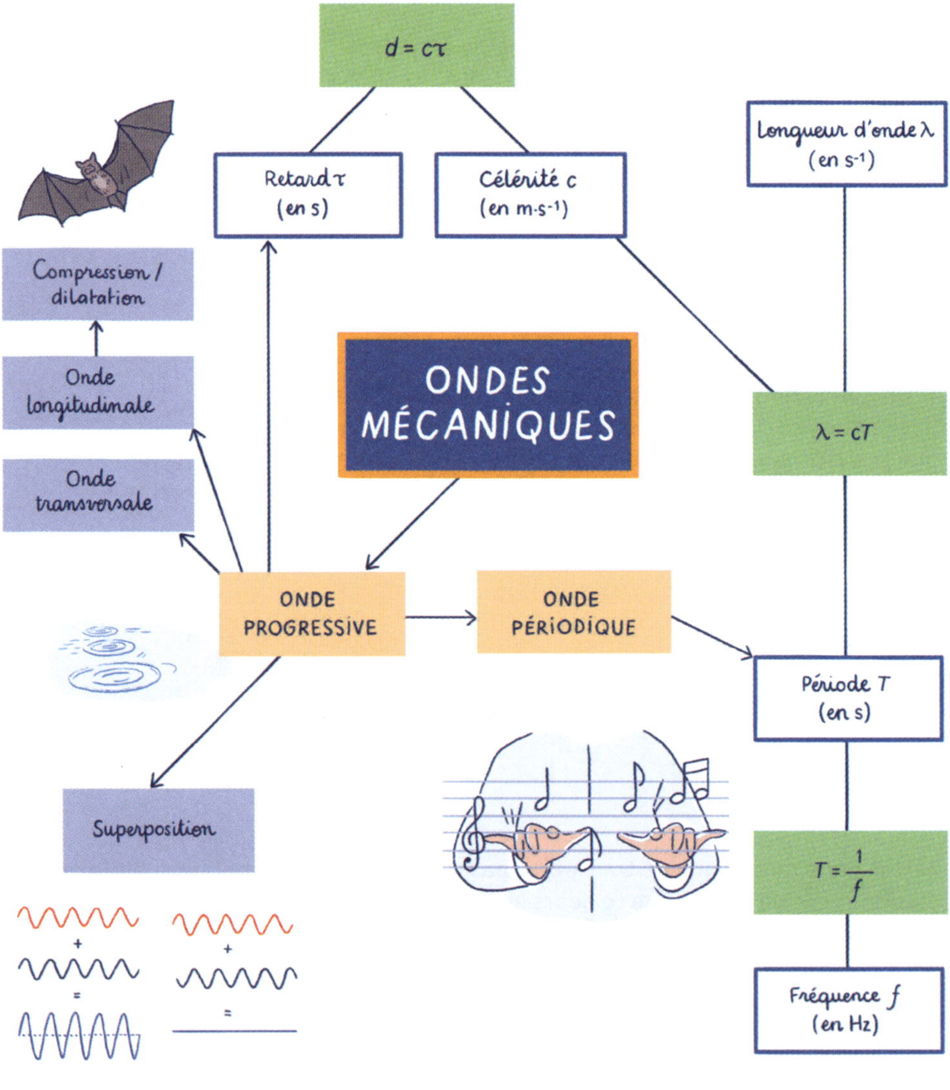

N'hésite pas à construire ta propre carte mentale

Fiche test 1 — Ce que je sais

QCM — 15 min

- À revoir
- Acquis

Pour chaque question, déterminer la (ou les) bonne(s) réponse(s).
Chaque question peut rapporter : 1 point si la réponse ne comporte aucune erreur ; 0,5 point dans le cas d'une erreur ; 0 point dans le cas de deux erreurs ou plus.

1 Une onde mécanique progressive est une onde qui peut se propager dans :

- a. l'air.
- b. le vide.
- c. l'eau.

FICHE 1 p. 218

2 Les ondes suivantes sont des ondes mécaniques :

- a. la lumière.
- b. le son.
- c. les ondes à la surface de l'eau.

FICHE 1 p. 218

3 Les ondes sismiques primaires P sont des ondes :

- a. de compression/dilatation de la matière.
- b. longitudinales.
- c. de vitesse de propagation supérieure à celle des ondes sismiques S.

FICHE 1 p. 218

4 Les ondes suivantes sont des ondes transversales :

- a. les ondes acoustiques.
- b. les ondes à la surface de l'eau.
- c. les ondes générées dans un ressort.

FICHE 1 p. 218

5 On considère deux ondes transversales, de même fréquence et de même amplitude se rencontrant en un point *P* de l'espace. Au point *P*, l'onde mécanique résultante peut être :

- a. nulle.
- b. d'amplitude double.
- c. d'amplitude quelconque.

FICHE 1 p. 218

6 Soit une onde émise en *A* et reçue en *B* avec un retard τ. Sachant que la célérité de l'onde est *c* :

- a. $AB = \frac{c\tau}{2}$.
- b. $AB = c\tau$.
- c. $\tau = \frac{c}{AB}$.

FICHE 2 p. 220

7 La célérité d'une onde qui se propage dans un milieu matériel augmente avec :

- a. la rigidité du milieu.
- b. l'inertie du milieu.
- c. l'absorbance spectrale du milieu.

FICHE 2 p. 220

8 On considère une onde circulaire à la surface de l'eau. Sa longueur d'onde est :

- a. la distance entre deux crêtes consécutives de l'onde de surface.
- b. la distance entre deux creux consécutifs de l'onde de surface.
- c. le double de la distance entre un creux et la crête qui le suit.

FICHE 3 p. 222

9 La période temporelle *T* d'une onde dépend de :

- a. la fréquence de l'onde.
- b. sa longueur d'onde.
- c. sa période spatiale.

FICHE 3 p. 222

10 On considère la propagation d'une onde sinusoïdale de fréquence *f*, de période *T*, de longueur d'onde λ et de célérité *c*.

- a. $\lambda = cf$.
- b. $\lambda f = c$.
- c. $T = \lambda c$.

FICHE 3 p. 222

SCORE : ____ / 10

1 Calculer la célérité d'une onde de surface

ÉNONCÉ

Arrivant dans un port, un bateau jette l'ancre.

Cela entraîne la formation d'ondes quasi-circulaires semblables aux ondes formées à la surface d'une cuve à ondes.

Le schéma ci-contre, à l'échelle 1/100, représente la position du front de l'onde (début de la déformation de l'eau) à deux instants t_1 et t_2 tels que :

$t_2 - t_1 = 3,0$ s.

Déterminer la célérité v de l'onde.

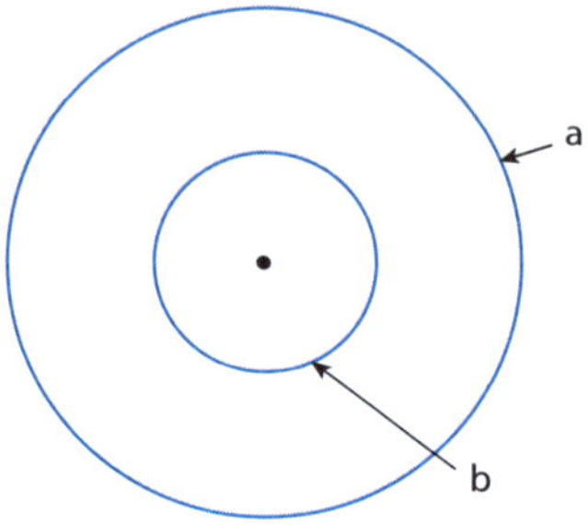

PROCÉDURE

1. Mesurer la distance entre les fronts a et b avec la règle graduée sur le schéma de l'énoncé. Soit d cette valeur (en cm).
2. Grâce à l'échelle, en déduire la valeur réelle D de la distance entre a et b. Convertir ensuite D en mètres, unité du système international.
3. La célérité de l'onde se calcule comme $v = \dfrac{D}{t_2 - t_1}$ (en m·s^{-1} et en ayant bien pris soin d'avoir $t_2 - t_1$ en s).

CORRIGÉ

1 La mesure directe de la distance entre les fronts a et b est $d = 1,05$ cm.

2 On en déduit alors que la distance réelle est $D = 100d$, car l'échelle est au 1/100, donc 1 cm sur le dessin correspond à 100 cm dans la réalité.
On a alors :
$D = 100 \times 1,05 = 105$ cm ou 1,05 m.

3 Finalement, la célérité des ondes de surface est :

$$v = \frac{D}{t_2 - t_1}, \text{ soit } v = \frac{1,05}{3,0} = 0,35 \text{ m}\cdot\text{s}^{-1}.$$

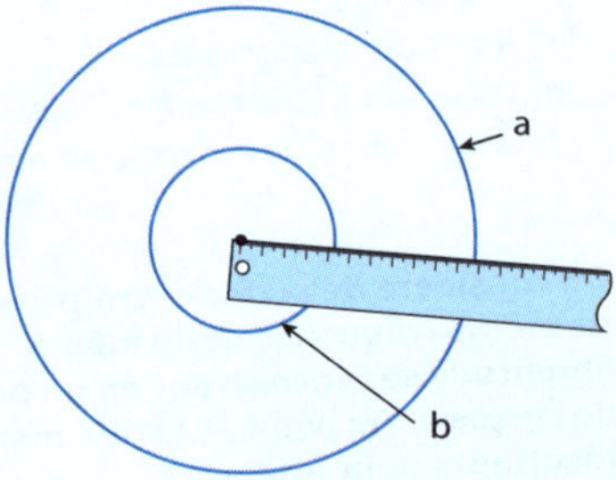

Piège à éviter

La mesure de d se fait en plaçant la règle graduée suivant un rayon du disque, c'est-à-dire passant par le centre, source des ondes circulaires.

Méthode

② Calculer la fréquence et la longueur d'onde d'une onde périodique sinusoïdale

ÉNONCÉ

Une onde acoustique est enregistrée par un récepteur relié à l'écran d'un oscilloscope. Déterminer la fréquence de cette onde, ainsi que sa longueur d'onde dans l'air.

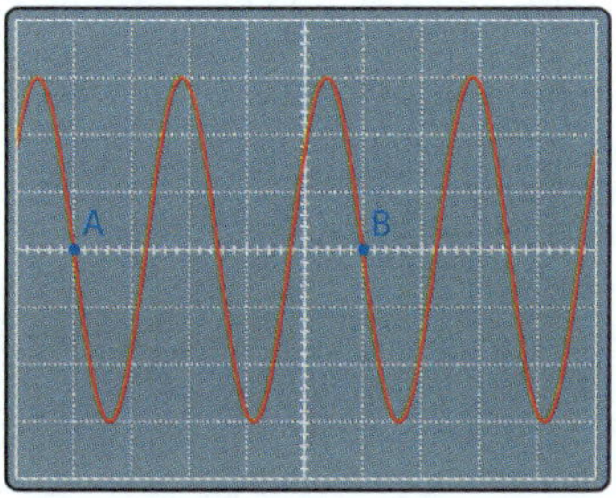

Coefficient de balayage : 10 µs/div

PROCÉDURE

1. Déterminer la période de l'onde en mesurant plusieurs périodes : T = nombre de divisions lues par période × cœfficient de balayage.
2. En déduire la fréquence f (en Hz) sachant que $f = \frac{1}{T}$ (si T est en s).
3. La longueur d'onde est telle que $\lambda = vT$, avec v la vitesse de l'onde dans le milieu considéré, soit $v(\text{air}) = 340 \text{ m·s}^{-1}$.

CORRIGÉ

① T correspond sur l'oscillogramme au nombre de divisions d'un motif, soit ici 2,5 divisions (entre A et B, points du quadrillage, on a 2 périodes pour 5 divisions, donc une période correspond bien à 2,5 div.).
On a alors : $T = 2{,}5 \text{ div} \times 10 \text{ µs/div} = 25 \text{ µs}$, soit encore $T = 2{,}5 \times 10^{-5}$ s.

② On a ainsi $f = \frac{1}{T} = \frac{1}{2{,}5 \times 10^{-5}} = 4{,}0 \times 10^{4}$ Hz.
On note que ce sont des ondes ultrasonores.

③ La longueur d'onde s'écrit $\lambda = vT$, avec $v(\text{air}) = 340 \text{ m·s}^{-1}$.
On en déduit $\lambda = 340 \times 2{,}5 \times 10^{-5} \text{ s} = 8{,}5 \times 10^{-3}$ m, soit $\lambda = 8{,}5$ mm.

Réflexe à avoir
N'hésitez pas à choisir plusieurs motifs pour calculer T et à utiliser des repères faciles sur l'oscillogramme.

EXERCICES D'APPLICATION

1 Ondes sismiques

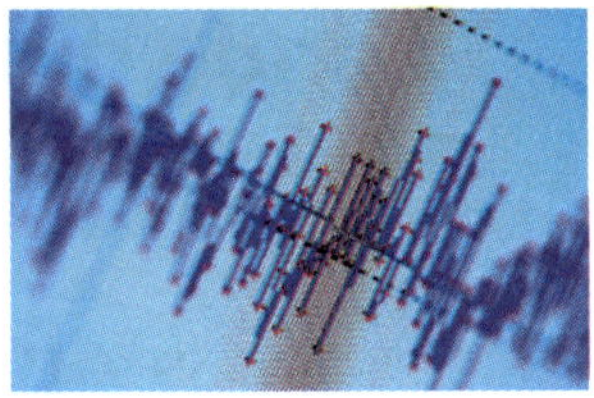

Lors d'un séisme, la Terre est mise en mouvement par des ondes de différentes natures, qui occasionnent des secousses plus ou moins violentes et destructrices en surface.

L'enregistrement des ondes P et S par des sismographes à la surface de la Terre permet de déterminer l'**épicentre** du séisme (lieu de naissance de la perturbation).

1. Définir une onde longitudinale et indiquer le schéma correspondant à chaque type d'onde.

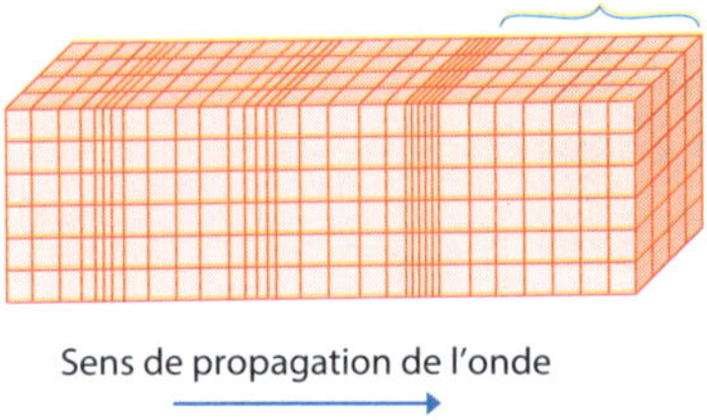

Schéma 1

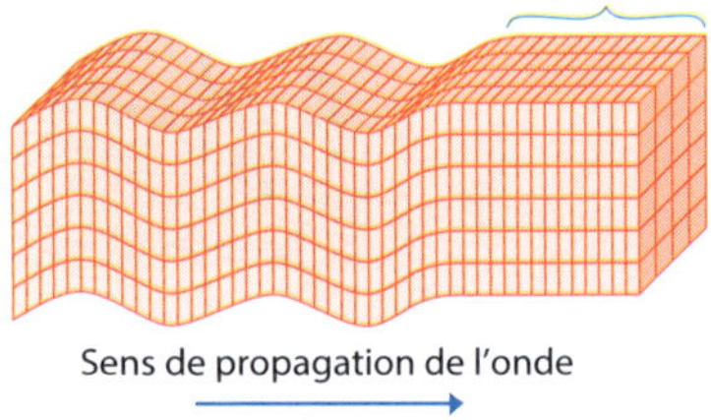

Schéma 2

Un séisme s'est produit à San Francisco (Californie) en 1989.

Le sismogramme ci-après a été enregistré à Eureka, station sismique située au nord de la Californie. L'origine du repère (t = 0 s) a été choisie à la date du début du séisme à San Francisco. Le sismogramme présente deux trains d'ondes repérés par A et B.

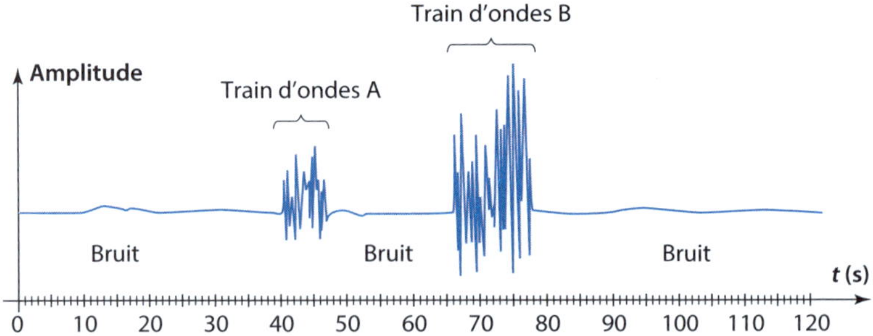

2. À quel type d'onde (S ou P) correspond chaque train ?
3. Sachant que le début du séisme a été détecté à Eureka à 8 h 15 min 20 s TU (temps universel), déterminer l'heure TU (h ; min ; s) à laquelle le séisme s'est déclenché à l'épicentre.
4. Sachant que les ondes P se propagent à une célérité moyenne de 10 km·s^{-1}, calculer la distance séparant l'épicentre du séisme de la station Eureka.
5. Calculer la célérité des ondes S.

2 Ultrasons

EXERCICE À CARACTÈRE EXPÉRIMENTAL

Le dauphin est un mammifère de la famille des cétacés. Il perçoit, comme l'homme, les sons ayant une fréquence comprise entre 20 Hz et 20 kHz. Il est aussi capable d'émettre et de capter des ultrasons lui permettant de se localiser par écho grâce à un sonar biologique.

1 À quelles fréquences se situent les ultrasons ?

Pour étudier expérimentalement les ultrasons produits par les dauphins, un binôme d'élèves dispose d'un émetteur et de deux récepteurs à ultrasons placés dans un récipient rempli d'eau. L'émetteur génère une onde ultrasonore progressive et sinusoïdale. Un oscilloscope permet d'enregistrer les signaux détectés par chaque récepteur séparé d'une distance *d* égale à 12 mm, le récepteur 1 étant le plus proche de l'émetteur.

On obtient l'oscillogramme suivant :

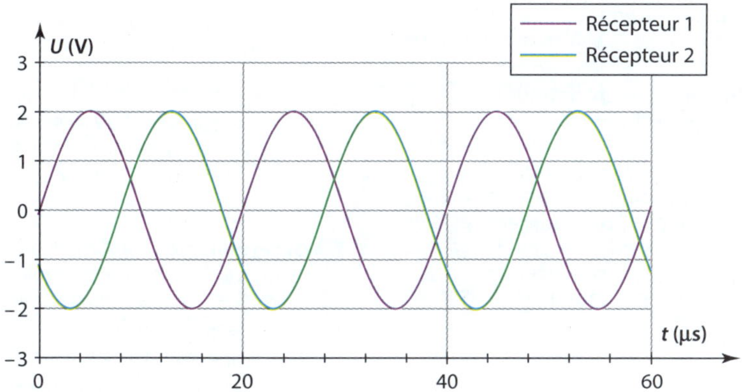

2 Déterminer la fréquence des ondes ultrasonores émises.

3 Quel retard présente la détection des ondes au niveau du récepteur 2 par rapport au récepteur 1, sachant que ce retard est inférieur à la périodicité temporelle ? En déduire la célérité des ondes ultrasonores dans l'eau.

4 Définir, puis calculer la longueur d'onde des ondes ultrasonores dans l'eau.

Fiche test 2 *Ce que je sais faire*

QCM — 25 min

À revoir
Acquis

Pour chaque question, déterminer la (ou les) bonne(s) réponse(s).
Chaque question peut rapporter : 1 point si la réponse ne comporte aucune erreur ; 0,5 point dans le cas d'une erreur ; 0 point dans le cas de deux erreurs ou plus.

1 Déterminer les caractéristiques d'une onde acoustique

Un éléphant émet un infrason ($f < 20$ Hz).
Un autre éléphant, situé à une distance $L = 24{,}0$ km, reçoit l'onde au bout d'une durée $\Delta t = 70{,}6$ s.

- **a.** La célérité de l'infrason dans l'air est de 340 km·s^{-1}.
- **b.** La période de l'infrason est inférieure à 50 ms.
- **c.** Δt est un retard.

FICHES 2 p. 220 et 3 p. 222

2 Déterminer l'évolution du milieu

Une onde se propage à la surface de l'eau d'une cuve sur laquelle flotte un morceau de polystyrène. Le polystyrène :

- **a.** se déplace parallèlement à la direction de propagation de l'onde.
- **b.** monte et descend régulièrement et verticalement à la fréquence de l'onde.
- **c.** par sa période d'oscillation, permet de déterminer la longueur d'onde de l'onde.

FICHES 1 p. 218 et 3 p. 222

3 Déterminer les caractéristiques d'une onde périodique

L'extrémité gauche d'une corde est reliée à un vibreur effectuant des oscillations sinusoïdales entretenues à partir de $t_0 = 0$ s.
Les graphiques 1 et 2 représentent l'état de la corde à une date donnée. Les élongations y et les abscisses x sont graduées en centimètres. On néglige tout amortissement.

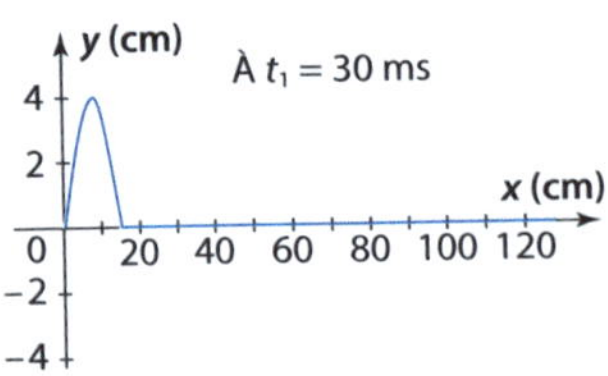

Graphique 1

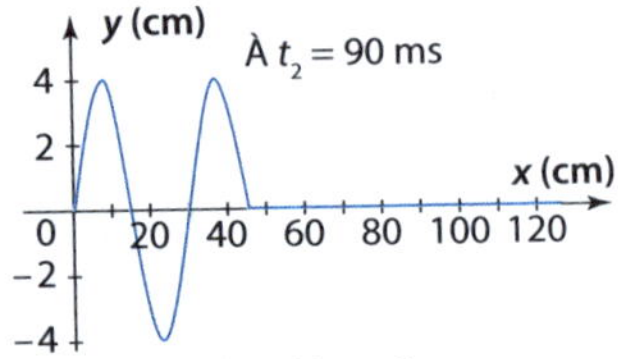

Graphique 2

- **a.** La longueur d'onde est $\lambda = 30{,}0$ cm.
- **b.** La période de l'onde est $T = 60$ ms.
- **c.** La célérité de l'onde est $c = 5{,}0$ m·s^{-1}.

FICHES 2 p. 220 et 3 p. 222

4 Comprendre l'influence du milieu

Un son de fréquence $f = 800$ Hz se propage dans l'air à la vitesse $v(\text{air}) = 340$ m·s^{-1}, puis dans une barre d'acier à la vitesse $v(\text{acier})$.
$L(\text{air}) = L(\text{acier}) = 50$ cm.

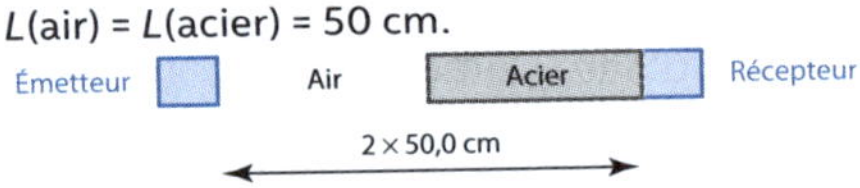

- **a.** Le temps de propagation dans l'air $t(\text{air})$ est de 1,5 ms.
- **b.** Le temps de propagation dans l'acier $t(\text{acier})$ est proportionnel au rapport des vitesses : $t(\text{acier}) = \dfrac{v(\text{acier})}{v(\text{air})} \times t(\text{air})$.
- **c.** Si $v(\text{acier}) = 5\,000$ m·s^{-1}, alors la durée totale de propagation de l'onde est de 1,6 ms.

FICHE 2 p. 220

5 Déterminer la double période d'une onde

Un instrument de musique joue un *la* ($f = 440$ Hz) qui se propage dans l'air avec une vitesse de 342 m·s^{-1}.

- **a.** La période de l'onde est de 2,3 ms.
- **b.** La longueur d'onde est de 77,7 cm.
- **c.** À une distance d'un mètre de l'instrument, le retard est légèrement inférieur à la période.

SCORE : ____ / 5

VERS LE BAC

3 La houle

Lorsque le vent souffle sur une mer calme, le frottement de l'air crée de petites rides, puis des vaguelettes, et enfin des vagues à mesure que la vitesse du vent augmente. L'ensemble de ces vagues, généré sur un intervalle de temps plus ou moins long, constitue la houle. Cette houle peut être décrite à l'aide de trois paramètres :

- la **hauteur** h, définie comme la distance verticale entre le sommet de la crête et le fond du creux de la vague ;
- la **longueur** L, définie comme la distance entre deux crêtes ou deux creux successifs ;
- la **cambrure** Ca, définie comme le rapport de sa **hauteur** sur sa **longueur**.

On s'intéresse dans cet exercice à l'étude de la houle en haute mer, à savoir en eau profonde, et à ses caractéristiques en fonction d'une échelle en intensité appelée échelle de Beaufort. Le phénomène de la houle peut être considéré comme une onde mécanique. On peut donc assimiler dans tout l'exercice la houle à une onde progressive périodique sinusoïdale rectiligne, dont les paramètres caractéristiques peuvent varier suivant l'état de la mer.

1. À quelle grandeur spatiale, caractéristique d'un phénomène ondulatoire, est associé le terme « longueur » du texte d'introduction ?
2. Quelle grandeur temporelle permet de caractériser une onde mécanique ?

L'échelle de Beaufort, établie en 1805 – du nom de l'amiral de la marine britannique Francis Beaufort – et graduée de 0 à 12, permet de caractériser la vitesse des vents. L'état de la mer étant directement lié à la vitesse du vent, cette échelle permet également de caractériser l'état de la mer, et donc les conditions de navigation.

Le tableau présente les derniers degrés d'une échelle de Beaufort simplifiée.

Degré sur l'échelle	5	6	7	8	9	10	11	12
Hauteur *h* de la houle (m)	2,0	3,0	4,0	5,5	7,0	9,0	11,5	14,0

On se place dans le cas où la cambrure des vagues notée Ca est telle que Ca = 1/7. On gardera cette valeur de cambrure pour tout le reste de l'exercice.

❸ Donner l'expression reliant la hauteur *h* des vagues, leur longueur *L* et leur cambrure Ca.

❹ Déterminer alors la longueur des vagues pour les degrés 6, 8, 10 et 12 de l'échelle de Beaufort.

❺ Donner l'expression reliant la longueur *L*, la célérité *v* de l'onde et sa période *T*. En déduire l'expression reliant la longueur *L*, la célérité *v* et la fréquence *f* de l'onde associée.

❻ Le tableau ci-après donne également les périodes associées aux différents degrés de l'échelle. Pour les degrés 7 et 10 de l'échelle de Beaufort, déterminer la célérité *v* de l'onde associée.

Échelle de Beaufort	5	6	7	8	9	10	11	12
Hauteur *h* de la houle (m)	2,00	3,00	4,00	5,50	7,00	9,00	11,5	14,0
Longueur *L* (m)	14,0		28,0		49,0		80,5	
Période *T* (s)	2,10	2,60	3,00	3,50	4,00	4,50	5,10	5,60
Célérité *v* ($m \cdot s^{-1}$)	6,67	8,08		11,0	12,3		15,8	17,5

On donne la courbe traduisant l'évolution $v^2 = f(L)$.

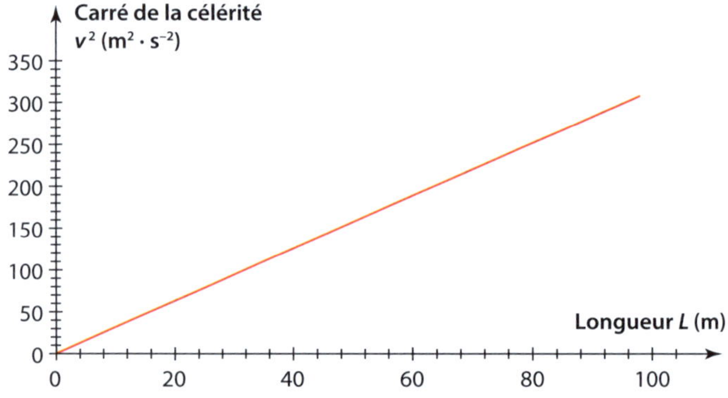

Évolution de la célérité au carré en fonction de la longueur $v^2 = f(L)$

❼ Quel est le type de courbe obtenue ? Quelle expression mathématique simple relie alors le carré de la célérité à la longueur ?

❽ Calculer alors le cœfficient *k* caractéristique de cette relation. On précisera l'unité de cette grandeur.

❾ Déterminer l'expression littérale reliant la célérité *v* de la houle à sa fréquence *f*.

❿ Conclure quant à la nature dispersive de ce milieu.

4 L'échogramme du cerveau

Une sonde, jouant le rôle d'émetteur et de récepteur, envoie une impulsion ultrasonore de faible durée et de faible puissance en direction du crâne d'un patient.

L'onde sonore pénètre dans le crâne, s'y propage et s'y réfléchit chaque fois qu'elle change de milieu. Les signaux réfléchis génèrent des échos qui, au retour sur la sonde, y engendrent une tension électrique très brève.

Un oscilloscope relié à la sonde permet la détection à la fois de l'impulsion émettrice et des divers échos.

L'oscillogramme obtenu sur un patient permet de tracer l'échogramme ci-après. On observe sur l'écran des pics verticaux : P_0, P_1, P_2, P_3.

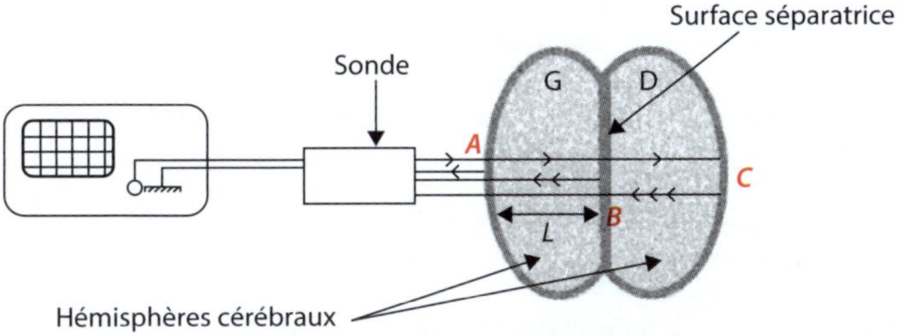

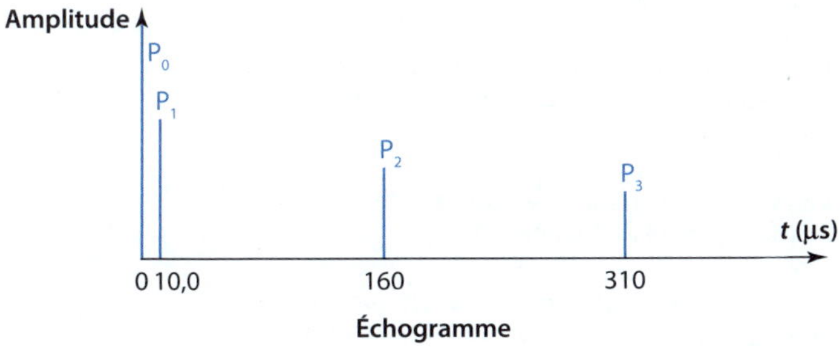

Échogramme

1. Identifier chacun des pics P_0, P_1, P_2 et P_3 et les relier aux phénomènes d'écho aux points A, B et C.

La célérité des ultrasons dans les hémisphères est $v = 1\,500$ m·s^{-1}.

2. Quelle est la durée Δt_G du parcours de l'onde ultrasonore dans l'hémisphère gauche, ainsi que dans le droit Δt_D ? Conclure.
3. En déduire la largeur L de chaque hémisphère.

Fiche test 3 *Je fais le point*

VRAI FAUX

15 min

○ À revoir
○ Acquis

Indiquer pour chaque proposition si elle est vraie ou fausse.

1. Une onde mécanique progressive périodique peut se propager dans le vide, car elle ne nécessite pas de transport de matière.	○ Vrai	○ Faux
2. Une onde acoustique est une onde mécanique et longitudinale.	○ Vrai	○ Faux
3. Une note de musique est considérée comme une onde périodique ayant une périodicité spatiale et temporelle.	○ Vrai	○ Faux
4. Dans le cas d'une onde sinusoïdale, la période et la longueur d'onde sont indépendantes.	○ Vrai	○ Faux
5. Dans un milieu non dispersif, si on double la fréquence d'une onde, alors on diminue de moitié sa longueur d'onde.	○ Vrai	○ Faux
6. Une photographie d'une onde à la surface de l'eau permet de déterminer sa période.	○ Vrai	○ Faux
7. On enregistre l'amplitude d'une onde sinusoïdale en fonction du temps. La période correspond à la durée entre deux zéros consécutifs de l'onde.	○ Vrai	○ Faux
8. À célérité constante, les périodes spatiale et temporelle des ondes acoustiques sont proportionnelles.	○ Vrai	○ Faux
9. Une onde sonore se propage mieux dans l'air que dans l'eau, car la vitesse de propagation du son dans l'air est supérieure à la vitesse de propagation dans l'eau.	○ Vrai	○ Faux
10. On calcule la célérité d'une onde sismique en enregistrant le retard de l'onde entre deux points *A* et *B* dont on connaît la distance *AB*.	○ Vrai	○ Faux

SCORE : ___ / 10

Corrigés

Fiche test 1 *Ce que je sais*

1. a) et **c)** Une onde mécanique a besoin d'un milieu matériel pour se propager. Le vide n'étant pas un milieu matériel, il est le seul milieu dans lequel une onde mécanique ne se propage pas. FICHE 1 p. 218

2. b) et **c)** La lumière n'a pas besoin d'un milieu matériel pour se propager, elle se propage dans le vide : ce n'est donc pas une onde mécanique. FICHE 1 p. 218

À retenir

Une onde mécanique se propage *a priori* dans tout milieu, sauf dans le vide, ce qui n'est pas le cas de la lumière, ou plus généralement de l'onde électromagnétique.

3. a), **b)** et **c)** *Toutes les réponses sont correctes.* FICHE 1 p. 218

4. b) Les ondes acoustiques et les ondes dans un ressort sont des ondes de compression/dilatation, donc des ondes longitudinales. Seules les ondes à la surface de l'eau ont une perturbation verticale qui se propage à la surface horizontale : ce sont des ondes transversales. FICHE 1 p. 218

5. a), **b)** et **c)** *Toutes les réponses sont correctes.* L'addition ou la superposition de deux ondes dépend de l'état ondulatoire de chacune au point P : l'amplitude double si les ondes sont en phase, elle est nulle si les ondes sont en opposition de phase, et l'amplitude est quelconque entre ces deux situations. FICHE 1 p. 218

6. b) Dans le cas proposé, il n'y a aucun phénomène d'écho, donc pas d'aller-retour.

Une célérité ou une vitesse est une distance divisée par un temps : $c = \frac{AB}{\tau}$, que l'on peut transformer en $c\tau = AB$ ou $\tau = \frac{AB}{c}$. FICHE 2 p. 220

7. a) La célérité augmente avec la rigidité et diminue avec l'inertie du milieu de propagation. L'absorbance du milieu ne concerne que la propagation de l'onde électromagnétique. FICHE 2 p. 220

8. a), **b)** et **c)** *Toutes les réponses sont correctes.* FICHE 3 p. 222

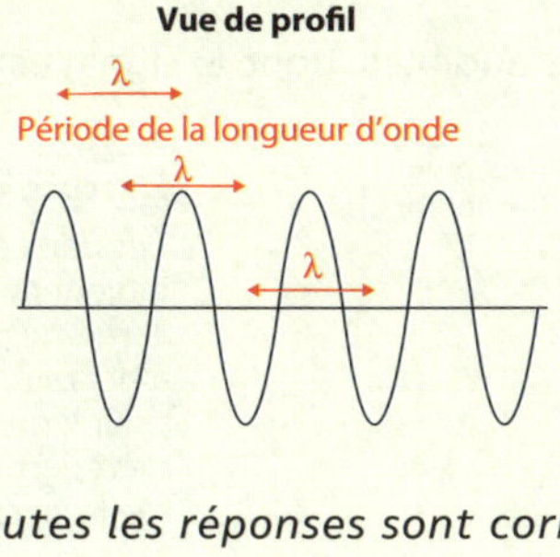

L'astuce du prof

Apprenez par cœur les deux relations importantes pour une onde périodique et retrouvez toutes leurs variantes :
$\lambda = cT$ et $T = \frac{1}{f}$.

9. a), **b)** et **c)** *Toutes les réponses sont correctes.* La période T est l'inverse de la fréquence : $T = \frac{1}{f}$. T est liée à la période spatiale, aussi appelée longueur d'onde λ, par la relation $\lambda = cT$. FICHE 3 p. 222

10. b) Les relations liant les quatre grandeurs sont : $\lambda = cT$ et $T = \frac{1}{f}$. En les combinant, on obtient $\lambda = cT = \frac{c}{f}$, soit $\lambda f = c$, ou encore $T = \frac{\lambda}{c}$. FICHE 3 p. 222

EXERCICES D'APPLICATION

1 Ondes sismiques

1. Une onde longitudinale est la propagation d'une perturbation correspondant à une **déformation le long de la direction de propagation**. Les ondes de compression/dilatation déforment le milieu horizontalement dans le **schéma 1**, soit dans le sens de propagation : on a alors une onde longitudinale. En revanche, la déformation dans le schéma 2 est perpendiculaire au déplacement : l'onde de cisaillement est donc transversale. FICHE 1 p. 218

2. Le train d'ondes A est arrivé à une date t_A inférieure à la date t_B du train d'ondes B, donc **A correspond aux ondes primaires P,** et **B aux ondes secondaires S.** FICHE 2 p. 220

Rappel
Les ondes P sont plus rapides que les ondes S.

3. Le début du séisme a été détecté à Eureka à 8 h 15 min 20 s TU, et l'enregistrement montre que le train d'ondes P a été détecté au temps t_A = 40 s. On en déduit que le séisme a eu lieu 40 s avant 8 h 15 min 20 s TU, soit **8 h 14 min 40 s TU.**

4. Les ondes P ont mis t_A = 40 s pour parcourir la distance D séparant l'épicentre du séisme de la station Eureka : on en déduit alors que $D = v_P t_A = 10 \times 40 = 400$ km ou, en ne retenant que 2 chiffres significatifs, $\boldsymbol{D = 4{,}0 \times 10^2}$ **km.**

5. La célérité des ondes S est telle que $v_S = \frac{D}{t_B}$.

$v_S = \frac{400}{66}$ soit $\boldsymbol{v_S = 6{,}1}$ **km·s⁻¹**, la lecture de t_B donnant 66 s pour le début du train d'ondes B. FICHE 2 p. 220

2 Ultrasons

1. Les ultrasons sont des ondes acoustiques de **fréquence supérieure à 20 kHz.**

2. La période de l'onde ultrasonore est de 20 µs d'après l'enregistrement ci-après.

La fréquence est alors $f = \frac{1}{T} = \frac{1}{20 \times 10^{-6}}$, soit $\boldsymbol{f = 50}$ **kHz.**

La fréquence est supérieure aux fréquences audibles, donc le signal est bien un signal ultrasonore.

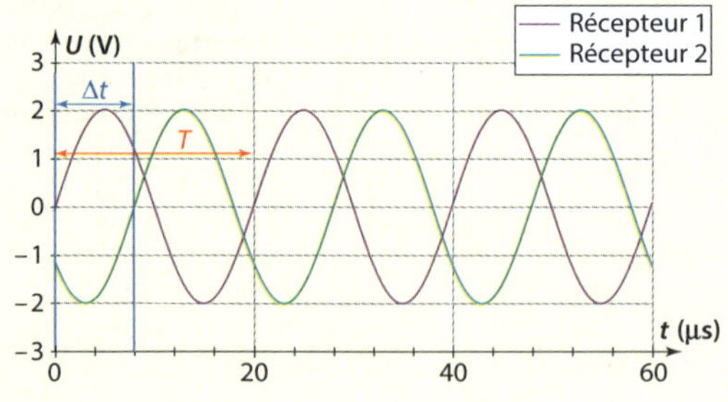

L'astuce du prof
Les deux enregistrements indiquent évidemment la même période, il faut alors faire le choix de celui pour lequel les points de repère sont plus faciles à trouver.

FICHE 3 p. 222

3. Le retard Δt que présente la détection des ondes au niveau du récepteur 2 par rapport au récepteur 1 est donné par le décalage entre les deux signaux pour une même valeur du signal. On peut faire le choix ici de deux amplitudes nulles sur une arche montante de la sinusoïde : on peut donc lire sur l'oscilloscope que $\boldsymbol{\Delta t = 8}$ **µs,** ce qui est bien inférieur à une période T = 20 µs.

La célérité des ondes est telle qu'elles parcourent une distance d = 12 mm entre les deux récepteurs pendant une durée Δt = 8 µs.

Soit alors $v = \frac{d}{\Delta t} = \frac{12 \times 10^{-3}}{8 \times 10^{-6}} = 1\,500\ \text{m}\cdot\text{s}^{-1}$, soit en gardant un nombre raisonnable de chiffres significatifs : $\mathbf{v = 1{,}5\ km\cdot s^{-1}}$.

4. La longueur d'onde du signal ultrasonore est sa période spatiale : on peut la représenter comme la distance, dans la direction de propagation, entre deux zones de compression ou entre deux zones de dilatation du milieu de propagation.

La longueur d'onde s'obtient alors : $\boldsymbol{\lambda = vT}$.

$\lambda = 1{,}5 \times 10^3 \times 20 \times 10^{-6} = 0{,}03$ m, soit $\boldsymbol{\lambda}$ **= 3 cm**.

Gagnez des points

Ayez à l'esprit les ordres de grandeur des vitesses des ondes acoustiques dans l'air (340 m·s⁻¹), les liquides (environ 1 500 m·s⁻¹) et les solides (3 000 à 4 000 m·s⁻¹).

Fiche test 2 Ce que je sais faire

1. c) La vitesse de propagation de l'infrason est $v = \frac{L}{\Delta t} = \frac{24{,}0 \times 10^3}{70{,}6} = 340\ \text{m}\cdot\text{s}^{-1}$, avec Δt le retard de l'onde. Si la fréquence est inférieure à 20 Hz, alors la période est supérieure à 50 ms :

$T = \frac{1}{f} > \frac{1}{20} = 50 \times 10^{-3}$ s = 50 ms. FICHES 2 p. 220 et 3 p. 222

2. b) Le polystyrène se déplace verticalement à la fréquence de l'onde, perpendiculairement à la direction de propagation. Pour déterminer la longueur d'onde à partir de la période, il faut avoir connaissance de la célérité de l'onde. FICHES 1 p. 218 et 3 p. 222

3. a), b) et **c)** *Toutes les réponses sont correctes*. La longueur d'onde est obtenue en mesurant la période spatiale de l'onde, soit ici 30 cm (distance consécutive entre deux maxima ou deux minima par exemple). Le graphique 1 montre qu'au bout de t_1 = 30 ms, la distance parcourue par l'onde correspond à une demi-longueur d'onde, soit 15 cm. La durée nécessaire au parcours d'une longueur d'onde est donc : $T = 2t_1 = 2 \times 30 = 60$ ms. La célérité de l'onde est $v = \frac{\lambda}{T} = \frac{30 \times 10^{-2}}{60 \times 10^{-3}} = 5{,}0\ \text{m}\cdot\text{s}^{-1}$. FICHES 2 p. 220 et 3 p. 222

Remarque

On peut aussi retrouver T à partir du graphique 2 : 1,5 longueur d'onde est parcourue en un temps t_2 = 90 ms, donc une longueur d'onde est parcourue en :

$T = \frac{t_2}{1{,}5} = \frac{90}{1{,}5} = 60$ ms.

4. a) et **c)** Le temps de propagation dans l'air est $t(\text{air}) = \frac{L(\text{air})}{v(\text{air})} = \frac{0{,}50}{340} = 1{,}5 \times 10^{-3}$ s ou 1,5 ms. La longueur de parcours étant la même dans l'air et dans l'acier, on a : $L = v(\text{air}) \times t(\text{air}) = v(\text{acier}) \times t(\text{acier})$. On en déduit que $t(\text{acier}) = \frac{v(\text{air})}{v(\text{acier})} \times t(\text{air})$. Cela correspond à un temps de propagation supplémentaire de $t(\text{acier}) = \frac{340}{5\,000} \times 1{,}5 = 0{,}1$ ms. La durée totale est finalement de $t = 1{,}5 + 0{,}1 = 1{,}6$ ms. FICHE 2 p. 220

5. a) et **b)** La période T s'écrit : $T = \frac{1}{f} = \frac{1}{440} = 2{,}3 \times 10^{-3}$ s = 2,3 ms. La longueur d'onde λ est $\lambda = cT = \frac{c}{f} = \frac{342}{440} = 0{,}777$ m = 77,7 cm. Le retard est $\tau = \frac{d}{c} = \frac{1}{342} = 2{,}9 \times 10^{-3}$ s, soit près de 3 ms, ce qui est légèrement supérieur à la période de 2,3 ms. FICHE 3 p. 222

VERS LE BAC

3 La houle

1. Le terme « longueur » fait référence à la période spatiale de l'onde, c'est-à-dire la **longueur d'onde** λ.

2. La grandeur temporelle permettant de caractériser une onde mécanique (périodique progressive) est la **période** T.

3. Le texte mentionne la cambrure comme le rapport de la hauteur sur la longueur de la vague, donc on conclut que $\mathbf{Ca} = \dfrac{h}{L}$.

4. $L = \dfrac{h}{\text{Ca}} = \dfrac{h}{\frac{1}{7}} = 7h$. Pour le degré 6, $h = 3{,}0$ m donc $\boldsymbol{L(6)} = 7 \times 3{,}0 = \mathbf{21{,}0\ m}$.

De même, on a alors : $\boldsymbol{L(8)} = 7 \times 5{,}5 = \mathbf{38{,}5\ m}$; $\boldsymbol{L(10)} = 7 \times 9{,}0 = \mathbf{63{,}0\ m}$ et $\boldsymbol{L(12)} = 7 \times 14 = \mathbf{98{,}0\ m}$.

5. Sachant que $L = \lambda$, on en déduit facilement que $\boldsymbol{L = vT}$ et donc que $\boldsymbol{L = \dfrac{v}{f}}$.

FICHE 3 p. 222

6. $v = \dfrac{L}{T}$, donc pour les degrés 7 et 10, on obtient :

$\boldsymbol{v(7)} = \dfrac{L(7)}{T(7)} = \mathbf{9{,}33\ m{\cdot}s^{-1}}$ et $\boldsymbol{v(10)} = \dfrac{L(10)}{T(10)} = \dfrac{63{,}0}{4{,}50} = \mathbf{14{,}0\ m{\cdot}s^{-1}}$.

FICHE 3 p. 222

7. La courbe obtenue est une **droite passant par l'origine** (fonction linéaire). Le carré de la vitesse est donc proportionnel à L : $\boldsymbol{v^2 = kL}$ avec k le cœfficient directeur de la droite.

Gagnez des points

Un cœfficient directeur a une unité, celle de la grandeur en ordonnée divisée par celle de l'abscisse.

8. $\boldsymbol{k} = \dfrac{\Delta(v^2)}{\Delta L} = \dfrac{v^2(\text{A}) - v^2(\text{O})}{L(\text{A}) - L(\text{O})}$

$k = \dfrac{300}{96} = \mathbf{3{,}1\ m \cdot s^{-2}}$ si l'on prend l'origine $O(0{,}0)$ et le point $A(96{,}300)$ comme points de la droite.

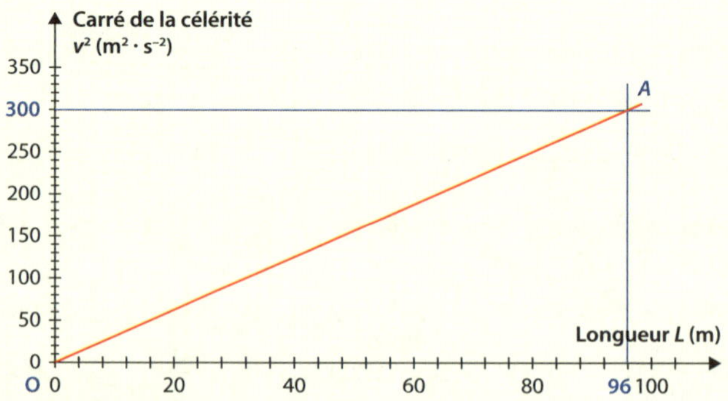

Évolution de la célérité au carré en fonction de la longueur $v^2 = f(L)$

9. En remplaçant L par son expression $L = vT = \frac{v}{f}$, on a $v^2 = kL = k\frac{v}{f}$. FICHE 3 p. 222

La célérité étant non nulle, on en déduit que $v = \frac{k}{f}$. FICHE 3 p. 222

10. La vitesse de propagation est inversement proportionnelle à la fréquence de l'onde, k étant constante : la célérité dépend de la fréquence, le milieu de l'eau est donc **dispersif**.

4 L'échogramme du cerveau

1. P_0 correspond au pic d'émission du signal ultrasonore. Les autres pics correspondent aux différentes réceptions des signaux retours après un premier, deuxième et troisième échos sur les parois cérébrales.

P_1 est le signal reçu après un écho en A au niveau de la surface externe de l'hémisphère gauche G.

P_2 est le signal reçu après un écho en B au niveau de la surface de séparation des deux hémisphères.

P_3 est le signal reçu après un écho en C au niveau de la surface interne de l'hémisphère droit D.

Gagnez des points

Préciser si l'écho a lieu au niveau de la surface interne ou externe d'un hémisphère cérébral.

2. La durée de propagation de l'onde ultrasonore entre les pics P_0 et P_1 permet de déterminer la durée de propagation entre la sonde S et le point A, entrée dans l'hémisphère gauche. Soit $t_1 - t_0$ cette durée.

La durée de propagation du second aller-retour correspond à la différence temporelle entre la sonde S et le point B au niveau de la surface séparatrice entre les deux hémisphères cérébraux. Soit $t_2 - t_0$ cette durée.

La différence entre les deux échos précédents correspond uniquement à la durée Δt_G d'un aller-retour dans l'hémisphère gauche :

$\Delta t_G = (t_2 - t_0) - (t_1 - t_0) = t_2 - t_1$.

$\Delta t_G = 160 - 10{,}0 = 150\ \mu s = 1{,}50 \times 10^{-4}$ s.

En faisant le même raisonnement pour l'hémisphère droit, la durée Δt_D d'un aller-retour de l'onde ultrasonore dans cet hémisphère est égale à la différence entre la durée de l'écho entre la sonde et le point B d'une part, et la sonde et le point C d'autre part :

$\Delta t_D = (t_3 - t_0) - (t_2 - t_0) = t_3 - t_2$.

$\Delta t_D = 310 - 160 = 150\ \mu s = 1{,}50 \times 10^{-4}$ s.

Remarque

On néglige dans tous les calculs l'épaisseur de la boîte crânienne en A et en B.

On constate que les durées de propagation de l'onde ultrasonore dans les hémisphères gauche et droit sont les mêmes. Or la vitesse de propagation dans les hémisphères cérébraux est constante : $v = 1\,500\ m \cdot s^{-1}$. On en conclut que **les distances parcourues sont aussi identiques, et il en va de même pour les tailles des hémisphères**. FICHE 2 p. 220

3. Les hémisphères étant de taille identique, la largeur L_G de l'hémisphère gauche est égale à la largeur L_D de l'hémisphère droit : soit $L = L_G = L_D$. Ainsi, l'évaluation de la largeur d'un seul hémisphère est nécessaire.

On a donc $2AB = v(t_2 - t_1)$, soit $AB = L_G = \frac{v(t_2 - t_1)}{2}$, le facteur 2 étant dû au fait qu'une distance d'écho correspond à un aller-retour de l'onde ultrasonore dans l'hémisphère gauche.

$L_G = \frac{1\,500 \times 1{,}50 \times 10^{-4}}{2} = 0{,}1\,125$ m soit, avec 3 chiffres significatifs, $L_G = 11{,}3$ cm.

Finalement, on a $\boldsymbol{L = L_G = L_D =}$ **11,3 cm** pour la largeur de chacun des hémisphères cérébraux.

Fiche test 3 *Je fais le point*

1. Faux. Une onde mécanique ne se propage pas dans le vide, car elle a besoin d'un milieu matériel même si aucun transport global de matière n'est effectué.

Remarque

Aucun son ne se propage dans le vide : l'onde acoustique est une onde mécanique.

2. Vrai. Une onde acoustique a besoin d'un milieu matériel pour se propager : elle est donc mécanique. C'est une onde de compression/dilatation, donc sa perturbation est parallèle à la direction globale de l'onde : elle est donc longitudinale.

3. Vrai. Une note de musique est une onde acoustique périodique. Elle n'est sinusoïdale que lorsqu'elle est produite par un diapason. Comme toute onde périodique, elle possède une double périodicité, spatiale et temporelle.

4. Faux. Dans le cas d'ondes périodiques, on a $\lambda = cT$: la longueur d'onde λ, ou période spatiale, est liée à la période T, ou période temporelle. Ces deux grandeurs ne sont donc pas indépendantes.

5. Vrai. La relation entre la fréquence f et la longueur d'onde λ est $\lambda = \frac{c}{f}$. Si on double la fréquence, alors la longueur d'onde est divisée par deux.

6. Faux. Une photographie est une image figée dans le temps. Ce dernier ne s'écoule plus, et toute mesure de durée (en particulier la période d'une onde) est impossible.

Gagnez des points

Une photographie permet de déterminer la période spatiale, alors qu'un film permet de déterminer la période temporelle.

7. Faux. La période correspond à la durée entre deux maxima, ou entre deux minima, ou encore entre deux « zéros » montants ou deux « zéros » descendants. Or deux « zéros » consécutifs correspondent à un zéro montant et un zéro descendant.

8. Vrai. La relation entre les périodes spatiale et temporelle est $\lambda = cT$. Cela correspond à une relation de proportionnalité si c est une constante.

9. Faux. La vitesse acoustique est plus importante dans l'eau que l'air. Si la propagation est meilleure dans l'eau, c'est qu'il y a peu de phénomènes d'absorption de l'onde.

10. Vrai. La célérité de l'onde se calcule à partir du retard τ entre deux points A et B et de leur distance AB : $c = \frac{AB}{\tau}$.

Chapitre 10 La lumière : images et couleurs

Synthèse des couleurs

FICHE 1 Image donnée par une lentille convergente 242

FICHE 2 Image à travers une lentille 244

FICHE 3 Lumière blanche 246

FICHE 4 Synthèse additive 248

FICHE 5 Synthèse soustractive 250

Révision Express 252

Méthodes 254

Exercices 258

VERS LE BAC 261

Corrigés 263

FICHE 1

Image donnée par une lentille convergente

1 Lentille convergente

1. Centre optique O et axe optique Δ

Lentilles et prisme

Soit une lentille convergente L. On note O le centre de la lentille L appelé **centre optique** et Δ la droite perpendiculaire à l'axe de la lentille passant par O appelée **axe optique** de la lentille L.

2. Foyers objet F et image F'

- Pour chaque lentille, il existe deux points particuliers de l'axe optique Δ notés F et F', respectivement **foyer focal objet** et **foyer focal image** tels que :

– l'image de tout objet situé en F se forme à l'infini après la lentille ;

– l'image de tout objet provenant de l'infini avant la lentille se forme en F'.

- F et F' sont symétriques par rapport à O, centre optique de la lentille convergente.

3. Distance focale f' et vergence C

On définit la **distance focale** d'une lentille convergente comme la distance OF' entre son centre optique O et son foyer focal image F'. On la note f'.

À retenir

La **vergence** d'une lentille, notée C, est l'inverse de la distance focale f' :

$$C = \frac{1}{f'} \text{ avec } \begin{cases} C : \text{vergence (en dioptries, } \delta), \\ f' : \text{distance focale (en m).} \end{cases}$$

Vidéo
« Lentille mince convergente »

2 Formation des images

1. Objet AB et image $A'B'$

- Tout **objet** dont on fait l'image à travers une lentille est noté AB. On observe alors l'**image**, notée $A'B'$, de l'objet AB à travers la lentille : il s'agit de l'image « nette » de AB.

- Le tableau p. 329 répertorie les différentes images $A'B'$ en fonction de la position de l'objet AB par rapport à la lentille et au foyer focal objet F.

Remarque

À l'exception des situations d'objet ou d'image à l'infini, AB et $A'B'$ sont représentés par des flèches perpendiculaires à Δ et parallèles à l'axe de la lentille.

2. Espace objet, espace image

- La partie de l'espace avant la lentille contenant le foyer focal objet est appelée **espace objet**. De même, l'autre partie de l'espace contenant le foyer focal image est appelée **espace image**.

- Une image située dans l'espace image est dite **réelle**. Une image située dans l'espace objet sera qualifiée de **virtuelle** (**effet loupe**).

EXERCICE RÉSOLU

> Tracer le schéma représentatif du système optique

ÉNONCÉ

On considère une lentille convergente L de vergence $C = 8{,}0\ \delta$. Un objet AB de 1 cm de haut est placé à 25 cm en avant de la lentille.

Calculer la distance focale f' et faire un schéma du système optique.

CORRIGÉ

La vergence C est l'inverse de la distance focale image f' :

$C = \frac{1}{f'} = \frac{1}{8{,}0} = 0{,}125$ m = 12,5 cm.

Le foyer focal image F' est placé à 12,5 cm du centre optique O et après la lentille L, alors que le foyer focal objet F, symétrique de F' par rapport à L, est à 12,5 cm en avant de L.

L'objet AB est placé à 25 cm en avant de L, soit au double de la distante FO.

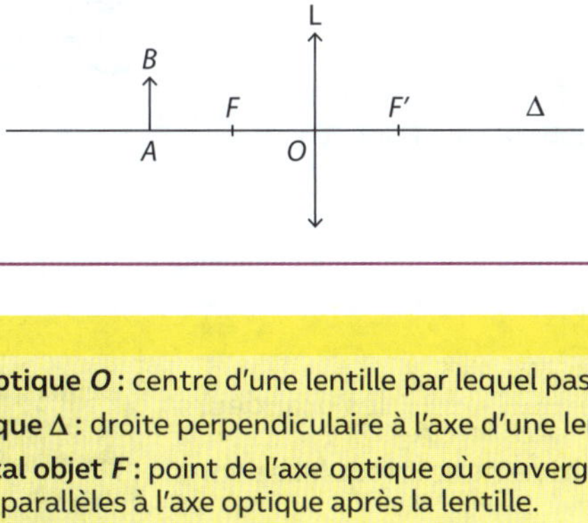

Rappel
Les distances focales doivent être exprimées en mètres (m) et les vergences en dioptries (δ).

Gagnez des points
Les échelles verticale et horizontale ne sont pas nécessairement les mêmes.

Lexique

- **Centre optique O :** centre d'une lentille par lequel passe l'axe optique Δ.
- **Axe optique Δ :** droite perpendiculaire à l'axe d'une lentille.
- **Foyer focal objet F :** point de l'axe optique où convergent les rayons avant la lentille qui ressortent parallèles à l'axe optique après la lentille.
- **Foyer focal image F' :** point de l'axe optique où convergent, après la lentille, les rayons parallèles issus de l'infini avant la lentille.
- **Distance focale f' :** distance entre le centre optique O d'une lentille et son foyer focal image F'.
- **Vergence C :** grandeur caractéristique d'une lentille mesurée en dioptries (δ) correspondant à l'inverse de sa distance focale f'.
- **Image réelle/virtuelle :** image appartenant à l'espace image/objet situé après/avant la lentille.
- **Effet loupe :** effet pour lequel l'image est virtuelle, plus grande que l'objet et dans le même sens que lui.

FICHE 2 Image à travers une lentille

1 Grandeurs algébriques

- Le trajet de la lumière impose un sens aux grandeurs mesurées : on comptera positivement toute distance mesurée dans le même sens que la propagation de la lumière (de gauche à droite).
- Les grandeurs considérées sont donc des **grandeurs algébriques** : on note par exemple $\overline{OF'} > 0$, mais $\overline{OF} < 0$.

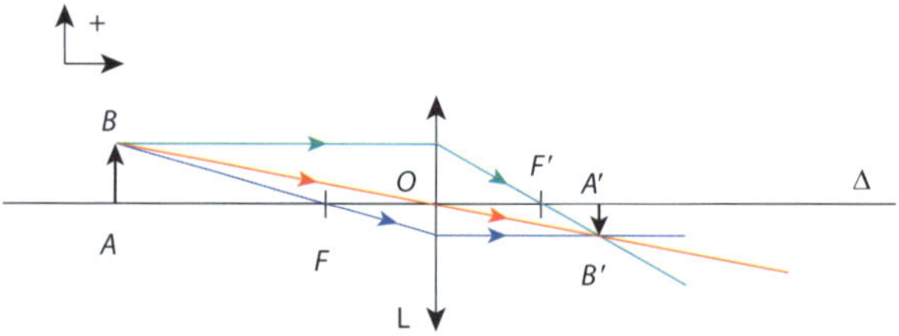

Vidéo
« Méthode : utiliser les formules de conjugaison et de grandissement »

2 Relation de conjugaison

La position de A', point image conjugué d'un point objet A à travers une lentille L de centre O et de foyer focal image F', est telle que :

À retenir

Relation de conjugaison :

$$\frac{1}{\overline{OA'}} - \frac{1}{\overline{OA}} = \frac{1}{\overline{OF'}}$$ avec
- $\overline{OA'}$: distance algébrique de O à A' (en m),
- $\overline{OA}$: distance algébrique de O à A (en m),
- $\overline{OF'}$: distance focale image f' (en m).

Vidéo
« Construction graphique d'une image réelle »

3 Relation du grandissement

- La taille de l'image $A'B'$ est telle que $\frac{\overline{A'B'}}{\overline{AB}} = \frac{\overline{OA'}}{\overline{OA}}$, les grandeurs algébriques (en m) étant comptées positivement lorsqu'elles sont orientées de bas en haut.
- On appelle **grandissement**, noté γ, le rapport algébrique entre la taille de l'image et celle de l'objet.

Remarque
Si $\gamma > 0$, l'image est dite droite par rapport à l'objet, alors que si $\gamma < 0$, l'image est dite renversée.

À retenir

Relation du grandissement :

$$\gamma = \frac{\overline{A'B'}}{\overline{OB}} = \frac{\overline{OA'}}{\overline{OA}}$$ avec
- γ : grandissement (sans unité),
- $\overline{A'B'}$, $\overline{AB}$, $\overline{OA'}$ et $\overline{OA}$: grandeurs algébriques (en m).

EXERCICE RÉSOLU

> Déterminer analytiquement l'image *A'B'* d'un objet *AB*

ÉNONCÉ

Un objet *AB*, de hauteur 5 mm, est placé perpendiculairement à l'axe optique d'une lentille L convergente de distance focale f' = 10 cm. La distance entre la lentille et le point *A* est de 5,0 cm.

Donner les caractéristiques de l'image *A'B'*.

CORRIGÉ

D'après l'énoncé, on a $\overline{AB} = +5$ mm, $\overline{OF'} = f' = +10$ cm et $\overline{OA} = -5{,}0$ cm, l'objet étant situé avant la lentille.

La formule de conjugaison permet de calculer la distance entre la lentille et l'image *A'B'* : $\frac{1}{\overline{OA'}} - \frac{1}{\overline{OF'}} = \frac{1}{\overline{OA}}$, soit $\frac{1}{\overline{OA'}} = \frac{1}{\overline{OF'}} + \frac{1}{\overline{OA}}$.

$$\frac{1}{\overline{OA'}} = \frac{1}{+10 \times 10^{-2}} + \frac{1}{-5{,}0 \times 10^{-2}} = -10 \text{ m}^{-1}$$

d'où $OA' = \frac{1}{-10} = -0{,}10$ m $= -10$ cm.

Rappel
La formule de conjugaison utilise des quantités algébriques : chaque valeur numérique doit être précédée de son signe.

La formule du grandissement permet de calculer la taille de l'image obtenue :

$$\gamma = \frac{\overline{A'B'}}{\overline{AB}} = \frac{\overline{OA'}}{\overline{OA}} \text{ soit } \overline{A'B'} = \frac{\overline{OA'}}{\overline{OA}} \cdot \overline{AB}.$$

$$\overline{A'B'} = \frac{-0{,}10}{-5{,}0 \times 10^{-2}} \times 5 \times 10^{-3} = +1 \times 10^{-2} \text{ m ou } +10 \text{ mm et } \gamma = +2.$$

On peut alors conclure que :

- $\overline{OA'} < 0$: l'image A'*B'* est dans l'espace objet, espace avant la lentille. Elle est donc **virtuelle** ;
- $\overline{A'B'} > 0$ et $\gamma = 2 > 0$: l'image est dans le même sens que l'objet. Elle est donc **droite et deux fois plus grande**.

Lexique

- **Grandeur algébrique :** grandeur pouvant être négative, positive ou nulle.
- **Relation de conjugaison :** relation entre la position $\overline{OA}$ d'un objet, celle de son image $\overline{OA'}$ à travers une lentille, et la vergence *C* ou la distance focale f' de la lentille.
- **Relation du grandissement :** relation entre la position $\overline{OA}$ et la taille $\overline{AB}$ d'un objet, et la position $\overline{OA'}$ et la taille $\overline{A'B'}$ de son image à travers une lentille.

FICHE 3 Lumière blanche

1 Perception des couleurs

- La couleur est un concept complexe faisant intervenir la fréquence des ondes lumineuses, le comportement de l'œil percevant la lumière, mais aussi le comportement du cerveau qui interprète les données transmises par la rétine. Ces deux comportements sont différents d'un individu à l'autre.
- Chez l'homme, la vision des couleurs est due à trois sortes de cônes de la rétine sensibles au rouge, au vert ou au bleu. On dit que la **vision** est **trichromique**.

Vidéo
« Qu'est-ce qu'une couleur ? »

Remarque
Le daltonisme est une déficience d'un ou de plusieurs de ces cônes. Il existe ainsi plusieurs types de daltonisme, conduisant généralement à la confusion de plusieurs couleurs.

2 Spectre de la lumière blanche

À retenir

La lumière blanche peut être décomposée en une infinité de radiations de fréquences comprises entre 4×10^{14} Hz et 8×10^{14} Hz environ.

- On définit couramment sept couleurs dans le spectre de la lumière blanche, appelées couleurs de l'arc-en-ciel ou couleurs spectrales : rouge, orange, jaune, vert, bleu, indigo et violet (dans le sens croissant des fréquences). Ces couleurs correspondent à des bandes de radiations du spectre lumineux.

Basses fréquences | Hautes fréquences

Spectre de la lumière blanche

- Une couleur spectrale est perçue par la rétine. Mais la réciproque n'est pas vraie : toute couleur perçue par la rétine n'est pas une couleur spectrale.

Remarque
Le brun est une couleur perçue par la rétine, mais qui ne correspond à aucune radiation ou bande du spectre lumineux.

3 Absorption, diffusion, transmission de la lumière

Nous ne nous intéresserons ici qu'aux cas où la lumière se propage en ligne droite. Elle peut passer d'un milieu à un autre : on parle alors de transmission.

À retenir

Lorsqu'un faisceau de lumière se propage à l'intérieur d'une substance, les rayons lumineux peuvent :
- interagir avec la matière et être déviés dans toutes les directions de l'espace : on parle de phénomène de **diffusion** ;
- être absorbés par la matière et ne plus se propager : on parle de phénomène d'**absorption**.

EXERCICE RÉSOLU

> Identifier un phénomène d'absorption

ÉNONCÉ

Une cuve contenant une solution diluée de permanganate de potassium est éclairée à l'aide d'un faisceau directif de lumière blanche.

Quelle expérience peut-on réaliser pour mettre en évidence le phénomène d'absorption de la solution ? Proposer un schéma de principe.

CORRIGÉ

Il suffit de **placer après la cuve un système dispersif** comme un prisme et de **faire l'image du spectre sur un écran.**

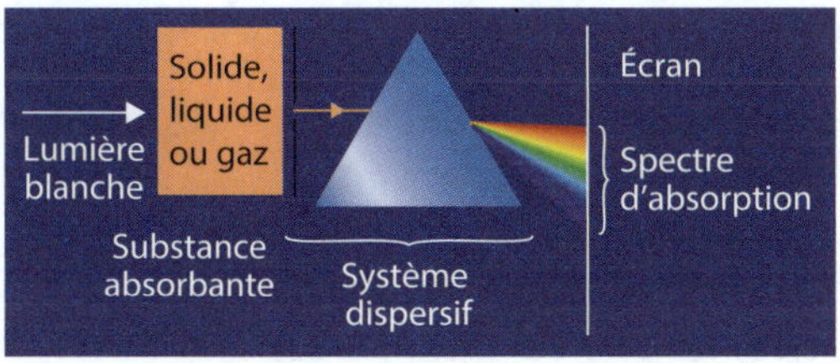

Rappel
L'absorption se traduit par l'absence de radiation dans le spectre observé.

On constate alors qu'une partie du spectre de la lumière blanche est absente (apparition d'une bande noire).

Une solution de permanganate de potassium absorbe dans le vert.

Lexique

- **Vision trichromique ou trichromatique :** phénomène responsable du codage de l'information visuelle grâce à trois cônes de la rétine permettant d'induire une sensation visuelle de couleur chez l'être humain.
- **Diffusion :** phénomène de réémission d'une onde dans toutes les directions après interaction avec la matière.
- **Absorption :** phénomène d'interaction d'une onde avec la matière qui l'absorbe.

FICHE 4 Synthèse additive

1 Trichromie – Couleurs primaires et secondaires

À retenir

La **trichromie** est une technique qui permet d'obtenir n'importe quelle couleur à partir de trois couleurs primaires en fonction de leur intensité et de la manière dont on les superpose (synthèse).

- Une couleur primaire ne peut être obtenue à partir d'autres couleurs.
- Une couleur secondaire est obtenue par synthèse de deux des trois couleurs primaires.

Synthèse additive

Vidéo
« La synthèse additive et soustractive »

2 Synthèse additive

À retenir

La **synthèse additive** correspond à la superposition d'au moins deux lumières colorées différentes en un même point de l'espace.

- Ce mode de superposition concerne tous les mélanges de couleurs que l'on retrouve dans les projecteurs, spots, scanners, appareils photo numériques, écrans de télévision, etc. Les peintres pointillistes utilisaient cette technique dès la fin du XIXe siècle.
- Dans le cas de la synthèse additive, les couleurs primaires sont le rouge (R), le vert (V) et le bleu (B). L'addition de ces trois couleurs avec le même niveau d'intensité donne du **blanc** si l'intensité est suffisante. (Si ce n'est pas le cas, la synthèse donne du gris.) L'absence de couleurs donne, en revanche, du **noir**.
- La synthèse additive doit son nom au fait que l'addition des trois couleurs primaires RVB revient à une recomposition du spectre pour obtenir la lumière visible.
- L'addition de deux couleurs primaires est telle que :
  - le bleu et le vert donnent du cyan (C) : B + V = C ;
  - le rouge et le bleu donnent du magenta (M) : R + B = M ;
  - le rouge et le vert donnent du jaune (J) : R + V = J.

Exemple
La superposition de lumières colorées issues de spots différents équipés de filtres, que l'on dirige vers le même point de l'espace, est une synthèse additive.

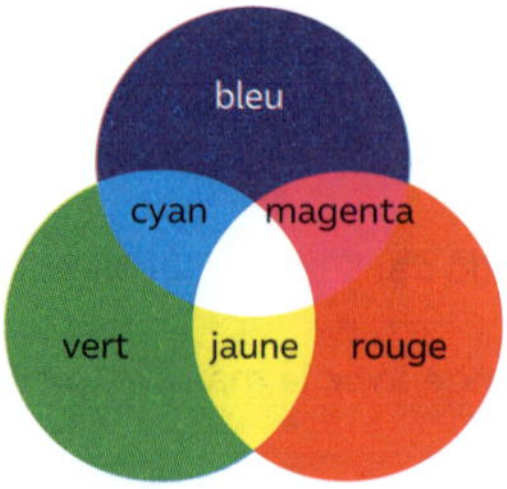

Remarque
Le système trichromique cyan, magenta et jaune (CMJ) apparaît donc comme le trio de couleurs secondaires pour la synthèse additive.

EXERCICE RÉSOLU

> Déterminer la nature d'une couleur

ÉNONCÉ

1. En synthèse additive, pourquoi peut-on dire que le blanc est une couleur ? De la même façon, en quoi le noir n'en est-il pas une ?

2. Le marron est-il une couleur ? Est-ce une couleur spectrale ?

3. Quelle est la couleur obtenue par synthèse additive du rouge et du vert en quantités et intensités égales ? Que se passe-t-il lorsque le vert est plus important que le rouge dans cette synthèse ?

CORRIGÉ

1. Le **blanc** est la somme des trois couleurs primaires, donc c'est une **couleur perçue**. Le **noir** est obtenu par absence de couleur, donc ce n'est **pas une couleur**.

2. Le marron n'est pas une absence de couleur comme le noir, donc c'est naturellement une **couleur** perçue par l'œil. Cependant, **ce n'est pas une couleur spectrale**, puisqu'il n'y a pas de radiation marron dans le spectre de la lumière blanche.

Rappel
Une couleur spectrale correspond à une radiation du spectre de la lumière blanche.

3. La synthèse additive « équilibrée » du rouge et du vert correspond à du **jaune**. En revanche, si l'on déséquilibre en faveur du vert, on obtient une **couleur verdâtre**.

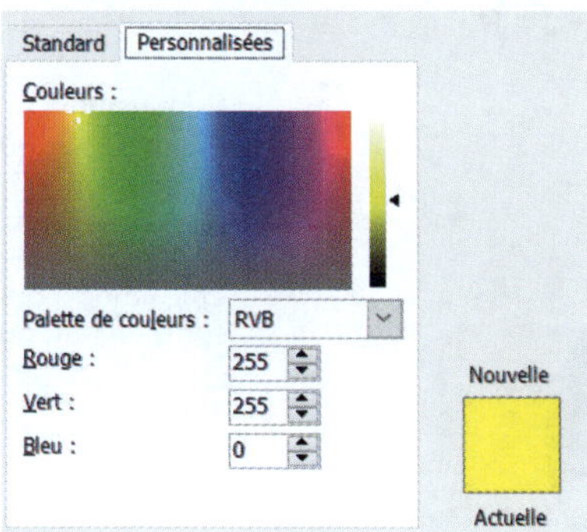

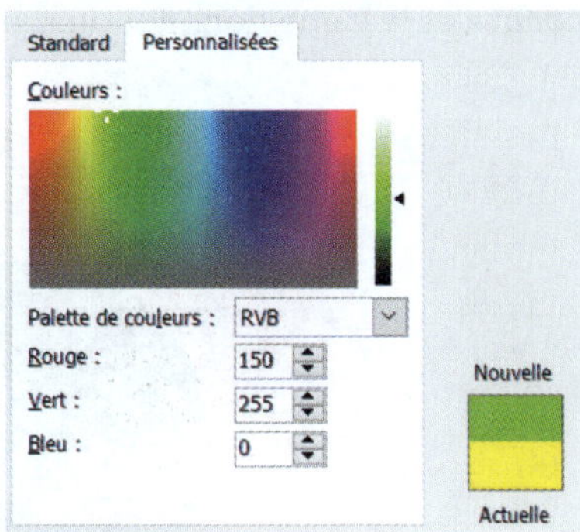

Lexique

Synthèse additive : « mélange » des couleurs fondé sur le fonctionnement de la rétine. Les couleurs primaires de cette synthèse sont le rouge, le vert et le bleu.

FICHE 5 Synthèse soustractive

1 Synthèse soustractive

À retenir

La **synthèse soustractive** correspond à la superposition des effets d'absorption de plusieurs pigments ou colorants éclairés en lumière blanche.

Exemple

La superposition de deux pigments en peinture ou de deux filtres colorés éclairés par la même source de lumière correspond à une synthèse soustractive.

Vidéo

« La synthèse soustractive » de PhyChim Profponsonnet

2 Couleurs primaires et secondaires

- Les couleurs primaires [resp. secondaires] de la synthèse soustractive sont les couleurs secondaires [resp. primaires] de la synthèse additive.
- En synthèse soustractive, l'addition est telle que :

– le cyan et le magenta donnent du bleu : **C + M = B**;
– le cyan et le jaune donnent du vert : **C + J = V**;
– le magenta et le jaune donnent du rouge : **M + J = R**.

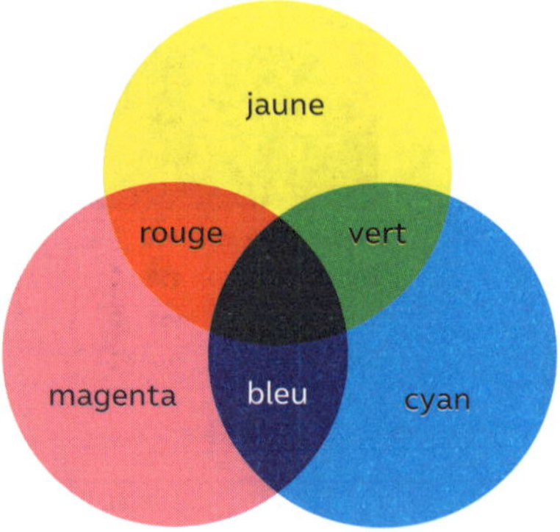

Remarque

En arts plastiques, les couleurs primaires sont « le bleu, le rouge et le jaune » qui sont, en fait, du cyan, du magenta et du jaune.

- **L'absence de couleurs donne alors du blanc**, alors que la superposition des trois couleurs primaires donne du noir.

EXERCICE RÉSOLU

> Déterminer la couleur obtenue par synthèse de deux couleurs primaires

ÉNONCÉ

Sur un rétroprojecteur, un élève place un transparent de couleur bleue et y superpose un second de couleur rouge.

1. De quel type de synthèse s'agit-il ?

2. Quelle couleur sera alors projetée sur l'écran de la classe ?

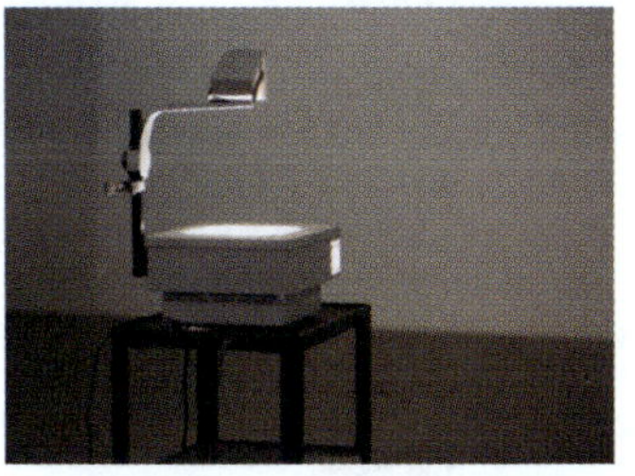

CORRIGÉ

1. En absence de filtres, l'écran apparaît blanc. On se doute aussi que la superposition de filtres colorés tend plutôt vers du noir : la synthèse est donc basée sur l'absorption des radiations par les filtres.

Ces deux constatations permettent de conclure à une **synthèse soustractive**.

Méthode
Pour reconnaître le type de synthèse, il faut repérer si l'on obtient du blanc ou du noir en l'absence de couleurs à superposer (ou en superposant les trois couleurs primaires).

2. Si l'on décompose les couleurs des filtres en sommes de couleurs primaires :
– le bleu est la superposition du cyan et du magenta ;
– le rouge est la superposition du magenta et du jaune.

La superposition des deux filtres revient à superposer les trois couleurs primaires :
(C + M) + (M + J) = C + M + J.
La couleur résultante est donc le **noir**.
Dans le cas où les filtres sont fabriqués de manière équilibrée, alors le noir obtenu sera davantage « chargé » en magenta. Cela lui donnera une nuance particulière, différente d'un noir obtenu par un mélange équilibré de cyan, de magenta et de jaune de même intensité chacun.

Rappel
La nuance du noir obtenu dépend de l'intensité des couleurs des différents filtres.

Lexique
Synthèse soustractive : « mélange » des couleurs fondé sur les techniques picturales classiques, l'addition des pigments, colorants ou filtres, tendant à foncer le mélange.

CARTE MENTALE

> Lumière, images et couleurs

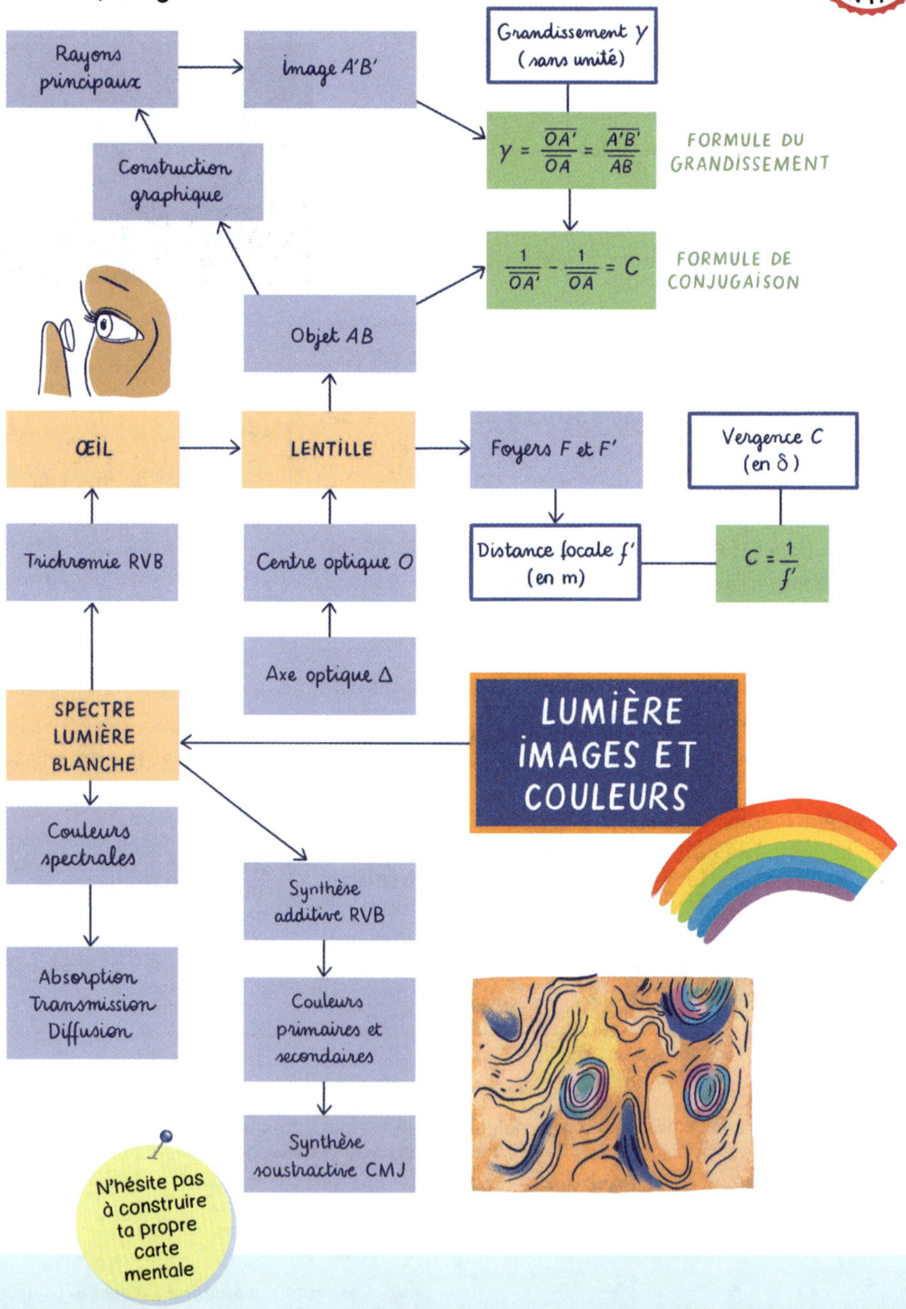

N'hésite pas à construire ta propre carte mentale

Fiche test 1 *Ce que je sais*

QCM 15 min

◯ À revoir
◯ Acquis

Pour chaque question, déterminer la (ou les) bonne(s) réponse(s).
Chaque question peut rapporter : 1 point si la réponse ne comporte aucune erreur ; 0,5 point dans le cas d'une erreur ; 0 point dans le cas de deux erreurs ou plus.

1 Le foyer focal image d'une lentille convergente est :

◯ **a.** toujours placé après la lentille dans le sens de la propagation de la lumière.
◯ **b.** le symétrique de F par rapport à la lentille.
◯ **c.** à une distance $f' = \frac{1}{C}$ du centre optique.

FICHE 1 p. 242

2 La distance focale f' d'une lentille convergente :

◯ **a.** est toujours positive.
◯ **b.** vaut $\overline{OF}$.
◯ **c.** est égale au contraire de la vergence.

FICHE 1 p. 242

3 Dans le cas de l'effet loupe :

◯ **a.** l'objet AB est à une distance inférieure à la distance focale f' du centre optique.
◯ **b.** l'image $A'B'$ est plus grande que AB.
◯ **c.** AB et $A'B'$ sont dans le même sens.

FICHE 1 p. 242

4 La vergence d'une lentille convergente :

◯ **a.** est la distance entre le centre optique et le foyer focal objet.
◯ **b.** est positive.
◯ **c.** s'exprime en dioptries, unité homogène à des m^{-1}.

FICHE 1 p. 242

5 Une image $A'B'$ d'un objet AB à travers une lentille convergente :

◯ **a.** est réelle si elle est dans le même espace que AB.
◯ **b.** est renversée sauf dans le cas de l'effet loupe.
◯ **c.** est plus grande que AB.

FICHE 1 p. 242

6 L'image $A'B'$ d'un objet AB s'obtient par construction graphique :

◯ **a.** à partir de deux des trois rayons principaux.
◯ **b.** en traçant par exemple la droite (BO) avec O le centre optique de la lentille.
◯ **c.** avec B' la projection orthogonale de A' sur l'axe optique Δ.

FICHE 2 p. 244

7 La formule du grandissement permet de déterminer :

◯ **a.** la position de l'image, connaissant celle de l'objet et la vergence de la lentille.
◯ **b.** le grandissement en mètres.
◯ **c.** le rapport algébrique des tailles de l'image et de l'objet.

FICHE 2 p. 244

8 La rétine d'un œil humain :

◯ **a.** est sensible à l'ensemble des longueurs d'onde du spectre de la lumière blanche.
◯ **b.** code chaque couleur grâce à un ensemble de trois cônes.
◯ **c.** réalise une synthèse additive des couleurs.

FICHE 3 p. 246

9 Concernant la synthèse additive :

◯ **a.** les couleurs secondaires sont le rouge, le vert et le bleu.
◯ **b.** la somme équilibrée des trois couleurs primaires donne du noir.
◯ **c.** c'est la synthèse des écrans d'ordinateur et des téléphones portables.

FICHE 4 p. 248

10 Les exemples suivants sont des exemples de synthèse soustractive :

◯ **a.** un mélange de pigments en peinture.
◯ **b.** la superposition de deux spots sur une piste de danse.
◯ **c.** le colorant vert d'un sirop de menthe fait à partir de E102 et de E131.

FICHE 5 p. 250

SCORE : ____ / 10

1 Déterminer les caractéristiques de l'image $A'B'$ de AB à travers un système optique

ÉNONCÉ

Soit le système optique constitué de deux lentilles convergentes L_1 ($C_1 = 20$ δ) et L_2 ($C_2 = 8$ δ) de même axe optique. La distance entre leurs centres optiques est de 25 cm.

La lunette astronomique : un système optique à deux lentilles

Déterminer numériquement l'image définitive $A'B'$ d'un objet AB à travers ce système optique, AB étant de hauteur 1,0 cm et placé à 20 cm derrière L_1. En déduire ses caractéristiques.

PROCÉDURE

1. À partir de la vergence, déterminer les distances focales comme les inverses des vergences : $f' = \frac{1}{C}$.

2. Traduire les données de l'énoncé en grandeurs algébriques. Les distances focales sont positives. Toutes les grandeurs sont comptées positivement lorsqu'elles sont parcourues de bas en haut et de gauche à droite. Elles sont négatives dans le cas contraire. Elles sont à convertir en mètres.

3. En ne considérant que la lentille L_1 donnant de l'objet AB une image intermédiaire A_1B_1, appliquer les formules de conjugaison et du grandissement pour obtenir les caractéristiques de A_1B_1. En déduire $\overline{O_1A_1}$, $\overline{A_1B_1}$ puis $\overline{O_2A_1}$.

4. À partir de $\overline{O_1A_1}$, en déduire $\overline{O_2A_1}$, en utilisant la relation de Chasles, afin de passer des espaces objet et image de la lentille L_1 à ceux de la lentille L_2 : $\overline{O_2A_1} = \overline{O_2O_1} + \overline{O_1A_1}$.

5. Reprendre les consignes précédentes en remplaçant L_1 par L_2 et en considérant A_1B_1 comme nouvel objet pour la lentille L_2. $A'B'$ est alors l'image définitive : en déduire $\overline{O_2A'}$ et $\overline{A'B'}$.

6. Déduire des valeurs obtenues les caractéristiques de l'image $A'B'$:

- si $\overline{O_2A'} > 0$, l'image est réelle ; sinon, elle est virtuelle ;
- si $\overline{A'B'} > 0$, l'image est droite ; sinon, elle est renversée ;
- si $A'B' > AB$, l'image est agrandie ; sinon, elle est réduite.

CORRIGÉ

1 Les distances focales des lentilles sont :

$$f'_1 = \frac{1}{C_1} = \frac{1}{20} = 0{,}050 \text{ m} = 5{,}0 \text{ cm}.$$

$$f'_2 = \frac{1}{C_2} = \frac{1}{8} = 0{,}125 \text{ m} = 12{,}5 \text{ cm}.$$

CORRIGÉ

La situation est telle que : $\overline{O_1F'_1} = f'_1 = +5{,}0$ cm ;
$\overline{O_2F'_2} = f'_2 = +12{,}5$ cm ;

Réflexe à avoir
Les grandeurs algébriques sont comptées positivement si elles sont dans le même sens que celui du déplacement de la lumière.

❷ L'énoncé se traduit en grandeurs algébriques :
$\overline{AB} = +1{,}0$ cm $= +0{,}010$ m ; $\overline{O_1A} = -20$ cm $= -0{,}20$ m ; $\overline{O_1O_2} = +25$ cm $= +0{,}25$ m.

❸ Formule de conjugaison appliquée à L_1 :

$$\frac{1}{\overline{O_1A_1}} - \frac{1}{\overline{O_1A}} = C_1, \text{ soit } \frac{1}{\overline{O_1A_1}} = \frac{1}{\overline{O_1A}} + C_1.$$

$$\frac{1}{\overline{O_1A_1}} = \frac{1}{-0{,}20} + 20 = 15 \text{ m}^{-1} \text{ et } \overline{O_1A_1} = 0{,}067 \text{ m} = 6{,}7 \text{ cm}.$$

Formule du grandissement :

$$\frac{\overline{A_1B_1}}{\overline{AB}} = \frac{\overline{O_1A_1}}{\overline{O_1A}} \text{ soit } \overline{A_1B_1} = \frac{\overline{O_1A_1}}{\overline{O_1A}}\,\overline{AB}$$

$$\overline{A_1B_1} = \frac{0{,}067}{-0{,}20} \times 0{,}010 = -3{,}3 \times 10^{-3} \text{ m} = -0{,}33 \text{ cm}.$$

Piège à éviter
Les formules de conjugaison et de grandissement font appel à des grandeurs algébriques en mètres.

❹ $\overline{O_2A_1} = \overline{O_2O_1} + \overline{O_1A_1} = -25 + 6{,}7 = -18{,}3$ cm.

❺ Formule de conjugaison appliquée à L_2 :

$$\frac{1}{\overline{O_2A'}} - \frac{1}{\overline{O_2A_1}} = C_2 \text{ d'où } \frac{1}{\overline{O_2A'}} = \frac{1}{\overline{O_2A_1}} + C_2$$

$$\frac{1}{\overline{O_2A'}} = \frac{1}{-0{,}183} + 8 = 2{,}5 \text{ m}^{-1}$$

et $\overline{O_2A'} = 0{,}39$ m $= 39$ cm sans arrondi.

Piège à éviter
N'oubliez pas que l'image A_1B_1 à travers la première lentille est ensuite objet pour la deuxième lentille : pensez donc à calculer $\overline{O_2A_1}$, à partir de $\overline{O_1A_1}$.

Formule du grandissement :

$$\frac{\overline{A'B'}}{\overline{A_1B_1}} = \frac{\overline{O_2A'}}{\overline{O_2A_1}} \text{ soit } \overline{A'B'} = \frac{\overline{O_2A'}}{\overline{O_2A_1}}\,\overline{A_1B_1}$$

$$\overline{A'B'} = \frac{0{,}39}{-0{,}183} \times (-0{,}0033).$$

$$\overline{A'B'} = 7{,}0 \times 10^{-3} \text{ m} = 0{,}70 \text{ cm}.$$

❻ Les caractéristiques de l'image peuvent être déduites des valeurs obtenues précédemment : $\overline{O_2A'} = +39$ cm > 0 : l'image $A'B'$ est située après la lentille L_2, elle est donc réelle ; $\overline{A'B'} = +0{,}70$ cm $< AB = +1{,}0$ cm : la valeur algébrique est positive donc l'image est droite et de taille plus petite que l'objet. L'image est donc réduite. Finalement, l'image $A'B'$ à travers le système optique constitué par les deux lentilles est réelle, droite et réduite par rapport à son objet.

② Déterminer expérimentalement les radiations absorbées par une substance éclairée en lumière blanche

ÉNONCÉ

On éclaire en lumière blanche une mini-cuve contenant une solution verte issue de feuilles broyées. Quelles sont les radiations absorbées par la solution ?

PROCÉDURE

1. Utiliser un système dispersif pour obtenir le spectre transmis par la solution éclairée en lumière blanche.
2. Comparer ce spectre avec celui de la lumière blanche : les parties qui apparaissent en noir sur l'écran sont les radiations absorbées. Cela peut être une ou plusieurs raies du spectre et/ou une ou plusieurs bandes.

CORRIGÉ

①

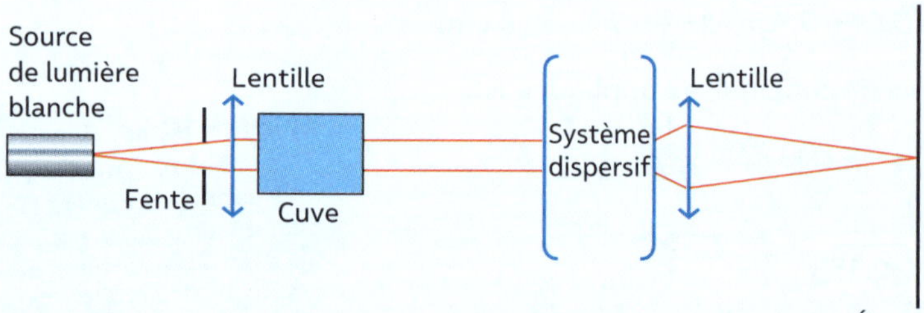

② On peut alors comparer le spectre de la lumière blanche ⓐ et le spectre obtenu ⓑ.

ⓐ

ⓑ

On constate que la solution verte, issue de feuilles broyées, absorbe dans le rouge (deux bandes d'absorption) et dans le bleu, l'indigo et le violet (bande de fin de spectre).

Réflexe à avoir
Comparez toujours les spectres pour obtenir, par différence, les radiations absorbées.

Méthode

3 Déterminer les radiations absorbées par une substance éclairée en lumière blanche

ÉNONCÉ

On éclaire en lumière blanche une mini-cuve remplie d'une solution issue de feuilles fraîches broyées contenant de la chlorophylle a et b (verte) et du carotène (orange). Quelle est la couleur perçue ? Quelles couleurs la solution absorbe-t-elle?

PROCÉDURE

1. La couleur perçue est la superposition des couleurs de chaque solution composant le mélange en tenant compte des différentes intensités.
2. Les couleurs absorbées sont les complémentaires des couleurs perçues en synthèse additive. Utiliser le cercle chromatique pour les déterminer.

CORRIGÉ

① La solution est un mélange de solution verte de chlorophylle et de solution orangée de carotène. La couleur perçue est la superposition de ces deux couleurs. En pratique, la solution de feuilles broyées contient plus de chlorophylle que de carotène, et l'œil perçoit plutôt une couleur verte.

② Les couleurs absorbées sont les couleurs complémentaires du vert et de l'orange. Le cercle chromatique permet de constater que la couleur diamétralement opposée au vert est le rouge et que celle opposée à l'orange est située dans la bande bleue.

La substance absorbe donc des bandes rouges et la fin du spectre bleu.

Réflexe à avoir
Pensez que la couleur résultant d'une superposition dépend des intensités de chaque composante.

Remarque
On retrouve les résultats expérimentaux de l'exemple de la méthode précédente.

EXERCICES D'APPLICATION

1 Comportement d'une lentille mince convergente

EXERCICE À CARACTÈRE EXPÉRIMENTAL

Lors d'une séance de travaux pratiques, un binôme dispose d'une lentille mince L de centre optique O et étiquetée 8 δ.

Une lanterne sur laquelle on plaque un objet AB quadrillé de 3 cm de hauteur est placée sur un banc optique à la graduation 0.

Les élèves font une série de mesures en plaçant la lentille à une distance d de la lanterne et relèvent sur le banc optique la position x de l'écran pour avoir une image $A'B'$ nette de l'objet AB.

Le tableau ci-dessous rassemble les résultats de la séance :

d (cm)	15	20	25	30	35	40	45	50	55
x (cm)	90	53	50	52	55	58	62	67	71

1 Faire un schéma de la situation.

2 En déduire, à partir des résultats des élèves, les valeurs algébriques $\overline{OA}$ et $\overline{OA'}$.

Les élèves tracent alors la courbe $\frac{1}{\overline{OA'}} = f'\left(\frac{1}{\overline{OA}}\right)$ à l'aide d'un logiciel.

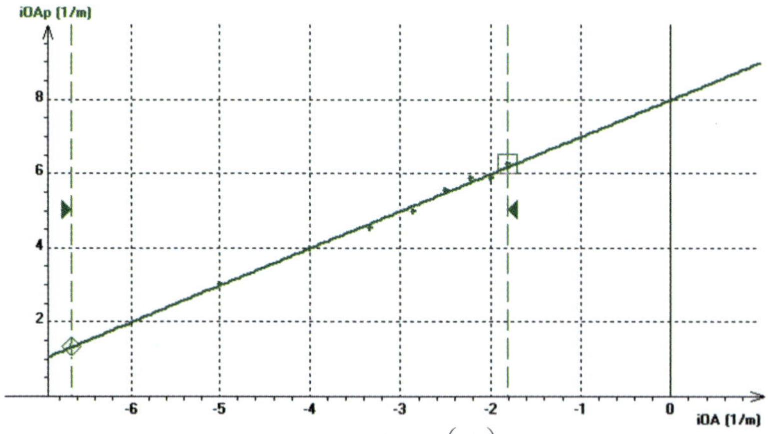

Courbe $\frac{1}{\overline{OA'}} = f'\left(\frac{1}{\overline{OA}}\right)$

3 Vérifier que ce graphe est bien compatible avec les données du tableau.

4 En déduire l'ordonnée à l'origine et la comparer avec la vergence de la lentille.

5 Retrouver la formule de conjugaison.

2 Solution de permanganate de potassium

EXERCICE À CARACTÈRE EXPÉRIMENTAL

En séance de travaux pratiques, des élèves utilisent une cuve contenant une solution colorée de permanganate de potassium.

La cuve est éclairée en incidence normale sur l'une de ses faces par un faisceau très directif de lumière blanche. Le faisceau transmis est projeté sur un écran blanc.

Les molécules de permanganate de potassium diffusent dans le magenta.

Permanganate de potassium

1. Quelle couleur perçoit-on dans la direction perpendiculaire au faisceau de lumière incidente ? Justifier.
2. Quelle est la couleur de la lumière transmise projetée sur l'écran ?
3. La lumière incidente étant différente de la lumière transmise, quel phénomène a-t-on mis en évidence ?
4. Quelle expérience les élèves peuvent-ils envisager pour confirmer cette hypothèse ? Proposer un montage possible.
5. En supposant qu'il y ait absorption d'une seule bande de fréquences dans le spectre de la lumière blanche, à quelle couleur correspond-elle ?
6. Que se passerait-il si l'on éclairait la cuve avec une lumière jaune ?

Fiche test 2 Ce que je sais faire

QCM

15 min

◯ À revoir
◯ Acquis

Pour chaque question, déterminer la (ou les) bonne(s) réponse(s).
Chaque question peut rapporter : 1 point si la réponse ne comporte aucune erreur ; 0,5 point dans le cas d'une erreur ; 0 point dans le cas de deux erreurs ou plus

1 Déterminer graphiquement les caractéristiques de l'image

Soit la représentation graphique suivante comprenant un objet AB, une lentille L de centre optique O et de foyers focaux F et F' :

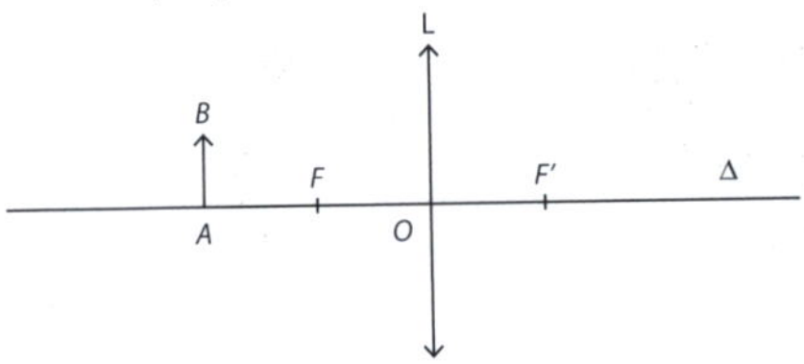

L'image $A'B'$ est :

◯ **a.** une image réelle.
◯ **b.** une image plus grande que l'objet AB.
◯ **c.** une image renversée.

FICHES 1 p. 242 et 2 p. 244

2 Utiliser la formule de conjugaison

Un objet AB est situé à 20 cm en avant d'une lentille de vergence 8,0 δ. Soit $\overline{OA}$ la position de l'objet et $\overline{OA'}$ la position de l'image :

◯ **a.** $\overline{OA}$ = 20 cm = 0,20 m.
◯ **b.** C = 8,0 δ.
◯ **c.** $\overline{OA'}$ = 7,7 cm.

FICHE 2 p. 244

3 Utiliser la formule du grandissement

Soit un objet AB de 2 cm placé à 10 cm avant une lentille de distance focale f' = 5 cm.

◯ **a.** $\overline{OA'}$ = 10 cm.
◯ **b.** Le grandissement est $\gamma = 1$.
◯ **c.** $A'B'$ est une image renversée de même taille que AB.

FICHE 2 p. 244

4 Déterminer analytiquement les caractéristiques de l'image

Un objet AB est placé à 10 cm d'une lentille de vergence C = 2 δ. L'image est :

◯ **a.** virtuelle, car $\overline{OA'}$ = −12,5 cm.
◯ **b.** droite, car $\gamma > 0$.
◯ **c.** agrandie, car $\gamma > 1$.

FICHE 2 p. 244

5 Déterminer la couleur de synthèse

Trois spots sont équipés de filtres colorés. Ils sont utilisés sur une piste de danse sur laquelle on peut les superposer.

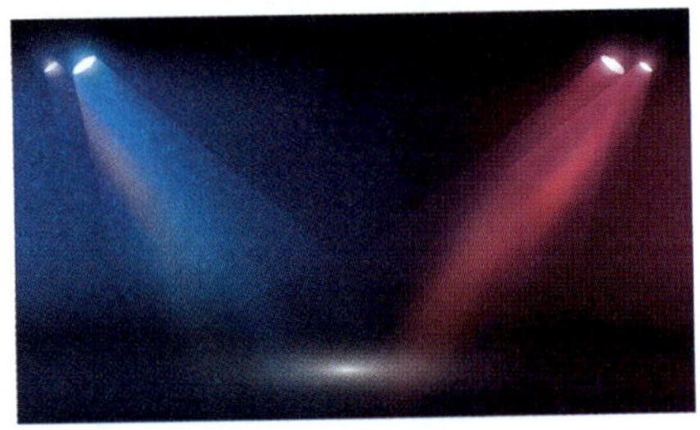

◯ **a.** Un spot rouge et un spot vert se superposent sur une surface au sol et donnent du jaune.
◯ **b.** Un spot rouge et un spot cyan se superposent sur une surface au sol et donnent du magenta.
◯ **c.** Sur un spot rouge, on ajoute un filtre cyan supplémentaire. Ce spot éclaire en jaune.

FICHES 4 p. 248 et 5 p. 250

SCORE : ____ / 5

VERS LE BAC

3 Coucher de soleil et bleu du ciel

L'atmosphère est constituée en grande majorité de molécules de diazote et de dioxygène. Lorsqu'un rayonnement se propage dans l'atmosphère, il interagit avec elle. Les molécules de diazote et de dioxygène diffusent le rayonnement dans toutes les directions de l'espace. On peut montrer que cette diffusion dépend fortement de la fréquence du rayonnement et que l'intensité de l'onde diffusée est proportionnelle au carré du carré de la fréquence.

Lorsque le soleil se couche, la lumière produite devient rouge-orangé. Le soleil ne change pas de couleur ! C'est un effet de l'atmosphère... Le soir, les rayons solaires traversent une épaisseur plus importante de molécules d'atmosphère. La diffusion est alors plus marquée.

1. Soit I l'intensité de la radiation diffusée et f sa fréquence. D'après le texte, quelle relation existe-il entre ces deux grandeurs ?
2. Si l'on considère les deux parties extrêmes du spectre de la lumière solaire, quelle couleur, du rouge ou du bleu, est la plus diffusée ? En déduire une relation avec la couleur du ciel.
3. Lors d'un coucher de soleil, en considérant le phénomène de diffusion, expliquer pourquoi seules les couleurs rouge-orangé restent perceptibles.

4 Modèle RVB

Le modèle RVB est celui du codage de toute couleur par synthèse, largement utilisé dans l'industrie dès lors que l'on a découvert le fonctionnement des cônes de la rétine humaine.

Il a donc été naturel de coder toute couleur synthétisée par son pourcentage de RVB. De manière générale, une couleur C est notée dans le modèle RVB comme suit : C = (% R) R + (% V) V + (% B) B ou encore plus simplement C = % R, % V, % B avec % X la luminosité de la couleur primaire X codée entre 0 et 1.

1. Quelle est la couleur notée (1)R + 1(B) ou 1,0,1 ?
2. Quelle particularité présente la notation d'une couleur primaire ?
3. Donner la notation dans le modèle RVB du blanc.

La palette couleur d'un ordinateur est codée en RVB sur 8 bits, soit 256 niveaux de couleur pour chaque couleur primaire (de 0 à 255).

4. À quelles couleurs correspondent les notations 255,255,255 et 0,0,0 ?
5. À quelles couleurs correspondent les notations 96,0,0 et 242,0,0 ? Quelle est la couleur la plus sombre ?
6. À laquelle de ces couleurs peut correspondre la notation 200,252,42 : bleu ciel, vert pomme ou marron foncé ?

Fiche test 3 *Je fais le point*

VRAI FAUX

15 min

- À revoir
- Acquis

Indiquer pour chaque proposition si elle est vraie ou fausse.

1. Lorsqu'un objet est placé avant la lentille à une distance du centre optique inférieure à la distance focale, l'image est virtuelle.	Vrai	Faux
2. Si l'image est placée dans l'espace image et telle que $\overline{A'B'} = -4\overline{AB}$, alors elle est réduite et renversée.	Vrai	Faux
3. Le rayon principal parallèle à l'axe optique avant la lentille passe par F après la lentille.	Vrai	Faux
4. Si le grandissement est $\gamma = -1$, alors l'image est réelle, renversée et de même taille que l'objet.	Vrai	Faux
5. Une grandeur algébrique n'est jamais nulle.	Vrai	Faux
6. Le rouge est une couleur spectrale.	Vrai	Faux
7. Un spectre d'absorption se traduit par une ou plusieurs radiations ou bandes noires dans le spectre de la lumière blanche.	Vrai	Faux
8. La synthèse additive a comme couleurs primaires le système CMJ, qui donne du blanc par mélange trichromique.	Vrai	Faux
9. L'addition du cyan et du rouge donne du noir ou du blanc si les intensités et les proportions sont identiques.	Vrai	Faux
10. Le pointillisme est une technique artistique fondée sur la synthèse additive, alors que la peinture mélangeant les pigments est une synthèse soustractive.	Vrai	Faux

SCORE : ____ / 10

Corrigés

Fiche test 1 *Ce que je sais*

1. a), b) et **c)** *Toutes les réponses sont correctes*. Le foyer focal image F' est dans l'espace image donc toujours après la lentille. F et F' sont symétriques par rapport à O centre optique et F' est à une distance de O égale à la distance focale f', inverse de la vergence C. FICHE 1 p. 242

2. a) La distance focale f' d'une lentille convergente est toujours positive et vaut $\overline{OF'} = -\overline{OF}$. Elle vaut l'inverse de la vergence : $f' = \frac{1}{C}$. FICHE 1 p. 242

3. a), b) et **c)** *Toutes les réponses sont correctes*. Dans le cas d'un effet loupe, l'objet est proche de la lentille à une distance plus petite que la distance focale. L'image est virtuelle, agrandie et droite. FICHE 1 p. 242

4. b) et **c)** La vergence est l'inverse d'une distance et est positive. Son unité, la dioptrie, est l'équivalent du m^{-1}. FICHE 1 p. 242

Remarque

La vergence d'une lentille convergente est positive et celle d'une lentille divergente est négative.

5. b) Une image est virtuelle si elle appartient à l'espace objet dans lequel se situe l'objet AB, agrandie ou réduite selon les cas et renversée, sauf dans le cas de l'effet loupe. FICHE 1 p. 242

6. a) et **b)** La construction graphique utilise deux des trois rayons principaux dont la droite (BO), rayon passant par le centre optique qui n'est pas dévié. Le point de concours des rayons est B', avec A' son projeté orthogonal sur l'axe optique. FICHE 2 p. 244

7. c) La formule du grandissement est $\gamma = \frac{\overline{OA'}}{\overline{OA}} = \frac{\overline{A'B'}}{\overline{AB}}$, avec $\frac{\overline{A'B'}}{\overline{AB}}$ le rapport algébrique des tailles de l'objet et de l'image. Le grandissement est un rapport de deux longueurs, il n'a pas d'unité. FICHE 2 p. 244

Rappel

La formule de conjugaison permet de connaître la position d'une image, connaissant celle de l'objet et la vergence de la lentille.

8. a), b) et **c)** *Toutes les réponses sont correctes*. Le trichromatisme est la vision humaine basée sur un ensemble de trois capteurs que sont les cônes RVB. Leur combinaison par synthèse additive permet de couvrir tout le spectre de la lumière blanche. FICHE 3 p. 246

9. c) Les couleurs primaires de la synthèse additive sont le rouge, le vert et le bleu (RVB), dont la somme équilibrée donne du blanc. C'est bien la synthèse des écrans numériques en couleurs. FICHE 4 p. 248

10. a) et **c)** Un mélange de pigments, de colorants, d'encres est une synthèse soustractive. Concernant les filtres, s'ils sont superposés sur la même source de lumière, il s'agit d'une synthèse soustractive, mais dans le cas d'un mélange issu de sources différentes, la synthèse est additive. FICHE 5 p. 250

EXERCICES D'APPLICATION

1 Comportement d'une lentille mince convergente

1. Schéma de la situation

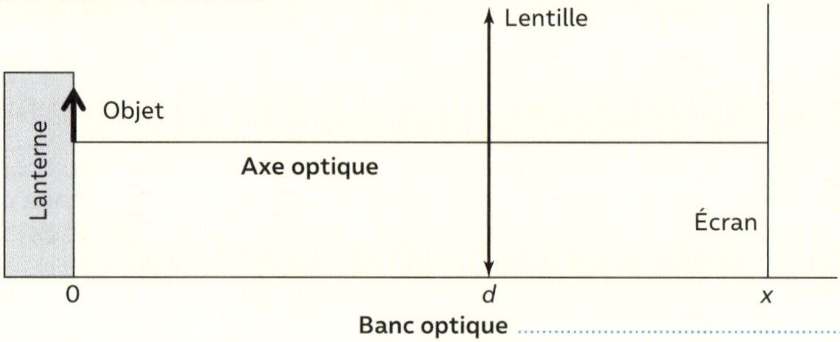

FICHE 1 p. 242

2. On peut compléter le tableau des résultats (voir ci-après le tableau complet) en calculant :

• $\overline{OA} = -\frac{d}{100}$ car $\overline{OA}$ est une grandeur algébrique négative (comptée de la droite vers la gauche, soit à l'inverse du sens de propagation de la lumière) et exprimée en mètres (d'où la conversion d'un facteur 100);

• $\overline{OA'} = \frac{x-d}{100}$ car cette distance algébrique correspond à la distance positive (dans le sens de propagation de la lumière) entre la lentille et l'image réelle située après la lentille. Elle s'exprime aussi en mètres, d'où le facteur 100 de conversion comme précédemment.

Rappel
Les grandeurs $\overline{OA}$ et $\overline{OA'}$ sont des grandeurs algébriques, leur signe dépend du sens de propagation de la lumière. Elles doivent être exprimées en mètres.

3. Avant de tracer la courbe proposée, il faut calculer les inverses de $\overline{OA}$ et de $\overline{OA'}$. Le tableau suivant récapitule l'ensemble de ces résultats numériques en m^{-1}.

d (cm)	15	20	25	30	35	40	45	50	55
x (cm)	90	53	50	52	55	58	62	67	71
$\overline{OA}$ (m)	**−0,15**	**−0,20**	**−0,25**	**−0,30**	**−0,35**	**−0,40**	**−0,45**	**−0,50**	**−0,55**
$\overline{OA'}$ (m)	**0,75**	**0,33**	**0,25**	**0,22**	**0,20**	**0,18**	**0,17**	**0,17**	**0,16**
$\frac{1}{\overline{OA}}$ (m^{-1})	−6,7	−5,0	−4,0	−3,3	−2,9	−2,5	−2,2	−2,0	−1,8
$\frac{1}{\overline{OA'}}$ (m^{-1})	1,3	3,0	4,0	4,5	5,0	5,6	5,9	5,9	6,3

On retrouve bien les points expérimentaux représentés sur le graphe des élèves avec $\frac{1}{\overline{OA'}}$, noté iOAp pour « inverse de $\overline{OA'}$ » et $\frac{1}{\overline{OA}}$ noté iOA pour « inverse de $\overline{OA}$ ».

Gagnez des points
Attention à la précision des résultats : gardez ici deux chiffres significatifs.

FICHE 2 p. 244

4. D'après la courbe, on constate que pour $\frac{1}{\overline{OA}} = 0$, on a $\frac{1}{\overline{OA'}}$ **= 8 m⁻¹**. On reconnaît alors la **vergence de la lentille** $C = 8\ \delta$. FICHE 2 p. 244

> **Rappel**
> On vérifie que la dioptrie est bien homogène à l'inverse du mètre.

5. On peut modéliser la courbe obtenue par une fonction affine : $\frac{1}{\overline{OA'}} = a\frac{1}{\overline{OA}} + C$, avec a le coefficient directeur de la droite.

On constate facilement que a vaut 1 et donc finalement $\frac{\mathbf{1}}{\overline{\mathbf{OA'}}} = \frac{\mathbf{1}}{\overline{\mathbf{OA}}} + \mathbf{C}$. On retrouve bien la formule de conjugaison de la lentille L de vergence C. FICHE 2 p. 244

2 Solution de permanganate de potassium

1. Dans la direction perpendiculaire au faisceau incident, il n'y a pas de faisceau transmis. La seule lumière perçue est celle du rayonnement diffusé : la couleur perçue est donc le **magenta**. FICHE 3 p. 246

2. La lumière transmise sur l'écran correspond à la lumière blanche passant à travers un filtre (liquide) coloré, à l'image du papier de bonbon transparent que l'on place devant notre œil. L'écran sera donc de la couleur du permanganate de potassium : **magenta.**

3. Si la lumière incidente (blanche) est différente de la lumière transmise et projetée sur l'écran (lumière colorée), alors on peut conclure qu'il y a **eu absorption de certaines radiations** par la solution de permanganate de potassium.

4. Afin de vérifier cette hypothèse, les élèves peuvent **réaliser le spectre de la lumière transmise.** Ils pourront donc constater la bande d'absorption dans le spectre de la lumière blanche.

> **Gagnez des points**
> Sans modifier le montage, on a le spectre de la lumière blanche en remplissant la cuve avec de l'eau.

Le montage proposé est le suivant :

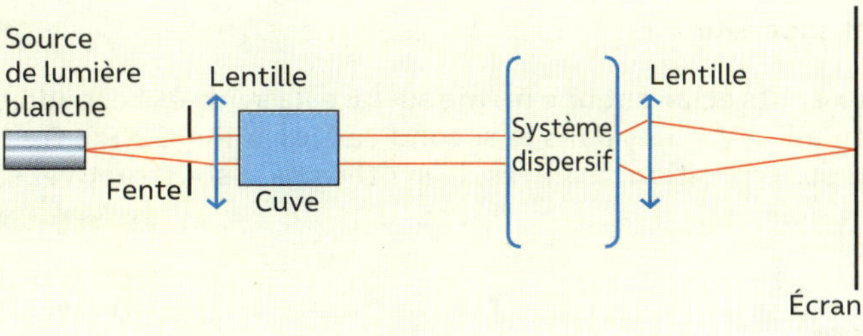

5. La couleur absorbée est la couleur complémentaire de la couleur de la solution. Le cercle chromatique permet de constater que la couleur diamétralement opposée au magenta est le **vert**.

6. En éclairant la cuve en lumière jaune, une radiation **ne sera pas absorbée et la solution apparaîtra donc jaune.**

> **Remarque**
> Si l'on veut simplement observer le spectre d'absorption du permanganate de potassium, on peut se contenter d'utiliser un prisme sans lentille.

Fiche test 2 Ce que je sais faire

1. a) et **c)** La représentation graphique permet de déterminer l'image $A'B'$.

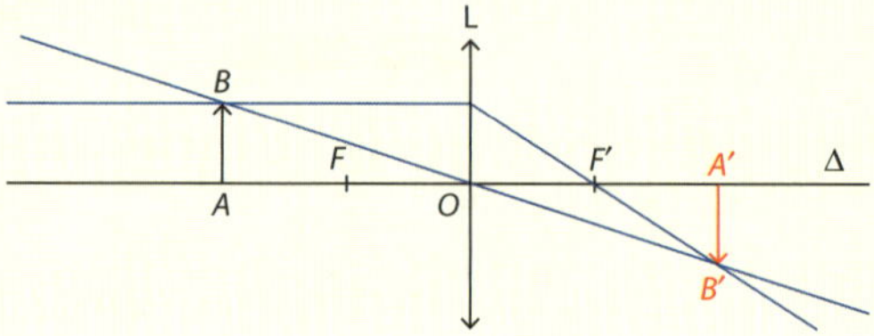

$A'B'$ est après la lentille, donc l'image est réelle. Elle est de même taille que l'objet, et renversée. .... FICHES 1 p. 242 et 2 p. 244

2. b) $\overline{OA} = -20$ cm est négatif. La formule de conjugaison s'écrit $\frac{1}{\overline{OA'}} = \frac{1}{\overline{OA}} + C$, soit $\frac{1}{\overline{OA'}} = \frac{1}{-0{,}2} + 8 = 3$ δ et $\overline{OA'} = \frac{1}{3} = 0{,}33$ m = 33 cm. .... FICHE 2 p. 244

3. a) et **c)** La formule de conjugaison s'écrit $\frac{1}{\overline{OA'}} = \frac{1}{\overline{OA}} + \frac{1}{f'}$, soit $\frac{1}{\overline{OA'}} = \frac{1}{-0{,}10} + \frac{1}{0{,}05} = 10$ δ et $\overline{OA'} = \frac{1}{10} = 0{,}10$ m = 10 cm.

Le grandissement est : $\gamma = \frac{\overline{OA'}}{\overline{OA}} = \frac{0{,}10}{-0{,}10} = -1$. L'image est donc renversée, de même taille que l'objet. .... FICHE 2 p. 244

> **Remarque**
> Si le grandissement est négatif, l'image est renversée.

4. a), b) et **c)** *Toutes les réponses sont correctes*. La formule de conjugaison s'écrit $\frac{1}{\overline{OA'}} = \frac{1}{\overline{OA}} + \frac{1}{f'}$, soit $\frac{1}{\overline{OA'}} = \frac{1}{-0{,}10} + 2 = -8$ δ et $\overline{OA'} = \frac{1}{-8} = -0{,}125$ m = –12,5 cm.

Le grandissement est $\gamma = \frac{\overline{OA'}}{\overline{OA}} = \frac{-0{,}125}{-0{,}10} = 1{,}25$. L'image est virtuelle, droite et agrandie, car γ est positif et supérieur à 1. .... FICHE 2 p. 244

5. a) Lorsque deux spots éclairent une même surface, la synthèse est additive : dans le premier cas, on a R + V = J et dans le second cas, on a R + C = R + B + V = blanc. Dans le cas d'une superposition de filtres, la synthèse est soustractive :
R + C = M + J + C = noir. .... FICHES 4 p. 248 et 5 p. 250

VERS LE BAC

③ Coucher de soleil et bleu du ciel

1. Le texte précise : « l'intensité de l'onde diffusée est proportionnelle au carré du carré de la fréquence ». Mathématiquement, cela se traduit par la relation $I = a\,(f^2)^2$, soit $\boldsymbol{I = af^4}$, avec a un coefficient de proportionnalité.

2. La radiation la plus diffusée est celle dont l'intensité I est la plus importante. Au vu de la relation précédemment établie, cela signifie que le terme f^4 doit être important.

C'est le cas des grandes fréquences : le **bleu**, dont la fréquence est plus importante que le rouge, a un terme en f^4 plus important que celui du rouge et est donc plus diffusé.

Lorsque la lumière solaire entre en interaction avec l'atmosphère, les radiations de grandes fréquences sont fortement diffusées et ce, dans toutes les directions. L'intensité étant la plus importante, notre œil percevra le ciel (l'atmosphère) comme un espace à dominante bleue. FICHE 3 p. 246

Remarque
Mathématiquement, en considérant $f(\text{bleu}) = 2f(\text{rouge})$, on constate que le bleu est $2^4 = 16$ fois plus diffusé que le rouge.

3. Lors d'un coucher de soleil, les rayons lumineux traversent suffisamment d'atmosphère pour que toutes les radiations de hautes fréquences visibles soient diffusées. Le rayonnement incident est donc dépourvu de ces derniers. **Il ne reste** alors, après traversée de l'atmosphère, **que les radiations peu diffusées, de couleur rouge-orangé**.

4 Modèle RVB

1. La couleur 1(R) + 1(B) ou 1,0,1 est la superposition en synthèse additive du rouge et du bleu. On obtient donc du **magenta**.

2. Le rouge se note 1,0,0 ; le vert 0,1,0 et le bleu 0,0,1 : les trois couleurs primaires sont donc codées avec **deux 0** et **un 1**.

3. Le blanc est la superposition des trois couleurs primaires en intensité suffisante, c'est-à-dire maximale. Le blanc est donc noté **1,1,1** (ou **1(R) + 1(V) + 1(B)**).

4. La notation 255,255,255 correspond à celle de la question précédente : il s'agit donc du **blanc**. La notation 0,0,0 est l'absence de couleurs en synthèse additive : il s'agit donc du **noir**. FICHE 4 p. 248

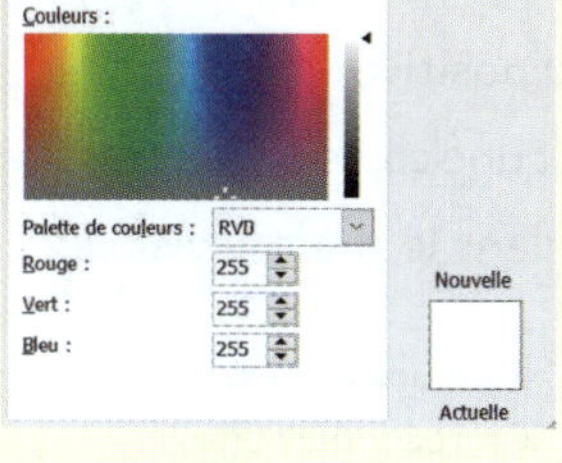

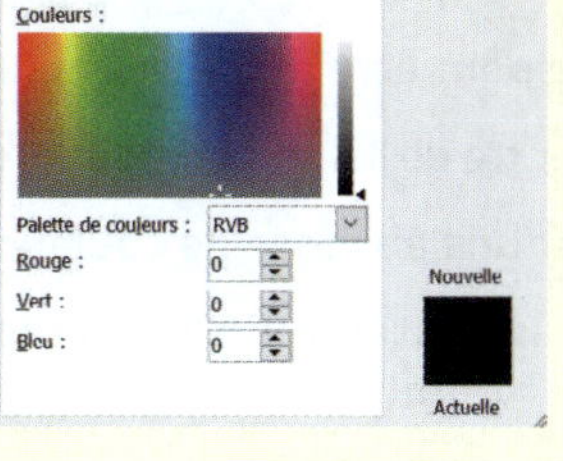

Gagnez des points
Regardez la copie d'écran ainsi que la couleur correspondante indiquée en bas à droite.

5. Les couleurs 96,0,0 et 242,0,0 n'ont pas de composantes verte V ou bleue B. Il s'agit donc de teintes différentes de rouge. La couleur la plus sombre correspond à celle qui est la plus proche du noir (codé 0,0,0) et la plus éloignée du blanc (codé 255,255,255). On en déduit que la couleur la plus sombre porte les plus petits nombres, soit le **rouge 96,0,0**.

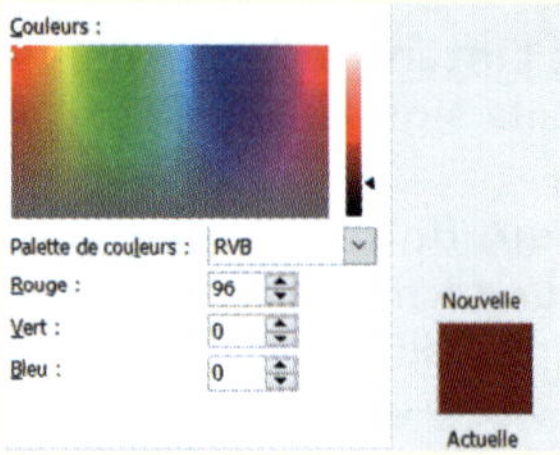

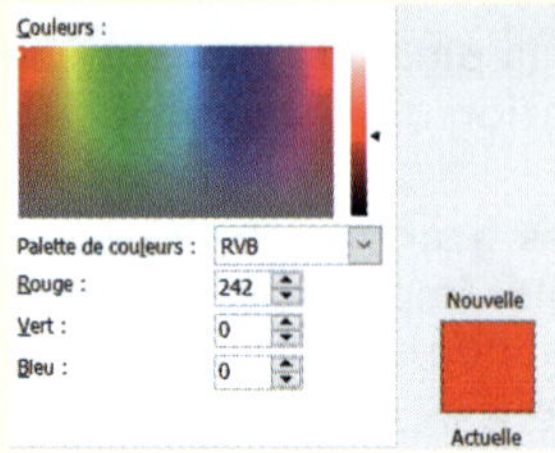

6. La couleur 200,252,42 n'est presque composée que de rouge R et de vert V (soit R + V = J). Sans composante bleue B, il pourrait s'agir d'un jaune très lumineux, proche du blanc. La composante bleue et l'intensité supérieure en vert nous permettent de conclure à la couleur **vert pomme** (déplacement du jaune vers la partie bleue du spectre de la palette).

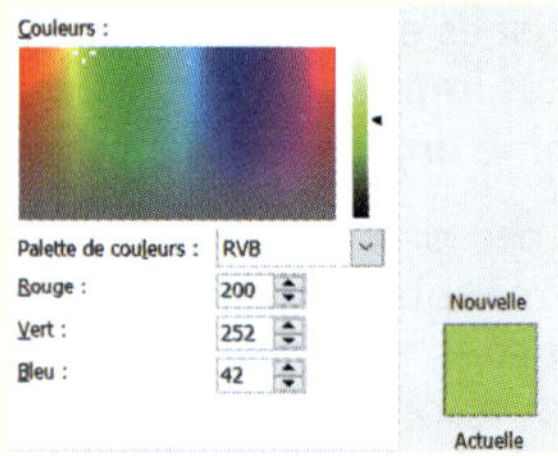

Fiche test 3 *Je fais le point*

1. Vrai. Le cas proposé est celui de l'effet loupe, avec un objet très proche de la lentille. L'image est virtuelle.

2. Faux. Si $\overline{A'B'} = -4\overline{AB}$, alors le grandissement est $\gamma = -4$. Sa valeur absolue est supérieure à 1, donc l'image est agrandie. En revanche, le grandissement étant négatif, l'image est bien renversée.

> **À retenir**
> Dans le cas d'un effet loupe, l'image est virtuelle, droite et agrandie par rapport à l'objet.

3. Faux. Le rayon principal parallèle à Δ avant la lentille passe par F' et non F après la lentille.

4. Vrai. La valeur absolue du grandissement est de 1 : l'objet et l'image sont de même taille. Le grandissement est négatif : l'objet et l'image n'appartiennent pas au même espace $\left(\dfrac{\overline{OA'}}{\overline{OA}} < 0\right)$ et ne sont pas de même sens $\left(\dfrac{\overline{A'B'}}{\overline{AB}} < 0\right)$.

5. Faux. Une grandeur algébrique peut être négative, nulle ou positive.

6. Vrai. Le rouge appartient au spectre de la lumière visible, c'est une couleur spectrale.

7. Vrai. L'absorption se traduit par une absence de couleur(s) dans le spectre visible.

8. Faux. La synthèse additive a le système RBV comme couleurs primaires. La somme « équilibrée » des trois couleurs donne du blanc.

9. Vrai. Que ce soit en synthèse additive C + R = B + V + R = blanc ou en synthèse soustractive C + R = C + M + J = noir, la couleur résultante d'une couleur primaire et secondaire est égale à celle du mélange des trois couleurs primaires.

> **L'astuce du prof**
> On reconnaît une synthèse à la somme de ces trois couleurs primaires : blanc pour l'additive et noir pour la soustractive.

10. Vrai. Le pointillisme utilise la juxtaposition des pigments comme une synthèse additive, alors que le mélange des pigments est de type soustractif.

Chapitre 11 La lumière : modèle ondulatoire et particulaire

Tubes laser colorés

FICHE 1 Modèle ondulatoire 270

FICHE 2 Expérience de Franck et Hertz 272

FICHE 3 Quantification des niveaux d'énergie d'un atome 274

FICHE 4 Interaction lumière-matière 276

Révision Express 278

Méthodes 280

Exercices 282

VERS LE BAC 285

Corrigés 288

FICHE 1 Modèle ondulatoire

1 Ondes électromagnétiques

1. Spectre électromagnétique

Le **spectre** de la lumière blanche est composé d'une infinité de radiations lumineuses définies par leur fréquence *f* exprimée en hertz (Hz).

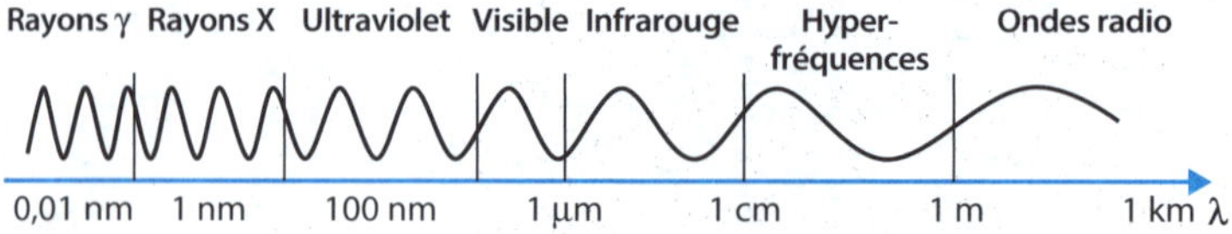

Remarque
Les radiations du spectre visible sont alors caractérisées, dans le vide, par des longueurs d'onde comprises entre $\lambda_{violet} = 400$ nm et $\lambda_{rouge} = 700$ nm.

2. Longueur d'onde, célérité, fréquence

À retenir

Dans le vide, le rayonnement électromagnétique se propage à la vitesse $c = 3 \times 10^8\ \text{m}\cdot\text{s}^{-1}$. On peut définir, pour chaque radiation, une longueur d'onde dans le vide notée λ_0, s'exprimant en mètres comme toute longueur et telle que : $\lambda_0 = \frac{c}{f}$.

On peut généraliser ce qui vient d'être affirmé à tous les milieux de propagation : chaque **radiation** de fréquence *f* se propageant à la vitesse $v < c$ est caractérisée par sa longueur d'onde $\lambda = \frac{v}{f}$.

Vidéo
« Les ondes électromagnétiques »

2 Applications

- Les ondes électromagnétiques permettent en particulier d'explorer et de visualiser le vivant :
  - les rayons X de longueurs d'onde comprises entre 10^{-2} m et 10^{-8} m sont utilisés en imagerie médicale pour la radiographie « conventionnelle » ;
  - les objets à température ambiante émettent des radiations dans le domaine infrarouge : la **thermographie** est une technique de détection par image thermique des infections ou des tumeurs ;
  - la **scintigraphie** et la **tomographie**, deux techniques d'imagerie médicale, sont basées sur la détection d'un rayonnement gamma ($\lambda < 10^{-12}$ m).

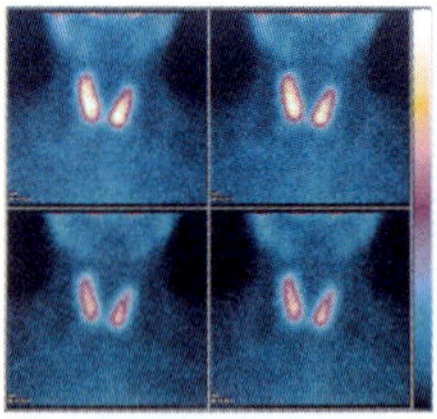

Scintigraphie de la thyroïde

- Les ondes radio, de longueurs d'onde de quelques centimètres à quelques kilomètres, sont utilisées pour la transmission de l'information : radio, télévision, téléphone, etc.
- Les **radars** utilisent pour la détection des objets par écho des ondes hyperfréquences de quelques centimètres à quelques mètres de longueur d'onde.

EXERCICE RÉSOLU

> Calculer la longueur d'onde de la radiation émise par une source lumineuse

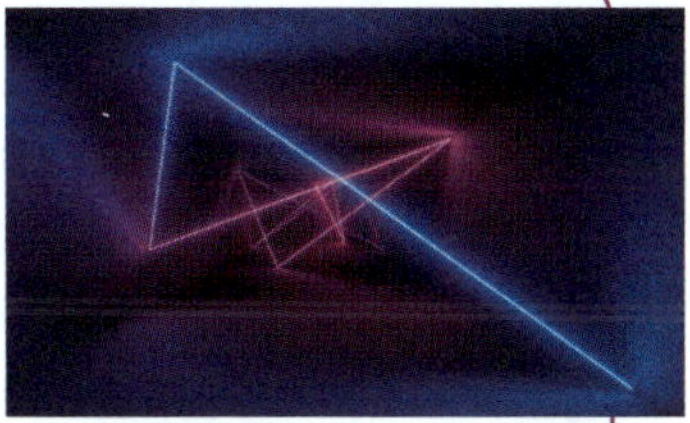

Lasers bleu et violet

ÉNONCÉ

Un laser médical émet une lumière monochromatique de fréquence $f = 600$ THz.

1. Calculer la longueur d'onde associée à ce laser lors d'une propagation dans la cornée d'indice $n = 1{,}377$.

2. Dans quel domaine du spectre électromagnétique ce laser émet-il ?

CORRIGÉ

1. La vitesse de la lumière dans le milieu est : $v = \frac{c}{n}$.

$$v = \frac{3 \times 10^8}{1{,}377} = 2{,}2 \times 10^8 \text{ m·s}^{-1}.$$

On en déduit la longueur d'onde λ :

$$\lambda = \frac{v}{f} = \frac{c}{nf}.$$

$$\lambda = \frac{3 \times 10^8}{1{,}377 \times 600 \times 10^{12}} = 3{,}7 \times 10^{-7} \text{ m, soit } \mathbf{370\ nm}.$$

2. La longueur d'onde trouvée est juste inférieure à celle du violet : le laser émet donc dans l'**ultraviolet** (UV).

Rappel
L'indice n est le rapport entre la vitesse de la lumière dans le vide et celle dans le milieu : $n = \frac{c}{v}$.

Conversion
1 THz = 10^{12} Hz.

Lexique

- **Spectre :** ensemble des radiations qui composent un rayonnement électromagnétique.
- **Radiation :** composante d'un spectre de fréquence, longueur d'onde et énergie uniques.
- **Thermographie :** technique d'imagerie basée sur la mesure d'un rayonnement thermique radiatif.
- **Scintigraphie :** technique d'imagerie basée sur la mesure d'un rayonnement émis par un organe ayant reçu une certaine dose d'un produit émetteur radioactif.
- **Tomographie :** technique d'imagerie basée sur la mesure d'un rayonnement électromagnétique émis, absorbé ou transmis par un objet ou un organe.
- **Radar (acronyme de *RAdio Detection And Ranging*) :** technique d'imagerie ou de localisation d'un objet par rapport à un émetteur de rayonnement électromagnétique qui enregistre l'écho ou le rayonnement réfléchi par l'objet.

FICHE 2 Expérience de Franck et Hertz

1 Dispositif expérimental

Un faisceau d'électrons circule dans une ampoule de verre contenant une vapeur monoatomique sous faible pression. Dans l'ampoule, une plaque collecte les électrons et mesure l'intensité du courant après leur traversée du gaz monoatomique.

2 Observations

1. Diminutions brutales d'intensité

On peut alors observer des diminutions brutales de l'intensité du courant pour certaines valeurs de l'énergie des électrons incidents : lors de collisions, ces derniers peuvent céder aux atomes gazeux toute ou partie de leur énergie.

À retenir

L'atome ne peut donc prendre à l'électron qu'une quantité d'énergie parfaitement déterminée.

2. Émission d'un rayonnement

En même temps que ces diminutions brutales de l'intensité électrique, on observe une émission lumineuse. Dans le cas d'une vapeur de mercure par exemple, la lumière émise est **monochromatique** de longueur d'onde $\lambda = 253{,}7$ nm.

À retenir

De manière générale, on peut noter que la plus petite perte énergétique des électrons notée ΔE par collision avec le gaz monoatomique est proportionnelle à la fréquence du rayonnement émis par le gaz :

$$\Delta E = \text{h}f = \text{h}\nu = \frac{\text{h}v}{\lambda}$$

avec :

$f = \nu$: fréquence du rayonnement (en Hz), v : vitesse de la lumière (en $\text{m}\cdot\text{s}^{-1}$), λ : longueur d'onde du rayonnement (en m).

Vidéo
« Expérience de Franck et Hertz »

3 Constante de Planck h et quantification de l'énergie

La constante h dans l'expression $\Delta E = \text{h}\nu$ apparaît comme le coefficient de proportionnalité entre la perte énergétique des électrons et la fréquence du rayonnement : h est appelée **constante de Planck**.

À retenir

L'expérience de Franck et Hertz établit en 1914 que les niveaux d'énergie des atomes sont **quantifiés**, c'est-à-dire qu'ils correspondent à des valeurs discrètes caractéristiques de l'atome.

Remarque
La constante de Planck vaut $\text{h} = 6{,}62 \times 10^{-34}$ J·s.

EXERCICE RÉSOLU

> Étudier la description d'une expérience

ÉNONCÉ

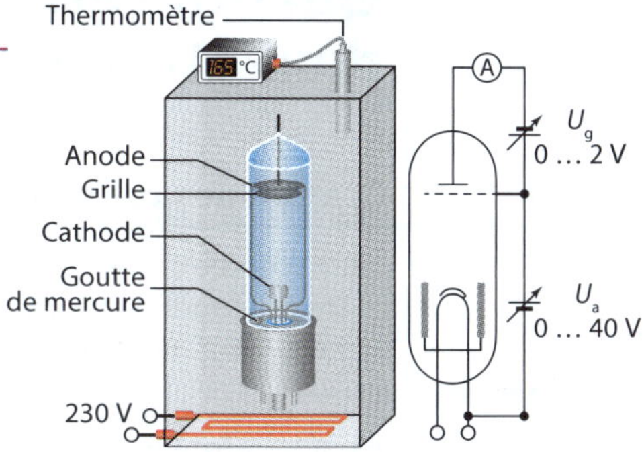

Dispositif de l'expérience de Franck et Hertz

« L'expérience de Franck et Hertz repose sur un dispositif constitué d'un tube, de deux électrodes (une cathode chauffée par un filament et une anode) et d'une grille. Les électrons de charge –e sont émis par la cathode et accélérés entre la cathode et la grille par la tension U. Ils acquièrent l'énergie eU. On applique une contre-tension V_A entre la grille et l'anode : seuls les électrons d'énergie supérieure à eV_A peuvent être collectés à l'anode et générer un courant.

Dans le tube contenant de la vapeur de mercure à basse pression, les électrons émis par la cathode entrent en collision avec les électrons des atomes de mercure. Soit ΔE la différence d'énergie entre le niveau fondamental et l'énergie du premier niveau excité du mercure. Si l'énergie des électrons émis est supérieure à ΔE, ils peuvent céder cette quantité d'énergie à des atomes de mercure qui passent de leur niveau fondamental à un état excité. En revanche, les électrons ayant perdu une partie de leur énergie, il ne leur en reste pas suffisamment pour vaincre la contre-tension V_A et être collectés à l'anode. On observe alors que le courant d'anode diminue brutalement. Lors du retour vers l'état fondamental du mercure, il y a émission d'un photon de longueur d'onde caractéristique de la transition. »

D'après cette description, quels sont les deux phénomènes montrant qu'il y a interaction entre les électrons générés par la cathode et ceux du mercure ?

CORRIGÉ

La description donne deux phénomènes observés après interaction entre les électrons : **le courant anodique diminue brusquement** et **un photon est émis**.

Rappel
Un photon est une particule de lumière.

Lexique

- **Monochromatique :** se dit d'un rayonnement constitué d'une seule radiation correspondant à une seule longueur d'onde.
- **Constante de Planck :** constante de proportionnalité entre la variation d'énergie d'une particule ou d'un atome par exemple et la fréquence du rayonnement associé. Elle apparaît dans un certain nombre de modélisations de phénomènes quantiques.
- **Quantifié :** se dit d'un niveau d'énergie par exemple qui ne peut être associé à une valeur déterminée discrète d'énergie.

FICHE 3

Quantification des niveaux d'énergie d'un atome

1 Quantification des échanges énergétiques et énergies des atomes

- Au niveau microscopique, comme l'a montré l'expérience de Franck et Hertz, les échanges d'énergie ne se font que par quantités d'énergie parfaitement déterminées : on parle alors de **quanta d'énergie** échangés.

Vidéo
« Quantification des niveaux d'énergie »

- L'absorption, par les atomes, d'énergies quantifiées, amène les physiciens à conclure que les énergies des atomes sont elles-mêmes quantifiées.

2 Niveaux d'énergie d'un atome

1. Niveaux fondamental et excités

À retenir

L'état de repos d'un atome, appelé **état fondamental**, correspond à l'état d'énergie le plus bas.
Les autres états sont des **états excités** dans lesquels les atomes passent en effectuant une transition atomique.

Remarque
Dans ce domaine de la physique, l'énergie d'un niveau s'exprime en électronvolts (eV) : 1 eV = $1{,}6 \times 10^{-19}$ J.

2. Diagramme énergétique

- Les niveaux d'énergie d'un atome sont représentés sur un **diagramme énergétique**.
- Les états fondamental ou excités ont des énergies comptées négativement. L'énergie nulle correspond à un état ionisé.

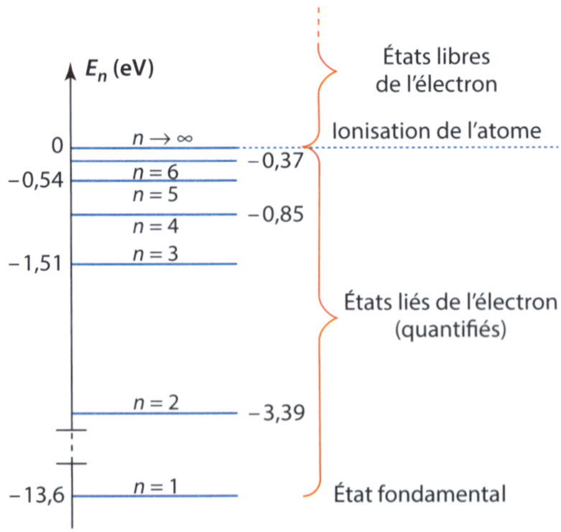

Diagramme énergétique de l'hydrogène

EXERCICE RÉSOLU

> Calculer l'énergie de transition atomique

ÉNONCÉ

Dans l'expérience de Franck et Hertz, calculer l'énergie de la transition atomique du gaz monoatomique de mercure de faible densité.

DONNÉES

- Longueur d'onde d'émission du mercure : $\lambda = 253{,}7$ nm.
- Constante de Planck : $h = 6{,}62 \times 10^{-34}$ J·s.
- Valeur de l'électronvolt : $1 \text{ eV} = 1{,}6 \times 10^{-19}$ J.
- Vitesse de l'onde électromagnétique dans le vide : $c = 3{,}0 \times 10^{8}$ m·s^{-1}.

CORRIGÉ

Dans l'expérience de Franck et Hertz, l'énergie de transition correspond à la variation énergétique de la raie du mercure :

$$\Delta E = \frac{hv}{\lambda} = \frac{hc}{\lambda}.$$

$$\Delta E = \frac{6{,}62 \times 10^{-34} \times 3{,}0 \times 10^{8}}{253{,}7 \times 10^{-9}} = 7{,}8 \times 10^{-19} \text{ J}$$

en faisant bien attention à mettre toutes les valeurs dans les unités du système international et en tenant compte de la précision attendue. On ne retiendra ici que deux chiffres significatifs du fait de la précision donnée à la vitesse de la lumière.

Rappel
Le gaz étant de faible densité, on pourra l'assimiler au vide avec $v = c$.

En divisant par la valeur en joules de l'électronvolt, on obtient la valeur de l'énergie en électronvolts :

$$\Delta E(\text{eV}) = \frac{\Delta E \text{ (J)}}{1 \text{ eV}}.$$

$$\Delta E = \frac{7{,}8 \times 10^{-19}}{1{,}6 \times 10^{-19}} = \mathbf{4{,}9 \text{ eV}}.$$

Lexique

- **Quantum d'énergie (pluriel « quanta ») :** quantité finie d'énergie.
- **État fondamental :** état de plus basse énergie.
- **État excité :** état d'énergie autre que l'état fondamental.
- **Diagramme énergétique :** représentation graphique des niveaux énergétiques d'un atome.

FICHE 4 Interaction lumière-matière

1 Le photon et son énergie

Les transitions atomiques peuvent s'accompagner d'émissions lumineuses. L'onde électromagnétique produite peut être considérée comme un faisceau de particules appelées **photons**.

Interaction lumière matière dans l'Univers

À retenir

Chaque photon transporte alors la **quantité d'énergie** (quantum d'énergie) :

$$E_{\text{photon}} = h\nu = \frac{hv}{\lambda} \text{ avec } \begin{cases} \nu : \text{fréquence du rayonnement (en Hz)}, \\ h : \text{constante de Planck } (h = 6{,}62 \times 10^{-34}\ \text{J}\cdot\text{s}), \\ v : \text{célérité du rayonnement (en m}\cdot\text{s}^{-1}), \\ \lambda : \text{longueur d'onde associée (en m)}. \end{cases}$$

2 Émission et absorption

- Une **lampe spectrale** est constituée d'un gaz monoatomique pouvant effectuer des transitions atomiques grâce à l'énergie cédée par les électrons lors de la décharge électrique dans l'ampoule.
- Les transitions font passer l'atome d'un état d'énergie basse E_1 vers un état d'énergie plus élevée E_2. Cependant, l'atome ne reste pas dans l'état d'énergie E_2. Il fait une nouvelle transition vers un état plus stable, en émettant un ou plusieurs photons d'énergie fixée.

Vidéo
« Modèles particulaire et ondulatoire de la lumière - Interaction lumière matière »

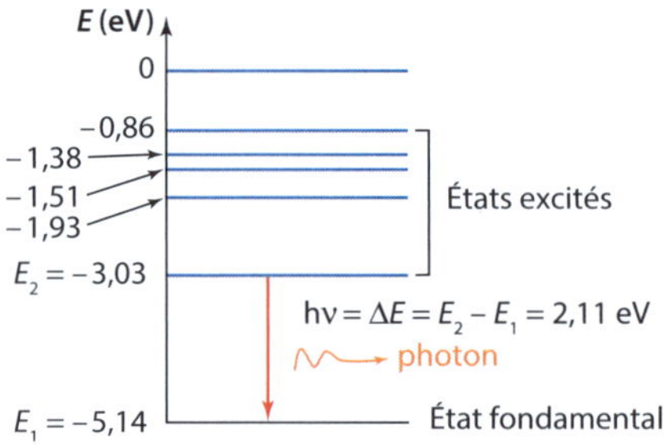

Diagramme simplifié des niveaux d'énergie du sodium

Remarque
Le spectre d'émission d'un atome est caractéristique de cet atome. C'est un peu sa « carte d'identité spectrale ».

- Plusieurs transitions étant possibles, le gaz peut finalement émettre plusieurs radiations de longueurs d'onde caractéristiques de l'atome constituant le gaz. On obtient alors un spectre d'émission de raies, chaque raie correspondant à une transition atomique d'un état de haute énergie vers un état d'énergie basse plus stable.
- Si on éclaire le gaz avec toutes les radiations du spectre électromagnétique, le gaz absorbe toutes les radiations qui le caractérisent. Le **spectre d'absorption** ainsi obtenu est le complémentaire du spectre d'émission.

EXERCICE RÉSOLU

> Déterminer la transition énergétique responsable de l'émission d'un photon

ÉNONCÉ

Le spectre suivant représente celui du sodium. La raie d'émission à 589,0 nm correspond à la transition d'un niveau d'énergie E_2 vers celui d'énergie E_1. Un photon est émis à la fréquence ν telle que $h\nu = E_2 - E_1$, avec h la constante de Planck.

Spectre d'émission du sodium (doublet à 589,0 et 589,6 nm)

Si l'on éclaire à l'aide d'un faisceau de lumière blanche une ampoule de sodium gazeux, le spectre de la lumière transmise après passage du faisceau lumineux dans le gaz est le suivant :

Spectre d'absorption du sodium

Déterminer la transition correspondant à la radiation de 589,0 nm du doublet du sodium du spectre d'émission ou d'absorption. Est-ce cohérent avec le diagramme énergétique du sodium ?

CORRIGÉ

$$\Delta E = \frac{hc}{\lambda} = \frac{6{,}62 \times 10^{-34} \times 3{,}0 \times 10^{8}}{589{,}0 \times 10^{-9} \times 1{,}6 \times 10^{-19}},\ \text{soit } \Delta E = 2{,}11 \text{ eV.}$$

En se référant au diagramme énergétique du sodium de la p. 276, on montre que $E_2 - E_1 = -3{,}03 - (-5{,}14) =$ **2,11 eV**. On en déduit que la transition de l'état d'énergie E_2 de l'atome de sodium vers celui d'énergie E_1 correspond à l'émission d'un photon de longueur d'onde 589,0 nm.

Gagnez des points

Reprendre la méthode de l'exercice résolu de la fiche 3 p. 275 pour calculer l'énergie de transition en électronvolts.

Lexique

- **Photon :** particule sans masse associée à l'onde électromagnétique.
- **Lampe spectrale :** lampe contenant un gaz émettant un rayonnement électromagnétique après avoir subi une décharge électrique.
- **Spectre d'absorption :** ensemble des radiations transmises par un gaz qui permet de déterminer les radiations absorbées (en noir dans le spectre).

CARTE MENTALE

> Modèle de la lumière

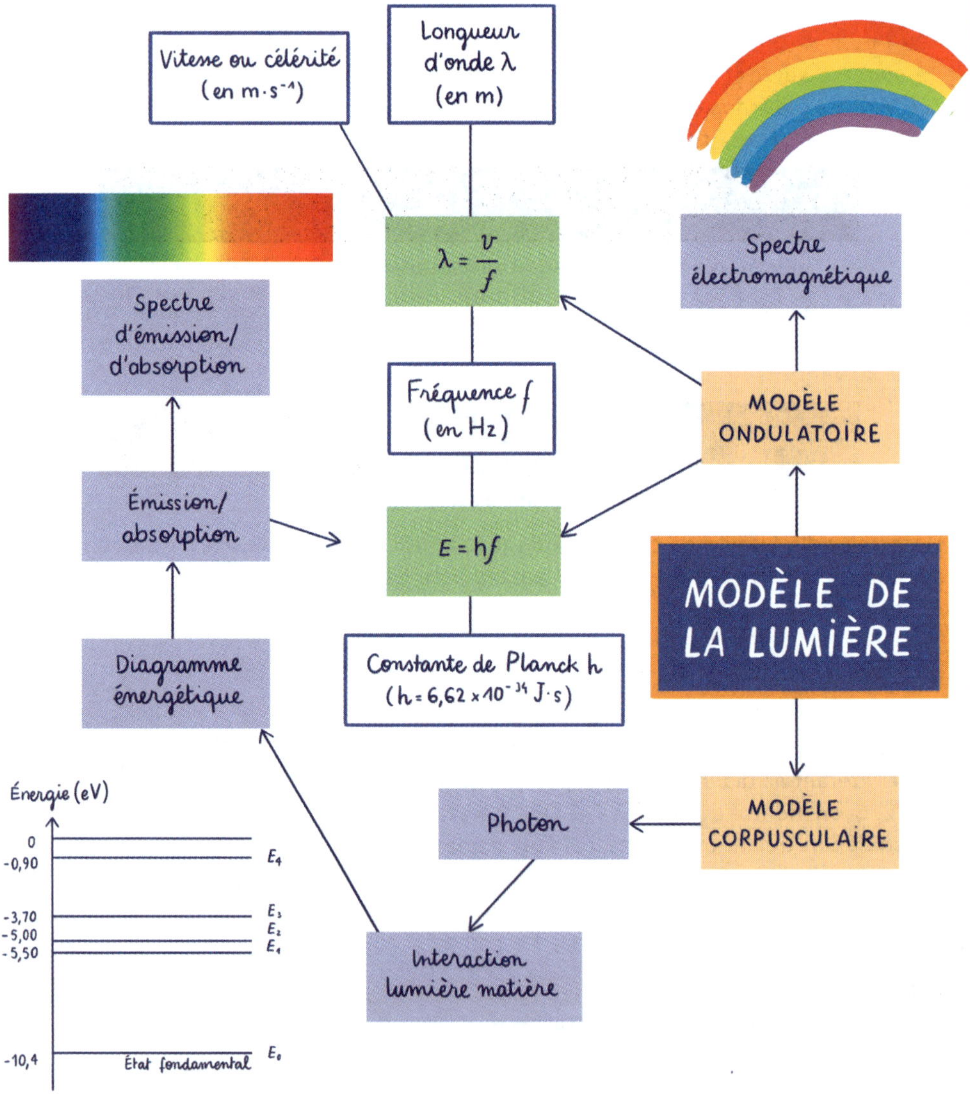

N'hésite pas à construire ta propre carte mentale

Fiche test 1 — Ce que je sais

QCM

15 min

- ◯ À revoir
- ◯ Acquis

Pour chaque question, déterminer la (ou les) bonne(s) réponse(s).
Chaque question peut rapporter : 1 point si la réponse ne comporte aucune erreur ; 0,5 point dans le cas d'une erreur ; 0 point dans le cas de deux erreurs ou plus.

1 Le spectre de la lumière blanche est composé :
- ◯ a. d'une infinité de couleurs.
- ◯ b. de radiations.
- ◯ c. d'ondes électromagnétiques.

FICHE 1 p. 270

2 Le spectre visible :
- ◯ a. correspond à un intervalle de fréquences comprises entre 400 et 700 nm.
- ◯ b. est tel que la longueur d'onde de 400 nm correspond à du rouge.
- ◯ c. est bordé par l'UV pour une longueur d'onde inférieure à 400 nm.

FICHE 1 p. 270

3 La longueur d'onde d'une radiation :
- ◯ a. est proportionnelle à sa fréquence.
- ◯ b. dépend du milieu traversé.
- ◯ c. est telle que le produit de la longueur d'onde et de sa fréquence est égal à la vitesse de l'onde.

FICHE 1 p. 270

4 L'expérience de Franck et Hertz établit que :
- ◯ a. l'énergie des atomes est quantifiée.
- ◯ b. l'atome ne peut absorber qu'une quantité finie d'énergie.
- ◯ c. les électrons cèdent aux atomes une quantité finie d'énergie.

FICHE 2 p. 272

5 Un diagramme énergétique comprend :
- ◯ a. l'état fondamental.
- ◯ b. les états excités.
- ◯ c. les états liés.

FICHE 3 p. 274

6 Un diagramme énergétique :
- ◯ a. est la courbe de l'énergie en fonction des niveaux *n*.
- ◯ b. quantifie des énergies négatives ou nulles.
- ◯ c. dépend de la nature de l'atome.

FICHE 3 p. 274

7 L'énergie du photon est proportionnelle à :
- ◯ a. sa fréquence.
- ◯ b. sa longueur d'onde.
- ◯ c. sa vitesse.

FICHE 4 p. 276

8 Un photon :
- ◯ a. est une particule de lumière.
- ◯ b. a une énergie déterminée.
- ◯ c. est associé à une onde électromagnétique.

FICHE 4 p. 276

9 Le spectre d'absorption d'un atome :
- ◯ a. peut comprendre une ou plusieurs raies noires.
- ◯ b. peut comprendre une ou plusieurs bandes noires.
- ◯ c. est sur fond noir.

FICHE 4 p. 276

10 Le spectre d'émission d'un atome est :
- ◯ a. caractéristique de l'atome.
- ◯ b. sur fond noir.
- ◯ c. un spectre de raies.

FICHE 4 p. 276

SCORE : ____ / 10

1 Calculer l'énergie du photon et déterminer la transition qui lui correspond

ÉNONCÉ

Dans l'expérience de Franck et Hertz, une décharge dans une ampoule de verre contenant du mercure gazeux produit une émission de photons de différentes énergies.

Calculer l'énergie du photon émis pour une longueur d'onde $\lambda = 0{,}547\ \mu m$ et en déduire la transition qui lui correspond.

Les niveaux d'énergie du mercure sont : $E_0 = -10{,}45$ eV, $E_1 = -4{,}99$ eV, $E_2 = -3{,}75$ eV et $E_3 = -2{,}72$ eV.

PROCÉDURE

1. Calculer l'énergie ΔE du photon à partir de sa longueur d'onde en assimilant le gaz au vide, soit alors $v = c$.
2. En déduire que cette énergie correspond à la variation d'énergie entre deux niveaux $\Delta E = |E_b - E_a|$ avec E_b l'énergie de l'état de l'atome après l'émission du photon et E_a celle de l'état de l'atome avant émission.
3. S'il s'agit d'un spectre d'émission, le photon est émis et E_b est l'énergie de l'état le plus stable de l'atome (niveau plus bas que celui correspondant à E_a) : $E_b - E_a > 0$.
   S'il s'agit d'une absorption, c'est le contraire !

CORRIGÉ

1 L'énergie du photon émis est :

$$\Delta E = h\frac{c}{\lambda} = 6{,}62 \times 10^{-34} \times \frac{3{,}00 \times 10^{8}}{0{,}547 \times 10^{-6}} = 3{,}63 \times 10^{-19}\ \text{J}.$$

En divisant par $1{,}60 \times 10^{-19}$ J/eV, on obtient $\Delta E = 2{,}27$ eV.

2 $\Delta E = 2{,}27$ eV correspond à l'énergie de la transition entre deux états du mercure.
En calculant les énergies de transition, on constate que :
$|E_3 - E_1| = E_3 - E_1 = -2{,}72 + 4{,}99 = 2{,}27$ eV.
On retrouve bien la valeur de l'énergie du photon émis.
La transition correspondant à l'émission du photon fait donc intervenir les états d'énergie E_1 et E_3.

3 Le photon est émis par le mercure, donc ce dernier passe d'un état d'énergie haute à un état d'énergie basse : la transition est donc celle de l'état d'énergie E_3 vers l'état d'énergie E_1 avec $E_3 > E_1$.

Piège à éviter
Les énergies sont comptées négativement, donc l'état de plus basse énergie correspond à la valeur numérique absolue la plus forte.

2 Connaître la composition de l'atmosphère d'une étoile

ÉNONCÉ

Soit le spectre d'émission d'une étoile. Il comporte quelques raies d'absorption des atomes ou ions gazeux de son atmosphère.

Spectre d'une étoile

En déduire la composition de cette dernière.

On donne le spectre d'émission du nickel et celui du titane.

Spectre d'émission du nickel

Spectre d'émission du titane

PROCÉDURE

1. Comparer le spectre de l'atome ou de l'ion, c'est-à-dire la fréquence ou la longueur d'onde des raies d'émission du gaz (colorées) avec les raies d'absorption (noires) sur le spectre de l'étoile.
2. Si les raies d'émission d'un atome se retrouvent dans le spectre de l'étoile, alors on peut conclure à sa présence dans l'atmosphère de cette dernière.

CORRIGÉ

Réflexe à avoir
Comparez bien TOUTES les radiations des spectres d'émission des atomes avec celles du spectre de l'étoile.

1 On compare les raies colorées d'émission du nickel et du titane. On retrouve, en négatif dans le spectre de l'étoile, les raies du titane, mais pas la raie du nickel.

2 On peut alors conclure que l'atmosphère de l'étoile contient du titane, mais ne contient pas de nickel. S'il y avait du nickel, on retrouverait dans le spectre de l'étoile une raie noire à la place de celle verte de Ni.

EXERCICES D'APPLICATION

1 Émission ou absorption d'une radiation par un atome

Une fenêtre étroite qui peut se déplacer dans le spectre permet de sélectionner une radiation quasi monochromatique de longueur d'onde 580 nm. Celle-ci est choisie pour que l'absorption de la lumière par une solution colorée soit maximale, afin que les mesures soient les plus précises possibles.

Une radiation de longueur d'onde donnée peut être émise par un atome dont l'énergie diminue.

1. Quelle est la relation entre la fréquence ν de la radiation et sa longueur d'onde dans le vide ? Calculer sa fréquence.
2. Calculer l'énergie perdue par un atome qui émet la radiation de longueur d'onde dans le vide 580 nm. Exprimer cette énergie en électronvolts.

Le diagramme simplifié des niveaux d'énergie de l'atome est donné ci-contre.

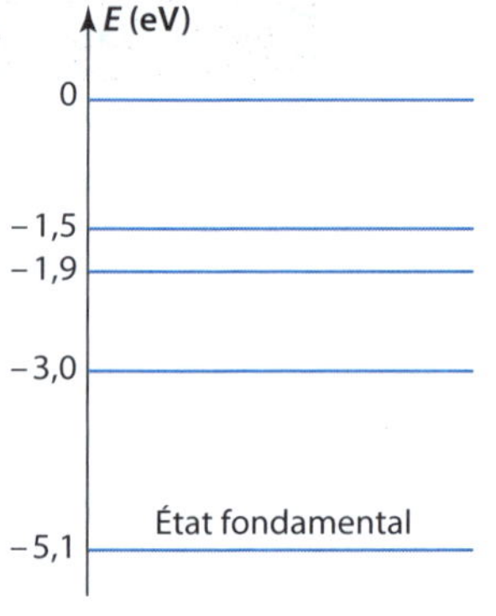

3. L'atome dans son état fondamental reçoit une radiation dont le quantum d'énergie est 2,1 eV. Cette radiation peut-elle interagir avec l'atome ? Justifier.
4. Représenter sur le diagramme la transition associée par une flèche. Cette transition correspond-elle à une émission ou à une absorption ?
5. Que se passe-t-il pour l'atome si, dans son état fondamental, il reçoit une radiation dont le quantum d'énergie est de 3,0 eV ? Justifier.

2 Lampe à vapeur de sodium

On utilise les lampes à vapeur de sodium pour éclairer des tunnels routiers.

Ces lampes contiennent de la vapeur de sodium à très faible pression. Cette vapeur est excitée par un faisceau d'électrons qui traverse le tube. Les atomes de sodium absorbent l'énergie des électrons. L'énergie est restituée lors du retour à l'état fondamental sous forme de radiations lumineuses.

Les lampes à vapeur de sodium émettent surtout de la lumière jaune.

L'analyse du spectre d'émission d'une lampe à vapeur de sodium révèle la présence de raies de longueur d'onde λ bien définie.

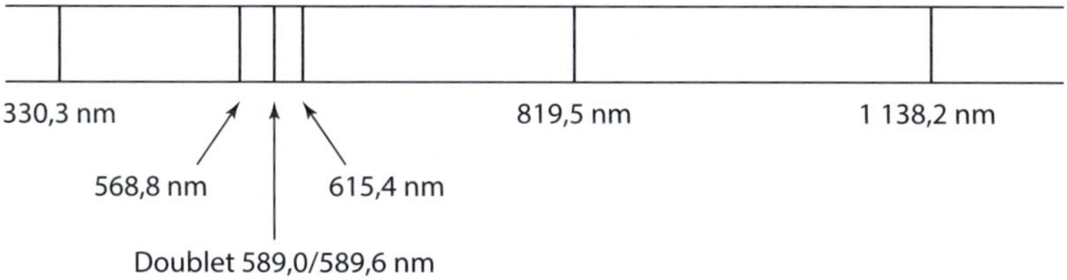

Spectre d'émission d'une lampe à vapeur de sodium

1 Quelles sont les longueurs d'onde des raies appartenant au domaine du visible ? au domaine des ultraviolets ? au domaine de l'infrarouge ?

2 S'agit-il d'une lumière polychromatique ou monochromatique ?

3 Quelle est la valeur de la fréquence ν de la raie de longueur d'onde λ = 589,0 nm ?

On donne ci-contre le diagramme simplifié des niveaux d'énergie de l'atome de sodium.

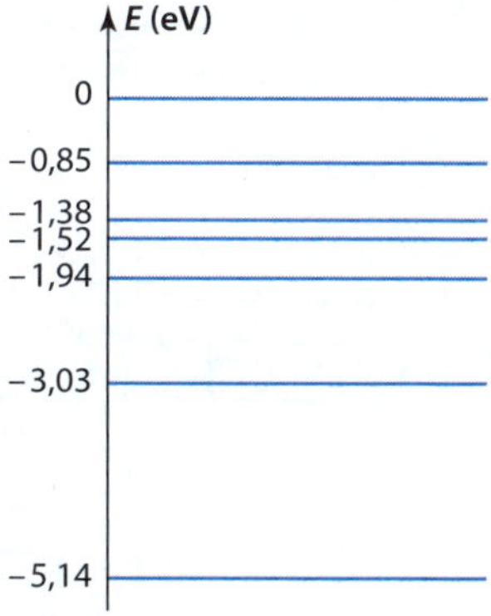

4 Indiquer sur le diagramme l'état fondamental et les états excités.

5 En quoi ce diagramme permet-il de justifier la discontinuité du spectre d'émission d'une lampe à vapeur de sodium ?

On considère la raie jaune du doublet du sodium de longueur d'onde λ = 589,0 nm.

6 Calculer l'énergie ΔE (en eV) qui correspond à l'émission de cette radiation.

7 Sans justifier, indiquer par une flèche notée 1 sur le diagramme des niveaux d'énergie la transition correspondante.

L'atome de sodium, considéré maintenant à l'état E_1, reçoit une radiation lumineuse dont le quantum d'énergie $\Delta E'$ a pour valeur 1,09 eV.

8 Cette radiation lumineuse peut-elle interagir avec l'atome de sodium à l'état E_1 ? Représenter sur le diagramme la transition correspondante par une flèche notée 2. La raie associée à cette transition est-elle une raie d'émission ou une raie d'absorption ?

Fiche test 2 *Ce que je sais faire*

QCM

30 min

À revoir

Acquis

Pour chaque question, déterminer la (ou les) bonne(s) réponse(s).
Chaque question peut rapporter : 1 point si la réponse ne comporte aucune erreur ; 0,5 point dans le cas d'une erreur ; 0 point dans le cas de deux erreurs ou plus.

Données :
Vitesse de la lumière dans le vide $c = 3{,}0 \times 10^{8}$ m·s^{-1} ; constante de Planck $h = 6{,}62 \times 10^{-34}$ J·s ; 1 eV = $1{,}6 \times 10^{-19}$ J.

1 Calculer la fréquence

Un laser a une longueur d'onde de 532 nm.

- **a.** Sa fréquence dans le vide est de 5,6 THz.
- **b.** Sa fréquence dans l'air est de $5{,}6 \times 10^{14}$ Hz.
- **c.** C'est un laser vert.

FICHE 1 p. 270

2 Exploiter un diagramme énergétique

Soit le diagramme énergétique de l'hydrogène ci-dessous.

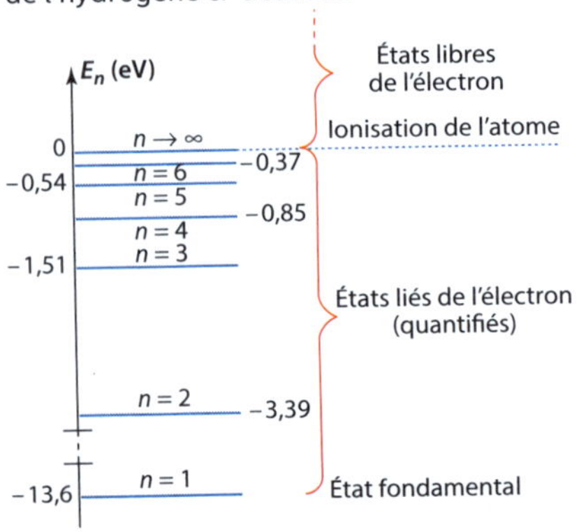

Diagramme énergétique de l'hydrogène

On considère la transition d'énergie $\Delta E = -1{,}63 \times 10^{-18}$ J.

- **a.** Il s'agit d'une absorption.
- **b.** Elle correspond à ΔE = 10,2 eV.
- **c.** Il s'agit d'une transition entre le premier état excité et l'état fondamental.

FICHE 3 p. 274

3 Déterminer la transition et la fréquence d'absorption

L'atome d'hydrogène absorbe un photon d'énergie E = 0,66 eV.

- **a.** Cette énergie est toujours positive.
- **b.** Elle correspond à une transition entre les niveaux $n = 3$ et $n = 4$.
- **c.** La fréquence du photon est d'environ $1{,}6 \times 10^{14}$ Hz.

FICHE 3 p. 274

4 Exploiter un spectre d'émission

Le spectre d'émission de l'hydrogène comporte un certain nombre de raies visibles. La longueur d'onde λ = 489 nm correspond à une raie de l'hydrogène.

- **a.** La raie est visible.
- **b.** Elle correspond à la transition entre les niveaux $n = 2$ et $n = 4$.
- **c.** Il s'agit d'une transition du niveau le plus bas vers le niveau le plus haut.

FICHE 4 p. 276

5 Déterminer la différence énergétique d'un doublet

Le doublet du sodium correspond à une double raie de longueurs d'onde λ_{D1} = 589,5924 nm et λ_{D2} = 588,9950 nm.

- **a.** Le doublet est visible.
- **b.** La différence d'énergie entre les deux raies du doublet est d'environ $3{,}4 \times 10^{-3}$ J.
- **c.** La différence d'énergie entre les deux raies du doublet est d'environ 2 meV.

FICHE 4 p. 276

SCORE : ____ / 5

VERS LE BAC

3 Un tube fluorescent

Le tube fluorescent étudié est constitué d'un cylindre de verre qui contient un gaz à basse pression. La paroi intérieure du cylindre est recouverte d'une poudre fluorescente. Lorsque le tube est mis sous tension, une décharge électrique se produit : des électrons circulent dans le gaz entre les deux électrodes. Les électrons bombardent les atomes gazeux et leur cèdent de l'énergie. Le schéma simplifié du circuit est donné ci-dessous :

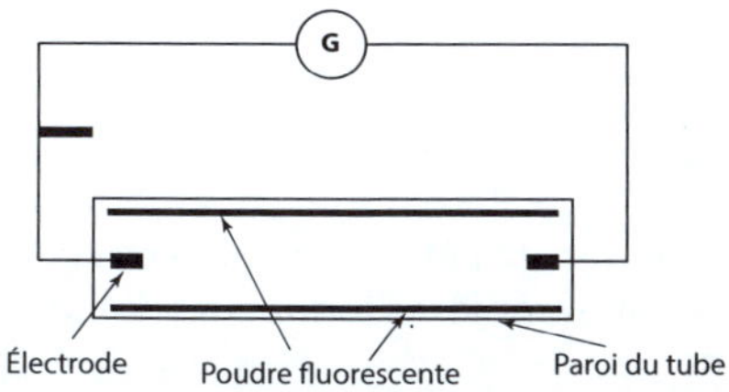

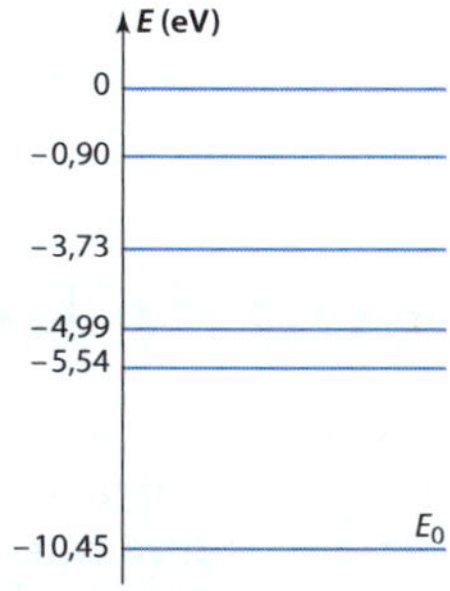

On donne les spectres, dans le visible, des lumières émises par deux tubes fluorescents et deux lampes (une lampe à vapeur de mercure et une lampe à vapeur de sodium) vendus dans le commerce.

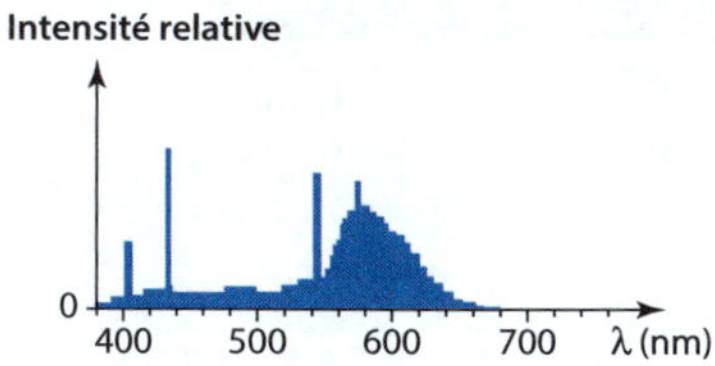

Spectre du tube fluorescent 1

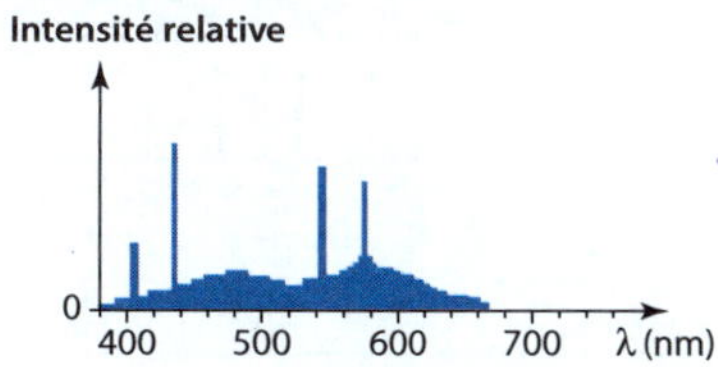

Spectre du tube fluorescent 2

1. Quel est le gaz contenu dans les tubes 1 et 2 ?

Le diagramme ci-avant représente quelques niveaux d'énergie de l'atome de mercure.

2. Comment désigne-t-on le niveau le plus bas E_0 sur le diagramme énergétique ?

Un électron cède une partie de son énergie à un atome de mercure. L'énergie de celui-ci passe du niveau E_0 au niveau E_1.

3. Comment qualifie-t-on l'état dans lequel se trouve alors l'atome de mercure ?

Lors de la transition du niveau E_1 vers le niveau E_0, l'atome de mercure perd un quantum d'énergie.

4. Comment se manifeste cette perte d'énergie ? Calculer la longueur d'onde $\lambda_{1 \to 0}$ correspondante dans le vide. Dans quel domaine, ultraviolet (UV), visible ou infrarouge (IR), se situe la radiation de longueur d'onde $\lambda_{1 \to 0}$?

Pour que la poudre produise de la lumière visible, elle doit être soumise à un rayonnement dont la longueur d'onde est comprise entre 200 nm et 300 nm. Elle émet alors de la lumière dont le spectre est continu.

5 La vapeur de mercure contenue dans le tube permet-elle à la poudre déposée sur les parois du tube d'émettre de la lumière visible ?

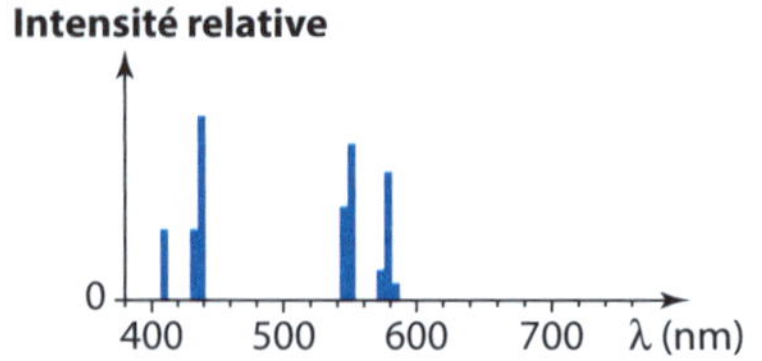

Spectre de lampe à vapeur de mercure

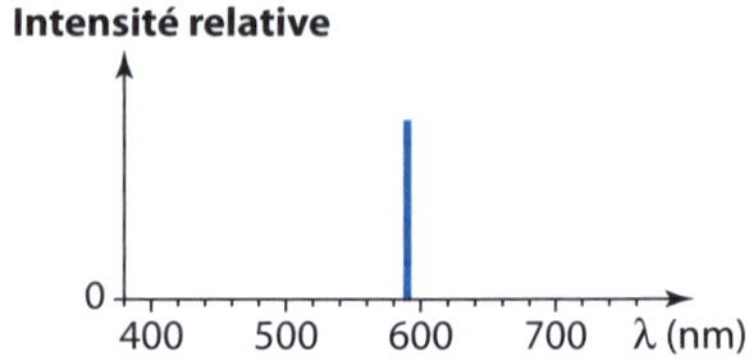

Spectre de lampe à vapeur de sodium

4 Spectre de Rigel

Le schéma ci-dessous représente les spectres de l'étoile de Rigel et celui de l'argon, spectre de référence. Le tableau ci-après rassemble les longueurs d'onde (en nm) des spectres d'émission de différents éléments.

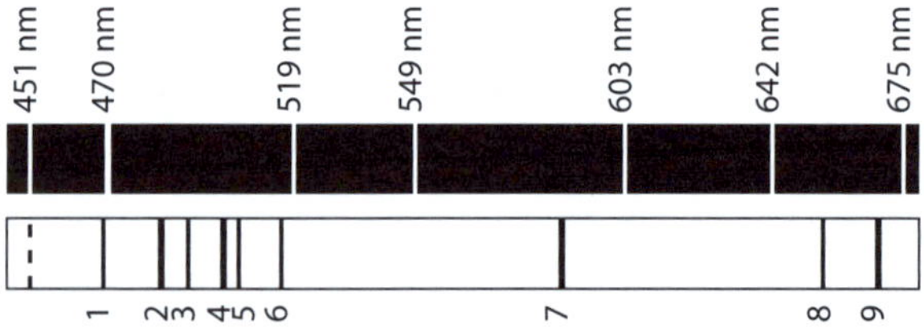

Argon (Ar)	451	470	519	545	560	603	642	668
Bore (B)	519	544	548					
Calcium (Ca)	526	527	554	618	620			
Fer (Fe)	489	481	496	527	533	539		
Hydrogène (H)	486	656						
Hélium (He)	470	492	504	706				
Magnésium (Mg)	517	518						
Sodium (Na)	589	590						

1 Sachant que la partie blanche du spectre du dessous est en fait celui de la lumière blanche, identifier le spectre de l'étoile et celui de la lampe spectrale.

2 Calculer les longueurs d'onde des raies d'absorption du spectre de l'étoile.

3 En déduire les éléments de l'atmosphère de Rigel.

Fiche test 3 — *Je fais le point*

VRAI / FAUX

15 min

- À revoir
- Acquis

Indiquer pour chaque proposition si elle est vraie ou fausse.

1. La longueur d'onde est inversement proportionnelle à la fréquence d'une onde électromagnétique.	◯ Vrai	◯ Faux
2. Les ondes électromagnétiques visibles ont des fréquences de l'ordre de quelques térahertz.	◯ Vrai	◯ Faux
3. Un laser de longueur d'onde de 532 nm a une fréquence dans le vide de 564 THz.	◯ Vrai	◯ Faux
4. Lorsqu'un photon est absorbé par un atome, son énergie correspond à la valeur absolue $\Delta E = \lvert E_m - E_n \rvert$ avec E_m et E_n les énergies des états de transition.	◯ Vrai	◯ Faux
5. Dans un diagramme énergétique, les transitions ont des énergies négatives de l'ordre de quelques joules ou quelques électronvolts.	◯ Vrai	◯ Faux
6. Le spectre d'émission d'un atome correspond à une absorption d'un ou de plusieurs photons d'énergie bien déterminée.	◯ Vrai	◯ Faux
7. Un atome absorbe un photon d'énergie 3,1 eV. Il s'agit d'une particule de fréquence $4{,}7 \times 10^{33}$ Hz.	◯ Vrai	◯ Faux
8. Soit deux niveaux énergétiques du sodium $E_3 = -1{,}93$ eV et $E_2 = -3{,}03$ eV. La transition $E_2 \rightarrow E_3$ correspond à une absorption d'un quantum d'énergie $\Delta E = 1{,}1$ eV.	◯ Vrai	◯ Faux
9. L'énergie de l'état fondamental est de −13,6 eV.	◯ Vrai	◯ Faux
10. Les transitions à $\Delta E > 0$ sont des absorptions, alors que celles à $\Delta E < 0$ sont des émissions.	◯ Vrai	◯ Faux

SCORE : ____ / 10

Fiche test 1 Ce que je sais

1. a), b) et c) *Toutes les réponses sont correctes.*
Le spectre de la lumière blanche est une infinité de radiations correspondant à des ondes électromagnétiques que l'on qualifie, dans la vie courante, par leur couleur. FICHE 1 p. 270

2. c) Le spectre visible correspond à un intervalle de longueurs d'onde comprises entre 400 nm (violet) et 700 nm (rouge), bordé par l'UV pour les courtes longueurs d'onde et par l'IR pour les grandes longueurs d'onde. FICHE 1 p. 270

3. b) et c) La longueur d'onde λ est inversement proportionnelle à la fréquence f de l'onde. La vitesse c de l'onde dépend du milieu traversé et $c = \lambda f$. FICHE 1 p. 270

Rappel

$\lambda = \frac{c}{f}$.

4. a), b) et c) *Toutes les réponses sont correctes.*
L'expérience de Franck et Hertz établit que l'énergie des atomes et les échanges sont quantifiés. FICHE 2 p. 272

5. a), b) et c) *Toutes les réponses sont correctes.*
Un diagramme énergétique comprend des états énergétiques : un état fondamental, des états liés et des états excités. FICHE 3 p. 274

6. b) et c) Un diagramme énergétique n'est pas une courbe, mais un ensemble de niveaux énergétiques négatifs ou nuls. Chaque diagramme est spécifique à chaque atome. FICHE 3 p. 274

7. a) L'énergie du photon E est proportionnelle à sa fréquence f : $E = hf$. FICHE 4 p. 276

8. a), b) et c) *Toutes les réponses sont correctes.*
Un photon est une particule de lumière d'énergie déterminée. La dualité onde-corpuscule associe onde électromagnétique et photon. FICHE 4 p. 276

9. a) et b) Le spectre d'absorption est un spectre de raies ou de bandes (noires) sur fond coloré du spectre de la lumière blanche. FICHE 4 p. 276

10. a), b) et c) *Toutes les réponses sont correctes.*
Un spectre d'émission est caractéristique de l'atome : cela correspond à un ensemble de raies sur fond noir. FICHE 4 p. 276

Corrigés

EXERCICES D'APPLICATION

1 Émission ou absorption d'une radiation par un atome

1. La relation est $\nu = \dfrac{c}{\lambda}$ avec *c* la vitesse de la lumière dans le vide.

$\nu = \dfrac{3{,}0 \times 10^{8}}{580 \times 10^{-9}}$ soit $\mathbf{\nu = 5{,}2 \times 10^{14}}$ **Hz.** FICHE 1 p. 270

2. L'énergie correspondante est $E = h\nu$.

$E = 6{,}62 \times 10^{-34} \times \dfrac{3{,}0 \times 10^{8}}{580 \times 10^{-9}}$, soit $E = 3{,}4 \times 10^{-19}$ J.

En divisant par $1{,}6 \times 10^{-19}$ J/eV, on obtient : $\mathbf{E = 2{,}14}$ **eV** $\approx$ **2,1 eV.** FICHE 4 p. 276

3. La radiation interagit avec l'atome si son énergie correspond à la valeur énergétique de la transition.
Ici la transition entre l'état fondamental correspond à une énergie :
$\Delta E = E_1 - E_0 = -3{,}0 - (-5{,}1) = 2{,}1$ eV.
L'interaction est donc **possible.**

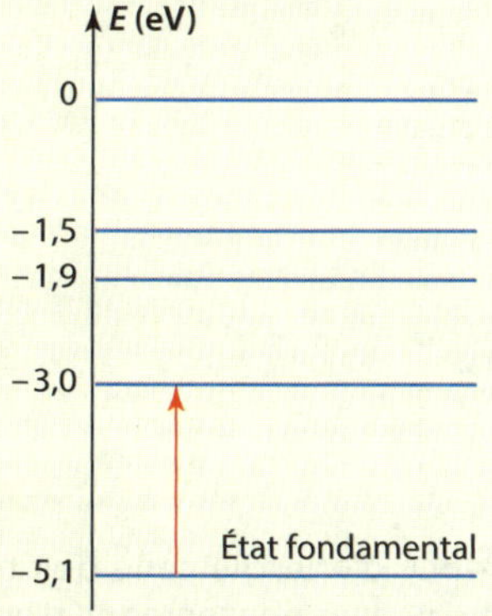

FICHE 3 p. 274

Réflexe à avoir

Comparez l'énergie de la radiation aux différences d'énergie entre deux états de l'atome.

4. La transition fait passer l'atome d'un état d'énergie donnée à un état d'énergie supérieure (on ajoute à l'énergie de l'atome celle de la radiation). Cela correspond donc à une **absorption d'un photon par l'atome.** FICHE 4 p. 276

5. Si l'atome, dans son état fondamental, reçoit 3,0 eV, cela ne correspond à aucune transition possible à partir du fondamental. La transition ne se fait donc pas et **le photon n'est pas absorbé.** FICHE 4 p. 276

Piège à éviter

Une radiation n'est absorbée que lorsque son énergie correspond exactement à celle d'une transition.

② Lampe à vapeur de sodium

1. La première longueur d'onde correspond à une radiation UV, les deux dernières à une radiation IR et les autres au spectre visible. FICHE 1 p. 270

> **Rappel**
> Les radiations du visible ont des longueurs d'onde comprises entre 400 nm et 700 nm.

2. Le spectre présente plusieurs raies : il s'agit donc d'une lumière **polychromatique**.

3. La relation est $\nu = \dfrac{c}{\lambda}$ soit alors :

$\nu = \dfrac{3{,}0 \times 10^{8}}{589{,}0 \times 10^{-9}}$ soit ν **= 5,09 × 10¹⁴ Hz ≈ 5,1 Hz.** FICHE 1 p. 270

4.

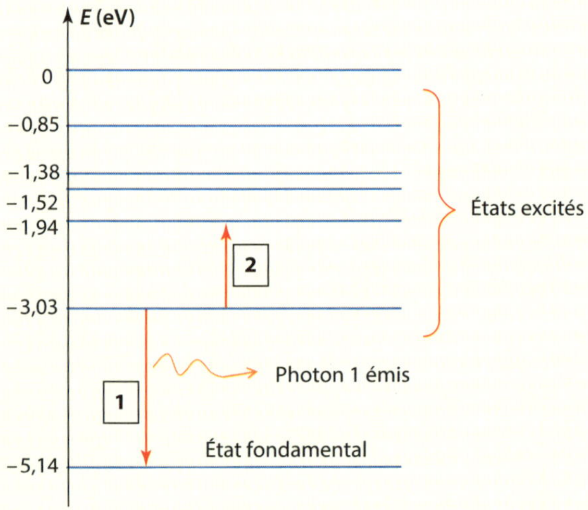

FICHE 3 p. 274

5. Ce diagramme permet de calculer par différence d'énergie celle des transitions possibles de l'atome. Or l'émission d'une radiation ou d'un photon par l'atome correspond à une transition donnée, donc à une énergie donnée ΔE, c'est-à-dire quantifiée. Cette dernière ne pouvant prendre que des valeurs discrètes, il en est de même pour la **longueur d'onde λ associée** : $\lambda = \dfrac{c}{\nu} = \dfrac{ch}{\Delta E}$. FICHES 1 p. 270 et 4 p. 276

6. $\Delta E = h\nu = \dfrac{hc}{\lambda}$ d'où numériquement $\Delta E = 6{,}62 \times 10^{-34} \times \dfrac{3{,}0 \times 10^{8}}{589{,}0 \times 10^{-9}} = 3{,}4 \times 10^{-19}$ J.

En divisant par l'électronvolt, on obtient finalement **ΔE = 2,11 eV.**

FICHE 4 p. 276

7. Cette énergie correspond à la transition entre le premier état excité d'énergie −3,03 eV et l'état fondamental à −5,14 eV : $\Delta E = |-5{,}14 - (-3{,}03)| = 2{,}11$ eV.

FICHE 3 p. 274

La transition correspond à l'émission d'un photon, donc **l'atome perd de l'énergie (voir diagramme ci-avant)**.

Gagnez des points

Une émission correspond à une diminution d'énergie (flèche vers le bas) et une absorption à une augmentation (flèche vers le haut).

8. Ce quantum correspond exactement à la transition de E_1 vers E_2, niveau du deuxième excité :

$|E_2 - E_1| = 3{,}03 - 1{,}94 = 1{,}09$ eV.

La radiation lumineuse interagit, donc le photon est absorbé pour permettre à l'atome d'augmenter son énergie (**voir diagramme ci-avant**). La radiation considérée est une raie **d'absorption**.

FICHE 3 p. 274

Fiche test 2 *Ce que je sais faire*

1. b) et **c)** La fréquence f est telle que $f = \dfrac{c}{\lambda} = \dfrac{3{,}0 \times 10^8}{532 \times 10^{-9}} = 5{,}6 \times 10^{14}$ Hz ou $5{,}6 \times 10^2$ THz.

La fréquence est la même dans l'air et dans le vide. La longueur d'onde de 532 nm est comprise entre 400 et 700 nm : le laser a une longueur d'onde appartenant au visible, il s'agit d'un laser vert.

FICHE 1 p. 270

Rappel

1 THz = 10^{12} Hz.

2. c) On peut vérifier que la transition énergétique entre le premier état excité et l'état fondamental est $\Delta E = E_1 - E_2 = -13{,}6 + 3{,}39 = -10{,}2$ eV < 0. Il s'agit d'une émission.

FICHE 3 p. 274

3. a), b) et **c)** *Toutes les réponses sont correctes.*

L'énergie d'un photon est toujours positive. La transition $E_3 - E_4$ a une énergie $\Delta E = E_4 - E_3 = -0{,}85 + 1{,}51 = 0{,}66$ eV. Soit $\Delta E = 0{,}66 \times 1{,}6 \times 10^{-19} = 1{,}056 \times 10^{-19}$ J $= 1{,}1 \times 10^{-19}$ J.

Le photon de cette énergie a une fréquence f telle que $f = \dfrac{\Delta E}{h} = \dfrac{1{,}056 \times 10^{-19}}{6{,}62 \times 10^{-34}} = 1{,}6 \times 10^{14}$ Hz.

FICHE 3 p. 274

4. a) et **b)** La longueur d'onde de 489 nm est comprise entre 400 et 700 nm : elle appartient au visible. On peut vérifier que $\Delta E = E_4 - E_2 = -0{,}85 + 3{,}39 = 2{,}54$ eV ou $4{,}064 \times 10^{-19}$ J, avec une longueur d'onde correspondante qui correspond bien à $\lambda = \dfrac{hc}{\Delta E} = \dfrac{6{,}62 \times 10^{-34} \times 3{,}0 \times 10^8}{4{,}064 \times 10^{-19}} = 4{,}89 \times 10^{-7}$ m ou 489 nm.

FICHE 4 p. 276

5. a) et **c)** L'énergie est $E = \dfrac{hc}{\lambda}$, avec $E_{D2} = \dfrac{6{,}62 \times 10^{-34} \times 3{,}0 \times 10^8}{588{,}9950 \times 10^{-9}}$ et

$E_{D1} = \dfrac{6{,}62 \times 10^{-34} \times 3{,}0 \times 10^8}{589{,}5924 \times 10^{-9}}$. Par différence $E_{D2} - E_{D1} = 3{,}4 \times 10^{-22}$ J avec deux chiffres significatifs ou environ 2×10^{-3} eV = 2 meV.

FICHE 4 p. 276

VERS LE BAC

3 Principe de fonctionnement d'un tube fluorescent

1. En comparant les spectres des tubes et ceux en fin d'énoncé, on peut conclure qu'il s'agit de deux tubes contenant du **mercure** : on retrouve les pics du spectre.

FICHES 3 p. 274 et 4 p. 276

Rappel
Le domaine de l'ultraviolet correspond à des longueurs d'onde inférieures à 400 nm.

2. L'état de plus basse énergie est le **fondamental**.

3. Le nouvel état est le **premier excité**.

4. La perte d'énergie se manifeste par **l'émission d'un photon de longueur d'onde** $\lambda_{1\to0}$ telle que :

$$\lambda_{1\to0} = h\frac{c}{|E_1 - E_0|} = 6{,}62 \times 10^{-34} \times \frac{3{,}0 \times 10^{8}}{(10{,}45 - 5{,}54) \times 1{,}6 \times 10^{-19}} = 2{,}53 \times 10^{-7}\ \text{m} = \mathbf{253\ nm}.$$

Cette longueur d'onde correspond à une **radiation UV**.

5. $\lambda_{1\to0}$ appartient bien à l'intervalle 200 nm-300 nm : la poudre permet donc de superposer au spectre du mercure celui de la lumière blanche, ce que confirment les deux spectres des tubes fluorescents.

4 Spectre de Rigel

1. **Le spectre sur fond noir** est un spectre d'émission de raies (les raies sont en fait colorées), c'est donc **celui de la lampe spectrale.** En revanche, celui du dessous **correspond à un spectre d'émission de l'étoile :** les raies noires correspondent aux raies d'absorption des éléments de son atmosphère.

FICHE 1 p. 270

Gagnez des points
Un spectre sur fond noir avec des raies colorées est un spectre d'émission.

2. On mesure la distance, à la règle graduée, qui existe entre les radiations 351 nm et 675 nm. Cette distance représente 675 – 451 = 224 nm.
À l'aide d'un produit en croix (rapport de proportionnalité), on en déduit les différences de longueur d'onde entre les raies 1 à 9 du spectre de l'étoile et la raie initiale, ces différences étant comptées à partir du trait en pointillé correspondant à λ = 451 nm.
On trouve alors les différences suivantes :

1	2	3	4	5	6	7	8	9
19 nm	35 nm	41 nm	50 nm	54 nm	65 nm	108 nm	205 nm	218 nm

En ajoutant maintenant la longueur d'onde correspondant au trait vertical en pointillé (351 nm), on obtient la longueur d'onde de cette raie d'absorption :

1	2	3	4	5	6	7	8	9
470 nm	486 nm	492 nm	523 nm	505 nm	516 nm	559 nm	656 nm	669 nm

3. On constate, aux incertitudes près, car 1 cm mesuré à la règle donne une incertitude de 1 à 2 nm, que les raies correspondent à la superposition des spectres de **H**, **He** et **Mg**. Il faudrait vérifier la raie à 706 nm de l'hélium.

L'astuce du prof
Vérifiez que les résultats sont compatibles avec les raies de référence.

Fiche test 3 Je fais le point

> **Rappel**
> 1 THz = 10^{12} Hz.

1. Vrai. La longueur d'onde λ est inversement proportionnelle à la fréquence f d'une onde : $\lambda = \frac{c}{f}$, avec c la célérité de l'onde.

2. Vrai. Les ondes électromagnétiques visibles ont des longueurs d'onde comprises entre 400 nm et 700 nm, ce qui correspond aux bornes de fréquences :

$f_{400} = \frac{c}{\lambda} = \frac{3,0 \times 10^8}{400 \times 10^{-9}} = 7,5 \times 10^{14}$ Hz ou 750 THz environ pour la borne supérieure,

$f_{700} = 4,3 \times 10^{14}$ Hz pour la borne inférieure.

3. Vrai. Si la longueur d'onde est de 532 nm, la fréquence est de :

$f = \frac{c}{\lambda} = \frac{3,0 \times 10^8}{532 \times 10^{-9}} = 5,64 \times 10^{14}$ Hz ou 564 THz.

4. Vrai. Un atome absorbe une quantité finie d'énergie correspondant à celle de la transition énergétique.

5. Faux. Dans un diagramme énergétique, les transitions ont des énergies positives ou négatives suivant le type de transitions et sont de l'ordre de quelques électronvolts à quelques milli-électronvolts.

6. Faux. Le spectre d'émission, comme son nom l'indique, correspond à une émission.

7. Faux. La fréquence correspondante est de $f = \frac{E}{h} = \frac{3,1 \times 1,6 \times 10^{-19}}{6,62 \times 10^{-34}} = 7,5 \times 10^{14}$ Hz.

8. Vrai. $\Delta E = E_3 - E_2 = -1,93 + 3,03 = 1,1$ eV.

9. Faux. L'énergie de l'état fondamental dépend de la nature de l'atome.

> **Gagnez des points**
> L'énergie de l'état fondamental de l'atome d'hydrogène est de −13,6 eV.

10. Vrai. Les transitions à énergie positive sont des absorptions, alors que celles à énergie négative sont des émissions.

Cahier Spécial BAC

Description de l'épreuve de spécialité en Terminale

1 Première partie : épreuve écrite

- **Durée :** 3 h 30
- **Barème :** sur 16 points.
- La partie écrite comporte trois exercices indépendants et s'appuie de manière équilibrée sur différents thèmes des programmes. Les sujets traités lors de cette épreuve portent sur des situations contextualisées. Ils peuvent contenir des documents et inclure des questions relatives aux aspects expérimentaux de la discipline et aux capacités numériques identifiées dans les programmes.
- Le sujet précise si l'usage de la calculatrice, dans les conditions précisées par les textes en vigueur, est autorisé.

2 Deuxième partie : épreuve pratique

- **Durée :** 1 heure
- **Barème :** sur 4 points.
- L'évaluation des compétences expérimentales se déroule au cours du second trimestre, selon le calendrier fixé pour la session, et dans le cadre habituel de formation de l'élève.
- Le candidat tire au sort sa situation d'évaluation parmi un sous-ensemble, renouvelé par demi-journée, d'au moins deux situations d'évaluation à dominante physique et deux situations d'évaluation à dominante chimie.
- Lors de l'évaluation, deux professeurs examinateurs sont présents dans la salle. Un examinateur évalue au maximum quatre candidats, qui ne peuvent être ceux qu'il avait dans ses classes de l'année en cours.

3 Épreuve orale de contrôle

- **Durée :** 20 minutes + 20 minutes de préparation
- Le candidat tire au sort un sujet comportant deux questions, portant sur deux domaines de nature différente du programme, et doit traiter les deux questions.
- En fonction du contenu du sujet tiré au sort par le candidat, l'examinateur décide si l'usage d'une calculatrice est autorisé ou interdit.
- Cette épreuve a lieu dans une salle comportant du matériel de physique-chimie, afin que des questions puissent être posées sur le matériel expérimental et son utilisation, sans que le candidat soit conduit à manipuler.

SUJET TYPE BAC — autorisée

Le sujet proposé ci-après est un sujet type Bac, mais sur le programme de Première. Ce sujet est un entraînement qui peut vous permettre de vous jauger et de voir ce qui vous attend au Bac si vous poursuivez la spécialité Physique-Chimie en Terminale.

1 Étude d'une centrale hydroélectrique [10 pts]

La France et l'Europe se sont engagées à développer, d'ici l'année 2020, la part des énergies renouvelables. Le plan d'action national fixe un objectif global de 23 % d'énergies renouvelables dans la consommation finale d'énergie à l'horizon 2020 (source : d'après www.ademe.fr). On s'intéresse ici à la centrale hydroélectrique de Luzières sur la rivière Agout, dans le Tarn, qui est une rivière de moyenne montagne à l'est de Toulouse. Elle est ponctuée d'une succession de barrages, dont certains sont associés à des usines de production d'électricité.

Doc. 1 Carte de la région de Luzières

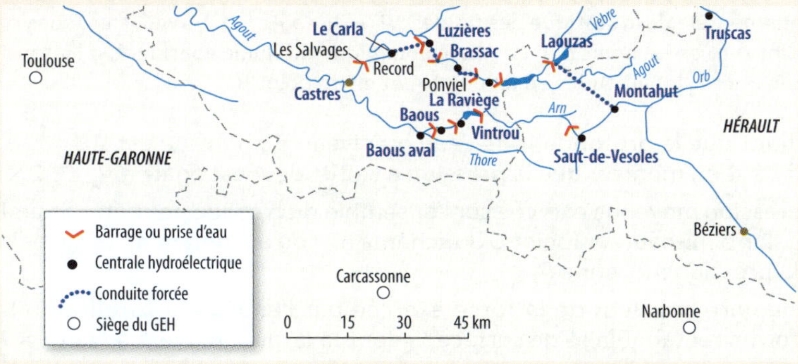

Source : d'après la carte d'ensemble du bassin Tarn-Agout (www.edf.fr)

Doc. 2 Schéma simplifié en coupe de l'ensemble barrage-centrale (sans souci d'échelle)

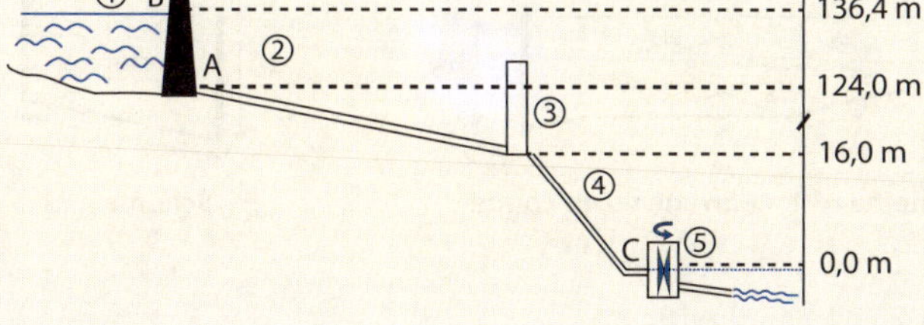

La retenue, où est stockée l'eau à turbiner, est le barrage de Record ①, hameau situé à quelques kilomètres en amont. L'eau est acheminée par une conduite d'amenée ②, passe brièvement dans une chambre d'équilibre de forme cylindrique ③, et est envoyée sur deux turbines identiques ⑤ par une conduite forcée ④. Le niveau des turbines est pris comme référence des altitudes.

Doc. 3 Description du système

Cette centrale hydroélectrique est une centrale gravitaire de moyenne chute avec deux turbines délivrant une puissance électrique globale $P_{él}$ = 20 MW.

La chambre d'équilibre est une zone tampon utilisée lors des démarrages et des arrêts de la centrale hydroélectrique.

Le barrage de Record peut contenir un volume d'eau V = 1,0 million de m^3.

Partie 1 – Étude de l'action de l'eau

Données :

- Intensité de la pesanteur : $g = 9{,}81\ N \cdot kg^{-1}$.
- Pression atmosphérique : $P_{atm} = 1{,}01 \times 10^5$ Pa.
- Masse volumique de l'eau : $\rho = 1{,}00 \times 10^3\ kg \cdot m^{-3}$.
- Loi fondamentale de la statique des fluides : $P_A - P_B = \rho g(z_B - z_A)$, avec P_A et P_B les pressions en un point A et en un point B, ρ la masse volumique du fluide considéré, g l'intensité de la pesanteur, z_A et z_B les altitudes en un point A et en un point B.

1 Sachant que la profondeur de l'eau au niveau du barrage est $AB = z_B - z_A$ soit AB = 12,4 m, montrer que la pression à l'altitude A est égale à $P_A = 2{,}2 \times 10^5$ Pa.

2 La pression moyenne exercée sur l'ensemble du barrage peut être assimilée à la pression à mi-hauteur (point G du **schéma n° 1** du **document 4**). Calculer la valeur de la pression moyenne $P_{moyenne}$.

3 En déduire la valeur de la force exercée par l'eau sur la totalité du barrage de forme rectangulaire de surface S, dont la largeur moyenne vaut ℓ = 70 m.

4 Reproduire le **schéma n° 1** simplifié du **document 4** et représenter la force exercée par l'eau sur le barrage au point G avec pour échelle « 1 cm pour $4{,}0 \times 10^7$ N ».

Doc. 4 Schéma du barrage vu en coupe et surface S aux points A et B

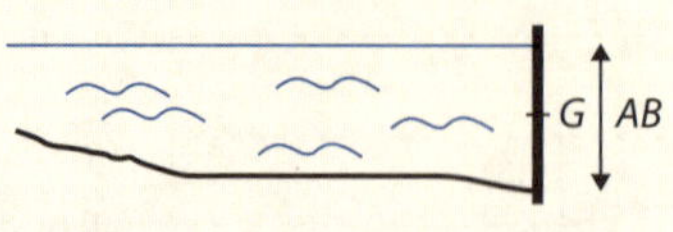

Schéma n° 1 – Barrage vu en coupe

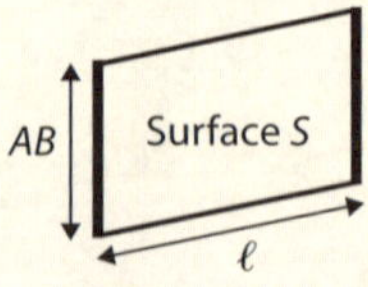

Schéma n° 2

Partie 2 – Étude mécanique

On s'intéresse à une masse d'eau m = 20 tonnes qui sort du barrage pendant une durée t = 1,0 s. L'énergie potentielle de pesanteur est choisie nulle au niveau des turbines.

1. Donner l'expression littérale de l'énergie potentielle de pesanteur E_{ppB} de cette masse d'eau stockée au point B du barrage de Record. Montrer que la valeur de cette énergie potentielle est $E_{ppB} = 2{,}7 \times 10^7$ J.
2. La valeur de la vitesse de cette masse d'eau v_B au point B est supposée nulle. En déduire la valeur de l'énergie mécanique E_{mB} de cette masse d'eau au point B.
3. En supposant que l'énergie mécanique se conserve, déterminer la valeur v_C de la vitesse de l'eau au point C à l'entrée des turbines.
4. La puissance cinétique de l'eau $P_{c_{eau}}$ à l'entrée des turbines est l'énergie cinétique par unité de temps associée à l'eau qui rentre dans les turbines. Calculer la valeur de $P_{c_{eau}}$ et commenter le résultat obtenu.

Partie 3 – Étude électrique

Doc. 5 Consommation électrique des foyers français

De la cafetière à la machine à laver en passant par le sèche-cheveux, la télévision et la lumière, l'électricité donne vie à la maison et se retrouve dans toutes les pièces. [...]. L'électricité constitue donc un poste de dépenses d'énergie majeur. D'après l'analyse de marché de détail de l'électricité produite par la Commission de Régulation de l'énergie au quatrième semestre 2016, plus de 32 millions de sites résidentiels avaient accès à l'électricité, pour une consommation annuelle totale de 158,6 TW·h.

En 2017, la consommation électrique française atteint environ 4 710 kW·h par foyer (le foyer est le lieu où habite une famille).

Source : d'après https://particuliers.engie.fr

Données :
- 1 TW·h = 1×10^{12} W·h.
- 1 kW·h = $3{,}6 \times 10^6$ J.

1. Sans recopier la chaîne énergétique ci-dessous, donner la forme d'énergie à faire apparaître dans chaque cadre numéroté de 1 à 3.

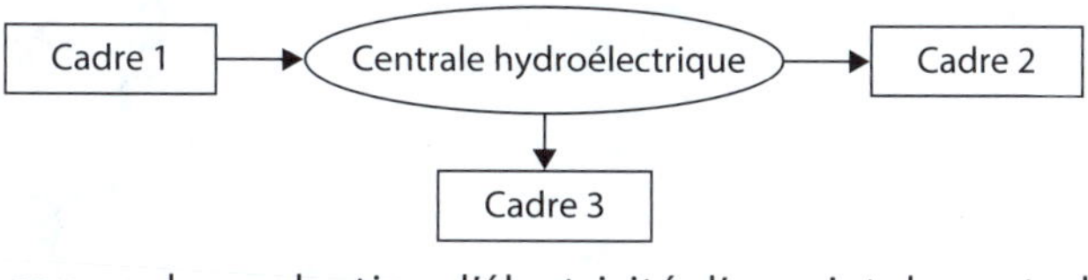

2. Étant une source de production d'électricité d'appoint, la centrale fonctionne pendant une durée d'environ $\Delta t'$ = 3 500 heures par an. Déterminer l'énergie électrique $E_{él}$ (en kW·h) produite annuellement par cette centrale.
3. Déterminer le nombre de foyers que cette centrale peut approvisionner annuellement. Commenter.

② Dosage spectrophotométrique d'un additif alimentaire : le bleu patenté V [10 pts]

Partie 1 – Se désaltérer sans altérer sa santé

Pour se désaltérer, il est coutume de consommer du sirop de menthe ; ce dernier contient plusieurs colorants, dont le bleu patenté V (E131) de couleur bleue.

Doc. 1 Formule topologique du bleu patenté V

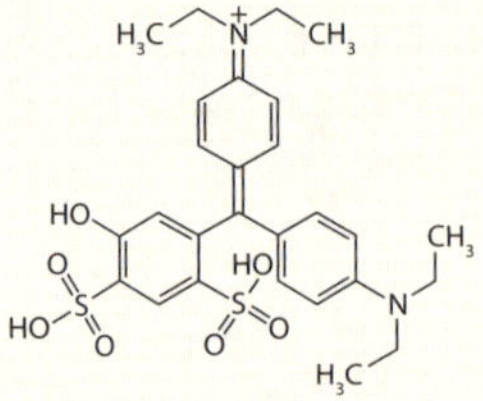

Doc. 2 Étiquette de sirop de menthe

Doc. 3 DJA du bleu patenté V

Les colorants alimentaires font l'objet de contrôles sanitaires par l'Union européenne (UE). Un de ces contrôles, réalisé par l'EFSA (autorité européenne de sécurité des aliments), consiste à déterminer la dose journalière admissible (DJA), qui est la quantité d'une substance qu'une personne peut ingérer quotidiennement tout au long de sa vie sans risque appréciable pour sa santé.

La DJA du bleu patenté est de 2,5 mg de produit absorbable par kilogramme de masse corporelle et par jour. (Source : d'après le site www.efsa.europa.eu)

Doc. 4 Spectre d'absorption d'une solution aqueuse de bleu patenté V et cercle chromatique

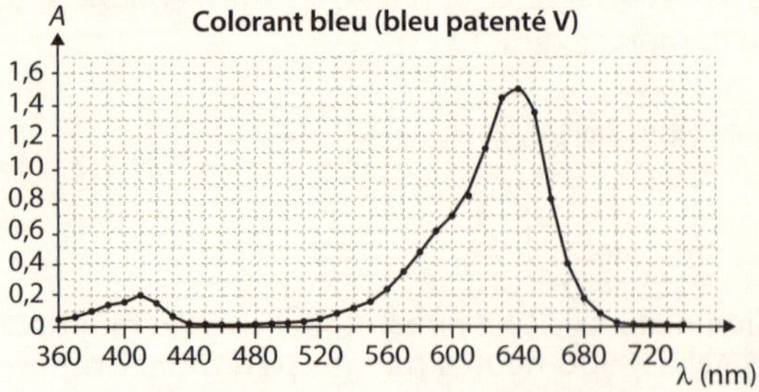

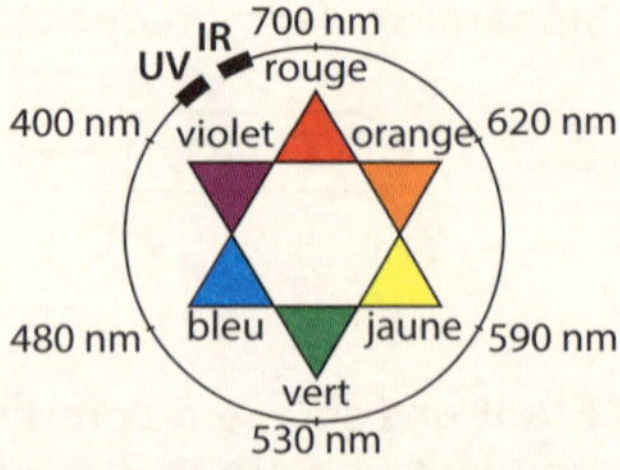

Le but de cette première partie est de déterminer le nombre de verres de sirop de menthe que l'on peut boire sans dépasser la dose journalière admissible en bleu patenté V.

Donnée :
Masse molaire du bleu patenté : 560,7 g·mol^{-1}.

1. Nommer le groupe caractéristique —OH présent dans le bleu patenté.
2. Décrire et commenter le spectre d'absorption du bleu patenté.
3. On se propose de déterminer la valeur de la concentration en quantité de matière de bleu patenté dans un sirop de menthe à partir d'un dosage par étalonnage utilisant des mesures d'absorbance de solutions de concentrations connues. On réalise, à partir d'une solution aqueuse mère de bleu patenté V (notée S_0), une échelle de teintes constituée de cinq solutions diluées S_1, S_2, S_3, S_4 et S_5 versées dans des cuves identiques. Par ailleurs, on dilue dix fois le sirop de menthe, et on note S la solution aqueuse obtenue à l'issue de cette dilution. Les résultats sont consignés dans le tableau ci-dessous.

Doc. 5 Résultats expérimentaux

Solution S_i	S_0	S_1	S_2	S_3	S_4	S_5	S
Concentration en quantité de matière *C* (µmol·L^{-1})	10	5,0	2,5	2,0	1,5	1,0	...
Absorbance *A*	1,6	0,80	0,39	0,32	0,24	0,16	0,75

Les mesures sont reportées sur le graphe ci-dessous représentant l'évolution de l'absorbance *A* de la solution aqueuse de bleu patenté en fonction de la concentration *c* en quantité de matière de bleu patenté.

Doc. 6 Courbe de l'absorbance *A* en fonction de la concentration molaire *c*

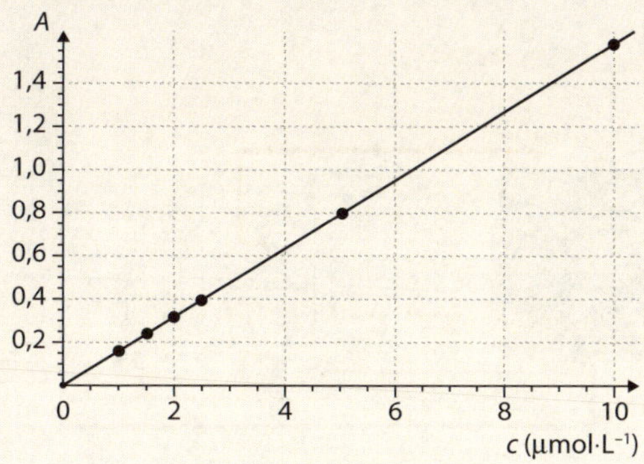

a. Rédiger le protocole de dilution mis en œuvre pour préparer 100,0 mL de solution S_2 à partir de la solution S_0.

b. Déterminer le nombre de verres de sirop de menthe que peut boire au maximum une personne adulte sans dépasser la dose journalière admissible (DJA) en bleu patenté V. Commenter.

Le candidat est invité à prendre des initiatives, à estimer notamment la valeur du volume d'un verre de sirop de menthe et de celle de la masse d'une personne adulte, et à présenter la démarche suivie, même si elle n'a pas abouti.

Partie 2 – Utilisation d'un microcontrôleur pour réaliser un spectrophotomètre

Le but de cette deuxième partie est de réaliser un spectrophotomètre à l'aide d'un microcontrôleur, en l'associant à une diode électroluminescente (DEL) et à un détecteur de lumière, afin de calculer l'absorbance de la solution de sirop de menthe diluée (solution S) étudiée dans la Partie 1.

Le dispositif constituant le spectrophotomètre est composé d'une diode émettrice considérée comme monochromatique (DEL), d'un capteur de lumière et d'un microcontrôleur. Ce dernier mesure l'éclairement lumineux E_r en lux (lx) après passage du faisceau lumineux à travers la cuve et la solution. En traversant une solution colorée, un rayonnement monochromatique perd une partie de son intensité lumineuse. Ce phénomène est quantifié par la grandeur absorbance.

Doc. 7 Schéma de principe

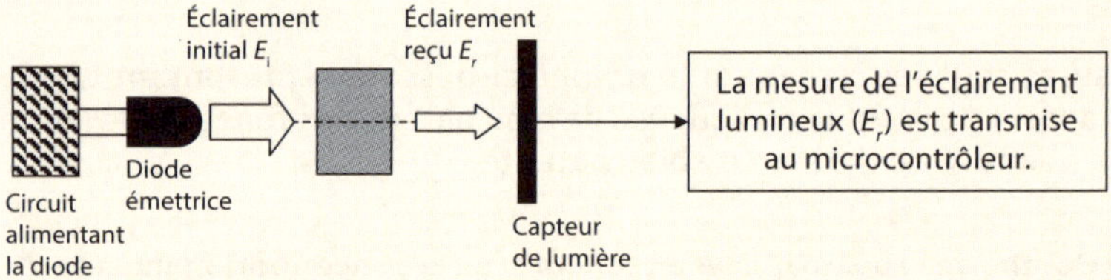

Doc. 8 Montage

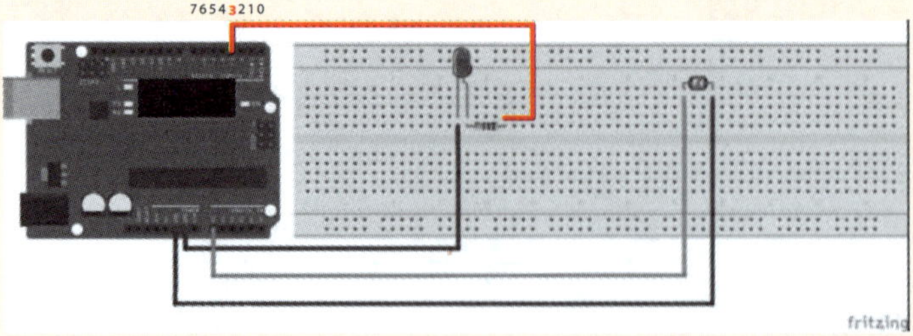

L'absorbance peut être définie par la relation $A = -\log\frac{E_r}{E_i}$.

Afin de négliger l'absorption de l'eau dans le domaine spectral d'étude, on considère que l'éclairement reçu dans le cas de la cuve témoin contenant uniquement de l'eau est égal à l'éclairement initial E_i et vaut 63,8 lx.

Données :

- La valeur de la célérité *c* de la lumière dans le vide est supposée connue.
- Constante de Planck : $h = 6{,}63 \times 10^{-34}$ J·s.
- Électronvolt : $1 \text{ eV} = 1{,}60 \times 10^{-19}$ J.

On dispose des diodes électroluminescentes monochromatiques suivantes :
– une DEL bleue émettant une radiation de longueur d'onde égale à 466 nm ;
– une DEL verte émettant une radiation de longueur d'onde égale à 525 nm ;
– une DEL jaune émettant une radiation de longueur d'onde égale à 589 nm ;
– une DEL orange émettant une radiation de longueur d'onde égale à 630 nm.

1 Indiquer la diode à choisir pour mesurer l'absorbance d'une solution aqueuse de bleu patenté V. Justifier en se référant aux données de la **Partie 1**.

2 On donne un extrait du diagramme énergétique de l'atome d'oxygène.

Doc. 9 Diagramme énergétique de l'atome d'oxygène

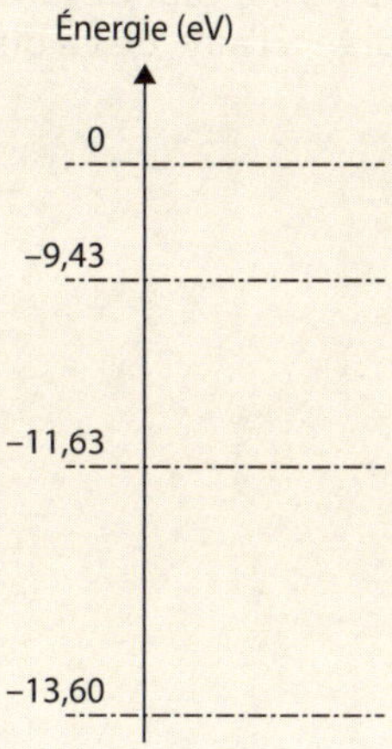

a. Calculer, en eV, la valeur de la variation d'énergie ΔE correspondant à l'absorption par un atome d'oxygène d'une radiation monochromatique émise par une DEL orange. Commenter.

b. Reproduire le diagramme énergétique de l'atome d'oxygène et représenter la transition énergétique correspondante.

Cahier spécial BAC

3 Le programme ci-dessous permet d'obtenir la mesure de l'éclairement reçu E_r par le capteur de lumière :

```
int ledPin = 2;                    //broche DEL orange branchee sur prise 2
int analogPin = 0;                 //capteur de lumière analogique branché sur prise A0
float eclairementi = 63.8;         //définition de la constante éclairement initial

void setup()
{
  pinMode(ledPin, OUTPUT);         //initialisation de la DEL orange en sortie
  digitalWrite(ledPin, HIGH);      //passage de la broche 2 au niveau haut de 5 V
  Serial.begin(9600);              //initialisation de la communication avec le port série
}

void loop()
{
  eclairement = analogRead(analogPin);  //lit la valeur mesurée sur la broche 2
  Serial.print("Er = ");              //affiche dans le port série la chaine de caractères
  Serial.println(eclaireirent);         //affiche à la ligne suivante dans le port série
                                        la valeur mesurée
  delay(300);
}
```

a. D'après le montage réalisé, dire si la LED a été déclarée sur la broche à laquelle elle est connectée. Si non, réécrire la ligne de code en la corrigeant.

b. Rédiger le commentaire à ajouter pour expliquer la ligne de code « delay(300) ; ».

4 L'éclairement reçu mesuré par le capteur de lumière est de 11,3 lx. Comparer la valeur de l'absorbance mesurée à l'aide de ce dispositif à celle mesurée dans la Partie 1.

① Étude d'une centrale hydroélectrique

Partie 1 – Étude de l'action de l'eau

1. La loi fondamentale de la statique des fluides est donnée dans l'énoncé :

$$P_A - P_B = \rho g(z_B - z_A)$$

avec P_A et P_B respectivement les pressions aux points A et B d'altitudes z_A et z_B.

La pression P_A à l'altitude A est donc :

$$\boldsymbol{P_A = \rho g(z_B - z_A) + P_B}$$

avec $P_B = P_{atm}$ la pression atmosphérique.

On en déduit sa valeur :

$P_A = 1{,}00 \times 10^3 \times 9{,}81 \times 12{,}4 + 1{,}01 \times 10^5$, soit $\boldsymbol{P_A = 2{,}2 \times 10^5}$ **Pa**, valeur attendue.

Remarque

Le point B correspond au niveau de la surface libre. La pression est donc celle de la pression atmosphérique de l'air.

2. La pression moyenne est celle du point G, milieu de AB, à une profondeur telle que $z_B - z_G = \dfrac{12{,}4}{2} = 6{,}2$ m de B. En faisant le même calcul qu'à la question **1.** en substituant le point G au point A, on obtient :

$$\boldsymbol{P_G = P_{moyenne} = \rho g(z_B - z_G) + P_B}$$

Soit $P_G = 1{,}00 \times 10^3 \times 9{,}81 \times 6{,}2 + 1{,}01 \times 10^5$, d'où $\boldsymbol{P_G = 1{,}6 \times 10^5}$ **Pa.**

Piège à éviter

La variation de pression entre B et G, et non la pression P_G, est proportionnelle à la variation d'altitude. On a donc $P_A - P_B = 2(P_G - P_B)$.

3. La valeur de la force pressante F exercée sur une paroi de surface S est égale au produit de la pression P par cette surface S :

$$F = P \times S$$

Dans le cas étudié, la pression est celle exercée sur la surface de barrage $S = AB \times \ell$ que l'on assimile à la pression moyenne $P_G = P_{moyenne}$. On obtient une force pressante de valeur :

$$\boldsymbol{F = P_{moyenne} \times AB \times \ell}$$

$F = 1{,}6 \times 10^5 \times 12{,}4 \times 70$ d'où $\boldsymbol{F = 1{,}4 \times 10^8}$ **N.**

4. Le vecteur force a son point d'application en G et est perpendiculaire à la surface S. L'échelle est de 1 cm de vecteur pour $4{,}0 \times 10^7$ N, la force est donc représentée par un vecteur de longueur $\dfrac{1{,}4 \times 10^8}{4{,}0 \times 10^7} = 3{,}5$ cm.

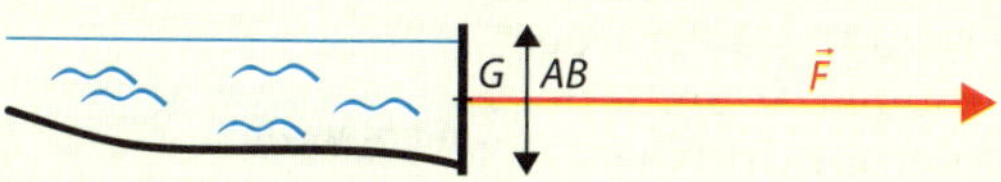

Remarque

L'eau exerce une force sur la paroi de l'intérieur du bassin vers l'extérieur.

Partie 2 – Étude mécanique

1. L'énergie potentielle s'écrit :

$$\boldsymbol{E_{PPB} = mgz_B}$$

avec la référence des énergies potentielles prise au niveau des turbines, soit au point C.

Remarque

Une tonne correspond à 1 000 kilogrammes : 1 t = 1×10^3 kg.

On en déduit $E_{ppB} = 20 \times 10^3 \times 9{,}81 \times 136{,}4 = \mathbf{2{,}7 \times 10^7}$ **J**, valeur attendue avec 2 chiffres significatifs.

Gagnez des points

Le résultat d'un calcul à partir de plusieurs données ne peut pas être plus précis que la moins précise des données : la masse de 20 tonnes est une valeur à 2 chiffres significatifs, le résultat ne peut donc pas en comporter davantage.

2. L'énergie mécanique d'un système en un point de l'espace est la somme de son énergie potentielle E_{pp} et de son énergie cinétique $E_c = \frac{1}{2}mv^2$ avec v la vitesse du système. Dans le cas de la masse d'eau au point B, on a :

$$E_{cB} = \frac{1}{2}mv_B^2 = 0$$

puisque $v_B = 0$. On en déduit que l'énergie mécanique de la masse d'eau au point B se résume à son énergie potentielle de pesanteur, soit :

$$E_{mB} = E_{ppB} + E_{cB} = \mathbf{E_{ppB}}$$

$\mathbf{E_{mB} = 2{,}7 \times 10^7}$ **J.**

3. En supposant que l'énergie mécanique se conserve, on en déduit que $E_{mB} = E_{mC}$. En utilisant l'expression de l'énergie mécanique en fonction des énergies potentielle et cinétique, on a, au point C :

$$E_{mC} = E_{ppC} + E_{cC} = mgz_C + \frac{1}{2}mv_C^2 = E_{mB}$$

Or le point C est la référence des énergies potentielles avec une altitude nulle $z_C = 0$, soit alors :

$$E_{ppC} = mgz_C = 0$$

et :

$$E_{mC} = E_{cC} = \frac{1}{2}mv_C^2 = E_{mB}$$

On en déduit ainsi la vitesse au point C :

$$\mathbf{v_C = \sqrt{\frac{2E_{mB}}{m}}}$$

Numériquement, $v_C = \sqrt{\frac{2 \times 2{,}7 \times 10^7}{20 \times 10^3}}$ soit $\mathbf{v_c = 52}$ **m·s⁻¹**.

4. « La puissance cinétique de l'eau $P_{c_{eau}}$ à l'entrée des turbines est l'énergie cinétique par unité de temps associée à l'eau qui rentre dans les turbines. » L'entrée dans les turbines se faisant au point C, on en déduit une expression de la puissance cinétique :

$$P_{c_{eau}} = \frac{E_{cC}}{\Delta t} = \frac{E_{mB}}{\Delta t}$$

Numériquement, $P_{c_{eau}} = \frac{2{,}7 \times 10^7}{1{,}0} = \mathbf{2{,}7 \times 10^7}$ **W.**

Remarque

Une énergie s'exprime en joules (J) et une puissance en watts (W).

Gagnez des points

La puissance cinétique est l'énergie cinétique (en J) par unité de temps (en s) : la puissance cinétique est donc homogène à une grandeur s'exprimant en $J \cdot s^{-1}$, c'est-à-dire en watts (W).

Le texte de l'énoncé indique : « Cette centrale hydroélectrique est une centrale gravitaire de moyenne chute avec deux turbines délivrant une puissance électrique globale $P_{él}$ = 20 MW. »
Par différence, on constate qu'il existe des **pertes énergétiques**.
Ces dernières sont égales à :

$$\Delta P = P_{c_{eau}} - P_{él}$$

soit de l'ordre de :
$\Delta P = 2{,}7 \times 10^7 - 20 \times 10^6 = 2{,}7 \times 10^7 - 2{,}0 \times 10^7 = 7 \times 10^6$ W.

Ces pertes énergétiques représentent $\dfrac{7 \times 10^6}{2{,}7 \times 10^7} = 0{,}26$ soit environ le quart de la puissance cinétique produite par les masses d'eau du barrage.

Partie 3 – Étude électrique

1. Une centrale hydroélectrique transforme l'énergie mécanique des masses d'eau entrantes en énergie électrique.
L'énergie correspondant au cadre 1 est la forme d'énergie d'entrée, soit l'énergie mécanique.
L'énergie correspondant au cadre 2 est la forme d'énergie de sortie, soit l'énergie électrique.
Dans le cadre 3, on a l'habitude de faire figurer la différence entre les énergies d'entrée et de sortie, soit les pertes par effet Joule ou par frottements. Cela correspond à un transfert thermique que l'on peut qualifier, par abus de langage, d'énergie thermique. Finalement, on a :
- **cadre 1 : énergie mécanique** ;
- **cadre 2 : énergie électrique** ;
- **cadre 3 : énergie thermique**.

Remarque

Dans le cas étudié ici, les turbines étant situées au point C, l'énergie mécanique se réduit à de l'énergie cinétique.

Gagnez des points

Les cadres positionnés sur la même ligne que la bulle représentant le système sont ceux des énergies d'entrée (en amont) et de sortie (en aval), alors que les cadres positionnés à la perpendiculaire de cette ligne sont réservés aux pertes énergétiques. Ces dernières sont évaluées par différence entre les énergies d'entrée et de sortie.

2. En reprenant l'énoncé utilisé à la question 4 de la **Partie 2**, la puissance est définie comme une énergie par unité de temps. On est déduit que l'énergie électrique $E_{él}$ est égale au produit de la puissance électrique $P_{él}$ par la durée $\Delta t'$ de fonctionnement de la centrale :

$$E_{él} = P_{él} \times \Delta t'$$

Numériquement, pour une année de fonctionnement, si la durée $\Delta t'$ est exprimée en heures et la puissance en watts, l'énergie électrique produite par la centrale s'obtient en wattheures (Wh) :
$E_{él} = 20 \times 10^6 \times 3\,500 = 7{,}0 \times 10^{10}$ Wh ou **$7{,}0 \times 10^7$ kWh**.
$\Delta t'$ = 3 500 heures correspond à une durée de $\dfrac{3\,500}{24}$ = 146 jours sur 365 jours, soit environ 40 % de l'année.

3. Le document de Engie indique : « En 2017, la consommation électrique française atteint environ 4 710 kW·h par foyer (le foyer est le lieu où habite une famille). »

> **Remarque**
> Engie est une entreprise française fournisseur de gaz et d'électricité.

En divisant la puissance de production annuelle de la centrale par celle de chaque foyer, on en déduit le nombre N de foyers que la centrale peut approvisionner en une année :

$$N = \frac{E_{él}}{E_{cons}}$$

avec E_{cons} l'énergie consommée par un foyer en une année.

On a alors : $N = \frac{7{,}0 \times 10^7}{4\,710} = \mathbf{1{,}5 \times 10^4}$ **foyers**.

En supposant que le nombre de personnes par foyer se situe entre 2 et 3, **cette centrale permet d'approvisionner une ville comprenant entre trente et quarante-cinq mille habitants.**

> **Remarque**
> Selon l'Insee (Institut national de la statistique et des études économiques), le nombre de personnes par foyer est de 2,2 en 2015, contre 2,4 en 1999.

2 Dosage spectrophotométrique d'un additif alimentaire : le bleu patenté V

Partie 1 – Se désaltérer sans altérer sa santé

1. Le groupe caractéristique —OH de la famille des alcools est le groupe **hydroxyle**.

2. La première partie du **document 4** correspond au spectre du bleu patenté V. Il est composé de deux pics d'absorption.

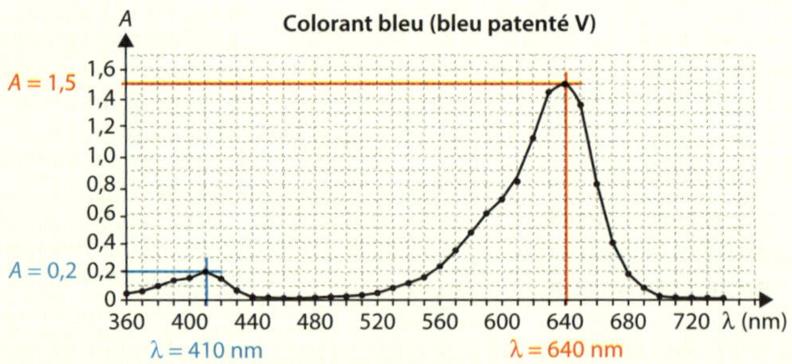

Le premier pic est de faible intensité pour une absorbance $A = 0{,}2$ à une longueur d'onde de $\lambda = 410$ nm.

Le second est un pic d'absorbance $A = 1{,}5$ à la longueur d'onde de $\lambda = 640$ nm.

Le rapport des absorbances est de :

$$\frac{A(\lambda = 640 \text{ nm})}{A(\lambda = 410 \text{ nm})} = \frac{1{,}5}{0{,}2} = 7{,}5$$

et suffisant pour raisonnablement négliger l'effet du premier pic d'absorbance.

En utilisant le cercle chromatique (partie de droite du **document 4**), on peut en déduire que le pic à 640 nm correspond à une absorption dans l'orange tirant sur le rouge. La couleur ainsi diffusée est sa couleur complémentaire : soit le **bleu légèrement vert**. Cela confirme bien la couleur du sirop en cohérence avec le **document 2** qui précise qu'il s'agit de menthe glaciale.

Remarque

Deux couleurs complémentaires sont diamétralement opposées dans le cercle chromatique.

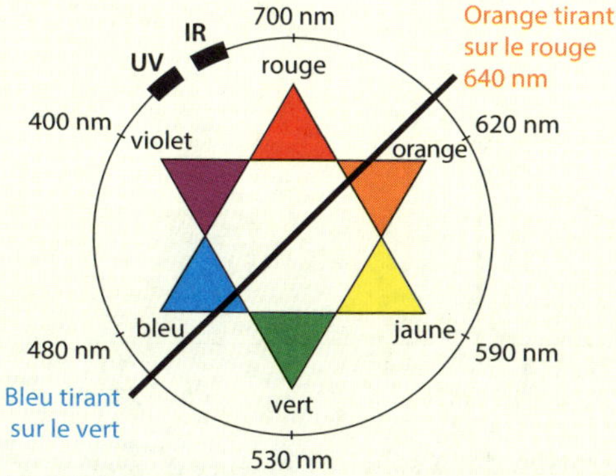

Gagnez des points

Le pic de faible intensité est à 410 nm, ce qui correspond au violet légèrement bleu. Sa couleur complémentaire ou couleur diffusée est le jaune légèrement orangé. En prenant en compte ce pic dans le raisonnement, cela amène à décaler davantage la couleur bleu diffusée par le second pic du côté du jaune, lui conférant une couleur bleu-vert.

3. a. La dilution est une technique qui utilise deux types de verrerie : une pipette jaugée pour le prélèvement de la solution mère S_0 et une fiole jaugée comme contenant de la solution fille, ici S_2. Le volume de la pipette dépend du facteur F de dilution :

$$F = \frac{V(\text{fille})}{V(\text{mère})} = \frac{c(\text{mère})}{c(\text{fille})}$$

soit :

$$V(\text{mère}) = \frac{c(\text{fille}) \times V(\text{fille})}{c(\text{mère})} = \frac{c(S_2) \times V(S_2)}{c(S_0)}$$

On en déduit le volume de la pipette jaugée à utiliser pour le prélèvement de la solution S_0 :

$$V(\text{mère}) = \frac{2{,}5 \times 10^{-6} \times 100{,}0 \times 10^{-3}}{10 \times 10^{-6}} = 2{,}5 \times 10^{-2} \text{ L ou } 25 \text{ mL.}$$

Remarque

Pour l'application numérique, on peut garder les concentrations en $\mu mol \cdot L^{-1}$ et en laissant le volume de solution dilué en mL, on obtient directement celle de la solution mère en mL.

On peut ainsi rédiger un protocole comme suit :

- **À l'aide d'une pipette jaugée de 25,0 mL préalablement rincée avec la solution S_0, prélever 25,0 mL de cette même solution.**
- **L'introduire dans une fiole jaugée de 100,0 mL.**
- **Compléter avec de l'eau distillée jusqu'au col de la fiole, boucher et homogénéiser.**
- **Ajouter à nouveau de l'eau jusqu'à la jauge, boucher et homogénéiser.**

Gagnez des points

Il est possible d'ajouter en fin de protocole quelques consignes telles que le fait que le bas du ménisque de la solution doit se situer au niveau de la jauge, ou que ce geste doit se réaliser sans créer l'erreur de parallaxe, c'est-à-dire en plaçant bien ses yeux au niveau horizontal de la jauge.

b. On détermine la valeur de la concentration de la solution en reportant la valeur $A = 0{,}75$ de l'absorbance sur la courbe d'étalonnage du **document 6** :

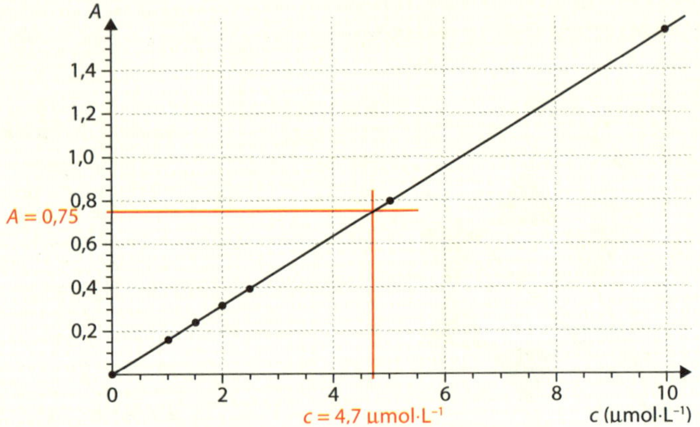

Soit $c = c_S = 4{,}7\ \mu mol \cdot L^{-1}$ la concentration de la solution S obtenue par lecture graphique.

On peut alors compléter le tableau du **document 5** et vérifier que, l'absorbance de la solution S se situant entre celle des solutions S_1 et S_2 ($0{,}39 < 0{,}75 < 0{,}80$), les concentrations sont bien classées dans le même ordre :

$$2{,}5\ \mu mol \cdot L^{-1} < 4{,}7\ \mu mol \cdot L^{-1} < 5{,}0\ \mu mol \cdot L^{-1}$$

L'astuce du prof

Une méthode analytique en calculant le coefficient directeur de la droite de modélisation (suivant la loi de Beer-Lambert) aurait été possible, mais n'aurait pas apporté de précision supplémentaire et aurait été plus coûteuse en temps.

Solution S_i	S_0	S_1	S_2	S_3	S_4	S_5	S
Concentration en quantité de matière C (en μmol·L⁻¹)	10	5,0	2,5	2,0	1,5	1,0	**4,7**
Absorbance *A*	1,6	0,80	0,39	0,32	0,24	0,16	0,75

La solution S est diluée 10 fois : « Par ailleurs, on dilue dix fois le sirop de menthe et on note S la solution aqueuse obtenue à l'issue de cette dilution. »

On peut donc en déduire la concentration *c*(sirop) du sirop de menthe :

$$c(\text{sirop}) = 10 \times c_S$$

soit une concentration molaire $c(\text{sirop}) = 10 \times 4{,}7 \times 10^{-6} = 4{,}7 \times 10^{-5}\ mol \cdot L^{-1}$.

Remarque

En France, la masse moyenne des femmes est de l'ordre de 60 kg, alors que celle des hommes est de l'ordre de 80 kg.

Le **document 3** sur la DJA du bleu patenté mentionne que la « DJA du bleu patenté est de 2,5 mg de produit absorbable par kg de masse corporelle et par jour. »

Si l'on suppose que la masse d'une personne adulte est de l'ordre de 70 kg, la dose journalière admissible en bleu patenté V correspond donc à une masse :
$m = 2{,}5 \times 70 = 175$ mg par jour.

La quantité de matière n vaut alors :

$$n = \frac{m}{M}$$

avec M la masse molaire du bleu patenté V.
Numériquement, on obtient une quantité :

$$n = \frac{175 \times 10^{-3}}{560,7} = 3,12 \times 10^{-4} \text{ mol.}$$

Or $c(\text{sirop}) = \frac{n}{V}$ avec V le volume total de sirop correspondant à la DJA en bleu patenté V, d'où :

$$V = \frac{n}{c(\text{sirop})}$$

$$V = \frac{3,12 \times 10^{-4}}{4,7 \times 10^{-5}} = 6,64 \text{ L.}$$

Remarque

Les verres de sirop sont souvent des verres de 200 mL avec un volume de sirop pour 9 à 12 volumes d'eau.

En supposant qu'un verre de sirop de volume 200 mL contient environ un volume $V(\text{sirop}) = 20 \text{ mL} = 2 \times 10^{-2}$ L de sirop pur, il faudrait l'équivalent de :

$$\frac{V}{V(\text{sirop})} = \frac{6,64}{2 \times 10^{-2}} = 332 \text{ verres pour atteindre la DJA.}$$

Ce nombre est tellement important qu'il n'y a aucun risque de dépasser la DJA !

À retenir

La méthode consiste à :
- calculer la quantité de matière de bleu patenté V par verre de 200 mL de sirop préparé au 10e en se basant sur la DJA d'un adulte de 70 kg ;
- la comparer par la suite à celle correspondant à la concentration expérimentale du sirop de menthe en utilisant la courbe d'étalonnage, afin d'en déduire le nombre, très important, de verres de sirop à consommer pour atteindre la DJA.

Partie 2 – Utilisation d'un microcontrôleur pour réaliser un spectrophotomètre

1. La réponse à la question **2** de la **Partie 1** permet de mettre en évidence que la couleur du bleu patenté V est majoritairement due au second pic d'absorbance à la longueur d'onde de 640 nm.

La diode à choisir doit ainsi correspondre à un rayonnement monochromatique de longueur d'onde le plus proche possible de celle du maximum d'absorbance. Des quatre diodes électroluminescentes proposées, le meilleur choix serait la **DEL orange** qui émet une radiation de longueur d'onde égale à 630 nm.

Remarque

Une diode électroluminescente monochromatique émet une unique radiation de longueur d'onde fixée.

2. a. L'énergie $E_{\text{DEL orange}}$ correspondant à la radiation de la DEL orange est inversement proportionnelle à sa longueur d'onde λ :

$$E_{\text{DEL orange}} = \frac{hc}{\lambda}$$

avec h la constante de Planck et $c = 3,00 \times 10^{8} \text{ m·s}^{-1}$ la célérité de la lumière dans le vide (supposée connue).

Gagnez des points

Cette question concernant la DEL orange permet de confirmer la réponse faite sur le choix de cette DEL à la réponse précédente.

Numériquement, on obtient :

$$E_{\text{DEL orange}} = \frac{6{,}63 \times 10^{-34} \times 3{,}00 \times 10^{8}}{630 \times 10^{-9}} = 3{,}16 \times 10^{-19}\ \text{J}.$$

En convertissant en électronvolts, on a :

$$E_{\text{DEL orange}} = \frac{3{,}16 \times 10^{-19}}{1{,}60 \times 10^{-19}} = 1{,}97\ \text{eV}$$ si l'on garde en mémoire la valeur de l'énergie en joules de la DEL sans approximation.

Remarque
Pour avoir un résultat avec 3 chiffres significatifs, *c* doit être donnée avec 3 chiffres significatifs.

Or cette énergie peut être absorbée par un atome d'oxygène si elle correspond exactement à une transition énergétique ΔE entre deux niveaux d'énergie de l'atome.
On en déduit donc que la valeur de la variation d'énergie ΔE correspondant à l'absorption par un atome d'oxygène d'une radiation monochromatique émise par une DEL orange est égale à $E_{\text{DEL orange}}$. Soit $\boldsymbol{\Delta E = E_{\text{DEL orange}} = 1{,}97}$ **eV**.
Cette énergie, de l'ordre de quelques électronvolts en général, correspond bien à des **énergies attendues pour des transitions électroniques**.

b. Le diagramme énergétique permet de déterminer la transition énergétique de l'atome d'oxygène correspondant à l'énergie de la radiation de la DEL absorbée par l'atome.
On constate que cette valeur correspond à la différence énergétique entre les niveaux E_1 et E_2 :
$E_2 - E_1 = -11{,}63 - (-13{,}60) = 1{,}97\ \text{eV} = \Delta E = E_{\text{DEL orange}}$.
La transition énergétique correspondante est une absorption : l'énergie de l'atome augmente donc, et l'atome d'oxygène passe d'un état de basse énergie vers un état de moins basse énergie.

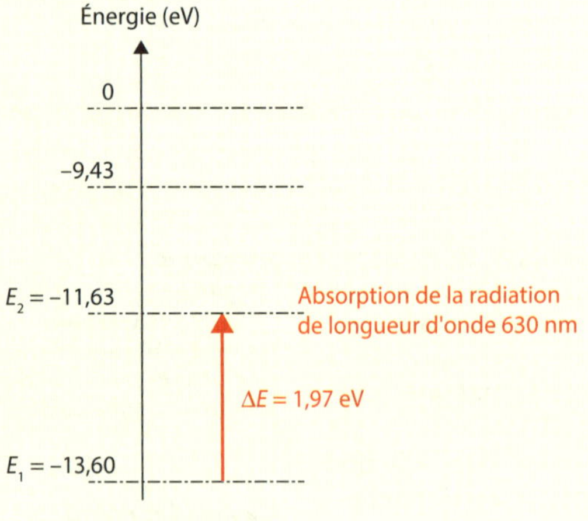

Remarque
Une transition énergétique est représentée par une flèche sur un diagramme énergétique : elle est verticale vers le haut dans le cas d'une absorption et vers le bas dans le cas d'une émission.

3. a. Le **document 8** du brochage de la DEL montre qu'elle est brochée sur la prise 3.

Montage

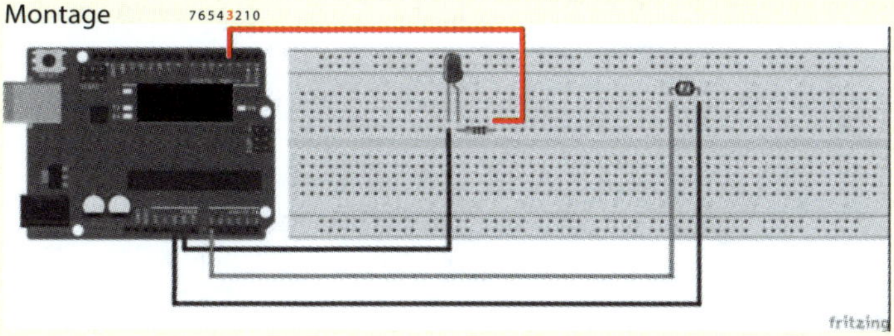

Or le programme stipule que la DEL est branchée sur la prise 2 (première ligne de code) :

```
int ledPin = 2;        //broche DEL orange branchée sur la prise 2
```

Il faut donc modifier cette ligne de code en remplaçant le numéro de la broche et reprendre le commentaire dans ce sens, soit :

```
int ledPin = 3;        //broche DEL orange branchée sur la prise 3
```

b. La commande delay(X) permet de mettre en pause l'exécution du programme pour une durée de *X* ms, c'est-à-dire de mettre en attente la prise de données pendant *X* ms. Il empêche tout autre événement de se produire pendant cette durée.

Dans le cas présent, après chaque exécution, le programme fait une pause de 300 ms = 0,300 s. Le commentaire pourrait être :

```
delay(300);        //arrêt du programme pendant 300 ms
```

Remarque

L'argument de la commande delay est en millisecondes.

4. L'absorbance *A* se calcule à partir des éclairements E_i initial et reçu E_r après passage du faisceau lumineux à travers la cuve et la solution :

$$A = -\log\left(\frac{E_r}{E_i}\right)$$

Numériquement, on obtient $A = -\log\left(\frac{11,3}{63,8}\right) = 0,752$ avec une précision de 3 chiffres significatifs.

On peut comparer cette valeur à la valeur A = 0,75 donnée dans le tableau du **document 5** et mesurée à la **Partie 1** : les résultats sont bien cohérents si on les compare avec la même précision.

Gagnez des points

Le rapport des éclairements peut être calculé avec des éclairements en lux dans la mesure où les éclairements sont exprimés dans la même unité : le rapport lui-même sera alors sans unité.

Mesure et incertitude

1 Variabilité de la mesure d'une grandeur physique

1 Exploitation d'une série de mesures indépendantes

- Deux mesures d'une grandeur physique sont **indépendantes** lorsqu'elles sont aléatoires, c'est-à-dire qu'elles n'ont **aucune influence l'une sur l'autre.**

Exemple

La mesure du résultat d'un lancer de dé n'a aucune influence sur celle du lancer de dé suivant. Les mesures des valeurs d'un lancer de dé sont donc indépendantes.

- Une série de mesures d'une grandeur physique peut être représentée sous la forme d'un **histogramme** des valeurs obtenues.

Exemple

En séance d'activité expérimentale, des élèves réalisent plusieurs fois la mesure de la vitesse du son dans l'air. L'histogramme ci-dessous récapitule les valeurs des mesures obtenues.

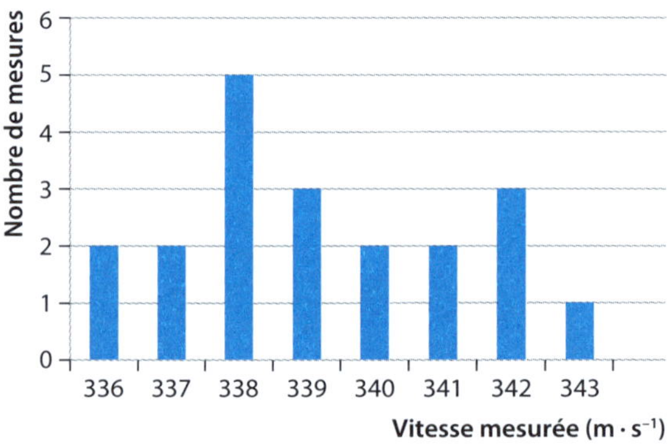

Mesures de la vitesse du son

À retenir

Soit N mesures indépendantes x_i d'une grandeur physique, la meilleure estimation x du résultat est alors la **valeur moyenne de x**, notée $<x>$ ou $\overline{x}$, moyenne arithmétique des N mesures réalisées :

$$x = <x> = \overline{x} = \frac{\sum x_i}{N}$$

L'**écart-type expérimental** est défini par :

$$\sigma_{exp} = \sqrt{\frac{\sum (x_i - \overline{x})^2}{N - 1}}$$

Remarque

L'écart-type expérimental est souvent noté σ_{N-1} du fait du facteur $N - 1$ de son dénominateur.

2 Influence de l'instrument de mesure et du protocole

- La **valeur vraie** d'une grandeur physique est une valeur que l'on obtiendrait dans le cas d'un mesurage parfait : c'est une valeur toujours inconnue.
- L'**erreur de mesure** est alors la différence entre la valeur mesurée et la valeur vraie. On distingue une multitude d'erreurs comme :
– une erreur due à la méthode utilisée dans un protocole comme celui d'un indicateur coloré ;
– une erreur due à l'instrument de mesure dont la graduation n'est pas suffisamment précise.

3 Évaluation de la dispersion

- La **dispersion** statistique représente la capacité des valeurs d'une série de mesures indépendantes à se disperser, et en particulier autour d'une valeur spécifique comme la moyenne.
- La dispersion peut se mesurer en calculant l'étendue d'une série de mesures indépendantes. L'étendue est la différence entre la valeur maximale mesurée et la valeur minimale :

$$e = x_{max} - x_{min}$$

Exemple

Dans le cas de la série de mesures de la vitesse du son dans l'air, l'étendue est de $343 - 336 = 7$ m·s^{-1}.

À retenir

L'incertitude de mesure U_x est aussi un paramètre caractérisant la dispersion des valeurs. On note alors le résultat de la mesure :

$$X = x \pm U_x$$

où x est la meilleure estimation de la grandeur physique mesurée.

- La **dispersion autour de la moyenne** peut se mesurer en calculant l'écart-type ou la variance d'une série de mesures.

À retenir

La **variance** est définie comme le carré de l'écart-type expérimental :

$$\text{var}(x) = \sigma^2_{exp} = \frac{\sum(x_i - \bar{x})^2}{N - 1}$$

Remarque

Il existe d'autres mesures possibles de la dispersion, comme l'intervalle interquantile autour de la médiane.

2 Incertitude-type

1 Définition d'une incertitude-type

- Soit U_x l'incertitude de mesure d'une grandeur physique.

À retenir

On peut exprimer U_x sous la forme :

$$U_x = ku_x$$

avec u_x **l'incertitude-type** et k le facteur d'élargissement associé à un niveau de confiance.

- Le résultat d'une mesure se présente alors souvent comme suit :

$$\boldsymbol{X = x \pm U_x = x \pm ku_x}$$

suivi de l'unité de X et du niveau de confiance correspondant à k.

On peut aussi présenter le résultat par un intervalle :

$$\boldsymbol{X \in [x - ku_x \,;\, x + ku_x]}$$

- On appelle **incertitude-type relative** la valeur de $\frac{u_x}{x}$.
- L'incertitude relative indique la **précision** de la mesure.
- Dans le cas où une grandeur y se déduit à partir des mesures x_i de X, alors on dit que les incertitudes « se propagent ».

Remarque
La valeur de k est donnée par des tables en fonction du niveau de confiance choisi, comme 95 % ou 99 %.

À retenir

Loi de propagation des incertitudes

Si $y = x_1 + x_2 - x_3$ (additions et/ou soustractions), alors :

$$\boldsymbol{u_y^2 = u_{x3}^2 + u_{x3}^2 + u_{x3}^2}$$

Si $y = \frac{x_1 \times x_2}{x_3}$ (multiplications et/ou divisions), alors :

$$\left(\frac{u_y}{y}\right)^2 = \left(\frac{u_{x1}}{x_1}\right)^2 + \left(\frac{u_{x2}}{x_2}\right)^2 + \left(\frac{u_{x3}}{x_3}\right)^2$$

Exemple

La vitesse v du son dans l'air peut se calculer à partir d'une mesure d'écho, connaissant la distance d entre l'émetteur et le récepteur, et la durée t du parcours : $v = \frac{2d}{t}$.

Dans ce cas, l'incertitude-type relative à la mesure de la vitesse est :

$$\left(\frac{u_v}{v}\right)^2 = \left(\frac{u_d}{d}\right)^2 + \left(\frac{u_t}{t}\right)^2$$

sans que le facteur 2 ne rentre en compte.

2 Évaluation par approche statistique - Évaluation de type A

À retenir

Un expérimentateur effectue N mesures indépendantes d'une grandeur physique.

L'incertitude-type est définie par :

$$u_x = \frac{\sigma_{exp}}{\sqrt{N}}$$

avec σ_{exp} l'écart type expérimental.

L'incertitude U_x vaut alors $U_x = ku_x$ avec k le facteur d'élargissement qui dépend du nombre N et de la limite de confiance choisie.

Remarque

k dépend du nombre N de mesures et de la limite de confiance choisie. Lorsque N dépasse 20, $k = 2$ pour une limite de confiance à 95 % par exemple.

3 Évaluation de type B

- L'évaluation de type A nécessite une répétabilité des mesures effectuées. Dans le cas où cela n'est pas possible, l'évaluation de l'incertitude est effectuée à partir d'informations sur la précision des instruments de mesure par exemple (évaluation de type B).
- On peut évaluer l'incertitude-type **connaissant la tolérance d'un instrument** de mesure notée $\pm \varepsilon$. Dans ce cas, on a : $u_x = \frac{\varepsilon}{\sqrt{3}}$.
- On peut évaluer l'incertitude-type dans le cas **d'une lecture sur un instrument de mesure** dont la plus petite graduation correspond à un pas d :

$$u_x = \frac{d}{2\sqrt{3}}$$

Or dans certains cas, on effectue une double lecture (pipette graduée bi-jaugée, règle graduée entre le 0 et la valeur X, etc.) :

$$u_x^2 = \left(\frac{d}{2\sqrt{3}}\right)^2 + \left(\frac{d}{2\sqrt{3}}\right)^2 = 2\left(\frac{d}{2\sqrt{3}}\right)^2$$

soit :

$$u_x = \frac{d}{\sqrt{6}}$$

- Il existe bien d'autres évaluations d'incertitude-type comme celle liée à un volume équivalent en chimie à la goutte près $u_x = \frac{V_{goutte}}{\sqrt{3}}$ ou encore celle liée à la mesure d'une masse à l'aide d'une balance dont on doit faire la tare.

3 Écriture du résultat, valeur de référence

1 Précision d'une mesure

À retenir

Le résultat d'un calcul à partir de grandeurs mesurées ne doit pas être exprimé avec plus de précision que la moins précise des grandeurs.

- Dans le cas d'une addition ou d'une soustraction entre plusieurs mesures, le résultat **ne doit pas avoir plus de décimales que la donnée qui en a le moins** dans une unité de référence.

Exemple

Dans le cas d'additions de volume avec V_1 = 10,5 mL et V_2 = 0,35 mL, alors $V = V_1 + V_2$ soit V = 10,5 + 0,35 = 10,9 mL.

Le résultat doit avoir le même nombre de décimales que V_1, soit 1 décimale, alors que V_2, plus précis, en a 2 dans la même unité.

- Dans le cas du résultat d'une mesure présenté avec son incertitude, **U_x comporte autant de décimales que x**.

Exemple

Les écritures suivantes sont incorrectes :

$c = (5{,}0 \pm 0{,}01) \times 10^{-2}$ mol·L^{-1} ou $c = (5{,}00 \pm 0{,}1) \times 10^{-2}$ mol·L^{-1}.

En revanche, $c = (5{,}0 \pm 0{,}1) \times 10^{-2}$ mol·L^{-1} est une écriture correcte.

2 Nombre de chiffres significatifs

À retenir

On appelle **chiffre significatif**, un chiffre d'une valeur de mesure différent d'un des 0 démarrant l'écriture numérique de cette valeur.

Exemple

La mesure de la vitesse du son v = 340 m·s^{-1} comporte trois chiffres significatifs (3, 4 et 0), alors que la concentration c = 0,050 mol·L^{-1} n'en comporte que deux (5 et 0 après le 5), car les deux premiers zéros de gauche ne sont pas significatifs.

- Le **premier chiffre significatif ne peut être nul**, ce qui n'est pas le cas des suivants.
- Une mesure est d'autant plus **précise** que son nombre de chiffres significatifs est **grand**.
- Dans le cas d'une multiplication ou d'une division entre plusieurs mesures, le résultat **ne doit pas avoir plus de chiffres significatifs que la donnée la moins précise**.

Exemple

La vitesse v du son dans l'air par la méthode d'écho, connaissant la distance d entre l'émetteur et le récepteur et la durée t du parcours, donne $v = \frac{2d}{t}$.

Si les mesures sont $d = 100,00$ m (5 chiffres significatifs) et $t = 0,585$ s (3 chiffres), alors le résultat obtenu 341,8803418803 permet d'écrire $v = 342\ m{\cdot}s^{-1}$ avec autant que chiffres significatifs que t, mesure la moins précise.

Le coefficient 2 n'intervient pas dans le raisonnement, car il n'est pas le résultat d'une mesure de grandeur physique.

- Lors d'une conversion, **la précision et donc le nombre de chiffres significatifs doivent être conservés.**

Exemple

Si $m = 0,26$ g, alors cette masse ne correspond pas à 260 mg, mais à $2,6 \times 10^2$ mg en respectant les deux chiffres significatifs de m.

- Pour limiter le cumul des erreurs sur les arrondis lors des calculs intermédiaires, il est conseillé de garder tous les chiffres, y compris ceux qui ne sont pas significatifs.
- Seul le **résultat final a la précision voulue.**

3 Comparaison d'un résultat à une valeur de référence

- Pour comparer un résultat X à une valeur de référence X_{ref} (valeur donnée par un constructeur, valeur indiquée sur une étiquette, etc.), on peut :

– les classer simplement : $X < X_{ref}$ ou $X > X_{ref}$;

– calculer la différence : $\Delta X = |X - X_{ref}|$;

– calculer l'écart relatif : $\frac{\Delta X}{X_{ref}} = \frac{|X - X_{ref}|}{X_{ref}}$ que l'on peut exprimer en pourcentage.

Exemple

Lors d'une séance d'activité expérimentale, un élève mesure la fréquence du fondamental d'un *la*440 joué par un violon : $f_{exp} = 438$ Hz.

L'écart relatif vaut alors : $\frac{f - f_{exp}}{f_{exp}} = \frac{440 - 438}{440} = 0,005$ ou 0,5 %.

- La plupart du temps, en séance d'activité expérimentale au lycée, un écart relatif **inférieur à 5 %** est un écart acceptable à la valeur de référence.

ANNEXES

CLASSIFICATION PÉRIODIQUE DES ÉLÉMENTS

périodes ↓ / colonnes →	1	2	3	4	5	6	7	8	9	10	11	12	13	14	15	16	17	18
1	H 1 hydrogène 1,0																	He 2 hélium 4,0
2	Li 3 lithium 6,9	Be 4 béryllium 9,0											B 5 bore 10,8	C 6 carbone 12,0	N 7 azote 14,0	O 8 oxygène 16,0	F 9 fluor 19,0	Ne 10 néon 20,2
3	Na 11 sodium 23,0	Mg 12 magnésium 24,3											Al 13 aluminium 27,0	Si 14 silicium 28,1	P 15 phosphore 31,0	S 16 soufre 32,1	Cl 17 chlore 35,5	Ar 18 argon 39,9
4	K 19 potassium 39,1	Ca 20 calcium 40,1	Sc 21 scandium 45,0	Ti 22 titane 47,9	V 23 vanadium 50,9	Cr 24 chrome 52,0	Mn 25 manganèse 54,9	Fe 26 fer 55,8	Co 27 cobalt 58,9	Ni 28 nickel 58,7	Cu 29 cuivre 63,5	Zn 30 zinc 65,4	Ga 31 gallium 69,7	Ge 32 germanium 72,6	As 33 arsenic 74,9	Se 34 sélénium 79,0	Br 35 brome 79,9	Kr 36 krypton 83,8
5	Rb 37 rubidium 85,5	Sr 38 strontium 87,6	Y 39 yttrium 88,9	Zr 40 zirconium 91,2	Nb 41 niobium 92,9	Mo 42 molybdène 95,9	Tc 43 technétium (98)	Ru 44 ruthénium 101,1	Rh 45 rhodium 102,9	Pd 46 palladium 106,4	Ag 47 argent 107,9	Cd 48 cadmium 112,4	In 49 indium 114,8	Sn 50 étain 118,7	Sb 51 antimoine 121,7	Te 52 tellure 127,6	I 53 iode 126,9	Xe 54 xénon 131,3
6	Cs 55 césium 132,9	Ba 56 baryum 137,3	La	Hf 72 hafnium 178,5	Ta 73 tantale 180,9	W 74 tungstène 183,9	Re 75 rhénium 186,2	Os 76 osmium 190,2	Ir 77 iridium 192,2	Pt 78 platine 195,1	Au 79 or 197,0	Hg 80 mercure 200,6	Tl 81 thallium 204,4	Pb 82 plomb 207,2	Bi 83 bismuth 209,0	Po 84 polonium ≈209	At 85 astate ≈210	Rn 86 radon ≈222
7	Fr 87 francium ≈223	Ra 88 radium ≈226	Ac	Ku 104 Kurtchatovium ≈261	Ha 105 Hahnium ≈262	Sg 106 seaborgium ≈266	Ns 107 Nielsbohrium ≈264	Hs 108 hassium ≈269	Mt 109 meitnerium ≈268	X 110 – –								

Légende : numéro atomique → Z ; X ← symbole de l'élément ; nom ; M ← masse molaire « atomique » de l'élément (g · mol^{-1})

- métaux
- non-métaux
- gaz nobles
- Lanthanides et Actinides

La = Lanthanides (57 à 71) ; Ac = Actinides (89 à 103))

FAMILLES DE COMPOSÉS CHIMIQUES

Famille	Groupe caractéristique	Formule brute	Exemple
Alcools	—OH	$C_nH_{2n+2}O$	Éthanol $CH_3—CH_2OH$
Aldéhydes	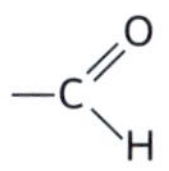	$C_nH_{2n}O$	3-méthylbutanal 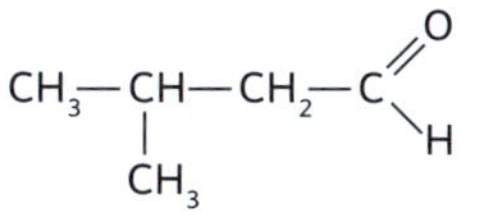
Cétones	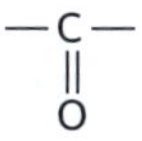	$C_nH_{2n}O$	3-méthylpentan-2-one 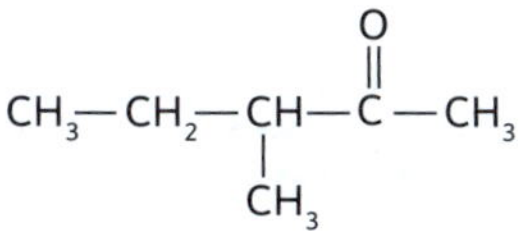
Acides carboxyliques	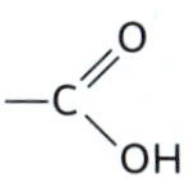	$C_nH_nO_2$	Acide-éthanoïque $CH_3—COOH$

CONSTANTES ET VALEURS NUMÉRIQUES UTILES

Constante	Valeur précise	Valeur approchée
Vitesse de la lumière dans le vide	$c = 299\,792\,458\ m \cdot s^{-1}$	$c = 3{,}00 \times 10^{8}\ m \cdot s^{-1}$
Constante de gravitation	$G = 6{,}674\,2 \times 10^{-11}\ m^{3} \cdot kg^{-1} \cdot s^{-2}$	$G = 6{,}67 \times 10^{-11}\ m^{3} \cdot kg^{-1} \cdot s^{-2}$
Constante de la loi de Coulomb	$k = 8{,}987\,55 \times 10^{9}\ N \cdot m^{2} \cdot C^{-2}$	$k = 9{,}0 \times 10^{9}\ N \cdot m^{2} \cdot C^{-2}$
Charge élémentaire	$e = 1{,}602\,176\,53 \times 10^{-19}\ C$	$e = 1{,}60 \times 10^{-19}\ C$
Masse du proton	$m_p = 1{,}672\,621\,71 \times 10^{-27}\ kg$	$m_p = 1{,}673 \times 10^{-27}\ kg$
Masse du neutron	$m_n = 1{,}674\,927\,28 \times 10^{-27}\ kg$	$m_n = 1{,}675 \times 10^{-27}\ kg$
Masse de l'électron	$m_e = 9{,}109\,382\,6 \times 10^{-31}\ kg$	$m_e = 9{,}109 \times 10^{-31}\ kg$
Constante d'Avogadro	$\mathcal{N}_A = 6{,}022\,141\,5 \times 10^{23}\ mol^{-1}$	$\mathcal{N}_A = 6{,}02 \times 10^{23}\ mol^{-1}$
Capacité calorifique de l'eau	$C_{eau} = 4{,}18\ kJ \cdot kg^{-1} \cdot °C^{-1}$	
Chaleur latente de vaporisation de l'eau	$L_v = 41\ kJ \cdot mol^{-1}$	
Constante de Planck	$h = 6{,}626\,068\,96 \times 10^{-34}\ J \cdot s$	$h = 6{,}62 \times 10^{-34}\ J \cdot s$
Unité de masse atomique	$1\ u = 1{,}660\,537\,78 \times 10^{-27}\ kg$	$1\ u = 1{,}660\,54 \times 10^{-27}\ kg$

GRANDEURS FONDAMENTALES ET DÉRIVÉES

	Nom	Notation littérale usuelle	Unité SI Symbole (nom)
Grandeurs fondamentales	Longueur	L	m (mètre)
	Temps	t	s (seconde)
	Masse	m	kg (kilogramme)
	Intensité du courant électrique	I	A (ampère)
	Température absolue	T	K (kelvin)
	Quantité de matière	n	mol (mole)
Grandeurs dérivées	Aire ou superficie	S	m^2
	Volume	V	m^3
	Vitesse	v	$m \cdot s^{-1}$
	Force	F	N (newton)
	Intensité de la pesanteur	g	$N \cdot kg^{-1}$
	Énergie	E, W ou Q	J (joule)
	Puissance	P	W (watt)
	Champ électrique	E	$C \cdot m^{-1}$
	Charge électrique	q	C (coulomb)
	Tension électrique	U	V (volt)
	Résistance	R	Ω (ohm)
	Masse volumique	ρ ou μ	$kg \cdot m^{-3}$ ou $g \cdot L^{-1}$
	Densité	d	Sans unité
	Masse molaire	M	$g \cdot mol^{-1}$
	Volume molaire	V_m	$L \cdot mol^{-1}$
	Concentration	[...] ou C	$mol \cdot L^{-1}$ ou $mol \cdot m^{-3}$
	Absorbance	A	Sans unité
	Fréquence	f ou ν	Hz (hertz)
	Électronégativité	χ	Sans unité
	Champ électrostatique	E	$V \cdot m^{-1}$
	Champ de gravitation	$\mathcal{G}$	$N \cdot kg^{-1}$
	Capacité thermique	C	$J \cdot kg^{-1} \cdot K^{-1}$

> Énergies de liaison (en kJ·mol⁻¹)

Liaison	$D_{X\text{-}X}$	Liaison	$D_{X\text{-}X}$
H—H	432	C—H	410
F—F	155	C—C	348
Cl—Cl	240	C=C	612
Br—Br	190	C—O	356
I—I	150	C=O	795*
H—F	565	C=O	708
H—Cl	428	C—Cl	327
H—I	295	N≡N	940
H—O	460	N=O	628
H—N	388	O=O	494

* Dans le CO_2

FORMATION DES IMAGES

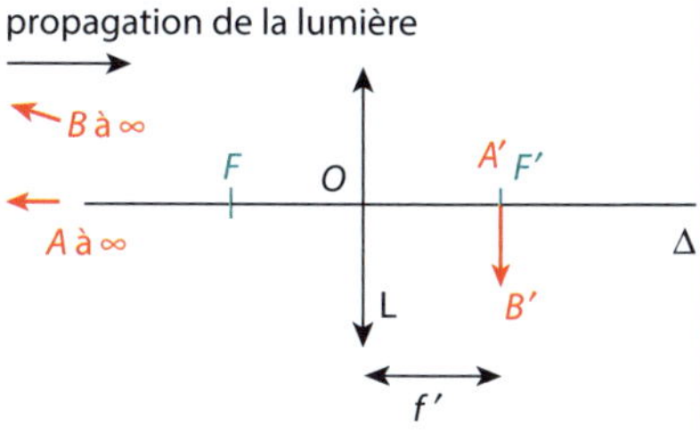

L'objet *AB* est loin de la lentille.

L'image *A′B′* est unique. Elle se situe derrière la lentille L à une distance fixe $OA' = OF' = f'$ qui ne dépend que de la lentille.

A′B′ est renversée par rapport à l'objet *AB*.

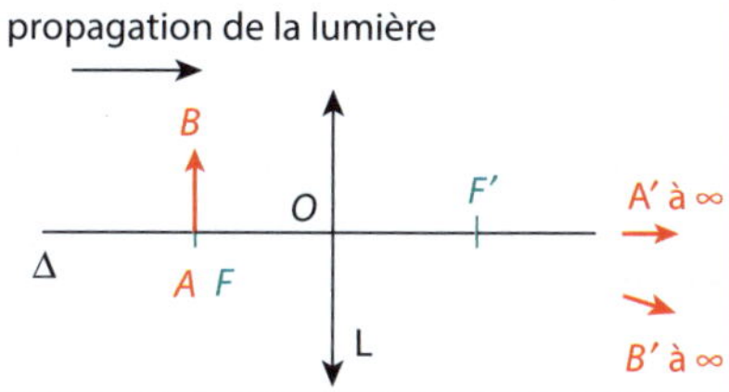

L'objet *AB* est à une distance
***OA* = *f′* de la lentille.**

L'image est très loin de la lentille, on dit qu'elle est projetée à l'infini. En pratique, l'image *A′B′* n'est pas observable.

Cette configuration est la symétrique du cas précédent.

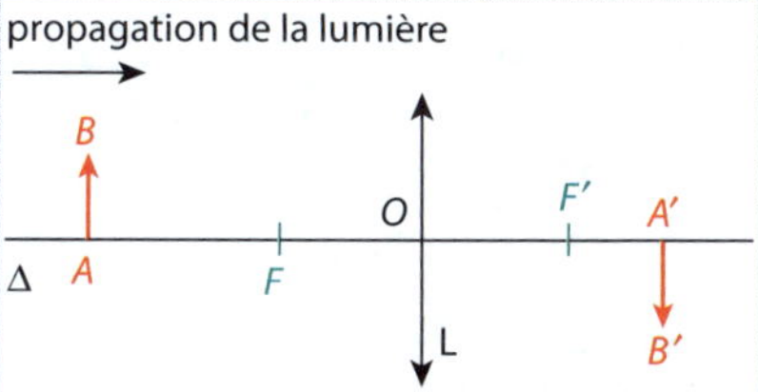

L'objet *AB* est à une distance finie
***OA* > *f′* de la lentille.**

L'image *A′B′* est unique et renversée.
Elle se situe à une distance :

$$OA' > OF' = f'$$

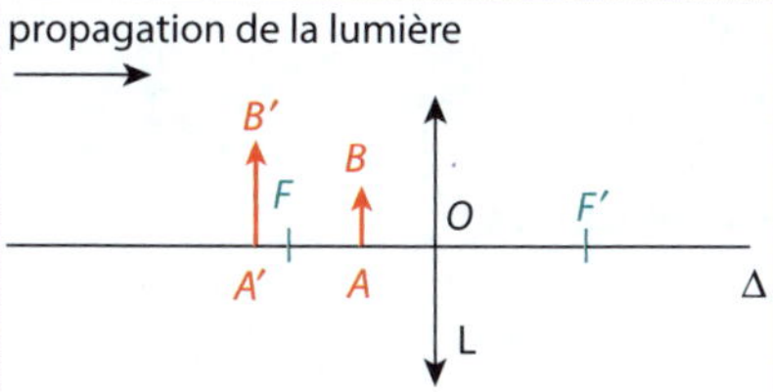

L'objet *AB* est proche de la lentille
à une distance *OA* < *f′*.

L'image *A′B′* n'est observable qu'en regardant dans la lentille. Cette image est droite et agrandie. On parle d'«effet loupe».

DISPOSITIFS EXPÉRIMENTAUX EN LABORATOIRE DE CHIMIE

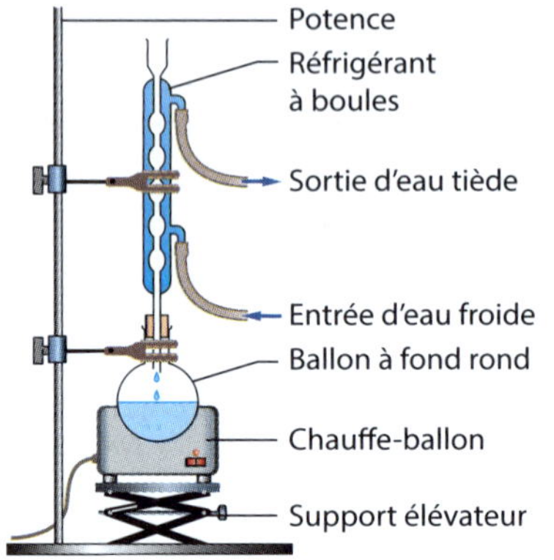

Schéma du montage à reflux

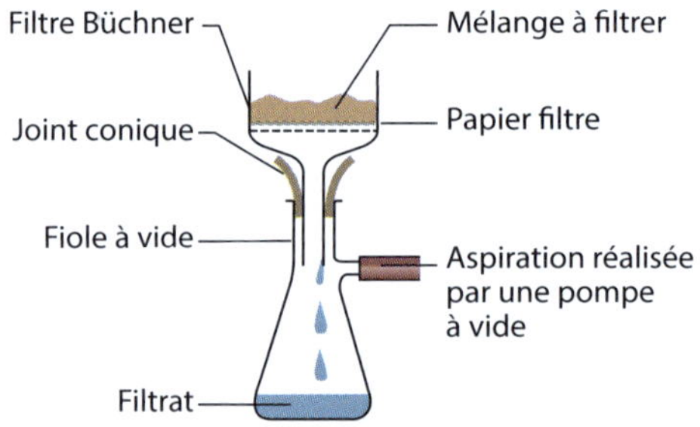

Schéma du montage de filtration sous vide

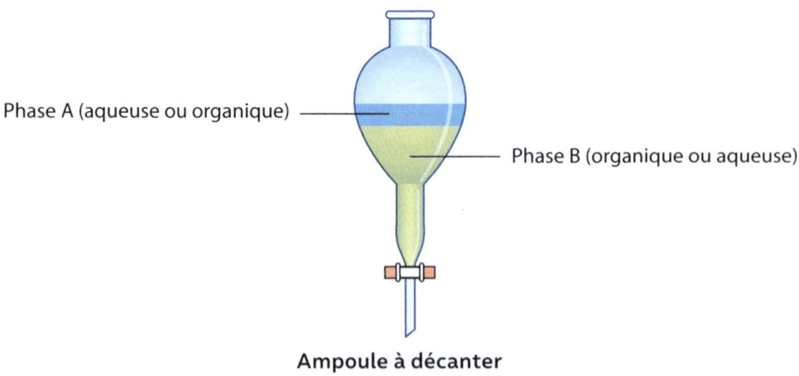

Ampoule à décanter

INDEX

A

Absorbance 18, 20, 98
Absorption 18, 246, 276
Acide carboxylique 96
Alcane 96
Alcool 96
Aldéhyde 96
Altitude 150
Ampère 170
Ampèremètre 170
Amphiphile 80
Ampoule à décanter 78
Anion 72, 170
Apolaire 70, 76
Arbre de Diane 40
Atome 96
Attraction 74
Avancement 42
Axe optique 242

B

Barycentre 70
Bleu 250

C

Caractéristique 172
Carbonyle 96
Carboxyle 96
Cation 72, 170
CCM 100
Célérité (d'une onde) 220, 222
Centre optique 242
Cercle chromatique 18
Cétone 96
Champ
- électrostatique 124
- gravitationnel 126
- scalaire 122

Charge 72, 122, 124
- élémentaire 170

Chromatographie sur couche mince 100
Chronophotographie 128
Classification périodique 14
Comburant 102
Combustible 102
Combustion 102
Concentration 44
- massique 16
- molaire 16

Conducteur ohmique 172
Constante
- d'Avogadro 14
- de gravitation 126
- de Planck 272
- électrique 72, 122, 124

Convention récepteur 172
Couche de valence 66
Couleur 246
- complémentaire 18
- primaire 248, 280
- secondaire 248, 250
- spectrale 246

Coulomb 72
Courant électrique 170
Courbe d'étalonnage 20
Cristal ionique 76
Cyan 248

D

Dative 70
Débit 170
Décantation 78
Déformation 218
Dégazage 78
Demi-équation 40
Densité 78
Diagramme énergétique 274
Diffusion 246
Diluant 78
Dilution 16
Dioptrie 242
Dissolution 76
Distance
- algébrique 244
- focale 242, 244

Distillation 100
Dosage 20, 44
Doublet
- liant 66
- non liant 66, 68

E

Effet loupe 242
Électrisation 122
Électrolyte 170
Électron 66, 170
Électronégativité 70
Émission 276
Énergie
- cinétique 196, 198
- de liaison 102
- électrique 176
- mécanique 198
- molaire de réaction 102
- potentielle 198

Équation
- bilan 40, 42
- de dissolution 76

Équivalence ... 44
Espace
 image ... 242
 objet ... 242
Étalonnage ... 20
État
 d'un système ... 42
 excité ... 274
 fondamental ... 274
Exothermique ... 102
Expérience de Franck et Hertz ... 272
Extraction liquide-liquide ... 78, 100

F

Facteur de dilution ... 16
Filtration ... 100
Fluide ... 146, 148
Fonction ... 98
Force
 conservative ... 198
 de Coulomb ... 124
 de pesanteur ... 198
 de Van der Waals ... 74
 dissipative ... 198
 électromotrice ... 174
 électrostatique ... 72, 122
 gravitationnelle ... 126
 opposée ... 72
 pressante ... 148
Formule
 brute ... 96
 développée ... 96
 semi-développée ... 96
Foyer
 focal image ... 242
 focal objet ... 242
Franck ... 272
Fréquence ... 222, 270, 272

G

Gaz rare ... 66
Générateur ... 176, 180
 réel ... 174
Géométrie ... 68
Grandeur
 algébrique ... 244
 caractéristique ... 146
Grandissement ... 244
Groupe caractéristique ... 96

H

Hertz ... 272
Hydrophile ... 80
Hydroxyde ... 96

I

Image ... 242
Indicateur coloré ... 44
Intensité ... 98, 176
 du courant ... 170, 174, 180
Interaction
 de Van der Waals ... 74
 électrostatique ... 122
Ionique ... 70
Isolement ... 100

J

Jaune ... 248
Joule ... 176, 196

L

Lacune ... 66, 68
Lampe spectrale ... 276
Lentille convergente ... 242
Lewis ... 66
Liaison
 covalente ... 66, 70
 hydrogène ... 74
 polarisée ... 70
Ligne de champ ... 122, 124
Lipophobe ... 80
Loi
 d'additivité des intensités ... 180
 d'additivité des tensions ... 180
 d'Ohm ... 172, 174
 de Beer-Lambert ... 20
 de (Boyle-)Mariotte ... 150
 de Coulomb ... 72, 122, 124
 des mailles ... 180
 des nœuds ... 180
 fondamentale de la statique des fluides ... 150
Longueur d'onde ... 98, 222, 270
Lumière blanche ... 246

M

Magenta ... 248
Masse
 molaire ... 14
 volumique ... 146
Mélange stœchiométrique ... 42
Milieu
 de propagation ... 220
 dispersif ... 220
Miscible ... 78
Modèle
 de Lewis ... 66, 68
 ondulatoire ... 270
Mole ... 14
Molécule ... 68, 96
Monochromatique ... 272

Monofonctionnel 96
Montage à reflux 100

N

Newton 126
Niveau d'énergie 274, 276
Nombre d'onde 98
Nomenclature 96

O

Objet 242
Ohm 174
Onde
- de surface 218
- de volume 218
- longitudinale 218
- mécanique 218
- sinusoïdale 222
- sismique 218
- transversale 218

Oxydant 40
Oxydoréduction 40, 102

P

Pascal 148
Pauling 70
Période 222
Périodicité 70, 222
Permanent 122
Perturbation 218
Phase 78
Photon 276
Polaire 70, 76
Polarité 70
Porteur de charge 170
Pouvoir calorifique 102
Pression 42, 146, 148, 150
- atmosphérique 148

Produit 42
- scalaire 195

Propagation 218
Proportions stœchiométriques 44
Puissance électrique 176

Q

Quanta d'énergie 274
Quantité de matière 14, 42, 100, 170

R

Radar 270
Radiation 270
Rayonnement électromagnétique 270
Réactif 42, 44
Réaction
- chimique 42
- d'oxydoréduction 40
- totale 42

Récepteur 176, 180
Recristallisation 100
Réducteur 40
Référentiel 128
Relation
- à l'équivalence 44
- de conjugaison 244
- du grandissement 244

Rendement 100
Réseau cristallin 72
Résistance 172
- interne 174

Résultante des forces 130, 196
Retard 220
Rouge 250

S

Saturation 78
Savon 80
Schéma de Lewis 66
Scintigraphie 270
Séchage 78
Solide
- ionique 72
- moléculaire 74

Solubilité 76, 78
Soluté 78
Solution 16, 170
Solvant 78
Somme vectorielle 130
Source
- idéale de tension 170
- réelle de tension 174

Spectre 122, 270
- d'absorption 276
- électromagnétique 270
- infrarouge 98
- UV-visible (profil spectral) 18

Spectrophotomètre 20
Spectroscopie 18
Stationnaire 122
Structure tétraédrique 68
Suivi colorimétrique 44
Superposition 218
Synthèse
- additive 18, 248, 250
- organique 100
- soustractive 250

Système 128

T

Tableau
- d'avancement 42, 76
- périodique 70

Température 42, 146
de changement d'état ... 100
Tensioactif 80
Tension 172, 176, 180
à vide 174
Théorème de l'énergie cinétique 196
Thermographie 270
Titrage 44
Tomographie 270
Transformation 100
Transition 276
Transmission 246
Transmittance 98
Travail d'une force 196
Trichromie 248

U

Uniforme 122

V

Van der Waals 74
Vecteur
accélération 130
position 128
vitesse 128
Vergence 242
Vert 250
Vision trichromique 246
Vitesse 270, 272
Volt 124
Volume 150
molaire 14

W

Watt 176

INDEX DES VIDÉOS

A

Avancement 42

B

Boyle-Mariotte 150

C

Célérité d'une onde 220
Champ 122
 de gravitation 124
 électrostatique 124
Combustion 102
Composé organique 96-97
Couleur 246
Courant électrique 170

D

Deuxième loi de Newton 130
Dilution 16
Dissolution 76
Dosage
 colorimétrique 20
 spectrophotométrique 20

E

Énergie 176, 274
 cinétique 196
 de combustion 102
Expérience
 de Franck et Hertz 272
 de Franklin 81
Extraction liquide-liquide 78

F

Famille de composés
 organiques 96
Fluide 146, 150
Force
 conservative 198
 pressante 148
Formule
 de conjugaison 244
 du grandissement 244
Franck 272
Franklin 81

G

Géométrie des molécules 68
Grandissement 244
Groupe caractéristique 96

H

Hertz 272

I

Image réelle 244

L

Lentille 242
Loi
 de Beer-Lambert 20
 de Boyle-Mariotte 150
 de la statique
  des fluides 150
 de Newton 130
 des mailles 180
 des nœuds 180
Lumière 276

M

Magnésium 34
Modèle
 ondulatoire 276
 particulaire 276
Molécule 68

N

Newton 130
Niveau d'énergie 274
Nomenclature 97

O

Onde 218, 220
 électromagnétique 270
 périodique 222

P

Pression 148
Puissance 176

R

Rendement 176
Retard d'une onde 220

S

Schéma de Lewis 66
Source de tension 174
Spectre infrarouge 99
Spectrophotomètre 38
Spectroscopie infrarouge 98
Statique des fluides 150
Stœchiométrie 34
Synthèse
 additive 248
 soustractive 248, 250

T

Tableau d'avancement 42
Titrage 44

V

Vecteur vitesse 128
Vitesse instantanée 128

Pages : 40 Wikimedia ; 43 SPL France / GIPhotoStock ; 48 ADOBE STOCK PHOTO ; 50 ht BIS / Ph. Coll. Archives Larbor ; 50 bas ADOBE STOCK PHOTO ; 51 SPL France / GIPhotoStock ; 52 bas g Wikimedia ; 52 bas d ADOBE STOCK PHOTO ; 52 ht Droits Réservés ; 54 ADOBE STOCK PHOTO ; 98 SPL France / MARTYN F. CHILLMAID ; 157 Droits Réservés

Les autres photos viennent de Shutterstock.

Tous les spectres de l'ouvrage sont de l'auteur © K. Marteau-Bazouni.

N° éditeur : 10292459 - Dépôt légal : juillet 2022
Achevé d'imprimer en France en avril 2023 par Clerc à Saint-Amand-Montrond